भगवतीचरण वर्मा

भगवतीचरण वर्मा का जन्म 30 अगस्त, 1903 को उत्तर प्रदेश, उन्नाव के शफीपुर गाँव में हुआ। उन्होंने इलाहाबाद से बी.ए., एल.एल.बी. किया। प्रारम्भ में कविता-लेखन फिर उपन्यासकार के रूप में विख्यात हुए। फ़िल्म कॉर्पोरेशन, कलकत्ता में कार्य किया। कुछ समय 'विचार' नामक साप्ताहिक का प्रकाशन-सम्पादन किया। इसके बाद बम्बई में फ़िल्म-कथालेखन तथा दैनिक 'नवजीवन' का सम्पादन किया। आकाशवाणी के भी कई केन्द्रों में कार्य किया। 1957 से मृत्यु-पर्यन्त स्वतंत्र साहित्यकार के रूप में लेखन। 'चित्रलेखा' उपन्यास पर दो बार फ़िल्म-निर्माण।

उनकी प्रकाशित पुस्तकें हैं–'अपने खिलौने', 'पतन', 'तीन वर्ष', 'चित्रलेखा', 'भूले-बिसरे चित्र', 'टेढ़े-मेढ़े रास्ते', 'सीधी सच्ची बातें', 'सामर्थ्य और सीमा', 'रेखा', 'वह फिर नहीं आई', 'सबहिं नचावत राम गोसाईं', 'प्रश्न और मरीचिका', 'चाणक्य', 'थके पाँव', 'युवराज चूण्डा', 'धुप्पल' (उपन्यास); 'प्रतिनिधि कहानियाँ', 'मेरी कहानियाँ', 'मोर्चाबन्दी तथा सम्पूर्ण कहानियाँ' (कहानी-संग्रह); 'मेरी कविताएँ', 'सविनय और एक नाराज़ कविता' (कविता-संग्रह); 'मेरे नाटक', 'वसीयत' (नाटक); 'अतीत के गर्त में', 'कहि न जाय का कहिए' (संस्मरण); 'साहित्य के सिद्धान्त तथा रूप' (साहित्यालोचन); 'भगवतीचरण वर्मा रचनावली-14 खंड' (सम्पूर्ण रचनाएँ)।

'भूले बिसरे चित्र' के लिए 'साहित्य अकादेमी पुरस्कार' से पुरस्कृत। 'पद्मभूषण' से विभूषित और राज्यसभा की मानद सदस्यता प्राप्त।

5 अक्टूबर, 1981 को उनका निधन हुआ।

सबहिं नचावत राम गोसाईं

भगवतीचरण वर्मा

राजकमल पेपरबैक्स

पहला पुस्तकालय संस्करण
राजकमल प्रकाशन प्राइवेट लिमिटेड द्वारा
1970 में प्रकाशित

राजकमल पेपरबैक्स में
पहला संस्करण : 1970
ग्यारहवाँ संस्करण : 2024

राजकमल पेपरबैक्स : उत्कृष्ट साहित्य के जनसुलभ संस्करण

राजकमल प्रकाशन प्रा. लि.
1-बी, नेताजी सुभाष मार्ग, दरियागंज
नई दिल्ली-110 002
द्वारा प्रकाशित

शाखाएँ : अशोक राजपथ, साइंस कॉलेज के सामने, पटना-800 006
पहली मंजिल, दरबारी बिल्डिंग, महात्मा गांधी मार्ग, प्रयागराज-211 001
1, अनमोल सोराबजी सन्तुक लेन, मरीन लाइंस, मुम्बई-400002
वेबसाइट : www.rajkamalprakashan.com
ई-मेल : info@rajkamalprakashan.com

विकास कंप्यूटर एंड प्रिंटर्स
ट्रॉनिका सिटी-201 102
द्वारा मुद्रित

मूल्य : ₹399

SABAHIN NACHAVAT RAM GOSAIN
Novel by Bhagwati Charan Verma

ISBN : 978-81-267-0688-4

सबहिं नचावत राम गोसाईं

क्रम

राधेश्याम : बुद्धि

ज्ञान किस समय प्राप्त होता है, किन परिस्थितियों में प्राप्त होता है और किस निमित्त से प्राप्त होता है, इसका न कोई नियम है और न कोई विधान है। बहरहाल इतना तै है कि लाला घासीराम को अनायास ही ज्ञान प्राप्त हो गया, और ज्ञान प्राप्त होते ही जैसे उनके जीवन की धारा बदल गई।

बात यह हुई कि उस दिन घासीराम के पौत्र, अर्थात् उनके एकमात्र सुपुत्र मेवालाल के पुत्ररत्न राधेश्याम का अन्नप्राशन संस्कार था। सुबह के समय स्नान करके उन्होंने अपने पौत्र को गोद में लेकर चाँदी की कटोरी में रखकर चाँदी के चम्मच से खीर चटाई और इसके उपलक्ष्य में मेवालाल ने उन्हें चाँदी का एक रुपया दिया। परिवार में यही परम्परा थी, और घासीराम ने अपने पुत्र को यही आदेश भी दिया था। लेकिन मेवालाल ने घर के पुरोहित जी को भी बुलवा लिया था बिना घासीराम से पूछे, और बिना घासीराम से पूछे उनके सामने ही मेवालाल ने पुरोहित जी को पाँच रुपये दे डाले। यह देखकर घासीराम के बदन में जैसे आग लग गई। लेकिन बहुत प्रयत्न करके उस समय उन्होंने अपने क्रोध को शान्त रखा। पुरोहित के जाने के बाद उन्होंने मेवालाल से कहा, "क्यों रे मेवा! तूने पाधा जी को क्यों बुलाया था, और उन्हें पाँच रुपये क्यों दिये?"

"धरमशास्तर में तो यही लिखा है बप्पा! पाधा जी ने ऐसा ही बतलाया था।" मेवालाल ने अपने पिता की नजर से नजर बचाते हुए कहा।

पाधा जी को एक भद्दी गाली देते हुए घासीराम बोले, "वह तो लुटेरा है। हमसे पूछ लिया होता।"

"अब तुम बुढ़ाय रहे हो बप्पा! पाधा जी को गाली देना तुम्हें शोभा नहीं देता। फिर यह रुपया तो हमने पैदा किया है, हम जैसा चाहेंगे वैसा खर्च करेंगे।"

और इस बार घासीराम ने अपने सुपुत्र को गाली दी, "हरामजादा कहीं का! हमारे गल्ले से रुपया चुराकर कहता है कि तूने पैदा किया है!"

मेवालाल को यह चोरीवाला आरोप अखर गया। असलियत यह थी कि मेवालाल को जो जेब-खर्च मिलता था उसे जोड़कर उसने सौ रुपये कर लिये थे और इन रुपयों को ब्याज पर उठाकर उसने अपना धंधा आरम्भ कर दिया था जिसका घासीराम को पता नहीं था। मेवालाल ने आव देखा न ताव, एक भरपूर तमाचा अपने बाप के गाल पर मारा, "और बनाओगे चोर! दो सौ रुपया बजार में फैले हैं हमारे—पच्चीस-तीस रुपया महीना की आमदनी है। साल-भर में हजार रुपया न पैदा कर लिया तो हमारा नाम मेवालाल नहीं।"

क्रम बदल रहा था। पहले घासीराम मेवालाल को मारते थे और मेवालाल घासीराम को गाली देता था। उसके बाद मेवालाल बड़ा हुआ, और एक दिन जब घासीराम ने तमाचा मारा तब मेवालाल ने भी उलटकर घासीराम के तमाचा मारा था। उस दिन के बाद घासीराम ने मेवालाल पर हाथ उठाना बन्द कर दिया, वह सिर्फ मेवालाल को गाली देकर सन्तोष कर लेते थे और उत्तर में मेवालाल भी गाली देता था। उस दिन पहली बार मेवालाल ने गाली के जवाब में हाथ उठाया था।

इसके बाद लाला घासीराम चुपचाप घर से दुकान चले गए। मेवालाल की अवस्था करीब सत्ताईस-अट्ठाईस साल की थी, गठा हुआ बदन। और लाला घासीराम पचास साल के दुबले-पतले आदमी, पेट के मरीज। दुकान पहुँचते-पहुँचते उन्होंने तै कर लिया कि अब आगे से वह अपने लड़के को गाली नहीं देंगे। दुकान खोलने के बाद उनकी दुकान में पहला ग्राहक आया जग्गा लुहार। उसे पाव-भर हल्दी लेनी थी, और आदत के अनुसार घासीराम ने डाँड़ी मारी। जग्गा ठठाकर हँसा, "लाला, जिसके लिए तुम यह सब पाप कर रहे हो उसी ने कुछ देर पहले तुम्हें तमाचा मारा था। तो घर में पिटोगे और भगवान के यहाँ नरक भोगोगे।"

घासीराम ने हल्दी की दो गाँठें और चढ़ाकर पूछा, "तो तुमने देखा था?"

"हाँ, हम अपनी छत पर थे। तो हमने सब बातें भी सुनीं। अरे अब बुढ़ाय गए हो तो भगवत भजन करो और अपना परलोक सँभालो। तुम्हारे पाप मेवा के सिर पर और मेवा जो पाप करेगा वह राधे के सिर पर। तो तुम अपने पाप रोको। मेवा के पाप खुद रुक जाएँगे और राधे की गति सुधर जाएगी।" और यह कहकर जग्गा चलता बना था।

घासीराम से अब दुकान पर नहीं बैठा गया, उन्होंने दुकान बढ़ाई और घर वापस आ गए। अपनी कोठरी बन्द करके वह लेट गए और शाम के वक्त जब मेवालाल शहर का चक्कर लगाकर लौटा, घासीराम ने उसे बुलाया।

गम्भीर स्वर में उन्होंने कहा, "बेटा मेवा, सुबह तुमने कहा था कि हम अब बुढ़ाय गए हैं, तो आज हम दिन-भर यह सोचते रहे। और अब हमने यह तै कर लिया है कि हम तीरथयात्रा पर निकल जाएँ। तुम सयाने हो गए हो, तुम्हारी लुगाई है, तुम्हारे बच्चा है। तुम्हारी अम्माँ जिन्दा होती तो बात दूसरी थी, अब हम हैं अकेले। तो अब हमारा भगवान में लौ लगाने का बखत आय गया है। दुनिया में जितने पाप किये हैं उन्हें धोने का एक ही उपाय हमारे धरमशास्तर में लिखा है—तीरथयात्रा।"

अपने पिता के इस निर्णय से मेवालाल स्तब्ध-सा रह गया, उसने करुण स्वर में कहा, "बप्पा! हमें छमा कर देव। क्या बतावें हमें गुस्सा आय गया था तो हमारा हाथ उठ गया। तुम्हारी गाली देने की आदत बड़ी खराब है। लेकिन अब हम अपने गुस्सा को रोकेंगे, चाहे तुम हमें जान से ही क्यों न मार डालो।"

अपने पुत्र की इस क्षमा-याचना से घासीराम गद्गद हो गए, उनकी आँखों में आँसू छलक आए, "नहीं बेटा मेवा, हमें तुमसे कोई शिकायत नहीं है, पापी तो हम ही हैं, और पाप काटने का एक ही उपाय है—तीरथ-बरत! तो कल दुपहर की गाड़ी से हम तीरथयात्रा पर निकल जाएँगे—यह हमने निश्चय कर लिया है। तुम सयाने हो गए हो, दुकान और घर का कामकाज तुम सँभाल लोगे।"

घासीराम की पुत्रवधू दुलारी आँगन में खड़ी हुई बातचीत सुन रही थी, अब वह लपककर आई और ससुर के पैरों पर गिर पड़ी, "हम लोगन की खता माफ करो बप्पा! आराम से घर माँ रहो और कामकाज सँभालो। बिना तुम्हारे हम लोग कैसे रहेंगे?"

घासीराम कुछ देर तक सोचते रहे। एकमात्र तीर्थयात्रा के संकल्प के प्रभाव से पुत्र और पुत्रवधू के रुख में इतना परिवर्तन! तीर्थयात्रा से तो उन्हें निश्चय ही स्वर्ग मिलेगा। और मन-ही-मन वह अपने संकल्प पर अडिग हो गए। उन्होंने केवल इतना कहा, "अब तो तै कर लिया है। अब कल सुबह बात करेंगे। इस समय हम राधाकृष्ण के मन्दिर जाय रहे हैं, आरती का समय हो रहा है।" और घासीराम चले गए।

लाला घासीराम की मुहल्ले में एकमात्र परचून की दुकान थी। नाटे कद के, दुबले-से और अत्यन्त निरीह दिखनेवाले आदमी, लाला घासीराम मुहल्ले-पड़ोस वालों के लिए विनम्रता और मिठबोलेपन के औतार थे। मुहल्ले-भर के लोग जानते थे कि घासीराम के मुकाबले के डाँड़ी मारनेवाले आदमी भगवान इस दुनिया में कुछ इने-गिने ही पैदा कर पाते हैं। पन्द्रह छटाँक माल को सेर-भर तौल देना तो उनका अटूट नियम था, लेकिन कोई अनजाना बाहरी आदमी फँस जाए तो तेरह या चौदह छटाँक का सेर तुल जाया करता था और अगर किसी ने उनका कम तौलना पकड़ लिया या टोक दिया तो मजाल है कि लाला घासीराम बुरा मान जाएँ। उसी वक्त उन्होंने अपनी गलती मान ली—"क्या बताएँ हाथ काँप गया, लेकिन अब जो तुल गया वह तुल गया, अगली दफ़ा कमी पूरी कर देंगे।" और अगर किसी बिगड़े दिल ग्राहक ने लाला घासीराम के दो-एक तमाचे भी जड़ दिये तो लाला घासीराम ने कोई शिकायत नहीं की। अगली दफ़ा उन्होंने फिर डाँड़ी मारी और उसी मीठेपन के साथ पेश आए।

लाला घासीराम मुहल्ले-पड़ोस वालों के सामने जितने विनम्र और मिठ-बोले थे, अपने घर में वह उतने ही क्रोधी स्वभाव के और गाली देनेवाले थे। उनकी पत्नी एक साल पहले पुराने बुखार से बीमार होकर बिना किसी इलाज के लाला घासीराम की गाली-गलौज से मुक्ति पा गई थी, उनकी पुत्रवधू दुलारी उनकी गाली-गलौज से बेहद परेशान थी।

लाला घासीराम ने तीर्थयात्रा का जो निर्णय लिया उससे उनके पुत्र और पुत्रवधू दोनों बहुत अप्रसन्न या दुखी तो नहीं थे, लेकिन आश्चर्यचकित अवश्य थे।

सुबह जब मेवालाल सोकर उठा, उसने देखा कि उनके बप्पा ने तीर्थयात्रा की सब तैयारी कर रखी है। घासीराम ने मेवालाल को बुला भेजा। अपनी पत्नी

और पुत्र के साथ मेवालाल आँखों में आँसू भरे हुए अपने पिता के पास पहुँचा। घासीराम ने अपनी जमा-जथा मेवालाल के हाथ सहेजी, दस हजार रुपया नकद और दस हजार रुपये का सोना-चाँदी। चारों धाम की यात्रा का कार्यक्रम था उनका, सब तीर्थ करके अन्त में बदरी-केदार की यात्रा थी जहाँ से दस-पाँच प्रतिशत लोग ही जीवित लौटते थे।

और इस रकम के साथ घासीराम ने एक टीन का बक्सा मेवालाल को सौंपते हुए कहा, "इस बक्से में भगवान को अर्पित रुपया है जिससे हम भगवान का मन्दिर बनवाना चाहते थे। लेकिन अब हम भगवान के बड़े-बड़े मन्दिरों का दर्शन करने जाय रहे हैं, तो हम यह बक्सा तुम्हें सौंप रहे हैं। कोई ठिकाना नहीं कि हम ज़िन्दा लौट ही आएँगे। पचास साल के ऊपर उमर हो गई है।"

यह बात सन् 1920-21 की है जब सोना बीस रुपया तोला बिकता था, गेहूँ रुपये का पन्द्रह-बीस सेर बिकता था, घी रुपये का सेर या सवा सेर बिकता था और चीनी तीन आने सेर बिकती थी। और इस सबके साथ आदमी पचास-पचपन साल की उम्र में बूढ़ा हो जाता था और साठ-पैंसठ की अवस्था तक पहुँचते-पहुँचते चल बसता था।

अपनी बात कहते-कहते घासीराम भावुक हो उठे, "बेटा मेवा, जिन्दगी का कोई ठिकाना नहीं। अगर हम एक साल तक वापस न लौटे तो समझ लेना कि हम गोलोकवासी हो गए हैं। तब इस बक्से का ताला तोड़कर इसकी रकम निकाल लेना, और हमारे नाम से एक मन्दिर बनवा देना।" और कुछ रुककर उन्होंने फिर कहा, "लेकिन यह भगवान के नाम का रुपया तुम खुद न हडप कर जाओगे, इसका बचन दो।"

मेवालाल ने बड़ी भक्ति-भाव से कहा, "हम बचन देते हैं बप्पा!"

घासीराम बोल उठे, "हमें तुम्हारे बचन का कोई भरोसा नहीं, तुम बड़े झूठे और हरामजादे हो।"

मेवालाल ने इस बार अपने पिता की गाली का बुरा नहीं माना, वियोग के उस क्षण में उसने अपनी आँखों में आँसू भर कर कहा, "बप्पा! तुम निसाखातिर रहो। भगवान के साथ हम कोई दगा नहीं करेंगे।"

"नहीं, तुम्हारा कोई भरोसा नहीं, राधे की कसम खानी होगी तुम्हें।"

और भावावेश में आकर मेवालाल ने राधेश्याम की कसम खा ली।

दोपहर की गाड़ी से घासीराम काशी के लिए रवाना हो गए। काशी से बैजनाथधाम, वहाँ से जगन्नाथपुरी, इसके बाद रामेश्वरम्, वहाँ से नासिक, फिर द्वारिकापुरी—फिर पुष्कर तीर्थ, मथुरा होते हुए बदरी-केदार। यह कार्यक्रम था उनका।

2

मेवालाल के मकान के सामने एक खंडहर पड़ा था जो कभी एक हवेली के रूप में रहा होगा। उस खंडहर में स्वामी मुंशी शीतलासहाय करीब एक साल से लकवे में बीमार पड़े थे, उस खंडहर की एक टूटी हुई कोठरी में। घासीराम को गाड़ी पर सवार करके जैसे ही मेवालाल घर लौटा, मुंशी शीतलासहाय के नौकर ननकू ने हाँफते हुए मेवालाल से कहा, "भइया! सरकार की हालत बहुत खराब है। लाला घासीराम को याद कर रहे हैं।"

"वह तो तीरथयात्रा पर गए हैं—हम उन्हें गाड़ी पर चढ़ाय के अभी-अभी आय रहे हैं। पूछ आओ जाय के क्या काम है—अगर कहें तो हम चले आवें।"

ननकू ने लौटकर कहा, "तुम ही चलो भइया! सरकार के छोटे भाई आए हैं, दोनन माँ कहा-सुनी हुइ रही है।"

जिस समय मेवालाल शीतलासहाय की कोठरी में पहुँचा, मुंशी शीतलासहाय आँखें मूँदे लेटे थे और उनके छोटे भाई मुंशी हरसहाय आँखों में आँसू भरे हुए कह रहे थे, "मैं आपकी खिदमत नहीं कर सका इसका मुझे मलाल है। लेकिन क्या करूँ, अपनी मजबूरी! आपकी खिदमत के लिए दो सौ रुपयों का गबन किया था, लेकिन ज़रा-सी लापरवाही हो गई और उसी वक्त धर लिया गया। थानेदार हजार रुपये माँगता है रिश्वत की तौर से, कहता है बड़ा संगीन जुर्म है।"

मुंशी शीतलासहाय ने लड़खड़ाते स्वर में कहा, "हट जाओ—मरो-भुगतो।"

मेवालाल ने फौरन ही सारी बात समझ ली। हवेली के हिस्सेदार दो थे—मुंशी शीतलासहाय और मुंशी हरसहाय। उसने हरसहाय का हाथ पकड़कर अलग ले

जाकर कहा, "आपके भाई तो बीमार हैं, आप मुझसे कहिए।"

"मुझे एक हजार रुपये की सख्त जरूरत है, बस इतनी-सी बात है। मैं यह हवेली बेचना चाहता हूँ।"

"इस खंडहर के एक हजार कौन देगा? फिर आपके हिस्से में तो आधी ही हवेली पड़ती है।"

"यह हवेली पूरी बिकेगी।" मुंशी हरसहाय ने कहा, "दादा के दस्तखत मैं करा दूँगा। वैसे लाला धानामल इसके दो हजार देने को तैयार हैं, लेकिन वह परसों इलाहाबाद चले गए हैं, एक हफ्ता बाद लौटेंगे, और रुपये मुझे आजकल में चाहिए। अगर तुम खरीदना चाहो तो पन्द्रह सौ रुपये में सौदा पक्का हो सकता है। एक हजार रुपये मैं ले जाऊँगा, पाँच सौ रुपये दादा के रहेंगे तुम्हारे पास। सालभर से ज्यादा दादा नहीं चलेंगे, पाँच सौ रुपयों में दो साल मजे में कट सकते हैं। दादा के मरने पर हवेली पर तुम्हारा कब्जा।"

मेवालाल ने बड़ी तेजी के साथ मन-ही-मन हिसाब लगाया और सोचा, फिर उसने कहा, "अच्छी बात है, मुझे मंजूर! कल लिखा-पढ़ी हो जाएगी।"

दूसरे दिन एक हजार रुपये लेकर मुंशी हरसहाय चले गए। शीतलासहाय के दस्तखत उन्होंने उन्हें बिना बतलाए करा लिए थे। और जब हरसहाय के जाने के बाद मेवालाल शाम के समय शीतलासहाय को पाँच सौ रुपये देने पहुँचा, तब शीतलासहाय को पता चला कि हवेली बिक चुकी है। और इस खबर का इतना गहरा सदमा शीतलासहाय को लगा कि रात के समय ही वह चल बसे। मेवालाल ने बड़ी लगन के साथ शीतलासहाय का अंत्येष्टि-संस्कार कराया, उसके पास शीतलासहाय की पाँच सौ की रकम जो मौजूद थी।

घासीराम की दुकान तीन दिन तक बन्द पड़ी रही, चौथे दिन मेवालाल ने अपने चचेरे भाई जगेसर को बुलाकर पूछा, "कहो जगेसर, क्या कर रहे हो आजकल?"

"चौक में चाट का खोंचा लगाते हैं।" जगेसर ने उत्तर दिया।

"बप्पा की यह परचून की दुकान सँभालोगे? मुनाफे पर आधा साझा।"

"खोंचे से यह दुकान तो ज्यादा अच्छी रहेगी।" जगेसर ने कुछ सोचकर कहा, "लेकिन बखेड़े का काम है।"

"कैसा बखेड़ा?" मेवालाल ने पूछा।

"यही कि अगर ताऊ जी आ गए तो दुकान छोड़नी पड़ेगी। फिर साझे की खेती, गदहा भी नहीं चरता है उसे।"

मेवालाल ने मुस्कराते हुए कहा, "कहीं कोई बदरी-केदार से वापस लौटता है भला और रही साझे की बात, तो तुम दुकान की पूँजी चुकाय के जब चाहे साझा तोड़ सकते हो। दुकानदार हो जाओगे तो हैसियत बन जाएगी।"

जगेसर बोला, "अच्छी बात है मेवा भइया! तो कल से हम दुकान सँभाल लेंगे।"

छै महीने के अन्दर की मेवालाल ने अपने मकान के सामनेवाली हवेली को तुड़वाकर दुमंजिला पक्का मकान बनवा लिया, बिलकुल आधुनिक ढंग का। नीचे की मंजिल में सड़क से लगा एक बड़ा-सा हॉल था—पीछे दो कमरे। और ऊपर चार कमरे। हवेली का मलबा तो मौजूद ही था, पाँच हजार रुपयों में मकान बन गया। और मकान पर एक बड़ा-सा साइनबोर्ड लग गया—मेवालाल एंड संस—बैंकर्स।

अगर घासीराम डाँड़ी मारने में कुशल थे तो मेवालाल जालसाजी और तिकड़मबाजी में आसपास के किसी तिकड़मबाज जालसाल से कमजोर नहीं पड़ता था। पाँच हजार नकद और पाँच हजार के सोना-चाँदी से जो कामकाज आरम्भ हुआ तो छै महीने के अन्दर ही वह इतना फैल गया कि मेवालाल की गणना नगर के धनी-मानी व्यक्तियों में होने लगी। हजारों का लेन-देन फैला हुआ था उसका।

घासीराम के तीर्थयात्रा पर गए हुए एक साल बिना मेवालाल के जाने हुए बीत गया। उस दिन रामनवमी थी। दोपहर के बारह बजे के समय रामजन्म मनाकर जब मेवालाल फलाहार करने बैठा तब अनायास ही उसे अपने पिता की याद आ गई। एक साल पहले नवरात्रि के दिनों में ही घासीराम तीर्थयात्रा पर निकले थे। उस समय दुलारी पास बैठी थी। मेवालाल ने कहा, "आज नौरात खत्म हो रही है, पिछली नौरात में बप्पा तीरथयात्रा पर गए थे।"

"अरे हाँ—हम तो भूल ही गई थीं।" दुलारी बोली, "कोई खबर ही नहीं दी उन्होंने। भगवान जाने कहाँ होंगे—साल-भर के ऊपर हो गए हैं उन्हें गए भए।"

"भगवान के यहाँ पहुँच गए होंगे।" मेवालाल बोला, "अगर वह आकर हम लोगों को देखते तो उनका जी जुड़ा जाता।"

दुलारी की आँखों में आँसू आ गए, "का बताई जिन्दगी-भर तकलीफै उठाइन। न गत क खाइन, न पहरिन। उनके भाग मां यहै बदा रहा।"

"सो तो ठीक है, लेकिन भगवान पर उनकेर कितना विश्वास रहा—सब तीरथ कर डालिन—हम लोगन से सेवा नहीं कराइन, बीमारी माँ घिसटे नाहीं। अरे हाँ, बप्पा जात समै एक बकसा दै गए रहें जिसमें भगवान के नाम का रुपया था। कह गए रहे कि अगर एक साल के अन्दर न लौटें तो बकसा से रुपया निकाल के उनके नाम से एक मन्दिर बनवा दें।"

"वह बकसा हमारे पास रखा है।" दुलारी बोली।

"तो ले आ वह बकसा! आज रामनवमी का दिन है—शुभ काम के लिए।"

बकसे का ताला तोड़ा गया, उसमें कुल पाँच सौ रुपये थे। निराश मुद्रा से मेवालाल ने कहा, "भला पाँच सौ रुपयों में कोई ठाकुरद्वारा बन सकता है? इसमें तो एक मढ़िया मुश्किल से बन पाएगी।"

दुलारी ने सिर हिलाया, "तो फिर मढ़िया ही बनवान देव। बप्पा की आत्मा को शान्ति तो मिलेगी।"

"देखो, सोचेंगे क्या किया जाए।" मेवालाल ने रुपया दुलारी को सहेजते हुए कहा, "वैसे बनवाना तो एक अच्छा-सा ठाकुरद्वारा ही होगा—भगवान की किरपा होनी चाहिए।"

मेवालाल की हवेली की बगल में म्युनिसिपल बोर्ड की एक छोटी-सी तिकोनी जमीन थी जिस पर कभी एक पार्क था। लेकिन म्युनिसिपल बोर्ड के कर्मचारियों की लापरवाही से पार्क उजड़ गया था और मुहल्ले के लौंडे वहाँ गुल्ली-डंडा खेला करते थे। दूसरे दिन जब मेवालाल अपनी गद्दी पर बैठा था, मुहल्ले के पुरोहित पंडित रामभजन पांडे के साथ गोपाल जी नाम के सुप्रसिद्ध कथावाचक आ पहुँचे। मेवालाल ने दोनों ब्राह्मणों का यथोचित स्वागत-सत्कार करके उनके पधारने का कारण पूछा।

रामभजन पांडे ने उत्तर दिया, "लाला जी, इन गोपाल जी के मुखारबिन्द से जिस—जिसने श्रीमद्‌भागवत की कथा सुनी है उसके सिगरे पाप कट गए। सो हम मना लाए हैं इन्हें। आप हमारे मुहल्ले के सबसे बड़े साहूकार हैं—आप ही लोगों के परताप से धरम-करम कायम है, सो आप श्रीमद्‌भागवत की कथा का प्रबन्ध करा दें।"

मेवालाल इतनी आसानी से फँसनेवाले जीव नहीं थे, उन्होंने कहा, "धन्य

भाग हमारे जो महाराज गोपाल जी पधारे, लेकिन हमारे यहाँ तो जगह है नहीं जहाँ कथा हो। फिर अपने पास इतना समय भी नहीं है जो कथा का प्रबन्ध करें। बाकी कथा सुनने की लालसा हममें जरूर है। सो कथा का प्रबन्ध तुम्हें ही करना पड़ेगा पांडे जी, मुहल्ले-पड़ोस से चन्दा करके। यह दो रुपये हमारे रहे!" और मेवालाल ने दो रुपये निकालकर रामभजन पांडे को पकड़ा दिये।

रामभजन का चेहरा खिल गया, "स्थान तो आपकी हवेली की बगलवाला पारक अति उत्तम रहेगा। सो एक शामियाना लगाकर कथा का प्रबन्ध कराए लेते हैं। बाकी म्युनिसिपलिटीवाले कोई झंझट न खड़ा करें, यह जिम्मेदारी आपकी होगी। अब की पूरनमासी के दिन से कथा आरम्भ समझो।"

रामभजन पांडे आदमी लगन के थे, आनन-फानन उन्होंने बीस रुपये का चन्दा कर लिया। और उस तिकोनिया पार्क में किराए का शामियाना लगाकर कथा आरम्भ हो गई। कथारम्भ के दिन लाला मेवालाल बैंकर ने मुख्य श्रोता का स्थान ग्रहण किया। कथा धूमधाम से आरम्भ हुई। पहले श्रीमद्भागवत की आरती उतारी गई, लेकिन आरती में कुल सात आने पैसे चढ़े। गोपाल पंडित का मुँह उतर गया, लेकिन यह सोचकर कि बादवाली आरती में चढ़ाव चढ़ेगा, उन्होंने लगन के साथ कथा बाँची। लेकिन कथा समाप्त होते ही लोग-बाग खिसक गए। गोपाल पंडित की हालत देखने काबिल थी। मेवालाल यह सब देख रहे थे। एकाएक उनके मन में एक विचार कौंध गया। आरती होती है भगवान की, किताब की नहीं होती—जनता भगवान पर चढ़ावा चढ़ाएगी।

एक हफ्ता पहले मेवालाल के हाथ किसी दूसरे नगर का एक आदमी राधाकृष्ण की बड़ी मूर्तियों की जोड़ी पुराने पीतल के दामों बेच गया था और मेवालाल इन मूर्तियों को गलवाने में हिचक रहे थे, क्योंकि दुलारी का कहना था कि भगवान की मूर्तियाँ गलवाने में पाप लगेगा। उन्होंने दूसरे दिन पार्क के एक पुराने नीम के पेड़ के नीचे व्यासपीठ बनवाकर ये मूर्तियाँ रखा दीं और उसी दिन से चढ़ावा चढ़ने लगा।

एक महीना तक श्रीमद्भागवत की कथा चली। कथा समाप्त हो गई और शामियाना उखड़ गया। लाला मेवालाल ने रामभजन पांडे को बुलाकर कहा, "पांडे जी, कथा भले ही समाप्त हो गई हो लेकिन भगवान की मूर्ति अब स्थापित हो

गई है, सो भगवान की आरती बाकायदा रोज होती रहे, यह जिम्मेदारी तुम पर।"

"लेकिन लाला जी, खुले में ये मूर्तियाँ रखी रहेंगी तो इन्हें कोई चुरा न ले जाएगा। हम दिन-भर तो इनकी रखवाली नहीं कर सकते।"

मेवालाल मुस्कराए, "पांडे जी, तुमने हमें इतना मूरख समझ रखा है क्या कि हमने इस पर सोचा न हो। एक पक्की मढ़िया यहाँ आज दिन-भर में बन जाए, और इस मन्दिर का नाम राधेश्याम ठाकुरद्वारा रख दिया जाए। सौ रुपये हमसे अभी ले लो चलकर। और इस देवालय को तुम सँभालो। सुबह-शाम आरती हो, चढ़ावा चढ़े और तुम काम से लग गए।"

तीन दिन के अन्दर एक छोटा-सा देवालय बन गया वहाँ पर। संगमरमर का फर्श, उस पर पाँच फुट ऊँचा, तीन फुट लम्बा और तीन फुट चौड़ा भगवान का गृह बन गया। आधा संगमरमर का और आधा सीमेंट और ईंटों का। घासीराम के पाँच सौ रुपये लग गए उस पर। मुख्य पुजारी रामभजन पांडे बने, और वहीं पास में पचास रुपये की लागत से फूस की एक झोंपड़ी भी रामभजन के वास्ते बन गई। सुबह-शाम भगवान की आरती होने लगी और चढ़ावा चढ़ने लगा, और वह तिकोनिया पार्क अब राधेश्याम पार्क कहलाने लगा।

दो महीने बाद यह खबर म्युनिसिपल बोर्ड के अधिकारियों तक पहुँची कि सरकारी जमीन पर कब्जा हो गया है। हुक्म हुआ कि मन्दिर गिरा दिया जाए और झोंपड़ी उजाड़ दी जाए। जिस समय म्युनिसिपल बोर्ड के अफसर, कुली और मजदूर इस काम के लिए पहुँचे मुहल्ले-भर में बिजली की तरह यह खबर फैल गई कि भगवान का मन्दिर तोड़ा जा रहा है। मुहल्लेवालों की भीड़ इकट्ठी होने लगी इसका विरोध करने के लिए। इस बीच मेवालाल ने पाँच आदमी दौड़ा दिये शहर-भर में यह प्रचार करने के लिए म्युनिसिपल बोर्डवाले भगवान के मन्दिर को तोड़ रहे हैं। परिणाम यह हुआ कि दो घंटे के अन्दर नगर के निठल्ले साधु-संन्यासियों और गुंडों की एक बड़ी भीड़ इकट्ठी हो गई। पाँच हजार आदमियों की भीड़ देखकर म्युनिसिपल बोर्ड के आदमी अपनी-अपनी जान लेकर भागे। और इधर राधेश्याम के मन्दिर में अखंड कीर्तन आरम्भ हो गया।

अब मेवालाल ने खुलकर नेतृत्व अपने हाथ में ले लिया। उनके तत्त्वावधान में एक मन्दिर समिति का संगठन हुआ जिसमें नगर के प्रमुख सेठों का नाम

सम्मिलित किया गया। चन्दा इकट्ठा होने लगा। धर्म के नाम पर जबरदस्ती चन्दा वसूल करके दस हजार रुपये की रकम इकट्ठा हो गई।

उधर म्युनिसिपल बोर्डवाले सरकार से लिखा-पढ़ी कर रहे थे कि इस मामले में क्या किया जाए और इधर मेवालाल ने नीम का पेड़ कटवाकर उस पाँच फुट ऊँचे देवालय को ढककर एक विशालकाय मन्दिर बनवाना आरम्भ कर दिया। कीर्तन के लिए एक बहुत बड़ा सहन मन्दिर के सामने बन गया। और मन्दिर बनने के बाद कुछ भक्तगणों ने हिन्दुस्तान के एक बड़े राजनीतिक नेता से मन्दिर का उद्‌घाटन करवा दिया। इस धार्मिक समारोह से भी अच्छी-खासी आय हो गई।

मन्दिर-समिति का बाकायदा एक ट्रस्ट बन गया और उस ट्रस्ट के पाँच सदस्य बने—मेवालाल, दुलारीदेवी, राधेश्याम, रामभजन पांडे और गोपाल जी कथावाचक। इस ट्रस्ट की रजिस्ट्री करा ली गई।

म्युनिसिपल बोर्डवाले चुप होकर बैठ गए, सरकार धार्मिक उपद्रव नहीं कराना चाहती थी। और ट्रस्ट बनने के बाद मेवालाल ने अपनी पत्नी से कहा, "देख लिया! बप्पा के कहने के अनुसार उनके रुपयों से यह विशाल मन्दिर खड़ा हो गया है। बप्पा की पुण्यात्मा का ही यह परताप है। आगे-आगे देखना—यह मन्दिर बड़ा भागवान साबित होगा हम लोगों के लिए।"

3

इक्के से उतरकर चकित भाव से लाला घासीराम ने अपने चारों ओर देखा। उनके पुराने मकान में ताला पड़ा था और ऐसा लगता था कि वह किसी भी समय धसक सकता है। और उन्होंने देखा कि उनके मकान के सामनेवाली हवेली का खंडहर गायब हो गया है और वहाँ एक शानदार दुमंजिला मकान खड़ा है। उस मकान पर एक साइनबोर्ड लगा है जिस पर लिखा है मेवाराम एंड संस—बैंकर्स! उस मकान का दरवाजा भीतर से बन्द था। सुबह छै बजे के समय उन्हें सड़क पर कोई आदमी नहीं दिखा जिससे वह कुछ पूछताछ करते। लिहाजा बीच सड़क पर खड़े होकर उन्होंने आवाज लगाई, "अरे मेवा! ओ मेवा!"

जनवरी महीने की सुबह के छै बजे का समय—मेवालाल रजाई ओढ़े लेटा था। पिछली रात ठाकुरद्वारे में देर तक कीर्तन होता रहा था और मेवालाल उस कीर्तन से लौटकर एक बजे रात को सोया था। दुलारी रसोईघर में राधेश्याम के वास्ते दूध गरम कर रही थी। घासीराम की आवाज सुनकर वह दौड़ती हुई कमरे में आई और मेवालाल की रजाई खींचकर उसे जगाते हुए उसने कहा, "अरे उठो—देखो तो बप्पा की आवाज लगती है, मालूम होता है वह लौट आए हैं।" और फिर वहाँ से दौड़कर उसने मकान का दरवाजा खोला। घासीराम खड़े हुए इधर-उधर देख रहे थे और रुक-रुककर मेवालाल को आवाजें लगा रहे थे। दुलारी ने दरवाजे से ही इक्केवाले से कहा, "ए इक्केवाले, असबाब यहाँ रक्खो आकर!" और फिर बढ़कर उसने अपने ससुर के चरण छुए। घासीराम उसी समय बुदबुदाए, "हे प्रभु, कैसी लीला है! गए थे झोंपड़ी से और लौट रहे हैं महल में।"

इस समय तक मेवालाल भी उठकर आ गया था, उसने भी अपने पिता के चरण छुए, "तो लौट आए बप्पा! हम लोगन ने तो तुम्हारे लौटने की आशा त्याग दीनी थी। पौने दो साल बाद लौटे हो!"

घासीराम ने केवल इतना कहा, "सब प्रभु की लीला है"—और बाहरवाले कमरे की गद्दी पर बैठकर वह चकित भाव से उस कमरे को देखने लगे। लोहे की दो बड़ी-बड़ी तिजोरियाँ—मोटे-मोटे गद्दे फर्श पर बिछे हुए—उन पर गावतकिये रखे हुए, और इस बीच मेवालाल के नौकर गनेशी ने मेवालाल का आदेश पाकर पीछे वाले खाली कमरे में घासीराम का असबाब रख दिया। घासीराम अब थोड़ा-सा संयत हो गए थे, तो उन्होंने कहा, "प्रभु की किरपा से चिमटेवाले बाबा मिल गए तो जान बच गई। नहीं तो बद्रीनाथ से लौटते बखत परान निकल जाते। छै महीने उनके आश्रम में हम पड़े रहे—बड़े परतापी बाबा हैं, मुरदे को भी ज़िन्दा कर दें। तो समझो कि हम मरके लौट आए! सब प्रभु की लीला है।" उन्होंने एक बार फिर उस कमरे में निगाह घुमाई, "तो इतने ही दिनों में यह शानदार हवेली बन गई! हम तो रास्ते-भर सोचते रहे कि मेवा की क्या हालत होगी। दुकान तो ठीक तरह से चल रही है?"

मेवालाल मुस्कराया, "अब तुम दुकान की चिन्ता छोड़ो बप्पा, वह हमने जगेसर को सौंप दीनी है। तुम तो दुनिया के मायाजाल से मुक्त हुइ चुके हो। आराम

से रहो और भगवत भजन करो। हमने अपना कामकाज अलग से कर लीना है, पौने दो साल के अन्दर अपनी हैसियत दो लाख की हो गई है।"

घासीराम की आँखें फैल गईं, "दो लाख की हैसियत! चोरी या डाके का धन्धा तो नहीं शुरू किया है? बनिए के लड़के को यह धन्धा नहीं शोभा देता।"

"नहीं बप्पा! हमने महाजनी का काम शुरू किया है। साइनबोर्ड देखा है हमारा! मेवालाल एंड संस—बैंकर्स! तो किस्त पर रुपया देते हैं, मकान और जेवर की गिरो-गाँठ करते हैं। अच्छा अभी छोड़ें इस बात को।" और उसने दुलारी से कहा, "बप्पा के लिए कलेवा बनाओ, तब तक बप्पा निपट लें—और हम भी निपटे लेते हैं, कलेवा करके ठाकुरद्वारे में भगवान के दरसन को जाना है," और इस बार उसने घासीराम से कहा, "बप्पा! तुमने जो भगवान के नाम का रुपया हमें सौंपा था तो उससे एक ठाकुरद्वारा बना दिया है हमने—रोज सुबह-शाम हम पूजा करते हैं वहाँ।"

घासीराम गद्गद हो उठे, "प्रभु की लीला! लेकिन बेटा मेवा, भगवान के दरसन कलेवा करने के पहले करना चाहिए—कलेवा करने के बाद दरसन करने से पाप लगता है। हम भी चलते हैं तुम्हारे साथ—दरसन के बाद कलेवा करेंगे।"

ठाकुरद्वारे को देखकर घासीराम सन्नाटे में आ गए। बगलवाला तिकोनिया पार्क गायब हो गया था, और उसमें एक बहुत बड़ा मन्दिर खड़ा था। मुहल्ले-पड़ोस के लोग पूजा करने आ रहे थे वहाँ पर। रामभजन पांडे पुजारी की गद्दी पर बैठे थे। मन्दिर के ऊपर बड़े-बड़े अक्षरों में सीमेन्ट में लिखा था—राधेश्याम ठाकुरद्वारा—और नीचे लिखा था—निर्मित किया लाला घासीराम ने। यह पढ़कर लाला घासीराम पुलकित हो गए। उन्होंने मेवालाल से पूछा, "बेटा मेवा, हमारे बक्से में तो कुल चार-पाँच सौ रुपये रहे होंगे, यह इतना बड़ा ठाकुरद्वारा कैसे बन गया?"

मेवालाल मुस्कराया, "बप्पा! यह सब अपनी तीरथयात्रा का पुण्य समझो! जमीन पर भक्त लोगों ने जबरदस्ती कब्जा कर लिया और तुमने जो रुपया छोड़ा था वह चन्दे से बढ़ते-बढ़ते दस हजार हो गया, और यह मन्दिर बन गया। रामभजन पांडे को हमने पुजारी बनाय दीना है और मन्दिर का ट्रस्ट बन गया है। ट्रस्टी हैं हम, तुम्हारी बहू, तुम्हारा पोता—और बाहर से रामभजन पांडे और गोपाल जी कथावाचक।"

एकाएक घासीराम भड़क उठे, "और हम मर गए हैं क्या?"

"उस वखत तो किसी को पता नहीं था कि तुम ज़िन्दा हो। लेकिन अब आप आ गए हो तो गोपाल जी कथावाचक को ट्रस्ट से निकाल बाहर करेंगे, वह पैसा कमाने के लिए तीन महीना भया बम्बई चले गए, तब से वापस नहीं लौटै। तो उनकी जगह तुम ट्रस्टी बन जाओ।"

रामभजन पांडे ने आरती का थाल सजा रखा था, मेवालाल के आते ही उन्होंने मन्दिर के पट खोले। घंटा-घड़ियालों के स्वर गूँजने लगे और आरती होने लगी। भक्तगण बड़ी श्रद्धा-भक्ति के साथ आरती देख रहे थे। आरती समाप्त होने के बाद आरती का थाल भक्तजनों के सामने घुमाया गया, भक्त ने अपनी-अपनी हैसियत के अनुसार अधेला, पैसा, टका या इकन्नी चढ़ाकर पुण्य लूटा। घासीराम ने अन्दाजा लगाया करीब डेढ़ रुपये के पैसे आरती में चढ़े थे। फिर उन्होंने हिसाब लगाया, करीब इतने ही पैसे रात के समय आरती में चढ़ेंगे—इसके माने हैं तीन रुपया रोज—महीने के नब्बे रुपये। और तिथि-पर्व पर ज्यादा भी चढ़ सकता है, तो औसत में सौ रुपये महीने की आमदनी है मन्दिर में।

ठाकुरद्वारे से लौटकर पिता-पुत्र ने कलेवा किया, दूध, हलुवा, मठरी और फल। यह तो राजसी कलेवा था। अब घासीराम से न रहा गया, "बेटा मेवा! इस तरह से तो घर लुट जाएगा। हम लोग ठहरे बनिए, तो भला कहीं हम लोगों में यह राजसी कलेवा किया जाता है।" और फिर अपनी बहू से उन्होंने कहा, "बहू, यह मेवा तो फिजूलखर्च और उड़ाऊ है, तू क्यों नहीं रोकती इसे?"

मेवाला ने इस बार कड़े स्वर में कहा, "बप्पा! अब यह सब फिकर छोड़ो। भगवान मेवा देता है खाने को तो क्यों घास-पात खाया जाए! और तुम अच्छे आय गए हो। बात यह है कि हम सोच रहे हैं कि ठाकुरद्वारे की चहारदीवारी की शकल में बारह दुकानें बनवाय दें। दस-दस रुपया महीना किराए पर उठ जाएँगी तो एक सौ बीस रुपया महीना की बँधी आमदनी हो जाएगी—चढ़ावा के सौ-सवा सौ अलग से। इससे जनम-जनम तक ठाकुरद्वारे का खर्चा चलता रहेगा। लेकिन ठाकुरद्वारे की सँभाल करनेवाला कोई था नहीं—रामभजन पांडे बामन आदमी ठहरे, बिलकुल पोंगा, खाने-फूँकनेवाले आदमी। अब तुम आ गए हो तो तुम तो साधू-संन्यासी की तरह पवित्र हो चुके हो। घर-गिरिस्ती में रहना तुम्हें शोभा नहीं देगा। तौन तुम ठाकुरद्वारे

मॉ रहौ चलके—ठाकुर जी की मढ़िया के पीछे एक आलीशान कमरा हमने बनवाय दिया है—वह खाली पड़ा है तो उसे खुलवाए देते हैं तुम्हारे लिए। वहीं भगवान की पूजा करो और मन्दिर मॉ जो चढ़ावा आवत है वहिका सहेजो और हिसाब-किताब रखो। बारह दुकानें बनने का खर्चा इसी चढ़ावे से तो निकलेगा। हम एक हफ्ता के अन्दर तुम्हें ट्रस्टी बनवा दें, तब वहाँ रहना नहीं तो रामभजन पांडे अड़ंगा लगाएँगे।"

एक हफ्ते के बाद लाला घासीराम ठाकुरद्वारे के कमरे में रहने लगे जाकर। भगवान की सेवा करने और पूजा-पाठ में उन्होंने मन लगाया। चढ़ावे की आमदनी को वह सहेजकर रखने लगे। लेकिन भगवान की आरती होती थी सुबह-शाम, और चढ़ावे के रुपयों के हिसाब में रामभजन पांडे से चखचख और कहा-सुनी में भी घंटा-आध घंटा से अधिक समय नहीं लगता था। अपना बाकी समय वह अपने पौत्र राधेश्याम को खिलाने में लगाने लगे। वह मन्दिर भी तो घासीराम और राधेश्याम की संयुक्त सम्पत्ति थी—मन्दिर राधेश्याम का, बनवाया घासीराम ने। घासीराम सुबह-शाम घर में भोजन कर आते थे, और फिर राधेश्याम को गोद में लेकर खिलाने लगते थे। साक्षात् कृष्ण भगवान ने जन्म लिया था उनके वंश में।

राधेश्याम अपने बाबा के लाड़-प्यार में पल रहा था। उसके पिता मेवालाल को अपने धन्धे से ही फुरसत नहीं मिलती थी। लाला घासीराम भोजन करके अपने पौत्र को गोद में मन्दिर में ले आते थे और रात में भोजन करने के समय वह राधेश्याम को उसकी माता के हाथों सौंप आते थे।

मेवालाल का महाजनी का धन्धा अब बेतरह फैल रहा था। उन्होंने अपने यहाँ तीन मुनीम रख लिए थे, एक जाली बहीखाते और दस्तावेज बनाता था, दूसरा ब्याज का हिसाब-किताब रखता था और तीसरा मुनीम दिन-भर कचहरी में रहकर मुकदमेबाजी करता था। मेवालाल का काम था इन तीनों मुनीमों के काम में तालमेल बैठाना।

उस दिन मेवालाल को स्वयं कचहरी जाना पड़ा। जाली दस्तावेज बनाने में मुनीम जी से कुछ गड़बड़ी हो गई थी और मेवालाल पर जालसाजी का मुकदमा चला दिया था पुलिस ने, क्योंकि कोतवाल साहब शहर में नये-नये आए थे। मेवालाल को उनकी सेवा करने का अवसर ही नहीं मिला था। भगवान की कृपा

से एक हजार की रिश्वत देने से मेवालाल बरी हो गए, लेकिन उनके मुनीम को तीन साल की सजा हो गई। दोपहर को दो बजे मुकदमे से बरी होकर मेवालाल जब कचहरी से घर लौट रहे थे, तो उनके मन में खयाल आया कि इधर दो-तीन महीनों से अपने पिता को ठाकुरद्वारे में बैठाकर खुद सुबह-शाम आरती करना छोड़ दिया था। उसी के कारण यह विपत्ति उन पर आई और नतीजा यह हुआ कि घर में प्रवेश करने के पहले उन्होंने ठाकुरद्वारे में प्रवेश किया, भगवान से क्षमा माँगने के लिए।

उस समय ठाकुरद्वारा सुनसान पड़ा था। रामभजन पांडे अपनी झोंपड़ी में सो रहे थे, और घासीराम राधेश्याम को अपनी गोद में लिए हुए मन्दिर के सामनेवाले सहन में टहल रहे थे और राधेश्याम को सुलाने के लिए थपथपा रहे थे। हरएक थाप पर घासीराम लोरी के स्वर में बड़े प्रेम से कहते जाते थे, "मेरा तो डाँड़ी मारेगा, मेरा तो कमती तौलेगा—मेरा तो कमती तौलेगा, मेरा तो डाँड़ी मारेगा।"

अप्रैल का महीना, मेवालाल भूखे-प्यासे थे। एकाएक उनका पारा चढ़ गया। घासीराम के पास जाकर उन्होंने राधेश्याम को उनकी गोद से छीन लिया और फिर उनके गाल पर एक तमाचा रसीद करके बोले, "यह राधे डाँड़ी मारने और कम तौलने के लिए नहीं पैदा हुआ है, यह तो माल काटेगा, माल! अब अगर इसके लिए यह सब कहा तो हम तुम्हें मारते-मारते बेदम कर देंगे।"

घासीराम अवाक अपने पुत्र की ओर देखने लगे, फिर धीमे और करुण स्वर में उन्होंने कहा, "बनिए का लड़का यह सब नहीं करेगा तो क्या करेगा!"

तेज स्वर में मेवालाल ने उत्तर दिया, "यह सब इसके नौकर-चाकर करेंगे। जानते हो गिरधारी को आज तीन साल की सजा हो गई और हम साफ छूट आए। हमने देवता की स्थापना की है तो हमें अपने हाथों कोई पाप नहीं करना चाहिए। देखा न, जाली दस्तावेज हमने बनवाया था गिरधारी से। सो गिरधारी को सजा हो गई।"

घासीराम ने मन्दिर का पट खोला और भगवान की मूर्ति के सामने लेट गए, "प्रभु, बड़ी किरपा है तुम्हारी जो मेवालाल जेल जाते-जाते बचा!" और फिर उन्होंने उठकर मेवालाल से कहा, "बेटा मेवा! हम तो पुरानी दुनिया के आदमी हैं, तो चूक हो गई। अब तुम इस राधे को ऐसा बनाओ कि यह तुम्हारे भी कान

काटे।" और उन्होंने फिर राधेश्याम को गोद में लेकर कहा, "तीन बरस की सजा हुई है गिरधारी को—यह तो बुरा हुआ।"

"बुरा तो जरूर हुआ, वैसे वह ढाई साल में छूट जाएगा। उसकी घरवाली को हम बीस रुपया बाँध देते हैं, बड़े काम का आदमी है। न जाने कैसे चूक हो गई उससे।" फिर एक ठंडी साँस लेकर मेवालाल बोला, "क्या बतावें बप्पा! दुनिया बड़ी तेजी के साथ बदल रही है। तो जाल-बट्टा, लूट-खसोट और बेईमानी में हम हिन्दुस्तानी विलायतवालों से बहुत पीछे हैं, यानी हमारे तौर-तरीके सब ऐसे हैं कि आसानी से धर लिए जाएँ। तो राधे को विलायती ढंग से पढ़ाया जाए, हमने यह तै कर लीना है।"

विलायत का नाम सुनकर घासीराम कसमसाए, "बेटा मेवा! यह विलायत हमारा धरम जो ले लेगा।"

"अरे हमारे धरम की जिम्मेदारी तो ठाकुर जी पर है, तो ठाकुर जी की किरपा चाहिए।" और मेवालाल को यह अनुभव हुआ कि उसे बड़े जोर की भूख लग रही है, इसलिए वह घूमकर चल दिया।

4

राधेश्याम का व्यक्तित्व निखर रहा था। दो मास्टर उसे पढ़ाने आते थे घर पर, एक सुबह, दूसरा शाम को, और हाईस्कूल में उसे फर्स्ट डिवीजन मिला। इंटरमीडिएट में भी उसे फर्स्ट डिवीजन मिला, और बी.ए. में तो उसे विश्वविद्यालय में सातवीं पोजीशन मिली।

मेवालाल की इच्छा थी कि उसका लड़का आई.सी.एस. बनकर कलक्टरी करे और इसलिए राधेश्याम दो बार आई.सी.एस. की कम्पीटीटिव परीक्षा में बैठा, लेकिन वह आ नहीं पाया। राधेश्याम को पता लगा कि जो लोग यहाँ हिन्दुस्तान में आई.सी.एस. नहीं बन पाते वह विलायत जाकर आसानी से आई.सी.एस. की परीक्षा पास कर लेते हैं। उसने जब मेवालाल से यह बात बताई तब मेवालाल ने बावजूद घासीराम के अनेक विरोध के उसे विलायत भेज दिया।

सबहिं नचावत राम गोसाईं

वानप्रस्थ आश्रम ले लेने के बाद घासीराम की ममता का केन्द्रबिन्दु राधेश्याम बन गया था। राधेश्याम के एक छोटे भाई और दो छोटी बहनों ने भी इस दुनिया में प्रवेश कर लिया था, लेकिन घासीराम की ममता का केन्द्र राधेश्याम ही बना रहा। राधेश्याम की पसनी के दिन ही घासीराम को ज्ञान प्राप्त हुआ था, राधेश्याम के नाम से ही वह भव्य ठाकुरद्वारा बना था जिसके निर्माता की हैसियत से घासीराम प्रसिद्ध हो गए थे। तो इधर राधेश्याम मेवालाल के साथ ट्रेन में बम्बई जहाज पकड़ने के लिए रवाना हुआ और उधर घासीराम ने खाट पकड़ ली।

राधेश्याम ने जहाज पर फर्स्ट क्लास में यात्रा की। उसी जहाज से अहमदाबाद के सेठ मनसुखलाल का लड़का जैसुखलाल भी विलायत जा रहा था। यह जैसुखलाल राधेश्याम से कुल दो-तीन साल ही बड़ा था, लेकिन गम्भीर स्वभाव का होने के कारण काफी बड़ा और अनुभवी दिखता था। राधेश्याम और जैसुखलाल दोनों ही निरामिष भोजी थे, दोनों ही सात्विक प्रवृत्ति के थे।

बम्बई से जहाज छूटने के तीन दिन बाद जहाज के भोजन-कक्ष में इन दोनों का परिचय हुआ और परिचय के साथ दोनों में बातचीत भी हुई। दोनों के सामने जहाज का बेजायका निरामिष भोजन था, दोनों ही बड़ी अरुचि के साथ भोजन कर रहे थे। राधेश्याम ने जैसुखलाल की ओर देखा, "आप भी निरामिष भोजी हैं। सुना है विलायत में इससे भी ज्यादा बेस्वादा निरामिष भोजन मिलता है।"

जैसुखलाल ने राधेश्याम को कुछ इस तरह देखा, जैसे वह निर्णय करना चाहता हो कि इस आदमी से बात की जाए या न की जाए। फिर मानो मन-ही-मन उसने निर्णय ले लिया कि इस युवक से बातें करने में कोई हर्ज न होगा। उसने उत्तर दिया, "निरामिष भोजियों को अगर स्वाद का खयाल है तो विलायत नहीं जाना चाहिए। मेरा अनुभव तो कुछ ऐसा है। वहाँ निरामिष भोजियों को बड़ा कष्ट होता है।"

"तो क्या आप वहाँ कई दफे जा चुके हैं?" राधेश्याम ने पूछा।

"चौथी बार जा रहा हूँ। लेकिन कष्ट तो मानसिक स्थिति-भर है। फिर मनुष्य कष्ट सहन करने के लिए पैदा भी हुआ है।"

राधेश्याम के अन्दर अब कौतूहल जागा। उसके सामने बैठा हुआ व्यक्ति किसी सम्पन्न परिवार का है, यह तो उसकी उँगली में एक अँगूठी से ही प्रकट हो रहा था जिस पर एक बड़ा-सा हीरा लगा था। फिर वह चौथी बार विलायत

जा रहा है—उसने खुद ही यह बतलाया था। राधेश्याम बोला, "मैं तो पहली दफे ही विलायत जा रहा हूँ, आई.सी.एस. में चांस लेने के लिए, इस बार यहाँ मेरा पन्द्रहवाँ नम्बर था आई.सी.एस. की परीक्षा में, लिये कुल ग्यारह आदमी गए। आप विलायत में पढ़ते हैं?"

एक रूखी मुस्कराहट के साथ जैसुखलाल बोला, "विलायत में पढ़ने में क्या धरा है? एक रिटायर्ड आई.सी.एस. मेरे यहाँ नौकरी कर रहा है।"

राधेश्याम की आँखें फैल गईं, "एक रिटायर्ड आई.सी.एस. आपके यहाँ नौकरी कर रहा है! तो क्या आप किसी राजपरिवार के हैं?"

"काठियावाड़ के दो राजा मेरे बापू के कर्जदार हैं, यह राजा लोग निकम्मे और ऐयाश होते हैं।"

राधेश्याम अब चक्कर में पड़ गया, उसने पूछा, "तो फिर—तो फिर आप करते क्या हैं और विलायत क्यों जा रहे हैं?"

"मेरे बापू की अहमदाबाद में कपड़े की तीन मिले हैं—मंसुखलाल ग्रुप! अब हम लोग बड़ौदा में वनस्पति घी की एक मिल लगा रहे हैं। उस मिल के लिए मशीनें खरीदने जा रहा हूँ विलायत। वह शान्तिलाल शाह—मेरा पड़ोसी, विलायत में बैरिस्टरी पढ़ने गया है, वह मेरी इस नई मिल का मैनेजर बनना चाहता है। उसी का सुझाव है इस वनस्पति की फैक्टरी का! तो बापू ने मुझसे यह भी कहा है कि उसकी बाबत पता लगा लूँ कि उसे नौकरी दी जाए या न दी जाए। पन्द्रह सौ रुपया महीना की पगार पर आनेवाले आदमी को ठोक-बजाकर लेना चाहिए।" और जैसुखलाल के मुख पर फिर रूखी मुस्कराहट आ गई।

राधेश्याम के मन में जैसुखलाल के प्रति एक प्रकार की श्रद्धा जाग उठी और उस दिन से वह जैसुखलाल के साथ लग गया।

तीन-चार दिन बाद बात करते-करते जैसुखलाल ने राधेश्याम से पूछ लिया, "तुम्हारे बापू क्या करते हैं?"

"वह बैंकर हैं कानपुर में। वहाँ हम लोगों के कई मकान हैं किराए पर उठे हुए।"

"तो वह तुमसे नौकरी क्यों कराना चाहते हैं?" जैसुखलाल ने पूछा।

यह प्रश्न राधेश्याम को अच्छा नहीं लगा, उसने कुछ तनकर कहा, "नौकरी नहीं, मुझे आई.सी.एस. बनाकर मुझसे अफसरी कराना चाहते हैं।"

जैसुखलाल ने मुँह बनाया, "यह अफसर भी तो नौकर ही होता है, दूसरों का मुहताज! पचासों सरकारी अफसर बापू के यहाँ चक्कर लगाते हैं, कोई रिश्वत माँगता है, कोई अपने लड़कों-बच्चों के लिए नौकरी माँगता है। दुनिया बिकी हुई है रुपये से। तो यह सूदखोरी और मकान के किराए में कुछ नहीं धरा है, आज का जमाना इंडस्ट्रीज का है। मिलें खोलो, हजारों नौकर रखो, लोगों को खरीदो और मौज करो।"

राधेश्याम को जिन्दगी के नये-नये पहलू मालूम हुए। लन्दन-जैसे शहर में राधेश्याम ने जैसुखभाई के ठाठ देखे तो वह दंग रह गया। उसके अन्दरवाले अध्ययनशील व्यक्ति को ढकेलकर एक नया व्यक्तित्व उभर आया। उसने मन-ही-मन यह तै कर लिया कि अब उसे इस परीक्षा-वरीक्षा के चक्कर से निकलकर एक सफल और शक्तिशाली उद्योगपति बनना चाहिए। और एक तरह का आत्मविश्वास जाग उठा उसके अन्दर।

लन्दन पहुँचकर राधेश्याम ने उसी होटल में कमरा ले लिया जिसमें जैसुखलाल के ठहरने की व्यवस्था शान्तिलाल ने की थी। नवम्बर का महीना था और जैसुखलाल कुछ दुबला-पतला आदमी था। वहाँ पहुँचते-पहुँचते जुकाम ने उसे धर दबाया। इंग्लैंड में जुकाम बड़ी खतरनाक बीमारी समझी जाती है। शान्तिलाल ने जैसुखलाल को अस्पताल में भरती हो जाने की सलाह दी। लेकिन जैसुखलाल को अस्पताल के नाम से डर लगता था। उस समय राधेश्याम ने जैसुखलाल की बड़ी सहायता की, वह जी-जान से जैसुखलाल की परिचर्या में लग गया। एक हफ्ता बीमारी और दो हफ्ते आराम के बाद जैसुखलाल पूरी तौर से स्वस्थ हो गया।

एक महीने के बाद जैसुखलाल ने मशीन की खरीदारी की दौड़-धूप आरम्भ कर दी। इंग्लैंड में जो मशीनें मिल रही थीं उनके दाम उसे कुछ अधिक लगे; और एक हफ्ते की दौड़-धूप के बाद उसने राधेश्याम से कहा, "बम्बई में रतनचन्द्र सेठ ने सलाह दी थी कि जर्मनी से मशीनें खरीदी जाएँ। सस्ती और मजबूत! उसका मुकाबला ब्रिटिश मशीनें कर ही नहीं सकतीं। तो अगर तुम्हें यहाँ कोई काम न हो तो मेरे साथ जर्मनी चले चलो तीन-चार दिन के लिए। बापू ने चार लाख दिये हैं, शान्तिलाल ने लिखा था कि इतने में सौदा पट जाएगा। और यहाँ लोग माँग रहे हैं साढ़े चार लाख। मोलभाव में बीस-पचीस हजार कम कर दें तो कर दें। मेरी

तन्दुरुस्ती अभी भी अच्छी नहीं है, और शान्तिलाल को मैं साथ नहीं लेना चाहता, यह आदमी मुझे पसन्द नहीं आया।"

राधेश्याम को लन्दन में कोई विशेष काम नहीं था, वह जैसुखलाल के साथ जर्मनी रवाना हो गया।

जर्मनी में जैसुखलाल ने जो वनस्पति फैक्टरी की मशीन देखी वह उसे बुरी नहीं लगी। मैनेजर ने उनका दाम चार लाख रुपया बतलाया। एकाएक राधेश्याम के मुँह से निकल पड़ा, "हमलोग बेकार यहाँ जर्मनी में आए, इंग्लैंड में यह मशीन साढ़े तीन लाख की मिल रही थी।"

मैनेजर के माथे पर बल पड़ गए, "असम्भव! इस मशीन की लागत ही साढ़े तीन लाख रुपया होती है, फिर बम्बई तक जाने का भाड़ा। हम इसे साढ़े चार लाख से कम की नहीं बेचते, लेकिन रीख फ्यूरिहर का आदेश है कि हम इन मशीनों को जितनी जल्दी हो लागत पर ही बेच दें। तो हम इस मशीन को साढ़े तीन लाख में दे सकते हैं, बम्बई तक का भाड़ा तुम्हारे जिम्मे होगा।"

राधेश्याम की बुद्धि अब पूरे तौर से खुल गई थी, उसने बिना जैसुखलाल को मौका दिये हुए कहा, "एक फ्लावर मिल की भी मशीन चाहिए हमें, वह भी होगी आपके पास?"

"हाँ उसे भी हम जल्दी-से-जल्दी बेचना चाहते हैं।" मैनेजर बोला, "वह दो लाख की है।"

राधेश्याम ने जैसुखलाल से हिन्दी में कहा, "अगर कहो तो तीन लाख की तुम्हारी मशीन और डेढ़ लाख की यह फ्लावर मिल की मशीन अपने लिए—इसका सौदा तय कर लें, पट जाएगा।"

जैसुखलाल अपने शिष्य की वणिक्-बुद्धि पर चकित हो उठा था, उसने कहा, "कोशिश करो।"

राधेश्याम मैनेजर से बोला, "दोनों मशीनों के साढ़े चार लाख रुपये हम दे सकते हैं, तीन लाख वनस्पति मिल की मशीन के और डेढ़ लाख फ्लावर मिल की मशीन के, यह हमारा अन्तिम ऑफर है।" और वह जैसुखलाल का हाथ पकड़कर उठ खड़ा हुआ।

मैनेजर ने घबराए हुए स्वर में कहा, "ज़रा ठहरिए, मैं अभी बतलाता हूँ।"

और उसने कहीं से फोन मिलाया, शायद जर्मन सरकार की फाइनेंस या इंडस्ट्रीज मिनिस्ट्री से, और उसने कुछ बातें कीं। फोन रखते हुए उसने कहा, "अच्छी बात है, सौदा पक्का! लेकिन पेमेंट यहाँ नकद करना होगा, और दोनों मशीनें एक साथ खरीदनी होंगी।"

"हाँ-हाँ, हमलोग कल सुबह आकर पूरी लिखा-पढ़ी और भुगतान कर देंगे।" और राधेश्याम जैसुखलाल के साथ चल दिया।

होटल में पहुँचकर राधेश्याम ने जैसुखलाल से कहा, "जैसुखभाई, आटा मिल वाली मशीन हमारी, लेकिन पैसा हमारे पास है नहीं। तुम्हारे बापू ने चार लाख दिये हैं तो तुम चार लाख का भुगतान कर दो, अपने बापू से तुम चार लाख ही बतलाना। इसमें एक लाख का तुम्हारा निजी मुनाफा हुआ। वह एक लाख रुपया तुम्हारा मेरे ऊपर, साल-भर में मयचार फीसदी ब्याज के हम वह रुपया तुम्हें वापस कर देंगे। उसका प्रोनोट हम तुम्हारे नाम लिखे देते हैं।"

जैसुखलाल मुस्कराया, "राधेश्याम भाई! तुम बड़े बुद्धिमान हो, और तुम उद्योग-धन्धों में कामयाब होगे। तुम्हारा प्रस्ताव मुझे बुरा नहीं लगता। लेकिन पचास हजार रुपये का तुम क्या करोगे?"

"उसका भी प्रबन्ध हो जाएगा, तुम चार लाख रुपया नकद दे देना, मैं तुम्हें प्रोनोट लिखे देता हूँ।"

दूसरे दिन राधेश्याम ने सौदा पक्का कर लिया। बम्बई में मशीनों के पहुँचते ही बैंकर द्वारा यह पचास हजार रुपया उससे वसूल हो जाएगा। तब मशीन की डिलीवरी उसे होगी। मैनेजर राजी हो गया।

इंग्लैंड पहुँचते ही राधेश्याम को घासीराम की मृत्यु की सूचना मिली। मेवालाल ने लिखा था कि राधेश्याम के आने की जरूरत नहीं है, बप्पा ने बड़ी शान्ति के साथ ठाकुरद्वारे में भगवान् का चरणामृत पीकर अपने प्राण त्यागे। राधेश्याम अपनी पढ़ाई-लिखाई में मन लगाए।

और जैसे राधेश्याम को अपने बाबा की मृत्यु का समाचार वरदान-रूप में मिला। उसने जैसुखलाल से कहा, "जैसुखभाई, तुम्हारा कामकाज तो हो गया और हमें भी कानपुर पहुँचकर पचास हजार रुपयों का इन्तजाम करना होगा। तीन महीने का बखत है हमारे पास। तो कब चलने का विचार है?"

जैसुखलाल भी इंग्लैंड में अपने लम्बे प्रवास से तंग आ गया था, उसने कहा, "परसों जहाज में जगह मिल सकती है—हमने पूछताछ कर ली है। यहाँ ज्यादा रुकना बेकार! यह जनवरी का महीना बड़ा खराब होता है यहाँ पर।"

राधेश्याम बम्बई में जहाज से उतरकर सीधे कानपुर के लिए रवाना हो गया। जिस समय वह स्टेशन से घर पहुँचा, मेवालाल मन्दिर की आरती से लौटकर दिन-भर के आय-व्यय का जाली बहीखाता बनवा रहे थे। राधेश्याम ने अपने पिता के चरण छुए और मेवालाल ने कड़े स्वर में कहा, "अपने आने की पहले से खबर नहीं दी। हमने तो लिख दीना था कि तुम्हारे आने की कोई जरूरत नहीं है। हम तो जालबट्टा करके रुपया पैदा करें और लाट साहेब बेकार के सफर में रुपया फूँके। दो-ढाई हजार की चोट दै दीनी तूने। अन्दर चल हम अभी सब कामकाज निपटा के आते हैं।"

वह रात तो घासीराम के गुणगान में बीती, और दूसरे दिन सुबह से ही राधेश्याम ने अपनी फैक्टरी के लिए दौड़-धूप आरम्भ कर दी। उसने अपने पिता को अपनी फैक्टरी के सम्बन्ध में कुछ नहीं बतलाया। अपनी माता से उसने पाँच हजार रुपये अपने पिता से छिपाकर माँग लिये, और माता से कह दिया कि मेवालाल को इसकी खबर न होने पाए।

एक हफ्ते बाद मेवालाल ने यह देखकर कि राधेश्याम विलायत वापस लौटने का नाम नहीं लेता, खुद राधेश्याम से बात छेड़ी, "क्यों राधे, विलायत जाने का विचार अब कब का है?"

"हम विलायत नहीं जाएँगे बाबू—अब हम यहीं रहेंगे।"

मेवालाल का माथा ठनका, "क्यों रे राधे! विलायत से कोई जुर्म करके तो नहीं भागा है?"

"नहीं बाबू, निसाखातिर रहो। बात यह है कि हम आटे की एक मिल बैठा रहे हैं, तो हमने जूही मुहल्ला में शहर से मिली हुई दो एकड़ जमीन खरीद लीनी है, परसों लिखा-पढ़ी हो गई है। बड़ी सस्ती मिल गई, सिरफ ढाई हजार में।"

जैसे मेवालाल को अपने कानों पर विश्वास नहीं हुआ, "क्या कहा, मील खोल रहा है—मील! दिमाग तो नहीं फिर गया है तेरा! अरे अकेले जमीन से मील नहीं चल जाएगी। ढाई-तीन लाख की तो मशीन ही आवेगी। फिर यह मशीन विलायत

से आवे है। यह कैसा पागलपन सूझा है तुझे!"

राधेश्याम ने हँसते हुए कहा, "बाबू, मशीन हमने खरीद लीनी है विलायत में, वहाँ से लौटने के तीन-चार दिन पहले—तभी तो हम लौट आए तुम्हारी बात टाल के। वह मशीन दो महीने में बम्बई पहुँच जाएगी। पचास हजार का प्रबन्ध करना है।" और राधेश्याम ने विस्तार के साथ अपने सौदे का किस्सा सुनाया। सब कुछ सुनकर मेवालाल की आँखें चमक उठीं, "शाबाश रे राधे, कुल उजागर करेगा। लेकिन पचास हजार तो अभी देने हैं, फिर इमारत बनवाने में चालीस-पचास हजार। और फिर मील चलाने के लिए एक लाख रुपया चाहिए। तो यह दो लाख रुपया कहाँ से आएगा?"

"दो लाख नहीं, एक लाख!" राधेश्याम बोला, पचास हजार मशीन छुड़ाने के लिए और पचास हजार मील की इमारत बनवाने के लिए। फिर मील और मशीन रेहन रखके बैंक से दो लाख रुपये का कर्ज मिल जाएगा। जैसुखलाल का भुगतान एक लाख से हो जाएगा और एक लाख रुपया मील चलाने के काम में आएगा, सो तुम्हें सिर्फ एक लाख रुपये का इन्तजाम करना है बाबू!"

मेवालाल की समझ में यह हिसाब आ गया। प्रसन्न होकर उसने कहा, "एक लाख रुपये का इन्तजाम हम अपने पास से कर देंगे—ज़रा खींचतान करनी पड़ेगी—रुपया फँसा हुआ है। लेकिन इस सबकी जरूरत नहीं पड़ेगी। बात यह है कि मोतीलाल पीछे पड़े हैं अपनी लड़की का ब्याह तुमसे करने के लिए। उनकी लड़की गंगा शक्ल-सूरत में सुन्दर है। पढ़ी-लिखी भी है, इस साल इंट्रेंस में फेल हो गई थी—सो कौन उसे नौकरी करनी है, रामायन-सुखसागर बाँच लेती है, घर का हिसाब-किताब रख सकेगी, लेकिन तुम बड़े अफसर बनना चाहते थे सो हमने सोचा कि तुमसे पूछ लें। मोतीलाल हैसियतवाले हैं, जवाहर ऑइल मिल है उनकी। तिलहन के सबसे बड़े आढ़तिए हैं कानपुर में। चालीस-पचास लाख की हैसियत समझो उनकी। सो तीस-चालीस हजार से कम दहेज भला क्या देंगे—बाकी रुपयों का इन्तजाम हम कर देंगे।"

"लेकिन मशीन छुड़ाने के लिए रुपया तो हमें दो महीने के अन्दर चाहिए बाबू—फिर दो-चार दिन के अन्दर मील की इमारत भी तो बनवाना शुरू करना है। हम चाहते हैं कि मशीन आते ही मील में लग जाए।"

"हाँ-हाँ, सब मालूम है। मील की इमारत बनाने का काम शुरू कर दो, भट्टेवालों से ईंटें उधार मिल जाएँगी—राज-मजूरों का देना भर है। अभी परसों मिले थे मोतीलाल—उन्हें खबर है कि तुम आए भए हो, बोले कि अभी तुम्हें विलायत न जाने दें, अगले महीने साइतें बनती हैं तो बियाह कर दिया जाए। सो हम आज शाम को ही उनसे बात किये लेते हैं।"

5

राधेश्याम को जो पत्नी मिली वह इंट्रेंस फेल भले ही रही हो, बुद्धि में राधेश्याम से कमजोर किसी हालत में नहीं कही जा सकती थी। गंगादेवी पर उसके पिता मोतीलाल का असीम स्नेह था और मोतीलाल अपने पुत्रों से अत्यन्त दुखी थे। उनका बड़ा लड़का हीरालाल जवाहर ऑइल मिल्स का काम तो जरूर सँभालता था, लेकिन अपनी बुद्धिहीनता से वह आए दिन नये-नये बखेड़े पैदा कर लेता था। उनका मझला लड़का पन्नालाल अपने पिता से पचास हजार रुपया ऐंठकर और अपने नाते-रिश्तेदारों को सब्ज-बाग दिखाकर उनसे एक लाख रुपया वसूल करके फिल्म का धन्धा करने के लिए बम्बई चला गया था। वहाँ उसने एक आवारा किस्म की खूबसूरत लड़की से शादी कर ली और आवारागर्दी में उसने अपना सब रुपया एक साल के अन्दर ही फूँक दिया। इसके बाद वह अपने पिता को डरा-धमकाकर रुपया वसूल करने के क्रम में जुट गया। उनका छोटा लड़का कुन्दनलाल बी.ए. में पढ़ता था, लेकिन कुन्दनलाल बहुत कोमल स्वभाव का था और उसे कला में रुचि थी। बचपन से ही उसे संगीत का शौक था, फिर वह कविता करने लग गया। अमीर बाप का बेटा—रुपये-पैसे की उसे कमी नहीं, इसके इर्द-गिर्द दोस्त लोग इकट्ठा होने लगे।

कहा जाता था गंगादेवी साक्षात लक्ष्मी की अवतार हैं। जैसे ही गंगादेवी विवाह के बाद राधेश्याम के घर पहुँची, लक्ष्मी मानो बरबस ही राधेश्याम के घर में घुसकर बैठ गईं। विश्व-युद्ध छिड़ गया था, और राधेश्याम की मिल में पिसकर बाजार-भर में जितना सड़ा-घुना गेहूँ था, वह आटे के रूप में सेना के जवानों के

पेट में जाने लगा। अंग्रेजी पढ़ा-लिखा और विलायत से लौटा हुआ राधेश्याम सेना के अंग्रेजी अफसरों से इस तरह घुल-मिल गया जैसे दूध में पानी मिल जाया करता है। आठ हजार मन आटा सप्लाई करके दस हजार मन आटे के दाम वसूल कर लेना उसके बाएँ हाथ का खेल था।

मुनाफे का दशमांश भगवान् के नाम में ब्राह्मणों को अर्पित करने की व्यवस्था धर्मशास्त्र में है, उसने यह पढ़ा था। तो भगवान् अकेले ब्राह्मणों में ही नहीं हैं, हरेक आदमी में हैं, और खासतौर से उन छोटे-बड़े सब आदमियों में, जो बेईमानी और लूट में राधेश्याम की सहायता करते थे। यह दशमांश अगर चतुर्थांश बना दिया जाए तो आमदनी बेतहाशा बढ़ सकती है, राधेश्याम ने जल्दी ही यह अनुभव कर लिया। लिहाजा कमसेरियट के क्लर्क, एकाउंटेंट और अफसर—इसके पास मुनाफे अथवा लूट का चौथा हिस्सा पहुँचा देना उसने अपना नियम बना लिया था। छह महीने के अन्दर शहर की जो आटा मिलें बन्द पड़ी थीं उन्हें भी आधे पद्दे दामों में खरीद लिया। सन् 1940 के अन्त में जब उसने हिसाब लगाया, उसकी पूँजी पच्चीस लाख से ऊपर पहुँच चुकी थी।

उस दिन राधेश्याम ने ब्रिगेडियर और मिसेज वुडबर्न को दावत दी थी। ऐसी दावतें वह अपने धन्धे के सिलसिले में बड़े-बड़े लोगों को महीने में दो-एक बार अवश्य दे दिया करता था। गंगादेवी मिसेज वुडबर्न से टूटी-फूटी अंग्रेजी में बातें कर रही थीं, और उधर ब्रिगेडियर वुडबर्न राधेश्याम के साथ बैठे फौजी ठेके का हिसाब-किताब समझ रहे थे। एकाएक ब्रिगेडियर वुडबर्न ने कहा, "आर्मी को दस हजार मन सरसों का तेल चाहिए—पन्द्रह दिन के अन्दर! तुम्हारे पास तो कोई ऑइल मिल है नहीं।"

गंगादेवी बातें तो मिसेज वुडबर्न के साथ कर रही थीं, लेकिन उनके कान राधेश्याम और ब्रिगेडियर वुडबर्न की बातचीत पर लगे थे। इसके पहले कि राधेश्याम कोई जवाब दें, गंगादेवी जोर से बोल उठीं, "हमारे यहाँ की सबसे बड़ी ऑइल मिल है—जवाहर ऑइल मिल।"

ब्रिगेडियर वुडबर्न चौंक उठे, "हमने पता लगाया है, वह मिल बन्द है, वहाँ पन्द्रह दिन से स्ट्राइक चल रही है। फिर वह मिल तो हीरालाल की है।"

राधेश्याम ने बात सँभाली, "हीरालाल की नहीं, उसके पिता मोतीलाल की—

मोतीलाल मेरी वाइफ के पिता हैं—तो मेरी वाइफ का भी हिस्सा है उसमें। उसकी स्ट्राइक कल ही खत्म हो जाएगी।"

"तो स्ट्राइक कल खत्म कराके तुम परसों मेरे पास आ जाना। अगर तुम चाहो तो हमारी कमांड जितना सरसों का तेल खरीदती है उसकी सप्लाई का कांट्रेक्ट जवाहर मिल के साथ हो जाएगा।"

दूसरे दिन सुबह के समय राधेश्याम अपनी पत्नी के साथ अपने ससुर मोतीलाल के घर पहुँचा। घर को करीब दो-तीन सौ मजदूर घेरे खड़े थे—एक हंगामा-सा मचा हुआ था वहाँ। बैठक में लाला मोतीलाल सिर पकड़े बैठे थे, और बरामदे में खड़ा हुआ हीरालाल क्रोध में भरा हुआ मजदूरों के साथ गाली-गलौच कर रहा था। राधेश्याम और गंगादेवी के पहुँचते ही यह गाली-गलौच बन्द हो गई। राधेश्याम ने मजदूर-नेता गौरीशंकर से कहा, "आप लोग मिल में चलिए—मैं एक घंटे में पहुँच रहा हूँ। वहाँ हड़ताल का फैसला हो जाएगा। आपकी सब माँगें मैं माने लेता हूँ। कल से मिल चालू हो जानी चाहिए।

हीरालाल एकाएक भड़क उठा, "कह तो दिया फट्ट-से कि माँगें माने लेते हैं, सौ आदमियों को हराम की तनख्वाह देनी पड़ेगी और बीस हजार की चपत ऊपर से पड़ेगी।"

मोतीलाल ने सिर उठाकर राधेश्याम को देखा, और मोतीलाल के उत्तर देने के स्थान पर राधेश्याम ने गौरीशंकर से कहा, "आप सब लोग मील की तरफ चलिए—हमने आपको बचन तो दे दिया है, घंटे-दो घंटे में हम भी हीरालाल को लेकर आते हैं। बाकी यह हम लोगों का घरेलू मामला है, हम लोग आपस में निपट लेंगे।"

मजदूरों की भीड़ राधेश्याम की जयजयकार बोलती चली गई। मजदूरों के जाने के बाद राधेश्याम हीरालाल से बोला, "भइया हीरालाल! पन्द्रह दिन से यह हड़ताल चल रही है, बड़े शरम की बात है। लाला जी की साख को कितना धक्का पहुँचा है इससे! कई लोगों ने हमसे कहा, लेकिन हमने सोचा कि आप लोगों का मामला है हम क्यों दखल दें, लेकिन जब ब्रिगेडियर वुडबर्न ने तुम्हारी बहन के सामने यह बात कही तब इसकी आँखों में आँसू आ गए। इससे अपने बाप की बदनामी नहीं सुनी गई तो यह मुझे घसीट लाई है!"

मोतीलाल ने बड़े प्रेम से गंगादेवी को अपने पास खींचकर कहा, "तू लड़की क्यों पैदा भई री गंगा—यह सब लौंडे तो घोर निकम्मे निकल गए और तू दूसरों के घर में चली गई।" मोतीलाल का गला रुँध गया, "सोचा था यह मील चलाऊँ, अपना कामकाज बढ़ाऊँ, वैसे भगवान् की दया से अपनी तिलहन की आढ़त बहुत अच्छी चल रही है, लेकिन यह हीरालाल—ऐसा कूढ़ मगज और गदहा निकला कि मील डुबाए दे रहा है। तीन साल में चालीस हजार का घाटा दिया है इसने। मैं तो इस मील को बेचना चाहता हूँ। तीन लाख रुपये की लागत से यह बनी थी, अब दो-ढाई लाख मिल जाए उसमें बेचने को तैयार हूँ। लेकिन कोई ग्राहक ही नहीं मिलता। वह गनेसी की मील बन्द पड़ी है, गिरधारी की मील लड़खड़ा रही है, समझ में नहीं आता क्या किया जाए। कैसा जमाना आय गया है!"

गंगादेवी बोली, "नहीं लाला जी, आपको यह मील नहीं बेचनी है। यह चलावेंगे उसे, मैंने इन्हें राजी कर लिया है। जितना घाटा लगेगा यह देंगे। दादा जिस तरह काम कर रहे हैं वैसे ही करते रहेंगे, यह दिन में घंटे-आध घंटे के लिए चले आया करेंगे।"

और तभी राधेश्याम ने कहा, "लेकिन मैनेजिंग डाइरेक्टर आपकी लड़की रहेगी। मैं कल ही मजदूरों का भुगतान कर दूँगा और बाजारवालों का रुपया भी चुका दूँगा। भइया हीरालाल मील के जनरल मैनेजर रहेंगे—इसकी तनख्वाह बाँध दी जाएगी, पन्द्रह सौ रुपया महीना। न कोई झंझट इनके ऊपर न कोई जिम्मेदारी। मौज से तनख्वाह लें और मील चलावें।"

हीरालाल को जैसे मुँहमाँगी मुराद मिली। उसने कहा, "हमें मंजूर!"

और उसी दिन सब लिखा-पढ़ी हो गई।

इधर राधेश्याम के छोटे भाई सीताराम ने बी.एस-सी. पास कर लिया था। मेवालाल ने उसके सम्बन्ध में राधेश्याम से बातचीत की, "राधे! सीताराम तो आगे पढ़ना चाहता है, तुम्हारी क्या राय है?"

राधेश्याम की बातचीत कई दिनों से ब्रिगेडियर वुडबर्न के साथ आर्मी की ठेकेदारी पर चल रही थी। पूर्वी भारत में जापानियों का खतरा बढ़ गया था और असम में जबरदस्त फौजी मोर्चाबन्दी आरम्भ हो गई थी। एकाएक राधेश्याम के मन में एक विचार कौंध गया, वह बोला, "बाबू, सीताराम को आगे पढ़ा के

क्या होगा? काम चलाने भर को काफी पढ़-लिख गया है। क्यों सीताराम! असम जा सकते हो? इस साल कई करोड़ के ठीके निकल रहे हैं वहाँ। फौजवालों से अपनी दोस्ती है, पचास-साठ लाख के ठीके तुम्हें मिल सकते हैं, दस-बारह लाख पैदा कर लोगे।"

मेवालाल उछल पड़े, "जायगा क्यों नहीं, लेकिन पूँजी की जिम्मेदारी तुम्हारे ऊपर। अभी कच्ची उमर का है, इसलिए साथ में कुछ दिनों के लिए हम भी चले जाएँगे।"

राधेश्याम ने अपने पिता को ध्यान से देखा, "बाबू! तुम्हारा बैंकिंग का धन्धा कैसा चल रहा है।"

एक ठंडी साँस लेकर मेवालाल ने कहा, "क्या बतावें, वह धन्धा तो ठप्प पड़ा है, जहाँ देखो मुकदमाबाजी।"

"कितना रुपया होगा नकद तुम्हारे पास?" राधेश्याम ने पूछा।

मेवालाल के पास करीब दस लाख रुपया नकद था, लेकिन उन्होंने कहा, "होगा कोई पाँच-छै लाख रुपया। लेकिन इतनी छोटी-सी पूँजी से तो काम नहीं चलेगा खासतौर से परदेस में।"

राधेश्याम ने कुछ सोचकर कहा, "पाँच लाख रुपये का हम प्रबन्ध कर देंगे, पाँच लाख रुपया तुम निकालो बाबू—दस लाख रुपया काफी होगा करोड़ का कामकाज करने के लिए। एक हफ्ता में वहाँ जाने की तैयारी कर लो—हम ब्रिगेडियर वुडबर्न से बात करके वहाँ के अफसरों के नाम चिट्ठी ले लेंगे। समय है—रकम काट लो, फिर यह मौका आसानी से हाथ नहीं आएगा।"

6

रुपया जैसे बरस रहा था, केवल उस रुपये को बटोरने की बुद्धि चाहिए थी। और यह बुद्धि राधेश्याम के पास पर्याप्त मात्रा में थी। कानपुर में घाटे पर चलनेवाली या बन्द पड़ी मिलों को राधेश्याम कौड़ी मोल पर खरीदता जा रहा था और युद्ध-काल में सेना की माँगें पूरी करने में वे सब मिलें लगती जा रही थीं। तीन फ्लावर मिलें,

चार तेल की मिलें, एक चीनी की मिल—और इसके साथ सीताराम की देख-रेख में बड़े-बड़े ठीके लेनेवाली फर्म। चीजों के दाम बेतहाशा बढ़ रहे थे। विलायती माल का आना बन्द हो गया था, ब्रिटिश तिजारती जहाज या तो जर्मनों ने डुबा दिये थे, या फिर युद्ध का सामान लादने में लग गए थे, और चीजों की माँगें वैसी-की-वैसी थीं।

राधेश्याम को काफी मेहनत करनी पड़ती थी अपना धन्धा सँभालने में, और वह कभी-कभी विश्राम करने के लिए जैसुखलाल के यहाँ बम्बई चला जाया करता था। जैसुखलाल ने अब हेडक्वार्टर बम्बई बना लिया था। ऐसे ही एक मौके पर जब वह जैसुखलाल की मालाबार हिल की कोठी के बरामदे में बैठा हुआ जैसुखलाल के साथ चाय पी रहा था, एकाएक जैसुखलाल ने पूछ लिया, "क्यों राधेश्याम भाई! कानपुर के बाजार में कपड़े की क्या हालत है?"

सिर खुजाते हुए राधेश्याम ने उत्तर दिया, "कपड़े के बाजार की जानकारी तो अपने पास बिलकुल नहीं है जैसुखभाई, लेकिन इतना तै है कि बाजार में कपड़ा मिलता ही नहीं है, सरकार ने कपड़े पर राशन लगा रखा है।"

"कपड़े का धन्धा करनेवाला है कोई आदमी तुम्हारे पास? लाखों का मुनाफा हो जाएगा।"

"सो कैसे?" सजग होकर राधेश्याम ने पूछा।

"पहले यह बतलाओ कि है कोई आदमी तुम्हारे पास। और तुम कपड़े का धन्धा करना चाहते हो?"

"आदमी! और हम मुनाफे का कोई भी धन्धा कर सकते हैं जैसुखभाई! लेकिन कपड़ा है कहाँ—सब तो गवर्नमेंट खरीद लेती है। हर जगह कंट्रोल लगा है।"

"अरे कंट्रोल-फंट्रोल की बात छोड़ो, हमारे मिलों में करीब पचास हजार गाँठें कपड़े की हैं—सरकार के पास इनका कोई हिसाब नहीं है। फिर हमने कंट्रोलवालों को काफी खिला-पिलाकर चौथाई उत्पादन को सरकारी हिसाब से बाहर करवा लिया है। तो इस माल को बेचना है हमें। बम्बई में पुलिस की बड़ी सरगर्मी है, अहमदाबाद में खपत नहीं है। तुम हो हमारे जिगरी दोस्त! तो हम तुम्हें दस-पन्द्रह हजार गाँठें दे सकते हैं, कंट्रोल प्राइस से ड्योढ़ी कीमत पर। तुम इस माल को कानपुर में दूनी या ढाई गुनी कीमत पर बेच सकते हो। पचास

फीसदी तुम्हारा और पचास फीसदी हमारा। और यह हम कह सकते हैं कि माल कानपुर पहुँचने के एक महीने के अन्दर ही बिक जाएगा।" जैसुखलाल ने मेज पर हाथ मारते हुए कहा।

और राधेश्याम ने भी मेज पर हाथ पटका, "माल की कीमत हम नब्बे दिन की साइत से देंगे। है मंजूर?"

"मंजूर!" जैसुखलाल बोला, "इस लड़ाई में जितना पैदा कर सकते हो कर लो!" फिर कुछ रुककर उसने कहा, "मेरी बात मानो तो तुम कानपुर के इर्द-गिर्द कुछ जमीन-जायदाद खरीद डालो। नकद रुपया अपने पास मत रखना—न जाने कब लूटपाट शुरू हो जाए तो जमीन-जायदाद तो बची रहेगी।"

राधेश्याम को व्यापार के एक नये पहलू का पता चला। वह नया पहलू है ब्लैक मार्केट! कानपुर लौटकर उसने मेवालाल को तार भेजकर असम से बुलवा लिया। इस बीच में मेवालाल ने सीताराम का सब कामकाज ठीक से जमा दिया था। मेवालाल के आते ही राधेश्याम बोला, "बाबू! हम कपड़े की एक आढ़त खोल रहे हैं तो तुम सँभालो इसे। कपड़े में जबरदस्त ब्लैक मार्केटिंग चल रहा है इस बखत, वह हमारा जो मित्र है जैसुखलाल, उससे हमें बहुत बड़ी मदद मिलेगी।" और जैसुखलाल ने ब्लैक मार्केटिंग के जो सिद्धान्त राधेश्याम को बतलाए थे वे सब राधेश्याम ने अपने पिता को समझा दिये।

मेवालाल ने सब कुछ समझकर गम्भीरतापूर्वक कहा, "हम भी सोच रहे थे कि जो रुपया आय रहा है उसे कहाँ लगाया जाए। वह सीताराम ने जो ठीके लिये हैं उनमें पन्द्रह-बीस लाख की बचत होगी। लड़ाई चल रही है, अगर अंग्रेज हार गए तो इन सरकारी नोटों को कोई कौड़ी मोल नहीं लेगा।"

राधेश्याम बोला, "बाबू, हमारी सलाह मानो तो मुनाफे का आधा रुपया इस ब्लैक मार्केटिंग के धन्धे में लगा दो और आधे का सोना-चाँदी खरीदते चलो। राधेश्याम के ठाकुरद्धारे में एक हिस्सा हम और बनवाए देते हैं, उसके नीचे तहखाना रहेगा। और तहखाने में रखवा दें लोहे की तिजोरियाँ, तो वहाँ अपना सोना-चाँदी इकट्ठा करते चलें। अगर कभी लूट भई तो ठाकुरद्धारे को कोई नहीं लूटेगा।"

"वाह बेटा राधे, क्या बात बताई! तो अब हम कपड़े की आढ़त सँभालते हैं।"

लेकिन न कहीं कोई उत्पात हुआ और न कोई लूट मची। 'भारत छोड़ो'

आन्दोलन कुचल दिया गया और जर्मनी और जापान दोनों ही परास्त हो गए। युद्ध के समाप्त होने के बाद कांग्रेस के नेता जेलों से बाहर आ गए। ब्रिटिश सरकार और कांग्रेस नेताओं में देश की स्वतन्त्रता की बातें चलने लगीं। देश-भर में साम्प्रदायिक दंगे हुए, मुनाफाखोरी और ब्लैक मार्केटिंग स्थायी रूप से देश में जम गए। और अन्त में यह दिखने लगा कि देश को स्वतन्त्रता मिलकर ही रहेगी।

मई, सन् 1947 का महीना था। राधेश्याम ने सिविल लाइंस में एक शानदार कोठी बनवा ली थी, एयरकंडीशंड, और वह रविवार के दिन अपनी कोठी में आराम कर रहा था। पुराने मकान को तोड़कर शहर में एक तिमंजिली कोठी बन गई थी, मेवालाल सीताराम के साथ वहीं रहता था। दोपहर के समय राधेश्याम को तार मिला कि मंगलवार के दिन हवाईजहाज से जैसुखलाल कानपुर पहुँचेगा, राधेश्याम एयरोड्रोम पहुँचकर उसे ले जाए।

मंगल के दिन जैसुखलाल को लेने के लिए राधेश्याम एयरोड्रोम पहुँचा। हवाईजहाज रुका, और जैसुखलाल की शक्ल का एक आदमी दूध की तरह सफेद खादी की पोशाक पहने हुए उससे उतरा। राधेश्याम को अपनी आँखों पर विश्वास नहीं हो रहा था, उस आदमी के पास जाकर राधेश्याम ने पूछा, "क्या तुम्हीं जैसुखभाई हो?"

जैसुखलाल ने बिगड़कर कहा, "जैसुखलाल नहीं हूँ तो क्या कोई बहुरूपिया हूँ। तुम्हारा दिमाग तो नहीं खराब हो गया या फिर आँखें खराब हो गई हैं।"

"दिमाग भी ठीक है और आँखें भी ठीक हैं भगवान् की दया से, लेकिन यह क्या धजा बना रखी है? क्या कांग्रेस के नेता बन गए हो?"

"अरे छोड़ नेता-वेता की बात, कांग्रेस में शामिल हो गया हूँ और खादी पहनने लगा हूँ—बस इतनी-सी बात। कल तेरे लिए भी खादी के कपड़े सिलवा दूँगा। स्वराज आ रहा है—स्वराज के माने हैं रामराज—और रामराज से मतलब है गांधीराज।"

कार पर बैठते हुए राधेश्याम ने कहा, "लेकिन इसके माने यह तो नहीं हुए कि हम लोग खद्दर पहनें और कांग्रेस में शामिल हो जाएँ।"

जैसुखलाल ने मुँह बनाते हुए कहा, "अरे, हम लोगों को खद्दर पहनना पड़ेगा और कांग्रेस में शामिल होना पड़ेगा, अगर युद्ध-काल में हम लोगों ने जो

करोड़ों रुपया कमाया है उसे बरकरार कायम रखना है। आगे चलकर देखना, यही कांग्रेसवाले मिनिस्टर बनेंगे और राज करेंगे। और इनका हमला हम पैसेवालों पर होगा। इस सबके पहले हम लोग खुद कांग्रेसमैन बन जाएँ फिर देखें यह कैसे हम पर हमला करते हैं।"

राधेश्याम की समझ में यह बात बड़ी आसानी से आ गई। उसने हँसकर कहा, "जैसुखभाई, हमने जो तुम्हें अपना गुरु बनाया, वह ठीक ही किया, कल से हम भी खद्दर के कपड़े पहनने लगेंगे।"

जैसुखलाल कानपुर दो दिन रुका, वहाँ से उसका प्रोग्राम नैनीताल जाने का था। उसने राधेश्याम की उन्नति पर सन्तोष प्रकट किया। वह राधेश्याम से बोला, "अब तुम हम उद्योगपतियों की पंक्ति में आ गए हो। तो सुनो अब असली विस्तार का मौका आ रहा है। हिन्दुस्तान के स्वतन्त्र होने पर यह अंग्रेज उद्योगपति अपनी-अपनी मिलें बेचकर भागेंगे यहाँ से। तो आधे-पौने दामों पर वे मिलें मिल जाएँगी। लेकिन नकद रुपया चाहिए उन मिलों को खरीदने के लिए।"

राधेश्याम बोला, "नकद तो हमारे पास ज्यादा नहीं है, बीस-पच्चीस लाख रुपया बैंक में और चालीस-पचास लाख रुपया अपनी तिजोरी में।"

"इतने से काम चल जाएगा, इतना ही रुपया हम भी लगा देंगे।" जैसुखलाल बोला, "हम लोग साझे में ये मिलें खरीद लें। तुम ज़रा सावधान होकर देखते-भालते रहना, कहीं कलकत्ता-बम्बईवाले तुमसे पहले यह सौदा न कर लें।"

जैसुखलाल ने जो खादी के कपड़े राधेश्याम के लिए बनवा दिये थे, उनका व्यवहार उसने आरम्भ में कांग्रेस की मीटिंगों में जाने के लिए किया, फिर धीरे-धीरे वह नियमित रूप से खादी के कपड़े पहनने लगा।

जैसुखलाल की भविष्यवाणी ठीक निकली। पन्द्रह अगस्त, सन् 1947 को देश स्वतन्त्र हो गया। और उस दिन स्वतन्त्रता के प्रथम दिवसवाले उत्सव को राधेश्याम ने जिस शान के साथ मनाया, वह कानपुर नगर के इतिहास में अद्वितीय समारोह साबित हुआ। उसकी मिलों में पड़ा हुआ सड़ा आटा और गोदामों में भरा हुआ सड़ा तेल—इन सबका ठिकाना लग गया। दो दिन तक कंगालों को भोजन दिया गया, और सारे नगर में राधेश्याम की जय-जयकार होती रही। कंगालों के इस भोज के बाद कानपुर नगर में भिखमंगों और कंगालों की संख्या आधी रह

गई, आधे लोग राधेश्याम के सड़े भोजन के कारण अपने अति सड़े हुए जीवन से मुक्ति पा गए।

भिखमंगों की इस सामूहिक मृत्यु से जनता में खलबली मची, और इससे राधेश्याम को चिन्ता हुई। लेकिन मामला भिखमंगों का था, वह दबा दिया गया। किसी को यह पता न लग सका कि कितनी मौतें हुईं और किस कारण से हुईं। इसमें राधेश्याम को करीब दस हजार रुपया खर्च करना पड़ा। पाँच हजार कांग्रेस के चन्दे में देकर और पाँच हजार पुलिस तथा स्वास्थ्य विभाग के अफसरों को खिला-पिलाकर। जनता चिल्लाती ही रह गई और मामला रफा-दफा हो गया। यही नहीं, कानपुर नगर कांग्रेस कमेटी के कोषाध्यक्ष पद पर राधेश्याम चुन लिए गए—और उन्होंने अपनी शहरवाली हवेली में कांग्रेस नेताओं के लिए एक अतिथिगृह खोल लिया।

7

एलिजाबेथ काटंस और आर्कटिक वूलंस मिलों के मालिक सर डेविड बर्नहम ने कानपुर नगर का एक चक्कर लगाया अपनी निहायत शानदार केडिलेक कार पर, और जब वह घर वापस लौटे, उनके दिल में एक अजीब-सा भारीपन भरा था। शहर-भर में कहीं यूनियन जैक का झंडा नहीं दिखा उन्हें। जहाँ देखो, हिन्दुस्तान का नया तिरंगा झंडा फहरा रहा था। किसी आदमी ने उन्हें झुककर सलाम नहीं किया, और उनके अन्दर वेदना के साथ-साथ क्रोध भी उमड़ता आ रहा था। अपने बँगले पर पहुँचकर उन्होंने घड़ी देखी, केवल छै बजे थे, जबकि जनवरी के प्रथम सप्ताह की रात का अँधेरा काफी गहरा हो चुका था। अपने बेयरे गयादीन को बुलाकर उन्होंने अपनी आदत के अनुसार कहा, "गयादीन! व्हिस्की और सोडा लाओ।" और यह कहकर उन्होंने गयादीन के एक धौल जमाई।

बर्नहम के पुराने बेयरे मातादीन का लड़का गयादीन दो साल से बर्नहम साहब के बेयरे का काम कर रहा था, क्योंकि मातादीन अब बूढ़ा हो गया था और उसमें इतनी ताकत नहीं रह गई थी कि वह बर्नहम साहेब का जूता-लात बर्दाशत कर

सके। गयादीन की उम्र करीब तेईस-चौबीस साल की थी, यद्यपि वह नाटे कद का था, लेकिन साहेब की मेज से गोश्त, अंडा और मक्खन का पला हुआ उसका शरीर काफी हृष्ट-पुष्ट था। आरम्भ में चार-छै दिन ठोकरें और मुक्के खाने के बाद वह अपने बाप से बोला था, "दादा, यह नौकरी हमसे न होगी, साहेब का मरकहापन हमें ज़रा भी नहीं सुहाता।"

मातादीन ने बड़े शान्त भाव से गयादीन को देखा था, फिर उसने कहा था, "क्यों रे गया, बचपन से तू साहेब के अन्न पर ही तो पला है न! बता, मेरी बात का जवाब दे!"

लेकिन गयादीन ने इस बात का कोई उत्तर नहीं दिया।

मातादीन ने बात आगे बढ़ाई, "यह जो कलिया-कबाब खा रहा है, तरह-तरह के माल चाबे हैं तूने। भला यह सब हम गरीबों को कहीं नसीब थे? तो साहेब के अन्न से तेरा शरीर बना है। इस शरीर पर साहेब का हक है। जैसे चाहें मारें-पीटें, जैसा चाहें गाली-गलौच करें। तेरा शरीर तो उनका है।" और कुछ हिसाब लगाकर वह बोला, "पाँच बिगहा जमीन खरीद ली है तो तेरा भाई रामदीन उसकी देखभाल कर रहा है, दस-पाँच बिगहा की और जुगत हो जाए, तो जो चाहे करना। तो नमकहरामी न करना, साहेब सखीदाता हैं, हम लोगों के भगवान हैं।"

और गयादीन चुपचाप चला आया था अपने बाप के सामने से, डेविड बर्नहम का जूता-लात खाने और गाली-गलौज सुनने के लिए।

गयादीन व्हिस्की और सोडा की बोतलें ले आया। डेविड बर्नहम बिना कपड़ा-वपड़ा बदले अपना गम गलत करने बैठ गए। पहला पेग वह एक साँस में डकार गए और उन्हें लगा कि चारों ओर प्रलय हो रही है और वह अकेले अपने कमरे में बैठे इस प्रलय को देख रहे हैं।

डेविड बर्नहम की अवस्था साठ साल की थी और वह करोड़पति थे। लेकिन लेडी बर्नहम को पता नहीं क्यों हिन्दुस्तान पसन्द नहीं था, या वह सर डेविड बर्नहम को नापसन्द करने लगी थीं। उन्होंने हिन्दुस्तान में रहने से इनकार कर दिया। वह विलायत में ही अपने बच्चों के साथ रहती थीं। तीस साल से डेविड बर्नहम कानपुर में अकेले रहते थे। साल में एक दफे एक महीने के लिए वह इंग्लैंड चले जाते थे अपने बीवी-बच्चों के पास। इंग्लैंड में लन्दन के बाहरी भाग

में उन्होंने एक शानदार कोठी बनवा ली थी। इधर चार-पाँच वर्षों से हिन्दुस्तान का एकाकी जीवन उन्हें अखरने लगा था।

तो प्रलय के वातावरण में अपने कमरे में अकेलेपन की भावना उन्हें बुरी लगी और वह अनुभव करने के लिए कि वह अकेले नहीं हैं, उन्होंने आवाज दी, "अबे ओ सूअर के बच्चे गयादीन!"

"हाँ हजूर!" कहकर गयादीन सर डेविड के सामने खड़ा हो गया।

बर्नहम ने दूसरा पेग ढालते हुए कहा, "गयादीन, हम अकेला है इस कमरे में क्या?"

"नहीं साहेब, आप अकेले नहीं हैं। मैं आपके सामने खड़ा हूँ।"

बर्नहम बोला, "तुम सूअर का बच्चा है, हम अकेला है।

"हाँ हजूर!" गयादीन ने उत्तर दिया।

"और यह जितने हिन्दुस्तानी हैं, यह सब सूअर के बच्चे हैं!" बर्नहम ने आधा गिलास खाली करते हुए कहा।

गयादीन चुप रहा। उसे यह मालूम था कि हिन्दुस्तान स्वतन्त्र हो गया है, और उसे यह भी मालूम था कि महात्मा गांधी और पंडित जवाहरलाल नेहरू ने देश के जानवरों से गए-बीते आदमियों को मनुष्य की कोटि में लाकर खड़ा कर दिया है—उसने अपना मुँह फेर लिया फिर धीरे-से उसने कहा—"साहिब—महात्मा गांधी और पंडित जवाहरलाल..." लेकिन आगे उसके मुँह से बात नहीं निकली।

बर्नहम अब अपना मन हलका करने पर तुल गया था। उसने कहा, "गयादीन, यह गांधी सूअर का बच्चा है, यह नेहरू सूअर का बच्चा है।"

एकाएक गयादीन के मुख से निकल पड़ा, "हजूर, हरामी का पिल्ला है!"

और गयादीन ने अनुभव किया अब उसकी खैर नहीं, इसलिए वह दरवाजे की ओर भागा। बर्नहम ने भागते हुए गयादीन पर अपनी ठोकर का निशाना लगाया, लेकिन निशाना चूक गया और बर्नहम गिर पड़ा। फर्श पर मोटा ऊनी कालीन बिछा था इसलिए उसे चोट नहीं आई। साहेब को गिरता हुआ देखकर गयादीन भी रुक गया। बर्नहम को सहारा देकर उसने उसे कुरसी पर बिठलाया। कुरसी पर बैठकर बर्नहम ने अपना गिलास खाली किया। उसने अब तीसरा पेग ढाला, तभी कॉलबेल बज उठी। बर्नहम के माथे पर बल पड़ गए, उसने गयादीन से कहा, "देखो तो

कौन बदमाश इस वक्त आ पहुँचा, नाम पूछकर बतलाओ!"

गयादीन को नाम बताने की जरूरत नहीं पड़ी, क्योंकि राधेश्याम गयादीन के साथ-साथ खुद कमरे में चला गया। दबी जबान बर्नहम ने गाली दी, "बैस्टार्ड!" और उसने उठकर कहा, "मिस्टर राधेश्याम, तुमसे मिलकर खुशी हुई। कैसे आना हुआ?"

"ऐसे ही, बहुत दिनों से आपसे नहीं मिलना हुआ, तो सोचा कि पूछता चलूँ आप कैसे हैं। सुना था आप इंग्लैंड जानेवाले हैं।"

राधेश्याम को बैठाते हुए बर्नहम ने कहा, "अभी सितम्बर में तो लौटा ही हूँ, अप्रैल-मई तक यहाँ रहना होगा।" फिर कुछ रुककर उसने कहा, "हिन्दुस्तान की तो शक्ल ही बदल गई है—कुछ अजीब-सा लगता है।" फिर गयादीन की ओर उसने देखा, "राधेश्याम साहेब के लिए गिलास लाओ।"

राधेश्याम ने मुस्कराते हुए कहा, "थैंक यू—मैं पीता नहीं। वैष्णव हिन्दू हूँ, महात्मा गांधी का अनुयायी!"

बर्नहम की इच्छा हुई कि महात्मा गांधी को फिर कोई चुनी हुई गाली दी जाए, लेकिन गयादीन को देखकर उसने अपना इरादा बदल दिया, उसने केवल इतना कहा, "तुम हिन्दू स्काउंड्रेल्स हो। यह मुल्क अब रहने के काबिल नहीं रह गया।"

राधेश्याम बोला, "लेकिन सर डेविड, रहना तो आपको यहीं होगा। यहाँ आपकी मिलें हैं, आपकी पूँजी लगी है। देखिए न, लेडी बर्नहम को यह मुल्क ज़रा भी पसन्द नहीं, वह यहाँ आने से इनकार करती हैं। फिर भी आपको अकेले ही रहना पड़ता है, यहाँ आपकी पूँजी जो है!"

बर्नहम के बिना जाने अब उसके क्रोध के साथ निराशावाद भी शामिल होता जा रहा था, "मुझे इस गन्दे मुल्क में निहायत सड़ियल लोगों के बीच रहने के लिए कोई मजबूर नहीं कर सकता।" गुर्राहट के साथ उसने कहा।

"लेकिन यह आपकी मिलें, इनका क्या होगा?" राधेश्याम मुस्कराया, "नहीं सर डेविड, आप यहाँ से नहीं जा सकते!"

बर्नहम ने तीसरा पेग खाली किया और आँख मूँदकर यह सोचने लगा कि चौथा पेग पिया जाए या नहीं। राधेश्याम ने अपनी बात आगे बढ़ाई, "अब राज्य हिन्दुस्तानियों का हो गया है। आज सुबह मैं लखनऊ गया था, वहाँ मुख्यमंत्री ने

बुलाया था। वह कह रहे थे कि जिस तरह अंग्रेज शासक गए हैं उसकी तरह यहाँ से अंग्रेज पूँजीपति और व्यापारी भागते नजर आएँगे।"

बर्नहम चौंका, "वह सूअर का बच्चा..." लेकिन तभी उसकी नजर गयादीन पर पड़ी, और नशे में उसे ऐसा लगा कि गयादीन 'हरामी का पिल्ला' कहनेवाला है, तो उसने अपनी बात रोककर कहा, "मुख्यमंत्री ऐसा बोलता था। तब तो हमें यह गन्दा देश छोड़ ही जाना पड़ेगा।" और फिर जैसे उसने मन-ही-मन निर्णय कर लिया कि उसे चौथा पेग ले लेना चाहिए। उसने अपना गिलास भरा और एकटक वह अपने गिलास की तरफ देखता हुआ सोचता रहा। फिर वह बोला, "वेल राधेश्याम—तुम बहुत बड़े स्काउंड्रेल हो, लेकिन तुम आदमी काम के हो। इसलिए मैं अगर तुम्हें अपना दोस्त समझता हूँ तो गलती नहीं करता।"

"इसमें क्या शक है!" राधेश्याम ने उत्तर दिया।

"तो तुम समझते हो कि मेरी मिलें जब्त कर ली जा सकती हैं?"

राधेश्याम ने बड़ी गम्भीरतापूर्वक कहा, "यहाँ डिमाक्रेसी है तो इसमें अभी वक्त लगेगा। पहले एसेम्बली में यह सवाल आएगा, फिर कौंसिल में—फिर पार्लियामेंट में, फिर कौंसिल ऑफ स्टेट में। तो इसमें साल-दो साल लग जाएँगे—इससे भी ज्यादा समय लग सकता है।"

"तो फिर मैं अपनी मिलें बेचकर चल दूँगा मिस्टर राधेश्याम! कल ही मैं लेडी बर्नहम को पत्र लिखूँगा। हाँ, कोई खरीदार है तुम्हारी नजर में मेरी मिलों का?"

राधेश्याम ने चिन्ता व्यक्त करते हुए कहा, "इतना रुपया किसके पास है? बम्बई और कलकत्ता के पूँजीपति बम्बई और कलकत्ता के अंग्रेज मिल-मालिकों की मिलें खरीद रहे हैं। ग्रेगरी और बटर्सन मिलों को खरीदने का प्रस्ताव मेरे पास आया था बम्बई से, लेकिन बम्बई की मिलों को मैं कानपुर में बैठकर कैसे सँभाल सकूँगा—और कानपुर में मेरी इतनी मिले हैं, यहाँ से मैं बाहर नहीं जाना चाहता।"

"हुर्रा!" बर्नहम ने जोर से कहा, "तो तुम खरीद लोगे मेरी मिलें?"

"लेकिन आपकी मिलें बड़ी कीमती हैं, इतना रुपया नहीं है मेरे पास।" राधेश्याम बोला, "वैसे अगर आपकी मिलें मुझे मिल जाएँ तो क्या कहना!"

बर्नहम को अब भूख लग रही थी और नींद भी आ रही थी। उसने उठते हुए कहा, "मिस्टर राधेश्याम! तुम महीना-भर बाद मुझसे मिलना, जितना रुपया

है उतना नकद दे देना, बाकी तीन साल की आसान किस्तों पर तै हो जाएगा।"

दो महीने बाद दो करोड़ की दो मिलें राधेश्याम ने डेढ़ करोड़ में खरीद लीं। नब्बे लाख रुपया उसने नकद दिया और बीस-बीस लाख की तीन किस्तें उसने करवा लीं। और इस खुशी में उसने जो भोज दिया उसमें प्रदेश के सब मंत्रीगण और बड़े-बड़े अफसर तथा सेठ-साहूकार सम्मिलित हुए थे। इस अवसर पर राधेश्याम के सबसे छोटे साले कुन्दनलाल ने प्रदेश के मुख्यमंत्री की वन्दना की कविता पढ़ी। कुन्दनलाल का गला अच्छा था, महफिल में समाँ बँध गया। मुख्यमंत्री को जब यह बतलाया गया कि कुन्दनलाल राधेश्याम का सगा साला है तो वे हर्ष-विभोर हो गए। उन्होंने मुस्कराते हुए राधेश्याम से पूछा, "यह क्या करता है?"

राधेश्याम ने मुँह बनाया, "करता क्या है? यही कविता लिखना और कलाकारों की परवरिश करना। हजारों रुपया इसने देश के गरीब और भूखे कलाकारों को बाँट दिया है।"

मुख्यमंत्री यह सुनकर गद्गद हो गए, "बड़ा शुभ काम कर रहा है। देश का विकास कला और संस्कृति के विकास से ही सम्भव है। अब हमारी सरकार ने इन कलाकारों को जीवित रखने की जिम्मेदारी अपने ऊपर ले ली है।"

और तभी कुन्दनलाल ने मुख्यमंत्री के सामने हाथ जोड़कर कहा, "मैं श्रीमान् पर एक महाकाव्य लिख रहा हूँ। हमारे प्रदेश को ही नहीं, समस्त देश को आप-जैसा देवता पुरुष प्राप्त हो गया है, और कोटि-कोटि जनता के भाग्य खुल गए हैं। मैं श्रीमान् को उसका कुछ अंश सुनाना चाहता हूँ।"

मुख्यमंत्री को लखनऊ वापस लौटने की जल्दी थी, उठते हुए उन्होंने कुन्दनलाल के कन्धे पर हाथ रखते हुए कहा, "कभी लखनऊ आकर हमसे मिलना। प्रदेश में कला और संस्कृति के विकास में तुमसे सहायता मिलेगी।"

राधेश्याम को अपनी उन्नति के एक और पहलू का पता चला।

दूसरे दिन राधेश्याम ने कुन्दनलाल को बुलाकर कहा, "कुन्दन! तुम इतने काम के आदमी निकलोगे—यह मुझे कल ही मालूम हुआ। तो हम सोच रहे हैं कि तुम लखनऊ में हमारी तरफ से रहो जाकर। अभी दो-तीन सौ रुपये महीने किराए का कोई बड़ा-सा बँगला ले लो और तलाश में रहना कि कोई अच्छी-बड़ी कोठी सस्ते दामों पर बिक रही हो तो उसे खरीद लें। इन साले ताल्लुकदारों और रईसों

के दिन लद गए—कौड़ी मोल बिक रही हैं इनकी कोठियाँ। और अपने साथ एक मोटर कार लेते जाओ। वह नई शिवरोले कार ठीक रहेगी, हम दूसरी खरीद लेंगे। तो हमारा एक दफ्तर तुम्हारी देख-रेख में लखनऊ में रहेगा। दो हजार रुपया महीना मिलेगा तुम्हें खर्च के लिए, फिर तुम्हारे जरिये जितना भी मुनाफा होगा उस पर दो आना रुपया की तुम्हारी पत्ती। कर सकोगे यह काम?"

इस बातचीत के समय गंगादेवी वहीं मौजूद थीं, उन्होंने कुन्दनलाल के सिर पर हाथ रखते हुए कहा, "कर क्यों नहीं सकेगा यह सब मेरा कुन्दन! मेरे भाइयों में यही तो सबसे समझदार है और मेरा दुलारा है। कुन्दन, किसी बात की फिकिर मत करना। तुम्हारे वहाँ रहने से हम लोग भी कभी-कभी लखनऊ आ जाया करेंगे।"

8

प्रदेश के आबकारी मंत्री सैयद फरहतअली 'फरहत' की पैंतीसवीं सालगिरह मनानेवाली उस छोटी-सी गोष्ठी में लखनऊ के कुल पैंतीस चुने हुए आदमी बुलाए गए थे। उनमें सात राजनीतिक नेता थे, सात ऊँचे अफसर थे, सात अदद मिले-जुले कवि और शायर थे, और चौदह मुतफर्रक आदमी जिनमें सात फरहतअली साहेब के दोस्त थे और सात कुन्दनलाल के दोस्त थे। यह गोष्ठी कुन्दनलाल के ड्राइंगरूम में हो रही थी, इक्साइज कमिश्नर की सहायता से मुहैया की हुई स्काच व्हिस्की की बारह बोतलें उसके ड्राइंगरूम में मय सोडावाटर की बोतलों के रखी थीं जहाँ अतिथिगण समय-समय पर जाकर अपनी प्यास शान्त करते थे और फिर गोष्ठी में जम जाते थे। इस गोष्ठी के बाद एक शानदार दावत का इन्तजाम था और जहाँ खाना बनाने के लिए लखनऊ के अच्छे-से-अच्छे रसोइया बुलाए गए थे।

करीब नौ बजे फरहतअली 'फरहत' अपनी गजल पढ़ने को उठे। अतिथियों ने तालियाँ बजाईं और फरहत साहेब ने मतला पढ़ा। पाँच मिनट तक मतले पर दाद मिलती रही और इस शोर-शराबे में कुन्दनलाल ने राधेश्याम की कार की आवाज ही नहीं सुनी जिसने उसी समय बँगले में प्रवेश किया। उस कार में राधेश्याम

अकेले नहीं थे, उसके साथ मेवालाल भी थे जिन्हें मेडिकल कॉलेज में दिखाने के लिए राधेश्याम अपने साथ ले आए थे। इस शोर को सुनकर मेवालाल ने कहा, "मालूम होता है इहाँ लोग शराब पी के हुल्लड़ मचाय रहे हैं। इस कुन्दनवा के लच्छन हमें अच्छे नहीं दिखाई देते।

कार के रुकते ही एक नौकर उधर दौड़ा और एक नौकर राधेश्याम के आने की सूचना देने के लिए कुन्दनलाल के पास दौड़ा। राधेश्याम ने कार से उतरते हुए कहा, "बाबू, तुम कमरे में चलो, हल्ला मत करना और गाली-वाली न देना, हम देखते हैं जाकर वहाँ कि क्या हो रहा है।"

राधेश्याम के आने की खबर पाकर कुन्दनलाल धर्म-संकट में पड़ गया। उसके उठकर जाने से सैयद फरहतअली 'फरहत' का अपमान होता और न जाने से राधेश्याम का अपमान होता। लेकिन कुशल और अनुभवी राधेश्याम ने स्थिति सँभाल ली, वह चुपके से आकर कुन्दनलाल के पास बैठ गए और उन्होंने कुन्दनलाल से सारी स्थिति समझ ली। फरहत साहेब की गजल समाप्त होने पर राधेश्याम ने उठकर फरहतअली सैयद साहेब को गले लगाकर उनकी सालगिरह पर मुबारिकबाद दिया और फिर बोले, "क्या बतलाऊँ, कानपुर में गंगा के पुल पर से आना था तो वहीं एक घंटे की देर हो गई; यह भाग्य था कि आपकी गजल के वक्त मैं आ पहुँचा। कुन्दनलाल से मैंने कह दिया था कि मैं वक्त से पहुँच जाऊँगा।"

सैयद फरहतअली 'फरहत' राधेश्याम की इस बात से गद्गद हो गए, उन्होंने राधेश्याम का हाथ अपने हाथ में लेते हुए कहा, "आपने यहाँ तशरीफ लाकर मुझे इज्जश्त बख्शी, मैं तहेदिल से आपका शुक्रगुजार हूँ। इस कुन्दन को क्या कहूँ जिद पकड़ गया कि मेरी पैंतीसवीं सालगिरह मनाने पर। लेकिन इसने इस जश्न से मुझे यह याद दिला दिया कि मैं शायर पहले हूँ मिनिस्टर बाद में।"

"इसमें क्या शक! शायर की हैसियत से तो आप अमर हैं। सुना है शायरों और साहित्यकारों का जो शिष्टमंडल यूरोप और अमेरिका हमारी सरकार की तरफ से जानेवाला है, उसमें आप भी शामिल हैं।"

सैयद साहेब ने अपनी अगल-बगल देखा, एक भीड़ उन्हें घेरे खड़ी थी। उन्होंने कहा, "बाथरूम किधर है?"

राधेश्याम समझ गया, उसने कहा, "चलिए, मैं आपको लिये चलता हूँ।"

और फरहतअली के साथ वह बगलवाले बेडरूम में चला गया। भीड़ से फुरसत पाकर फरहतअली बोले, "क्या बताऊँ, उत्तर प्रदेश सरकार ने तो प्रदेश के अदीब की हैसियत से मेरा नाम भेजा था, लेकिन वह दिल्ली सरकार का कल्चर मिनिस्टर गटगटे—उस हरामजादे ने मेरा नाम काट दिया यह कहकर कि मैं मिनिस्टर हूँ, इसमें सरकार की बदनामी होगी। मैंने तो मिनिस्टरी से इस्तीफा देने का भी फैसला कर लिया था, लेकिन मुख्यमंत्री जिद पकड़ गए कि मैं इस्तीफा न दूँ। उन्होंने मुझसे कहा कि मैं अपनी जगह किसी दूसरे आदमी को नामजद कर दूँ। तो मैंने कुन्दनलाल का नाम भिजवा दिया है।" फिर कुछ खँखारकर उन्होंने कहा, "वह पीलीभीत में ब्रिवरी खोलने के मसले पर आपने गौर किया?"

राधेश्याम बोला, "क्या बतलाऊँ मेरे वालिद इस प्रपोजल पर राजी नहीं होते, वह वैष्णव आदमी ठहरे—कहते हैं कि शराब का धन्धा गलत होगा लेकिन वह आपके खालूजाद भाई मिले थे मुझसे, तो मैंने उनसे कह दिया है कि ब्रिवरी वह खोल लें, लाख-दो लाख रुपया मैं लगा दूँगा। यह रुपया बिना किसी लिखा-पढ़ी के लगेगा—जब काम चल निकले मुझे वापस हो जाएगा।"

फरहतअली ने राधेश्याम का हाथ दबाया, "शुक्रिया।"

उधर कमरे में पहुँचकर मेवालाल की बेचैनी बढ़ने लगी। गोश्त और शराब की भभक से उसे लग रहा था कि उसका सिर फट जाएगा। इन दिनों मेवालाल वास्तव में भक्त आदमी बन गया था। उसका अधिकांश समय अब राधेश्याम के ठाकुरद्वारे में, ठाकुर जी की पूजा करने में तथा तहखाने में सोना और चाँदी के रूप में बैठी लक्ष्मी जी की सेवा में बीतता था। वैसे भी वह ऊँचे ब्लडप्रेशर का मरीज था—उसने प्याज खाना भी छोड़ दिया था। कुछ देर तक वह अपने कमरे में बैठा हुआ तुलसी की माला जपता रहा, पर उसका मन नहीं लगा और वह उठ खड़ा हुआ। उसके कमरे का एक दरवाजा डाइनिंगरूम में खुलता था—उसने दरवाजा खोला। वहाँ पाँच-छै आदमी स्काच का आखिरी दौर ढालते रहे और घबराकर उसने दरवाजा बन्द कर दिया। फिर पीछे की तरफ का दरवाजा खोलकर वह सहन की तरफ निकला और ताजी हवा में आकर उसे कुछ शान्ति मिली। लेकिन सहन में भी बिजली जल रही थी, और उसने देखा कि एक झाड़ी के पास मुर्गी के पंख पड़े हैं और थोड़ी दूर पर दो मुसलमान बावर्ची बीड़ी पी रहे हैं।

मेवालाल को लगा कि उसे कै हो जाएगी, वहाँ से भागकर वह फिर अपने कमरे में घुस गया। तो हालत यहाँ तक पहुँच गई है। वैष्णव के घर में इतना भ्रष्टाचार! उनका खून खौलने लगा। लेकिन यह मौका नहीं था हिसाब-किताब समझने-समझाने का; नौकर ने उसे बतला दिया था कि मंत्री जी और बड़े-बड़े अफसर आए हुए हैं।

दस बजे रात के समय जब सब लोग चले गए, मेवालाल ने राधेश्याम से कहा, "क्यों रे राधे! इस कुन्दन को तैने यह सब भ्रष्टाचार और पाप फैलाने के लिए लखनऊ में बैठा दीना है।" और कुन्दनलाल की तरफ घूमकर बोले, "क्यों रे हरामजादे, इस मकान को तैने नरक बनाय दीना है—इसमें रहकर सब धरम नष्ट हो जाए। इस मकान को अभी धुलवाना पड़ेगा।"

राधेश्याम अपने पिता की भावना को समझता था, फिर मेवालाल आखिरकार उसके पिता ही थे, वह चुप लगा गए। लेकिन कुन्दनलाल को मेवालाल की गाली अखर गई, वह अब मिनिस्टरों से मिलता था, बड़े-बड़े अफसर उसके दोस्त थे। उसने उलटकर कहा, "यह मकान हमारा है, हम जैसा चाहे करेंगे। और गाली-वाली दीजिए आप जीजा जी को, हम गाली सुननेवाले नहीं हैं।"

मेवालाल एकाएक उठ खड़े हुए, "इस हरामजादे की यह मजाल कि हमें जवाब दे। राधे, इसकी जबान क्यों नहीं खींच लेता—निकम्मा कहीं का।"

राधेश्याम इस बार भी मौन रहा, यही नहीं, वह कमरे के बाहर चला गया।

मेवालाल का क्रोध अपनी सीमा को पार कर गया था, उन्होंने ऊँचे स्वर में कहा, "अच्छी बात है, अब हम इस मकान में एक मिनट भी नहीं ठहर सकते!" और गुस्से में काँपते हुए वह दरवाजे की ओर बढ़े। लेकिन दो कदम चलने के बाद ही वह लड़खड़ाकर गिर पड़े—उन्होंने चिल्लाना चाहा लेकिन उनके मुँह से आवाज नहीं निकली, उन्होंने उठना चाहा, लेकिन उन्हें लगा कि उनका शरीर सुन्न रह गया है। फटी-फटी आँखों से वह अपने चारों ओर देख रहे थे।

घर के सब लोग एकत्रित हो गए—उसी समय डॉक्टर बुलवाए गए; और डॉक्टरों ने एक स्वर से ऐलान किया कि मेवालाल को लकवा मार गया है। उसी समय वह मेडिकल कॉलेज में भर्ती कर दिये गए।

राधेश्याम और कुन्दनलाल—दोनों ने ही मेवालाल के पैर पकड़कर उनसे माफी

माँगी, लेकिन अब क्या होना था, लकवा तो उन्हें मार ही गया था। मेवालाल की पत्नी और उसका छोटा लड़का सीताराम—दोनों ही दूसरे दिन आ गए।

फरहतअली 'फरहत' ने अपनी बात रखी और दो महीने के बाद कुन्दनलाल देश के विशिष्ट साहित्यकारों एवं कलाकारों के शिष्टमंडल में सम्मिलित होकर विदेश चला गया। इस शिष्टमंडल को तीन महीने के लिए विदेश भेजा गया, लेकिन लौटने के समय राधेश्याम के आदेश के अनुसार कुन्दनलाल पश्चिमी जर्मनी में रुक गया। राधेश्याम की लिखा-पढ़ी बिजली का सामान बनानेवाली एक कम्पनी से चल रही थी जिसके साझे में राधेश्याम कानपुर में बिजली के बड़े सामान की एक फैक्टरी खोलना चाहता था। कुन्दनलाल ने यह सौदा पक्का कर लिया, मशीनें और तकनीकी सहायता जर्मनी से मिलेगी चालीस प्रतिशत लागत के रूप में, साठ प्रतिशत पूँजी राधेश्याम हिन्दुस्तान की लगाएगा। कुन्दनलाल ने तार द्वारा इस सौदे की सूचना राधेश्याम को दी और सूचना पाते ही राधेश्याम जर्मनी के लिए रवाना हो गया। बहुत बड़ा सौदा तै करवा दिया था कुन्दनलाल ने, पाँच करोड़ की लागत का एक कारखाना—राधेश्याम की गणना अब भारतवर्ष के प्रमुख उद्योगपतियों में होने लगेगी।

राधेश्याम और कुन्दनलाल दोनों साथ-साथ वापस लौटे। और जैसे मेवालाल अपने पुत्र के लौटने की प्रतीक्षा ही कर रहे थे। छै महीने की बीमारी भोगने के बाद मेवालाल अपने जीवन से मुक्ति पा गए। उनके दोनों लड़के, उनकी दोनों बहुएँ, उनकी पत्नी और उनके पौत्र-पौत्रियाँ उनके सिरहाने थे; दस लाख रुपये दान करवाए गए मेवालाल के हाथ से ताकि उनके स्वर्गलोक में जाने में किसी तरह की बाधा न पड़े, और इस दस लाख रुपये की रकम से राधेश्याम ने कानपुर में मेवा इंस्टीट्यूट ऑफ पैरेलिसिज खोला। इस इंस्टीट्यूट का उद्घाटन राधेश्याम ने प्रदेश के गृहमंत्री ठाकुर जबरसिंह के हाथों करवाया।

वैसे ठाकुर जबरसिंह प्रदेश के गृहमंत्री होने के साथ-साथ अपनी पार्टी के सर्वेसर्वा थे और इसलिए वह मौके-बेमौके मुख्यमंत्री की शक्तियों का भी उपयोग कर लेते थे। इस इंस्टीट्यूट का उद्घाटन करने के बाद जब वह राधेश्याम के यहाँ डिनर खाने पहुँचे तब राधेश्याम ने उनसे जर्मन फर्म से अपने सौदे का जिक्र करते हुए सरकार की सहायता चाही। प्रादेशिक सरकार एक करोड़ के शेयर ले

ले तथा तीन वर्ष के अन्दर डेढ़ करोड़ का कर्ज दे दे इस हैवी इलेक्ट्रीकल वर्क्स के लिए—और राधेश्याम ने ठाकुर जबरसिंह को इस सबके लिए राजी कर लिया।

इस मामले को लेकर एसेम्बली में बड़ी तू-तू, मैं-मैं हुई, लेकिन शासन करने वाली पार्टी को एक-दो लाख रुपये का चन्दा देकर मामला रफा-दफा कर दिया गया।

और इस प्रकार राधेश्याम की गणना देश के ही नहीं बल्कि विश्व के उद्योगपतियों में होने लगी।

जबरसिंह : भाग्य

बीस बीघे की खेत के बल पर शानदार हवेली में राजसी वैभव के साथ रहना और हाथी बाँधना—अगर इसे करिश्मा कहा जा सकता है तो वह करिश्मा कुँवर नाहरसिंह राठौर के पास था। यमुना और चम्बल के संगम से पूरब चलकर इटावा जिले में यमुना के बाम तट पर महेसुर नाम का जो बड़ा-सा ग्राम है उसमें एक ऊँची टेकरी पर कुँवर नाहरसिंह राठौर की हवेली थी।

यह हवेली कुँवर नाहरसिंह राठौर ने महिधर राठौर से मय राठौर वंशावली के साथ खरीदी थी जिनका लड़का भूधरसिंह फौज से रिटायर होकर कलकत्ता में बस गया था और जो अपने वृद्ध पिता महिधर को जबरदस्ती अपने साथ कलकत्ता ले चलने के लिए महेसुर आया था। एक हफ्ते से महिधर और भूधर में कशमकश चल रही थी। बाप अपनी टूटी-फूटी हवेली और दस बीघे खुदकाश्त को छोड़कर जाना नहीं चाहता था और बेटे ने कलकत्ता में जुए का अड्डा खोलकर अपना मकान बनवा लिया था और अपनी हैसियत बना ली थी। तो भूधर यह कतई न चाहता कि उसके बाप बिना सेवा-इलाज के मर जाएँ और गाँववाले अनाथ की भाँति उसकी दाह-क्रिया कर दें। आखिर महिधर की उम्र भी तो अब पिचहत्तर साल की हो गई थी।

उस दिन बाप-बेटे में आधी रात तक कहा-सुनी होती रही, और अपने बाप की गाली-गलौज से भूधर का मन उदास हो गया। सुबह के समय अपना मन हलका

करने के लिए भूधर अपनी दुनाली बन्दूक लेकर शिकार के लिए निकल पड़ा। भूधर का निशाना अचूक था, लेकिन बैसाख महीने की जलती हुई सुबह के समय दूर-दूर तक शिकार का पता नहीं। जमुना में जो पैंझी पड़ गई थी उससे कमर तक पानी में यमुना को पार करके भूधर दूसरी ओर निकल गया था, और जैसे ही वह तट से करीब सौ गज की दूरी पर एक टेकरी पर चढ़कर यह अन्दाज लेने लगा कि किधर शिकार मिलेगा, वैसे ही उसने देखा कि दक्षिण की ओर से एक नौजवान बरछा हाथ में लिए, घोड़े पर सवार एक बनैले सूअर का पीछा कर रहा है।

भूधर खड़ा होकर शिकार का यह दृश्य देखने लगा। और तभी उसने देखा कि उस नौजवान ने बरछे से उस बनैले पर वार किया और वार खाली गया। यही नहीं, उस नौजवान का बरछा उसके हाथ से छूटकर जमीन पर गिर पड़ा। बरछा उठाने के लिए वह नौजवान घोड़े से उतरा ही था कि सूअर ने घूमकर उस नौजवान पर हमला कर दिया। भूधर को लगा कि सूअर उस नौजवान को चीरकर रख देगा, और एकाएक उसने अपनी दुनाली से निशाना लेकर दोनों गोलियाँ सूअर पर छोड़ दीं। बनैला उस नौजवान से पाँच-छै हाथ की दूरी पर ढेर हो गया।

वह नौजवान चकित-सा उस ओर देखने लगा जिधर से गोली आई थी और भूधर हाथ में बन्दूक लिए मस्त चाल से उसकी ओर बढ़ रहा था। दूर से ही भूधर ने मुस्कराते हुए कहा, "बाल-बाल बचे! इस बनैले ने तो तुम्हारा काम-तमाम ही कर दिया था।"

कुछ खिसियाहट के साथ उस नौजवान ने कहा, "दो दिन से लगातार घोड़ा भगाए आ रहे हैं महोबा से। बुरी तरह थक गए हैं, नहीं तो बरछा हाथ से छूटता नहीं।"

"तो फिर बनैले का पीछा करने की कुमति कैसे सवार हुई?" भूधर ने पूछा।

"भूख जो लगी थी। दो दिन से कुछ खाया नहीं है। फिर यह इलाका भी अपना जाना-पहचाना नहीं है।"

"तुम इटावा जिले के ठीक दक्खिन में पहुँच गए हो—वह सामने रही यमुना! और यमुना पार है इटावा जिला का महेसुर गाँव।" फिर कुछ रुककर उसने कहा, "चलो हमारे यहाँ—भोजन करो, विश्राम करो चलकर, फिर वहाँ बातें होंगी।"

बनैले को उस नौजवान के घोड़े पर लादकर भूधर उसके साथ अपनी हवेली में पहुँच गए।

मट्ठे के साथ ज्वार की दो मोटी-मोटी रोटियाँ खाकर वह नौजवान बेहोशी की नींद में सो गया। शाम के समय जब सोकर उठा तो उसने देखा कि हवेली के सामने सात-आठ लोग बनैले की खाल निकालकर उसे भून रहे हैं, और पास में कच्ची शराब का घड़ा रखा है और वे लोग बीच-बीच में शराब पीते जाते हैं। उस भीड़ में भूधर के साथ महिधर भी थे जो बड़े प्रसन्न दिख रहे थे और कह रहे थे, "तुमने हमें यह क्यों नहीं बतलाया कि कलकत्ता में कलिया और दारू भी खूब मिलता है—अच्छी बात है, हम चलेंगे भूधर तुम्हारे साथ—इसी तरह से शिकार करके लाया करना।"

उस नौजवान को देखकर भूधर उठ खड़ा हुआ। वह नौजवान लम्बा और तगड़ा था। आँखों में एक तरह की चमक, मुख पर कठोरता। खुलता हुआ गेहुँआ रंग, छोटी-छोटी ऐंठी हुई मूँछें। भूधर के एक हाथ में शराब का कुल्हड़ था। उसने दूसरे हाथ में शराब से भरा एक और कुल्हड़ लिया और उस नौजवान के पास पहुँचा, "खूब सोए—लो, तुम भी पियो।"

उस नौजवान ने कुल्हड़ ले लिया।

भूधर उसका हाथ पकड़कर हवेली के एक दालान में ले गया जहाँ एकान्त था, वहाँ उसने उस नौजवान को बैठाकर मुस्कराते हुए पूछा, "क्या महोबा में डाका डाला था?"

उस अजनबी से, जिसने सुबह के समय उसकी जान बचाई थी, झूठ बोलना गलत होगा, सो उसने कहा, "हाँ।"

"उस डाके में कोई कतल-वतल भी हुआ था?" शान्त भाव से भूधर ने पूछा।

अब तो सत्य का दौर आरम्भ हो चुका था, उस नौजवान ने कहा, "हाँ, रामकिशन बनिया और उसका जेठा लड़का गोपीकिशन काम आए—बाकी को हमने छोड़ दिया था।" फिर एक ठंडी साँस लेकर उसने कहा, "अगर न छोड़ा होता तो ठीक किया होता। उन्हीं लोगों ने थाने में इत्तला कर दी थी और पुलिसवालों ने हमें पिछिया लिया था। बड़ी मुश्किल से बच के निकले उन पुलिसवालों से।"

"तुम्हारा नाम क्या है और कहाँ के रहनेवाले हो?" भूधर ने फिर पूछा।

"नाम तो हमारा नाहरसिंह है, बाप डाकू थे, लेकिन खानदान का पता नहीं। रहनेवाले जंगलों के समझो।"

भूधर कुछ सोचकर बोला, "आदमी तुम नौजवान हो, जीवटवाले। हमारी सलाह मानो तो तुम डकैती का पेशा छोड़ दो, भले आदमी की तरह खेती-किसानी करो, नहीं तो किसी-न-किसी दिन तुम भी टें हो जाओगे।

एक व्यंग्यात्मक हँसी के साथ नाहरसिंह ने कहा, "खेती-किसानी आती नहीं, कभी की नहीं, फिर खेती-किसानी है कहाँ! और भला पुलिस हमारा पीछा छोड़ेगी?"

भूधर ने कुछ सोचकर कहा, "पुलिस तुम्हें पहचानती तो नहीं है?"

"नहीं।" नाहरसिंह ने सिर हिलाया।

भूधर फिर पूछने लगा, "अच्छा यह बताओ, डकैती में कुछ माल-वाल हाथ लगा कि नहीं?"

"माल भला क्यों न हाथ लगना था! सोने की मुहरों की बसनी हमने छीनी थी—सो हमारे पास अभी तक है, बटवारे की नौबत ही नहीं आने पाई।"

भूधर की आँखें चमक उठीं, "कितनी रकम है?"

नाहरसिंह ने अपनी कमर से बसनी खोली, फिर उसने मुहरें गिनीं। एक सौ अस्सी मुहरें थीं।

भूधर बोला, "एक उपाय हम बता सकते हैं। यह हवेली, जिसमें तुम बैठे हो, यह हमारे दद्दू की है—यानी हमारी है। साथ में दस बीघे की खुदकाश्त है जो बटाई पर उठी है। तो हम अपने दद्दू को यहाँ से कलकत्ता ले जाना चाहते हैं—हमने अपना कारबार वहाँ कर लिया है। तो हमारे दद्दू यह हवेली और खुदकाश्त तुम्हें बेच देंगे—एक सौ अस्सी मोहरों पर। सो यह है जिला इटावा, कमिश्नरी इलाहाबाद। सावधानी के साथ रहो तो तुम्हारी गंध कोई नहीं पा सकता। और लोगों से हम कह देंगे कि तुम हमारे दूर के भाई होते हो। हम ठहरे फौज के आदमी—सो हमारी बात पर सब विश्वास कर लेंगे। इस तरह से हमारा काम बन जाएगा और तुम्हारी जिन्दगी सुधर जाएगी।"

भाग्य कभी-कभी अजीब खेल दिखाता है—नाहरसिंह ने यह सुन रखा था। कुलहीन तथा गृहहीन प्राणी को एकाएक कुल मिल रहा है, गृह मिल रहा है, सामाजिक स्थान मिल रहा है। उसने कह दिया, "हमें मंजूर। लेकिन एक शर्त—इस मकान और जमीन के साथ यह अपनी दुनाली बन्दूक भी तुम्हें देनी पड़ेगी। तुम फौज के आदमी हो न—तो तुम हमारे नाम लैसंस करा दो।"

भूधर को अपना जुए का अड्डा चलाने के लिए दुनाली बन्दूक की आवश्यकता नहीं थी—उसे आवश्यकता थी पिस्तौल की। तो वह राजी हो गया।

2

एक हफ्ते के बाद महिधर को साथ लेकर भूधर कलकत्ता रवाना हो गया और नाहरसिंह कुँवर नाहरसिंह राठौर बनकर महेसुर की उस हवेली में जम गए। वही नौकर-चाकर, वही ठाठ-बाट। नाहरसिंह ने एक नया जीवन आरम्भ किया।

दिनभर शिकार में बीतता था, शाम के समय खा-पीकर सो जाते थे, और छह महीने के अन्दर ही नाहरसिंह को अनुभव होने लगा कि उनके जीवन में एकरसता आने लगी है। उन्हें सामाजिक प्राणी बनने में बड़ा प्रयत्न करना पड़ता था। लेकिन युवा प्राणी थे—सब कामकाज ढंग से चलता जाता था। उस भूधर ने जाते समय उनके पास केवल पाँच रुपये छोड़े—इसके बाद सारा कामकाज कर्ज से चलने लगा।

जाड़े के दिन थे, शाम के समय दो सवनों को मारकर नाहरसिंह घर लौट रहे थे, और काफी प्रसन्न थे। जग्गा पासी ने कच्ची भट्टी में महुआ और नारंगी मिलाकर शराब खींची थी, और सुबह के समय वह छै बोतलें नाहरसिंह को दे गया था। तो रात मजे में कटेगी। अपनी हवेली की टेकरी पर चढ़ते-चढ़ते वह एकाएक रुक गए। दूर से लम्बे डग रखता हुआ एक आदमी उनकी ओर आता हुआ दिखा। अरे, यह तो गनेसी था, उनका पुराना साथी। इसके पहले कि गनेसी उनके पास आकर कुछ कहे, नाहरसिंह के मुख से निकल पड़ा, "अरे गनेसी—तुम यहाँ कैसे?"

और गनेसी ने आश्चर्य में भरकर कहा, "अरे नहरवा—तू यहाँ, हम तो समझे थे कहीं मर-खप गया है। बड़े ठाठ हैं—बन्दूक कन्धे से झूल रही है।"

नाहरसिंह ने होठ पर उँगली रखकर गनेसी को चुप रहने का संकेत किया, फिर वह गनेसी को अपनी हवेली में ले गए। नाहरसिंह ने गनेसी को बतलाया कि अब वे कुँवर नाहरसिंह राठौर हैं—महेसुर के सम्पन्न किसान। और यह हवेली

उनकी है। और गनेसी से उन्हें पता चला कि डाकुओं के जिस गिरोह में नाहरसिंह और गनेसी थे वह टूट गया। सरदार बुग्गा और फिरोजशाह पुलिस की मुठभेड़ में मारे गए, लोचनसिंह और ननकू को फाँसी हो गई। गनेसी और तीन आदमी भाग निकले। गनेसी भी भागा हुआ है लेकिन उस पर अभी किसी का शक नहीं है।

गनेसी की पेंट में पचास रुपये निकले। नाहरसिंह ने उन रुपयों से गनेसी के लिए एक भैंस खरीद दी और गनेसी नाहरसिंह की हवेली के सामने एक झोंपड़ी बनाकर दूध-घी का कामकाज करने लगा।

अब गरमी आ गई थी। गनेसी घी बेचने इटावा शहर गया था, नाहरसिंह उसके साथ हो लिए थे। इटावा से महेसुर पाँच कोस पड़ता था। शाम के समय दोनों पैदल ही इटावा से महेसुर के लिए रवाना हो गए। झुटपुटा हो गया था और रास्ता सुनसान पड़ा था। यह लोग अभी केवल दो कोस ही आए थे—एकाएक गनेसी ने नाहरसिंह के कन्धे पर हाथ रखा, "लगता है बैलगाड़ियाँ इधर आ रही हैं।"

"आ रही होंगी—इससे हम लोगों को क्या?" नाहरसिंह ने लापरवाही के साथ उत्तर दिया।

"अनाज बेचने गई होंगी इटावा की मंडी! इन लोगों के पास रुपया होगा।"

एक क्षण में नाहरसिंह समझ गए। उन्होंने चट से अपने कपड़े उतारे। अब एक आदमी लंगोट लगाए हुए गनेसी के सामने था—हाथ में बन्दूक! मुँह पर कपड़ा बँधा था जिससे पहचाने न जा सके। गनेसी ने भी अपने मुँह पर ढाठा बाँधा। नाहरसिंह बोले, "मैं अँधेरे में रहूँगा और बन्दूक की हवाई फायर करूँगा। लाठी के बल पर तुम वसूल कर लो इन लोगों की रकम। दो बैलगाड़ियाँ हैं, चार आदमियों से ज्यादा न होंगे।"

और उन गाड़ीवालों से करीब सौ रुपये की रकम छीनकर दोनों आदमी जल्दी-जल्दी अन्धकार में विलीन हो गए।

गनेसी ने अब अपनी भैंसों की संख्या बढ़ा ली—इन लोगों का काम मजे में चल निकला।

महेसुर में रहते हुए नाहरसिंह को अब दो वर्ष हो गए, और अब वह इटावा जिला के एक सम्भ्रान्त किसान हो गए थे। कुँवर नाहरसिंह राजस्थान के एक राजवंश के निर्वासित सदस्य थे, उस राजवंश का नाम वह गुप्त रखना चाहते थे।

अपने पिता के कुल से उन्हें समय-समय पर आर्थिक सहायता मिल जाया करती थी—भूधर राठौर के वह दूर के भाई थे न! तहसील और जिले के अफसरों के यहाँ उनकी पहुँच थी। इन अफसरों को वह अकसर शिकार करा देते थे। लेकिन अब उन्हें घर में अपना अकेलापन खटकने लगा था।

उनके जीवन में आज तक केवल एक स्त्री आई थी, उस स्त्री का नाम था भमरी! इलाहाबाद और रीवाँ की सीमा के एक गाँव में डाका डालते समय पुलिस के एक गिरोह से मुठभेड़ हो गई थी। यह पाँच वर्ष पहले की बात थी। नाहरसिंह के भागते समय उनकी पिंडली में एक गोली लगी थी, लेकिन आधी रात का समय था, और वह दिशाहीन होकर भाग रहे थे। पाँच-छै मील भागने के बाद उन्हें लगा कि अब उनसे नहीं चला जाएगा—काफी खून निकल चुका था उनके घाव से। और वह दर्द से कराह रहे थे। एकाएक उन्हें चक्कर आया और वह बेहोश होकर गिर पड़े। जिस समय उनकी आँख खुली उन्होंने देखा कि दिन निकल आया है और एक युवती उनके सामने खड़ी है, अकेली, और स्वगत जोर से कह रही, "हाय दइया—जे तो कौनो डाकू दिखैहै।"

नाहरसिंह ने उसे चुप रहने का इशारा किया, फिर लड़खड़ाती आवाज में उन्होंने कहा, "पानी! प्यास लगी है।"

युवती मुस्कराई, "रात बीरपुरा में डाका पड़ा था—लगता है तुम भी उसमें थे।"

कमजोर आवाज में नाहरसिंह ने कहा, "पिंडली में गोली लगी है—चला नहीं जाता।"

"यहाँ से थोड़ी ही दूर पर उस महुआ के बाग के पीछे हमारा घर है। हम तुम्हें सहारा देती हैं, वहाँ चलो तो पानी भी पिलावें और तुम्हारी दवादारू भी करें।"

"पुलिस में तो नहीं पकड़वा देगी?" नाहरसिंह ने युवती को गौर से देखते हुए पूछा।

"नहीं, तुम्हारी सौं खाकर कहती हूँ।" और नाहरसिंह को सहारा देकर वह युवती उन्हें अपने घर ले गई।

उस लड़की का नाम भमरी था और वह जाति की बेड़िन थी। उसका पड़ोस खाली पड़ा था। उसकी बड़ी बहन अपने पति तथा देवर के साथ नाचने के लिए दौरे पर निकल गई थी, घर भमरी के हाथ में सौंपकर। होली का पर्व था। हरेक

घर से बेड़िनों की टोलियाँ निकल गई थीं नृत्य द्वारा कमाई करने के लिए। भमरी ने नाहरसिंह की मरहमपट्टी की और बड़ी लगन के साथ उनकी सेवा-शुश्रूषा की।

एक पखवारा नाहरसिंह भमरी के यहाँ रहे—और एक पखवारे में उनकी पिंडली का घाव करीब-करीब भर गया था। भमरी का खुलता हुआ गेहुँआ रंग, उसका हृष्ट-पुष्ट शरीर, बड़ी-बड़ी आँखें और सुन्दर मुख—एक घाव तो अच्छा हो गया लेकिन दूसरा घाव लग गया नाहरसिंह के दिल में। वह भमरी के हो गए, भमरी उनकी हो गई।

एक पखवारे के बाद भमरी की बहन तथा बहनोई वापस आ गए। एक अपरिचित को घर में देखकर वे लोग भमरी पर बहुत बिगड़े। उन्होंने नाहरसिंह को पुलिस में पकड़वा देने की धमकी दी। एक हंगामा-सा मच गया। भमरी नाहरसिंह के साथ जाने की जिद पकड़ गई। लेकिन बिना घरबारवाला नाहरसिंह, वह भला भमरी को कहाँ ले जाता? नाहरसिंह ने भमरी को एकान्त में ले जाकर समझाया-बुझाया, उससे वादा किया कि एक दिन वह भमरी को अपने साथ ले जाएँगे, और फिर वहाँ से वह चल दिये।

उस दिन थानेदार जैपालसिंह किसी मुकदमे की तशफीश में महेसुर पहुँचे थे। कुँवर नाहरसिंह ने उन्हें अपनी हवेली में ठहराया, दिन में शिकार हुआ, रात में शराब और गोश्त का दौर चला। और तभी जैपालसिंह ने पूछ लिया, "कुँवर साहेब—लगता है कुँवरानी साहेबा हवेली में नहीं हैं।"

इसके पहले कि नाहरसिंह कोई उत्तर देते, गनेसी बोल उठा, "सरकार कुँवरानी पीहर में हैं। चौमासे बाद विदाई का जोग था। तो इसी नौरात में आ जाएँगी।"

थानेदार जैपालसिंह हँस पड़े, "तभी तुम सालों का बनाया बेस्वादा खाना खाने को मिल रहा है। तो कुँवर साहेब! जाड़े में जब सवन गिर रहे होंगे तब हम फिर इधर का दौरा करेंगे। ठकुराइन के साथ लौंडियाँ भी आवेंगी न—तो हमारा भी इन्तजाम हो जाएगा तब।" और अपने इस भद्दे मजाक पर थानेदार जैपालसिंह देर तक हँसते रहे।

उस रात देर तक नाहरसिंह को नींद नहीं आई। उन्हें बेतरह भमरी की याद आती रही। पाँच वर्ष हो गए भमरी से वादा किये हुए—उन्हें आश्चर्य हो रहा था कि इसके पहले उन्हें भमरी की याद क्यों नहीं आई। अब उनके पास घर है,

खेती-किसानी है, हैसियत है। दूसरे ही दिन थानेदार जैपालसिंह को रवाना करके वह भमरी की तलाश में निकल पड़े। एक हफ्ते तक इधर-उधर भटकने के बाद उन्हें भमरी का पता चला। वह अब नाचने-गाने में पारंगत हो गई थी। मौका निकालकर वह भमरी से मिले और शाम के झुटपुटे में वह भमरी को साथ लेकर चल दिये। इटावा पहुँचकर उन्होंने पालकी सजाई, बाजेवालों को ठीक किया और बाजे-गाजे के साथ भमरी ठकुराइन भानमती बनकर उस हवेली के जनानखाने में दाखिल हो गई।

भमरी के आने के बाद गनेसी भी अपनी औरत को महेसुर ले आया। दोनों गृहस्थियाँ आबाद हो गईं।

3

जिस दिन भमरी अर्थात् ठकुराइन भानमती ने पुत्र को जन्म दिया, उस दिन न ठाकुर नाहरसिंह घर में थे और न गनेसी घर पर था। भमरी ने गनेसी की पत्नी रुकमिनिया की सहायता से स्वयं ही बच्चे का नारा काटा, और फिर गाँव की औरतों को बुलवाकर गाना-बजाना करवाया। दो दिन बाद जब रात के समय नाहरसिंह और गनेसी घर लौटे, तब पुत्र-जन्म का शुभ-समाचार स्वयं भमरी ने नाहरसिंह को दिया। लेकिन उस समय नाहरसिंह बेतरह थके थे—पिछले तीन दिनों में वह सोए तक न थे। उन्हें अपने पुत्र के जन्म का महत्त्व समझ में नहीं आया और घर में आते ही वह सो गए। सुबह के समय जब वह सोकर उठे तक उनकी समझ में आया कि उनके घर में एक महत्त्वपूर्ण घटना घट गई है, और उनकी जिम्मेदारी बढ़ानेवाला एक और प्राणी इस दुनिया में आ गया है।

पिछले सात-आठ महीने से नाहरसिंह की आर्थिक स्थिति बिगड़ती जा रही थी। बनिए का कर्ज चढ़ गया था, उनके नौकरों की तनख्वाहें नहीं मिली थीं, सुनार ने दबी जबान कई बार तकाजा किया था। उन्होंने दो महीना पहले गनेसी से सलाह की थी, और गनेसी कुछ दिनों के लिए बाहर चला गया था। पन्द्रह दिन पहले गनेसी अपने साथ तीन आदमियों को लेकर वापस लौटा था, और उसके

दो दिन बाद ही नाहरसिंह, गनेसी तथा वे तीनों आदमी जमना पार कर दक्षिण की ओर चले गए थे।

ग्वालियर रियासत के एक गाँव में एक साहूकार के यहाँ इन लोगों ने डाका डाला। कपड़े-लत्ते तथा जेवरों पर इन्होंने हाथ नहीं लगाया, नकद चार हजार रुपया लूटकर रातों-रात पैदल चलते हुए ये लोग झाँसी जिले में प्रवेश कर गए। झाँसी में उस लूट का बँटवारा हुआ। उन तीन आदमियों को दो हजार मिला, दो हजार नाहरसिंह और गनेसी के हाथ लगे। झाँसी से कानपुर और इटावा होते हुए ये दोनों महेसुर पहुँचे थे।

पुत्र-जन्म का महत्त्व जानकर नाहरसिंह एकाएक पुलकित हो उठे, रकम उनके पास थी ही। ब्राह्मण देवता बुलाए गए—बकायदा जश्न आरम्भ हुआ। नाच-गाना-बधावा। पुरोहित जी ने लड़के की जन्मपत्री बनाई, और लड़के का नाम केहरसिंह रखा गया।

धीरे-धीरे नाहरसिंह की आर्थिक स्थिति सुदृढ़ होती गई। वह और गनेसी साल में सिर्फ तीन या चार डाके डालते थे, वह भी बड़ी जुगत के साथ। ये डाके प्राय: बुन्देलखंड, बघेलखंड या ग्वालियर रियासत के गाँवों में ही डाले जाते थे।

ठाकुर नाहरसिंह की गणना अब इटावा जिले के प्रतिष्ठित लोगों में होने लगी थी। उन्होंने दस बीघे जमीन और खरीद ली तथा महेसुर गाँव के चार पाई के जमींदार बन गए। जमींदारी की शान निभाने के लिए उन्होंने एक हाथी भी खरीद लिया था।

केहरसिंह लाड़-प्यार से पलने लगा। जब वह छै वर्ष का हुआ उनके पुरोहित छोटेलाल ने नाहरसिंह से अनुरोध किया कि केहरसिंह की शिक्षा-दीक्षा का प्रबन्ध होना चाहिए। यद्यपि नाहरसिंह को विद्या के प्रति कोई अनुराग नहीं था, लेकिन उन्होंने कुल की प्रतिष्ठा जमाने के लिए केहरसिंह को पंडित छोटेलाल के हवाले कर दिया।

पंडित छोटेलाल सात्विक प्रवृत्ति के ब्राह्मण थे, उनके प्रभाव में केहरसिंह जैसे-तैसे पढ़ने लगा और उसने हिन्दी मिडिल की परीक्षा पास कर ली। इसके बाद वह इटावा में इंट्रेंस क्लास में भरती हो गया।

सन् 1914 में यूरोप में प्रथम महायुद्ध छिड़ गया। देश-भर में सैनिकों की भरती होने लगी। नाहरसिंह ने अपने डाकू गिरोह के तीन आदमियों की रंगरूटों

में भरती करा ली और पुरस्कार में उन्हें रायसाहिबी मिल गई। इसके बाद उनका डाकेवाला गिरोह स्वयं ही टूट गया।

रायसाहेब बनने की खुशी में उन्होंने सरकार को युद्ध करने के लिए एक हजार रुपया चन्दा ही नहीं दिया, उन्होंने महेसुर में एक बहुत बड़ा जश्न भी कर डाला जिसमें एक हजार रुपये और खर्च हो गए। यह दो हजार रुपये नाहरसिंह ने तहसील के महाजन लाला औतारीलाल से कर्ज लिये थे, इस वादे पर कि वह कर्ज तीन महीने के अन्दर अदा कर देंगे। तीन महीने की जगह छै महीने बीत गए और छै महीने बाद लाला औतारीलाल ने दबी जबान नाहरसिंह से तकाजा किया, तब नाहरसिंह का तैश जाग उठा। इसमें उनकी औतारीलाल से गाली-गलौज हो गई।

औतारीलाल ने साल-भर पहले अपने पिता सरदारीलाल के मरने पर महाजनी का धन्धा अपनाया था—युवा और गरम मिजाज का आदमी था। इस गाली-गलौज के बाद उसने अदालत में नाहरसिंह पर मुकदमा दायर कर दिया। बनिए के लौंडे की इतनी हिम्मत कि वह रायसाहेब कुँवर नाहरसिंह राठौर को अदालत में घसीटे—नाहरसिंह को यह अपमान अखर गया।

और इस घटना के बीस दिन बाद ही औतारीलाल के घर में डाका पड़ा। डाकू केवल दो थे, बन्दूकों से लैस। तहसील का मामला ठहरा, जब तक डाकू तिजोरी तोड़ के माल निकालें, थाने में इस डाके की इत्तिला पहुँच गई। पुलिस का एक दस्ता गोलियाँ चलाता हुआ औतारीलाल के घर की ओर रवाना हुआ। और गोलियों की आवाज सुनकर दोनों डाकू मालमत्ता छोड़कर रात के गहरे अँधेरे में गोलियाँ चलाते हुए भागे। अमावस की रात, न पुलिसवाले डाकुओं को देख सकते थे और न डाकू पुलिसवालों को देख सकते थे। बस रह-रहकर दोनों ओर से गोलियाँ चल रही थीं। करीब दो कोस भागने के बाद एकाएक नाहरसिंह 'हाय' कहकर जमीन पर बैठ गए—एक गोली उनकी छाती चीरती हुई निकल गई थी।

गनेसी नाहरसिंह के साथ-साथ ही भाग रहा था। गनेसी ने उलटकर गोली चलाई। जिस कांस्टेबल ने गोली चलाई वह गनेसी की गोली से जख्मी होकर गिर पड़ा। इधर साथवाला कांस्टेबल अकेला रह गया और उसकी हिम्मत छूट गई। वह अपने साथी को छोड़कर तहसील की तरफ भागा। इसी बीच गनेसी ने अपना साफा उतारकर नाहरसिंह की छाती में बाँधा ताकि खून बहना बन्द हो जाए। उसने

अन्दाजा लगाया, महेसुर वहाँ से करीब तीन कोस की दूरी पर रहा होगा। उसने अपने कन्धे पर नाहरसिंह को लादा, और महेसुर की ओर रवाना हो गया दोनों बन्दूकों के साथ। किस समय नाहरसिंह का प्राणान्त हुआ, गनेसी को इसका पता तक न चला। जिस समय भमरी ने हवेली का दरवाजा खोला, नाहरसिंह मर चुके थे।

गनेसी ने भमरी से सब किस्सा सुनाया। भमरी भी बड़ी जीवट की औरत साबित हुई। नाहरसिंह की इज्जत पर बट्टा न आने पाए—समस्या यह थी। और उसने गनेसी से परामर्श करके एक फूस की झोंपड़ी में लकड़ियाँ भरवाकर तथा उसमें नाहरसिंह का शव रखवाकर उस झोंपड़ी में आग लगवा दी। भोर होते-होते गाँव-भर के लोग इस झोंपड़ी के इर्द-गिर्द इकट्ठा हो गए, लेकिन वह आग किसी के वश की न थी। इटावा से उसका पुत्र केहरसिंह बुलाया गया, उसने अपने पिता का क्रिया-कर्म किया।

इसके बाद केहरसिंह का पढ़ना-लिखना बन्द हो गया। उसे अपने पिता का कामकाज सँभालना पड़ गया।

पंडित छोटेलाल केहरसिंह को अपने पुत्र की भाँति मानते थे। उन्होंने केहरसिंह को सन्मार्ग पर चलने की शिक्षा दी। यही नहीं लाला औतारीलाल के कर्जे का भुगतान उन्होंने हाथी को बिकवाकर कर दिया।

नाहरसिंह की मृत्यु के बाद भमरी में एकाएक धार्मिक प्रवृत्ति जाग पड़ी। केहरसिंह परिश्रमी और संयमी युवक था, उसकी कुशलक्षेप की वह प्रार्थना करती थी, दिन-रात वह पूजा-पाठ में लगी रहती थी जैसे इस सांसारिक अस्तित्व में उसे कोई दिलचस्पी न रह गई हो। रोज सुबह वह यमुना में स्नान करके पूजा करने को बैठ जाती थी। घर का सारा प्रबन्ध उसने गनेसी के हाथ में सौंप दिया था।

4

बीस साल का स्वस्थ और कद्दावर केहरसिंह बिरहा गाता हुआ अपने खेत से लौट रहा था कि उसकी नजर बतसिया पर पड़ी जो ठिठककर खड़ी हो गई थी और एकटक केहरसिंह को देखने लगी थी। बतसिया परसादी लोधे की लड़की

थी। उम्र करीब सत्रह-अठारह साल, रंग सुनहरा, चेहरा गोल और सुन्दर आँखें कुछ कटीली-सी।

बतसिया का पिता परसादी लोधा महेसुर का बड़ा और सम्पन्न किसान था और हैसियतवाला आदमी समझा जाता था। तीन-चार साल से परसादी अपनी लड़की के लिए वर खोज रहा था, लेकिन हरेक लड़के में कहीं-न-कहीं कोई खोट निकल आती थी। इधर बतसिया का यौवन फूट रहा था, और वह केहरसिंह को अतृप्त नयनों से देखा करती थी। उस दिन बतसिया को देखकर केहरसिंह के मन में गुदगुदी उठी और वह बतसिया की ओर बढ़ा। बतसिया वैसी-की-वैसी ही खड़ी रही। केहरसिंह ने बतसिया के पास पहुँचकर कहा, "क्यों री, इस तरह मुझे क्यों देखा करती है?"

कुछ मुस्कराकर बतसिया ने कहा, "तुम मुझे बड़े अच्छे लगते हो—इसलिए!"

केहरसिंह को बतसिया की मुस्कराहट बड़ी अच्छी लगी, उसने कहा, "तेरी मुस्कराहट हमें बड़ी अच्छी लगती है।"

बतसिया खिलखिलाकर हँस पड़ी, "और मैं नहीं अच्छी लगती तुम्हें?"

केहरसिंह को अपने शरीर में एक झनझनाहट-सी अनुभव हुई, "तू—तू भी मुझे बहुत अच्छी लगती है—बहुत अच्छी।" और यह कहकर उसने बतसिया का हाथ पकड़ लिया।

बतसिया बोली, "हटो, इस तरह हाथ नहीं पकड़ा जाता।" और हाथ छुड़ाने के प्रयत्न में वह केहरसिंह से चिपककर खड़ी हो गई।

केहरसिंह से अब न रहा गया, उसने बतसिया को बाँहों में भरकर उसे चूमना आरम्भ कर दिया।

लेकिन तभी केहरसिंह को पंडित छोटेलाल की कड़कदार आवाज सुनाई पड़ी, "सावधान बेटा केहर! यह पाप का मार्ग है।"

एकाएक केहरसिंह की पकड़ ढीली पड़ गई और बतसिया वहाँ से भाग गई।

पंडित छोटेलाल ने उस समय केहरसिंह से इस सम्बन्ध में कोई बात नहीं की, शाम के समय वह भमरी के यहाँ पहुँचे।

भमरी ने पंडित छोटेलाल को आसन पर बिठलाया, उनके चरण छूकर उसने पूछा, "कहिए पुरोहित देवता, कैसे कष्ट किया आपने?"

छोटेलाल ने गला साफ करते हुए कहा, "ठकुराइन सा'ब! अब केहर का विवाह हो जाना चाहिए, बीस साल का हो गया है, नहीं तो लेने-के-देने पड़ जाएँगे। लोधे की लड़की गले मढ़ जाएगी। तो आप अपने नाते-रिश्तेदारों से केहर के विवाह की बात चलाइए।"

भमरी को ठाकुरों की परम्परा का कोई ज्ञान नहीं था, और नाहरसिंह के कोई नाते-रिश्तेदार न होने के कारण उसे उस परम्परा का कोई आभास भी न मिल पाया था। वह भी इधर दो-एक साल से केहरसिंह के विवाह के सम्बन्ध में मन-ही-मन सोच रही थी, लेकिन उसे कोई रास्ता नहीं दीखता था। लेकिन स्त्री वह स्थिर-बुद्धि की थी, उसने छोटेलाल के सामने हाथ जोड़कर कहा, "पंडित जी! हम लोग तो घरवार से छुटे हुए परानी हैं, अपना न कोई सगा-सम्बन्धी, न नाते-रिश्तेदार! उनके मरने के बाद अब तुम ही अपने को केहर का सरपरस्त समझो। जैसा तुम उचित समझो वैसा करो। हमें तो केहर के लिए बहू चाहिए।"

गला साफ करते हुए छोटेलाल ने कहा, "लड़की तो एक हमारी नजर में है, लेकिन उसके पिता नहीं हैं। उसके भाई आगरा शहर में रहते हैं, वहाँ एक स्कूल में अध्यापक हैं—नाम है रघुराजसिंह। बघेल ठाकुर हैं, लेकिन लेन-देन नहीं कर सकेंगे।"

भमरी बोली, "पुरोहित देवता—केहर का विवाह लड़की से होई, रुपया-पैसा से तो न होई। तो लेन-देन की बात नहीं। बाकी केहर तुम्हें अपने बाप से बढ़कर मानता है। तुम जो कुछ करिहो वह हम लोगों की भलाई में ही होगा।"

प्रसन्नभाव से पंडित छोटेलाल उठ खड़े हुए। दूसरे दिन वह रघुराजसिंह से मिलने के लिए आगरा के लिए रवाना हो गए।

रघुराजसिंह अपने ढंग के उदार विचारोंवाले बौद्धिक प्राणी थे। वह पचास रुपया महीना पानेवाले एक साधारण अध्यापक थे और एक बड़े परिवार के भरण-पोषण की जिम्मेदारी उनके ऊपर थी। वैसे बारह बीघे की उनके पास पैतृक जमीन भी थी, लेकिन उस जमीन पर उनके काका ने कब्जा कर लिया था उनके पिता के मरने के बाद। उन्हें किसी तरह अपनी बहन के हाथ पीले करने थे।

छोटेलाल और रघुराजसिंह सहपाठी रहे थे और दोनों एक-दूसरे के घनिष्ठ मित्र थे। आपस में आना-जाना होता था, पत्र-व्यवहार होता था। छोटेलाल ने कुछ हिचकिचाते हुए रघुराजसिंह से पूछा, "कहो रघुराज, लक्ष्मी का विवाह नहीं लगा?"

उदास भाव से रघुराजसिंह ने उत्तर दिया, "क्या बतावें छोटेलाल, कोई अच्छा लड़का नहीं मिल रहा है। अच्छे लोग दहेज माँगते हैं, तो भला हम दहेज कहाँ से दें? काका से कहा था कि हमारी जमीन हमें दे दो तो हम उसे बेचकर लक्ष्मी के हाथ पीले कर दें, लेकिन वह जमीन देने से इनकार करते हैं। कहते हैं मुकदमा दायर करो।"

"राम-राम! घोर कलियुग आ गया है!" छोटेलाल बोले, फिर कुछ रुककर उन्होंने कहा, "हमारी नजर में एक लड़का है, सुशील और सच्चरित्र। महेसुर के ठाकुर नाहरसिंह राठौर का नाम तो सुना होगा तुमने?"

"अरे वह नाहरसिंह जो अपनी झोंपड़ी में आग लगने से मर गए थे? कुछ लोगों का कहना है कि वह डाकू थे।"

"राम-राम!" छोटेलाल बोले, "डाकू होते तो हमें पता न होता—हम उनके पुरोहित हैं। फिर लम्बा कर्ज छोड़ गए हैं वह अपने ऊपर। लेकिन उनका लड़का सच्चरित्र और अच्छे स्वभाव का है। बाप का कर्ज अदा कर दिया है उसने। उसकी माँ से बातचीत की, लेन-देन का कोई सवाल नहीं उठता। सब कुछ हमारे ऊपर छोड़ दिया है ठकुराइन ने।"

"उसका कुल-परिवार?" रघुराजसिंह ने पूछा।

सिर खुजाते हुए छोटेलाल ने कहा, "कुल-परिवार का तो पता नहीं—सुना है नाहरसिंह किसी राजवंश के थे, लेकिन उन्होंने अपने परिवार को छोड़ दिया था। तो उन्होंने कभी अपने कुल-परिवार का जिक्र नहीं किया। ठकुराइन भी अपने नाते-रिश्तेदारों का पता नहीं बतातीं। महिधर राठौर नाहरसिंह को अपनी हवेली और जमीन सौंपकर अपने लड़के के साथ कलकत्ता चले गए थे—सो उनके लड़के भूधर ने बतलाया था कि नाहरसिंह उनके दूर के भाई होते हैं। कहो तो कलकत्ता चल के भूधर से जाँच-पड़ताल कर ली जाए।"

रघुराजसिंह बोले, "छोड़ो भी यह सब छोटेलाल—तुम हमारे सबसे घनिष्ठ मित्र हो, जैसा चाहो करो। हम ठहरे कांग्रेसी आदमी, हमें जात-पाँत पर कोई विश्वास नहीं। तो हमें तुम्हारा प्रस्ताव मंजूर!"

केहरसिंह की बारात बड़ी धूमधाम के साथ आगरा गई, और जब लक्ष्मी ब्याहके महेसुर आई तो महेसुर में भी एक हफ्ते तक उत्सव होते रहे।

केहरसिंह बलिष्ठ और मेहनती आदमी था, उधर गनेसी की गायें और भैंसें काफी हो गई थीं। नाहरसिंहवाली फिजूलखर्ची बन्द हो गई थी और इसलिए घर का काम अच्छी तरह से चलता रहा।

एक साल बाद ही केहरसिंह के यहाँ पुत्र ने जन्म लिया और पुत्र-जन्म के अवसर पर राजसी ठाठ से उत्सव मनाए गए। पंडित छोटेलाल ने लड़के की जन्मपत्री बनाई, और खिल उठे, "लड़के के राजयोग हैं केहर—दुनिया में इसका नाम होगा, यश फैलेगा। लोगों पर राज करेगा यह लड़का—बड़ा भागवान है।"

नामकरण-संस्कार के दिन लड़के की जन्मपत्री देखकर पंडित छोटेलाल ने कहा, "लड़के का नाम 'ज' से रखना चाहिए और उन्होंने लड़के का नाम जयराम सिंह रखना चाहा। लेकिन भमरी को यह नाम पसन्द नहीं आया। तभी गनेसी ने कहा, "पंडित जी—बाबा का नाम नाहरसिंह, बाप का नाम केहरसिंह तो लड़के का नाम जबरसिंह होना चाहिए।"

पंडित छोटेलाल कुछ कहना ही चाहते थे तब तक भमरी बोल उठी, "गनेसी ठीक कहता है—मेरे पोते का नाम जबरसिंह ही ठीक रहेगा पंडित जी!"

छोटेलाल ने निराश-भाव से केहरसिंह की ओर देखा, लेकिन या तो गनेसी चाचा और माता भमरी की बात काटने का उसमें साहस नहीं था, या फिर जबरसिंह नाम उसे भी पसन्द आया, वह चुप ही रहा, लिहाजा लड़के का नाम जबरसिंह रख दिया गया।

5

भमरी यमुना नहाकर लौट रही थी कि एकाएक उसकी नजर एक लम्बे-चौड़े साधु पर पड़ी जो यमुना के तट के निकट नीम के पेड़ के नीचे धूनी रमाए बैठा था और जोर-जोर से 'नमः शिवाय' का पाठ पढ़ रहा था। भमरी ठिठककर खड़ी हो गई, फिर उसने बाबा जी के पास जाकर उनके चरण छुए। बाबा जी ने आँखें खोलकर भमरी को देखा, फिर मुस्कराकर उन्होंने भमरी को आशीर्वाद दिया, "सौभाग्यवती रहो—तुम्हारा घर फूले-फले!"

उस समय भमरी की अवस्था करीब चालीस वर्ष की थी, लेकिन स्वस्थ गठी हुई देह, भरपूर मेहनती, चेहरे पर एक सलोनापन—भमरी तीस-बत्तीस वर्ष की दीखती थी। बाबा जी की मुस्कान में कुछ अजीब तरह का सम्मोहन दिखा भमरी को। भमरी भी मुस्करा पड़ी। उसने कहा, "बस इतना ही आता है तुम्हें बाबा जी! सौभाग्यवती बना रहे हो, मैं तो बेवा हूँ।"

बाबा जी ने भमरी के माथे पर हाथ रख दिया, "बाबा भूतनाथ कल्याण करें तुम्हारा! तुम देवताओं को प्यारी हो—मनुष्य से तुम्हारा सम्बन्ध रुचा नहीं उन्हें। कहाँ रहती हो?"

भमरी ने दूर टेकरी पर अपनी हवेली की ओर इशारा करते हुए कहा, "वहाँ, वह अपनी हवेली है। अपने लड़के और पतोहू के साथ वहाँ रहती हूँ।"

बाबा जी ने धूनी से भभूत निकालकर उसकी हथेली पर रखते हुए कहा "सात-आठ महीने पहले तेरा पोता हुआ—बड़ा प्रतापी निकलेगा वह, राजा बनेगा। यह भभूत उसे लगा देना। ला तेरे आँचल में यह भभूत बाँध दूँ।" और बाबा जी ने भभूत भमरी के आँचल में बाँध दी।

भमरी ने उठते हुए पूछा, "बाबा जी, आपका नाम क्या है?"

बाबा जी हँस पड़े, "साधु-संन्यासियों के कहीं कोई नाम-धाम भी होते हैं, ये नाम-धाम तो दुनियावालों के लिए हैं। लेकिन हमें भी तो इस दुनिया में रहना पड़ता है, तो हमें सब लोग बाबा सहोदरानन्द कहते हैं।"

भमरी प्रसन्न-मन घर लौटी। घर आकर उसने अपना आँचल खोला, और वैसे ही वह आश्चर्यचकित रह गई। भभूत की जगह वहाँ एक छोटी-सी संगमरमर की शालिग्राम की बटिया थी। मंत्रमुग्ध-सी वह कुछ देर शालिग्राम की बटिया को देखती रही, फिर उसने उसे धोकर उसका चरणामृत जबरसिंह को पिलाया, इसके बाद स्वयं खुद पिया। शालिग्राम की बटिया उसने अपने पूजागृह में स्थापित कर दी।

दूसरे दिन यमुना-स्नान के बाद भमरी बाबा सहोदरानन्द के पास पहुँची। उस समय बाबा जी चरस का दम लगा रहे थे। भमरी ने जाते ही उनके चरण पकड़ लिए, "महाराज, कल जो भभूत आपने दी थी सो तो शालिग्राम की बटिया बन गई।"

बाबाजी ने गम्भीर भाव से उत्तर दिया, "भगवान भूतनाथ की लीला! वह तेरे यहाँ खुद पहुँच गए। तू साक्षात् पार्वती हो गई है।"

भमरी को अनुभव हुआ कि कोई दैवी शक्ति उसके अन्दर प्रवेश कर रही है, और उसके सामने कोई महान् सिद्ध पुरुष बैठा है। उसने कहा, "महाराज, हमारे घर को पवित्र करें चलकर!"

बाबा सहोदरानन्द ने शान्त-भाव से कहा, "देवी पार्वती! हम दुनिया छोड़ चुके हैं—मरघटवासी बन गए हैं। हम गृहस्थों के घर नहीं जाते, हमारा स्थान तो एकान्त है!"

भमरी गद्‌गद हो गई, "बाबाजी! आपकी सेवा करनेवाला कोई नहीं है। यह हठ तो ठीक नहीं।"

बाबा जी ने उत्तर दिया, "जिसे सेवा करना होगा वह हमारे यहाँ खुद आ जाएगा।" और बाबा जी ने चरस की लम्बी लपट निकालकर चिलम उलट दी तथा खुद ध्यानमग्न हो गए। भमरी नशे में धुत्त बाबा सहोदरानन्द के पैर दबाने लगी।

आधा घंटे बाद जब बाबा जी की बेहोशी टूटी, उन्होंने देखा कि भमरी उसके पैर दबा रही है। भमरी के हाथों से अपने पैर छुड़ाते हुए उन्होंने कहा, "अब घर जा! रोज सुबह एक सीधा ले आया कर—यही तेरी सेवा होगी।"

भमरी के साथ जो चमत्कार हुआ था उसकी चर्चा महेसुर गाँव में फैल गई और बाबा सहोदरानन्द के यहाँ भक्तों की भीड़ इकट्ठा होने लगी। एक हफ्ते के अन्दर ही भमरी की हवेली से करीब एक मील की दूरी पर जो उजाड़-सा टीला था उस पर बाबा सहोदरानन्द का एक आश्रम बन गया, आधा कच्चा, आधा पक्का। वहाँ नित्य सुबह-शाम कीर्तन होने लगा और उस कीर्तन में प्रमुख हाथ भमरी का था।

चैत का महीना आ गया था और वसन्त ऋतु की मादकता फैल रही थी चारों ओर। उस दिन अमावस थी, और दोपहर के समय जब भमरी बाबा जी के आश्रम से कीर्तन करने के बाद चलने लगी, बाबा जी ने एकान्त पाकर भमरी से कहा, "ठकुराइन! आज अमावस है। शाम की झुटपुटे में आना—आज हम तुम्हें बीजमंत्र देंगे।" और बाबा जी मुस्करा पड़े।

भमरी ने बाबा जी की बात का कोई उत्तर नहीं दिया, लेकिन उसके मन में बाबा जी के प्रति कुछ शंका अवश्य जाग उठी। उसने मन-ही-मन संकल्प किया कि वह बीजमंत्र लेने नहीं आएगी। घर पहुँचने पर उसने घर के कामकाज में मन

लगाने की कोशिश की, लेकिन उसके मन की उद्विग्नता बढ़ती ही जाती थी, और सूर्यास्त के बाद उसके पैर बरबस बाबा सहोदरानन्द के आश्रम की ओर उठ गए। बाबा जी अपनी कुटी के सामने ही टहल रहे थे। भमरी को देखते ही वह बोल उठे, "आ गई ठकुराइन! हम जानते थे कि तुम्हें आना ही पड़ेगा!" और भमरी का हाथ पकड़कर वह कुटी के अन्दर ले गए।

भमरी का मन आशंका से काँप रहा था, लड़खड़ाते स्वर में वह कह रही थी, "बाबा जी—बाबा जी—तुमने हमें क्यों बुलाया इस बखत?"

और बाबा सहोदरानन्द कह रहे थे, "ठकुराइन! मैं शिव हूँ—तू पार्वती है। आज शिव पावर्ती की पूजा करेगा!"

भमरी ने एक बार अपने को बाबा सहोदरानन्द से छुड़ाने की कोशिश की, लेकिन उसे लगा जैसे उसके शरीर की सारी शक्ति निचुड़ गई है। और उस रात बाबा सहोदरानन्द ने भमरी को बीजमंत्र दे दिया। जिस समय भमरी घर लौटी उस समय उसके मन में न किसी तरह की ग्लानि थी, न किसी तरह का परिताप था। एक असीम उल्लास वह अनुभव कर रही थी अपने अन्दर।

भमरी पर जैसे एक तरह का पागलपन सवार हो गया हो। अब वह बाबा सहोदरानन्द की मुख्य चेली बनकर अपना अधिकांश समय सहोदरानन्द के आश्रम में बिताने लगी। इधर सहोदरानन्द की कीर्ति जो बढ़ी तो दूर-दूर से भक्तगण उनके दर्शन करने और उनका आशीर्वाद प्राप्त करने के लिए आने लगे। चढ़ावे चढ़ते थे और बाबा सहोदरानन्द ने गद्दी स्थापित करके महन्त का पद सँभाल लिया था।

लक्ष्मी को अपनी सास के ये लक्षण अच्छे नहीं लग रहे थे। लेकिन वह विवश थी, कुछ कर नहीं सकती थी। घर में भमरी का ही शासन था। उसने केहरसिंह से भमरी की अति भक्ति का जो जिक्र किया तो धर्मपरायण पति ने उसे डाँट दिया। एक वर्ष से अधिक हो गया था बाबा सहोदरानन्द को आए हुए और जबरसिंह ने दो वर्ष पूरे करके अब तीसरे वर्ष में प्रवेश कर लिया था। भादों बीत रहा था। पिछले दो दिनों से भमरी आश्रम में ही थी। उस दिन जब लक्ष्मी सोकर उठी, वह काफी उद्विग्न थी। वह हवेली के बाहर निकली कि उसने देखा कि गनेसी जानवरों के लिए चारा काट रहा है। लक्ष्मी ठिठककर खड़ी हो गई। गनेसी का ध्यान टूटा, हाथ रोककर उसने कहा, "क्या बात है बहू?"

"गनेसी चाचा! जबर का तीसरा साल चल रहा है। अब इसका मूँड़न हो जाना चाहिए। अम्मा जी को घर की बात करने की फुरसत ही नहीं मिलती, वह तो भजन-कीर्तन में लगी रहती हैं। आज दो दिन से वह आश्रम में ही हैं।"

गनेसी ने सिर झुकाकर कहा, "धरम-करम बहुत बढ़ गया है उस बेड़िनिया का!"

लक्ष्मी की समझ में गनेसी की बात नहीं आई, उसने कहा, "गनेसी चाचा! क्या कहा? हम समझीं नहीं!"

"तू नहीं समझेगी! हाँ, तो जबर का मूँड़न होना है। तो इस नौरात में जबर का मूँड़न हो जाए प्रयागराज में चलकर!"

गनेसी की पत्नी रुक्मिनी के मर जाने के चार-पाँच साल बाद गनेसी केहरसिंह के परिवार का ही सदस्य बन गया था। जिस साल उसकी पत्नी मरी थी उस साल जानवरों की बीमारी का उसके मवेशियों पर भी प्रकोप हुआ था, और कुल एक गाय बची थी उसके पास। गनेसी का निजी खर्च भी नहीं के बराबर था, वह केहरसिंह की खेती और जमींदारी में हाथ बटाने लगा था। अनाज बेचना, लगान वसूल करना—यह सब गनेसी के हाथ में था।

लक्ष्मी बोली, "मूँड़न में खर्चा बहुत होगा गनेसी चाचा! यह हमारे घर में पहला काम है। फिर प्रयागराज जाने का खर्चा कहाँ से आएगा?"

"तू इसकी चिन्ता मत कर, यह चिन्ता तो गनेसी चाचा की है। तेरी सास जब आवें तो उनसे कह देना कि हमसे बातें कर लें!"

कुछ दिन चढ़े भमरी आश्रम से वापस लौटी, बेतरह थकी हुई और घर आते ही वह सो गई। दोपहर के समय जब वह जगी तो लक्ष्मी ने उसे गनेसी का सन्देश दिया। भमरी ने गनेसी को बुलाया, "क्या बात है गनेसी?"

"बहुरिया जबर के मूँड़न के लिए कह रही थी। तो अबकी नौरात में प्रयागराज में मूँड़न हो जाए!"

"यह तो अच्छा है। तो जैसा जी चाहे करो। उनके मरने के बाद तुम्हीं तो घर के कर्ता-धर्ता हो!"

"सो तो ठीक है, लेकिन प्रयागराज में मूँड़न के माने हैं लम्बा खर्च! वह कहाँ से आएगा?" गनेसी बोला।

"यह मैं क्या जानूँ? घर का लेखा-जोखा तो सब तुम्हारे हाथ में है!"

गनेसी एकटक भमरी को देख रहा था। उसके मुख पर एक तरह की कसन थी जो भमरी को अच्छी नहीं लग रही थी। उसने कहा, "इस तरह मुझे क्यों देख रहे हो? कह तो दिया, जैसा ठीक समझो वैसा करो!"

और गनेसी के मुख पर एक हल्की-सी अत्यधिक कुरूप मुस्कराहट आई, "सो तो हम करेंगे ही, तुम्हें अपने धरम-करम से फुरसत नहीं मिलती। वैसे वह जो तुम्हारे गुरु जी हैं—क्या नाम है उनका—वह बाबा सहोदरानन्द, सुना है लम्बी रकम इकट्ठा कर रखी है उन्होंने!" और गनेसी बिना भमरी के उत्तर की प्रतीक्षा किये हुए चला गया।

पितृविसर्जिनी अमावस्या की रात गनेसी ने केहरसिंह से कहा, "केहर! कल से नौरात शुरू हो रही है। तुमने पंडित छोटेलाल से पूछा कि किस दिन मूँड़न का महूरत है?"

"हाँ गनेसी चाचा! वह सप्तमी के दिन कहते हैं।

"तो फिर उनसे कह दो कल प्रयागराज के लिए सब कोई रवाना हो जाएँ। वहाँ बिहारीलाल पंडा अपने आदमी हैं, सो उनके यहाँ रहने का प्रबन्ध हो जाएगा। आज रात चलने का सब इन्तजाम हो जाए। पंडित जी से और अपनी अम्माँ और बहू से कह दो कि वह भी तैयारी कर लें। कल सुबह इटावा के लिए और परसों डाकगाड़ी से प्रयागराज के लिए। वहाँ चार-पाँच दिन घूमा-फिरा जाए।"

इटावा में जब केहरसिंह टिकट लेने लगा तब गनेसी ने उससे कहा, "केहर बेटा, हम कालपी होते हुए प्रयागराज पहुँचेंगे नाव से—कालपी में हमें कुछ रुपयों का प्रबन्ध करना है। तुम प्रयाग में बिहारीलाल पंडा के यहाँ ठहर जाना, उनसे अपने बाप का और हमारा नाम ले देना। उससे कह देना कि सप्तमी के दिन तीसरे पहर हम प्रयागराज पहुँचेंगे। तुम लोग हमारा इन्तजार करना संगम पर।"

सप्तमी के दिन दोपहर से कुछ पहले ही सब लोग संगम पर पहुँच गए, वहीं सब लोगों का खाना-पीना भी हुआ। सब लोगों की आँखें यमुना की तरफ लगी थीं गनेसी की प्रतीक्षा में। करीब चार बजे केहरसिंह को यमुना में पच्छिम की तरफ से एक नाव आती दिखी जिसे केवल एक आदमी चला रहा था। और केहरसिंह ने पहचान लिया कि वह आदमी गनेसी है। केहरसिंह प्रसन्नता से चिल्ला उठा, "लो, आ गए गनेसी चाचा!"

किले के पास गनेसी ने अपनी नाव रोकी—वहाँ से ये लोग करीब तीन-चार फर्लांग की दूरी पर थे। गनेसी नाव से उतरकर उन लोगों के पास आया। उसने पंडित छोटेलाल से कहा, "तो अब मूँड़न शुरू हो जाए, हम वादा के मुताबिक आ गए।"

जिस समय मूँड़न समाप्त हुआ, अँधेरा हो गया। गनेसी केहरसिंह से बोला, "केहर बेटा! हम रुपया ले आए हैं, अपनी अम्माँ के साथ नाव पर चलकर ले लो। हमें कल मिर्जापुर पहुँचना है, सो हम रातों-रात यहाँ से नाव पर मिर्जापुर निकल जाएँगे।" और फिर उसने पंडित छोटेलाल से कहा, "पंडित जी, सब लोगों को साथ लेकर तुम बंधा पर चलो—वहाँ केहर का इन्तजार करना।"

केहरसिंह और भमरी गनेसी के साथ नाव पर पहुँचे। सप्तमी की सुहावनी चाँदनी थी—लेकिन चारों ओर गहरा सन्नाटा—सारा जन-समुदाय तो रामलीला देखने में व्यस्त था। गनेसी ने नाव के नीचे दबे हुए थैले को निकाला, "यह सहेज लो, पता नहीं कितनी रकम है, हम दीया जलाए देते हैं।" और दीया जलाकर उसने भमरी के हाथ में थैला थमा दिया। "ठकुराइन, हमने गिना नहीं है—निकालो तो!"

भमरी ने विमूढ़ावस्था में थैला खोला, जेवरों और सोने-चाँदी के सिक्कों से थैला भरा हुआ था। केहरसिंह आश्चर्यविमूढ़ होकर बोल उठा, "गनेसी चाचा, यह सब कहाँ से लाए?"

"यह डाके की रकम है। तुम्हें नहीं पता, लेकिन तुम्हारी अम्माँ जानती है कि हम डाकू हैं—तुम्हारा बाप नाहरसिंह डाकू था। और यह तुम्हारी अम्माँ ठकुराइन नहीं, बेड़िन है छिनाल!"

भमरी चीख उठी, और केहरसिंह को जैसे काठ मार गया हो। गनेसी की आँखों में खून था, उसने कहा, "दूसरा थैला भी है भमरी, वह थैला मैं तेरे लिए लाया हूँ।" और गनेसी ने दूसरा थैला खुद खोला। उसमें सहोदरानन्द का कटा हुआ सिर था। "यह तेरे यार का सिर है—हरामजादी!" गनेसी बोला, और इसके पहले कि भमरी कुछ चीखे-चिल्लाए, गनेसी ने पास ही रखा हुआ एक छुरा भमरी की छाती के नीचे उतार दिया।

केहरसिंह चीख पड़ा, "यह क्या कर डाला गनेसी चाचा?"

और गनेसी बोला, "जो किया वह ठीक किया, नहरवा की आत्मा को शान्ति तो मिलेगी। अब तुम पवित्र हो गए केहर इस संगम पर आके—तुम्हारा कलंक मिट गया। अपनी बहू और बच्चे के साथ गाँव जाओ—वहाँ खेती-किसानी करो! अपनी बहू और उसके सम्बन्धियों से कह देना कि तुम्हारी अम्माँ का पैर फिसल गया और जमना में डूब गई—अँधेरे में तुम उन्हें बचा नहीं पाए। हम आगे चलकर इसे गंगा में बहा देंगे। यह रकम तुम लेते जाओ—चलो हम तुम्हें बंधा तक पहुँचाए देते हैं।"

बाँध के नीचे पहुँचकर गनेसी ने केहर के सिर पर हाथ रखा, "अब फिर कभी मिलना न होगा केहर बेटा—हम लोग पाप से जनमे, पाप में पले और पाप में ही मरेंगे। तुम नये सिरे से अपनी जिन्दगी बनाओ—यहाँ गंगा मइया में तुम्हारे पाप धुल गए हैं।" और केहरसिंह को जैसे लगा कि गनेसी के स्वर में एक तरह का रुदन है। इसके बाद गनेसी वहाँ से अपनी नाव की ओर लौट पड़ा—और केहरसिंह की आँखों में उमड़ते हुए अन्धकार में विलीन हो गया।

6

बिहारीलाल पंडा और पंडित छोटेलाल ने मिल-जुलकर केहरसिंह से भमरी का क्रिया-कर्म करवाया। नौ दिन और रुकना पड़ा इन लोगों को इलाहाबाद में। महेसुर लौटकर केहरसिंह को अनुभव हुआ कि उसका समस्त जीवन बदल गया है, उसकी परिस्थितियाँ बदल गई हैं। लेकिन उसके मन में उदासी के साथ एक प्रकार का भय भी समा गया—पाप और अपराध के प्रति भय! उसे संयत होने में काफी समय लगा।

लक्ष्मी को भमरी की मृत्यु ज़रा भी नहीं अखरी—विवाह के पहले दिन से ही उसमें भमरी के प्रति एक तरह की अरुचि जाग पड़ी थी। लक्ष्मी के पास उसके पितृ-कुल के, और विशेष रूप से उसके भाई के संस्कार थे और बालक जबरसिंह पर लक्ष्मी के संस्कारों की छाप स्पष्ट थी। लक्ष्मी ने पंडित छोटेलाल से आग्रह करके जबरसिंह की देखभाल की जिम्मेदारी छोटेलाल पर सौंप दी, और पंडित

छोटेलाल ने अनुभव किया कि जबरसिंह कुशाग्र-बुद्धि बालक है, उसमें प्रतिभा के साथ-साथ मौलिकता भी है। चौदह वर्ष की ही अवस्था में जबरसिंह ने द्वितीय श्रेणी में मिडिल पास कर लिया।

लेकिन जबरसिंह में धीरे-धीरे कुछ नये गुण विकसित होते हुए जिनसे चिन्तित हो जाना पंडित छोटेलाल के लिए स्वाभाविक ही था। इन नये गुणों में पहला गुण था उद्दंडता का। इस उद्दंडता के साथ छीना-झपटी और लूटखसोट का जो दूसरा गुण जबरसिंह में विकसित हो रहा था उससे तो उसके सभी समवयस्क साथी त्रस्त थे। और तीसरा गुण था हठ का। एक बार जो संकल्प कर लिया उसे वह पूरा करके ही रहेगा, छोटेलाल क्या आचार्य वृहस्पति तक उसे नहीं समझा सकते थे। गाँववाले कभी-कभी पंडित छोटेलाल से जबरसिंह की शिकायत करते थे तो पंडित जी उससे तो हँसकर टाल देते थे, "अरे ठाकुर का लड़का है, कोई बुजदिल थोड़े ही है। अभी नासमझ है तो थोड़ा बड़ा होने पर समझदार हो जाएगा। राजाओं के गुण हैं इसमें!" कहने को तो पंडित छोटेलाल कह देते थे, लेकिन सहम वह अन्दर-ही-अन्दर अवश्य जाते थे।

बरसात के दिन आ गए थे, जबरसिंह का हिन्दी मिडिल का नतीजा पन्द्रह-बीस दिन पहले निकला था, और प्रायः नित्य लक्ष्मी और केहरसिंह में इस बात पर बहस चल रही थी कि जबरसिंह को पढ़ने के लिए इटावा भेजा जाए या न भेजा जाए। केहरसिंह जबरसिंह को जमींदारी और खेती के काम में लगाना चाहते थे। लक्ष्मी ने पंडित छोटेलाल को बुलाया था उनसे कहने के लिए कि वह केहरसिंह पर दबाव डालें कि जबरसिंह को पढ़ने के लिए इटावा भेज दिया जाए।

उस दिन भोर से ही बादल छाए थे। पंडित छोटेलाल पूजन से उठकर केहरसिंह के यहाँ जाने के लिए कपड़े पहन ही रहे थे कि परमेसुर साहू ने आकर उनके चरण छुए। पंडित छोटेलाल ने परमेसुर को आशीर्वाद देते हुए कहा, "कहो परमेसुर, कैसे आए?"

परमेसुर की मुद्रा काफी गम्भीर थी, उसने उत्तर दिया, "पंडित जी, इस जबर ने बड़ा अंधेर मचा रखा है। हमें अब इसके खिलाफ कड़ी कार्रवाई करनी पड़ेगी। हम थाने जा रहे थे रपट लिखाने, फिर हमने सोचा कि पहले आप से ही बात कर लें।"

"अच्छा किया जो हमारे यहाँ चले आए! बोलो क्या हुआ?"

"आज सुबह-सुबह हमने अपने लड़के रमेसुर को इटावा के लिए रवाना किया, कपड़ा खरीदने के लिए। उसे हमने दो सौ रुपये दिये थे। तो रास्ते में आठ-दस बदमास लौंडों ने उसे घेर लिया। उन लौंडों का मुखिया था जबरसिंह। तो उन लौंडों ने रमेसुर को मारा-पीटा यह कहके कि विलायती कपड़ा खरीदना-बेचना पाप है—महात्मा गांधी का हुक्म है कि विलायती कपड़े का बहिष्कार हो, और उससे रुपये छीन लिए। तो अब जैसे बिरटिस राज ही खतम हो गया हो। इन सुराजियों ने इतना अंधेर मचा रखा है। इस जोर-जबरदस्ती से तो काम नहीं चलेगा, यह तो डकैती हुई। रमेसुर के काफी चोट आई है तो हम उसकी मरहमपट्टी करके आए हैं, और अब हम जा रहे हैं थाने। एक-एक के हथकड़ी डलवा देंगे, समझ क्या रखा है!"

पंडित छोटेलाल उठ खड़े हुए, "तुम्हें थाना-कचहरी जाने की जरूरत नहीं है, हम अभी केहरसिंह के यहाँ जा रहे हैं—उनसे हम सब बातों का फैसला कर लेंगे। तुम्हारे रुपये भी हम तुम्हें दिलवा देंगे। जबर इतना बुरा नहीं है जितना दिखता है। अभी चौदह साल का हुआ है और हिन्दी मिडिल पास कर लिया है उसने। देशभक्त जरूर है। सो हम केहर से कहके उसे पढ़ने के लिए इटावा भिजवा देंगे, इसके बाद तुम लोगों को कोई चिन्ता नहीं करनी पड़ेगी।"

परमेसुर बोला, "अच्छी बात है पंडित जी, हम घंटा-दो घंटा बाद केहरसिंह के यहाँ पहुँचेंगे। हमारे सौ रुपये, और दवादारू पर खर्चे के लिए पच्चीस रुपये हमें मिल जाएँ, तो हमें कचहरी-अदालत जाने की क्या जरूरत!"

केहरसिंह के अथक परिश्रम, मितव्ययिता और सूझबूझ के कारण उसकी आर्थिक स्थिति अब काफी अच्छी हो गई थी। जिस समय पंडित छोटेलाल उसके यहाँ पहुँचे, उसने उठकर छोटेलाल के पैर छुए, "कहिए पंडित जी, कैसे आना हुआ?"

गला साफ करते हुए छोटेलाल ने कहा, "बेटा केहर, हम जबर की बाबत बात करने आए हैं।"

जबरसिंह का नाम सुनते ही केहरसिंह के मत्थे पर बल पड़ गए, "पंडित जी, ठकुराइन ने इसे सिर पर चढ़ा रखा है—लेकिन हम इसे इटावा न भेजेंगे। इसके लक्षण अच्छे नहीं दिख रहे। दिन-रात आवारा लौंडों के साथ घूम-

घूमकर महात्मा गांधी की जै बोला करता है। और भी शिकायतें सुनने को मिली हैं हमें।"

छोटेलाल ने केहरसिंह को शान्त करते हुए कहा, "अभी नासमझ बच्चा है, लेकिन बड़ा कुशाग्र-बुद्धि और साहसी बालक है यह जबर। बड़ा देशभक्त है। सो हमने तो इसकी जन्मपत्री बनाई है बेटा केहर—इसके राजयोग हैं। सो हम कहने आए हैं कि इसे इटावा भेज दो अंगरेजी पढ़ने के लिए—बड़ा भारी अफसर बनेगा पढ़-लिखकर। ऊँची सरकारी नौकरी, मान-सम्मान—राजसी वैभव और हुकूमत!"

केहरसिंह ने गम्भीरतापूर्वक सिर हिलाया, "पंडित जी, अंग्रेजी पढ़-लिखकर सरकारी नौकरी करने से इसका भविष्य कैसे सुधर जाएगा—रहेगा तो सरकारी नौकर ही। आप ही ने तो बताया था—उत्तम खेती, मध्यम व्यौपार—निकृष्ट चाकरी भीख निदान! तो हमें जबर से चाकरी नहीं करानी। आपकी दया से हमने चार आना हिस्सा महेसुर गाँव का खरीद लिया है, दो सौ बीघा जमना के कछार की जमीन भी मिल गई है—चौदह-पन्द्रह सौ मन चना हो जाएगा। पिछली बार दो हजार रुपये का मुनाफा हुआ था, अबकी तीन-चार हजार रुपये का मुनाफा धरा है। मुंसी हरदयालवाला चार आना हिस्सा खरीदने की बात चल रही है। तो पंडित जी जमींदारी और किसानी का काम फैलता जा रहा है, और हम हैं अकेले, कोई हाथ बटानेवाला तो चाहिए। लेकिन यह जबर—मेहनत करने में इसका जी नहीं लगता। इसके ऊपर दो बहनें हैं, दो भाई हैं। बड़ी गृहस्थी और खर्चा बढ़ता जा रहा है।"

पंडित छोटेलाल सीधे-साधे कर्मकांडी ब्राह्मण थे, तर्कशास्त्र की शिक्षा उन्होंने नहीं पाई थी। तो केहरसिंह के तर्क के आगे वह निरुत्तर हो गए। लेकिन सुबह उनके सामने परमेसुर साहू ने जो समस्या उपस्थित कर दी थी उसका निदान निकालना ही था उन्हें। कुछ देर तक मौन-भाव से वह कुछ सोचते रहे फिर उन्होंने साहस करके कहा, "बेटा केहर! हम तुम्हारे भले के लिए ही जबर को इटावा भेजने की बात कह रहे थे। कुछ दिनों के लिए जबर का यहाँ से चला जाना ही अच्छा होगा। आज सुबह परमेसुर साहू आए थे हमारे यहाँ जबर की शिकायत लेकर!"

केहरसिंह के कान खड़े हुए, "शिकायत करनी थी तो हमारे यहाँ आते। आपको क्यों घसीटा उन्होंने?"

छोटेलाल ने बिना सोचे-समझे कह दिया, "जा तो रहे थे वह थाने को, लेकिन हमने उन्हें रोक दिया।"

"आखिर बात क्या है?" केहरसिंह ने झुँझलाकर पूछा।

"अब बात क्या बतावें—जबर सुराजी हो गया है, यह तो सब जानते हैं। सो आज सुबह परमेसुर का लड़का रमेसुर इटावा जा रहा था। विलायती कपड़ा खरीदने। जाने कैसे जबर और उसके साथियों को इसकी खबर लग गई। तो रास्ते में सात-आठ बालकों ने रमेसुर को घेरकर बुरी तरह पीटा, जगह-जगह शरीर छिल गया है। घर में मरहमपट्टी हो रही है उसकी। परमेसुर का कहना है कि जबरसिंह उन लौंडों का मुखिया था और जबरसिंह ने रमेसुर से सौ रुपये भी छीन लिए हैं। हमने परमेसुर को रोक दिया थाना-कचहरी जाने से, यह कहकर कि हम तुमको एक सौ रुपये और दवा-दारू के पच्चीस रुपये दिलाएँगे। तो अब हमारी सलाह तो यह है कि जबरसिंह को इटावा भेज दो अंग्रेजी पढ़ने के लिए, वहाँ वह सुधर जाएगा।"

केहरसिंह ने छोटेलाल की बात का कोई उत्तर नहीं दिया। वह हवेली के अन्दर चले गए। पाँच मिनट बाद वह सवा सौ रुपये लेकर लौटे। उन्होंने छोटेलाल से कहा, "बड़ी किरपा की पंडित जी—यह सवा सौ रुपये हम आपको दे रहे हैं सो परमेसुर को दे दीजिएगा। बाकी जबर इटावा-सिटावा कहीं नहीं जाएगा, यहीं रहकर जमींदारी और खेती का कामकाज सँभालेगा। अच्छा पालागी!"

पंडित छोटेलाल सवा सौ रुपये लेकर चले गए और केहरसिंह चुपचाप बैठकर जबरसिंह के लौटाने की प्रतीक्षा करने लगे। दोपहर सिर पर चढ़ आई थी और पानी बरसना आरम्भ हो गया था। करीब बारह बजे भीगता हुआ जबरसिंह घर वापस लौटा।

इसके पहले कि जबरसिंह घर में प्रवेश करे, केहरसिंह ने कड़े स्वर में पुकारा, "जबर—ज़रा यहाँ आना!"

निर्भीक भाव से जबरसिंह केहरसिंह के सामने पहुँचा, और केहरसिंह ने उठकर जबर को छप्परवाली बल्ली से बाँध दिया। जबरसिंह को जैसे पता था कि यह सब होगा, उसने किसी तरह का विरोध नहीं किया। जबरसिंह को खम्भे से बाँधकर केहरसिंह ने पूछा, "आज सुबह के समय तुम लोगों ने परमेसुर साहू के लड़के रमेसुर साहू को मारा था?"

पिता की नजर-से-नजर मिलाकर जबरसिंह ने कहा, "हाँ, मारा था। विलायती कपड़ा खरीदने इटावा जा रहा था।"

"और उससे सौ रुपये छीन लिए थे?" केहरसिंह ने फिर पूछा।

"हाँ, पाप की कमाई का मुनाफा भी हम लोगों ने छीन लिया था।"

पास ही बैलों को हाँकनेवाला चाबुक पड़ा था। केहरसिंह ने चाबुक उठाकर जबरसिंह को मारा, "कहाँ है वह रुपया?"

जबरसिंह ने बिना उफ किये उत्तर दिया, "वह सब बानर सेना के सिपाहियों में बँट गया।"

केहरसिंह ने एक चाबुक और मारा, "यह डकैती है, अपराध है, पाप है।"

जबरसिंह ने दृढ़ता के साथ उत्तर दिया, "यह देशभक्ति है, उचित है, इसमें कोई पाप नहीं है।"

अब केहरसिंह ने तड़ातड़ चाबुकों की वर्षा जबरसिंह पर आरम्भ कर दी और जोर-जोर से गालियाँ देकर चिल्लाने लगे, "बोल! अब तो नहीं करेगा यह सब—बोल!"

और उत्तर में जबरसिंह चिल्ला-चिल्लाकर बताता जा रहा था, "ज़रूर करेंगे—यह सब ठीक है—महात्मा गांधी का हुक्म है—जरूर करेंगे।"

नौकर-चाकर इकट्ठा हो गए थे और केहरसिंह को रोक रहे थे। लेकिन केहरसिंह पर जैसे खून सवार हो गया था। यह खबर लक्ष्मी तक पहुँची और लक्ष्मी रोती-चिल्लाती जबरसिंह को बचाने बाहर दौड़ी। इस समय तक केहरसिंह जबरसिंह को इतने चाबुक मार चुके थे कि जबरसिंह का सारा शरीर लहू-लुहान हो गया था। लेकिन वह लगातार 'करेंगे-करेंगे' कहता चला जा रहा था।

लक्ष्मी ने केहरसिंह के हाथ से चाबुक छीन लिया और उसने जबरसिंह के बन्धन खोले। बन्धन खुलते ही जबरसिंह बेहोश होकर गिर पड़ा। केहरसिंह को कोसते हुए और गालियाँ देते हुए लक्ष्मी जबरसिंह को उठाकर अन्दर ले गई। और तब केहरसिंह को अनुभव हुआ कि उनसे अति हो गई है। वह भारी मन, बिना खाए-पिए, अपराधी की भाँति सिर झुकाए हुए अपने खेत पर चले गए।

चार दिन तक जबरसिंह घर में पड़ा रहा, और केहरसिंह बाहर-ही-बाहर रहे। पाँचवें दिन उसकी माता ने अपने भाई के नाम एक पत्र लिखा और पत्र के साथ

जबरसिंह को पचास रुपये मामा को देने के लिए और दस रुपये उसके खर्च के लिए देकर आगरा के लिए रवाना कर दिया। उस समय केहरसिंह घर पर नहीं थे।

7

रघुराजसिंह के घर पर आगरा के कांग्रेसमैनों की एक सभा हो रही थी जिसमें तै किया जा रहा था कि आन्दोलन के असफल होने के बाद अब क्या किया जाए। जिस समय जबरसिंह रघुराजसिंह के घर पहुँचा, सभा की कार्यवाही जोरों पर थी और लोग अपनी-अपनी राय व्यक्त कर रहे थे।

रघुराजसिंह का मकान एक सँकरी गली में था और बाहर से वह बहुत छोटा-सा मकान दिखता था। लेकिन अन्दर से वह मकान काफी बड़ा था। एक अच्छा-खासा सहन, सहन के बाद एक बड़ा-सा कमरा जिसमें पचास-साठ आदमी मजे में बैठ सकते थे। इसके अलावा छोटे-बड़े, कुल मिलाकर दस-बारह कमरे और थे। यह मकान रघुराजसिंह का पुश्तैनी मकान था जो अब इधर-उधर से गिरने लगा था, क्योंकि रघुराजसिंह उस मकान की मरम्मत कराने में समर्थ नहीं थे। उनकी तनख्वाह अब पचपन रुपया महीना थी और उन्हें दो का, एक लड़की का, अपनी पत्नी का और अपना पेट भरना होता था। इसके लिए उन्होंने दस-दस रुपये के दो ट्यूशन भी कर लिए थे।

उस दिन रविवार था, और दोपहर का एक बज रहा था, लेकिन आसमान पर गहरी घटा घिरी थी और ठंडी-ठंडी पुरवाई चल रही थी। बीच-बीच में हलकी-हलकी वर्षा हो जाया करती थी।

जबरसिंह को देखते ही रघुराजसिंह चौंक उठे, "अरे जबर, तुम यहाँ? केहर ने कोई चिट्ठी नहीं लिखी कि तुम आ रहे हो यहाँ। घर से तो नहीं भागे हो?"

जबरसिंह ने कोई उत्तर नहीं दिया। रघुराजसिंह ने अपने अतिथियों की ओर देखा। "अब समय बहुत हो गया है। अगले रविवार को फिर मीटिंग हो, क्यों गौतम जी—आपके यहाँ सुबह आठ बजे कैसा रहेगा?"

"हाँ, इस दफे मीटिंग मेरे यहाँ रहेगी—कांग्रेस के काम को बन्द तो नहीं होना चाहिए।" और गौतम जी ने नारा लगाया, "बोलो महात्मा गांधी की जय!"

सब लोगों ने उठकर नारा लगाया, "महात्मा गांधी की जय!" और नारा लगानेवालों में जबरसिंह की आवाज सबसे तेज थी। सभी कांग्रेसमैनों ने आश्चर्य के साथ जबरसिंह को देखा, और पंडित सदाशिव गौतम ने तो यहाँ तक कह डाला, "यह लड़का होनहार साबित होगा।"

सब लोगों के जाने के बाद जबरसिंह ने अपनी जेब से लक्ष्मी का पत्र निकालकर रघुराजसिंह को दे दिया।

रघुराजसिंह वह पत्र आदि से अन्त तक पढ़ गए और उनके माथे पर बल पड़ गए। वह पत्र उन्हें कुछ समझ में आया, कुछ नहीं आया। लक्ष्मी ने टूटे-फूटे शब्दों में उन परिस्थितियों का वर्णन किया था जिनमें वह जबरसिंह को आगरा भेज रही थी। रघुराजसिंह ने गौर से जबरसिंह को देखा, फिर उन्होंने अपनी पत्नी जसोदा को आवाज दी।

जसोदा के आने के बाद रघुराजसिंह ने जबरसिंह से जिरह आरम्भ की, "तो केहर ने तुम्हें बहुत मारा सिर्फ इसलिए कि तुम कांग्रेस के और महात्मा गांधी के भक्त हो। अब सच-सच बताओ क्या हुआ था?"

जबरसिंह ने विस्तार के साथ सारी घटना सुना दी। सब कुछ सुनकर रघुराजसिंह गम्भीर भाव से बोले, "तुमने जो कुछ किया वह ठीक किया, लेकिन गलत तरीके से किया। तो अब क्या करने का इरादा है?"

जबरसिंह ने अपनी भीतरी बंडी से पचास रुपये निकाले, "अम्मा ने कहा था कि यह रुपया हम आपको दे दें। अब हम महेसुर नहीं लौटेंगे, आपके साथ ही रहकर आगे पढ़ेंगे।"

रघुराजसिंह के चेहरे पर एक तरह की चमक आ गई, "तो हिन्दी मिडिल में तुम्हें दूसरा डिवीजन मिला है। वहाँ न तुम्हारी देखभाल करनेवाला था, न तुम्हें पढ़ानेवाला कोई था। तो कल ही हम तुम्हें अपने स्कूल में भरती करा देंगे—तुम्हारी फीस भी माफ हो जाएगी। कोई चिन्ता की बात नहीं।" और जसोदा से उन्होंने कहा, "इस जबर के लिए एक कोठरी ठीक कर दो—यह लड़का आगे पढ़ेगा, बड़ा आदमी बनेगा।"

रघुराजसिंह ने दूसरे ही दिन जबरसिंह को अपने स्कूल में भरती करा दिया। वहीं स्कूल से उन्होंने केहरसिंह को जबरसिंह के सकुशल आगरा पहुँचने की सूचना का पत्र भी लिख दिया।

केहरसिंह को जब जबरसिंह के सकुशल इस दुनिया में मौजूद रहने की सूचना मिली तब उनका मन हलका हुआ। एक हफ्ते बाद लक्ष्मी के साथ आगरा आकर उन्होंने जबरसिंह को आशीर्वाद दिया, और उसकी पढ़ाई के खर्च का भार भी अपने ऊपर ले लिया। और इस तरह जबरसिंह के लिए एक नये जीवन का श्रीगणेश हुआ।

8

आगरा में जबरसिंह के दो काम थे, एक तो स्कूल में पढ़ना और दूसरा कांग्रेस के नेताओं की सेवा करना, उन्हें चाय पिलाना, पानी पिलाना और समय-समय पर उनके आदेश सुनना। उसके सेवा-भाव से सबसे अधिक प्रभावित थे कांग्रेस कमेटी के अध्यक्ष पंडित सदाशिव गौतम।

पंडित सदाशिव गौतम फौजदारी के सफल वकील थे। न जाने कितने डाकुओं को उनहोंने जेल जाने से बचाया था, न जाने कितने हत्यारों को उन्होंने फाँसी के तख्ते से वापिस बुला लिया था, पंडित सदाशिव गौतम स्वयं बड़े हँसमुख और सभ्य व्यक्ति थे, लेकिन सारे जिले में उनका आतंक फैला हुआ था। पंडित सदाशिव गौतम ने जबरसिंह के इंटरमीडिएट पास होने पर उसे नगर कांग्रेस कमेटी का उपमंत्री बनवा दिया था, और खर्च से उसे बी.ए. में भी दाखिल करा दिया था। जबरसिंह पर उनकी कृपा का एक और भी महत्त्वपूर्ण कारण था।

पंडित सदाशिव का एक प्रतिद्वंद्वी खड़ा हो गया था—चिरंजीलाल चौरसिया।

लाला चिरंजीलाल चौरसिया का अभ्युदय दस साल पहले हुआ था जब उन्होंने आगरा में आकर दालमोठ और पेठे की दुकान खोली थी। उनके पेठे और दालमोठ नगर के अधिकारियों के यहाँ नियमित रूप से उपहार में पहुँचते रहते थे और इस तरह नगर के अधिकारियों के यहाँ उनकी अच्छी-खासी पहुँच हो गई थी।

दो साल के अन्दर ही लाला चिरंजीलाल चौरसिया आगरा नगर के एक सम्भ्रान्त नागरिक बन गए। इसके बाद उन्होंने नकली संगमरमर के खिलौनों का कारखाना खोलकर देशभर में अपना कारोबार फैलाया। इस नकली संगमरमर को खरीदने के लिए उन्हें राजस्थान जाना पड़ता था। और उन्होंने राजस्थानी रियासतों के साथ अफीम की स्मगलिंग का धन्धा आरम्भ कर दिया। इस धन्धे में उन्हें आगरा और आसपास के छँटे हुए बदमाशों और गुंडों का सहयोग प्राप्त करना पड़ा था। इसी सिलसिले में वह पंडित सदाशिव गौतम के सम्पर्क में आए।

कांग्रेस कमेटी को रुपयों की सख्त जरूरत रहा करती थी, और लाला चिरंजीलाल चौरसिया के पास रुपयों की कमी नहीं थी। लिहाजा पंडित सदाशिव गौतम के आग्रह पर लाला चिरंजीलाल चौरसिया कांग्रेस कमेटी के कोषाध्यक्ष बना दिये गए। कोषाध्यक्ष का पद सँभालते हुए चौरसिया जी ने अनुभव किया कि रुपये का महत्त्व मनुष्य के साधारण जीवन में ही नहीं, राजनीतिक जीवन में भी है। वैसे त्याग और बलिदान की भावना कांग्रेस के हरेक सदस्य और स्वयंसेवक में है, लेकिन इनमें से हरेक आदमी को रुपयों की जरूरत है, और उसे जुगत के साथ खरीदा जा सकता है। और इसके बाद बिना गौतम जी तथा चौरसिया जी के जाने हुए इन दोनों में एक तरह का संघर्ष आरम्भ हो गया। गौतम जी के पास उनके बदमाश और गुंडे अनुयायियों के कारण चमड़े के जूते का बल था, चिरंजीलाल चौरसिया के पास उनके रुपयों और कांग्रेस के कोष के कारण चाँदी के जूते का बल था। धीरे-धीरे प्रतिद्वंद्विता का यह संघर्ष स्पष्ट रूप धारण करने लगा, चौरसिया जी की लछमिनिया के हाथों गौतम जी की शिवसेना बिकने लगी।

नगर कांग्रेस कमेटी के वार्षिक चुनाव में एकाएक चौरसिया जी अध्यक्ष के पद के लिए खड़े हो गए गौतम जी के विरुद्ध! पिछले दो-तीन वर्षों से गौतम जी के खिलाफ एक तरह का वातावरण बनता जा रहा था। उनके अनुयायी गुंडों ने शहर-भर में आतंक फैला रखा था, और यहाँ तक कि वे लोग चौरसिया जी पर भी धौंस जमाने लगे थे। चौरसिया जी ने गौतम जी की बदनामी का लाभ उठाने का पूरा संकल्प कर लिया।

पहले तो गौतम जी ने चिरंजीलाल की चुनौती की कोई परवाह नहीं की,

लेकिन धीरे-धीरे उन्हें पता चला कि उनके समर्थकों का एक अच्छा-खासा दल चिरंजीलाल चौरसिया के शिविर में पहुँच गया है। अब मामला गम्भीर रूप धारण कर चुका था। प्रश्न गौतम जी की आन का था। गौतम जी को अपनी पराजय साफ-साफ दिख रही थी। घबराए हुए वह रघुराजसिंह के यहाँ सलाह लेने पहुँचे।

जबरसिंह इंटरमीडिएट की परीक्षा देकर अपने गाँव महेसुर जाने की तैयारी कर रहा था। सदाशिव का उतरा हुआ चेहरा देखकर उसे कुछ अजीब-सा लगा। गौतम जी जिस समय रघुराजसिंह से परामर्श कर रहे थे, जबरसिंह कुछ दूर पर बैठा हुआ ट्रंक में अपने कपड़े रख रहा था। लेकिन उसके कान इन दोनों की बातचीत पर लगे थे।

गौतम जी की सारी बात सुनकर रघुराजसिंह गम्भीर हो गए। उन्होंने कुछ उदास होकर कहा, "सुना हमने भी है कि लोग आपसे बेतरह असन्तुष्ट हैं।"

"यह सब उस साले चौरसिया की हरमजदगी है। वह मेरे खिलाफ लोगों को भड़काता रहता है।"

"हाँ चौरसिया जी को मानते तो सब लोग हैं। चौरसिया जी की शिष्टता, उनके दान और उदारता की चारों ओर प्रशंसा हो रही है। धर्मनिष्ठ और चरित्रवान प्राणी हैं।"

"मैं जानता हूँ उस हरामजादे चौरसिया का दान-धर्म और चरित्र। अफीम की स्मगलिंग करता है, बहुत बड़ा बेईमान है। खैर छोड़िए भी इस सबको ठाकुर साहेब! आप पुराने और प्रतिष्ठित कांग्रेसमैन हैं—सवाल है कि क्या इस चौरसिया को बैठाया नहीं जा सकता? अगर मैं इस दफा अध्यक्ष पद के चुनाव में हार गया तो मेरी नाक कट जाएगी, यही नहीं, मेरा राजनीतिक जीवन ही हमेशा के लिए नष्ट हो जाएगा।"

रघुराजसिंह ने कुछ सोचकर कहा, "उनके बैठने की तो कोई आशा मुझे नहीं दिखाई देती। उनसे मैंने बात की है—मैं नहीं चाहता था कि कांग्रेस में फूट पड़े या विग्रह हो, लेकिन उनका कहना है कि अन्याय का विरोध होना चाहिए, यह चुनाव होकर रहेगा।" फिर कुछ रुककर रघुराजसिंह ने कहा, "लेकिन मेरा खयाल है कि चुनाव में आपकी विजय होगी।"

गौतम जी ने करुण स्वर में कहा, "नहीं ठाकुर साहेब—मेरे अधिकांश समर्थक

उस चौरसिया से मिल गए हैं, चुनाव होगा तो मैं निश्चित रूप से हार जाऊँगा।"

एकाएक जबरसिंह उठकर गौतम जी के पास आया, "गौतम जी! मैं इस चौरसिया को चुनाव लड़ने से रोक सकता हूँ अगर आप कहें, लेकिन कुछ थोड़ा-सा खर्च करना पड़ेगा आपको!"

सदाशिव गौतम चौंक उठे, जैसे उन्हें अपने कानों पर विश्वास ही न हुआ हो, मुड़कर उन्होंने कहा, "तुम रोक दोगे उन्हें? कैसे? कितना खर्च होगा इसमें?"

"अब यह कैसे-वैसे न पूछिए हमसे, और खर्च भी पन्द्रह-बीस रुपयों से अधिक न होगा। तो यह रुपया आप हमें अध्यक्ष चुन जाने के बाद दे दीजिएगा। वैसे हम गर्मियों की छुट्टी में आज महेसुर जा रहे थे, लेकिन आपको चुनाव जिताने के लिए चार-छह दिन और रुक जाएँगे। चुनाव परसों है न!"

"हाँ, परसों आठ बजे सुबह है। बीस रुपये मुझसे अभी ले लो, लेकिन तुम चौरसिया को रोकोगे कैसे—बड़ों-बड़ों के मान का वह नहीं है।"

"रुपया काम पूरा होने पर लूँगा गौतम जी और कह तो दिया कि ज्यादा कुछ न पूछें आप।!" शान्त भाव से जबरसिंह ने उत्तर दिया और वहाँ से चला गया।

दूसरे दिन दोपहर के समय जबरसिंह चिरंजीलाल के घर पहुँचा। गरम हवा चल रही थी और चिरंजीलाल खस की टट्टी लगाए हुए अपने कमरे में लेटे थे। उसने चौरसिया जी से कहा, "चौरसिया जी! कल सुबह के समय क्या आपका चुनाव है?

'हाँ!" चौरसिया जी ने लापरवाही के साथ उत्तर दिया।

जबरसिंह ने कहा, "चौरसिया जी, आपने गौतम जी के खिलाफ खड़े होकर बड़ा अच्छा किया। उन्होंने कांग्रेस को गुंडों की संस्था बना दिया है। हम कांग्रेस के युवकगण इससे बड़े प्रसन्न हैं, और आपके साथ हैं। हम सब लोगों के वोट आपको मिलेंगे। पर आज शाम आप हम लोगों को भाँग छनवा दीजिए।" और जबरसिंह जोर से हँस पड़ा।

चिरंजीलाल चौरसिया भी हँसे, "बस इतनी-सी बात! भाँग के साथ हमारे दालमोठ और पेठों के साथ रबड़ी और मलाई की बरफ भी रहेगी—कितने लोग आएँगे?"

"यही आठ-दस युवाजन होंगे।" जबरसिंह बोला।

तो उस शाम चौरसिया जी के यहाँ गहरा उत्सव जमा। और जब करीब नौ बजे रात यह उत्सव पूरे रंग पर पहुँचा चौरसिया जी भी पूरे रंग में थे। मौका देखकर जबरसिंह ने कहा, "चौरसिया जी, मजा इसमें कि आप निर्विरोध चुने जाएँ।" और उसने अपने साथियों से पूछा, "क्यों क्या राय है तुम लोगों की?"

सब लोगों ने एक स्वर में कहा, "तब तो मजा आ जाए!"

चौरसिया जी उस समय हवा में उड़ रहे थे, मुक्त हास्य के साथ उन्होंने भी कहा, "तब तो मजा आ जाए! लेकिन गौतम जी भला मानेंगे क्यों?"

"वह मानेंगे और उनके फरिश्ते मानेंगे!" कड़ककर जबरसिंह ने कहा, "हम सब लोग आपको लेकर उनके यहाँ चलते हैं। उनसे साफ-साफ कह देंगे कि अगर उन्हें अपनी इज्जत बचानी है तो मैदान से हट जाएँ। उनके पास गुंडे हैं तो क्या, हममें से हरेक युवक दस-दस गुंडों के बराबर है। क्यों भाइयो—मैं गलत तो नहीं कह रहा?"

और जबरसिंह के साथियों ने एक स्वर में नारा लगाया, "चौरसिया जी की जय!"

चौरसिया जी उठ खड़े हुए। आगे-आगे जबरसिंह के साथ चिरंजीलाल चौरसिया जी और पीछे-पीछे जबरसिंह के साथी! सब लोग पैदल ही सदाशिव गौतम के मकान की ओर चल दिये।

सब लोग चौरसिया जी की जयजयकार कर रहे थे, और चौरसिया जी अपनी गुरुता, सदाशिव गौतम पर अपनी विजय तथा भंग के गहरे नशे में झूम रहे थे। चारों तरफ धुँधला-धुँधला दीख रहा था उन्हें। और तभी अनुभव हुआ कि उनका हाथ पकड़कर जबरसिंह ने किसी मकान में प्रवेश किया। उन्होंने अब जबरदस्ती अपनी आँखें खोलकर देखने का प्रयत्न किया, लेकिन उनकी आँखों के आगे रात का अँधेरा छाया था। उन्होंने कहा, "तुम लोग हमें कहाँ ले आए हो?"

"आप जरा आराम कीजिए, हम लोग गौतम जी को यहीं पकड़कर लाते हैं।" जबरसिंह ने चौरसिया जी को एक कमरे में ले जाकर कहा, और तेजी के साथ कमरे के बाहर चला आया। तभी चौरसिया को लगा कि कमरे का दरवाजा बाहर से बन्द हो गया है। चिरंजीलाल चौरसिया को होश का एक झटका लगा, वह उठकर दरवाजे की ओर बढ़े। दरवाजा बाहर से बन्द था। एक दफा उन्होंने

शोर मचाने की कोशिश की, लेकिन उसी समय भंग के नशे का एक गहरा झोंका आया और वह उस कमरे में पड़ी हुई चारपाई पर लेट गए।

सुबह आठ बजे नगर कांग्रेस कमेटी के दफ्तर में कांग्रेस के चुनाव थे, और चौरसिया जी उस चुनाव में मौजूद नहीं थे। पंडित सदाशिव गौतम सर्वसम्मति से अध्यक्ष चुन लिए गए। इसके बाद स्वयं गौतम जी ने चौरसिया जी का नाम कोषाध्यक्ष पद के लिए प्रस्तावित किया, और चौरसिया जी कोषाध्यक्ष चुन लिए गए। चुनाव समाप्त हो ही रहे थे कि चिरंजीलाल चौरसिया ने सभाकक्ष में प्रवेश किया, आते ही उन्होंने चिल्लाकर कहा, "मेरे साथ धोखा हुआ—जबरसिंह और उसके साथियों ने रात के समय शहर से बाहर एक मकान में बन्द कर दिया था। अभी-अभी मुहल्लेवाले ने मकान का ताला तोड़कर मुझे निकाला है। मैं वहाँ से सीधे चला आ रहा हूँ।"

जबरसिंह ने सदाशिव गौतम को पहले से ही सब कुछ बतला दिया था। सदाशिव चिरंजीलाल का हाथ पकड़कर अलग एकान्त में ले गए, "इस तरह शोर मचाने पर तुम्हारी ही बदनामी होगी चिरंजीलाल कि भाँग पीकर तुम इतने बेहोश हो गए कि सड़कों पर शोर मचाते हुए चक्कर लगाते रहे। कोतवाल मकबूल हुसेन ने कांग्रेस की इज्जत का खयाल करके तुम्हें उसी वक्त बन्द नहीं कर दिया वरना हम कांग्रेसमैनों की नाक कट गई होती। अब इस सबको भूल जाओ, हम लोगों ने तुम्हारी अनुपस्थिति में भी तुम्हें कोषाध्यक्ष चुन लिया है।"

उस वक्त तक जबरसिंह इन दोनों के पास आ गया था। जबरसिंह को देखते ही चौरसिया जी के बदन में जैसे आग लग गई, दाँत किटकिटाते हुए उन्होंने जबरसिंह से कहा, "हमारे साथ इतनी हरमजदगी! याद रखना। चिरंजीलाल चौरसिया तुम्हें छोड़ेगा नहीं।"

और वह अठारह साल का नवयुवक जबरसिंह जो हमेशा कांग्रेसमैनों के बीच विनम्र और हँसमुख रहा था, एकाएक तन गया। उसकी मुद्रा कुछ अजीब तरह से कठोर और कुरूप हो गई, उसने दबी और कठोर आवाज में कहा, "देख बे चौरसिया के बच्चे, अगर तूने मेरे सथ चूँ-चपड़ की तो तेरी लाश ढूँढ़े नहीं मिलेगी। हमारा नाम जबरसिंह है—इतना याद रखना!"

जबरसिंह का यह नया रूप देखकर पंडित सदाशिव गौतम तक सहम गए।

उन्होंने मामले को रफा-दफा करते हुए कहा, "चौरसिया जी, जो हो गया वह हो गया। हम कांग्रेसमैनों को इस तरह झगड़ना शोभा नहीं देता। अब इस सब पर चुप हो जाना ही ठीक रहेगा।"

9

बम्बई के उस कांग्रेस अधिवेशन में, जिसमें 'भारत छोड़ो' प्रस्ताव पास हुआ था, ए.आई.सी.सी. के सदस्य की हैसियत से जबरसिंह भी गया था सदाशिव गौतम के साथ। उस समय तक सदाशिव गौतम के प्रभाव से जबरसिंह घमंडीसिंह इंटरमीडिएट कॉलेज में अध्यापक नियुक्त हो गया था।

सदाशिव गौतम बम्बई में ही गिरफ्तार कर लिए गए, 'करो या मरो' का नारा लिए हुए जबरसिंह आगरा पहुँच गया। लौटने के तीसरे दिन अपने दो विद्यार्थियों के साथ जबरसिंह रेल की पटरियाँ उखाड़ते हुए गिरफ्तार कर लिया गया। विद्यार्थी तो छोड़ दिये गए, जबरसिंह को सात साल की सजा हो गई।

सन् 1945 में जब कांग्रेसमैन छोड़े गए, सदाशिव गौतम ने बड़ी कोशिश करके जबरसिंह को भी छुड़ाया। उसके छूटने पर इतने बड़े और सक्रिय नेता का आगरा नगर में बड़ा शानदार स्वागत हुआ। सदाशिव गौतम के प्रभाव से जबरसिंह को अपनी कॉलेज की नौकरी भी मिल गई।

सन् 1946 में आम चुनाव हुए। संयुक्त प्रान्त के गवर्नर ने राजाओं और ताल्लुकदारों की एक पार्टी बनाकर कांग्रेस को हराने की जो योजना बनाई थी, उसके अन्तर्गत संयुक्त प्रान्त की एसेम्बली के लिए 'धरहरा' क्षेत्र से रायबहादुर राजा गम्भीरसिंह उम्मीदवार की हैसियत से खड़े हो गए।

कहा जाता है कि आगरा जिला और ग्वालियर रियासत के जितने डाकू थे, रायबहादुर राजा गम्भीरसिंह उन सबको प्रश्रय देते थे। न जाने कितनी हत्याएँ उन्होंने करा दीं जिनका कभी पता ही नहीं चला। गवर्नर, कमिश्नर, कलक्टर, सुपरिंटेंडेंट पुलिस—सभी से राजा साहेब की दोस्ती थी। उनका सारा इलाका उनके भय से थर-थर काँपता था। ब्रिटिश सरकार की असीम कृपा थी उन पर। जितने

जमींदार और इलाकेदार थे सबने रायबहादुर राजा गम्भीरसिंह की कनवेसिंग करने का बीड़ा उठा लिया था। प्रान्त के जमींदारों और इलाकेदारों ने चुनौती दी थी कांग्रेस को!

आगरा जिले के कांग्रेसमैनों के सामने रायबहादुर राजा गम्भीरसिंह के मुकाबले कांग्रेस उम्मीदवार खड़ा करने का सवाल उठा। रायबहादुर राजा गम्भीरसिंह का इतना आतंक था कि कोई उनके मुकाबले खड़ा नहीं होना चाहता था। जिला और नगर कांग्रेस की उस संयुक्त मीटिंग में, जिसमें कांग्रेस उम्मीदवार खड़ा करने का प्रश्न उठा था, एक अजीब तरह की घुटन और बेबसी थी। जितने लोगों के नाम लिए गए, सबने इनकार कर दिया। तभी पंडित सदाशिव गौतम की नजर जबरसिंह पर पड़ी और वह बोल उठे, "क्यों जबरसिंह! कर सकोगे रायबहादुर राजा गम्भीरसिंह का मुकाबिला? कांग्रेस की आन का सवाल है।"

जबरसिंह ने तनकर कहा, "मुकाबला तो हम यमराज का कर सकते हैं, आदमी की क्या बिसात! लेकिन पहले बड़े-बड़े लोगों से पूछ लिया जाए। हम तो कांग्रेस के सेवक हैं—महात्मा गांधी के तुच्छ सिपाही हैं। आप लोगों का जैसा हुक्म होगा वैसा करेंगे।"

"तो फिर कांग्रेस का हुक्म है कि जबरसिंह रायबहादुर राजा गम्भीरसिंह का मुकाबला करेंगे!" हँसते हुए सदाशिव गौतम ने कहा और सब कांग्रेसमैनों ने उनकी बात का समर्थन किया।

साधारण अध्यापक रघुराजसिंह का भांजा, जो स्वयं एक साधारण आदमी था रायबहादुर राजा गम्भीरसिंह का मुकाबिला करने को खड़ा हो गया। यह खबर सुनकर रायबहादुर राजा गम्भीरसिंह बहुत हँसे। लेकिन ज्यों-ज्यों चुनाव नजदीक आते गए, रायबहादुर राजा गम्भीरसिंह के पैरों के नीचे से जमीन खिसकने लगी। चारों तरफ जबरसिंह के धुआँधार व्याख्यान हो रहे थे, और राजा साहेब की रिआया खुले व्रिदोह पर उतर आई थी। लेकिन रायबहादुर राजा गम्भीर सिंह भी जीवट के आदमी थे।

चुनाव के एक हफ्ता पहले शाम के समय जब जबरसिंह एक गाँव से दूसरे गाँव जा रहा था अपनी कनवेसिंग में, एक दर्जन सशस्त्र डाकुओं ने उसे घेर लिया। जबरसिंह ने बड़े साहस से काम लिया। उन लोगों के सामने वह सीना खोलकर

खड़ा हो गया और उसने उन्हें एक जबरदस्त व्याख्यान दे डाला। इस व्याख्यान के बाद पूरा-का-पूरा डाकू दल जबरसिंह का भक्त बन गया।

रायबहादुर राजा गम्भीरसिंह के अधिकांश पैरोकार अब जबरसिंह के साथ हो गए। नतीजा यह हुआ कि रायबहादुर राजा गम्भीरसिंह पन्द्रह हजार वोट से हार गए।

यह चुनाव रायबहादुर राजा गम्भीरसिंह के लिए बड़ा महँगा पड़ा था। बेतहाशा रुपया खर्च हो गया था उनका, फिर भी वह बुरी तरह हारे थे। उन्हें अपनी हार का इतना दुख न था जितना इस बात का था कि उनकी लड़की धनवन्तकुँवर के विवाह में बाधा पड़ गई थी इस चुनाव में पानी की तरह रुपया बहने के कारण। चुनाव का नतीजा घोषित हो जाने के बाद वह एक हफ्ते तक घर के बाहर नहीं निकले। यही नहीं, उन्होंने अपने घर आने-जानेवालों तक से मिलने से इनकार कर दिया था। उनकी हार पर मातमपुर्सी करने के लिए उनके जो भी मित्र या हितैषी उनके घर गए, उन्हें उलटे पैर वापस आना पड़ा। रायबहादुर राजा गम्भीरसिंह ने उनसे मिलने से साफ इनकार कर दिया।

यह खबर जब रघुराजसिंह को मिली तो वह जबरसिंह को अपने साथ लेकर राजा साहेब के घर पहुँचे। गम्भीरसिंह को खबर करवाई गई और उनके नौकरों—चाकरों के आश्चर्य का ठिकाना न रहा जब रायबहादुर राजा गम्भीरसिंह ने इन लोगों को बैठक में बिठाने का आदेश दिया। सात दिन बाद अपने कमरे से निकलकर वह बाहर आए। बैठक में उनके आते ही रघुराजसिंह ने जबरसिंह से कहा, "राजा साहेब हमारे पूज्य और बुजुर्ग हैं, इनके चरण छुओ जबरसिंह!"

जबरसिंह को कुछ सोचने-विचारने का मौका नहीं मिला। रघुराजसिंह की आवाज में आज्ञा देने की कड़क हो सकती है, इसका अनुभव उसे प्रथम बार हुआ। सकपकाकर जबरसिंह ने रायबहादुर राजा गम्भीरसिंह के चरण छू लिए।

गम्भीरसिंह गद्गद हो उठे, जबरसिंह को उठाकर वह उससे गले मिले, फिर बैठते हुए उन्होंने कहा, "तुम जितने बहादुर हो, उतने सुशील भी हो। जिन्दगी में हार-जीत तो लगी रहती है, लेकिन तुम्हारे-जैसा हीरा आदमी मिलना बड़ा मुश्किल होता है!" और उन्होंने जबरसिंह को सोफा पर अपनी बगल में बैठा लिया।

जबरसिंह ने बैठते हुए कहा, "राजा साहेब, मुझे इस बात का बड़ा दु:ख है कि मुझे आपके खिलाफ लड़ना पड़ा। यह हार-जीत आपकी और मेरी नहीं है, बल्कि ब्रिटिश राज की और महात्मा गांधी की है। वैसे आप तो मेरे पूज्य हैं—मुझे आप अपना बालक समझिए।"

और गम्भीरसिंह ने उत्तर दिया, "जबरसिंह बेटे, तुमसे मिलकर आज मेरी हार की सब ग्लानि दूर हो गई। भगवान तुम्हें और बड़ा बनाएँ!" और रघुराजसिंह से उन्होंने पूछा, "रघुराज, यह तुम्हारे भांजे आजकल क्या कर रहे हैं?"

"सरकार! यह घमंडीसिंह इंटरमीडिएट कॉलेज में प्रोफेसर हैं।"

गम्भीरसिंह चौंक उठे, 'घमंडीसिंह कॉलेज में प्रोफेसर हैं। वह तो अपना ही कॉलेज है, मैं भी उस कॉलेज का ट्रस्टी हूँ। मनीजर परसराम सिंह ने कभी इनका जिकिर नहीं किया। साला एक हरामजादा है, हम लोग सोच रहे हैं कि उसे मनीजर के पद से हटा दिया जाए, लेकिन वह चिरंजीलाल चौरसिया का आदमी है। चिरंजीलाल से कॉलेज को आर्थिक सहायता मिलती रहती है।"

रघुराजसिंह को मौका मिल गया, "सरकार, यह जबर रहा, यह सब कामकाज सँभाल लेगा। अब एम.एल.ए. हो गया है, वो इसका प्रभाव प्रान्त की सरकार पर भी रहेगा। चिरंजीलाल भला क्या मुकाबला करेंगे इसका?"

रायबहादुर राजा गम्भीरसिंह ने जोर से ताली बजाई, "वाह रघुराजसिंह! क्या सुझाव दिया है तुमने! यह तो सरकारी ग्रांट भी बढ़वा देंगे। तो तै रहा। परसों ट्रस्टियों की मीटिंग है, हमने तो वहाँ जाने का खयाल ही छोड़ दिया था, लेकिन अब हम जरूर जाएँगे। सभी ट्रस्टी नाराज हैं इस परसरामसिंह से!" और जबरसिंह से वह बोले, "क्यों जबरसिंह! तुम तो हो गए असेम्बली के मेम्बर! तो यह काम सँभालने की फुरसत मिलेगी?"

जबरसिंह ने कभी सोचा ही नहीं था कि वह अपने कॉलेज का मैनेजर बनेगा, वह कॉलेज से इस्तीफा देने की सोच रहा था, लेकिन उसकी कॉलेज के प्रिंसिपल हरीराम त्यागी से चली हुई थी। हरीराम त्यागी बड़े अक्खड़ मिजाज के आदमी थे, वह मौका-बेमौका जबरसिंह को अपमानित कर दिया करते थे। तो हरीराम त्यागी को कॉलेज का मैनेजर बनकर रगड़ा जा सकता है। पलभर में ही जबरसिंह ने निर्णय ले लिया, "राजा साहेब! आपकी आज्ञा भला मैं कैसे टाल सकता हूँ—जैसा

आप उचित समझें वैसा करें। मेरे पास समय की कमी नहीं, साल में छै महीने तो मुझे अपने चुनाव-क्षेत्र में रहना ही होगा—यहाँ आगरा में। फिर बीच-बीच में मैं आगरा आ जाया करूँगा।"

"तो फिर तै रहा!" प्रसन्न मुद्रा में रायबहादुर राजा गम्भीरसिंह ने कहा।

अच्छा-खासा जलपान रहा। जब रघुराजसिंह और जबरसिंह चलने लगे तब गम्भीरसिंह ने रघुराजसिंह का हाथ पकड़ लिया, "अभी तुम ठहरो रघुराज, तुमसे कुछ बातें करनी हैं।" और जबरसिंह से उन्होंने कहा, "बेटे जबरसिंह तुम आज से ही अपने को घमंडीसिंह इंटरमीडिएट कॉलेज का मनीजर समझो! परसों सुबह नौ बजे कॉलेज में ही ट्रस्टियों की मीटिंग है। ग्यारह बजे तुम हमसे वहीं आकर मिलना। उसी बखत हम उस साले परसरामसिंह से तुम्हें कॉलेज की मनीजरी का चार्ज दिला देंगे।"

जबरसिंह को विदा करके गम्भीरसिंह ने रघुराजसिंह से पूछा, "रघुराजसिंह! यह जबरसिंह तुम्हारा भांजा है। कौन ठाकुर है यह?"

"राठौर है सरकार! इटावा जिला में इसके पिता केहरसिंह की थोड़ी-सी जमींदारी है, जमीन है।"

गम्भीरसिंह ने सिर हिलाया, "ठीक है। हमने सुना है कि इसका ब्याह अभी तक नहीं हुआ है!"

"ब्याह कहाँ से होगा सरकार! बचपन से हमारे यहाँ रहा है और पढ़ा है। जब ब्याह की उम्र हुई तो जेल चला गया आन्दोलन में। अब देश का नेता बन गया है तो ब्याह-शादी की भी सोचेंगे।"

गम्भीरसिंह ने रघुराजसिंह का हाथ पकड़ लिया, "रघुराज! धनवन्ती के हाथ पीले करने के लिए पचास-साठ हजार रखे थे तो इस चुनाव में फुर्र हो गए और कुछ कर्ज हो गया है ऊपर से। अब अपने सूबे में कांग्रेसी सरकार आ गई है तो अधिक कर्जा मिलना भी सम्भव नहीं।"

सहानुभूति के स्वर में रघुराजसिंह ने कहा, "सो तो साफ है।" फिर कुछ रुककर बोले, "इस जबरसिंह की हैसियत साधारण है। कहाँ आप राजा जमींदार, कहाँ यह किसान-खेतिहर! लेकिन अगर आप चाहें तो धनवन्ती के साथ इसका विवाह हो सकता है।"

"हाँ, यही कहने को तो रोका था हमने तुमको। इसके पिता से बात करो। लेकिन हम दहेज नहीं दे पाएँगे—बहुत साधारण ढंग से इसका ब्याह कर देंगे।"

रघुराजसिंह मुस्कराए, "राजा साहेब! हम लोग महात्मा गांधी के अनुयायी हैं, तो यह समझ लीजिए कि हम दहेज-वहेज की प्रथा को उखाड़ फेकेंगे। इसलिए आप दान-दहेज की बात लेकर अपना मन छोटा मत कीजिए। रही इसके बाप से पूछने की बात, तो हम केहरसिंह को सूचना भर दे देंगे। इस लड़के को हमने लिखाया-पढ़ाया है, बनाया-सँवारा है। इस पर हमारा अधिकार है।"

राजा गम्भीरसिंह उठ खड़े हुए, "रघुराजसिंह ज़रा ठहरो—हम रानी साहेबा को सूचना दे दें, अभी आते हैं।"

दस मिनट के बाद गम्भीरसिंह वापस लौटे, उन्होंने पाँच गिन्नियाँ अपनी हथेली पर रखकर रघुराजसिंह की ओर बढ़ाईं, "रघुराजसिंह! आज से तुम हमारे समधी हुए! यह भेंट स्वीकार करो!"

रघुराजसिंह ने पाँच गिन्नियाँ ले लीं और दोनों आदमी गले मिले।

10

धनवन्तकुँवर का बचपन बड़े लाड़-प्यार में बीता था। उसने कान्वेंट में शिक्षा पाई थी, उसकी हरेक फरमाइश पूरी की जाती थी। इसलिए वह एक हद तक जिद्दी कही जा सकती थी, लेकिन जब वह दस साल की थी उसकी माता का देहान्त हो गया। विमाता छोटी रानी लछमनकुँवर का शासन घर पर चलने लगा और धनवन्तकुँवर की उपेक्षा होने लगी।

धनवन्तकुँवर के मामा राजा जैपालसिंह फैजाबाद जिले की भटकल रियासत के ताल्लुकदार थे। उन्हें जब अपनी भांजी की दुर्दशा का पता चला तो वे आगरा आकर धनवन्तकुँवर को अपने साथ ले गए। विमाता के अत्याचार से तो धनवन्तकुँवर को मुक्ति मिली, लेकिन उसका अंग्रेजी पढ़ना छूट गया। घर पर पंडित जी हिन्दी और संस्कृत पढ़ाया करते थे—धर्म-कर्म की न जाने कितनी किताबें धनवन्तकुँवर ने पढ़ डालीं। घर में धर्म-कर्म का वातावरण था, धनवन्तकुँवर की जीवन-धारा ही

जैसे बदल गई। धनवन्तकुँवर को राजासाहेब बेहद प्यार करते थे क्योंकि उनके केवल एक लड़का था, महिपालसिंह, लड़की उनके कोई न थी।

राजा जैपालसिंह दान-धर्म पर विश्वास करनेवाले आदमी थे, हाथ खुला हुआ, और इसलिए उनकी आर्थिक अवस्था बहुत अच्छी नहीं थी। जब धनवन्तकुँवर सोलह साल की हुई तब उसके लिए वर की तलाश आरम्भ हुई। वैसे धनवन्तकुँवर बदशकल नहीं थी, लेकिन वह सुन्दरी भी नहीं कही जा सकती थी। फिर राजाओं-ताल्लुकेदारों में लम्बे दहेज का प्रश्न भी उठ खड़ा होता है। रायबहादुर राजा गम्भीरसिंह अपनी लड़की का विवाह किसी उच्च और सम्पन्न कुल के उत्तराधिकारी के साथ करना चाहते थे और ऐसे स्थानों से लम्बे दहेज की माँग होती है। विमाता लछमनकुँवर के एक लड़का और दो लड़कियाँ थीं तो वह हमेशा इस बड़े दहेज को देने में बाधा पहुँचाती रही, और धनवन्तकुँवर का विवाह टलता रहा।

एक दिन धनवन्तकुँवर को साथ लेकर राजा जैपालसिंह रायबहादुर राजा गम्भीरसिंह के यहाँ आए। दोनों में धनवन्तकुँवर को लेकर काफी कहा-सुनी हुई, और धनवन्तकुँवर को उसके पिता के पास छोड़कर राजा जैपालसिंह चले गए।

राजा गम्भीरसिंह के हृदय में लड़की के प्रति ममता एकाएक जाग उठी। धनवन्तकुँवर संस्कृत और धर्मशास्त्र की विदुषी थी। राजा गम्भीरसिंह का मस्तक अपनी लड़की के प्रति श्रद्धा से नत हो जाता था। लेकिन विमाता लछमनकुँवर का विरोध लगातार बढ़ता जाता था। राजा गम्भीरसिंह धनवन्तकुँवर के लिए योग्य वर की तलाश कर रहे थे और उसके दहेज के लिए रुपया भी इकट्ठा कर रहे थे। इस कशमकश में चार साल और बीते, और अब धनवन्तकुँवर की अवस्था चौबीस साल की हो गई थी।

बड़े सादे ढंग से जबरसिंह के साथ धनवन्तकुँवर का विवाह हुआ और विवाह के बाद ही धनवन्तकुँवर अपने पति के साथ महेसुर पहुँची। जबरसिंह की माता लक्ष्मी के हर्ष का पारावार न था, राजघराने की सुशील और शिक्षित लड़की गई थी उसकी बहू बनकर। केहरसिंह भी अब मस्तक उठाकर और सीना तानकर चलते थे। देवरों और ननदों ने तो उसकी पूजा आरम्भ कर दी। पन्द्रह दिन महेसुर में रहकर जबरसिंह एसेम्बली में भाग लेने के लिए लखनऊ चला गया।

लेकिन अपनी ससुराल का रंग-ढंग देखकर धनवन्तकुँवर का माथा ठनका।

उसे लगा कि उसका विवाह गलत जगह और गलत आदमी के साथ हो गया है। लेकिन अब किया क्या जा सकता था—धनवन्तकुँवर को अपना धर्म निबाहना था।

धनवन्तकुँवर दो महीने महेसुर में रही और फिर उसने अपना असबाब बाँधा। केहरसिंह चकित, लक्ष्मी ने जब पूछा जो धनवन्तकुँवर ने उत्तर दिया कि वह लखनऊ जाकर अपने पति का घर बसाना चाहती है, वह अकेले रहते हैं, उन्हें तकलीफ होती होगी।

बहू ही जिद के आगे केहरसिंह को झुकना पड़ा। वह बहू को साथ लेकर लखनऊ पहुँचे।

इन दिनों लखनऊ में राजनीतिक कशमकश चल रही थी। कुछ वरिष्ठ और तपे हुए कांग्रेसमैनों ने मुख्यमंत्री के प्रति पार्टी में अविश्वास का प्रस्ताव रख दिया था, और इन नेताओं के मुखिया थे पंडित सदाशिव गौतम। मुख्यमंत्री को पता लगा कि जबरसिंह गौतम के दाहिने हाथ हैं; और उन्होंने जबरसिंह को बुलाकर गौतम जी के पास सन्देश भेजा कि वह गौतम जी को गृहमंत्री बना देंगे, अविश्वास का प्रस्ताव वापस हो जाना चाहिए। सदाशिव गौतम को यही चाहिए था, उन्होंने अविश्वास का प्रस्ताव वापस ले लिया और पंडित सदाशिव गौतम गृहमंत्री बन गए। कमीशन में जबरसिंह को डिपटी-मिनिस्टरी मिली।

सुबह के समय धनवन्तकुँवर लखनऊ पहुँची, और दोपहर के समय मंत्रिमंडल के परिवर्तन के साथ जबरसिंह को डिप्टी-मिनिस्टरी मिली। जबरसिंह को अनुभव हुआ कि धनवन्तकुँवर उनकी भाग्यलक्ष्मी के रूप में उनके जीवन में अवतरित हुई है। एक शानदार बँगला उन्हें मिला, एक मोटर मिली और राजसी जीवन मिला।

जबरसिंह धीरे-धीरे अपनी पार्टी के स्तम्भ बनते जा रहे थे। पंडित सदाशिव गौतम की उम्र काफी अधिक हो गई थी। उन्होंने जबरसिंह को बढ़ावा दिया। इधर मुख्यमंत्री और गौतम जी में अन्दर-ही-अन्दर चल रही थी, दोनों एक-दूसरे के विरोधी। इन दोनों के बीच की कड़ी जबरसिंह बन गए और इस प्रकार जबरसिंह मुख्यमंत्री के काफी निकट आ गए।

धनवन्तकुँवर को जबरसिंह का रवैया पसन्द नहीं आ रहा था, और बीच-बीच में जब जबरसिंह गौतम जी की निन्दा करके मुख्यमंत्री का गुणगान करते थे तो

वह जबरसिंह को डाँट भी देती थी। वैसे जबरसिंह डाँट सुननेवाले आदमी नहीं थे, लेकिन धनवन्तकुँवर से वह दबते थे। राजपरिवार की लड़की, फिर उनकी भाग्यलक्ष्मी। यही नहीं, धनवन्तकुँवर के मुख पर एक प्रकार का तेज था—उसकी निष्ठा का, विद्वत्ता का और धर्मपरायणता का, जिसके आगे जबरसिंह सहम जाते थे।

लेकिन जबरसिंह अपनी परम्पराओं और अपनी आदतों से मजबूर थे, और धनवन्तकुँवर में अपने पति के प्रति एक तरह की वितृष्णा पैदा होने लगी। जब कभी धनवन्तकुँवर जबरसिंह की हरकतों की टीका करती थी, जबरसिंह हँसकर कह देते थे, "तुम नहीं समझोगी—यह राजनीति है।"

"धर्म राजनीति के ऊपर है।" धनवन्तकुँवर कहती थी और जबरसिंह के सामने से हट जाती थी।

सन् 1957 के चुनावों में लोगों को आश्चर्य हुआ कि पंडित सदाशिव गौतम हार गए। इधर मुख्यमंत्री और गौतम जी की दुश्मनी उभर आई थी, और इसमें जबरसिंह तटस्थ हो गया था। मुख्यमंत्री के प्रति एक तरह का विद्रोह उठ खड़ा हुआ था और मुख्यमंत्री को गौतम जी से वास्तविक खतरे का आभास होने लगा था।

जबरसिंह का और गौतम जी का चुनाव-क्षेत्र अगल-बगल था; और गौतम जी का हार जाना तथा जबरसिंह का बहुत बड़े मतों से जीतना—स्वयं गौतम जी के लिए यह एक पहेली था। हारने के बाद खुलेआम गौतम जी ने जबरसिंह पर आरोप लगाया था, "मेरी वजह से इसे मिनिस्टरी मिली, मैंने संगठन का पूरा भार इसे सौंप दिया और इसने मेरे साथ विश्वासघात किया—मुझे हरवा दिया!" और अपनी इस पराजय के बाद पंडित सदाशिव गौतम जो बीमार पड़े तो फिर चारपाई से नहीं उठे।

सदाशिव गौतम के आरोप की पुष्टि उस दिन हो गई जिस दिन मुख्यमंत्री ने जबरसिंह को प्रदेश का गृहमंत्री बना दिया। प्रदेश की राजनीति में जबरसिंह ने गौतम जी का स्थान ग्रहण कर लिया था।

चारों ओर जबरसिंह का आतंक था। जबरसिंह जानता था कि अपनी राजनीतिक सत्ता किस तरह कायम रखी जाए। और उसने देखा कि आदर्शवाद का युग देश

के स्वतंत्र होते ही समाप्त हो गया है। अब आदर्शवाद एक नारा-भर रह गया है, असली चीज है अपनी सत्ता की रक्षा, और सत्ता की रक्षा केवल पैसे के बल पर ही हो सकती है।

लेकिन धनवन्तकुँवर को इस सबसे बड़ी ग्लानि होती थी। जिस दिन गौतम जी हारे थे उस दिन वह देर तक रोई थी और उसने एक दिन खाना नहीं खाया था। वह जानती थी कि जबरसिंह गौतम जी के साथ विश्वासघात करके गृहमंत्री बने हैं और उसका मस्तक नीचा हो गया था—शर्म से।

रामलोचन पांडे : भावना

भटकल ताल्लुके के ताल्लुकदार राजा पृथ्वीपाल सिंह के पुरोहित पंडित कमलनयन त्रिपाठी के सामने उस समय एक ऐसा धर्म-संकट उत्पन्न हो गया जिसका समाधान उनके वश में नहीं था, जब राजा पृथ्वीपालसिंह ने उन्हें एकान्त में बुलाकर उनसे कहा, "तिरपाठी जी, ऊ ससुरी सिलवनिया के गरभ रहिगा। अब बताओ का कीन जाए?"

सिल्वेनिया जोजेफ तेईस-चौबीस साल की एक एंग्लो-इंडियन गवर्नेस थी जिसे वह अपनी चार साल की लड़की राजकुमारी की देखभाल करने तथा अंग्रेजी शिक्षा देने के लिए कलकत्ता से अपने साथ लाए थे। सिल्वेनिया जोजेफ को उनके साथ भेजा था कलकत्ता के प्रसिद्ध बैरिस्टर मिस्टर मैकलायड ने जो कलकत्ता में राजासाहेब के वकील थे। सिल्वेनिया जोजेफ की सुन्दरता की कलकत्ता में बड़ी चर्चा थी, और कलकत्ता के प्रभावशाली तथा सम्पन्न यूरोपियन साहेब उसे अपनी दबोच में लेना चाहते थे। कहा जाता है कि सिल्वेनिया जोजेफ मिस्टर मैकलायड की बंगालिन रखैल से जारज सन्तान थी जिसे मैकलायड के क्लर्क रोबिन जोजेफ ने अपनी पुत्री बनाकर पाला था।

उस समय राजा पृथ्वीपालसिंह की अवस्था करीब चालीस साल की थी। खाया-पिया हृस्ट-पुस्ट शरीर—चेहरे पर रोबदाब।

राजभवन में सिल्वेनिया के लिए एक अलग कक्ष का प्रबन्ध हो गया था,

उसके अलग नौकर-चाकर लगा दिये गए थे और आने के एक हफ्ते बाद ही सिल्वेनिया राजासाहेब की लड़की रतनकुमारी के साथ-साथ राजा पृथ्वीपालसिंह को भी अंग्रेजी पढ़ाने लगी थी। इस अंग्रेजी पढ़ने-पढ़ाने के क्रम में सिल्वेनिया के गर्भ रह गया।

गर्भ रहने के तीसरे महीने जब सिल्वेनिया को अपने गर्भ का पता चला उसने राजासाहेब को यह खबर दी। राजासाहेब चक्कर में पड़ गए। एकाएक राजासाहेब के मस्तिष्क में यह विचार कौंधा कि क्यों न सिल्वेनिया से विवाह करके उसे अपनी चौथी रानी बना लिया जाए! राजासाहेब तीन-चार दिन इस समस्या पर सोचते रहे, फिर उन्होंने अपने पुरोहित पंडित कमलनयन त्रिपाठी को बुलाया और सामने स्थिति स्पष्ट की।

पंडित कमलनयन त्रिपाठी धर्मनिष्ठ, कर्मकांडी ब्राह्मण थे। उन्होंने कहा, "महाराज! दुई-चार हजार रुपया दैके उहिका विदा कर दीन जाए। अगर सरकार का हुकुम होए तो ऊईका फैजाबाद या लखनऊ के कौनो कोठा मां बैठावन का इन्तजाम कराय देई।"

पृथ्वीपालसिंह की भौंहें एकाएक तन गईं, "सुनौ तिरपाठी—तुम हो हमार पुरोहित। और कोई ससुरा कहिस होई ई तरा की बात हमसे तो हम ऊकेर मूड़ काट लेइत! हमें सिल्वेनिया से मुहब्बत हुई गई है।"

कमलनयन बोले, "सो बुरा भा सरकार! भला ई किरिस्तानी से प्यार-मुहब्बत करैं की कौन आवस्यकता रहै?"

राजा पृथ्वीपालसिंह ने तड़ाक् से एक मिसरा पढ़ा—"नींद न देखै टूटी खाट—इस्क न देखै जात-कुजात!"

कमलनयन ने टीप लगाई, "का कह्यो महाराज! धन्य हौ! मुला समस्या तो उत्पन्न हुई गई है कि का कीन जाए! तौन महाराजौ कुछ सोचिन होई?"

राजा पृथ्वीपालसिंह ने कुछ देर मौन रहकर कहा, "काहे तिरपाठी जी, मान लेव हम सिलवनिया से बियाह कर लेई?"

कमलनयन ने अपने कानों पर दोनों हाथ रखते हुए कहा, "राम-राम सरकार! ई कौन बात भाखेव? का आपन धरम-करम छोड़ि के किरिस्तान बनिहैं? सारी रिआया देहरी पर सर पटकि के जान दै देई!"

राजा पृथ्वीपालसिंह ने उदास-भाव से सिर हिलाया, "सो तो ठीकै कह्यो तिरपाठी जी! नाहीं, किरिस्तान हम कबहूँ न बनब! लेकिन हम कहित है सिलवनिया का हिन्दू काहे न बनाय लीन जाए?"

"ऐसनो कबहूँ भा है कि अब हीं होई? नाहीं सरकार सास्तर मां ऐस कौनो विधान नाहीं है!"

"सास्तर और विधान तो आप ब्राह्मण लोगन के हाथ मां आय!" राजा पृथ्वीपालसिंह बोले, "रुपैया चाहे जितना खरच हुई जाए मुला विधान बन जावा चाही!"

पंडित कमलनयन कुछ देर तक चिन्तित भाव से सोचते रहे, फिर बोले, "सरकार! ई विधान तो कासी के पंडितै दई सकत हैं। बाबा भूतनाथ की नगरी के ब्राह्मनन मां ही इतनी छमता आय!"

राजा पृथ्वीपालसिंह जो काम उठा लेते थे उसे पूरा करके ही छोड़ते थे। वह उठ खड़े हुए, "तो तिरपाठी जी! काल सुबह कासी जी चलैं की तैयारी कर लेव! विधान तो चाही—हम तुम्हारे साथ चलब!"

दो खिदमतगारों को साथ लेकर राजा पृथ्वीपालसिंह और पंडित कमलनयन बनारस पहुँचे।

न राजा पृथ्वीपालसिंह को काशी में पंडितों का पता था और न पंडित कमलनयन त्रिपाठी को। राजा वियजबहादुर की धर्मशाला में अपना असबाब और अपने खिदमतगारों को छोड़कर राजा पृथ्वीपालसिंह और पंडित कमलनयन सुबह सात बजे दशाश्वमेध घाट पहुँचे। उन दोनों का कार्यक्रम था कि पहले पतितपावनी गंगा का स्नान किया जाए और वहाँ से काशी के पंडितों की तलाश आरम्भ की जाए, क्योंकि काशी के पंडितों का पता न पंडित कमलनयन त्रिपाठी को था और ना राजा पृथ्वीपालसिंह को।

उस समय सूर्योदय हो रहा था और अगहन मास के बढ़ते हुए जाड़े में भी काफी संख्या में भक्त लोग गंगास्नान कर रहे थे। राजा पृथ्वीपालसिंह इस जाड़े में कपड़े उतारकर सूर्योदय के समय गंगा में डुबकी लगाने के प्रश्न पर विचार कर ही रहे थे कि उन्हें पंडित कमलनयन की आवाज सुनाई दी जो वस्त्र उतारकर घाट की सीढ़ियों पर खड़े थे, "धरम-करम के मामले मां भीरू न बनैं सरकार!

वह देखैं, वह नवयुवक ब्राह्मण गले तक पानी में खड़ा कितनी लगन के साथ मंत्रों का पाठ कर रहा है।"

राजा पृथ्वीपालसिंह ने चकित होकर देखा, एक गौरवर्ण का युवा ब्राह्मण कंठ तक पानी में खड़ा हुआ पाठ कर रहा था। उसका मुख पूर्व दिशा में उदय होते हुए सूर्य की ओर था और उसकी आँखें बन्द थीं। उसके स्वर में संगीत था, उसके मुख पर तेज था। उसके काले, चिकने और घुँघराले केश उसकी गरदन पर झूल रहे थे, उसके कंधे पर यज्ञोपवीत था। राजा पृथ्वीपालसिंह ने कमलनयन के पास जाकर कहा, "बड़ा तपस्वी पंडित दिखात है सार! अच्छा बताओ कितनी देर से यू गंगा में खड़ा है? बताय सकत हो?"

"काहे नाहीं सरकार! एक घड़ी से अधिक समय से खड़ा है। दुर्गा सप्तशती का अन्तिम अध्याय पढ़ि रहा है।"

राजा पृथ्वीपालसिंह मुस्कराए, "तो तिरपाठी जी, तुम अस्नान करौ जाय के। हम तो ऊके चरन छुई के गंगा मां प्रवेस करब।"

कमलनयन त्रिपाठी ललकार अवश्य रहे थे राजा पृथ्वीपालसिंह को स्नान करने के लिए, लेकिन उनकी हिम्मत खुद भी जल में प्रवेश करने की नहीं हो रही थी। सीढ़ियों से नीचे जल में उतरने के स्थान पर वह ऊपर चढ़कर राजासाहेब के पास आ गए, "तो सरकार, हमहूँ आपके साथ अस्नान करब! एक पंडित तो हमें भाग्य से मिलिगा, पहिले इनहिन से बातचीत कर लीन जाए। हमार मन बोलत है इनसे हमार काम बन जाई, बड़ी अच्छी साइत से हम लोग चले हन!"

उसी समय उस युवा ब्राह्मण ने सूर्य को अर्घ्य देकर अपना पाठ समाप्त किया। गंगा में तड़ातड़ ग्यारह डुबकियाँ लगाकर वह बाहर निकला। किनारे आकर उसने वस्त्र पहने। रेशमी धोती और उस पर रेशमी कुर्ता। बालों में कंघी करके वह चन्दन और रोरी का तिलक लगाने के उपक्रम में ही था कि पंडित कमलनयन उसके पास पहुँचे, "मैं भटकल राज्य का राज्यपंडित त्रिपाठी कमलनयन तुम्हें आशीर्वाद देता हूँ और तुम्हारा परिचय चाहता हूँ।"

अपने मस्तक पर तांत्रिक तिलक लगाते हुए उस युवा ब्राह्मण ने उत्तर दिया, "ग्राम कुसवानी जिला देवरिया के अथर्वेदाचार्य पांडे रामखिलावन का पुत्र पांडे रामसमुझ काशी में तंत्र की साधना कर रहा हूँ।"

अथर्वेदाचार्य रामखिलावन पांडे के नाम से समस्त भारत का पंडितसमुदाय परिचित था। पंडित कमलनयन त्रिपाठी ने आदर के साथ कहा, "यह हम लोगों का सौभाग्य है कि तुम्हारे दर्शन हो गए। यह हमारे साथ भटकल रियासत के राजा पृथ्वीपालसिंह हैं और तुमसे कुछ परामर्श करना चाहते हैं।"

राजा पृथ्वीपालसिंह ने रामसमुझ पांडे के चरण छुए, फिर उन्होंने कहा, "हम लोग गंगा-स्नान कर लें, फिर आप हमारे साथ हमारी धर्मशाला में जलपान करें। वहीं बात होगी।"

धर्मशाला में गहरा जलपान करके रामसमुझ पांडे सन्तुष्ट हुए, फिर उन्होंने राजासाहेब की पूरी समस्या सविस्तार सुनी। मौनभाव से कुछ देर तक वे सोचते रहे, फिर गम्भीर स्वर में उन्होंने कहा, "यह समस्त विधान हम कर्मकांडी और तपस्वी ब्राह्मणों के अधीन है। अपने पुण्यों का थोड़ा-सा क्षय करके हम क्या नहीं कर सकते!" यह कहते-कहते पंडित रामसमुझ पांडे थोड़ा-सा तन गए, "मैं धर्म की धारा तो बदल सकता हूँ, लेकिन सामाजिक विधान बदलना मेरे वश में नहीं है।"

राजासाहेब ने पूछा, "हम आपका मतलब नहीं समझे महाराज!"

और रामसमुझ पांडे ने उत्तर दिया, "हम सिल्वेनिया जोजेफ को शुद्ध करके हिन्दू बना देंगे और आपका उससे विधिवत विवाह भी कर देंगे, लेकिन आप अपनी इस रानी को भटकल के रनिवास में नहीं रख सकेंगे—सामाजिक विधान यह कहता है। आपकी रियासत किस जिले में है?"

"फैजाबाद जिले में। हमारी एक कोठी अयोध्या में है, एक कोठी इलाहाबाद में है।"

"तो फिर आपको अपनी इस रानी को इलाहाबाद में रखना पड़ेगा राजा साहेब! भटकल का सामाजिक विधान अयोध्या में तो पहुँच जाएगा लेकिन गोमती और गंगा पार करके इलाहाबाद नहीं पहुँच पाएगा। और अगर वहाँ पहुँचा भी, तो अपंग होकर पहुँचेगा, यानी वह आपका कुछ बिगाड़ नहीं सकेगा।"

राजा पृथ्वीपालसिंह ने कहा, "ठीक कहा महाराज! हम अपनी छोटी रानी को इलाहाबाद में रखेंगे। हमें भी यह उचित दिखता है कि साल में चार-छै महीने हम इलाहाबाद में रहा करें, अपने प्रान्त की राजधानी है, इससे लाटसाहेब से मेल-

मुलाकात बढ़ जाएगी। तो आप काशी के पाँच पंडितों को बुलाकर सिल्वेनिया को शुद्ध कर दें और हमारे साथ उसका विवाह कर दें।"

रामसमुझ पांडे ने कहा, "ठीक है राजासाहेब! आप सिल्वेनिया को यहाँ ले आइए—हम पाँच पंडित यहाँ एक बड़ा यज्ञ करके उसे शुद्ध करके हिन्दू बना देंगे, फिर इलाहाबाद चलकर हम आपसे उसका विवाह भी कर देंगे! आप तनिक भी चिन्ता न करें। लेकिन इस सबमें खर्चा..."

पंडित कमलनयन ने यहीं रामसमुझ की बात काटी, "खर्चा की चिन्ता न करो पांडे जी, राजा लोगन से काम पड़ि रहा है।" फिर धीमी आवाज में उन्होंने कहा, "हम लोगन के साथ तुम हूँ न चलौ पांडे जी भटकल! अगर यहाँ तुम्हार परिवार हो तो कुछ रुपैया..."

और इस बार रामसमुझ पांडे ने कमलनयन की बात काटी, "परिवार कैसा?" बचपन में विवाह हुआ था तो चार साल पहले ब्राह्मणी का देहान्त हो गया, और हम तंत्र की साधना के लिए घर से निकल पड़े।"

"तुम्हारी तंत्र की साधना सफल हुई," मुस्कराते हुए कमलनयन ने कहा, "तो फिर कल हम लोगों के साथ तुम भी भटकल चलो। यहाँ लौटने में महीना-पन्द्रह दिन लग सकता है। राजासाहेब को प्रबन्ध करना पड़ेगा न!"

2

पंडित कमलनयन के सन्तान के नाम पर केवल एक कन्या थी, जिसका नाम था नन्दिनी। नन्दिनी की अवस्था अब पन्द्रह-सोलह साल के ऊपर हो गई थी, लेकिन उन्होंने अभी तक उसका विवाह नहीं किया था। पंडित कमलनयन घरजमाई चाहते थे, और घरजमाई बनने के लिए उन्हें कोई सुपात्र हाथ नहीं लग रहा था। उनकी पंडिताइन में और उनमें नन्दिनी के विवाह को लेकर विवाद उठ खड़ा होता था और अब यह विवाद कलह का रूप धारण करने लगा था।

पंडित रामसमुझ पांडे राजा पृथ्वीपालसिंह के अतिथि-गृह में ठहराए गए, लेकिन पंडित कमलनयन ने उनके भोजन की व्यवस्था अपने घर में कर दी थी।

दो दिन तक रामसमुझ को भोजन कराया पंडिताइन ने। इन दो दिनों में कमलनयन और उनकी पंडिताइन ने रामसमुझ को अच्छी तरह देख-समझ लिया। तीसरे दिन शाम के समय जब रामसमुझ कमलनयन के साथ भोजन करने बैठे, भोजन परोसने का काम नन्दिनी को सौंपा गया। नन्दिनी हँसमुख और चपल बालिका थी, गोरी और सुन्दर भी थी। कमलनयन ने रामसमुझ से कहा, "यह मेरी बिटिया बड़ी समझदार और बड़ी कामकाजू है। सिद्धान्तकौमुदी इसे कंठस्थ है।" रामसमुझ ने नन्दिनी पर एक उड़ती हुई नजर डालकर कहा, "इसका विवाह नहीं किया आपने अभी तक।"

एक ठंडी साँस भरकर कमलनयन बोले, "कोई सुपात्र ही नहीं मिला अभी तक। मेरी इकलौती सन्तान है, देख तो रहे हो और हम सरयूपारी ब्राह्मणों में सुपात्रों की बड़ी कमी है!"

रामसमुझ ने कहा, "हूँ!" और इस बार उन्होंने नन्दिनी को भरपूर नजर से देखा। नन्दिनी शरमाकर अन्दर भाग गई। रामसमुझ ने सिर झुका लिया, बोला, "सुन्दर और सुशील दोनों ही है।"

कमलनयन ने काँपते हुए स्वर में कहा, "पांडे रामसमुझ! तुम्हारा कुल हमारे कुल से बहुत ऊँचा है, इसलिए हमें साहस नहीं हो रहा है।"

शान्त-भाव से रामसमुझ ने उत्तर दिया, "ऊँच-नीच के भेद-भाव पर मुझे विश्वास नहीं। इस विषय पर पिता जी से मेरा गहरा मतभेद रहा है।"

"तो क्या अपने पिताजी की मर्जी के खिलाफ तुम जा सकते हो?" कमलनयन ने पूछा।

"निश्चित ही अगर मेरा मार्ग ठीक है।" रामसमुझ ने कमलनयन की आँखों से आँखें मिलाते हुए कहा।

"तो अगर मैं नन्दिनी को तुम्हारे हाथों सौंपना चाहूँ तो क्या तुम नन्दिनी को स्वीकार कर लोगे?" धड़कते हृदय के साथ कमलनयन ने पूछा।

पिछले एक वर्ष से पांडे रामसमुझ को काशी में अपना संयम टूटता हुआ दिख रहा था, और पिछले छह महीने से वह सोच रहे थे कि किसी राँड से फँसने की जगह घर वापस लौटकर पिता के आदेशानुसार विवाह कर लेना उचित होगा। लेकिन चूँकि पिता से लड़कर वह काशी भाग आए थे, इसलिए उनका गाँव लौटना

पिता के हाथ आत्मसमर्पण होगा और इसीलिए वह लगातार अपने गाँव लौटना टालते आए थे। आज अनायास ही उन्हें सुयोग मिल गया, पिता के यहाँ लौटकर पराजय स्वीकार करने की आवश्यकता नहीं प्रतीत हुई, उन्होंने कह दिया, "मुझे स्वीकार होगा।"

भोजन के बाद उन्होंने पंडिताइन को रसोईघर से बुलाया, नन्दिनी को पंडिताइन ने पड़ोस में भेज दिया। पंडिताइन और कमलनयन—दोनों ने मिलकर रामसमुझ के चरण छुए, और फिर पत्रा निकालकर कमलनयन ने विवाह की साइत देखी। उस दिन अगहन की शुक्ल पक्ष की द्वितीया थी। चतुर्दशी के दिन सम्पूर्ण रूप से शुभ लगन पड़ती थी विवाह की। कमलनयन ने पंडिताइन से कहा, "पंडिताइन, आज से बारह दिन बाद लगन है, तो चतुर्दशी के दिन विवाह निश्चित हो जाए। क्यों पांडे रामसमुझ, तुम अपने पितृकुल को सूचित करके इतने कम समय में विवाह कर सकोगे?"

"हमें अपने पितृकुल को विवाह के पूर्व सूचना नहीं देनी है, यह सूचना उन्हें हमारे विवाह के बाद मिल जाएगी। हम बहुत सीधे-सादे ढंग से अपना विवाह करेंगे।"

पंडिताइन ने कहा, "लेकिन अपने सगे-सम्बन्धी इतने कम समय में कैसे आ पाएँगे?"

"इसकी चिन्ता न करें। सब ठीक हो जाएगा।" कमलनयन ने उत्तर दिया।

और अगहन की शुक्ल पक्ष की चतुर्दशी के दिन पांडे रामसमुझ पंडित कमलनयन के दामाद बन गए।

रामसमुझ ने पृथ्वीपालसिंह से अपना वादा पूरा किया। अपने विवाह के पन्द्रह दिन बाद वह राजा पृथ्वीपालसिंह, सिल्वेनिया और पंडित कमलनयन को साथ लेकर काशी में पहुँचे। वहाँ उन्होंने पाँच पंडितों को बुलाकर सिल्वेनिया को शुद्ध किया और उसे सिल्वेनिया से शैलजा बना दिया।

राजा पृथ्वीपालसिंह ने रामसमुझ पांडे से पूछा, "और हमार वियाह?"

"वह इलाहाबाद में चलकर होगा महाराज! यह पूस का महीना है—सात दिन बाद प्रयागराज का माघ-मेला आरम्भ होता है, तो माघ माह में ही विवाह होगा, पूस माह में विवाह होता ही नहीं है।"

सब लोग इलाहाबाद के लिए रवाना हुए और राजा पृथ्वीपालसिंह की कोठी में ठहरे। इधर माघ शुरू हुआ और उधर पंडित रामसमुझ ने राजा पृथ्वीपालसिंह और सिल्वेनिया का विवाह करा दिया। जिस दिन रामसमुझ ने राजा पृथ्वीपालसिंह से सिल्वेनिया उर्फ शैलजा का विवाह कराया, उसके दूसरे दिन राजा साहेब ने प्रसन्न-मन से त्रिवेणी-संगम पर जाकर अपने पाँच गाँव रामसमुझ को दान कर दिये। यह पाँच गाँव जिला सुलतानपुर और जिला फैजाबाद की सीमा पर पड़ते हैं।

धीरे-धीरे कमलनयन के आगे पांडे रामसमुझ के गुण खुलने लगे। पांडे रामसमुझ शाक्त थे और इसलिए राजासाहेब के साथ सबके सामने बैठकर मदिरापान करते थे। यही नहीं, रामसमुझ मांस-मछली के भी शौकीन थे। सब राजसी गुण थे उनमें। उधर पंडित कमलनयन के परिवार में नितान्त वैष्णव परम्परा थी। पंडित रामसमुझ राजा पृथ्वीपालसिंह के घनिष्ठ मित्र बन गए और सैलानी प्रकृति आदमी के नाते वह कभी भटकल में रहते थे, कभी काशी चले जाते थे और कभी प्रयाग में राजा पृथ्वीपालसिंह के साथ महीनों जम जाते थे। पंडित कमलनयन अपने दामाद के गुणों से कुछ दुखी अवश्य हुए, लेकिन उन्हें सन्तोष इस बात का था कि रामसमुझ में चारित्रिक दुर्बलता नहीं थी। उन्होंने पांडे रामसमुझ के पाँचों गाँवों का प्रबन्ध अपने हाथ में ले लिया और अपनी तथा इन गाँवों की आमदनी से उन्होंने इन पाँचों गाँवों से लगे चार गाँव और खरीद लिए। इन नौ गाँवों में गभीरा नाम का गाँव सबसे बड़ा था, सुलतानपुर से फैजाबाद जानेवाली पक्की सड़क पर। वहाँ हफ्ते में दो दिन बाजार लगा करता था। पंडित कमलनयन ने गभीरा में एक कोठी बनवाई और नन्दिनी तथा अपनी पंडिताइन के साथ भटकल छोड़कर गभीरा में रहने लगे तथा वहाँ से रामसमुझ की जमींदारी का प्रबन्ध करने लगे।

रीवाँ रियासत के इलाकेदार राव चन्द्रभूषणसिंह उस दफे इलाहाबाद आए माघ मेले में। पंडित रामसमुझ भी काशी से इलाहाबाद पहुँच गए थे। एक दिन तीनों साथ बैठे शराब पी रहे थे कि बात शिकार पर चल पड़ी। राव चन्द्रभूषण राजा पृथ्वीपालसिंह के ममेरे भाई थे और देश-विदेश घूमे हुए थे। उन्होंने कहा, "अरे हमारे इलाके में तो रास्ता चलते शेर मिल जाया करते हैं—क्यों पृथ्वीपालसिंह! तुमने भी कभी शेर का शिकार किया है? इस दफे हमारे साथ चलो तो हम शेर का शिकार करवाएँ तुम्हें।"

राजा पृथ्वीपालसिंह को शिकार से विशेष प्रेम नहीं था, उन्होंने कहा, "और शेर के शिकार में कौन अपनी जान जोखिम में डाले!" फिर एकाएक वह बोल उठे, "हाँ—हमारे लाटसाहेब को शिकार का शौक है। एक दिन हमसे पूछ रहे थे कि हमारी रियासत में शेर मिलता है कि नहीं, तो हमने जवाब दिया कि हुजूर, अपना इलाका तो मैदानी है, घनी आबादी—यहाँ भला शेर कहाँ, हाँ सियार और लकड़बग्घे जरूर हैं। कहें तो उनके शिकार का प्रबन्ध कर दें।" और राजा पृथ्वीपालसिंह अपने मजाक पर देर तक हँसते रहे। फिर संयत होकर उन्होंने कहा, "चन्द्रभूषण! तुम अगर अपने यहाँ लाटसाहेब को शेर का शिकार करवा दो तो क्या कहना! लाटसाहेब से हमारी दोस्ती और बढ़ जाए!"

राजा चन्द्रभूषणसिंह ने कहा, "इसमें भला हमें क्या ऐतराज—तुम लाटसोहब से कल कहना। शिकार के लिए जाड़े के दिन होते भी अच्छे हैं।"

दूसरे दिन ही राजा पृथ्वीपालसिंह ने रीवाँ में बनसार इलाके में चलने का निमंत्रण दिया। लाटसाहेब शेर के शिकार के लिए उतावले बैठे थे, उन्होंने कहा, "हम चलेंगे लेकिन इनकाग्निटो—यानी असली नाम से नहीं, नहीं तो गवर्नर-जनरल के यहाँ गड़बड़ी हो सकती है। आज के पाँचवें दिन!"

पंडित रामसमुझ ने अभी तक हिरन और सवनों का शिकार किया था, वह भी शेर के शिकार में चलना चाहते थे। वैसे पंडित रामसमुझ का निशाना बुरा न था और उनमें हिम्मत की भी कमी नहीं थी।

सब लोग बनसार पहुँचे। बनसार में पता चला कि करीब तीन मील की दूरी पर एक पहाड़ी नाला है जहाँ पानी पीने के लिए रोज शाम के झुटपुटे में एक शेर आया करता है। उस नाले के इर्द-गिर्द चार-मचान बाँधे गए। राव चन्द्रभूषणसिंह ने अपने इलाके के चार कुशल शिकारियों को बुलाकर हरेक आदमी के साथ एक-एक को उन मचानों पर बिठलाया। जिधर से शेर आया करता था उधर पहला मचान राव चन्द्रभूषणसिंह का था—दूसरा मचान लाट साहेब का था। लाटसाहेब के मचान के ठीक सामने राजा पृथ्वीपालसिंह का मचान था और अन्त में रामसमुझ पांडे का मचान था। चार बजे शाम को ही सब लोग अपने-अपने मचानों पर बैठ गए, फिर हाँका हुआ। शेर पहले राव चन्द्रभूषण सिंह के मचान के पास से निकला। लेकिन वह लाटसाहेब के मचान की ओर जा रहा था इसलिए उन्होंने

गोली नहीं चलाई। लेकिन लाटसाहेब के मचान के पास से न जाकर वह बाईं ओर मुड़ गया और सीधे रामसमुझ पांडे के मचान के पास आ पहुँचा। पंडित रामसमुझ जब तक बन्दूक सँभालें-सँभालें तब तक उनके साथवाले शिकारी बिन्दासिंह ने गोली दाग दी। गोली शेर की गरदन को पार करती हुई एक ओर से दूसरी ओर निकल गई—तभी रामसमुझ ने भी गोली चलाई जो पासवाले पेड़ से टकरा गई। शेर मुड़कर लाटसाहेब के मचान की ओर भागा, लेकिन करीब पचास हाथ पर जाकर गिरा।

रामसमुझ ने मचान पर ही पाँच गिन्नियाँ अपनी टेंट से निकालकर बिन्दासिंह के हाथ में रखते हुए कहा, "बिन्दासिंह! गोली हमारी लगी थी शेर को।"

बिन्दा ने पाँच गिन्नियाँ अपने कोट की जेब में रखते हुए कहा, "आधी लगी थी पंडित जी!" और उसने मुस्कराकर रामसमुझ को देखा।

रामसमुझ ने पाँच गिन्नियाँ और निकालकर बिन्दासिंह को दिखाते हुए कहा, "पूरी लगी थी बिन्दासिंह—यानी शेर हमारी ही गोली से मरा है।"

बिन्दासिंह ने यह पाँचों गिन्नियाँ लेते हुए कहा, "हाँ पंडित जी, आपकी ही गोली से शेर मरा है!" दोनों मचान से उतरे और शेर की तरफ बढ़े। उधर लाटसाहेब मय अपने शिकारी के मचान से उतरकर शेर की ओर बढ़ रहे थे। शेर लाटसाहेब के मचान के पास गिरा था—रामसमुझ और बिन्दासिंह अभी कुछ दूर थे। लाटसाहेब शेर से करीब पन्द्रह-बीस गज की दूरी पर ही थे कि उन्हें उनके साथवाले शिकारी ने हाथ पकड़कर आगे बढ़ने से रोका, "शेर अभी जिन्दा है हुजूर—गोली मारिए।" उसी समय शेर ने एक दहाड़ मारकर उठने की कोशिश की। तभी लाटसाहेब ने घबड़ाकर अपनी दुनाली की दोनों गोलियाँ शेर पर दाग दीं। शेर वहीं-का-वहीं ढेर हो गया और शोर मच गया कि लाटसाहेब ने शेर का शिकार कर लिया।

इस शिकार से लाटसाहेब बहुत प्रसन्न हुए। रात के समय बनसार में दावत हुई, शराब के दौर चले। तब पृथ्वीपालसिंह ने लाटसाहेब से रामसमुझ पांडे का परिचय कराया। लाटसाहेब रामसमुझ के व्यक्तित्व और विद्वत्ता से बहुत प्रभावित हुए। जब उन्हें पता चला कि पंडित रामसमुझ पांडे नौ गाँवों के मालिक हैं तब उन्होंने उसी समय पंडित रामसमुझ को राजा रामसमुझ बनाकर अवध का ताल्लुकदार घोषित कर दिया।

इलाहाबाद और लखनऊ में ताल्लुकदारी का परवाना लेकर तथा अपना नाम ताल्लुकदारों के रजिस्टर में दर्ज कराके राजा रामसमुझ पांडे गभीरा पहुँचे। इधर उन्होंने अपने राजा और ताल्लकुदार बनने का समाचार अपने श्वसुर पंडित कमलनयन को दिया और उधर अन्दर से खबर आई कि नन्दिनी ने पुत्ररत्न को जन्म दिया है। बधावे बजने लगे।

दूसरे दिन राजा रामसमुझ पांडे का विधिवत राजतिलक हुआ, और पंडित कमलनयन ने अपने नाती का नाम रखा—रामसिंहासन।

3

गोरे-चिट्टे, सुडौल और हृष्ट-पुस्ट, तेजवान और बुद्धिमान रामसिंहासन ने काल्विन ताल्लुकदार कॉलेज लखनऊ से प्रथम श्रेणी में सीनियर कैम्ब्रिज पास किया। इधर पिछले पाँच-छै वर्षों से काल्विन कॉलेज के किसी भी विद्यार्थी को प्रथम श्रेणी नहीं प्राप्त हुई थी। अंग्रेज प्रिंसिपल मिस्टर वुडबर्न रामसिंहासन की प्रतिभा से प्रभावित था। उसने सलाह दी कि रामसिंहासन इंग्लैंड जाकर ऑक्सफोर्ड से बी.ए. पास करे। राजा रामसमुझ को मिस्टर वडबर्न की सलाह पसन्द आ गई।

लेकिन इसमें बाधा पड़ी रामसिंहासन के नाना पंडित कमलनयन की ओर से। रामसिंहासन के छोटे भाई रामसजीवन के अलावा दो बहनें भी थीं। रामसिंहासन के विलायत जाने से इन दोनों बहनों के विवाह में बाधा पड़ने का भय था। लेकिन राजा रामसमुझ ने अपने श्वसुर की बात हँसकर टाल दी।

पैंसठ वर्ष के पंडित कमलनयन ने लखनऊ आकर रामसिंहासन की विलायत-यात्रा के खिलाफ अनशन आरम्भ कर दिया। अपने वृद्ध पिता की देखभाल करने रानी नन्दिनीदेवी भी लखनऊ आईं। अनशन के पाँचवें दिन जब राजा रामसमुझ को अपने श्वसुर के अनशन का पता चला तो वह दूसरी ही गाड़ी से लखनऊ दौड़े आए। उन्होंने जब अपने श्वसुर के सामने जनेऊ हाथ में लेकर कसम खाई कि वह रामसिंहासन को विलायत न भेजेंगे तब पंडित कमलनयन ने अपना अनशन तोड़ा।

लेकिन पाँच दिन के उपवास के बाद अनशन तोड़ने में पंडित कमलनयन

से बदपरहेजी हो गई और तीन दिन तक इस दुनिया में भुगतकर वह परलोक सिधार गए। रानी नन्दिनीदेवी ने रामसिंहासन को अपने नाना का घातक घोषित करते हुए उसे पचासों गालियाँ सुनाईं, फिर उसी से अपने पिता का क्रिया-कर्म कराके वे तेरहवें दिन अपने पुत्र को साथ लेकर गभीरा चली गईं। गभीरा जाने के पहले रामसिंहासन ने दबी जबान अपने पिता से कहा भी था, "नाना जी तो स्वर्गलोग चले गए हैं। अब आप हमें विलायत क्यों नहीं भेज देते?" और राजा रामसमुझ ने कड़े स्वर में उत्तर दिया था, "हम जनेऊ की कसम खा चुके हैं कि हम तुम्हें विलायत न भेजेंगे, तो हमारे जीते-जी तो तुम विलायत जाओगे नहीं, हमारे मरने के बाद चले जाना।"

रामसिंहासन ने गभीरा जाकर ताल्लुके का भार सँभाला। शिष्ट, धर्मनिष्ठ और कर्मठ युवक—अपने पिता की फिजूलखर्ची के बावजूद उसकी देखरेख में ताल्लुके की आय बढ़ने लगी। आमदनी के साथ ऐश्वर्य और वैभव भी बढ़ गया। रामसिंहासन की उम्र अब अठारह साल की हो गई थी। राजा रामसमुझ ने रामसिंहासन का विवाह बलिया जिले के एक बहुत बड़े जमींदार सुधाकर मिश्र की लड़की प्रभावती के साथ कर दिया। प्रभावती प्राचीन संस्कारों में पली थी। उसने ससुराल आकर अपनी सास रानी नन्दिनीदेवी की जो सेवा की तो रानी नन्दिनीदेवी का हृदय गद्गद हो उठा। रानी नन्दिनीदेवी ने घर की सारी व्यवस्था प्रभावती के हाथ में सौंपकर पूजा-पाठ और व्रत-उपवास में अपना मन लगाया, राजा रामसमुझ के पापों का परिमार्जन करने के लिए, जिन्हें शराब और सैलानीपन से फुरसत नहीं मिलती थी।

रामसिंहासन का छोटा भाई रामसजीवन जब ताल्लुकदार कॉलेज से शिक्षा समाप्त करके वहाँ से घर लौटा तब उसके सामने प्रश्न था कि भविष्य में क्या किया जाए। रामसजीवन मझोले कद का दुबला-सा युवक था—रंग कुछ दबता हुआ, और बचपन में जो उसे चेचक निकली थी तो उसके दागों के कारण वह दूर से साँवला दिखता था। रामसजीवन अपने नाना पर पड़ा था। पढ़ने में तो वह बहुत तेज नहीं था, लेकिन दुनियादारी की बुद्धि उसमें प्रचुर मात्रा में थी। रामसजीवन जानता था कि अगर वह विलायत चला जाए तो वह या तो कोई बहुत बड़ा अफसर या बैरिस्टर बन सकता था। लेकिन रामसजीवन यह जानता था कि उसके बड़े भाई

रामसिंहासन के विलायत जाने के प्रश्न पर उसके नाना ने प्राण दे दिये थे। वह कच्ची गोट नहीं खेलना चाहता था।

प्रभावती अपने देवर और अपनी ननदों को बहुत मानती थी, और घर की समस्त व्यवस्था प्रभावती के हाथ में थी। एक दिन अपना मुँह बनाए हुए रामसजीवन अपनी भाभी प्रभावती के सामने पहुँचा। उसने प्रभावती से कहा, "भाभी जी, हमारे पास होने की खुशी में हमारे दोस्तों का कहना है कि हम उन्हें बम्बई ले चलें। वहाँ हम लोग घूमेंगे-फिरेंगे, मजे रहेंगे।"

मुस्कराते हुए प्रभावती ने कहा, "हाँ-हाँ! राजकुल के हो न! बम्बई में उड़ाने के लिए रुपया चाहिए! कितने रुपयों की जरूरत है?"

रामसजीवन ने हिचकिचाते हुए कहा, "चार साथी हैं, पाँचवें हम। तो अगर दो-दो सौ रुपया भी एक-एक आदमी पर खर्च हुआ तो एक हजार समझिए!"

प्रभावती ने पन्द्रह सौ रुपया रामसजीवन को देते हुए कहा, "देवर जी, किसी को बताना नहीं, नहीं तो सब हम पर नाराज होंगे। तुम्हारी बात हम नहीं टाल सकतीं। लेकिन हाथ रोककर खर्च करना, बाकी बचा के अपने नाम से बैंक में जमा कर लेना।"

इसके बाद तीन महीने तक किसी को रामसजीवन का पता नहीं चला। राजा रामसमुझ ने अपने पुत्र की बहुत खोजबीन की, लेकिन सब बेकार। प्रभावती रामसजीवन के गायब होने पर अपने को अपराधिनी समझ रही थी, उसने चुप रहना ही उचित समझा। लेकिन तीन महीने बाद सब लोगों की चिन्ता दूर हो गई जब राजा रामसमुझ के पास विलायत से रामसजीवन का पत्र आया अपनी कुशल-क्षेम का समाचार देते हुए। उस पत्र में रामसजीवन ने अपने पिता को लिखा था कि वह विलायत में अध्ययन कर रहा है—उसे ढाई सौ रुपया महीना भेज दिया जाया करे नियमित रूप से। वह अपना रास्ता खुद बनाना चाहता है। राजा रामसमुझ उस पत्र को पाकर बहुत हँसे, और उन्होंने रामसिंहासन को आदेश दे दिया कि रामसजीवन के पते पर ढाई सौ रुपया नियमित रूप से भेज दिया जाया करे।

यह घटना सन् 1921 की है। उन दिनों असहयोग आन्दोलन तो असफल हो गया था, लेकिन वह ब्रिटिश सरकार के सामने एक नई समस्या उत्पन्न कर गया था। संयुक्त प्रान्त के लेफ्टिनेंट गवर्नर इलाहाबाद से अपनी राजधानी लखनऊ उठा

लाए। इलाहाबाद से लाटसाहेब के लखनऊ आने से इलाहाबाद की रंगीनी पर भी असर पड़ा। उन दिनों राजा रामसमुझ पांडे का मन इलाहाबाद में नहीं लगता था, क्योंकि राजा पृथ्वीपालसिंह को लकवा मार गया था, और रामसमुझ अकेले-से पड़ गए थे। इधर राजधानी के इलाहाबाद से हटने का जो धक्का पृथ्वीपालसिंह पर पड़ा उससे उनकी मत्यु हो गई।

राजा पृथ्वीपालसिंह का क्रिया-कर्म हो जाने के बाद राजा रामसमुझ पांडे गभीरा के लिए रवाना हुए। उनकी प्रजा ने उनका हार्दिक स्वागत किया और राजा रामसमुझ को गहरा सन्तोष हुआ। यही नहीं, उनके गभीरा आने के एक हफ्ते बाद ही रामसिंहासन के एक पुत्र हुआ और अपने पौत्र का नाम उन्होंने रामउदित रखा।

रानी नन्दिनीदेवी दादी बन जाने के बाद अब पूरी तरह से धर्म-कर्म के रंग में रंग गईं। राजा रामसमुझ पांडे को उनकी हरकत बेहद नापसन्द थी और एक दिन राजा रामसमुझ क्रोध में आकर लखनऊ के लिए रवाना हो गए। अब लखनऊ में राजधानी स्थापित हो गई थी, और लखनऊ नगर इलाहाबाद की अपेक्षा रंगीनियों और विलासिता के लिए अच्छा साबित हो रहा था। अधिकांश ताल्लुकदार लखनऊ में जमीनें लेकर अपनी कोठियाँ बनवा रहे थे। राजा रामसमुझ ने भी एक जमीन लेकर अपनी कोठी बनवा ली और लखनऊ में ही बस गए। उन्होंने दो मोटरें भी खरीद लीं, एक गभीरा में रहती थी, एक लखनऊ में।

4

सन् 1930 के असहयोग आन्दोलन का मुकाबला करने के लिए सरकार द्वारा अवध के ताल्लुकदारों की एक मीटिंग बुलाई गई थी और उस मीटिंग में राजा रामसमुझ पांडे भाग लेने के लिए गवर्नमेंट हाउस गए थे। वहाँ से लौटते समय वह बड़े प्रसन्न और सन्तुष्ट थे। उन्होंने प्रवचन के रूप में एक प्रभावशाली व्याख्यान दिया था जिसका आशय यह था कि ताल्लुकदारों और जमींदारों को यह चाहिए कि वे सब आन्दोलन को गाँवों में न घुसने दें रही शहरों की बात, वहाँ व्यापारियों, क्लर्कों और कुलियों का जमाव है जिन्हें अपनी रोजी कमाने से ही फुरसत नहीं मिलती,

तो वह आन्दोलन खुद-ब-खुद मर जाएगा। उनके उस व्याख्यान की लाटसाहेब ने बड़ी प्रशंसा की थी।

उस मीटिंग को समाप्त करके जब वह अपनी कोठी गभीरा हाउस पहुँचे तो वह चौंक पड़े। ड्राइंगरूम में रामसजीवन बैठा हुआ उनकी प्रतीक्षा कर रहा था।

रामसजीवन ने हाथ जोड़कर रामसमुझ को प्रणाम किया, जबकि रामसमुझ को आशा थी कि वह उनके चरण छुएगा, लेकिन इस सब पर सोचने-विचारने का वह अवसर न था, रामसमुझ बोले, "अरे रामसजीवन तुम! कब आए?"

रामसजीवन दस साल बाद लौटा था। विलायत जाने के बाद चार साल तक तो रामसमुझ रामसजीवन का खर्चा भिजवाते रहे, इसके बाद उनके बेर-बेर लिखने पर भी कि रामसजीवन हिन्दुस्तान लौट आवे, जब रामसजीवन ने उनकी बात पर ध्यान नहीं दिया तब राजा रामसमुझ ने उसे खर्च भिजवाना बन्द कर दिया। इस खर्चा बन्द करने के पहले पिता-पुत्र के बीच एक लम्बा, अप्रिय और कटु पत्र-व्यवहार भी हुआ जो रामसिंहासन के पास सुरक्षित था। और इसके बाद यह पत्र-व्यवहार भी बन्द हो गया।

चार साल पहले उड़ती-उड़ती एक खबर राजा रामसमुझ को मिली थी कि रामसजीवन ने विलायत में किसी मेम से विवाह कर लिया है। उन्होंने रामसजीवन का पता लगाने की भी कोशिश की थी, लेकिन उन्हें केवल इतना पता चल पाया कि रामसजीवन इंगलैंड छोड़कर कहीं किसी दूसरे देश में चला गया है। दुनिया बहुत बड़ी है, किस-किस देश में पता लगाया जाए! लिहाजा राजा रामसमुझ ने रामसजीवन का पता लगाने की कोशिश छोड़ दी। कभी-कभी रानी नन्दिनीदेवी के मन में पुत्र का मोह जाग उठता था, और वह रामसजीवन की याद करते-करते रो पड़ती थी, तब राजा रामसमुझ कह उठते थे, "वह कुलकलंकी समझो मर गया है—उसके बारे में बात मत करो!"

उस समय रामसजीवन एक शानदार सूट पहने था, और उसके मुँह में एक सिगार था जिसे बुझाकर उसने अपनी जेब में रख लिया था।

"एक हफ्ता हुआ जब हम अमेरिका से लौटकर बम्बई में उतरे हैं। बम्बई से हम सीधे लखनऊ आए हैं। विदेश से तबीयत ऊब गई, तो सोचा कि अपने देश चलकर बैरिस्टरी आरम्भ की जाए!"

राजा रामसमुझ बैठ गए, रामसजीवन भी बैठ गया। कुछ चुप रहकर रामसमुझ ने कहा, "सुना था तुमने किसी हरामजादी चुड़ैल मिमिया से बियाह कर लिया है!"

रामसजीवन ने अपने होंठ पर उँगली रखकर कहा, "अपनी बहू को तो गाली न दीजिए। आपने जब मुझे भूखों मरने के लिए विलायत में निराश्रित छोड़ दिया था तब उसने ही मेरी मदद की। मैं बीमार पड़ा, उसने मेरी सेवा करके मेरी जान बचाई। उसी की वजह से मैं जिन्दा हूँ और आज आपके सामने बैठा हूँ। अगर मैंने उससे विवाह कर लिया है तो कोई पाप नहीं किया है। आप तो धर्म के ज्ञाता हैं।"

अपने पुत्र के इस तर्क से राजा रामसमुझ निरुत्तर हो गए, फिर उन्होंने गला साफ करते हुए कहा, "लेकिन वह तो म्लेच्छ है, म्लेच्छ से विवाह करना अधर्म है।"

रामसजीवन ने तड़ाक से उत्तर दिया, "म्लेच्छ और विधर्मी तो सिल्वेनिया जोजेफ भी थी जिसे आपने ही शुद्ध करके हिन्दू बनाया और उसका नाम शैलजा रखकर उसका राजा पृथ्वीपालसिंह से विवाह कर दिया। इसीलिए तो आपको पाँच गाँव दिये थे राजा पृथ्वीपालसिंह ने और आज आप ताल्लुकदार राजा रामसमुझ पांडे हैं।"

राजा रामसमुझ पांडे अपने पुत्र के इस सत्य-प्रदर्शन से झुँझला गए। अपनी झुँझलाहट दबाने के लिए उन्हें मुस्कराना पड़ा, बड़े व्यंग्यात्मक स्वर में उन्होंने कहा, "तुम बहुत पढ़-लिख गए हो और काबिल हो गए हो। लेकिन हमारे घर के दरवाजे तुम अपने और अपने परिवार के लिए बन्द समझो! हम एक दफा मान भी जाएँ, लेकिन तुम्हारी अम्माँ नहीं मानेंगी!" और राजा रामसमुझ आँख बन्द करके थोड़ी देर सोचते रहे, फिर उन्होंने कहा, "अच्छा, यह बताओ कि चाहते क्या हो?"

"हम यहाँ लखनऊ में वकालत शुरू करना चाहते हैं। इलाहाबाद तो उजड़ रहा है, यहाँ चीफ कोर्ट है, तो यहाँ हमारी वकालत जम जाएगी।"

"अच्छी बात है। तुम्हारी घरवाली कहाँ है?"

"यहाँ कार्लटन होटल में हम लोग ठहरे हैं। मेरी पत्नी मार्था है, मेरे दो लड़के हैं विमल और कमल। लेकिन बड़ा महँगा होटल है, आजकल में किसी मकान की तलाश करेंगे।"

"सब लोगों को साथ लेकर इस कोठी में आ जाओ—कार खड़ी है, उसे

लेते जाओ। रात में खाने के वक्त बातें होंगी।"

इसी बातचीत के क्रम में राजा रामसमुझ पांडे ने जो अनुमान लगाया था वह ठीक ही निकला। रामसजीवन की पत्नी मार्था निश्चित रूप से अपने पति से पाँच-छै साल बड़ी थी। वह अच्छी तरह बनी-ठनी थी, लेकिन मेकप और पेंट के नीचे मार्था के मुख की झुर्रियाँ रामसमुझ की नजर से बची नहीं रह सकीं। विमल और कमल को रंग तो मार्था का मिला था, लेकिन नाक-नक्शा उन्हें अपने पिता का ही प्राप्त हुआ था। इतने वर्षों तक विदेश रहने के बाद भी रामसजीवन की शक्ल में थोड़ा-बहुत सुधार हुआ था। चेचक के दाग बहुत कम हो गए थे और उसका रंग खुल गया था। लेकिन वही पिचके हुए गाल, छोटी-छोटी चमकदार आँखें। अपने छोटे पुत्र के परिवार पर रामसमुझ को दया आई। खाना खाने के बाद उन्होंने रामसजीवन को एकान्त में पाकर कहा, "सजीवन—भाग्य का लिखा टाला नहीं जा सकता। जो कुछ तुमने किया उसके लिए हम तुम्हें दोष नहीं दे रहे—और जो हो गया, वह हो गया, उसे बदला नहीं जा सकता। अब समय आ गया है कि हम गभीरा जाकर भजन-पूजन करें—इस लोक के मोहजाल को तोड़कर हम अपना परलोक सँभालें। सो, यह कोठी हम तुम्हें देते हैं—तुम इसमें रहकर अपनी वकालत करो। जब तक तुम्हारी वकालत नहीं जमती तब तक हम डेढ़ सौ रुपया तुम्हारे खर्चा के लिए भेज दिया करेंगे। बाकी अब गभीरा राज से तुम्हारा और तुम्हारे बीबी-बच्चों का कोई मतलब नहीं।"

राजा रामसमुझ ने रामसजीवन और उसके परिवार को उस कोठी में स्थापित किया, फिर अपना व्यक्तिगत सामान बटोरकर भारी मन वह गभीरा के लिए रवाना हो गए। उनका मन कह रहा था कि सिल्वेनिया को शुद्ध करके उन्होंने जो राजा पृथ्वीपालसिंह से विवाह कराया था, उस पाप का दंड उन्हें मिल रहा है। दुनिया से उन्हें विरक्ति हो गई। गभीरा पहुँचकर वह बिना किसी से मिले या बात करे अपने कमरे में चले गए और पूजा-पाठ में लग गए। अपने घरवालों तक से भी बोलना उन्होंने बन्द कर दिया था, चुपचाप वह अपने कमरे में पड़े रहा करते थे।

तीन दिन तक यही क्रम चलता रहा, चौथे दिन रानी नन्दिनीदेवी ने रामसिंहासन और प्रभावती से परामर्श किया। फिर सब लोग मय रामसिंहासन के तीनों लड़कों के, राजा रामसमुझ के कमरे में गए। इन लोगों के उस शिष्टमंडल को देखकर

राजा रामसमुझ ने अपना मुख ढँक लिया। रानी नन्दिनीदेवी ने हाथ जोड़कर पूछा, "कौन-सा अपराध हो गया है हम लोगों से जो महाराज ने अपनी यह हालत बना रखी है? न मुँह से बोलना, न हिलना-डुलना।"

रामसमुझ ने कोई उत्तर नहीं दिया, उसी तरह मुँह ढाँके वह बैठे रहे।

तब रामसिंहासन ने अपने पिता के पैर पकड़े, "पिता जी, आपकी यह हालत देखी नहीं जाती! क्या लखनऊ में कोई बात हो गई है? किसी ने आपका अपमान कर दिया है? हम उसका मूड काट लेंगे। आप बोलिए तो!"

रामसमुझ ने रामसिंहासन की बात का भी कोई उत्तर नहीं दिया। और तब प्रभावती ने अपने तीनों बच्चों रामउदित, रामानुज और रामलोचन को उनके पैरों पर लिटाकर उनके सामने जमीन पर खुद भी लेट गई, "पिताजी! इन बच्चों के नाम पर कुछ तो बोलिए कि क्या बात है, क्यों आपने यह हालत बना रखी है?"

सबसे छोटा लड़का रामलोचन अपने बाबा की गोद पर चढ़ गया, उनके मुख से कपड़ा हटाकर, उनकी मूँछें पकड़कर वह 'बाबा! बाबा!' कहने लगा।

और अब जैसे राजा रामसमुझ की चेतना जागी, उन्होंने रामलोचन को अपनी छाती से लगाते हुए कहा, "बेटा! तेरे चाचा रामसजीवन, मेरे पाप का उदय हुआ है। वह लखनऊ लौट आया है एक चुड़ैल जैसी मेम से ब्याह करके। उसके साथ उसके दो लड़के भी हैं नन्दिनी!" और राजा रामसमुझ की आँखों से फर-फर आँसू गिरने लगे।

रानी नन्दिनीदेवी की विनय की मुद्रा लोप हो गई, "क्या कहा? रामसजिवना मेम के साथ बियाह करके लखनऊ आवा है! उस चुड़ैल को झाड़ई मार के निकाल क्यों नहीं दिया?"

रामसमुझ ने करुण स्वर में कहा, "यह है अंग्रेजी राज! मेम को झाड़ई मार के निकाल देना इतना सहज काम नहीं है। फिर रामसजीवन कहता है कि वह मिमिया ऊकेर परवरिस कीन्हिस है, जब हमने सजीवन को रुपया भेजना बन्द कर दिया था।"

रामसिंहासन के मुख पर अब एक मुस्कराहट आई, "पिता जी! हमने तो आपसे पहले की कहा था कि सजीवन को रुपया भेजना मत बन्द कीजिए, लेकिन आप माने ही नहीं। फिर अब तो नया जमाना आ गया है, यह सब तो होगा ही।

आप ही ने तो सिल्वेनिया को शुद्ध करके हिन्दू बना दिया था, तो इस मेम को भी शुद्ध कर दीजिए!"

रानी नन्दिनीदेवी गरज उठीं, "हे रामसिंहासन, हम लोग आन पंक्ति पावन ब्राह्मण! यह भ्रष्टाचार हमारे परिवार में नहीं चलेगा। अब अगर ऐसी बात मुँह से निकली तो हम जीभ खींच लेब!"

राजा रामसमुझ ने कमजोर आवाज में कहा, "अब तुम सब लोग जाओ यहाँ से। रामसिंहासन, अपनी अम्माँ और अपने परिवार को लेकर इस कमरे से जाओ! हम अपने पापों का प्रक्षालन करने के लिए अखंड जाप कर रहे हैं।"

अपनी माता का हाथ पकड़कर रामसिंहासन कमरे से बाहर चला गया। प्रभावती भी, रामउदित और रामानुज के साथ कमरे के बाहर आ गई। रामलोचन ने अपने बाबा की गोद से उतरने से इनकार कर दिया था।

बाहर आकर सब लोगों में विचार-विमर्श आरम्भ हुआ। रानी नन्दिनीदेवी ने रामसिंहासन से कहा, "हे रामसिंहासन, तुम लखनऊ चले जाओ। रामसजिवना और उसकी मेमिया को निकाल बाहर करो जाय के कोठी से।"

रामसिंहासन के उत्तर देने के पहले ही प्रभावती ने कहा, "माता जी! यह तो अनरथ की बात है। घर के मालिक हैं राजासाहेब के पिताजी, तो अगर इन्होंने कोई इस तरह की बात की तो बवाल खड़ा हो जाएगा।"

रामसिंहासन बोला, "अम्माँ! तुम क्यों नहीं चलती हो लखनऊ हमार साथ? वहाँ तुम्हीं बात करना सजीवन से। और साथ में उस मेम को भी देख लेना।"

और प्रभावती ने अपने पति की बात का अनुमोदन किया, "यह ठीक है, आप भी चली जाइए माताजी! लेकिन वहाँ शान्त रहिएगा। वह ठहरी मेम। सुना है मेमें जब गुस्सा होती हैं मुँह नोच लेती हैं।"

रानी नन्दिनीदेवी तन गईं, "उस मुँहझौंसी की मजाल कि हम पर हाथ उठावे! अच्छा रामसिंहासन, कल ही लखनऊ चलने की तैयारी करो। इस सजिवना और उसकी मेमिया से निवट लीन जाय। बहुरिया राजा की देखभाल करने के लिए यहीं महल में रह जाय।"

दूसरे दिन रानी नन्दिनीदेवी कार से रामसिंहासन के साथ लखनऊ पहुँचीं। रामसजीवन और उसका परिवार घर पर ही था। रामसजीवन ने बढ़कर अपनी माता

के पैर छुए, अपने बड़े भाई से उसने केवल इतना कहा, "हलो!"

दोनों को ड्राइंगरूम में बिठलाकर रामसजीवन अपने कमरे में गया। थोड़ी देर में वह मार्था और अपने बच्चों को साथ लेकर ड्राइंगरूम में वापस लौटा। मार्था विलायती फान की जरतारीवाली साड़ी पहने थी और उसके माथे पर बिन्दी लगी थी। उसने आते ही रानी नन्दिनीदेवी के चरण छुए और विनयपूर्वक रामसिंहासन के हाथ जोड़कर कुरसी पर बैठ गई।

रानी नन्दिनीदेवी ने जो कल्पना की थी, बात उसके विरुद्ध निकली। बहू की उम्र तो रामसजीवन से कुछ अधिक दिखती थी, लेकिन शक्ल-सूरत में वह काफी अच्छी लग रही थी। और सबसे बड़ी बात तो यह कि उसने हिन्दुस्तान में आते ही भारतीयता अपना ली थी। रामसजीवन के दोनों लड़के विमल और कमल कुछ दूरी पर खड़े चुपचाप और शान्त-भाव से सब कुछ देख रहे थे। नन्दिनीदेवी ने कहा, "हे सजीवन, यह तुम्हारी मेहरारू हिन्दी समझती है?"

"थोड़ा-बहुत समझ लेती है। अभी हिन्दुस्तान आए ही कितने दिन हुए हैं! लेकिन विमल और कमल एक हफ्ते में ही अच्छी हिन्दी बोलने लगे हैं।"

रानी नन्दिनीदेवी ने दोनों लड़कों को अपने पास आने का संकेत किया, और तभी मार्था उठकर अपने दोनों लड़कों का हाथ पकड़कर रानी नन्दिनीदेवी के पास ले आई।

नन्दिनीदेवी ने अपने दोनों पौत्रों के सिर पर हाथ रखते हुए कहा, "कैसे सुन्दर हैं दोनों बिटवा! भगवान इन्हें अच्छा रखें और सुखी बनावें।" और फिर आँखें बन्द करके कुछ सोचने लगीं।

कुछ देर तक वह इसी हालत में बैठी रहीं, फिर एकाएक उठ खड़ी हुईं, "सजीवन! हम राजा साहेब से सुन लीन हैं कि तुम हमारे कुल को कलंकित कर चुके हो। सो हम तुम्हें और तुम्हारे परिवार का दरसन करने चली आई थी। गभीरा में तुम लोगों के आने की कोई आवश्यकता नहीं, तुम्हें देखकर राजा साहेब को क्लेश होगा। हमीं कभी-कभी तुम्हें और तुम्हारे परिवार को देखने चली आया करेंगी।" और रामसिंहासन का हाथ पकड़कर उन्होंने कहा, "चलो सिंहासन! सब कुछ देख-सुन लिया है।"

रामसजीवन ने अपनी माता से एक दिन ठहरने की बहुत अनुनय-विनय की,

लेकिन रानी नन्दिनीदेवी कठोर मुद्रा के साथ सीधे बाहर निकलकर अपनी मोटर पर बैठ गईं।

रानी नन्दिनीदेवी के बिना जाने ही उनके अन्दर सब कुछ बुरी तरह से टूट गया। एक ओर उनका धर्म-कर्म, दूसरी ओर अपने पुत्र के प्रति उनकी ममता। अकसर अकेले में वह घंटों रोया करती थीं। गभीरा लौटने के पाँचवें दिन जब वह प्रात:काल स्नान करके पूजागृह की ओर जा रही थीं, एकाएक उनकी छाती में पीड़ा उठी और वह पूजागृह की देहरी पर दिल पकड़कर बैठ गईं। उनकी दासी ने यह देखा और वह घबराकर प्रभावती के पास दौड़ी। प्रभावती अपनी सास के पास आई—रानी नन्दिनीदेवीं पीड़ा से कराह रही थीं और उनके सारे शरीर से पसीना छूट रहा था। दासी की सहायता से अपनी सास को उठाकर वह उनके कमरे में ले गई और उन्हें पलँग पर लिटा दिया।

रामसिंहासन महल के बाहरी भाग में अपने अहलकारों से घिरे बैठे थे—प्रभावती ने उन्हें खबर कराई। रामसिंहासन ने अपनी माता की हालत देखी और उनके मन में एक आशंका भर गई। वह अपने पिता के पास पहुँचा।

राजा रामसमुझ उस समय कमरे में बन्द पूजा कर रहे थे। रामसिंहासन ने द्वार खटखटाया और चिल्लाकर कहा, "पिताजी, उठिए, माताजी को देखिए आकर।"

"पूजा में विघ्न पड़ा, कुछ बहुत अशुभ होनेवाला है।" इन शब्दों के साथ राजा रामसमुझ ने अपने कमरे का द्वार खोला, और अपने पुत्र के साथ रानी नन्दिनीदेवी के कमरे में पहुँचे। नन्दिनीदेवी दर्द से कराह रही थीं और उनके शरीर से लगातार पसीना छूट रहा था। रामसमुझ ने अपनी पत्नी को देखते ही कहा, "अन्त समय आ गया है सिंहासन! इस सदमे को नहीं झेल सकीं।"

रामसिंहासन उसी समय कार लेकर लखनऊ के लिए रवाना हुआ डॉक्टर को लाने के लिए, और छह घंटे बाद जब वह डॉक्टर को लेकर वापस लौटा, रानी नन्दिनीदेवी अपना शरीर छोड़ चुकी थीं।

रानी नन्दिनीदेवी की मृत्यु की खबर रामसजीवन को उनके क्रिया-कर्म के बाद रामसिंहासन द्वारा मिली। राजा रामसमुझ का यही आदेश था। उन्होंने रामसजीवन पर रानी नन्दिनीदेवी की मृत्यु का उत्तरदायित्व आरोपित कर दिया था, और मृत्युपर्यन्त अपने कुपुत्र का मुख न देखने की कसम खा ली थी।

और इसके बाद राजा रामसमुझ ने एक तरह से वानप्रस्थ आश्रम ग्रहण कर लिया। वह अब महल के बाहर एक कुटी बनाकर रहने लगे और अपना समय पूजा-पाठ तथा धर्म-ग्रन्थों के अध्ययन में लगाने लगे। साथ ही रामसिंहासन के ज्येष्ठ पुत्र को शिक्षा देने का भार भी उन्होंने अपने ही ऊपर ले लिया। उसे वह संस्कृत पढ़ाते थे।

राजा रामसमुझ को यह विश्वास हो गया था कि उनके घर में लक्ष्मी अभिशाप बनकर आई है, वह रामउदित को लक्ष्मी की गोद से खींचकर सरस्वती की गोद में दे देना चाहते थे।

रामसिंहासन अपने पिता के इस दृष्टिकोण से सहमत नहीं था। उसने अलग से रामउदित को कामचलाऊ अंग्रेजी तथा गणित की शिक्षा देने के लिए एक ट्यूटर रख लिया और रामानुज तथा रामलोचन को शिक्षा पाने के लिए ताल्लुकदार कॉलेज में भरती करा दिया।

5

भाग्य जैसे खिलवाड़ कर रहा था रामलोचन के साथ। सुन्दर, स्वस्थ और हँसमुख, लेकिन था तो वह ताल्लुकदार का तीसरा पुत्र, नाते-रिश्तेदारों तथा घरवालों द्वारा ही नहीं, नौकरों-चाकरों द्वारा भी उपेक्षित।

रामलोचन का बड़ा भाई ताल्लुके का उत्तराधिकारी, रामउदित अपने बाबा का प्यारा था। रामसमुझ अपनी देख-रेख में उसे संस्कृत पढ़ाते थे और वह अपने बाबा की सेवा लगन के साथ करता था। अंग्रेजी तथा अन्य विषयों की शिक्षा देने के लिए जो ट्यूटर रखा गया था वह रामउदित को शिक्षा देने के साथ-साथ उसकी मुसाहिबी भी करता था।

मझला भाई रामानुज कोमल प्रकृति का था—कुछ स्त्रैण-सा दिखनेवाला। बचपन से ही उसे संगीत में रुचि थी। बड़ी लगन के साथ वह सस्वर रामायण पढ़कर अपनी माता को सुनाता था। जब वह काल्विन कॉलेज पहुँचा तब उसका कला-प्रेम और अधिक विकसित होने लगा। सीनियर कैम्ब्रिज पास़ करके जब यूनिवर्सिटी में

प्रवेश करने का प्रस्ताव रामसिंहासन ने किया तब उसने साफ इनकार कर दिया। वह चित्रकला सीखने के लिए आटर्स कॉलेज में भरती हो गया, और सुबह-शाम म्यूजिक कॉलेज में संगीत की कक्षाओं में भी सम्मिलित होने लगा। आवाज उसे बड़ी सुरीली मिली थी और उसे स्वरों का ज्ञान भी अच्छा था।

रामलोचन अपने दोनों भाइयों से भिन्न था। वैसे वह अपने दोनों बड़े भाइयों की अपेक्षा अधिक स्वस्थ था, लेकिन स्वभाव का वह लापरवाह था, खेलकूद में व्यस्त रहता था, पढ़ने-लिखने से उसे अरुचि-सी थी। वह ताल्लुकदार कॉलेज के स्पोर्ट्स में सबसे आगे रहता था। अपने कॉलेज की क्रिकेट टीम का वह कप्तान था, उसके टेनिस के खेल को देखकर विशेषज्ञों ने यह राय बना ली थी वह बहुत सम्भव है अखिल भारतीय टेनिस प्रतियोगिता में अपना विशिष्ट स्थान बना ले। लेकिन जहाँ तक विद्या-बुद्धि का प्रश्न था, भाग्य ने जैसे अपना पारिवारिक कोटा रामउदित और रामानुज में ही समाप्त कर दिया था। बचा-खुचा जो रामलोचन को मिला था उसके बल पर एक साल सीनियर कैम्ब्रिज में फेल होकर दूसरे साल किसी तरह इंटरमीडिएट में पहुँचा था।

रामलोचन में कोई अवगुण नहीं थे, लेकिन उसमें कोई गुण भी नहीं थे। ऐसा उसके मिलने-जुलनेवालों का कहना था। हाँ, उसमें साहस प्रचुर मात्रा में था, निर्द्वंद्व और निर्भीक। सन् 1947 में बड़ी मुश्किल से बड़ी-बड़ी सिफारिशों के बल पर इंटरमीडिएट पास करके वह लखनऊ विश्वविद्यालय में बी.ए. में दाखिल हो गया।

सन् 1946 में युद्ध की समाप्ति के बाद जब देश में राजनीतिक सरगर्मियाँ बढ़ीं तो देश भर में नये चुनाव हुए। संयुक्तप्रान्त के गवर्नर ने प्रान्त में जमींदार और ताल्लुकदारों की एक पार्टी संगठित करवाई, इस चुनाव में कांग्रेस से मोरचा लेने के लिए, और इस पार्टी में रामसिंहासन फँस गए।

रामसिंहासन का यह अनुमान था कि उनकी प्रजा उनकी पूजा करती है, और एकमत से अपना वोट उन्हें देगी और वह बड़ी आसानी से कांग्रेस प्रत्याशी को हरा देंगे। कई महीनों से राजा रामसमुझ बीमार पड़े थे—अब उनकी अवस्था भी तो सत्तर वर्ष की हो गई थी, उन्होंने अपने पिता से इस सम्बन्ध में सलाह लेना उचित नहीं समझा।

और लाटसाहेब का, ताल्लुकदारों का तथा रामसिंहासन का अनुमान गलत निकला। प्रान्त भर में कांग्रेसवाले जीते और जमींदार तथा ताल्लुकदार बेतहाशा रुपया खर्च करने के बावजूद हारे। उधर रामसिंहासन तीस हजार वोटों से हारकर सुलतानपुर से गभीरा पहुँचे, उधर तीन दिनों तक ज्वर तथा पेचिश से पीड़ित होने के बाद राजा रामसमुझ ने अपने शरीर को छोड़ दिया। रामसिंहासन ने केवल इतना कहा, "दुर्भाग्य जब आता है तब हर तरफ से आता है।"

राजा रामसमुझ की मृत्यु का समाचार लखनऊ पहुँचा—रामानुज और रामलोचन को विशेष रूप से बुलाया था रामसिंहासन ने। लेकिन उनके आश्चर्य का ठिकाना न रहा जब अपने परिवार के साथ रामसजीवन भी गभीरा पहुँचा। गभीरा महल के अतिथिगृह में रामसजीवन और उसके परिवार को ठहराया गया।

तेरहवीं के दिन जब सारा परिवार और नाते-रिश्तेदार इकट्ठा हुए, पंडित ने राजा रामसिंहासन का तिलक किया। और तिलक होने के समय रामसजीवन ने रियासत के बँटवारे की माँग की। उसने कहा, "सिंहासन दादा, यह राजतिलक कैसा। हम लोग तो ब्राह्मण हैं। अब सब लोग यहाँ इकट्ठा हैं, तो सब लोगों के सामने जायदाद क़ा आपसी बँटवारा हो जाए। अदालत में जाने की जरूरत न पड़े।"

रामसिंहासन जैसे आसमान से गिरे, "कैसा बँटवारा? गभीरा राज्य का उत्तराधिकारी तो मैं हूँ। बप्पा को सरकार ने ताल्लुकदार बना दिया था तो राजाओं का कानून हम पर लागू होगा। रियासत बड़े लड़के को मिलती है।" अधिकांश लोगों ने रामसिंहासन का पक्ष लिया, लेकिन दो-एक आदमियों ने अपनी शंका प्रकट की कि शायद ज्येष्ठ पुत्र के उत्तराधिकार का कानून राजा रामसमुझ के परिवार पर लागू न हो।

रामसजीवन बोला, "सिंहासन दादा, हम बैरिस्टर हैं, हम जानते हैं कि कानून क्या है। आपके हक में ही होगा कि आप सीधी तरह से बँटवारा कर दीजिए, मुकदमेबाजी में लोग तबाह हो जाया करते हैं।"

रामसिंहासन के पास भी एक लिफाफा था, उसने कहा, "राजासाहेब बड़े सावधान थे, शायद कानून की कमजोरी वह समझते थे, तो वह एक 'विल' भी कर गए हैं। उनका यह विल हमारे पास है।"

रामसजीवन ने विल को उलट-पुलटकर देखा, फिर उसके मुख पर एक कुटिल मुस्कान आई, "यह विल जाली है, क्योंकि इसकी रजिस्टरी नहीं हुई है। सिंहासन दादा, यह जाल-बट्टा हमारे साथ नहीं चलेगा, हम हैं बैरिस्टर।"

रामसिंहासन का चेहरा तमतमा उठा, उन्होंने कड़ककर पूछा, "तो तुम्हारा कहना यह है कि हम जालसाज हैं।"

रामसजीवन भी गरम हो गया, "यह गीदड़भभकी हमसे नहीं चलेगी। हम एक में नहीं हजारों में कह सकते हैं कि तुम शातिर जालसाज हो—हम भरी अदालत में यह साबित करके दिखा देंगे।"

उसी समय लोगों ने देखा कि रामलोचन ने, जो अपने पिता के पीछे बैठा था, बढ़कर एक भरपूर तमाचा रामसजीवन के गाल पर जड़ दिया, "और बनाओगे पिता जी को जालसाज!" और फिर वह शान्तभाव से अपनी जगह पर आकर बैठ गया जैसे कुछ हुआ ही न हो। लेकिन हो तो बहुत-कुछ गया था, क्योंकि रामसजीवन तो गाल पकड़कर चुपचाप बैठ गए थे, लेकिन मार्था ने चीखकर कहा, "मार डाला—इस जानवर ने!"

रामसजीवन के दोनों लड़के विमल और कमल, जो काफी हृष्ट-पुष्ट थे, अपने पिता का बदला लेने रामलोचन की ओर बढ़े तो मार्था ने चीखते हुए उनका हाथ पकड़ लिया, "अरे, यह तुम दोनों को मार डालेगा—यह बॉक्सिंग का मिडिलवेट चैम्पियन है—जानवर कहीं का।" और रामसजीवन का हाथ पकड़कर उसने कहा, "चलो यहाँ से, ये जंगली लोग हम सबको मार डालेंगे।"

इस बीच रामसजीवन सुस्थिर हो गया था, उसने उठते हुए कहा, "सिंहासन! तुम्हारे इस लौंडे की इतनी मजाल कि हम पर हाथ उठावे! याद रखना कि अगर तुम्हें और तुम्हारे खानदान को तबाह करके न रख दिया तो हमारा नाम रामसजीवन नहीं।"

रामलोचन ने जिस पितृभक्ति और साहस का परिचय दिया था उससे और लोग भले ही प्रभावित हुए हों, राजा रामसिंहासन तो उलटे उससे नाराज होकर बोले, "क्यों लोचन! यह झगड़ा तो हम दो भाइयों के बीच का था—तुम इस बीच में पड़नेवाले कौन होते थे? तुम्हारे मुकाबले का गदहा हमने नहीं देखा है।"

अपने पिता की डाँट सुनकर रामलोचन को बड़ी निराशा हुई, उसकी आँखों

में आँसू आ गए। टूटे शब्दों में उसने कहा, "पिताजी, काका ने आपको गाली दी थी। पुत्र का धर्म है अपने पिता की मान-मर्यादा की रक्षा करना।"

और तभी रानी प्रभावती ने अपने छोटे पुत्र के सिर पर हाथ रखकर कहा, "लोचन बेटा, तुम्हीं ने राजासाहेब की लाज रखी। तुम हमारे कुल के दीपक साबित होगे—हमारा आशीर्वाद है तुम्हें।"

नाते-रिश्तेदारों में अधिकांश ने रामलोचन की हरकत को क्षम्य समझा, और उन्होंने एक स्वर से रामसजीवन को दोषी करार दिया। लेकिन रामसिंहासन शायद अपने छोटे भाई को अच्छी तरह जानते थे, उन्होंने एक ठंडी साँस भर कर कहा, "सो ठीक है, लेकिन सजीवना है बड़ा जिद्दी! उसने जो कुछ कहा है वह करके छोड़ेगा।"

और रामसिंहासन उठ खड़े हुए। रामलोचन चुपचाप सिर झुकाए हुए खड़ा था। उन्होंने रामलोचन से एक ठंडी साँस भरकर कहा, "रामलोचन! जो कुछ भाग्य में है उसे तो भोगना पड़ेगा ही, लेकिन तुमने अच्छा नहीं किया।"

रामसिंहासन की आशंका ठीक निकली। रामसजीवन ने लखनऊ पहुँचते ही रामसिंहासन के खिलाफ रियासत के बँटवारे का मुकदमा दायर कर दिया। रामसिंहासन घबराए हुए इलाहाबाद पहुँचे, क्योंकि प्रान्त के बड़े-बड़े वकील इलाहाबाद में ही थे, और वहाँ उन्हें उन वकीलों से यही पता चला कि राजा रामसमुझ रामसिंहासन के पक्ष में जो वसीयत कर गए हैं, वह अकाट्य है। इसके बाद वे लखनऊ आए और चूँकि मुकदमा लखनऊ के चीफ कोर्ट में दायर किया गया था, उन्होंने लखनऊ के सबसे बड़े वकील को कर लिया—लेकिन उस वकील की फीस बड़ी लम्बी थी।

राजा रामसिंहासन पिछले चुनाव में ही चपेट में आ गए थे, इस मुकदमे ने उनके लिए एक वास्तविक आर्थिक संकट पैदा कर दिया।

6

इंटर यूनिवर्सिटी क्रिकेट टूर्नामेंट के फाइनल में लखनऊ विश्वविद्यालय ने बम्बई विश्वविद्यालय को जो हराकर ट्राफी जीती उसकी खुशी के उपलक्ष्य में लखनऊ

यूनिवर्सिटी की क्रिकेट टीम के कप्तान श्री रामलोचन पांडे को अपने यहाँ एक डिनर देना पड़ा। उधर अखिल भारतीय संगीत प्रतियोगिता में लाइट म्यूजिक में तृतीय स्थान पाने पर रामानुज पांडे के म्यूजिक कॉलेज के सहयोगी उनसे पार्टी के तकाजे कर रहे थे। किफायतशारी के हिसाब से उन दोनों उत्सवों को एक साथ सम्मिलित कर लिया गया था। लिहाजा रामानुज और रामलोचन ने मिलकर शनिवार की शाम के समय एक शानदार उत्सव की योजना बना डाली।

बड़ी शानदार पार्टी थी वह! म्यूजिक कॉलेज के एक दर्जन संगीतज्ञ, लखनऊ विश्वविद्यालय के एक दर्जन क्रिकेट खिलाड़ी, इनके अलावा अवध के ताल्लुकदारों के एक दर्जन होनहार उत्तराधिकारी भी आमंत्रित थे। इन्हीं उत्तराधिकारियों में सेना के दो अफसर भी थे जो किसी तरह स्काच व्हिस्की की तीन बोतलें भी कैंटीन से निकाल लाए थे। सब लोगों के इकट्ठा होने के बाद संगीत का दौर चला और स्काच की बोतलें खुलीं।

उन बारह संगीतकारों में, जिन्हें रामानुज पांडे ने आमंत्रित किया था, छह लड़कियाँ—उन्हें स्त्रियाँ कहना अधिक उचित होगा यद्यपि वह और उनके साथ के सब लोग उन्हें लड़कियाँ ही कहते थे—भी थीं और इन छह में चार तो मध्यवर्गी खानदानों की बिगड़ैलें थीं, और दो खानदानी पेशेवर थीं जिन्हें उनकी माताओं ने वेश्यावृत्ति के पेशे से हटाकर उनका विवाह करने या उन्हें फिल्मी पेशा अपनाने के लिए, उनका सामाजिक परिवेश बदलने की गरज से म्यूजिक कॉलेज में भरती करा दिया था। इन्हीं में रशीदा नाम की एक लड़की थी जिसकी माँ हमीदा लखनऊ की मशहूर व खानदानी तवायफ थी। चूँकि हमीदा ठुमरी और गजल गाने में बेजोड़ थी, उसने रशीदा को भी अच्छी शिक्षा दी थी, और रशीदा को लाइट म्यूजिक की प्रतियोगिता में विशेष पुरस्कार मिला था।

रशीदा सुन्दर थी लेकिन रामानुज रशीदा से विशेष रूप से आकर्षित थे, कुछ तो रशीदा की सुन्दरता के कारण और कुछ उसके संगीत के कारण। रामानुज और उसके साथियों ने रशीदा का नाम 'रश्मि' रख दिया था—और स्वयं रशीदा को 'रश्मि' नाम बहुत पसन्द था। रश्मि हमेशा फिल्मों में हीरोइन बनने के सपने देखा करती थी। उसका भी रामानुज के प्रति एक तरह का लगाव हो गया था, और दोनों में समय-समय पर एकान्त में एक साथ बैठकर बम्बई चलके फिल्म

कम्पनी खोलने और फिल्मों में काम करने के मश्विरे भी होते रहते थे।

रामानुज के अनुरोध पर रशीदा ने जिस समय एक गजल गानी शुरू की, वह पार्टी अपने चरम उत्कर्ष पर थी। तीन दर्जन अतिथियों में एक दर्जन तो कुछ वैष्णव या गांधीवादी किस्म के न पीनेवाले लोग थे, एक दर्जन थोड़ा-थोड़ा पीकर रह गए थे, बाकी एक दर्जन लोगों ने मिलकर दो बोतलें खत्म करके तीसरी खोली थी। इधर रशीदा ने तान ली कि उधर बाहर से मोटर के हार्न की एक जोर की आवाज हुई। रामानुज तो शराब और संगीत के नशे में धुत था, रामलोचन उन बारह आदमियों में था जो एक या आधा पेग पीकर ही सब्र कर लेते थे। लिहाजा वह यह देखने के लिए बाहर निकला कि उस वक्त यह कौन-सा बवाल आ खड़ा हुआ है। और वह अपने बड़े भाई रामउदित को मोटर से उतरते देखकर सकपका गया, क्योंकि रामउदित की सात्विक परम्परा के कारण वह उनका आदर करता था और उनसे डरता भी था।

रामउदित ने रामलोचन की सकपकाहट ताड़ ली, उसने मुस्कराते हुए रामलोचन के कन्धे पर हाथ रखा, "मालूम होता है कोई पार्टी-वार्टी चल रही है, और तुम लोगों ने नाच-मुजरे का इन्तजाम भी कर रखा है। तो हम बड़े मौके से आ गए!" और नौकर को अपना असबाब रखने का आदेश देकर रामउदित रामलोचन के साथ ड्राइंगरूम में पहुँचा। उस समय तक रशीदा की वह गजल दुगाना बन चुकी थी, एक मिसरा रशीदा गाती थी दूसरा मिसरा रामानुज गाता था। चारों ओर से तालियाँ बज रही थीं और वाह-वाह हो रही थी। तो संगीत की इस तल्लीनता में रामानुज को पता ही नहीं चला कि कब रामउदित कमरे में आए, कब उन्होंने व्हिस्की का पेग पीना आरम्भ किया। जिस समय गाना समाप्त हुआ, और लोगों ने तालियाँ बजाईं तब रामउदित हाथ में शराब का गिलास लिये हुए रामानुज की तरफ बढ़े, "वाह अनुज! इतना बढ़िया गाते हो कि यह पतुरिया मात! तभी तुम्हें इनाम मिला है।"

रामउदित की इस बात से सारी महफिल में सन्नाटा छा गया, और रामानुज का चेहरा पीला पड़ गया। तभी रामलोचन ने बात सुधारी अपने बड़े भाई को समझाकर, "बड़के भाई, यह पतुरिया नहीं संगीत विद्यालय की सुप्रसिद्ध छात्रा रश्मिदेवी है। संगीत में इन्हें विशेष पुरस्कार मिला था।"

रामउदित के मन में आया कि वह कह दें—"अगर पतुरिया नहीं है तो एक दिन बन जाएगी', लेकिन उन्होंने संयम से काम लिया। रशीदा से माफी माँगते हुए उन्होंने कहा, "माफ करना रेशमीदेवी, बात यह है कि हम ठहरे दिहाती आदमी, शहरों में जो तरक्की हो रही है उसका हमें पता नहीं है। लेकिन हम इतना कह सकते हैं कि तुम गाती बहुत अच्छा हो, तबीयत खुश हो गई।" और इसके बाद उन्हें लगा कि उन्हें गिलास खाली कर देना चाहिए। लिहाजा गिलास खाली करके उन्होंने अपने गिलास में एक बड़ा पेग और भरा और उसमें सोडा मिलाते हुए बोले, "बात यह है कि बहुत थक गए थे। लेकिन भाग्य हमारे साथ था जो इस मौके पर आ पहुँचे। तो रेशमीरानी, लगे हाथों एक ठुमरी या दादरा और हो जाए। सुरा, संगीत और सुन्दरी—कितना सुन्दर संयोग है!" और अपनी आनुप्रासिक भाषा पर रामउदित स्वयं खिलखिलाकर हँस पड़े।

रामलोचन चकित रह गया था अपने बड़े भाई का यह रूप देखकर। बाबा राजा रामसमुझ पांडे ने जिस रामउदित को बड़े यत्न से धर्मशास्त्र, दर्शनशास्त्र और साहित्यशास्त्र की शिक्षा दी थी उसमें यह परिवर्तन कैसा? उस दिन उस समाज में वह एक बिलकुल नये रामउदित को देख रहा था, और रामउदित का यह रूप उसे बड़ा प्यारा लग रहा था। स्वस्थ और कान्तियुक्त, गोल-मटोल मुख, थोड़ा-सा स्थूलता की ओर झुकता हुआ मझोले कद से कुछ ऊपर उठता हुआ शरीर, गौर वर्ण! रामउदित सुन्दर है, प्रथम बार रामलोचन को इस बात का अनुभव हुआ। उसने कहा, "बड़े भाई, इनका नाम रेशमीदेवी नहीं रश्मिदेवी है।" और फिर मुस्कराकर उसने कहा, "आज बड़े रंग में दिखाई दे रहे हैं आप।"

"रंग तो तुम लोगों का है रामलोचन, और विशेष रूप से इन रश्मिदेवी का जिन्होंने मेरे हृदय में उमंगों की हिलोर संचरित कर दी है! कितना मोहक संगीत, कितना मधुर स्वर! सुन्दरता साकार होकर अवतरित हुई है इस पृथ्वी पर! मुझमें कालिदास की प्रतिभा नहीं है, मुझमें जयदेव का शब्द-लालित्य नहीं है—इसका मुझे दुख है!" रामउदित के इस कवित्व पर अनायास ही रामलोचन की ताली बज गई, और फिर क्या था, तालियों के स्वर से सारा वातावरण गूँजने लगा। इस हर्षोउल्लास में रशीदा भी बह गई, उसने हँसते हुए कहा, "कुँवर साहेब! मैं बड़ी खुशकिस्मत हूँ कि आपके नियाज हासिल हुए।"

रामउदित ने इस बार गौर से रशीदा को देखा, फिर गम्भीरतापूर्वक उन्होंने कहा, "तो तुम्हारा नाम तो रश्मिदेवी तो न होई, हम यू शर्त लगाय कि कहि सकित हन! जब हम पी लेइत हन तो हमार बुद्धि खुलि जात है—यू समुझि राखौ! मुला हौ तुम बलाय की खूबसूरत!"

रामउदित अब ठेठ अवधी पर उतर आए थे, और रामलोचन को पूरा-पूरा मजा आने लगा था। लेकिन रामानुज का पीला चेहरा अब कुछ तमतमा उठा था। उसने घड़ी देखते हुए कहा, "लोचन! अब नौ बज रहे हैं। खाना लग गया है—तो खा लिया जाए! इन महिलाओं को समय से इनके घर पहुँचाना होगा!"

राजा रामसिंहासन ने गोमती पार न्यू हैदराबाद में एक बँगला किराए पर ले दिया था अपने इन दोनों पुत्रों के लिए। उस बँगले में जो सबसे अच्छा कमरा था उसे सजाकर उन्होंने अपने लिए सुरक्षित कर दिया था जिसमें जब कभी वह लखनऊ आते थे तब ठहरते थे। रामउदित का असबाब उसी कमरे में रखा गया था। खाना खाने के बाद रशीदा को उनके घर पहुँचाने के लिए जब रामानुज उसके साथ जाने लगा तब रामउदित ने रामलोचन को अपने पास बुलाकर धीमे स्वर में पूछा, "लोचन! क्या यह लौंडिया अनुज के साथ यहाँ जब-तब आती रहती है?"

रामलोचन को झूठ बोलना पड़ा, "मैंने तो इसे आज ही देखा है यहाँ बड़के भाई! लेकिन सुना है कि चौक के किसी रईस की लड़की है—मझले भाई ने ही बताया था—उनके साथ म्यूजिक कॉलेज में इसकी दोस्ती हो गई है।"

रामउदित काफी पी गए थे, आँखें मिचमिचाते हुए वह बड़बड़ाए, "रंडी लगती है, ससुरी रंडी।" फिर अपने को सँभालते हुए वह बोले, "लोचन! अनुज का बियाह तै हो रहा है। ज़रा अनुज पर आँखी राख्यो—कहूँ ई लौंडिया के चक्कर मां न पड़ि जाय। वैसे आय यू बलाय की खूबसूरत हरामजादी!" और रामउदित को नींद आ रही थी इसलिए वह अपने कमरे में चले गए।

दूसरे दिन सुबह जब तीनों भाई नाश्ता करने बैठे रामउदित ने अपने दोनों भाइयों से कहा, "सुनो अनुज और लोचन, पिता जी ने हमें अपने मुकदमे की पैरवी के लिए भेजा है। अगले हफ्ते से हमारा मुकदमा शुरू होनेवाला है, हमारे वकील ने पिता जी को यह सूचना भेजी थी। तो जब तक मुकदमे का फैसला

न हो जाए तब तक हमें यहाँ रहकर वकील साहेब को सब कुछ बतलाना है, मुकदमे की पैरवी करनी है।"

रामलोचन को यह खबर सुनकर बड़ी प्रसन्नता हुई। बात यह है कि राजा रामसिंहासन ने इन दोनों भाइयों के लिए एक ताँगा खरीद दिया था। लेकिन ताँगे का प्रयोग रामानुज ही करते थे क्योंकि उसका कॉलेज गोमती के पार था, जबकि रामलोचन का विश्वविद्यालय गोमती के इसी पार था इसलिए रामलोचन अकसर पैदल ही चला जाया करता था। रामउदित रियासत से कार पर आए थे और चूँकि गभीरा में दो मोटरें थीं इसलिए यह तै था कि जिस कार से रामउदित आए थे वह कार भी गभीरा से इस पैरवी के सिलसिले में लखनऊ भेजी गई होगी। रामलोचन यह भी जानता था कि रामउदित आलसी और आराम-पसन्द आदमी हैं, लिहाजा वह अकसर घर पर ही रहा करेंगे, कार उसके कब्जे में ही रहेगी क्योंकि वह मोटर ड्राइविंग भी अच्छी जानता था।

उसने कहा, "बड़के भाई, इस पैरवी में तो आपको बड़ी दौड़-धूप करनी पड़ेगी।"

रामउदित बोला, "हाँ, इसमें भी कोई शक है। और दौड़-धूप का काम हमारे वश का नहीं है!"

रामलोचन ने आश्वासन दिया, "बड़के भइया, किसी तरह की फिक्र न करना। तुम्हारी सेवा के लिए हम तो हैं।"

रामउदित मुस्कराए, "हाँ लोचन! तुम हो, अनुज हैं। तुम लोगों से हमें बड़ा सहारा मिलेगा। लेकिन राज में पिताजी अकेले रह गए हैं तो उन्होंने कहा है कि तुम दोनों में एक को हम गभीरा भेज दें। उनका हाथ बटानेवाला भी तो वहाँ किसी को होना चाहिए।"

रामानुज का माथा ठनका। उसने उड़ती हुई खबर सुनी थी उसके विवाह की बात चल रही है बलिया के पंडित नीलमणि मिश्र की एकमात्र कन्या के साथ। पंडित नीलमणि मिश्र बलिया जिला के विख्यात गुंडे थे, साथ में काफी बड़े और सम्पन्न जमींदार! लोगों को लुटवा देना या सरेआम कत्ल करा देना उनके बाएँ हाथ का खेल था। जिले भर के लोग नीलमणि के नाम से थरथर काँपते थे, पुलिसवाले घबराते थे उनसे। और नीलमणि की कन्या की ख्याति भी बहुत

सन्तोषजनक नहीं थी। लम्बी और तगड़ी-सी स्त्री, वैसे तो खुलते हुए रंग की थी, लेकिन आगे के दो दाँत निकले हुए थे। पिता की लाड़ली—लेकिन स्वभाव की जिद्दी और हथछुट, घर के नौकर-चाकरों पर उसका आतंक था कि कहीं कोड़ा लेकर उन पर टूट न पड़े।

रामानुज ने कहा, "बड़के भाई, पिता जी को भला सहारे की क्या आवश्यकता! सरबराकार और जिलेदार तो हैं ही उनका हाथ बँटाने के लिए! फिर पिता जी को ऐसा कुशल आदमी नहीं मिलेगा कहीं।"

रामउदित ने ज़रा धीमे स्वर में कहा, "यह जितने अमले हैं सब खुद लूटते-खाते हैं, निहायत बेईमान, और उधर पिता जी की मानसिक हालत भी जब से वह चुनाव हारे हैं अच्छी नहीं है। सुबह-शाम भाँग छानते हैं और गड़गप्प पड़े रहते हैं। अच्छा लोचन, तुम्हारी पढ़ाई-लिखाई कैसी चल रही है?"

"इस साल बी.ए. की परीक्षा देनी है बड़के भाई!" रामलोचन बोला।

"पास तो हो जाओगे या इस साल फिर गोता लगाने का इरादा है?" रामउदित ने हँसते हुए पूछा।

उल्लास के साथ रामलोचन बोला, "पास हो जाने के पूरे योग हैं बड़के भाई! सब प्रोफेसरों ने वादा कर लिया है कि अपने-अपने परचों में हमें पास कर देंगे, बाहर के परीक्षकों से भी हमारी सिफारिश कर देंगे। बस एक डॉक्टर लघाटे हैं जिनका कहना है स्पोर्ट जंगली प्रकृति की चीज है। तो उनसे हमारे साथियों ने समझ लेने का वादा किया है। वैसे आजकल वह खुद मुलायम पड़ रहे हैं।"

"ठीक है, बी.ए. पास करके तुम वकालत पढ़ो और यहीं लखनऊ में वकालत करो। और फिर देखें कौन साला हम लोगों के खिलाफ मुकदमाबाजी करता है!" और यह कहकर वह रामानुज की ओर घूमे, "अनुज! तुम्हारे तौर-तरीके अच्छे नहीं दिखते। यह गाना-बजाना—हम ब्राह्मणों को और ताल्लुकदारों को शोभा नहीं देता। तो पिताजी ने कहा है कि अनुज को गभीरा भेज देना। दो-एक दिन में तुम्हें गभीरा जाना है राज का कामकाज सँभालने के लिए।"

"मुझे राज के कामकाज में कोई दिलचस्पी नहीं है।" कुछ बिगड़ते हुए रामानुज बोला।

"खाने-पीने में और मौज-मजे में तो दिलचस्पी है तुम्हें! तौन यह खर्च राज

की आमदनी से ही चलता है। कल शाम को तुम्हें गभीरा जाना है—यह तुम मेरी नहीं, राजासाहेब की आज्ञा समझो।" और रामउदित उठ खड़े हुए, "इस वक्त हमें बैरिस्टर रामेश्वरनाथ के यहाँ जाना है, वही हमारी पैरवी कर रहे हैं। लोचन! तुम हमारे साथ चलो।"

7

रशीदा से रामानुज को प्रेम हो गया था, यह सत्य स्वयं रामानुज पर उस दिन प्रकट हुआ जिस दिन उसके बड़े भाई रामउदित ने उसे गभीरा जाने का आदेश दिया। रामानुज दिनभर घर में उदास लेटा रहा, उस दिन उससे खाया-पिया भी नहीं गया। शाम के समय वह घर से निकला।

शाम के समय रामउदित को फिर बैरिस्टर रामेश्वरनाथ के यहाँ जाना था, उन्होंने फिर रामलोचन को अपने साथ ले लिया, रामानुज का उन्हें खयाल ही नहीं आया। करीब आठ बजे रात को रामेश्वरनाथ के यहाँ से लौटते हुए हजरतगंज की एक शराब की दुकान के सामने रामउदित ने कार धीमी की, "काहे हो लोचन! यह मुकदमाबाजी भी बड़ी बुरी बला है। बात करते-करते मूड़ पिराने लगा है। लेकिन किया क्या जाए, अब तो गले आकर पड़ी है।"

रामउदित की बात न समझते हुए भी रामलोचन ने सिर हिलाया, "इसमें क्या शक है बड़के भाई!"

रामउदित ने अब ठीक शराब की दुकान के सामने कार रोक दी, "तौन सोच हम यह रहे हैं कि सोने के पहले एक-आध पेग ले लिया जाए। उस ससुरी भाँग से तो और भी सिर पिराने लगता है!"

रामलोचन मुस्कराया, "हाँ बड़के भाई, यह भाँग बड़ी वाहियात चीज है, आदमी को गदहा बना देती है। हमें तो भाँग देखते ही बुखार चढ़ने लगता है। अगर पीनी है तो दारू पी जाए, वह भी थोड़ी-सी कभी-कभी।"

रामउदित जैसे उछल पड़े, "क्या बात कही लोचन! थोड़ी-सी और कभी-कभी! दारू है न, तो दवा-दारू भी भला कहीं रोज-रोज पी जाती है, रोज पीने की चीज

तो है भाँग, बमभोले शंकर का प्रसाद! हाँ, लोचन तो एक बोतल व्हिस्की ले ली जाए। कौन अच्छी होती है? जानीवाकर, जानहेग, ब्लैक एंड व्हाइट?"

"सब एक-सी ही होती हैं बड़के भाई!" रामलोचन ने कार से उतरते हुए कहा, "यहाँ तो जब किसी ने पिला दी तब पी ली चाहे रम हुई, चाहे व्हिस्की। देसी ठर्रा नहीं पिया जाता, बड़ा बदजायका होता है!"

"अच्छा तो जानीवाकर की एक बोतल ले लो, बदल-बदलकर जायका देखा जाएगा।"

रामलोचन जानीवाकर की एक बोतल ले आया, कार चल पड़ी।

जब दोनों घर पहुँचे, रात के सवा आठ बजे थे। रामउदित हाथ-मुँह धोकर बैठ गए और उन्होंने व्हिस्की की बोतल खोली, "आओ लोचन! तुम भी थोड़ी-सी ले लो, तुम भी थक गए होगे!"

"नहीं बड़के भइया, मैं बिलकुल नहीं थका हूँ, कल रात थोड़ी-सी पी ली थी तो चार-छै दिन के लिए काफी समझिए!"

"अरे साथ देने के लिए थोड़ी-सी ले लो, कम-से-कम आज के दिन!" रामउदित के स्वर में आग्रह था जिसे रामलोचन नहीं टाल सका।

दोनों भाई पीते जाते थे और मुकदमे की बातें करते जाते थे। एकाएक रामउदित ने पूछा, "लोचन! अनुज घर में नहीं है क्या? उसे भी बुला लेते!"

"नहीं, मझले भाई शायद अपने संगी-साथियों से मिलने चले गए हैं। कल गभीरा जाना है उन्हें!"

"गभीरा जाना है उसे?" और जैसे रामउदित को कुछ याद आ गया, "हाँ, ठीक कहा, कल गभीरा जाना है उसे! अच्छा लोचन, वह लौंडिया, क्या नाम है उसका, जिसने कल गजल गाई थी?"

"रशीदा से तो आपका मतलब नहीं?" रामलोचन ने पूछा।

"कौन रसीदा? अरे वह खूबसूरत लौंडिया—क्या नाम बतलाया था उसका अनुज ने—रश्मिदेवी।"

रामलोचन खिलखिलाकर हँस पड़ा, "हाँ-हाँ! मझले भाई ने उसका नाम रश्मि रख दिया है, वैसे उसका नाम रशीदा है। लखनऊ की मशहूर तवाइफ की लड़की है। इंटरमीडिएट में पढ़ती है और म्यूजिक कॉलेज में गाना सीखती है।"

अपने मुख पर विजय की मुद्रा के साथ रामउदित ने हलकी-सी मुस्कान के साथ कहा, "तो फिर हमारा अनुमान गलत नहीं था। अनुज की उससे बड़ी गहरी दोस्ती दिखती है।"

रामलोचन ने कुछ गम्भीर होकर कहा, "क्या बतावें बड़के भाई, मझले भाई शायद उससे प्रेम करने लगे हैं। हमने उन्हें बहुत समझाया कि कहीं वह उससे ब्याह न कर बैठें, तो वहाँ तो वह हमारी बात मान गए हैं, लेकिन आदमी की मति का कोई ठिकाना नहीं!" और दूसरा पेग लेते हुए रामलोचन ने कहा, "आपने ठीक किया मझले भाई को गभीरा भेज के!

रामउदित बोले, "लगता है यह अनुज उस हरामजादी रशीदा के यहाँ गया है। तुम रशीदा का मकान जानते हो?"

"गया तो नहीं हूँ लेकिन दूर से वह मकान देखा जरूर है मैंने। चौक में रहती है—बड़ी मशहूर जगह है!"

रामउदित उठ खड़े हुए, "चलो लोचन हमारे साथ! अनुज को उस रशीदा के घर में रँगे हाथों पकड़ा जाए। यह तो कुल की नाक काटने पर तुल गया है।"

रामलोचन को भी अब स्थिति की गम्भीरता का बोध होने लगा था, "चलिए बड़के भइया! यह तो बड़ा खराब काम है!"

रशीदा की माँ हमीदा को जब यह पता चला कि उसके घर में गभीरा ताल्लुका के उत्तराधिकारी आए हैं तो उसने इन दोनों भाइयों की बड़ी खातिर की। यही नहीं, हमीदा ने रो-रोकर रामउदित को बतलाया कि रशीदा की मति मारी गई है, वह रामानुज के साथ मिलकर फिल्मों में काम करना चाहती है। और उसने रामउदित से प्रार्थना की कि वह रामानुज को समझावें-बुझावें। वह रामानुज के साथ रशीदा का ब्याह करने को राजी है, लेकिन फिल्मों में जाना पसन्द नहीं है क्योंकि बुढ़ापे में वह अकेली रह जाएगी—लखनऊ में उसकी जो जायदाद है वह नष्ट हो जाएगी। उसने यह भी बतलाया कि रशीदा शायद रामानुज और दो-चार लड़के-लड़कियों के साथ सिनेमा गई है।

हमीदा के घर से लौटते हुए रामउदित बहुत गम्भीर हो गए थे, "सुना लोचन! बात यहाँ तक पहुँच गई है! हमने ठीक ही किया अनुज को गभीरा भेज के—उसका विवाह भर हो जाए तो फिर नीलमणि मिसिर उसे ऐसा समझेंगे कि छठी-पसनी

याद आ जाएगी! अनुज को डूबने से बचाना हम सबका कर्तव्य है।"

दूसरे दिन रामानुज गभीरा चला गया और उसके जाने के बाद रामलोचन को लगा कि जैसे लखनऊ का वातावरण ही बदल गया हो। वह अकेला रह गया। रामउदित दिन-भर कमरे में पड़े रहा करते थे, शाम के समय वह मुदकमे की पैरवी के सिलसिले में निकल जाते थे और अकसर बारह बजे रात को वापस लौटते थे—पिए हुए।

रामलोचन नियमित रूप से यूनिवर्सिटी जाता था और मन लगाकर पढ़ने की कोशिश भी करता था। लेकिन सरस्वती जैसे उससे रूठी हुई हों, उसकी समझ में कुछ भी नहीं आता था। सन् 1947 में उसने किसी तरह प्रोफेसर की खुशामद करके थर्ड डिवीजन में बी.ए. पास कर लिया। लेकिन खेलकूद में रामलोचन को अखिल भारतीय ख्याति मिलती जा रही थी। उसके क्रिकेट के खेल से प्रभावित होकर संयुक्तप्रान्त किक्रेट टीम के संयोजकों ने रंजी ट्राफी प्रतियोगिता में भाग लेने के लिए संयुक्तप्रान्त की जो क्रिकेट टीम बनी थी, उसमें उसे सम्मिलित कर लिया था। रामलोचन के पास पैसा था, व्यक्तित्व था और खेलने का कौशल था—वह अपने में मगन था।

अगस्त के महीने में भारतवर्ष स्वतंत्र हो गया। रामलोचन की समझ में इस स्वतंत्रता का महत्त्व केवल इतना था कि स्वतंत्र भारत की क्रिकेट टीम में सम्मिलित होकर वह देश-विदेश घूम सकेगा। और इस भावना से वह प्रसन्न था।

दिसम्बर का महीना था और रामलोचन बम्बई से रंजी ट्राफी का मैच खेलकर लौटा था। वहाँ उसने पहली इनिंग में सैकड़ा बनाया था और यद्यपि संयुक्तप्रान्त हार गया था, रामलोचन के खेल की बड़ी प्रशंसा हुई थी। विदेश में टेस्ट मैच में जानेवाली भारतीय टीम में सम्मिलित होने के कारण लोगों को दावतें देने और खातिरतवाजा करने में रामलोचन का सब रुपया खर्च हो गया, अपने साथियों से थोड़ा-बहुत कर्ज भी लेना पड़ा था उसे। रामउदित को उसने तार-पर-तार दिये थे, लेकिन न रामउदित ने पत्र भेजा और न उसके तारों का कोई जवाब दिया। नतीजा यह हुआ कि उस ठसाठस भरी हुई ट्रेन के थर्ड क्लास कम्पार्टमेंट में बैठकर रामलोचन को लखनऊ लौटना पड़ा था। उसका मिजाज बेहद बिगड़ा हुआ था।

करीब नौ बजे रात जब वह स्टेशन से अपने बँगले पर पहुँचा, उसने देखा

कि लखनऊ के रईसों और ताल्लुकदारों का एक शानदार डिनर हो रहा है। कपड़े बदलकर रामलोचन भी उस डिनर में सम्मिलित हो गया। रामउदित ने बतलाया कि तीन दिन पहले चीफ कोर्ट ने मुकदमे का फैसला कर दिया है, और रामसजीवन हार गए हैं। रामउदित ने कहा, "चलो छुटकारा मिला। लेकिन हमारा सब रुपया खतम हो गया है, इसलिए हम तुम्हें रुपया नहीं भेज सके। अनुज के हाथ हमने रुपया मँगाया है, कल आने की बात थी, सोचा शायद आज आवे, लेकिन अभी तक नहीं आया। समझ में नहीं आता—घर में मुश्किल से पचास-साठ रुपये होंगे। बैरिस्टर साहेब का शुकराना देना है...।"

"लेकिन यह शानदार दावत जो आपने दे डाली बड़के भइया!"

"अरे इस सबका तो बिल आवेगा। हमने कौन नकद दिया है! तो अपना जी मत छोटा करो खुशी मनाओ कि हम लोग जीत गए हैं।"

दूसरे दिन भी जब दोपहर तक रामानुज नहीं आए तो रामउदित की चिन्ता बढ़ी। उन्होंने रामलोचन से कहा, "लोचन, तुम कार लेकर गभीरा चले जाओ। देखो जाकर कि कहीं अनुज की तबीयत-वबीअत तो नहीं खराब हो गई है। लेकिन रुकना नहीं, रुपया लेकर सीधे चले आना।"

रामलोचन गभीरा पहुँचा, वहाँ भी हर्ष-उल्लास का वातावरण था मुकदमे की जीत पर। राजा रामसिंहासन ने उसे बतलाया कि रामानुज पिछले दिन ही बीस हजार रुपया लेकर कार से चला गया है। इलाहाबाद बैंक के सामने वह रुपया लेकर उतर गया और उसने कार भिजवा दी। अपना असबाब भी वह कार में ले गया था।

रामलोचन सन्नाटे में आ गया, "मझले भाई तो आज दोपहर तक नहीं पहुँचे। बड़के भाई के पास एक भी पैसा नहीं है, बड़े संकट में हैं।"

रामसिंहासन बोले, "हमारे पास जो रुपया था सो तो हमने अनुज को दे दिया—देखो अपनी अम्मा के पास, कुछ हो!"

रानी प्रभावती से दो हजार रुपये लेकर वह गभीरा से उसी समय चल दिया। अपने बँगले में पहुँचकर उसने देखा कि वहाँ एक हंगामा मचा हुआ है। ड्राइंगरूम में रामउदित सिर पकड़े बैठे हैं और हमीदा गाली बकती हुई कह रही है, "कहाँ उड़ा ले गए हो मेरी लौंडिया को तुम लोग! कल शाम को वह हरामजादा रामानुज आया था, रशीदा को साथ ले गया कहकर कि तुमने उसे बुलाया है। और रात

को रशीदा नहीं लौटी। सुबह जब मैं उसके कमरे में गई तो देखा कि उसका ट्रंक और उसके गहने-कपड़े गायब हैं—वह गहने-कपड़े भी अपने साथ ले गई है। मैं थाने जा रही हूँ, एक-एक को हथकड़ी लगवा दूँगी! खैरियत इसी में है कि रशीदा को वापस कर दो।"

"मैंने रशीदा को कभी नहीं बुलाया और रामानुज तो गभीरा में है।"

तब तक रामलोचन ने कहा, "बड़के भाई, अनुज गभीरा से बीस हजार रुपये लेकर कल सुबह यहाँ के लिए चल दिये हैं, अपना असबाब भी अपने साथ लेते आए हैं।"

रामउदित एक झटके के साथ उठ खड़े हुए, "हाय राम! यह तो गजब हो गया!" और हमीदा की ओर मुँह करके वह गरज उठे, "तुम्हारी लौंडिया अनुज को भगा ले गई है हमारे बीस हजार रुपयों के साथ। सत्यानाश हो गया है हम लोगों का।"

रामउदित रामानुज के गायब हो जाने की और हमीदा रशीदा के गायब हो जाने की रिपोर्ट लिखाने के लिए साथ-साथ वहाँ से निकले, और रामलोचन देर तक इस घटना पर हँसता रहा।

8

रामलोचन के सामने ही उसकी दुनिया नष्ट होती जा रही थी। इस मुकदमेबाजी, रामउदित की फिजूलखर्ची तथा रामानुज के बीस हजार रुपये लेकर गायब हो जाने के फलस्वरूप उसके पिता राजा रामसिंहासन पर पचास हजार रुपये का कर्ज हो गया था। इन लोगों को लखनऊवाला बँगला छोड़ देना पड़ा, रामउदित गभीरा चले गए और रामलोचन हॉस्टल में भरती हो गया। यही नहीं, लखनऊ में रामलोचन का खर्च भी अनियमित रूप से आने लगा। रामलोचन के सामने अब अपने भविष्य की चिन्ता खड़ी हो गई।

सन् 1950 में जमींदारी उन्मूलन बिल के पास आते ही जैसे रामलोचन के पैरों के नीचे से जमीन खिसक गई। राजा रामसिंहासन के पास रह गया अब उनका

महल, उनकी चार सौ एकड़ की सीर और उनके ऊपर पचास हजार रुपये का कर्ज। एक भयानक कटुता जाग पड़ी थी, राजा रामसिंहासन के अन्दर, लेकिन यह कटुता केवल घुटन बनकर रह गई।

घर की हालत अब बहुत बिगड़ गई थी, नौकर-चाकर बरखास्त कर दिये गए थे, दोनों मोटर कारें बेच दी गईं, घोड़े और मवेशी बेचे गए और इस तरह किसी तरह घर का खर्च चलने लगा। ताल्लुखा के बदले के कुछ सरकारी बांड, जिनका भुगतान पच्चीस साल बाद होना था, उन्हें आधे-परदे दामों पर बेचकर कर्ज चुकाया गया। रामलोचन ने किसी तरह एम.ए. प्रीवियस तो पास कर लिया इतिहास में, लेकिन रामसिंहासन के पास अब साधन नहीं थे कि वह रामलोचन की शिक्षा का भार उठा सके। रामलोचन गभीरा में रहकर ही अपने बड़े भाई के साथ चार सौ एकड़ का फार्म बनाने और सँभालने चला गया।

उस दिन रामलोचन लखनऊ गया था एक ट्रैक्टर और पम्पिंग सेट खरीदने। व्हीलर के बुकस्टाल पर वह कुछ अखबार खरीदने को खड़ा हो गया, और एकाएक चकित होकर वह विलायती मैगजीन के कुछ रंगीन चित्रों को देखने लगा। ये चित्र 'रामानुज-रश्मि' डांस-ड्रामा के ट्रुप के थे जो लन्दन में अपनी कला का प्रदर्शन कर रहा था। तो रामानुज और रशीदा का पता मिल गया उसे—पत्रिका खरीदकर वह गभीरा वापस लौटा।

रामलोचन को अगर यह पता होता कि रामानुज की कुशलक्षेम पाने का इतना भयानक परिणाम होगा तो वह उस पत्रिका को अपने पिता को न दिखाता। रामानुज और रशीदा के चित्रों को देखकर रामसिंहासन का चेहरा पीला पड़ गया, "लगता है अनुज ने इस मुसलमानिन से शादी कर ली है और नाच-गाने का पेशा अपना लिया है!" कमजोर स्वर में वह कह उठे।

रामलोचन ने उन्हें समझाने की कोशिश की, "पिताजी, हमारा ख्याल है कि शादी नहीं की होगी—फिर नाच-गाना तो आज की संस्कृति का भाग बन गया है—देखिए न विलायत में कितनी तारीफ हो रही है!"

रामसिंहासन ने केवल इतना कहा, "इस परिवार पर अभिशाप ही अभिशाप है!" और वह उठकर बाहर चले गए।

उस शाम रामसिंहासन ने गहरी भाँग छानी और सुबह जब सोकर उठे तो

उन्हें लगा कि उनके शरीर का बायाँ भाग सुन्न हो गया है तथा वह उठ सकने में असमर्थ हैं। सब लोग इकट्ठा हुए—पक्षाघात हो गया था उन्हें। और दोपहर के समय उन्हें लखनऊ लाकर मेडिकल कॉलेज में दाखिल कर दिया गया।

रामउदित तो रामसिंहासन को मेडिकल कॉलेज में दाखिल करके गभीरा लौट गए, रानी प्रभावती के साथ रामलोचन को रामसिंहासन की तीमारदारी के लिए लखनऊ रुकना पड़ा।

भटकल रियासत के राजा पृथ्वीपालसिंह के पौत्र राजा महिपालसिंह ने लखनऊ में बसकर पम्पिंग सेटों की एजेंसी ले ली थी, क्योंकि उनकी हालत भी जमींदारी उन्मूलन के बाद बिगड़ गई थी। उनके पिता राजा जयपालसिंह ने दान-धर्म की झोंक में सब कुछ स्वाहा कर दिया था, और महिपालसिंह अपने कारिन्दों पर अपने फार्म की जमींदारी छोड़कर लखनऊ आ बसे थे। राजा महिपालसिंह और राजा रामसिंहासन की अच्छी-खासी मित्रता थी—दोनों समवयस्क थे और साथ-साथ पढ़े थे। तो राजा महिपालसिंह अपनी कोठी के एक भाग में रामसिंहासन को मेडिकल कॉलेज से ले आए। लम्बी बीमारी थी—लम्बा इलाज था।

मेडिकल कॉलेज के इलाज से राजा रामसिंहासन को लाभ हुआ, लेकिन रामसिंहासन की चिन्ता बढ़ती जा रही थी। उनकी चिन्ता का मुख्य केन्द्र था रामलोचन। रामसिंहासन चाहते थे कि रामलोचन कहीं काम से लग जाए। लेकिन लगातार थर्ड डिवीजन में पास होनेवाला रामलोचन, जिसकी कांग्रेसी क्षेत्रों में कोई पहुँच नहीं थी—उसे भला काम कहाँ से मिलता? जब रामसिंहासन ने महिपालसिंह पर अपनी चिन्ता प्रकट की तो महिपालसिंह ने कुछ सोचकर कहा, "हमारी बुआ की लड़की धनवन्ती के पति ठाकुर जबरसिंह यहाँ डिप्टी मिनिस्टर हैं।"

रामसिंहासन को जैसे आशा की एक क्षीण प्रकाश-रेखा दिखी, "तो धनवन्ती से कहके कहीं लोचन को लगवा दो महिपाल! हमारी चिन्ता तो दूर हो।"

तीन-चार दिन बाद महिपालसिंह रामलोचन को साथ लेकर जबरसिंह के बँगले पर पहुँचे। जबरसिंह दौरे पर गए थे, महिपालसिंह ने धनवन्ती को खबर कराई। धनवन्त कुँवर के पास जाकर रामलोचन ने बुआ के नाते उनके पैर छुए और महिपालसिंह ने मुस्कराते हुए कहा, "यह है तुम्हारा भतीजा रामलोचन पांडे—राजा रामसिंहासन का सबसे छोटा लड़का।"

धनवन्तकुँवर ने आशीर्वाद दिया, "फूलो-फलो बचवा!" और फिर वह महिपालसिंह से भटकल की और अपने मामा जैपालसिंह की कुशलक्षेम पूछने लगी।

महिपालसिंह ने एक ठंडी साँस लेकर कहा, "कहाँ कुशलक्षेम और किसका कुशलक्षेम बहिना! इस कांग्रेसी सरकार ने तो हम ताल्लुकदारों को तबाह करके रख दिया है। हम लोगों के भूखों मरने की नौबत आ गई है। देखो न रामसिंहासन का यह लड़का दर-दर की ठोकरें खा रहा है और इधर रामसिंहासन बीमार पड़े हैं, हमारे घर में।"

धनवन्तकुँवर पिघल गईं, उन्होंने करुण दृष्टि से रामलोचन को देखकर कहा, "क्या कर रहे हो बचवा?"

रामलोचन के उत्तर देने के पहले ही महिपालसिंह बोल उठे, "बी.ए. पास है। एम.ए. प्रीवियस करके पढ़ाई बन्द हो गई, रामसिंहासन पर एक तो उनके भाई से मुकदमेबाजी में कर्ज हो गया, फिर यह जमींदारी चली गई, लकवा मार गया उन्हें, अब तो हालत सम्हल रही है। कुल तीन-चार सौ बीघा की खेती बची है तो उनका जेठा लड़का रामउदित सँभाल रहा है। यह बड़ा मशहूर खिलाड़ी रहा है, विलायत जाने की बात थी लेकिन भाग्य को क्या किया जाए! तो रामसिंहासन ने कहा कि तुम्हारी शरण में हम इसे ले जाएँ। इसीलिए बहिना सुबह-सुबह तुम्हें कष्ट दिया है।"

उदास भाव से धनवन्तकुँवर ने रामलोचन को देखा, फिर धीरे से उसने कहा, "कैसा फूल ऐस बिटवा हैं रामसिंहासन के, लेकिन भगवान की मरजी।" और फिर उन्होंने रामलोचन से कहा, "वह तो दौरे पर गए हैं। परसों लौटेंगे। तो हम उनसे कहके कोई अच्छा-सा काम दिला देंगी तुम्हें। और इसे अपना ही घर समझो, जब-तब आ जाया करो।" और जैसे धनवन्तकुँवर को कुछ याद हो आया हो, "थानेदारी का चुनाव होनेवाला है शायद, बड़ी सिफारिशें आ रही हैं इनके पास। तो तुम तो हम लोगों के आदमी ठहरे, अगर चाहो तो थानेदारी के चुनाव में लिए जा सकते हो।"

रामलोचन का मुँह बिगड़ गया, दबी जबान उसने कहा, "थानेदारी?"

और तभी महिपालसिंह ने रामलोचन की बात काटी, "हाँ, थानेदारी! फिर डी.एस.पी. फिर एस.पी. फिर डी.आई.जी.! हट्टे-कट्टे आदमी हो, स्पोर्ट्समैन

और बहादुर। थानेदारी में चमक जाओगे! रामलोचन, तुम्हारे चेहरे से रौब टपकता है!"

और रामलोचन को कहना पड़ा, "जैसी आज्ञा बुआजी, हमें तो काम चाहिए।"

"तो फिर परसों सुबह के समय आ जाना हमारे पास।" धनवन्ती ने उत्तर दिया।

रामलोचन धनवन्तकुँवर के पैर छूकर महिपालसिंह के साथ लौट आया।

तीसरे दिन सुबह रामलोचन जबरसिंह के बँगले पर पहुँचा। जबरसिंह सुबह की गाड़ी से लौट आए थे और नहा-धोकर नाश्ता करने बैठे थे, बाहर बरामदे में गाँव वालों की भीड़ इकट्ठा थी। धनवन्तकुँवर ने रामलोचन को भीतर बुलवा लिया। रामलोचन ने जबरसिंह के पैर छुए तो जबरसिंह ने आश्चर्य से कहा, "तुम कौन हो?"

उत्तर धनवन्तकुँवर ने दिया, "यह हमारे भतीजे रामलोचन पांडे हैं, राजा रामसिंहासन के छोटे बिटवा। तो हमने इन्हें नौकरी दिलाने को बुलाया है—थानेदारी के चुनाव में।" और धनवन्तकुँवर ने रामलोचन के सामने नाश्ता और चाय का प्याला बढ़ाया।

जबरसिंह ने रामलोचन पांडे को सिर से पैर तक देखा, उसकी शक्ल उन्हें बुरी नहीं लगी। उन्हीं की तरह लम्बा-तगड़ा आदमी, उनकी अपेक्षा कुछ ज्यादा स्वस्थ। चेहरे पर दृढ़ता। जबरसिंह ने पूछा, "कहाँ तक पढ़े हो?"

"एम.ए. प्रीवियस पास किया है, थर्ड डिवीजनर हूँ, फाइनल में पढ़ने की सामर्थ्य नहीं है।"

जबरसिंह हँस पड़े, "हमारी सरकार ने जमींदारी खत्म कर दी है, यह मेहनतकश मजदूरों और किसानों का राजा है, शोषण और उत्पीड़न बन्द! अच्छी बात है, आज दोपहर के समय हमसे हमारे दफ्तर में मिलना—थानेदारी के लिए चुन लिये जाओगे, प्रार्थनापत्र हम लिखा देंगे। चुनाव हमारे ही हाथ में है।"

9

इंसपेक्टर जनरल पुलिस से लेकर पुलिस के हरेक नीचे-से-नीचे आदमी को पता था कि रामलोचन पांडे मिनिस्टर जबरसिंह के आदमी हैं, लेकिन फिर भी किसी

आदमी में रामलोचन के प्रति विद्वेष नहीं था। अच्छा खिलाड़ी, खुशमिजाज और हँसमुख, निर्भीक और ईमानदार—रामलोचन तेजी से उन्नति करने लगा, जबरसिंह के प्रभाव से कम, अपनी योग्यता के कारण अधिक।

सात-आठ वर्ष इधर-उधर घूमने के बाद रामलोचन का तबादिला लखनऊ में हो गया सर्किल इंसपेक्टर की हैसियत से—यह बात सन् 1960 की है। उन दिनों जबरसिंह डिप्टी मिनिस्टरी से उठकर होम मिनिस्टर बन गए थे। पुलिस के खेलों के सिलसिले में इंसपेक्टर जनरल तथा डी.आई.जी. को उसने काफी प्रभावित किया। जबरसिंह तो कम, धनवन्तकुँवर उसे अपने सगे भतीजे की भाँति मानने लगीं—अकसर बुआ अपने भतीजे को बुलवा लेती थी।

मुहर्रम का जमाना था और लखनऊ में शिया-सुन्नियों का तनाव बढ़ता जा रहा था। आशंका इस बात की थी कि कहीं शिया-सुन्नियों में दंगा न हो जाए, कांग्रेस के कुछ मुसलमान नेता जहरीली वक्तृताएँ देते घूम रहे थे और उनको बन्द करना अनिवार्य समझा जाता था। डी.आई.जी. पुलिस श्री ज्ञानेन्द्रनाथ मिश्र इसी सिलसिले में गृहमंत्री ठाकुर जबरसिंह से मिलने उनके घर पहुँचे।

उत्तर प्रदेश कांग्रेस कमेटी के अध्यक्ष जबरसिंह के अन्दरवाले कमरे में बैठे उनसे संगठन के कुछ महत्त्व के प्रश्नों पर विचार-विमर्श कर रहे थे, और डी.आई. जी. जबरसिंह के ड्राइंगरूम में बैठे बड़ी व्यग्रता के साथ इस मीटिंग के समाप्त होने की प्रतीक्षा कर रहे थे। तभी रामलोचन अपनी बुआ से मिलने आ गया। रामलोचन ने घर के अन्दर जाने से पहले ड्राइंगरूम में प्रवेश किया, और ज्ञानेन्द्रनाथ मिश्र को देखते ही उसने सैल्यूट मारा! ज्ञानेन्द्रनाथ मिश्र रामलोचन को पहचानते थे, उन्होंने कहा, "मालूम होता है यह मीटिंग देर तक चलेगी—मैंने पुलिस के अफसरों की मीटिंग बुला रखी है साढ़े तीन बजे—तीन बज रहे हैं।"

"अभी मुलाकात कराता हूँ, सर!" रामलोचन ने कहा और वह सीधे अन्दर वाले कमरे में चला गया। उसने जबरसिंह के कान में डी.आई.जी. के आने की इत्तिला दी। उत्तर में जबरसिंह ने जोर से कहा, "ओह! वह शिया-सुन्नी वाला झगड़ा। बस हमारी मीटिंग खत्म समझो। अभी दो-चार मिनट में बुलाता हूँ उन्हें।"

जिस समय वह अन्दर से ज्ञानेन्द्रनाथ मिश्र को यह सूचना देने निकल रहा था उसने देखा कि सेठ राधेश्याम ड्राइंगरूम में प्रवेश करते हुए कह रहे हैं, "अरे

मिश्रा जी! आपसे अनायास ही मुलाकात हो जाया करती है। आपने कभी मेरी कुटी को पवित्र नहीं किया, कितनी विनय की आपसे!" और बिना ज्ञानेन्द्रनाथ के उत्तर की प्रतीक्षा किये हुए वह जबरसिंह के कमरे की ओर बढ़े क्योंकि जबरसिंह से उनका गहरा याराना था।

रामलोचन ने उनके सामने खड़े होकर कहा, "सेठ जी, मंत्री जी के साथ कांग्रेस के अध्यक्ष परामर्श कर रहे हैं—देख नहीं रहे हैं कि हमारे डी.आई.जी. साहेब बाहर बैठे हैं।"

"अरे शर्मा जी भी यहीं हैं!" राधेश्याम बोले, "यह बड़ा अच्छा हुआ, बहुत दिनों से उनसे नहीं मिला हूँ।"

तब तक कांग्रेस-अध्यक्ष बाहर निकले। और राधेश्याम से यह कहते हुए बाहर चले गए, "राधेश्याम जी, आपकी चेक मिल गई...रुपया कम था, और भिजवा दीजिएगा।"

राधेश्याम ने फिर अन्दर की ओर बढ़ते हुए कहा, "पहले मैं मिल लूँ, मुझे आज शाम के प्लेन से दिल्ली जाना है, बहुत जरूरी काम है।"

रामलोचन उन्हें रोककर उनके सामने खड़ा हो गया, "आप रात की गाड़ी से चले जाइएगा। डी.आई.जी. साहेब देर से बैठे प्रतीक्षा कर रहे हैं, शहर में किसी भी वक्त हो जानेवाले दंगे के सिलसिले में!" और उसने ज्ञानेन्द्रनाथ मिश्र से कहा, "आप जाइए सर!"

ज्ञानेन्द्रनाथ मिश्र अन्दरवाले कमरे में चले गए और राधेश्याम जलती हुई आँखों से रामलोचन को देखकर बैठ गए।

पाँच मिनट के अन्दर ही ज्ञानेन्द्रनाथ मिश्र कमरे से बाहर निकले, उनके पीछे-पीछे जबरसिंह थे जो राधेश्याम से कह रहे थे, "अरे राधेश्याम जी! आइए—क्या बतलाऊँ, हमारे मिश्रा जी ज़रा-सी बात को लेकर आ जाया करते हैं!" और राधेश्याम का हाथ पकड़कर जबरसिंह उन्हें अपने कमरे में ले गए।

ज्ञानेन्द्रनाथ मिश्र ने रामलोचन के कन्धे पर हाथ रखकर कहा, "तुम्हारा नाम शायद रामलोचन पांडे है, सर्किल इंसपेक्टर हो!"

"यस सर!" रामलोचन बोला।

"इस आदमी को जानते हो?" उन्होंने अन्दर राधेश्याम की ओर संकेत किया।

"यस सर! बहुत बड़ा इंडस्ट्रियलिस्ट है।"

"ओ बहुत बड़ा ब्लैक मार्केटियर भी!" ज्ञानेन्द्रनाथ बोले।

'यस सर—नम्बरी स्काउंड्रेल है, साथ ही मंत्री जी का बहुत बड़ा दोस्त है।"

"तो तुमने उसे ड्राइंरूम में रोककर मुझे मंत्री जी के पास क्यों भेजा?"

"सर, आप कानून के रक्षक हैं, यह कानून का तोड़क है। इसे तो जेल में होना चाहिए!"

"तुम्हें कोई काम तो नहीं है? मेरे साथ चल सकते हो?" ज्ञानेन्द्रनाथ ने पूछा।

"मुझे कोई काम नहीं है सर—मैं तो आपका मातहत हूँ।"

ज्ञानेन्द्रनाथ मिश्र ने रामलोचन को अपनी कार पर बिठलाया और अपने घर पहुँचे। वहाँ चार-पाँच पुलिस अधिकारी उनकी प्रतीक्षा कर रहे थे। सीनियर सुपरिंटेंडेंट पुलिस शिवानन्द चौधरी से उन्होंने कहा, "चौधरी, ज़रा मेरे साथ आओ!" और शिवानन्द चौधरी तथा रामलोचन को लेकर वह अपने ऑफिस में चले गए।

ऑफिस में पहुँचकर ज्ञानेन्द्रनाथ ने मिस्टर चौधरी से कहा, "कोतवाली इंजार्च मुश्ताकहुसैन की तीन महीने की छुट्टी मंजूर हो गई है। उनको ऑफीशिएट करने के लिए कोई नाम चुना है?"

"अभी तक तो नहीं।"

इसके आगे कि मिस्टर चौधरी और कुछ कहें ज्ञानेन्द्रनाथ मिश्र ने कहा, "यह रामलोचन पांडे हैं—इन्हें तो जानते ही होंगे। तो इन्हें यह ऑफीशिएटिंग चार्ज मिलना चाहिए।"

"लेकिन यह तो जूनियर हैं! आई.जी. नहीं मानेंगे।"

"मैं मना लूँगा—तुम फिक्र मत करो! बहुत साहसी और कर्तव्यनिष्ठ आदमी है यह!" और उन्होंने रामलोचन से कहा, "तीन-चार दिन में तुम्हें आर्डर मिल जाएगा। तुम आज से अपने को शहर कोतवाल समझो!" और ज्ञानेन्द्रनाथ मिश्र हँस पड़े।

उठापटक

"यह कौन बदतमीज आदमी है जिसने मुझे रोक दिया था—पहली बार देख रहा हूँ इसे!" राधेश्याम ने बैठते हुए कहा।

"अपना ही आदमी है—रामलोचन पांडे! कुछ दिन पहले सर्किल इंसपेक्टर होकर आया है लखनऊ में।"

"बड़ा बदतमीज आदमी है! मैंने उससे कहा भी कि आज शाम के प्लेन से मुझे दिल्ली जाना है—बोला कल चले जाना।"

जबरसिंह ने उत्तर दिया, "ठीक ही तो कहा था—अभी आए और अभी चल दिये, यह भी कोई बात हुई। तुम्हें जानता नहीं है—नया-नया लखनऊ आया है, धीरे-धीरे कौन क्या है इसका पता लग जाएगा उसे! हाँ, तो चार दिन हुए बम्बई से कानपुर लौटे हो, और आज ही दिल्ली के लिए रवानगी!" जबरसिंह ने घंटी बजाई और तत्काल उनका चपरासी शिवलाल आया, "चाय यहीं ले आओ! हमारे सेठ जी को देख रहे हो, तो ढंग की चाय लाना। और देखो, जब तक हम दोनों कमरे में बैठे हैं तब तक किसी को मत आने देना—टेलीफोन यहीं रख दो।" जबरसिंह अब इतमीनान के साथ दीवान पर लेट गए।

राधेश्याम ने भी सोफा पर अपने पैर फैला लिये, "लगता है एकाध हफ्ते में अमेरिका जाना पड़ेगा—बम्बई में बहुत बड़ा काम हाथ लग गया है। सुनेंगे तो आपकी तबीयत खुश हो जाएगी। तो इसमें आपकी सहायता की आवश्यकता होगी।"

जबरसिंह मुस्कराए, "सेठ जी! सहायता तो भगवान की होती है, मैं तो सेवक हूँ जनता का, देश का, समाज का और तुम लोगों का।" और फिर उन्होंने आँख मारी, "लगता है किसी अमेरिकन को फाँसा है।"

राधेश्याम भी मुस्कराए, "आप तो किसी बात को गम्भीरतापूर्वक लेते ही नहीं। अब आप यह तो स्वीकार करेंगे ही कि भारतवर्ष की सबसे बड़ी समस्या है खाद्य समस्या!"

"हमारी सरकार हर साल बीस, तीस, चालीस, पचास लाख टन अनाज विदेशों से मँगाकर इस समस्या को हल कर रही है।" जमुहाई लेते हुए जबरसिंह ने कहा, "खैर आगे कहो!"

"विदेशवाले अब अनाज देने में हीला-हवाला करने लगे हैं। यह कर्ज और भीख का अनाज कब तक मिलता रहेगा? वह लोग कहते हैं कि अनाज के मामले में आत्म-निर्भर हो, अनाज की पैदावार बढ़ाओ!"

"बिलकुल ठीक कहते हैं। हम हिन्दुस्तानियों को अनाज की पैदावार बढ़ाना चाहिए। सेठ जी, हमारी सरकार इस ओर जी तोड़कर प्रयत्न कर रही है।"

"लेकिन सरकार के सब प्रयत्न असफल—यानी टाँय-टाँय-फिस्स! न यहाँ रासायनिक खाद है, न यहाँ सिंचाई का प्रबन्ध है, न अच्छे बीज हैं, न ट्रैक्टर हैं। तो ये साले किसान पैदावार कैसे बढ़ाएँगे?"

जबरसिंह अब कुछ सजग हुए, चपरासी चाय ले आया था। उसने इन दोनों के लिए चाय बनाई। जबरसिंह ने चाय का प्याला हाथ में लेते हुए कहा, "पैदावार तो बढ़ानी पड़ेगी सेठ राधेश्याम! तो इस दिशा में तुमने भी कुछ सोचा है? हमारे देश में सिंचाई के लिए पम्पिंग सेट तो बन रहे हैं लेकिन निहायत घटिया किस्म के, रासायनिक खाद और ट्रैक्टर विदेशों से मँगाने पड़ते हैं तो उन्हें मँगाने के लिए विदेशी मुद्रा चाहिए। वैसे रासायनिक खाद बनाने के लिए कारखाने बैठाने की बात चल रही है विदेशी सहयोग से—यह खबर दिल्ली से मिली है।"

"इसी सम्बन्ध में बात करने आया हूँ, और इसी सिलसिले में दिल्ली जाना है। बम्बई में अमरीकी उद्योगपतियों का एक डेलीगेशन आया था, उसके साथ यूनाइटेड नेशन्स के कुछ अधिकारी भी थे। मुझे उड़ती-उड़ती खबर मिली तो मैं सीधे हवाई जहाज से बम्बई पहुँच गया।"

"तुम्हारी सूझबूझ के हम लोग कायल हैं!" जबरसिंह बोले।

'तो मैं उन अमरीकी उद्योगपतियों से, यू.एन. के खाद्य और कृषि अधिकारियों के साथ मिला। मैंने उनसे कहा कि उत्तर प्रदेश कृषि-प्रधान प्रान्त है, भारतवर्ष में कृषि के सम्बन्ध में जितने भी प्रयोग होते हैं वह उत्तर प्रदेश में होने चाहिए। मेरी बात का उन लोगों पर काफी प्रभाव पड़ा और एक अमरीकी उद्योगपति हमें ट्रैक्टर बनाने के कारखाने में सहयोग देने को तैयार हो गया है। पाँच करोड़ की लागत से यह कारखाना खुलेगा यहाँ उत्तर प्रदेश में, ढाई करोड़ में मशीनें तथा अपने इंजीनियर आदि देने का वादा कर लिया है उसने, ढाई करोड़ मुझे जुटाना है!"

जबरसिंह ने बड़े उल्लास के साथ कहा, "वाकई! यह तो लम्बा काम हाथ में ले लिया है तुमने!"

"अरे, यह तो कुछ नहीं, अब आगे सुनिए! तो यू.एन. का वह अधिकारी मेरी बातचीत से इतना प्रभवित हुआ कि उसने उत्तरप्रदेश में एक कृषि अनुसन्धानशाला स्थापित करने का भी वादा कर लिया है—इसके लिए यू.एन. पाँच करोड़ की रकम स्वीकृत कर लेगा। मैंने बात कर ली है, लखनऊ शहर से मिले हुए लखनऊ-कानपुर रोड पर पाँच सौ एकड़ जमीन पर अनुसन्धानशाला कायम हो। उससे मिली हुई करीब डेढ़ सौ एकड़ जमीन पर हमारी यह ट्रैक्टर फैक्टरी भी कायम होगी।"

जबरसिंह ने ताली बजाते हुए कहा, "वाह सेठ राधेश्याम—तुम धन्य हो। हमारी सरकार हर तरह तुम्हारी मदद करेगी! अब बताओ कि तुम चाहते क्या हो?"

"एक तो यह कि मैं जो ट्रैक्टर फैक्टरी फ्लोट कर रहा हूँ उसमें उत्तर प्रदेश सरकार एक करोड़ रुपये के शेयर ले ले। वैसे समाजवादी परम्परा में तो सरकार का यह फर्ज था कि वह ट्रैक्टर फैक्टरी खुद खुलवाती—लेकिन सरकार अनगिनती योजनाओं में फँसी हुई है।"

"हियर-हियर!" जबरसिंह ने कहा, "राधेश्याम, तुम्हें तो भारत सरकार का उद्योग मंत्री होना चाहिए। खैर छोड़ो भी, वहाँ फँस जाओगे तो हमारा प्रदेश पिछड़ा हुआ रह जाएगा। अच्छा एक करोड़ के शेयर उत्तर प्रदेश सरकार ले लेगी—अब आगे?"

"इस कृषि अनुसन्धानशाला के लिए पाँच सौ एकड़ और ट्रैक्टर फैक्टरी के लिए डेढ़ सौ एकड़ जमीन की आवश्यकता है। लेकिन किसानों के मिजाज तो

आप जानते ही हैं। इन किसानों से बात की तो पन्द्रह सौ, दो हजार रुपया एकड़ की कीमत माँगने लगे।"

"हरामजादे हैं साले। दसगुने लगान पर हमारी सरकार ने उन्हें जमीन दे दी है—यानी ज्यादा-से-ज्यादा सौ रुपये एकड़ पर। तो तुम्हारा मतलब है कि सरकार यह जमीन एक्वायर करके तुम्हें दे दे! यह हो सकता है, लेकिन इस विषय पर मुख्यमंत्री से बात करनी होगी।"

राधेश्याम ने अपना ब्रीफकेस खोला, "इंडियन ट्रैक्टर्स लिमिटेड का रजिस्ट्रेशन मैंने करा लिया है—वह यह है। एक करोड़ के शेयर्स हम लोगों ने ले लिये हैं—कुल पचास लाख के शेयर्स हमें बेचने हैं, बाकी एक करोड़ के शेयर्स उत्तर प्रदेश सरकार के होंगे। पहला काम तो यह, अब दूसरा काम है साढ़े छह सौ एकड़ जमीन खरीद लेना। इसके बाद अमेरिका जाकर यूनिवर्सल ट्रैक्टर्स के मालिक मिस्टर मैंजीस के साथ लिखा-पढ़ी करनी है। वहीं यूनाइटेड नेशन्स जाकर इस कृषि अनुसन्धानशाला का मामला भी तै कर लेना है। अब एक साल तो फैक्टरी की इमारत के निर्माण में लग जाएगा, इस बीच कृषि अनुसन्धानशाला के स्थापित होने का काम हाथ में उठा लिया जाएगा।"

"इसमें क्या शक है? मैं मानता हूँ तुम्हें सेठ राधेश्याम! जब काम हाथ में लिया तो भूत की तरह जुट जाते हो। हाँ, अपने छोटे भाई हिम्मतसिंह के लिए कहा था—एग्रीकल्चर का डिप्लोमा लेकर घर में बैठा है। कुछ सोचा है?"

"कृषि अनुसन्धानशाला के फार्म में मैनेजर का पद मैंने आरक्षित कर दिया है उसके लिए—जिस दिन जमीन मिल गई उसी दिन से लैंड डैवलपमेंट का काम आरम्भ कर दें—आप उन्हें बुला लीजिए। पन्द्रह सौ से बाईस सौ रुपये का ग्रेड होगा।"

जबरसिंह का मुख चमक उठा, उन्होंने उसी समय मुख्यमंत्री त्यागमूर्ति झम्मनलाल सत्याग्रही को फोन मिलाया, "कौन—अरे मंगतराम! त्यागमूर्ति जी हैं? हाँ—तो उनसे कह दो कि मेरे पास सेठ राधेश्याम बैठे हैं, बहुत महत्त्वपूर्ण योजना लाए हैं। हाँ, हाँ,—मैंने समझ ली है—मैं सन्तुष्ट हूँ। नहीं—नहीं—त्यागमूर्ति जी स्वयं उनसे बातें कर लें—मालिक तो वह हैं—हा! हा! हा! ठीक है, अब इस वक्त तकलीफ न देंगे—यह रात में ठहर जाएँगे—सवेरे दस बजे—ठीक सवेरे दस

बजे आ जाएँगे—अरे मेरी क्या जरूरत है? खैर, मैं भी आ जाऊँगा उनके साथ।" और जबरसिंह ने फोन रख दिया।

मुख्यमंत्री त्यागमूर्ति झम्मनलाल सत्याग्रही की सन की तरह सफेद घनी और लम्बी मूँछों का कुछ ऐसा प्रताप था कि हरेक आदमी को उनके सामने जाते ही उनके चरण छूने को विवश होना पड़ता था। मझोले कद के स्वस्थ दिखनेवाले आदमी, आवाज में एक तरह की कड़क, दुग्ध-धवल ऐसी मोटी खादी के वस्त्र जिसके तार-तार पाँच गज की दूरी से गिने जा सकें, त्यागमूर्ति जी अपने बँगले से कम ही निकलते थे। एलोपैथी चिकित्सा-पद्धति का कुछ ऐसा प्रताप कि त्यागमूर्ति इक्यासी वर्ष की अवस्था में भी समस्त प्रदेश का भार अपने कन्धों पर लादे हुए थे। उनकी बत्तीसी जर्मनी में बनी थी—उन्हें देखकर कोई भी नहीं कह सकता था कि उनके दाँत नकली हैं। दोनों कानों में बटन लगे थे जिनकी सहायता से वह गरीब का सुख-दुख आसानी से सुन सकते थे। सुनहरे फ्रेम का उनका चश्मा उनके व्यक्तित्व पर बहुत फबता था।

वैसे वह अपना शासन अपने दामाद मंगतराम के जरिये चलाते थे जो उनका निजी सचिव था, लेकिन अपने अस्तित्व का सबूत देने के लिए उन्हें कभी-कभी दौरे करने पड़ते थे, लोगों से मिलना-जुलना पड़ता था और उन्हें पहचानना होता था। उनके उपलक्ष्य में दिये जानेवाले शानदार भोजों में भोजन करना पड़ता था—जनता की फरियाद सुननी पड़ती थी, इसलिए उन्हें नकली दाँतों का, बड़ी पावर के चश्मे का और कान के आले का प्रयोग करना पड़ता था, वैसे इन चीजों से उन्हें कुछ कष्ट तो होता ही था। उनकी अवस्था भगवतभजन करके अपना परलोक सँभालने की थी।

लेकिन प्रदेश को उनकी आवश्यकता थी। जनसेवा और देशसेवा परलोक सुधारने का सबसे अच्छा साधन है। यही नहीं, इससे यह लोक भी सँभलता है। अच्छा-से-अच्छा डॉक्टर जो एक दफा मरीज को मौत के मुँह से भी निकाल लाए, चौबीस घंटे उनकी सेवा में, दुनिया की कीमती-से-कीमती दवा जो आदमी को नवीन जीवन और स्फूर्ति प्रदान करे उन्हें उपलब्ध। और सबसे बड़ी बात तो यह कि त्यागमूर्ति के पुण्य-प्रताप एवं यश और कीर्ति में इतनी क्षमता के बावजूद सर्वव्यापी लूट-खसोट, झूठ और बेईमानी के, शासन का तंत्र बड़े मजे में चल रहा था।

त्यागमूर्ति झम्मनलाल सत्याग्रही का अधिकांश जीवन ब्रिटिश सरकार की जेलों में बीता था। वह सम्पन्न परिवार के आदमी थे, उन्होंने सन् 1902 में बी.ए. पास किया था। उनके पिताजी की विलायती कपड़े की आढ़त थी—इस सिलसिले में उन्हें 1905-06 में कलकत्ता में रहना पड़ा था। वहाँ उन्होंने बंग-भंग आन्दोलन देखा और उस आन्दोलन से वह प्रभावित भी हुए। उस समय वह लाला झम्मनलाल महेश्वरी थे। जीवट के आदमी थे, इनमें भावना थी, साहस था। और कलकत्ता-प्रवास में वह पक्के देशभक्त बन गए। वह बंगाल के देशभक्तों की आर्थिक सहायता करते थे, और उनका कहना था कि वह आतंकवादियों के दल में शामिल होते-होते बच गए।

सन् 1919 में जब महात्मा गांधी का उदय भारत के राजनीतिक क्षितिज पर हुआ, तब झम्मनलाल महेश्वरी ने अपने पिता के कारोबार से हाथ खींचकर अपना जीवन महात्मा गांधी को अर्पित कर दिया, महात्मा गांधी के साथ अफ्रीका में सत्याग्रह की परम्परा थी, लिहाजा झम्मनलाल ने अपने नाम के आगे से महेश्वरी शब्द हटाकर सत्याग्रही शब्द जोड़ लिया। अब वह झम्मनलाल सत्याग्रही बन गए।

महात्मा गांधी द्वारा चलाए जानेवाले हरेक आन्दोलन में महात्मा गांधी के विशेष शिष्य की हैसियत से उन्होंने सक्रिय भाग लिया, वह अपने हाथ से बुने हुए सूत की खादी के वस्त्र पहनते थे, दिन-रात चर्खा चलाते थे, हरिजन बस्ती में रहते थे और जब इनसे जी ऊबता था तब जेल चले जाते थे।

उनके पिता में अपने इस पथ-भ्रष्ट पुत्र के प्रति बड़ा मोह था। इनकी पत्नी और इनकी लड़की के भरण-पोषण की जिम्मेदारी उन्होंने अपने ऊपर ले ली थी और उन्हें नियमित रूप से एक हजार रुपया महीने देने की व्यवस्था परिवार की ओर से हो गई थी। वह हजार रुपया यह अपने साथियों में बाँट दिया करते थे। महात्मा गांधी द्वारा निर्धारित ब्रह्मचर्य-धर्म निभाने के लिए इन्होंने अपनी पत्नी तक को त्याग दिया था और इस महान् त्याग से प्रभावित होकर इनके मित्रों एवं अनुयायियों ने उन्हें त्यागमूर्ति की उपाधि से विभूषित कर दिया था। अब इनका नाम हो गया त्यागमूर्ति झम्मनलाल सत्याग्रही। सन् 1930 के सत्याग्रह आन्दोलन का संयुक्तप्रान्त में संगठन करने के लिए त्यागमूर्ति झम्मनलाल सत्याग्रही महात्मा

गांधी का आश्रम छोड़कर अपने प्रदेश में आ गए, और तब से प्रदेश की कांग्रेस के प्राण बन गए।

दया और करुणा की साकार प्रतिमा थे त्यागमूर्ति झम्मनलाल सत्याग्रही, शालीनता और विनय उनके सामने पानी भरती थी। किसी तरह की दुर्बलता के शिकार वह नहीं हुए अपने जीवनभर! भगवान् की दया से उनका परिवार स्वयं बहुत सम्पन्न था, और सन्तान के नाम पर उनकी एक लड़की थी जिसका विवाह भी एक बहुत सम्पन्न परिवार के युवक के साथ हुआ था। मंगतराम महेश्वरी को किसी चीज की कमी नहीं थी—वैसे वह बी.ए. पास नहीं कर सके, लेकिन दुनियादारी की बुद्धि उनमें प्रचुर मात्रा में थी। झम्मनलाल के निजी सचिव बनने के बाद ही उनकी वास्तविक प्रतिभा खुली—लोगों का कहना था कि शासन त्यागमूर्ति झम्मनलाल सत्याग्रही नहीं चलाते बल्कि मंगतराम महेश्वरी चलाते हैं।

मंगतराम महेश्वरी ने जबरसिंह और राधेश्याम का स्वागत करते हुए राधेश्याम से कहा, "सेठ जी—गृहमंत्री जी को साथ लाने की क्या आवश्यकता थी—त्यागमूर्ति जी स्वयं आपको इतना मानते हैं।"

त्यागमूर्ति जी के मिलने का कमरा लोगों से ठसाठस भरा था। हरेक आदमी के पास उसकी अपनी समस्या थी, तरह-तरह की फरियाद थी। बड़ी आत्मीयता के साथ त्यागमूर्ति जी हरेक आदमी की बात सुनते थे, फिर उससे लिखकर एक दर्खास्त मंगतराम को देने को कह देते थे। मंगतराम ने इन दोनों को त्यागमूर्ति के निजी ड्राइंगरूम में बिठाया और जनता-जनार्दन तथा त्यागमूर्ति जी के संलाप में योगदान देने के लिए मिलनेवाले कमरे में चला गया। पाँच मिनट के अन्दर ही उसने सारी भीड़ को निपटा दिया फिर उसने त्यागमूर्ति झम्मनलाल सत्याग्रही के साथ ड्राइंगरूम में प्रवेश किया। जबरसिंह और राधेश्याम उठकर खड़े हो गए, त्यागमूर्ति के बैठ जाने के बाद राधेश्याम ने बड़ी भक्ति के साथ उनके चरण छुए।

बड़े विस्तार के साथ जबरसिंह ने राधेश्याम की योजना त्यागमूर्ति जी को बताई। मंगतराम हरेक प्वाइंट का नोट लेता जा रहा था। सब कुछ सुनकर त्यागमूर्ति जी ने राधेश्याम से कहा, "यह तो ठीक है, लेकिन अगर देहातों में ट्रैक्टरों से खेतों की जुताई होने लगी तो फिर हल-बैलों का क्या होगा?"

बड़े शान्त भाव से राधेश्याम ने कहा, "त्यागमूर्ति जी, हमें पुराने दकियानूसी

हलों और मरियल किस्म के बैलों से मोह क्यों हो? हम तो आधुनिक वैज्ञानिक युग के मानव हैं, हमारा दृष्टिकोण भी आधुनिक होना चाहिए।"

त्यागमूर्ति जी के मुख पर उनकी स्वाभाविक मोहक मुस्कान आई, "इसी विज्ञान के कारण हमारे देश का नहीं, सारे संसार का विनाश होनेवाला है। इसी विज्ञान के कारण समस्त विश्व में बेकारी बढ़ रही है। मैं गलत नहीं कहता, अब तुम अपने इन ट्रैक्टरों को लो, एक ट्रैक्टर चार-पाँच सौ एकड़ जमीन जोत देगा, और उस ट्रैक्टर को चलाने के लिए एक या अधिक-से-अधिक दो आदमी चाहिए। सच कह रहे हैं न हम?"

राधेश्याम ने उत्तर दिया, "त्यागमूर्ति जी ने अपने जीवन में कभी झूठ बोला ही नहीं, कौन इसे नहीं जानता!"

त्यागमूर्ति जी की मुस्कान और अधिक प्रस्फुटित हुई, "और एक हल से दस-बारह एकड़ जमीन से अधिक नहीं जोती जा सकती। तो चार सौ एकड़ जमीन जोतने के लिए कम-से-कम तीस हल चाहिए, साठ बैल चाहिए। तो इन तीस हलों पर जरूरत पड़ेगी तीस आदमियों की!"

"इसमें क्या शक है—बड़ा पक्का हिसाब है!" राधेश्याम को कहना पड़ा।

"तो फिर साठ बैलों की गोबर की खाद, मर गए तो उनका चमड़ा। तो हमारे देश में इन बैलों के द्वारा खाद की समस्या हल हो सकती है—बशर्ते लोग गोबर से कंडा पाथकर उसे जलावें न! फिर विदेशों में भारतवर्ष के जूतों की कितनी अधिक माँग है; अगर पशुधन की उपेक्षा हुई तो हमारे देश में चमड़े का व्यापार चौपट! इसी पशुधन से दूध-घी-मक्खन! तो इससे देश के हरेक आदमी को काम मिलेगा। मैं तो महात्मा गांधी का अनुयायी हूँ। जिन्दगीभर मैंने सर्वोदय का काम किया है!"

जबरसिंह अभी तक चुपचाप बैठे यह सब सुनते रहे, अब उनसे न रहा गया, "तो त्यागमूर्ति जी, मैं कल असेम्बली में आपकी नीतियों की घोषणा कर दूँ। लोग आपको प्रतिक्रियावादी और दकियानूसी कहकर हटाना चाहते हैं, आपकी न जाने कितनी शिकायतें दिल्ली में प्रधानमंत्री जी के यहाँ पहुँची हैं, वह तो मैं ही आपको बचाए हुए हूँ!"

त्यागमूर्ति जी ने सिर हिलाते हुए कहा, "जबरसिंह! मैं तो हटने को तैयार हूँ, आप लोग ही मुझे नहीं हटने देते। आप लोगों के आग्रह से ही मैं अपनी नीतियों

को अपने अन्दर दबाए बैठा हूँ और अनीतियों का साथ दे रहा हूँ। खैर छोड़ो भी यह सब! तो बात इतनी है कि ये सेठ राधेश्याम यहाँ लखनऊ में ट्रैक्टरों का कारखाना खोलना चाहते हैं, इन्होंने यू.एन. वालों को राजी कर लिया है कि एक कृषि-अनुसन्धानशाला खुले। अब स्थिति यह है कि प्रधानमंत्री कहते हैं कि उपज बढ़ाओ, उनका कहना है कि बेकारी दूर करो, उनका कहना है कि चमड़े का व्यापार बढ़े—यानी हिन्दुस्तान के चमड़े के जूते रूस में भेजे जाएँ जिससे हमारा निर्यात बढ़े। अजीब उलझन है।" फिर कुछ सोचकर वह बोले, "इन ट्रैक्टरों से अनाज की उपज बढ़ेगी—यह ट्रैक्टर हिन्दुस्तान भर में बिकेंगे, इस ट्रैक्टर फैक्टरी में सैकड़ों-हजारों आदमी काम पाएँगे—तो यह ट्रैक्टर फैक्टरी खुलनी चाहिए। हमारी सरकार एक करोड़ के शेयर ले लेगी। राधेश्याम जी, तुम्हें हमारा पूरा सहयोग मिलेगा। कैबिनेट मीटिंग में यह प्रस्ताव रख देना जबरसिंह! तो मैं कुछ थक गया हूँ..."

जबरसिंह ने मुस्कराते हुए कहा, "बस थोड़ी-सी बात और! तो कृषि-अनुसन्धानशाला भी खुलनी है—इसके लिए राधेश्याम जी को पाँच सौ एकड़ जमीन चाहिए, करीब डेढ़ सौ एकड़ इन्हें अपनी ट्रैक्टर फैक्टरी के लिए चाहिए—तो हुए साढ़े छह सौ एकड़। पाँच करोड़ रुपया मिल रहा है यू.एन.ओ. से इस कृषि अनुसन्धानशाला के लिए। नये ढंग की खेती, नये ढंग के बीज—एक एकड़ में सत्तर-अस्सी मन अनाज पैदा किया जा सकता है। तो अनाज की शानदार पैदावार ऊपर से।"

त्यागमूर्ति जी की आँखें फैल गईं—"क्या कहा, एक एकड़ में सत्तर-अस्सी मन अनाज?"

"जी, इस उत्तर प्रदेश में! इस फार्म में यही सब तो होगा!" राधेश्याम बोला।

"लेकिन यह साढ़े छह सौ एकड़ जमीन! यह लखनऊ के आस-पास कहाँ मिलेगी?" त्यागमूर्ति ने पूछा।

"वह तो किसानों से एक्वायर करनी पड़ेगी—जनहित के नाम पर। अन्तर्राष्ट्रीय स्तर पर यह प्रयोगशाला खुल रही है, ट्रैक्टर फैक्टरी से देश की बहुत बड़ी आवश्यकता की पूर्ति हो रही है!"

"ठीक है—तो कलक्टर को एप्लीकेशन दे दी जाए—और जबरसिंह, तुम कलक्टर को फोन कर देना! जल्दी हो जाए यह सब।"

जबरसिंह ने उठते हुए कहा, "चलिए! यह सब तै हो गया! तो राधेश्याम—दस-बारह दिन तुम्हें कानपुर-लखनऊ के बीच रुकना पड़ेगा! यह सब काम पूरा करके दिल्ली और अमेरिका जाना!"

2

एक हफ्ते बाद शहर कोतवाल की वर्दी पहनकर रामलोचन ज्ञानेन्द्रनाथ मिश्र के बँगले पर पहुँचा। रविवार का दिन था और मिश्र जी अपने बँगले में बैठे हुए कुछ लिख रहे थे। उनकी बगलवाली मेज पर कुछ किताबें रखी थीं। उनके सामने एक मोटा-सा रजिस्टर था जिसमें वह लिखते जाते थे और बीच-बीच में उन किताबों को देखते जाते थे। रामलोचन के बूट की आवाज सुनकर मिश्र जी का ध्यान टूटा, कुछ झुँझलाकर उन्होंने आँखें उठाईं, और वैसे ही रामलोचन ने सैल्यूट मारा, "सर! मैंने चार्ज ले लिया है!"

मिश्र जी की झुँझलाहट तत्काल दूर हो गई, "ओह, तो तुम हो! बैठो!"

रामलोचन ने सामने पड़ी हुई एक कुर्सी पर बैठते हुए कहा, "सर! आपने मेरे ऊपर बड़ी मेहरबानी की—मुझे आप अपना सेवक समझिए!"

मिश्र जी ने तेज नजरों से रामलोचन को देखते हुए कहा, "सो तो ठीक है, लेकिन तुम्हें डी.एस.पी. बनाने में मुझे झूठ भी बोलना पड़ा है। आई.जी. को बतलाना पड़ा कि होम मिनिस्टर की इच्छा है कि तुम डी.एस.पी. बना दिये जाओ! तुम होम मिनिस्टर से अभी मिले हो या नहीं?"

"नहीं, सर! मैं आपके पास पहले आया हूँ—आप मेरे बॉस हैं!" रामलोचन बोला।

ज्ञानेन्द्रनाथ मिश्र मुस्कराए। "यहीं तुमसे गलती हो गई। तुम्हारे बॉस होम मिनिस्टर हैं, वही हम सब के बॉस हैं। तो तुम सीधे यहाँ से होम मिनिस्टर के बँगले की तरफ रवाना हो जाओ, मुझे एक इम्पार्टेंट रिपोर्ट लिखनी है—देख रहे हो न! तो होम मिनिस्टर को भी सैल्यूट करना, और देखो यह कहना मत भूलना कि मैंने उनके लिहाज से तुम्हें डी.एस.पी. बना दिया है।"

रामलोचन ने ज्ञानेन्द्रनाथ मिश्र के बँगले से निकलकर घड़ी देखी, नौ बज रहे थे। अप्रैल का प्रथम सप्ताह था, और जिस समय वह ज्ञानेन्द्रनाथ मिश्र से मिलने चला था काफी सुहावना मौसम था। लेकिन अब धूप चढ़ आई थी, और काफी गरम हो गया था। बँगले के बाहर सन्नाटा छाया हुआ था, दूर तक कोई रिक्शा नहीं दिखा उसे। जबरसिंह के बँगले के लिए उसे करीब दो मील का फासला तै करना था। मन-ही-मन रामलोचन ने लखनऊ के तमाम रिक्शेवालों को गालियाँ दीं, और फिर वह पैदल ही चल पड़ा।

इधर करीब एक पखवारे पहले उसकी मोटर साइकिल खराब हो गई थी। और चूँकि वह महायुद्ध के पहले की सेकिंड हैंड मोटर साइकिल थी, मिस्त्री ने उसकी मरम्मत का जो खर्च बतलाया था उसकी दूनी रकम पर नई मोटर साइकिल खरीदी जा सकती थी, इसलिए उसने मिस्त्री के हाथों ही पाँच सौ रुपयों पर उस मोटर साइकिल को बेच दिया था। नई मोटर साइकिल खरीदने के लिए उसके पास पैसा नहीं था, और साधारण साइकिल पर चढ़ना शहर कोतवाल की शान के खिलाफ था। उसने पाँच दिन पहले अपने बड़े भाई रामउदित को कुछ रुपयों का प्रबन्ध करने को लिखा था। मन-ही-मन वह इन समस्त परिस्थितियों पर सोचता हुआ सिर झुकाए चला जा रहा था कि एकाएक उसकी बगल में एक कार रुकी और एक परिचित आवाज उसे सुनाई दी, “हलो—रामलोचन!”

चौंककर रामलोचन ने सिर उठाया, कार पर जैकृष्ण शर्मा बैठा था। विश्वविद्यालय में उसका पुराना दोस्त! रामलोचन के मुँह से निकल पड़ा, “तुम यहाँ लखनऊ में! हमने तो सुना था कि तुमने किसी अखबार में नौकरी कर ली है और दिल्ली में जम गए हो!”

जैकृष्ण शर्मा ने मुस्कराते हुए कहा, “बिलकुल ठीक! इंग्लैंड से लौटते ही दिल्ली के डेली मेल में उपसम्पादक की जगह मिल गई थी, अब उसके स्पेशल करेसपांडेंट की हैसियत से लखनऊ में पोस्टिंग हो गई है। दो महीने हुए यहाँ आए हुए! बैठ जाओ, लगता है पुलिस में तरक्की कर रहे हो!”

रामलोचन के मुख पर भी एक मुस्कान आई, उसने जैकृष्ण की बगल में बैठते हुए कहा, “तकदीर साथ देती हुई दिखाई दे रही है। सिटी डी.एस.पी. की हैसियत से अफीशिएट करना शुरू किया है कल से। डी.आई.जी. को सलाम

करने आया था—उन्हीं की वजह से यह तरक्की मिली है!"

जैकृष्ण ने कार स्टार्ट करते हुए कहा, "आज सात-आठ साल बाद मिलना हुआ है। चलो, एक-एक कप कॉफी का हो जाए—फिर किसी दिन फुरसत से सेलीब्रेट करेंगे।"

"चलो, लेकिन जैकृष्ण, बड़े ठाठ हैं। कार है, शानदार सूट पहने हो—भला अखबार की नौकरी में यह कैसे..."

जैकृष्ण जोर से हँस पड़ा, "तुमने अखबार की नौकरी को समझ क्या रखा है? बाहर सौ रुपया महीना—और कार तथा मकान का एलाउंस ऊपर से—ऐश की जिन्दगी, रोज पार्टियाँ और स्काच।"

रामलोचन स्काच-व्हिस्की का स्वाद ही भूल गया था। कभी-कभी अपने दोस्तों के साथ रम या देसी व्हिस्की पी लेता था, उसकी आँखें चमक उठीं, "यार तुम बड़े भाग्यशाली हो! यहाँ तो कचूमर निकल जाता है। बड़ी मुश्किल से वक्त निकालकर निकला हूँ आज सुबह।"

"वह तो साफ दिख रहा है। इतवार के दिन भी डी.आई.जी. के बँगले पर सलाम मारना, और फिर यहाँ से पदयात्रा! कोतवाली में क्वार्टर तो मिल गया होगा? शादी-वादी भी हो गई होगी। कितने बाल-बच्चे हैं?"

"अरे कैसी शादी और कैसे बाल-बच्चे? पिताजी से मैंने साफ इनकार कर दिया है कि थानेदार को शादी-ब्याह करने का कोई अधिकार नहीं है। कोतवाली के क्वार्टर पर पुराने डी.एस.पी. मीर मुश्ताक हुसैन का परिवार कब्जा जमाए हुए है, मैं तो ऑफीशिएट कर रहा हूँ लालबाग में एक बँगले में दो कमरे मिल गए हैं—गाँव से रग्घूबारी आ गया है, वही मेरी गृहस्थी सँभाले हुए है!"

जैकृष्ण बोला, "तुम साले ताल्लुकदारों की ऐंठ अभी तक बनी हुई है। खैर अब तो सिटी डी.एस.पी. बन गए हो, तो झटपट शादी कर डालो, यह पुलिस की नौकरी बड़ी शानदारी चीज है, खासतौर से शहर की कोतवालगीरी!"

एक ठंडी साँस लेकर रामलोचन ने कहा, "कहते तो सभी लोग यह हैं, देखो आगे चलकर कैसी बीतती है!"

कार इस समय तक कॉफी हाउस के सामने पहुँच चुकी थी। रामलोचन जैकृष्ण के साथ कार से उतरा, फिर कुछ खयाल आ गया उसे। उसने जैकृष्ण से कहा,

"कॉफी हाउस में मेरा जाना ठीक न होगा इस यूनीफार्म में। फिर असल में मुझे होम मिनिस्टर ठाकुर जबरसिंह के यहाँ जाना है!"

"धत्तेरे की!" जैकृष्ण ने कहा, "पहले क्यों नहीं कहा। चलो, तुम्हें होम मिनिस्टर के बँगले में छोड़ दूँ।" और रामलोचन को कार में बैठाकर वह जबरसिंह के बँगले पर पहुँचा।

बँगले पर सन्नाटा छाया हुआ था। बरामदे में पड़ी हुई आरामकुर्सी पर एक आदमी पैर फैलाए हुए सम्भवतः सो रहा था, और कुछ दूर पर एक स्टूल पर बैठा हुआ एक चपरासी सुरती बना रहा था। पोर्टिको में जबरसिंह की कार खड़ी थी। चपरासी लपककर इनकी कार के पास आया और रामलोचन को देखकर बोल उठा, "अरे भइयाजी आप! मिनिस्टर साहेब तो घंटाभर भया सेठ राधेश्याम के साथ मुख्यमंत्री जी के यहाँ गए हैं, सेठ साहेब के साले वह सो रहे हैं।" और चपरासी ने आँख मारकर बरामदे की ओर इशारा किया। तभी एकाएक जैकृष्ण बोल उठा, "अरे—यह तो कुन्दनलाल दिखता है!" और उसने जोर से आवाज लगाई, "अरे कुन्दन!"

कुन्दनलाल न सो रहा था, न जग रहा था, वह केवल ऊँघ रहा था। जैकृष्ण की आवाज सुनते ही उसने अपने सिर को झटका दिया और फिर आँखें मिचमिचाते हुए इधर-उधर देखा। उसकी आँखें जैकृष्ण पर रुक गईं और वह उठ खड़ा हुआ। जैकृष्ण के पास आकर उसने रामलोचन को ध्यान से देखते हुए कहा, "क्या बात है जो आज सबेरे-सबेरे यहाँ?"

जैकृष्ण ने कुन्दनलाल से रामलोचन पांडे का परिचय कराया, "यह मेरे पुराने दोस्त हैं रामलोचन पांडे, सिटी डी.एस.पी.—यानी शहर कोतवाल। मिनिस्टर साहेब के अपने आदमी हैं। तो इन्हें यहाँ भेजने चला आया हूँ।" और उसने रामलोचन से कहा, "यह हैं श्री कुन्दनलाल, सेठ राधेश्याम के लखनऊ-स्थित प्रतिनिधि, वैसे सेठ जी के सगे साले हैं। बड़े साहित्य और कला-प्रेमी!"

तभी कुन्दनलाल बोला, "मिस्टर जैकृष्ण, हिन्दी के सुप्रसिद्ध कवि श्री शंकरदेव प्रशान्त यहाँ आए हैं। अरे वही जिन्हें इस साल पाँच हजार का अकादमी पुरस्कार मिला है। तो उनके अभिनन्दन में हमने लखनऊ के साहित्य-प्रेमियों और साहित्यकारों की एक गोष्ठी बुलाई है अपने यहाँ साढ़े सात बजे—भोजन भी होगा। आपको

कल रात फोन किया था, लेकिन आप शायद प्रेस क्लब में बैठे रमी खेल रहे थे। यह साला प्रेस क्लब क्या, शराब और जुए का अड्डा बना रखा है आप लोगों ने।" और कुन्दनलाल हँस पड़ा, "तो आज शाम को आपको आना है मेरे यहाँ, होम मिनिस्टर साहेब ने भी आने का वादा कर लिया है! जीजाजी के दोस्त हैं न!"

जैकृष्ण ने मुँह बनाया, "मिनिस्टर-विनिस्टर जिस पार्टी या गोष्ठी में जाएँ वह चौपट समझो। न खुद खाएँ-पिएँ, न दूसरों को खाने-पीने दें। भला यह भी कोई बात हुई!"

"अजी होम मिनिस्टर के पास इतना वक्त कहाँ कि वह शुरू से आखिर तक बैठें! कह दिया है कि आधा घंटे के लिए आवेंगे। गोष्ठी के बाद डिनर, व्हिस्की के दौर रहेंगे, तो आपको आना ही पड़ेगा जैकृष्ण जी। प्रशान्त जी के सम्मान में इस शानदार गोष्ठी की खबर देश के कोने-कोने में जानी चाहिए!"

जैकृष्ण को न जाने क्या सूझी कि उसने कहा, "एक शर्त पर आऊँगा, वह यह कि तुम इन रामलोचन को भी निमंत्रण दो। बड़े कला-प्रेमी आदमी रहे हैं यह! फिर यह शहर कोतवाल हैं। इनसे, बहुत मुमकिन है, तुम्हें अपनी हरकतोंकी वजह से अकसर ही वास्ता पड़े। तो आज से ही इनकी सेवा आरम्भ कर देनी चाहिए तुम्हें!"

"ही-ही-ही, आप भी कैसी बातें करते हैं, इनसे आज ही तो परिचय हुआ है!" और रामलोचन की ओर घूमकर उसने कहा, "आपको तो हमारे यहाँ आना ही होगा। गृहमंत्री जी से जीजाजी के जो सम्बन्ध हैं वही सम्बध आपसे मेरे होने चाहिए। फिर आप जैकृष्ण जी के मित्र हैं—सोने में सुहागा। आप कहाँ होंगे सात बजे, मैं अपनी मोटर आपके यहाँ भेज दूँगा।"

रामलोचन के उत्तर देने के पहले ही जैकृष्ण ने कहा, "तुम चिन्ता मत करो—मैं इन्हें अपने साथ ले आऊँगा।"

इसी समय राधेश्याम की कार ने बँगले में प्रवेश किया। चपरासी ने लपककर दरवाजा खोला और राधेश्याम के साथ जबरसिंह कार से उतरे। जबरसिंह की निगाह रामलोचन पर पड़ी, उन्होंने कहा, "अरे रामलोचन! तो तुम सिटी डी.एस. पी. बन गए! मैंने कल ही खबर सुनी थी।"

रामलोचन ने सैल्यूट मारा, "आपकी कृपा से सब कुछ सम्भव है!"

जबरसिंह ने कुछ सोचते हुए कहा, "लेकिन रामलोचन, मैंने तो तुम्हारी

सिफारिश नहीं की थी—न किसी ने मुझसे कुछ पूछा था।"

रामलोचन को ज्ञानेन्द्रनाथ मिश्र का आदेश याद आ गया, "जी, लेकिन पुलिस के डी.आई.जी. श्री ज्ञानेन्द्रनाथ मिश्र तो जानते हैं कि मैं आपका आदमी हूँ। वह तो आपकी देवता के समान पूजा करते हैं, कहते हैं कि इस सारे प्रदेश को आप ही चला रहे हैं। तो उन्होंने आपके लिहाज से मुझे ऑफीशिएटिंग चांस दे दिया।"

जबरसिंह का चेहरा खिल गया, "यह ज्ञानेन्द्र मिश्र बड़ा योग्य और मेहनती आदमी है—क्या कहने हैं उसके! उसे तो आई.जी. पुलिस होना चाहिए। खैर—पारसाल आई.जी. रिटायर हो रहे हैं, तब यह आई.जी. बन जाएगा! हाँ, अपनी बुआ से मिले कि नहीं—कल उन्हें जब मैंने बताया तो बड़ी खुश हो गईं!" और जबरसिंह राधेश्याम का हाथ पकड़कर अन्दर चले गए। इन दोनों के साथ-साथ कुन्दनलाल भी अन्दर चला गया। इनके जाने के बाद रामलोचन ने जैकृष्ण से कहा, "यार कहाँ फँसाए दे रहे हो मुझे! ये दोनों साले-बहनोई नामी-गिरामी बेईमान, तिकड़मबाज ब्लैक मार्केटियर हैं।"

जैकृष्ण हँस पड़ा, "क्या घिसे-पिटे फिकरे उठा लाए रामलोचन! अरे, पुलिसवालों की दोस्ती ही बदमाशों से होती है, कोई शरीफ और नेक आदमी भला क्यों पुलिसवालों से दोस्ती करेगा? वह तो इनके नाम से दूर भागता है। तो अगर पुलिस की अफसरी करनी है तो एक-से-एक छँटे बदमाश से मेल-जोल बढ़ाना पड़ेगा। अच्छा, अब तुम अन्दर जाकर अपनी बुआजी के पैर छुओ, और मैं चला कॉफी हाउस की तरफ। शाम के वक्त कैसरबाग की कोतवाली पर ही रहना—लेकिन यह वर्दी नहीं चलेगी। सात-सवा सात बजे मैं आ जाऊँगा तुम्हें लेने!" और जैकृष्ण कार पर बैठकर रवाना हो गया।

रामलोचन अन्दर पहुँचा, धनवन्तकुँवर अपनी पूजा समाप्त करके तुलसी पर पानी चढ़ा रही थीं। इधर रामलोचन जाकर बरामदे में खड़ा हुआ और उधर धनवन्तकुँवर तुलसी पर पानी चढ़ाकर आँगन से वापस लौटीं। रामलोचन ने अपनी आदत के अनुसार पहले तो सैल्यूट मारा, फिर वैसे ही अपनी गलती महसूस करके झुककर धनवन्तकुँवर के पैर छुए।

धनवन्तकुँवर पुलक उठीं, रामलोचन के सिर पर हाथ रखकर उन्होंने आशीर्वाद दिया, "जुग-जुग जियो बचवा! कल सुना कि तुम डी.एस.पी. बन गए हो। तो

यह सही-सलामत कायम रहे तो पाँच-छह साल में तुम सुपरिंटेंडेंट पुलिस हो गए समझो! भगवान सबके सहायक होते हैं। तो बैठो और पहले मुँह मीठा कर लो!" और धनवन्तकुँवर स्वयं अपने हाथों एक तश्तरी में मिठाई, नमकीन और फल ले आईं।

वैसे देखने में शान्त, संयत और गम्भीर, लेकिन रामलोचन जब-जब धनवन्तकुँवर से मिला तब-तब उसे अनुभव हुआ कि असीम वेदना धनवन्तकुँवर के हृदय में भरी हुई है, उनकी आँखों में अथाह करुणा है। धनवन्तकुँवर के कोई सन्तान नहीं थी। यह नहीं कि वह बाँझ रही हों, विवाह के बाद चार साल के अन्दर उन्होंने दो बच्चों को जन्म दिया, लेकिन दोनों छह महीने के अन्दर ही जाते रहे। इसके बाद फिर धनवन्तकुँवर के कोई सन्तान नहीं हुई। न जाने कितने डॉक्टरों को दिखाया गया, न जाने कितनी दवा की गई—कितना पूजा-पाठ हुआ, कितने व्रत-उपवास रखे गए, लेकिन धनवन्तकुँवर ने फिर गर्भ नहीं धारण किया, और सबने उम्मीद छोड़ दी।

जबरसिंह के पिता केहरसिंह एवं जबरसिंह के मित्रों ने जबरसिंह को दूसरा विवाह करने की सलाह दी, धनवन्तकुँवर से लुके-छिपे लड़की की तलाश भी की गई लेकिन तभी हिन्दू कोडबिल पास हो गया और जबरसिंह का दूसरा विवाह नहीं हो पाया।

उस दिन धनवन्तकुँवर अपेक्षाकृत प्रसन्न दिख रही थीं। रामलोचन को मिठाई खिलाकर उन्होंने कहा, "बचवा, हमारी सबसे छोटी देवरानी आ रही हैं अपने बच्चों के साथ—तीन-चार दिन में, तो अब जी लग जाया करेगा। तुमने तो अपना बियाह ही नहीं किया है, तो अब कर डालो!"

रामलोचन बोला, "अरे बुआजी, कैसा विवाह और कैसा झंझट, जो तनख्वाह मिलती है वही नहीं पूरी हो पाती। आदतें बिगड़ गई हैं, ताल्लुकदारों के कुल में जन्म लेने से! अब देखो न, मोटर साइकिल भुरकुस हो गई थी तो बेच दी, नई खरीदने के लिए पास में पैसा नहीं है।"

"हाय राम! बचवा की यह दशा!" ठकुराइन की आँखें तरल हो गईं, "बचवा, रुपया हम तुम्हें दे देंगी—यहाँ से जाते ही नई मोटर साइकिल खरीद लो। फिकर मत करना, जब रुपया पास में आवे तब वापस कर देना।"

धनवन्तकुँवर की इस ममता से रामलोचन गद्गद हो गया, उसने कहा, "नहीं बुआजी, इतना कष्ट करने की आवश्यकता नहीं है। मोटर साइकिल बेच के जो रुपया मिला था वह पास में है। फिर अबकी दफा फसल अच्छी हुई है, बड़के भइया ने लिखा है कि अनाज बिकते ही रुपया भेज देंगे। तो अब मैं चलूँगा। कोई काम हो तो बुलवा लीजिएगा—क्या बताऊँ फुरसत ही नहीं मिलती—इतना काम आ पड़ा है!" और धनवन्तकुँवर के पैर छूकर रामलोचन वहाँ से चल दिया।

रामलोचन बँगले के फाटक तक न पहुँचा था कि जबरसिंह का चपरासी दौड़ता हुआ उसके पास आया, "साहेब ने आपको याद किया है।"

रामलोचन जबरसिंह के कमरे में पहुँचा, राधेश्याम और कुन्दनलाल बैठे थे और बातें चल रही थीं। रामलोचन के आते ही जबरसिंह ने कहा, "रामलोचन! इन सेठ राधेश्याम को तो तुम जानते ही हो, और यह कुन्दनलाल सेठ जी के साले हैं। सेठ राधेश्याम तो कानपुर में रहते हैं, लेकिन यह कुन्दनलाल यहीं रहते हैं।"

"जी हाँ!" रामलोचन ने संक्षिप्त उत्तर दिया।

"तो यह अपने ही आदमी हैं—इनका ख्याल रखना। अगर तुम्हें किसी तरह की सहायता की आवश्यकता पड़े तो बिना किसी हिचकिचाहट के कुन्दनलाल से कह देना। राधेश्याम ने कुन्दनलाल से कह दिया है और कुन्दनलाल भी जब-तब तुमसे मिलते रहेंगे।"

और राधेश्याम ने बड़ी आत्मीयता के स्वर में कहा, "तुम तो अपने घर के ही आदमी हो। घरवालों में किसी तरह का संकोच नहीं होना चाहिए। अपने ही आदमी एक-दूसरे की सहायता करते हैं।"

तभी कुन्दनलाल बोल उठा, "जीजाजी, आज शामवाली गोष्ठी में मैंने रामलोचन जी को भी बुलाया है—इन्होंने वादा कर लिया है कि यह आवेंगे।"

रामलोचन चुपचाप खड़ा यह बातचीत सुन रहा था, अब उसने कहा, "जी हाँ, मैं अवश्य आऊँगा। यह मेरा सौभाग्य है कि आप लोगों ने मुझे अपने आत्मीय की तरह मान लिया है। अच्छा, अब मुझे आज्ञा दीजिए।"

और राधेश्याम ने कहा, "कोई सवारी है—नहीं तो हमारी मोटर खड़ी है, वह तुम्हें छोड़ जाएगी। कुन्दन, तुम इन्हें पहुँचा आओ—पन्द्रह-बीस मिनट में आ जाना,

तब तक हम लोग कलक्टर के साथ एक्वायरमेंट की बात तै कर लेंगे—ठीक है न जबरसिंह जी!"

3

श्री शंकरदेव प्रशान्त की गणना हिन्दी के युग-प्रवर्तक कवियों में होती थी।

उन्होंने अपना साहित्यिक जीवन छायावाद के कवि के रूप में आरम्भ किया था, फिर वह समाजवादी बनकर प्रगतिशीलता पर उतर आए थे। सन 1939 के महायुद्ध के समय उन्होंने वीर रस अपनाकर भारत के नौजवानों को सेना मे भरती होने के लिए प्रोत्साहित किया और सन् 1947 में देश की स्वतंत्रता प्राप्ति के बाद उन्होंने स्वतंत्र भारत की गौरव-गाथा गाते हुए अनेक राष्ट्रीय कविताएँ लिखीं। यही नहीं, शान्ति, सह-अस्तित्व और अहिंसा का नारा अपनाकर उन्होंने कई महाकाव्य रच डाले।

शंकरदेव प्रशान्त के पास एक मोहक और आकर्षक व्यक्तित्व था, उनकी वाणी में माधुर्य के साथ ओज था। देश के अनेक शीर्षस्थ नेताओं एवं महत्त्वपूर्ण मंत्रियों से उनकी प्रगाढ़ मित्रता थी, और इधर पाँच-छह वर्षों से वह दिल्ली में बस गए। सरकारी अफसरों पर उनका प्रभाव था और न जाने कितनी सरकारी कमेटियों के वह सदस्य थे। इसके परिणामस्वरूप वह हिन्दी के लेखकों एवं कवियों की सहायता करने की स्थिति में थे। जीवन के संघर्षों में पिसते हुए अनेक कवियों एवं लेखकों को उन्होंने काम दिलवाया था, और बदले में यह कवि तथा लेखकगण हरामखोरी के पाप से बचने के लिए तथा अगली सीढ़ियाँ चढ़ने के लिए शंकरदेव प्रशान्त की छत्रछाया में आकर उनका यशोगान करते थे। इस शिष्य समुदाय ने विगत तीन वर्षों में प्रशान्त जी की जयजयकार का जो शोर मचाया उससे विवश होकर हिन्दीवालों को उस वर्ष का साहित्य-अकादमी का पुरस्कार उन्हें देना पड़ गया।

गौर वर्ण के मझोले कद के आदमी! दाढ़ी-मूँछें साफ, शरीर हृष्ट-पुष्ट, दुग्ध-धवल खादी की धोती, उस पर अच्छी तरह कलफ किया हुआ रेशमी कुर्ता। कन्धे तक झूलते हुए पट्टेदार बाल, जरी के किनारेवाली तह की हुई मद्रासी चादर गले

में पड़ी हुई थी। शंकरदेव प्रशान्त को लेकर जब राधेश्याम की कार बँगले के पोर्टिको में रुकी, राधेश्याम ने स्वयं आगे बढ़कर प्रशान्त जी का स्वागत किया, "यह हमारा सौभाग्य है कि आपने हमारी कुटी को पवित्र किया।" और शंकरदेव प्रशान्त ने मंथर गति से राधेश्याम के साथ उनके ड्राइंगरूम मे प्रवेश किया। शंकरदेव के साथ कुन्दनलाल और दामोदरदास थे।

दामोदरदास लखनऊ नगर का उठता हुआ कवि था, और उसने हिन्दी के नये कवियों में अपना विशिष्ट-स्थान बना लिया था। दामोदरदास के पिता रिखभदास के पास सीमेंट की एजेंसी थी, और सीमेंट पर पाँच रुपया फी बोरी ब्लैक करके जो बेतहाशा रुपिया रिखभदास को मिल रहा था, उसमें से पाँच सौ रुपयों के चन्दे के बल पर उसने शंकरदेव प्रशान्त द्वारा संकलित एवं प्रकाशित 'नई कविता के नवरत्न' नामक ग्रंथ में अपना नाम उन नवरत्नों में शामिल करा लिया था। यही नहीं, उसने अपना एक कविता-संग्रह भी प्रशान्त जी की लम्बी भूमिका के साथ प्रकाशित करा दिया था।

दामोदरदास जहाँ साहित्य-क्षेत्र में शंकरदेव प्रशान्त का शिष्य था, वहाँ व्यापार के मामले में कुन्दनलाल का शिष्य बन गया। लोहे की ब्लैकमार्केटिंग का धन्धा उसने विशुद्ध कुन्दनलाल की सहायता से आरम्भ कर दिया था।

शंकरदेव प्रशान्त के ड्राइंगरूम में प्रवेश करते ही सब लोग उठ खड़े हुए। जबरसिंह एक बड़े सोफे पर बैठे थे, उठकर उन्होंने शंकरदेव प्रशान्त को अपनी बगल में बैठाया। और शंकरदेव प्रशान्त की बगल में राधेश्याम बैठ गए। कितनी सुहावनी लग रही थी यह त्रिमूर्ति! बीज में शंकरदेव प्रशान्त, एक ओर जबरसिंह और दूसरी ओर राधेश्याम। कुन्दनलाल ने शहर के मशहूर फोटोग्राफर को इशारा किया, और उसने एक स्नैप इस त्रिमूर्ति का ले लिया।

रामलोचन जैकृष्ण के साथ बैठा हुआ बड़े कौतूहल के साथ इस कार्यक्रम को देख रहा था। सबसे पहले दामोदरदास ने शंकरदेव प्रशान्त का परिचय देते हुए एक छोटा-सा कवित्वमय भाषण दिया। उस भाषण से रामलोचन इतना अधिक प्रभावित हुआ कि उसने जैकृष्ण के कान में कहा, "यह दामोदर इतना प्रतिभावान—एक वास्तविक कवि! उसका नाम किस तरह हमारे यहाँ छँटे हुए बदमाश और बेईमान ब्लैकमार्केटियरों में दर्ज कर लिया गया है, इसकी मुझे छानबीन करनी होगी।"

दामोदरदास के भाषण के बाद शंकरदेव प्रशान्त ने गर्व से अपने चारों ओर देखा। और तभी जबरसिंह ने कहा, "हमारे देश के साहित्यकारों का हमारे स्वतंत्र देश के निर्माण में महत्त्वपूर्ण योगदान हो रहा है—यह साहित्यकार हमारे आदर के पात्र हैं। हमारी सरकार इन साहित्यकारों की कदर करना जानती है। हमारी केन्द्रीय सरकार ने हर साल हर भाषा के एक-एक साहित्यकार को पाँच-पाँच हजार रुपये का पुरस्कार देकर इन लोगों की माली हालत सुधारने का प्रयत्न किया है, वह स्तुत्य है।"

जबरसिंह के इस कथन से जैकृष्ण सहसा भड़क उठा, उसने खड़े होकर कहा, "मंत्री महोदय! पाँच हजार की रकम से भला कहीं किसी की माली हालत सम्हल सकती है? आज अगर किसी को एक स्कूटर भी खरीदना पड़े तो वह ब्लैकमार्केट में पाँच हजार से कम का नहीं मिल सकता।"

जबरसिंह जैकृष्ण को गौर से देखते हुए कुछ मिनटों तक सोचते रहे कि उसकी बात का क्या जवाब दिया जाए, फिर जैसे उन्हें जवाब सूझ गया, उनके मुख पर हल्की-सी मुस्कराहट आई, "जैकृष्ण जी, आपने ठीक बात कही—मेरा मतलब तो यह है कि इन पाँच हजार रुपयों को डूबते को तिनके का सहारा समझा जाए। इनकी माली हालत सुधारने की तो कोई ठोस योजना बनानी पड़ेगी। अच्छा मान लीजिए कि देश के कलाकारों और साहित्यकारों की एक कॉलोनी बसाई जाए जहाँ इन्हें मुफ्त भोजन, मुफ्त वस्त्र और मुफ्त आवास मिले तो कैसा रहेगा?"

जैकृष्ण की विनोद-प्रवृत्ति जाग उठी, उसने कहा, "और जेब खर्च का क्या होगा?"

जैकृष्ण के इस प्रश्न ने मानो आग में घृत का काम किया। एकाएक शंकरदेव प्रशान्त भड़ककर खड़े हो गए, "मंत्री जी! आपने क्या इन कवियों और कलाकारों को भिखमंगा समझ रखा है? हम लोग देश और समाज के निर्माता हैं, हमारी कृतियाँ हजारों वर्ष जीवित रहेंगी—हम युग-चेतना के प्रतीक हैं।"

वहाँ उपस्थित कवियों ने हर्ष-विभोर होकर तालियाँ बजाईं।

राधेश्याम इस बातचीत को बड़े मनोयोग के साथ सुन रहा था और साथ ही मन-ही-मन बड़ी तेजी के साथ हिसाब लगा रहा था। अब उसने कहा, "मैं अपने महाकवि शंकरदेव प्रशान्त की बात से पूरी तरह सहमत हूँ। देश के कवियों और

साहित्यकारों को अच्छी सजी हुई कोठियों में रहना चाहिए, उन्हें शानदार मोटरों पर चढ़ना चाहिए। तो इन पाँच हजार रुपयों से होता क्या है? तो मैं राधेश्याम आज घोषणा करता हूँ पाँच नहीं, पच्चीस—यानी पच्चीस हमार रुपयों का एक पुरस्कार हर साल मेवा-सेवा संस्थान की ओर से प्रत्येक वर्ष हिन्दी के सर्वश्रेष्ठ साहित्यकार को दिया जाएगा। आप पत्रकार लोग इस घोषणा का आज ही ऐलान कर दें और यह भी ऐलान कर दें कि इस मेवा-सेवा पुरस्कार कमेटी के चेयरमैन हमारे गृहमंत्री ठाकुर जबरसिंह होंगे। मंत्री कुन्दनलाल होंगे। कार्यकारिणी के पाँच सदस्य होंगे—लखनऊ, इलाहाबाद, बनारस और आगरा विश्वविद्यालयों के चार वाइस-चांसलर और मेवा-सेवा-संस्थान की अध्यक्षा श्रीमती गंगादेवी।"

तालियाँ बजना शुरू ही हुई थीं कि एक निहायत चिमरखी-सा दिखनेवाला एक नवयुवक कवि चीखकर बोल उठा, "इस कमेटी में कोई भी साहित्यकार नहीं है—साहित्य का मूल्यांकन कैसे होगा? इस कमेटी पर मुझे आपत्ति है।"

एक क्षण के लिए एक सन्नाटा-सा छा गया, तालियाँ रुक गईं और बड़ी विवशता की नजर से राधेश्याम ने जबरसिंह को देखा। जबरसिंह ने कड़कदार आवाज में उस नवयुवक को डाँटा, इस तरह की अनर्गल बात करनेवाले को यह पता होना चाहिए कि साहित्यकारों में हरामखोरों की तादाद बहुत बढ़ गई है, दलबन्दियों में बँधे हुए एक-दूसरे से लड़ते-झगड़ते हैं, आपस में ही गाली-गलौज करते हैं। तो साहित्य का सही मूल्यांकन हम लोग कर सकते हैं—यह साहित्यकार क्या करेंगे? यह 'खाओ और गुर्राओ' की नीति मुझे बिलकुल पसन्द नहीं।"

उस युवक कवि की बगल में बैठे हुए एक सम्भ्रान्त कवि मनोज जी ने उठकर कहा, "मैं अपने साथी कवि झंझावात जी के भावावेग पर बहुत लज्जित हूँ—इसे बदतमीजी न समझा जाए। सेठ राधेश्याम जी की योजना बड़ी सराहनीय है! मैं कवि समुदाय की ओर से गृहमंत्री जी से क्षमा माँगे लेता हूँ!"

इस क्षमा-याचना से वातावरण फिर शान्त हो गया। तभी दामोदरदास ने शंकरदेव प्रशान्त से एक कविता सुनाने की प्रार्थना की। प्रशान्त जी कुछ आनाकानी करने ही वाले थे कि जबरसिंह ने अनुरोध किया। अब प्रशान्त जी खड़े हो गए और कुन्दनलाल ने अपना टेप-रिकार्डर चालू कर दिया। प्रशान्त जी ने ओज-भरे स्वर में 'अन्तरात्मा की आवाज' नाम की कविता सुनानी आरम्भ की। आध्यात्मिकता

और भौतिकता का एक सम्मोहक सम्मिश्रण, संस्कृत, फारसी और अंग्रेजी शब्दों का सुन्दर ताना-बाना। लोग वाह-वाह कर रहे थे। जबरसिंह चकित होकर उस कविता को सुन रहे थे और उसके अर्थ को पकड़ने की कोशिश कर रहे थे, लेकिन आधी कविता सुनने के बाद उन्हें जमुहाई आई और उन्होंने अपनी घड़ी देखी।

सेठ राधेश्याम कविता नहीं सुन रहे थे, वह मन-ही-मन झंझावात को इस बात पर गालियाँ देते हुए कि उसने तालियों का बजाना बन्द करवा दिया था, अतिथियों के मुख पर अपनी घोषणा के प्रभाव को देखने की कोशिश कर रहे थे। उन्होंने जबरसिंह की जमुहाई ताड़ ली। उस समय आठ बजने में दस मिनट बाकी थे—आठ बजे जबरसिंह को कैबिनेट मीटिंग में जाना था। उन्होंने राधेश्याम को यह बता दिया था। राधेश्याम को भी उसी दिन कानपुर लौटना था क्योंकि कानपुर में केन्द्रीय सरकार के उद्योगमंत्री आए थे और कानपुर के उद्योगपतियों द्वारा उन्हें साढ़े नौ बजे एक डिनर दिया गया था—वहाँ राधेश्याम को उद्योगमंत्री का स्वागत करना था। तो इस कविता-पाठ के बीच में ही उन्होंने उठकर कहा, "गृहमंत्री को एक आवश्यक कैबिनेट मीटिंग में जाना है, और मुझे भी इसी समय कानपुर में एक आवश्यक कार्यक्रम में सम्मिलित होने के लिए रवाना होना है। इसलिए इस अधूरे कार्यक्रम को छोड़ने की हम लोग क्षमा चाहते हैं।"

राधेश्याम के साथ जबरसिंह भी उठ खड़े हुए—प्रशान्त जी की कविता अधूरी ही रह गई।

रामलोचन प्रशान्त जी की उस कविता से बहुत बोर हो गया था। उसने भी उठते हुए जैकृष्ण से कहा, "यार कहाँ फँसा दिया तुमने मुझे! इन लोगों के साथ मैं भी निकला जाता हूँ, अच्छा मौका है!"

जैकृष्ण ने रामलोचन का हाथ पकड़कर जबरदस्ती बैठाते हुए कहा, "बड़े चुगद हो, असली रंग तो अब जमेगा इन खूसटों के जाने के बाद!" और उसने कुन्दनलाल के पास जाकर कहा, "कुन्दन, अब शुरू हो जाए। इसके बाद ही कविता का असली रंग जमेगा।"

दामोदरदास वहीं खड़ा था, कुन्दनलाल ने कहा, "मैं इन लोगों को मोटर पर सवार कराके आता हूँ। तब तक दामोदर यहीं गिलास-विलास मँगाओ।"

अब सब लोग इतमीनान के साथ बैठ गए। व्हिस्की का पहला गिलास

प्रशान्त जी के सामने पेश किया गया। प्रशान्त जी ने कुछ क्षणों तक सोचा कि गिलास उठाया जाए कि तभी दामोदरदास ने ललकारा, "गुरु जी, यहाँ सब अपने ही आदमी हैं, संकोच करने की कोई जरूरत नहीं है। असली स्काच-व्हिस्की है। सेठ राधेश्याम के यहाँ घटिया चीज नहीं मिलेगी।" और इस ललकार का विरोध प्रशान्त जी नहीं कर सके, उन्होंने व्हिस्की का गिलास उठा लिया।

रामलोचन ने भी व्हिस्की का गिलास होंठों से लगाया, और उसे लगा कि उसके अन्दरवाली तमाम बोरियत गायब हो गई है। अभी तक वह कुछ अजीब उलझन के साथ वहाँ की कार्रवाई देख रहा था, अब उसे उस कार्रवाई में दिलचस्पी आने लगी। इधर—उधर घूमती हुई उसकी नजर उस दुबले-पतले मरियल से दिखनेवाले युवा कवि पर पड़ गई जिसने मेवा-सेवा-संस्थान की पुरस्कार कमेटी के गठन पर आपत्ति की थी और जिसका नाम उसके साथ बैठे हुए कवि ने 'कवि झंझावात' बतलाया था। रामलोचन ने देखा कि उसने चटपट दो घूँटों में अपना गिलास खाली कर दिया, और बेयरा से उसने एक बार एक बड़ा पेग भरवाया। वैसें तो वह निहायत दुबला-पतला, नाटा-सा आदमी था! लेकिन उसकी वाणी में ही नहीं, उसकी हरकतों में बला की तेजी थी। वह अब अपनी जगह से हटकर ठीक प्रशान्त जी की बगल में बैठ गया और उसने प्रशान्त जी से पूछा, "क्यों प्रशान्त जी, आपकी अन्तरात्मा की आवाज कुन्द-सी लगी। कुछ कुन्दनलाल का असर दिख रहा था उसमें।"

प्रशान्त जी ने सकपकाकर उसकी ओर देखा, "मैं आपका मतलब नहीं समझा!"

"मतलब मेरी बातों में होता ही नहीं, तो समझेगा क्या कोई खाक!" वह हँस पड़ा, "देखिए प्रशान्त जी, मैं झंझावात हूँ। खैर, यह सब छोड़िए, अब आप अपनी वह कविता सुनाइए जिसमें आपने नये युग का आह्वान किया है। आपकी पिछली कविता अधूरी रह गई थी। यह साले कवियों का अपमान करने पर तुले हुए हैं—तो फिर आप ही क्यों शिष्टता और शालीनता का जामा ओढ़े हुए घूमें?"

प्रशान्त जी ने घूरकर झंझावात को देखा, और वह एक घूँट में अपने गिलास की बची हुई व्हिस्की गले के नीचे उतार गए। और वैसे ही प्रशान्त जी के अन्दर वाली जो एक घुटन-सी थी वह गायब हो गई। उन्होंने अपने आसपास देखा और वहाँ बैठे सब आदमियों ने झंझावात की बात का समर्थन किया। झंझावात ने अपने

हाथों से प्रशान्त जी का गिलास भरा और प्रशान्त जी ने अपनी कविता सुनानी आरम्भ की। उस कविता में पूँजीवाद, शोषण और उत्पीड़न को बेतहाशा गालियाँ दी गई थीं और नवीन युग के युवकों को ललकारा गया था कि वह युग चेतना के अग्रदूत बनकर इस अन्धकार को मिटावें और मानवता के सूर्योदय में सहायक हों। यह कविता रामलोचन को पसन्द आई।

व्हिस्की के दौर चल रहे थे और कविता के दौर चल रहे थे। कुन्दनलाल ने अपनी प्रेयसी की बेवफाई पर एक गजलनुमा कविता सुनाई। इस कविता की बड़ी तारीफ हुई। फिर दामोदरदास ने 'अमृतवृक्ष' और 'बिच्छू के डंक' शीर्षक एक नई कविता सुनाई। इसके पहले कि इस कविता की तारीफ के दौर शुरू होते, झंझावात ने तमककर दामोदरदास से कहा, "तो दामोदरदास तुम्हारा मतलब यह है कि सेठ राधेश्याम अमृतवृक्ष हैं और मैं बिच्छू का डंक हूँ!" और झंझावात ने अपना गिलास खाली करके उसे फिर भरवाया।

मनोज जी उठकर झंझावात के पास आए और उन्होंने उसे रोकते हुए कहा, "अब बस करो—ज्यादा पी गए हो।"

झंझावात ने मनोज जी को डाँटा, तुमने समझ क्या रखा है मुझे? मैं हूँ झंझावात—समुद्र सोख सकता हूँ, समुद्र। यह दामोदरदास क्या कविता लिखेगा?"

जैकृष्ण ने आवाज लगाई, "वाह झंझावात—क्या बात कही तुमने। अब तुम अपनी कविता सुनाओ!"

झंझावात ने बिगड़कर कहा, "कौन साला मुझसे कविता सुनने की हिम्मत रखता है, ज़रा मैं उसकी शक्ल तो देखूँ?"

रामलोचन बड़े कौतूहल से यह दृश्य देख रहा था, एकाएक वह बोल उठा, "आप अपनी कविता मत पढ़िए।"

"मैं अपनी कविता पढ़ूँगा—जरूर पढ़ूँगा। मुझे रोकनेवाला कोई पैदा नहीं हुआ है अभी तक!"

सब लोग खड़े हो गए थे और जोरों का शोर मच रहा था। झंझावात उठकर सेंटर-टेबिल पर चढ़ गया और चिल्लाकर अपनी कविता पढ़ने लगा—

चुप रहो! चुप रहो!
मैं हूँ झंझावात!

और तुम सब वाहियात—तुम सब बदजात—तुम सब कुरुफात!

रामलोचन की त्यौरियाँ चढ़ गईं, यह चिमरखी-सा दिखनेवाला बदतमीज आदमी सरेआम सबों को गालियाँ दे रहा था। उसने बढ़कर कहा, "चुप होता है उल्लू के पट्ठे कि लगवाऊँ दस जूते!"

झंझावात ने और उग्र होकर कहा—

"यह कौन है?"

"सभा क्यों मौन है?"

जैकृष्ण ने मुस्कराते हुए कहा, "इन्हें नहीं जानते, यह सिटी डी.एस.पी. हैं। अभी तुम्हें बन्द कर देंगे।"

झंझावात अब चीख पड़ा :

"यह साला पूँजीपति—यह साली पुलिस—
सत्ता का दानव, रहा है हमें घिस
लेकिन मैं हूँ झंझावात—भयानक उत्पात—
जो मुझसे टकराएगा—चूर-चूर हो जाएगा—
मेरी एक हिस्स—
पूँजीपति फिस्स—पुलिसवाला फिस्स।"

रामलोचन भी इस समय तक तीन पेग पी चुका था, उसने झंझावात का हाथ पकड़कर उसे मेज से खींच लिया, और फिर उसने इस तरह झुलाया, मानो उसे फेंक देगा। झंझावात चीख रहा था, गालियाँ दे रहा था। रामलोचन ने उसे दो चक्कर देकर सोफे पर प्रशान्त जी की बगल में रख दिया। सोफे पर धरे जाते ही उसकी आँखें बन्द हो गईं। एक तहलका-सा मच गया, ऐसा लगता था कि झंझावात बेहोश हो गया है। तभी जैकृष्ण ने एक गिलास में आधा पेग डालकर झंझावात के होंठों से लगाया—और झंझावात आँखें खोलकर गिलास अपने हाथ में लेकर मुस्कराया और उसने अपनी कविता पूरी की!

"श्री चियर्स प्रशान्त—जो है उद्भ्रान्त—क्लान्त!
श्री चियर्स सिटी डी.एस.पी.—मैं पीता हूँ और तू भी पी!"

रामलोचन जोर से हँस पड़ा, और उसके हँसते ही हँसी का एक ठहाका फूट पड़ा कमरे में।

इस सब कांड से कुन्दनलाल काफी चिन्तित और परेशान हो गया था। उसने देखा कि अब इस गोष्ठी को समाप्त करने का अच्छा मौका है, और उसने कहा, "ग्यारह बज चुके हैं—खाना तैयार है, अब भोजन कर लिया जाए।"

4

नगर के प्रमुख व्यौपारियों का जो डेलीगेशन जबरसिंह से मिलने आया था वह काफी उत्तेजित था। जबरसिंह प्रदेश का एक लम्बा दौरा लगाकर पिछले दिन रात के समय लौटे थे। उस दिन सोमवार था, और दफ्तर में काफी काम इकट्ठा हो गया था। उसे निपटाने के लिए वह नौ बजे सुबह कौंसिल हाउस जाना चाहते थे। उनके पी.ए. ने खबर दी कि बारह प्रतिष्ठित व्यौपारियों का शिष्टमंडल उनसे मिलने को आया है। जबरसिंह ने उस शिष्टमंडल को ड्राइंगरूम में बुलवा लिया।

लाला गेंदामल ने ज़रा कड़ी आवाज में कहा, "श्रीमान! हम लोग नगर के प्रतिष्ठित व्यौपारी हैं। नगर की सम्पन्नता के प्रतीक हैं। और आपका जो नया शहर कोतवाल आया है उसने बड़ी ज्यादतियाँ आरम्भ कर दी हैं। सनीचर की शाम को पाँच ऊँचे व्यौपारियों को ब्लैकमार्केटिंग या स्मगलिंग के अभियोग में हवालात में बन्द कर दिया है। जमानत नहीं लेता—एस.एस.पी. साहेब के पास पहुँचे तो वह बोले कि शहर कोतवाल मिनिस्टर साहेब के आदमी हैं, जो करते हैं वह मिनिस्टर साहब की मर्जी से करते हैं। और श्रीमान से मिलने की कितनी कोशिशें कीं, परसों रात—कल दिन भर—लेकिन श्रीमान के यहाँ से यही उत्तर मिला कि दौरे पर हैं।"

जबरसिंह ने कहा, "नहीं, मैंने कोई आर्डर नहीं दिया—और मैं दौरे से कल रात को लौटा हूँ। लेकिन कानून तोड़ने के खिलाफ सख्त कार्रवाई की जाए—मेरा तो हरेक पुलिस-अधिकारी को यह आदेश है।"

लाला सगुनचन्द ने जवाब दिया, "हमलोग जो कुछ करते हैं वह सब कानूनन करते हैं। बाजार में माल की कमी है—माँग बहुत ज्यादा है, दाम चढ़ेंगे ही। हम

जो धन्धा करते हैं वह मुनाफे के लिए करते हैं, इसी मुनाफे से मन्दिर बनाते हैं—धर्मशालाएँ बनाते हैं—आप लोगों को चन्दा देते हैं। लेकिन अगर हम लोगों को इस तरह बन्द कर दिया जाएगा तो फिर हम किस तरह चन्दा दे सकेंगे?"

बात युक्तिसंगत थी—जबरसिंह मन-ही-मन मुस्कराए फिर उन्होंने कहा, "वह तो तुम लोगों ने पहले से ही हीला-हवाला करना शुरू कर दिया है। तभी तो पार्टी की हालत बिगड़ी हुई है। आफिसवालों को तनख्वाहें नहीं मिली हैं दो महीने से—हरेक आदमी कहता है कि घाटा हो रहा है। और यहाँ हालत यह कि बेतहाशा मुनाफा उठा रहे हैं आप लोग! तो रामलोचन ने जो कुछ किया वह ठीक किया। हमने तो उससे कुछ नहीं कहा, लेकिन वह बजात खुद बड़ा कर्तव्यपरायण और सख्त आदमी है।"

गेंदामल ने तत्काल उत्तर दिया, "हमलोग तो आप लोगों के सेवक हैं। लेकिन यह हम लोगों की इज्जत का मामला है। इन लोगों के खिलाफ मुकदमे न चलें और यह आज छोड़ दिये जाएँ, साथ ही इस शहर कोतवाल का तबादिला कर दिया जाए। और जो सेवा आप हमलोगों से कहें वह हम करने को तैयार हैं।"

जबरसिंह ने कड़े स्वर में कहा, "यह शहर कोतवाल बदल दिया जाए, यह सुपरिंटेंडेंट बदल दिया जाए, यह मिनिस्टर बदल दिया जाए—यानी हुकूमत आपकी मर्जी के मुताबिक चले। जाइए—अगर वे बेगुनाह हैं तो अदालत उन्हें छोड़ देगी और अगर ये गुनहगार हैं तो सजा भुगतें।"

सुगनमल ने देखा कि मामला बिगड़ रहा है, उसने गिड़गिड़ाते हुए कहा, "आप लाला गेंदामल की बात का बुरा न मानें मिनिस्टर साहेब। देखिए, यह तो हम बनियों की आदत है कि जब तक दबाव नहीं पड़ता तब तक हमारे पास से पैसा नहीं निकलता। तो आज आपकी आज्ञा हो जाए, फिर देखिए कि उसका हम पालन करते हैं कि नहीं!"

पिछले कई महीनों से कांग्रेस पार्टी की आर्थिक स्थिति कुछ डाँवाडोल चल रही थी—न विधायक अपना चन्दा देते थे, और न कहीं से डोनेशन मिल रहे थे। तो रामलोचन इतने काम का आदमी साबित होगा—इसका पता उन्हें उस दिन लगा। यह सब साले व्यौपारी दूसरी पार्टियों को चन्दा दे रहे थे, और उनकी पार्टी को ठेंगा दिखा रहे थे, हो गई सालों की अक्ल दुरुस्त। उन्होंने कहा, "तो पार्टी

के आफिस में पचास हजार रुपया भिजवाओ—दो दिन के अन्दर। मैं अभी तुम्हारे आदमियों को रिहा कर देता हूँ।"

डेलीगेशन कुछ सन्तुष्ट और कुछ असन्तुष्ट चला गया। तभी उनके पी.ए. ने कहा, "श्रीमान्! शहर के शिया और सुन्नियों का एक डेलीगेशन आया है। तीन दिन से कोशिश कर रहे हैं आपसे मिलने की!"

जबरसिंह ने कहा, "अच्छी बात है, इन्हें भी भेज दो!"

डेलीगेशन में आए हुए शिया और सुन्नी नेताओं ने एक स्वर में कहा, "यह बड़ी ज्यादती हो रही है कि हमारे शरीफ और मुअज्जिज लीडरान को जेल में ठूँस दिया गया है। बिना किसी चार्ज के और उनकी जमानतें नहीं ली जा रही हैं।"

जबरसिंह ने गम्भीरतापूर्वक कहा, "तो अब शिया-सुन्नी रायट होने की कोई सम्भावना नहीं रह गई!"

सैयद फिदाअली ने झुककर जबरसिंह को कोर्निस की, "हुजूर कैसा रायट? यह तो हम भाइयों-भाइयों का मामला है। तो अगर भाई-भाई के झगड़े में कुछ कहा-सुनी, कुछ गाली-गलौज या कुछ धौल-धपा हो जाए तो उसे रायट समझा जा सकता है? और आज हम आपको यह यकीन दिलाने आए हैं कि आगे से यह भी नहीं होगा—मन-मनोस के रह जाएँगे लेकिन जबाँ पर उफ तक नहीं आएगी। बस आप हमारे मुअज्जिज लीडरान को रिहा कर दीजिए और इस नामाकूल शहर कोतवाल का तबादिला कर दीजिए!"

जबरसिंह ने कड़ी आवाज़ में कहा, "इस तरह के काबिल आदमियों का तो तबादिला नहीं किया जा सकता। हमें अपनी सरकार चलानी है। अमन-अमान कायम रखना है। हमारी पार्टी धर्म-निरपेक्ष पार्टी है। मजहब के मामलों में दखलअन्दाजी नहीं करती, लेकिन, तुम लोग हमारी पार्टी की बात सुनते ही नहीं। अब भुगतो। करो मारपीट, करो खून-खराबा। लेकिन यह समझ रखना कि हमारी सरकार इन साम्प्रदायिक दंगों को बड़ी सख्ती के साथ दबाने पर तुली हुई है।"

मौलाना दाऊद ने अपनी सन की तरह सफेद दाढ़ी पर हाथ फेरते हुए कुछ गुर्राहट के साथ कहा, "हमारे ही वोटों पर आपकी सरकार कायम है मिनिस्टर साहेब!"

जबरसिंह बोले, "जी! तभी तो हमारी पार्टी के सभी आदमी इस शहर में हार

गए। शहर के मुसलमानों ने हमारी पार्टी के खिलाफ ही वोट दिया है। इस शहर के मुसलमान बहक गए हैं। महात्मा गांधी और नेहरू जी की नेक सलाह भूलकर फिरकापरस्ती करने लगे हैं। देश में साम्प्रदायिक दंगे बढ़ते जा रहे हैं।"

शेख अनवर जमील ने उत्तर दिया, "जी, यह गलती तो हमसे हो ही गई है, इससे इनकार नहीं किया जा सकता। तो हम अपनी गलती सुधारने की भरपूर कोशिश करेंगे—हम आपसे वादा करते हैं। अगले चुनावों में हम मुसलमानों के वोट आपकी पार्टी को ही मिलेंगे। बस हमारे लीडरान रिहा हो जाएँ।"

जबरसिंह मुस्कराए, "अच्छी बात है, मौके पर वादे से मुकर न जाइएगा। कल तक आपके सब लीडरान रिहा हो जाएँगे। आप सब लोग मेल-मुरब्बत से रहिए, हमारी पार्टी के हाथ मजबूत कीजिए। हमीं आपकी माइनारिटी की रक्षा कर रहे हैं वरना आप लोग नेस्तनाबूद हो जाएँगे।"

डेलीगेशन जबरसिंह का शुक्रिया अदा करके उनकी वाहवाही करता हुआ चला गया। इस डेलीगेशन को विदा करके वह मन-ही-मन उस दिन के कार्यक्रमों का हिसाब लगा रहे थे कि पी.ए. ने कहा, "कौंसिल हाउस में फोन कर दिया है मैंने कि आप लंच के बाद आइएगा। आप डेलीगेशनों से मिलने में बिजी हैं।"

कुछ झल्लाकर जबरसिंह ने कहा, "अभी तो कुल ग्यारह बजे हैं। दोनों डेलीगेशन निपट गए।"

"अभी एक डेलीगेशन और है!" पी.ए. ने उत्तर दिया, "शहर के शान्तिरक्षकों का यह डेलीगेशन है—आपसे मिलने की जिद पकड़े हुए हैं यह लोग।"

"यह शान्तिरक्षक कौन हैं?" जबरसिंह ने पूछा।

पी.ए. ने बड़ी गम्भीरतापूर्वक उत्तर दिया, "शक्ल से तो शहर के छटे हुए गुंडे दिखते हैं। पूरी बात बताते नहीं, कहते हैं कि मिनिस्टर साहेब से ही पूरी बात बताएँगे। कहिए तो डेलीगेशन को भी भेज दूँ।

जबरसिंह अब इतमीनान के साथ बैठ गए, "इन सालों को भी भेज दो—जान आफत में कर रखी है।"

जुम्मन पहलवान और महँगू खलीफा के नेतृत्व में शान्तिरक्षकों का यह डेलीगेशन कमरे में दाखिल हुआ। इसके पहले कि इस डेलीगेशन का कोई

आदमी कुछ बोले, जबरसिंह ने कड़ककर कहा, "तुम लोग शहर के गुंडे हो, यह शान्तिरक्षक कैसे बन गए?

महँगू खलीफा ने गला साफ करते हुए कहा, "सरकार आप हम लोगों के साथ अन्याय कर रहे हैं। हम लोग पढ़े-लिखे नहीं हैं इसलिए राजनीतिक नेता व मिनिस्टर नहीं बन पाए, किसी तरह जनता की सेवा करके पेट पाल लेते हैं। वैसे इस प्रतिनिधिमंडल के दो आदमी कांग्रेस के मिम्बर हैं, और चार आदमी दूसरी राजनीतिक पार्टियों के सदस्य हैं। बाकी लोग मख्तलिफ पार्टियों के उम्मीदवार हैं।"

अब जबरसिंह ने जलती आँखों से इन लोगों की ओर देखा, फिर बोले, "तुम लोग अभी तक जेल के बाहर हो! मुझे कोई कार्रवाई करनी पड़ेगी!"

अब की दफा जुम्मन पहलवान बोले, "सरकार कार्रवाई तो आपके शहर कोतवाल बड़ी मुस्तैदी व बेरहमी के साथ कर ही रहे हैं। हमारे दस साथियों व हमपेशों को पाँच दिन हुआ उन्होंने जेल में बन्द कर दिया है, अब सरकार आप हम लोगों को भी बन्द कर दीजिए—आपकी कोठी में आए हैं। वैसे हमारे वालिद मरहूम शुबराती पहलवान हुजूर के साथ सन् 1942 में जेल में थे—मरते दम तक आपकी तारीफें करते रहे। उन्होंने हुजूर की बड़ी खिदमत की थी। मरते वक्त बोले थे—'बेटा जुम्मन—यह कांग्रेस नेता ठाकुर जबरसिंह बड़े जबरदस्त व नेकबख्त आदमी हैं—कोई मुसीबत पड़े तो उनके यहाँ चले जाना। हम लोगों की कदर करना वह जानते हैं, हर तरह से तुम्हारी मदद करेंगे।" और यह कहते उसने आसमान की ओर देखा, फिर हाथ जोड़कर उसने कहा—"अब्बा मियाँ, तुमने जो कहा था वह हमने किया, लेकिन मदद करना क्या, यह मिनिस्टर साहेब हमीं पर चढ़ दौड़े हैं।"

जबरसिंह ने डाँटा, "यह क्या उटपटाँग बकते हो! बोलो, क्या चाहते हो?"

जुम्मन पहलवान अपने अब्बाजान से मिनिस्टर साहेब की शिकायत में कुछ इस कदर ध्यानस्थ हो गए थे कि उन्होंने मानो जबरसिंह की डाँट सुनी ही नहीं। महँगू खलीफा ने बड़ी आजिजी के साथ कहा, "हुजूर! हम लोग तो आप लोगों के खादिम हैं। आप लोग जो काम पुलिस से नहीं करा पाते उसे करने के लिए हम लोगों को ही याद करते हैं—हम लोग आपके दाहिने न सही बाएँ हाथ तो जरूर हैं। सोसाइटी में हमारी भी एक जगह है, रुतबा है। तो हुजूर ने किस बाँगड़

को यह शहर कोतवाल बना दिया है कि दे दनादन—दे दनादन हम लोगों को ही बन्द करता जा रहा है। हम लोग बन्द हो गए तो चोर-उचक्कों की बन आएगी। तो हुजूर का हुक्म हो जाए कि हमारे यह दसों आदमी रिहा कर दिये जाएँ। हम लोग हुजूर की गुलामी का पट्टा लिखने को तैयार हैं।"

जबरसिंह ने सोचने के लिए अपनी आँखें बन्द कर लीं, और उसी समय शुबराती पहलवान का चित्र उनकी आँखों के आगे आ गया—जेल के अन्दर उनके पैर दबाते हुए, उनकी मालिस करते हुए, उनके लिए जेल के बाहर से सिगरेट-बीड़ी मँगवाते हुए। शुबराती पहलवान के साथ और न जाने कितने डाकू, चोर, जालसाज—जो सब-के-सब जबरसिंह की देवता की भाँति पूजा करते थे। और एकाएक उनकी आँखें तरल हो गईं। उन्होंने आँखें खोलकर कहा, "अच्छा जाओ, दो-एक दिन में तुम्हारे साथी रिहा हो जाएँगे। लेकिन तुम लोग ठीक तरह से रहो, यह रामलोचन पांडे बड़ा जालिम आदमी है, इसे कोई मौका मत देना।"

प्रतिनिधिमंडल ने एक स्वर से जबरसिंह की जय बोलकर कसम खाई कि वह ठीक और कानूनी ढंग से अपना पेशा चलाएँगे और कोतवाल साहेब की मुखालफत करने के बजाय उनकी मदद करेंगे।

सब लोगों को विदा करके जबरसिंह ने घड़ी देखी, साढ़े बारह बज रहे थे। अपने पी.ए. से उन्होंने कहा, "कोतवाली में रामलोचन को फोन कर देना कि वह इसी वक्त मुझसे मिल ले।" और यह बात कहकर वह भोजन करने के लिए घर के अन्दर चले गए।

जिस समय रामलोचन जबरसिंह के यहाँ पहुँचा, जबरसिंह खाना खाने के लिए बैठ गए थे। जबरसिंह के साथ उनका छोटा भाई, हिम्मतसिंह भी भोजन कर रहा था। रामलोचन ने हिम्मतसिंह को पहले कभी न देखा था। धनवन्तकुँवर रामलोचन को सीधे डाइनिंग-रूम में ले गईं, "बचवा! तुम भी खाना खा लो!"

"नहीं बुआजी, मैं खाना खाकर आ रहा हूँ।" रामलोचन ने कहा। जबरसिंह ने रामलोचन की तरफ आँखें उठाईं, गम्भीर स्वर में उन्होंने कहा, "बैठ जाओ!" और फिर अपनी पत्नी से बोले, "इनके लिए खीर मँगा दो! ब्राह्मण के पेट में मिठाई के लिए हमेशा जगह रहती है!"

रामलोचन ने जबरसिंह की आज्ञा का पालन किया और वह बैठ गया।

जबरसिंह बोले, "रामलोचन! हमें खबर मिली है कि तुम्हारी कोतवालगीरी बड़ी शान से चल रही है।"

स्वभावानुसार रामलोचन ने सैल्यूट मारा, "सर! यह सब आपका प्रताप है! वैसे मैं तो किसी तरह अपना कर्तव्य निभा रहा हूँ।"

जबरसिंह हँस पड़े। उन्होंने अपने छोटे भाई हिम्मतसिंह से कहा, "देख रहे हो इन्हें हिम्मत! यह हैं रामलोचन पांडे—यहाँ सिटी डी.एस.पी. हैं। तो यह हैं तुम्हारी भौजी के धर्मभतीजे—इस रिश्ते से तुम्हारे भी भतीजे हुए।" और रामलोचन से उन्होंने कहा, "यह हिम्मत भी तुम्हारा फूफा हुआ, जो कि उम्र में तुम्हारे बराबर ही बैठेगा। तो इसे शहर घुमा देना, लखनऊ में ही रहना है अब इसे।

"यस सर—मैं खुद इन्हें शहर घुमा दूँगा।" और यह कहकर उसने हिम्मतसिंह को अभिवादन किया।

खीर का एक बड़ा सा कटोरा रामलोचन के सामने आ गया। अधऔंटे दूध में पिस्ता-बादाम और अन्य मेवाओं की खीर! सामने दोनों भाई बैठे भोजन कर रहे थे। रामलोचन ने अब इतमीनान के साथ हिम्मतसिंह को देखा। एक तगड़ा-सा और लम्बा-सा आदमी उसके सामने बैठा था। रंग निश्चय ही आबनूस की तरह काला नहीं था। लेकिन उसे बन्द गेहुँआ भी नहीं कहा जा सकता था। कसरती और गठा हुआ शरीर, आँखें बड़ी-बड़ी और उनमें लाल-लाल अनगिनती डोरे। लेकिन रामलोचन को सबसे अधिक प्रभावित किया हिम्मतसिंह की मूँछों ने। पूरी कनपटी को ढकती हुई वे मूँछें उसके कानों को छू रही थीं—घनी और ऐंठी हुईं। कुल मिलाकर हिम्मतसिंह काफी खूँख्वार आदमी दिख रहा था उस समय।

थोड़ी देर तक सब लोग चुप रहे फिर जबरसिंह ने एकाएक कहा, "इधर इन दिनों तुमने काफी गिरफ्तारियाँ की हैं।"

"सर काफी तो क्या, कुल बीस-पच्चीस आदमियों को धांध दिया है। हवालातों की कमी है, फिर उन लोगों को हवालात में बन्द करके उन्हें खिलाना-पिलाना भी तो सरकार का कर्तव्य है। उस पर भी सरकार का रुपया खर्च होता है, तो अब गिरफ्तारियों में ढील कर दी है।" रामलोचन ने उत्तर दिया।

जबरसिंह ने लम्बी 'हूँ' करके अब अपना ध्यान खीर की ओर लगाया। हिम्मतसिंह खीर समाप्त कर चुका था, उसने अपनी मूँछों से खीर पोंछते हुए

कहा, "यह भी कोई बात हुई। सालों का मालमता जब्त करके उन्हें खिलाया-पिलाया जाए।"

जबरसिंह ने हिम्मतसिंह को डाँटा, "क्या अनाप-शनाप बक रहे हो, जो बात समझ में नहीं आती उसमें चुप रहा करो!"

जबरसिंह के स्वर से और उनके बात करने के ढंग से रामलोचन को आभास हुआ कि मामला कुछ गम्भीर है। कुछ हकलाते हुए उसने कहा, "सर—क्या—क्या मुझसे कुछ गलती हो गई है।"

जबरसिंह ने सिर हिलाया, "नहीं! तुमने जो कुछ किया वह बिलकुल ठीक किया। हम तुमसे बहुत खुश हैं। लेकिन आज सुबह से इन सालों ने मुझे परेशान कर रखा है, सोचा था कौंसिल हाउस जाकर कुछ जरूरी फाइलें निबटाऊँगा, लेकिन एक के बाद एक डेलीगेशन आते गए। सबसे पहले यहाँ के व्यौपारियों का एक डेपूटेशन आया।"

"यस सर! पाँच व्यौपारी गिरफ्तार किये हैं मैंने। यह व्यौपारी नहीं हैं, स्मगलर और ब्लैकमार्केटियर हैं। और बनते हैं बड़े मुअज्जिज व्यौपारी। शानदार कोठियाँ हैं, शानदार मोटरें हैं।" रामलोचन ने कुछ आवेश में कहा।

जबरसिंह ने तत्काल उत्तर दिया, "रामलोचन! यह साले जितने व्यौपारी हैं, सभी ब्लैकमार्केटियर या स्मगलर हैं।" और अब उनके मुख पर एक मुस्कान आई, "मुझे खुशी है कि तुमने इन लोगों की अक्ल दुरुस्त कर दी। लेकिन अब सवाल सरकार के सामने हैं कि इन सब लोगों को एक साथ कैसे सुधारा जाए, यह लोग तो जान आफत में कर देंगे—देश का सारा रुपया-पैसा तो उनके हाथ में हैं। तो मैं एक आर्डर भिजवा रहा हूँ कि इन लोगों को छोड़ दिया जाए। कितने दिन से ये हवालात में हैं?"

"परसों शाम को ही तो गिरफ्तार किया है इन्हें। कल इतवार था—आज इन पर चार्ज लगाकर जेल की हवालात में भेजने की तैयारी कर रहा था कि आपका बुलावा आ गया।"

जबरसिंह ने पूछा, "कुछ पिटाई-विटाई तो नहीं की इन लोगों की?"

रामलोचन ने फिर सैल्यूट मारते हुए उत्तर दिया, "नो सर! यह गलती नहीं की है मैंने।"

"तो फिर यहाँ से जाते ही इन्हें दस-दस जूते लगवा देना। इसके बाद इन्हें रिहा कर देना यह कहकर कि मिनिस्टर साहेब के हुक्म से रिहा किये जा रहे हैं—सबसे पहला काम यह कर डालो।"

तभी रामलोचन को हिम्मतसिंह की आवाज सुनाई दी, "यह तो उन पर अन्याय होगा जबर दादा!"

रामलोचन ने आश्चर्य से हिम्मतसिंह को देखा। हिम्मतसिंह अन्याय और अत्याचार का विरोध कर सकता है, उसकी शक्ल को देखकर इसकी कल्पना नहीं की जा सकती थी।

जबरसिंह हिम्मतसिंह की बात पर हँस पड़े, "अरे हिम्मत! यह है राजनीति! यहाँ न्याय-अन्याय नहीं देखा जाता। आज की दुनिया में चारों तरफ हरामजादे-ही-हरामजादे दिखेंगे, तो इन हरामजादों के साथ हरामज़दगी के साथ पेश आया जा सकता है। तो तुम आए हो राजधानी लखनऊ में और तुम्हें बनना है बड़ा आदमी—बस देखते जाओ।" और उन्होंने रामलोचन से कहा, "हाँ, शिया-सुन्नियों के झगड़े में तुमने कितने आदमियों को गिरफ्तार किया है?"

"पाँच सुन्नी नेता और पाँच शिया नेता! तो इन लोगों के जलूस निकलना बन्द हो गए हैं, न कहीं तर्बरा और न कहीं मद्दे सहाबा!"

"आज शिया-सुन्नियों का एक संयुक्त डेलीगेशन आया था। बड़ी जल्दी सुलह करा दी तुमने इन लोगों में, न कहीं कोई दंगा हुआ, न कोई मारा गया और न कोई आगजनी हुई। तो लगता है इन लोगों की गिरफ्तारी में तुमने कुछ जल्दी कर दी। कुछ-न-कुछ तो हो ही जाना चाहिए था। खैर, अब आगे चलकर ऐसी गलती न करना। तो इन लोगों को एक वैन में बिठाकर किसी ऐसी अच्छी सड़क पर वहाँ छोड़ना जहाँ से पक्की सड़क तक आने के लिए इन्हें चार-पाँच मील का फासिला पैदल तै करना पड़े। तो चार-पाँच मील पैदल चलते हुए ये लोग आपस में तबादिला खयालात करते जाएँगे—और पूरी तरह से उनमें सुलह हो जाएगी।"

"तबादिला तो अफसरों का होता है—यह खयालों का कैसा तबादिला है?" हिम्मतसिंह ने पूछा।

"फिर बोले!" जबरसिंह ने डाँटा। "अरे, तबादिला-खयालात के माने हैं विचार-विमर्श।" फिर उन्होंने रामलोचन से कहा, "समझ गए न! आज तीन-चार

बजे तक यह हो जाना चाहिए।"

रामलोचन के मन में अब जबरसिंह के प्रति भक्ति जाग उठी, "यस सर! और यह भी इन्तजाम कर दूँगा कि पक्की सड़क पर कोई इक्का या रिक्शा उन्हें मिल जाए।"

"शाबाश!" जबरसिंह ने कहा, "अब सवाल आता है शहर के उन गुंडों का जिन्हें तुमने बन्द कर रखा है। कितने आदमी हैं?"

"दस आदमी हैं, बड़े सरकश! कई दफा सजा काटे हुए!"

"तो तुम समझते हो कि इन लोगों को बन्द कर देने से शहर में अपराध होना बन्द हो जाएँगे।"

"इन दिनों तो अपराधों की संख्या में काफी कमी आ गई है, सर!" रामलोचन ने कहा।

"तो फिर सरकार को पुलिस वालों की संख्या में कमी करनी पड़ेगी। अपराधों के अनुपात से ही तो पुलिस फोर्स बढ़ाया जाता है। अब यह देखो कि साम्प्रदायिक दंगों की आशंका नहीं, स्मगलिंग कम होगी, ब्लैकमार्केटिंग बन्द—लॉ एंड आर्डर पोशीजन बिलकुल ठीक! तो फिर तुम पुलिसवालों की जरूरत क्या है?" जबरसिंह ने सिर हिलाया, "नहीं रामलोचन, इन गुंडों को बन्द रखने से कोई फायदा नहीं। तो कुल इन लोगों को बुलाकर लेक्चर देना कि देशभक्त बनें, ईमानदार नागरिक बनें, कानून का पालन करें! और फिर छोड़ देना।"

"यस सर—यह हो जाएगा।" रामलोचन बोला।

"और देखो, इन लोगों को पचीस-पचीस रुपया मेरी तरफ से बाँट देना कि मिनिस्टर साहेब का कहना है कि कोई रोजगार करो या खोंचा लगाओ और ईमानदारी के साथ अपनी रोजी कमाओ!" यह कहते-कहते जबरसिंह ने कुन्दनलाल को फोन मिलाया, "देखो कुन्दनलाल! आज रात तक शहर कोतवाल के पास ‾ाई सौ रुपया भेज देना मेवा-सेवा-संस्थान की ओर से—अपराध निरोधक फंड में दर्ज करके—बस इतनी रकम काफी होगी!" और फोन रखते हुए उन्होंने कहा, "मैं जानता हूँ कि यह साले जुआ खेलकर और शराब पीकर कल शाम तक ही यह रकम फूँक देंगे, लेकिन यह जो ढाई सौ रुपया तुम उन्हें बाँटोगे, यह भी हराम की रकम होगी।"

जबरसिंह की उदारता और बुद्धिमत्ता पर रामलोचन ही नहीं, हिम्मतसिंह भी चकित हो गया। ताली बजाते हुए हिम्मतसिंह ने कहा, "वाह जबर दादा! हम मान गए कि आप सफल मिनिस्टर हैं, आप ही इस प्रदेश का शासन चला सकते हैं।"

जबरसिंह ने हिम्मतसिंह को डाँटा, "इस तरह की ऊटपटाँग बातें मत करो—अब तुम रामलोचन के साथ शहर घूम आओ जाकर—मुझे कौंसिल हाउस जाना है!"

5

पंडित जटाशंकर बाजपेयी कब क्या कर डालेंगे, इसका पता दूसरों को क्या स्वयं पंडित जटाशंकर को भी न था। सन् 1919 में उन्होंने प्रयाग विश्वविद्यालय से अर्थशास्त्र में एम.ए. पास किया था, फर्स्ट डिवीजन में, और उन्हें डिप्टी-कलक्टरी में नामजद करने की बात चल रही थी। लेकिन किसी ने उनके पिता पंडित शिवशंकर त्रिवेदी को सलाह दी कि डिप्टी-कलक्टरी में क्या रखा है, अगर जटाशंकर को विलायत भेज दिया जाए तो जटाशंकर आई.सी.एस. बनकर यहाँ कलक्टर बन जाएँगे और उनकी गणना शासक-वर्ग में होगी।

पंडित शिवशंकर बाजपेयी उन्नाव जिले के प्रतिष्ठित और सम्पन्न जमींदार थे। उनकी समझ में यह सलाह आ गई और जटाशंकर की इच्छा भी थी विलायत जाकर पढ़ने और घूमने-फिरने की। पंडित शिवशंकर बाजपेयी ने अपने पुत्र के साथ गुप्त-परामर्श किया। विलायत जाने के खुले निर्णय से जाति में उनके खिलाफ आन्दोलन उठ खड़ा होने का अन्देशा था। और फिर एक दिन बिना अपने परिवार वालों को कुछ बताए पंडित शिवशंकर अपने पुत्र जटाशंकर के साथ बम्बई गए। और पुत्र को जहाज पर चढ़ा कर उन्नाव वापस आ गए। घर वापस आकर शिवशंकर ने जटाशंकर के विलायत जाने का समाचार अपनी पत्नी और अपनी पुत्रवधू को दिया। जटाशंकर का विवाह दो साल पहले हो चुका था और छह महीने पहले उनका पुत्र भी पैदा हो चुका था। घर में रोना-धोना मच गया। पास-पड़ोस में खबर हो गई कि जटाशंकर पढ़ने के लिए विलायत चले गए हैं। लेकिन जो होना था वह हो चुका था, उसे अब रोका नहीं जा सकता था।

जटाशंकर गौर वर्ण का लम्बा-सा युवक था, विलायत पहुँचने के बाद उसने तै किया कि पहले घूम-फिर लिया जाए फिर इतमीनान के साथ पढ़ाई शुरू की जाए। और इस घूमने-फिरने के क्रम में जटाशंकर भारतीय देशभक्तों के सम्पर्क में आया। इन भारतीय देशभक्तों की एक सभा में जटाशंकर का परिचय मिसेज क्लारा स्मिथ से हुआ। अड़तीस वर्ष की मिसेज क्लारा स्मिथ ब्रिटिश लेबर पार्टी की सक्रिय कार्यकर्त्री थीं, लेकिन अपनी ढलती उम्र में वह कुछ दिलफेंक भी बन गई थीं। जटाशंकर की उठती हुई जवानी, सुन्दर मुखाकृति, गठा हुआ शरीर—तो एक रात उन्होंने जटाशंकर बाजपेयी को दबोच लिया। और इसके बाद जटाशंकर बाजपेयी की जीवनधारा ही बदल गई। उन्होंने आई.सी.एस. बनने का खयाल छोड़कर ब्रिटिश लेबर पार्टी ज्वाइन कर ली और बैरिस्टरी पढ़ने लगे।

लेबर पार्टी में काम करने के सिलसिले में उसकी मुलाकात न जाने कितने वामपंथी अंग्रेजों से हुई, और धीरे-धीरे जटाशंकर की विचारधारा भी वामपंथी हो गई। उधर कम्यूनिस्ट रूस का अभ्युदय हो रहा था। पंडित जटाशंकर बाजपेयी ने बैरिस्टरी पास कर ली, लेकिन क्लारा स्मिथ तथा अपने साथियों की राजनीतिक सरगर्मी में वह इस कदर उलझ गए थे कि उनकी हिन्दुस्तान वापस लौटने की इच्छा ही जाती रही। उनके पिता पंडित शिवशंकर बाजपेयी हर साल इस आशा से आई.सी.एस. की रिजल्ट देखते थे कि उनका सुपुत्र आई.सी.एस. में उत्तीर्ण हो गया है, और हर साल पंडित जटाशंकर बाजपेयी अपने पिता को यह दुखद समाचार देते थे कि किसी कारणवश वह उत्तीर्ण नहीं हो सके, अगले वर्ष वह निश्चय ही उत्तीर्ण हो जाएँगे। तीन साल तक यह बहानेबाजी और धोखा-धड़ी का कार्यक्रम चलता रहा, और यह जाल तब खुला जब ब्रिटेन के आम चुनावों में लेबर पार्टी के पराजित उम्मीदवार के रूप में पंडित जटाशंकर बाजपेयी का नाम पत्रों में छपा।

अपने साथियों, विशेष रूप से क्लारा स्मिथ के आग्रह से जटाशंकर बाजपेयी चुनाव में खड़े हो गए थे। उनको पूरी आशा थी कि वह विजयी होंगे और तब ब्रिटिश पार्लियामेंट के मेम्बर की हैसियत से उनकी हिन्दुस्तान में धूम मच जाएगी। यह चुनाव लड़ने के लिए अपने पिता को धोखा देकर कुछ रुपया भी मँगाना पड़ा था। इंगलैंड के भारतीयों का भी काफी कर्जा हो गया था उनके ऊपर। और सबसे बड़ी बात तो यह थी कि उनके चुनाव में दौड़-धूप के सिलसिले में एक रात क्लारा

स्मिथ ठंड खा गई और तीसरे दिन न्यूमोनिया से उनकी मृत्यु हो गई। टूटे हृदय के साथ जटाशंकर भारत लौटे, और उन्होंने इलाहाबाद में बैरिस्टरी आरम्भ कर दी।

उनकी बैरिस्टरी नहीं चली। विलायत में रहकर अपने पिता से झूठ बोलने के प्रायश्चित्त के रूप में वह अब घनघोर सत्यवादी बन गए थे। निहायत टर्रे और मुँहफट आदमी, पंडित जटाशंकर बाजपेयी बदनाम थे। लेकिन थे वह अत्यन्त बुद्धिमान और तेजस्वी, हाईकोर्ट के जज तक उनका आदर करते थे।

और इलाहाबाद में उन्होंने कांग्रेस ज्वाइन कर ली।

पंडित जटाशंकर ऐसे झगड़ालू आदमी प्रदेश के वित्तमंत्री बने केन्द्रीय प्रभाव के कारण। कैबिनेट में चीफ मिनिस्टर से लेकर सभी मंत्रियों से उनका मतभेद रहता था, बामपंथी विचारधारा के थे वह। उस दिन सुबह के समय पंडित जटाशंकर नाश्ता करके अपने कमरे में बैठे थे कि कम्यूनिस्ट पार्टी के नेता कामरेड रवीन्द्र और सोशलिस्ट पार्टी के नेता श्री मार्तंड के कार्ड उनके सामने आए। पंडित जटाशंकर ने दोनों को बुला लिया। उनके कमरे में आते ही पंडित जटाशंकर ने उनके लिए चाय मँगवाई फिर उन्होंने पूछा, "कैसे कृपा की आप लोगों ने मुझ अकिंचन पर?"

"लखनऊ नगर से मिले हुए भटखेड़ा ग्राम की साढ़े छै सौ एकड़ भूमि की अवाप्ति का नोटिस दिया है आपके विभाग ने?" श्री मार्तंड ने किंचित् कठोर स्वर में पूछा।

मार्तंड के स्वर से बाजपेयी जी परिचित थे, उन्होंने मुस्कराते हुए कहा, "हाँ, दिया है, और कल इस बात की नोटिस भी निकल गई कि भूमि एक्वायर हो गई।"

"यह होगा नहीं जनाब मिनिस्टर साहेब! हम सोशलिस्ट पार्टीवालों को तो आप जानते ही हैं नातका बन्द कर देंगे सरकार का हम लोग!" मार्तंड बोले।

जटाशंकर के मुख पर मुस्कराहट उसी तरह कायम रही, "यह सब आप लोग चीफ मिनिस्टर या ठाकुर जबरसिंह से कहिए जाकर, गलत जगह आ पहुँचे हैं आप?" फिर कुछ गम्भीर होकर वह बोले, "मैं तो कैबिनेट-डिसीशन को ही लागू कर रहा हूँ। यह हमारे पिछड़े हुए प्रदेश की प्रगति और विकास का मामला है। एक तरफ कृषि—अनुसन्धानशाला और दूसरी ओर ट्रैक्टर फैक्टरी!"

अब कामरेड रवीन्द्र बोले, "बाजपेयी जी, यह तो पूँजीवाद की जड़ मजबूत करना है। ट्रैक्टर फैक्टरी के मालिक होंगे सेठ राधेश्याम! उन्हें तो आप जानते ही हैं!"

"क्यों नहीं, हमारे प्रदेश के ही नहीं, देश के प्रमुख उद्योगपतियों में उनका नाम है—बड़े सफल आदमी हैं।"

"और यह कृषि-अनुसन्धानशाला होगी अमरीकी संस्था जो राधेश्याम की देख-देख में चलेगी।" कामरेड रवीन्द्र बोले।

जटाशंकर बाजपेयी ने कामरेड रवीन्द्र की बात काटी, "नहीं, यह कृषि-अनुसन्धानशाला उत्तर प्रदेश सरकार की देख-रेख में चलेगी, सरकार का पूर्ण आधिपत्य होगा उस पर।"

मुझे तो कुछ दूसरी ही खबर मिली है।" कामरेड रवीन्द्र ने कहा, "ज़रा कृषि मंत्रालय से यू.एन.ओ. के टर्म्स तो जान लीजिए।"

"मंत्रालय से जानना क्या" यह कहकर उन्होंने कृषि मंत्री श्री यादव को फोन मिलाया। श्री यादव ने बतलाया कि यह कृषि-अनुसन्धानशाला उत्तर प्रदेश सरकार की देख-रेख में एक अटानोमस बाडी होगी जिसमें चेयरमैन श्री राधेश्याम होंगे। यह प्रस्ताव यूनाइटेड नेशन्स का है और सरकार ने इस प्रस्ताव को स्वीकार कर लिया है। उस कैबिनेट-मीटिंग से जटाशंकर नहीं गए थे।

बाजपेयी ने फोन रख दिया फिर स्वगत जोर से बोले, "धोखेबाज हैं साले—समझ लूँगा।"

मार्तंड जी ने एक विद्रूप हँसी के साथ कहा, "समझ क्या लोगे, मंत्री जी, ज्यादा टिर्र-टिर्र करोगे तो निकाल दिये जाआगे मिनिस्टरी से!"

जटाशंकर बाजपेयी के मन में आया कि एक तमाचा मारें इस मार्तंड के मुख पर लेकिन उन्होंने अपने क्रोध पर विजय पाई। कामरेड रवीन्द्र ने जटाशंकर के अन्दरवाली घुटन और विवशता को ताड़ लिया, "देखिए बाजपेयी जी, इस मामले को लेकर आप मंत्रिमंडल से लड़िए-झगड़िएगा नहीं—लड़ने-झगड़ने का काम तो आप मुझ पर और इन मार्तंड जी पर छोड़ दीजिए। मुआविजा तै कराना आपके हाथ में है, यह जमीन शहर से मिली हुई है, आप तीन हजार रुपया प्रति एकड़ का मुआविजा लगा दीजिए, फिर आगे हम लोग समझ लेंगे।"

जटाशंकर बाजपेयी कुछ देर तक सोचते रहे, फिर उन्होंने कहा, "कब्जा तो पन्द्रह दिन बाद मिल ही जाएगा राधेश्याम को, मुआविजे की बात बाद में तै होगी—कानून के अनुसार। फिर वह हरामजादा जबरसिंह कैबिनेट से भी मुआविजे

की रकम तै करा लेगा ज्यादा-से-ज्यादा पाँच सौ रुपया फी एकड़।"

कामरेड रवीन्द्र ने सलाह दी, "आप आज ही मुआविजे पर अपना नोट भेज दीजिए, और पाँच-छह दिन बाद किसी पब्लिक मीटिंग में या प्रेस कान्फरेंस में आप अपनी मुआविजा देने की नीति की घोषणा कर दीजिए। फिर करने दीजिए कैबिनट को अपना काम। आखिर हम लोग हैं किस दिन के लिए?"

पंडित जटाशंकर बाजपेयी के मुख पर एक हलकी-सी हँसी आई, "हाँ यह हो सकता है—यह होगा भी। तुम लोगों को बहुत-बहुत धन्यवाद जो तुम लोगों ने मेरी आँखें खोल दीं।"

पंडित जटाशंकर बाजपेयी का मुआविजे के सम्बन्ध में जो नोट मुख्यमंत्री को प्राप्त हुआ वह उन्होंने जबरसिंह के पास भेज दिया। जबरसिंह को अब तक इस बात पर आश्चर्य था कि जटाशंकर ने इस सारी योजना का विरोध क्यों नहीं किया। मन-ही-मन वह मुस्कराए, उन्होंने बाजपेयी जी को फोन मिलाया, "पंडित जी, मुआविजे का मसला तो भूमि पर कब्जा हो जाने के बाद तै होगा वैसे आपने बहुत ज्यादा रकम की सिफारिश कर दी है। इन साले किसानों को इस जमीन पर भूमिधारी का अधिकार दस गुना लगान देने से प्राप्त हुआ है—ज्यादा-से-ज्यादा डेढ़ सौ रुपये प्रति एकड़ पर यह जमीन मिली है इन्हें।"

उधर से उत्तर मिला, "जबरसिंह जी, युद्ध के पहले राधेश्याम की हैसियत करीब एक करोड़ रुपये की थी, आज उनकी हैसियत चालीस-पचास करोड़ की है।"

"आप-जैसा पढ़ा-लिखा आदमी ऐसी जहालत की बात कर सकता है, मुझे आश्चर्य हो रहा है!"

"जाहिल कौन है, इसका फैसला करनेवाले आप तो नहीं हैं। मेरी समझ में जो आया वह मैंने लिख दिया, अपने दृष्टिकोण को मैं बदल नहीं सकता।"

"लेकिन कैबिनट के दृष्टिकोण को आप नहीं बदल सकते।" और जबरसिंह ने रिसीवर रख दिया।

लेकिन चौथे दिन पत्रों पर नजर पड़ते ही जबरसिंह बौखला गए। पंडित जटाशंकर का एक वक्तव्य छपा था जिसमें भूमि-अवाप्ति की नीति पर उन्होंने अपने विचार प्रकट किये थे। उस वक्तव्य में उन्होंने स्पष्ट रूप से कहा था कि नगर बेतहाशा फैल रहे हैं और इसीलिए नगरों से लगी हुई भूमि की कीमतें बहुत

बढ़ गई हैं। यह जो नगरों से मिली हुई नई-नई कालोनियाँ बस रही हैं इनमें जमीन चार-पाँच रुपये गज के हिसाब से बिक रही है। जमीन के विकास का खर्च अगर काट दिया जाए तो जमीन की कीमत सवा-डेढ़ रुपया प्रति गज पड़ती है। और अगर सरकार इस भूमि को लेना चाहे तो भूमि का मुआविजा तीन से लेकर पाँच हजार रुपये प्रति एकड़ होना चाहिए।

जटाशंकर के इस वक्तव्य को पढ़कर जबरसिंह ने मंगतराम को फोन मिलाया, "मंगतराम! त्यागमूर्ति जी ने जटाशंकर बाजपेयी का वक्तव्य देखा है। यह तो बड़ी अनधिकृत हरकत कर डाली है उन्होंने!"

मंगतराम ने उत्तर दिया, "हाँ, देखा है, और इस वक्तव्य से त्यागमूर्ति जी बड़े परेशान हैं। उन्होंने जटाशंकर जी को अभी कुछ देर पहले फोन कराया था कि वह उनसे मिल लें, लेकिन जटाशंकर जी आज सुबह तड़के गंगा-स्नान के लिए कानपुर चले गए हैं, दोपहर तक लौटेंगे।"

जबरसिंह ने जटाशंकर को एक भद्दी गाली देते हुए कहा, "इस हरकत पर त्यागमूर्ति जी जटाशंकर को मिनिस्टरी से फौरन बर्खास्त कर दें—इससे बढ़कर मौका फिर कभी नहीं मिलेगा।"

"आप ही त्यागमूर्ति जी से बात कर लीजिए।" मंगतराम बोला, "आज वह कौंसिल हाउस नहीं जाएँगे, उनका चर्खा-यज्ञ है आज। तो आप करीब साढ़े ग्यारह बजे आ जाइएगा।"

जबरसिंह ने फोन रखा ही था कि कमरे में कुन्दनलाल के साथ राधेश्याम ने प्रवेश किया। जबरसिंह ने उठते हुए कहा, "अरे राधेश्याम! तुम अमेरिका से कब लौटै?"

"कल सुबह दिल्ली में लैंड करके शाम के समय मैं कानपुर पहुँचा। दो-चार दिन कानपुर में रुककर लखनऊ आने का इरादा था, लेकिन आज सुबह अखबारों में वित्तमंत्री जी का वक्तव्य पढ़कर सीधे यहाँ भागा चला आया।"

"बड़ी हरमजदगी से भरा हुआ वक्तव्य है उसका!" जबरसिंह बोले, "तुम्हारे कैसे सम्बन्ध हैं उसके साथ?"

"बुरे तो नहीं हैं, मुझसे बड़े मीठेपन के साथ पेश आते हैं। हाँ, बामपंथी विचारधारा के तो वह हमेशा से रहे हैं।"

"मैंने तो त्यागमूर्ति जी को पहले ही आगाह कर दिया था कि इस उल्लू के पट्ठे को मंत्रिमंडल में न शामिल किया जाए, लेकिन केन्द्र का आदेश! इसे शामिल ही करना पड़ गया।

राधेश्याम बोले, "किसान लोग तो डेढ़ हजार रुपया फी एकड़ अपनी जमीन बेचने को मुँह बाए खड़े हैं—और यह तीन हजार रुपया फी एकड़ का मुआवजा दिलाना चाहते हैं, और वह भी सरकारी व्यवस्था के अन्तर्गत कामकाज के लिए! समझ में नहीं आता कि इन्हें हो क्या गया है!"

जबरसिंह मुस्कराए, "ज्यादा दिमाग खपाने की जरूरत नहीं है, मुआवजे की रकम तो कैबिनेट निर्धारित करेगी। और अगली कैबिनेट मीटिंग में वित्तमंत्री और कोई दूसरा आदमी होगा। तो तुम्हें सबसे पहला काम है जमीन पर कब्जा लेना। यह विज्ञप्ति निकली है चार मई को। उन्नीस मई को पन्द्रह दिन समाप्त हो जाएँगे—उस दिन तुम्हें बहाना मिल जाएगा। आज है बारह मई—एक ही हफ्ता बाकी है। जमीन पर कब्जा लेने के बाद हम लोग इसे समझ लेंगे।"

राधेश्याम कुछ आश्वस्त हुए। जबरसिंह ने राधेश्याम और कुन्दनलाल के लिए नाश्ता मँगवाया, साथ ही उन्होंने घर के अन्दर से हिम्मतसिंह को बुलवाया। हिम्मतसिंह के आते ही जबरसिंह बोले, "यह है मेरा छोटा भाई हिम्मतसिंह। पन्द्रह अप्रैल से यहाँ आ गया है, बस तुम्हारे इन्तजार में दिन बिता रहा है।"

राधेश्याम ने हिम्मतसिंह को सिर से पैर तक देखा, उसके व्यक्तित्व से वह प्रभावित हुए। उन्होंने कहा, "इस फार्म के लिए यह बिलकुल ठीक रहेंगे। कार्यकर्ता इनसे डरेंगे—बहुत शानदार व्यक्तित्व है इनका। तो पन्द्रह अप्रैल से यह इस कृषि-अनुसन्धानशाला के मैनेजर नियुक्त—नियुक्ति-पत्र आज ही मैं इन्हें दे दूँगा। अभी इनका दफ्तर मेरे लखनऊवाले बँगले में ही रहेगा।" और उन्होंने कुन्दनलाल से कहा, "कुन्दन, यहाँ से चलते ही इनका लेटर ऑफ एपॉइंटमेंट टाइप कर लेना—पन्द्रह सौ रुपये महीने के हिसाब से पन्द्रह दिन की तनख्वाह का वाउचर बनाकर पास करा लेना मुझसे। कल इनको सैलेरी का पेमेंट हो जाए।"

जबरसिंह हँस पड़े, "बड़े मुस्तैद आदमी हो सेठ राधेश्याम, तभी तो इतने सफल हो। लेकिन इस एप्वाइंटमेंट में इतनी जल्दी क्यों—बाद में हो सकता है।"

राधेश्याम ने उत्तर दिया, "इन हिम्मतसिंह को ही तो कुन्दनलाल के साथ

जाकर जमीन का कब्जा लेना है। अगर इन्हें लेटर ऑफ एपॉइंटमेंट नहीं मिलता तो कब्जा किस हैसियत से लेंगे?"

जबरसिंह ने सिर हिलाया। "हाँ, यह ठीक कहा तुमने। और आज तुम बड़े मौके से आ गए हो, इस साले जटाशंकर के मामले को लेकर मुझे त्यागमूर्ति जी से आज साढ़े ग्यारह बजे मिलना है। इसको मंत्रिमंडल से बिना निकलवाए मुझे चैन नहीं। इसने वार तुम पर नहीं किया है, मुझ पर किया है।"

"यह आप लोगों का आपसी मामला है। इसमें मेरा पड़ना शायद ठीक नहीं होगा।"

"बिलकुल ठीक होगा। यह तो तुम्हारे प्रति इस जटाशंकर बाजपेयी की स्पष्ट बदनीयती है। उसने तुम्हारा नुकसान करने की ज्यादा-से-ज्यादा कोशिश की है। पाँच सौ रुपये एकड़ के हिसाब से साढ़े तीन लाख रुपया की जगह तुमसे बीस लाख रुपया दिला रहा है। तो तुम भी अपनी बात कह लो।"

"अच्छी बात है, आप कहते हैं तो मैं चला चलूँगा। वैसे मुझे तो आपका ही भरोसा और सहारा है।"

साढ़े ग्यारह बजे राधेश्याम, कुन्दनलाल और हिम्मतसिंह को साथ लेकर जबरसिंह त्यागमूर्ति के बँगले पर पहुँचे। मंगतराम इन्हें त्यागमूर्ति के ड्राइंगरूम में ले गया।

महीने में एक दिन त्यागमूर्ति जी चर्खा-यज्ञ करते थे। उस दिन उनके कमरे का फर्नीचर हटा दिया जाता था और वहाँ फर्श बिछ जाया करता था। ठीक आठ बजे सुबह वह चर्खा लेकर बैठ जाते थे और साढ़े ग्यारह बजे तक वह लगातार चर्खे पर सूत काता करते थे। इस अवधि में वह मौनव्रत धारण किये रहते थे। जो भी आवश्यक परामर्श इस अवधि में उनसे किया जाता था, वह लिखकर उत्तर दिया करते थे।

उस दिन त्यागमूर्ति के जो भक्तगण उनके प्रति अपना आदर और अपनी श्रद्धा प्रदर्शित करने आते थे, वे फर्श पर बैठ जाते थे। उस दिन उनके चरण छूने की मनाही थी, केवल जाने के समय उन्हें साष्टांग दंडवत करने की परम्परा थी। मंगतराम उन लोगों के नाम दर्ज कर लेता था। ठीक साढ़े ग्यारह बजे वह रुई की आखिरी पूनी कातकर महात्मा गांधी के कद्दे-आदम तैलचित्र के सामने हाथ

जोड़ते थे तथा आँख मूँदकर 'रघुपति राघव राजाराम' गीत गाते थे। इस गीत में वहाँ उपस्थित भक्त लोग योगदान करते थे, और इस तरह चरखा-यज्ञ समाप्त होता था।

इन लोगों के ड्राइंगरूम में पहुँचते ही त्यागमूर्ति ने अपनी आखिरी पूनी कातकर महात्मा गांधी के हाथ जोड़ने के बाद 'रघुपति राघव राजाराम' का गाना आरम्भ किया, और उनके स्वर में जबरसिंह और राधेश्याम को भी अपना स्वर मिलाना पड़ा। प्रार्थना समाप्त हुई और त्यागमूर्ति ने आँखें खोलकर अपने अतिथियों को देखा। मंगतराम ने अब त्यागमूर्ति जी की पीठ-पीछे एक गाव तकिया रख दिया। साढ़े तीन घंटे के कठिन परिश्रम के बाद त्यागमूर्ति जी काफी थक गए थे। उन्होंने तकिये का सहारा लिया और थके स्वर में जबरसिंह से बोले, "तो तुमने भी बाजपेयी जी का वक्तव्य देखा। मुझे आश्चर्य इस बात का है कि बिना हम लोगों से परामर्श किये सरकार का एक सदस्य ऐसा वक्तव्य दे कैसे गया?"

"यह उनकी सरासर बदनीयती है इन राधेश्याम के प्रति। यह तो हमारे प्रदेश की हालत सँभालना चाहते हैं और वह इनके रास्ते में रोड़ा अटका रहे हैं। अमेरिका में सब मसला तै करके कल ही यह हिन्दुस्तान लौटे हैं। जमीन एक्वायर होने के बाद ही फार्म बनेगा, फैक्टरी की बिल्डिंग बनेगी, तब जाकर कहीं रुपया मिलेगा अमेरिका से।"

त्यागमूर्ति ने अब इतमीनान के साथ अपने चारों ओर नजर दौड़ाई। राधेश्याम और कुन्दनलाल से तो वह परिचित थे लेकिन हिम्मतसिंह को उन्होंने पहली बार देखा था। बारी-बारी से हरेक को देखकर उन्होंने जबरसिंह से हिम्मतसिंह की ओर इशारा करते हुए कहा, "इन्हें नहीं पहचाना मैंने!"

"यह मेरा छोटा भाई हिम्मतसिंह राठौर है। इसे सेठ राधेश्याम ने कृषि-अनुसन्धानशाला का मैनेजर नियुक्त किया है। फार्म सँभालने में बड़ा कुशल है!"

त्यागमूर्ति जी आँख बन्द करके कुछ सोचने लगे। थोड़ी देर में उन्होंने आँखें खोलीं और गला साफ करके वह बोले, "यह तो सरासर अनुचित है। हम लोग मिनिस्टरों की बदनामी करते हैं कि हम निपाटिज्म करते हैं, जाबरी को बढ़ावा देते हैं। तुम्हारा छोटा भाई इतनी बड़ी कृषि-अनुसन्धानशाला का मैनेजर कैसे बन गया? मुझे बड़े दुःख के साथ कहना पड़ता है कि मुझे इस पर आपत्ति है!"

जबरसिंह ने उलटकर उत्तर दिया, "और आपका दामाद आपका पी.ए. बनकर

समस्त उत्तरप्रदेश का मालिक बन गया है इस पर न जाने कितने लोगों को आपत्ति हो सकती है, यद्यपि मैंने कभी इस पर आपत्ति नहीं की है।"

त्यागमूर्ति ने बात वहीं बदली, "ठीक है-ठीक है, लेकिन यह बाजपेयी को क्या सूझी कि ऐसा वक्तव्य दे गए! हमने उन्हें बुलाया तो मालूम हुआ कि गंगा नहाने कानपुर चले गए। अच्छा, इस भूमि अवाप्ति की क्या गति है?"

"उन्नीस तारीख को कब्जा लेना है। और भूमि का मुआविजा जमीन पर कब्जा लेने के बाद तै किया जाएगा। इन राधेश्याम का कहना है कि तीन हजार रुपये फी एकड़ का मुआविजा तो कल्पना के बाहर की बात है। यह जमीन तो सीधे किसानों से पन्द्रह सौ रुपये एकड़ के हिसाब से खरीदी जा सकती है। लेकिन इस जमीन की आवश्यकता है हमारे प्रदेश के कल्याण के लिए—हमारी सरकार के योगदान के रूप में!"

त्यागमूर्ति ने राधेश्याम की ओर देखा, "तुम्हारे मन से मुआविजा कितना होना चाहिए?"

राधेश्याम ने उत्तर दिया, "किसानों को इस भूमि पर भूमिधारी अधिकार मिले हैं डेढ़ सौ रुपये प्रति एकड़ देकर। मेरा खयाल है पाँच सौ रुपये प्रति एकड़ सर्वथा उचित होगा, बाकी आप लोग जो उचित समझें।"

इसी समय पंडित जटाशंकर बापजेयी ने कमरे में प्रवेश किया। त्यागमूर्ति को अभिवादन करके उन्होंने कहा, "आपने मुझे सुबह याद किया था—मैं अभी कानपुर से वापस लौटा हूँ, कहिए क्या आज्ञा है?"

त्यागमूर्ति बोले, "आज्ञा क्या? बाजपेयी, तुमने हम लोगों के सामने अजीब संकट खड़ा कर दिया है।"

"कैसा संकट? आपका मतलब मेरे वक्तव्य से तो नहीं है?" बाजपेयी जी ने बैठते हुए पूछा।

"जी हाँ, आपके वक्तव्य से ही है।" जबरसिंह ने उत्तर दिया।

"वह तो मेरे व्यक्तिगत विचार थे। अपने व्यक्तिगत विचारों में मैं सर्वथा स्वतंत्र हूँ।" बाजपेयी जी ने कहा।

त्यागमूर्ति जी बोले, "लेकिन जनता के सामने आपके वक्तव्य देने से आपके विचार सरकार के विचार समझे जा सकते हैं।"

"और मैं समझता हूँ कि सरकार के भी यही विचार होने चाहिए!" बाजपेयी जी बोले।

जबरसिंह ने रूखे स्वर में कहा, "सरकार के विचारों की जिम्मेदारी आपने अपने ऊपर कब से ले ली है? आप जानते हैं कि मंत्रिमंडल में आप अकेले हैं, काँटे की तरह!"

"अगर हो सके तो आप लोग मुझे भी मंत्रिमंडल से हटा दें, मैं अपनी तरफ से कोई बाधा नहीं उत्पन्न करूँगा।"

"नहीं-नहीं!" त्यागमूर्ति ने कहा, "लेकिन बाजपेयी जी, हमें अपने प्रदेश की सम्पन्नता के लिए इस कृषि-अनुसन्धानशाला और ट्रैक्टर फैक्टरी की नितान्त आवश्यकता है, यह तो आप मानेंगे ही!"

"हाँ, यह मैं स्वीकार करता हूँ।"

"तो फिर मुआविजे की रकम अत्यधिक नहीं होनी चाहिए!" त्यागमूर्ति जी बोले।

"ठीक है। मंत्रिमंडल जो भी रकम उचित समझे वह निर्धरित कर दे। मैं इस निर्णय की व्यक्तिगत जिम्मेदारी नहीं लेना चाहता।"

"तो हम लोग पाँच सौ रुपये प्रति एकड़ ठीक समझते हैं। मंत्रिमंडल की बैठक में यह तै हो जाएगा।"

"मंत्रिमंडल का निर्णय मुझे शिरोधार्य है!" पंडित जटाशंकर बाजपेयी ने बड़े शान्त भाव से उत्तर दिया।

6

गंगादेवी को साथ लेकर राधेश्याम कानपुर से लखनऊ आ रहे थे। भटखेड़ा की भूमि पर कब्जा करके कृषि-अनुसन्धानशाला एवं ट्रैक्टर फैक्टरी की स्थापना के सिलसिले में एक शानदार उत्सव करने की योजना थी उनकी, जिसमें केन्द्र एवं प्रदेश के मंत्रीगण आमंत्रित होंगे, और इस उत्सव में राधेश्याम के इस नवीन उद्योग का अच्छा-खासा विज्ञापन होगा।

जिस समय इनकी कार लखनऊ के कौंसिल हाउस के सामने से गुजरी, उन्हें

'राधेश्याम मुर्दाबाद'—'कांग्रेस मुर्दाबाद' के नारे सुनाई दिये। गंगादेवी ने कहा, "यह क्या हो रहा है? ज़रा कार रोककर देखो!"

राधेश्याम ने कार नहीं रुकवाई, उन्होंने कहा, "शायद भूमि-अवाप्ति के खिलाफ यह लोग प्रदर्शन कर रहे हैं। कुल सौ-सवा सौ आदमी हैं। यहाँ कार रोकेंगे तो झमेला खड़ा हो जाएगा।" और उनकी कार उस प्रदर्शन को पीछे छोड़कर निकल गई।

घर पहुँचकर राधेश्याम ने जबरसिंह को फोन मिलाया। जबरसिंह ने बतलाया कि मजदूर नेता कामरेड रवीन्द्र और किसान नेता श्री मार्तंड के नेतृत्व में यह प्रदर्शन हुआ है। अच्छा यह हो कि राधेश्याम इन नेताओं से मिल लें।

राधेश्याम ने कुन्दनलाल को आदेश दिया कि कामरेड रवीन्द्र और श्री मार्तंड को राधेश्याम से विचार-विमर्श के लिए रात के भोजन पर आमंत्रित कर दिया जाए।

रात के समय जब कामरेड रवीन्द्र और श्री मार्तंड राधेश्याम के बँगले पर पहुँचे, गंगादेवी ने बड़ी मोहक मुस्कान के साथ इन दोनों का स्वागत किया। गंगादेवी की अवस्था अब लगभग चालीस वर्ष की थी और वह तीन बच्चों की माँ बन चुकी थीं, लेकिन रात के धुँधले प्रकाश में सौंदर्य-प्रसाधनों के बल पर वह पच्चीस-छब्बीस वर्ष की युवती दिख रही थीं। स्थूलता की ओर बढ़ता हुआ उनका सुगठित शरीर, पेट के बल पर गोरा दिखनेवाला उनका गेहुँआ रंग, बात करने में ठसक से भरी एक अदा। गंगादेवी ने इन दोनों सज्जनों को ड्राइंगरूम में बैठाया, "मैं श्रीमती राधेश्याम हूँ—गंगादेवी, सेठ जी अभी आते हैं।" और उन्होंने बेयरे को इशारा किया।

बेयरा ने इन दोनों के सामने गिलास रखकर व्हिस्की की बोतल रखी। दोनों ने ताड़ लिया कि असली स्काच व्हिस्की की बोतल है। बेयरा ने एक-एक पेग व्हिस्की इन लोगों के गिलास में डाल दी, और सोडे की बोतलें खोलकर इनके सामने रख दीं। अब दोनों इतमीनान के साथ बैठ गए और पीने लगे।

बात गंगादेवी ने आरम्भ की, "हम लोग आज दोपहर को कानपुर से आ रहे थे तो हमने देखा कि कौंसिल हाउस के सामने हम लोगों के खिलाफ प्रदर्शन हो रहा है। कौन-सा अपराध हो गया है हम लोगों से?"

मार्तंड ने व्यंग्य किया, "जी, अपराध तो उन बेचारे किसानों से हुआ है जिनकी जमीनें हथियाई जा रही हैं।"

गंगादेवी बोलीं, "जमीन तो देश और राष्ट्र की है, आदमी तो पैदा होता है और मर जाता है। यह जमीन पहले जमींदारों की थी, राष्ट्र ने यह जमीन उनसे लेकर किसानों को दे दी। और अब राष्ट्र को अपने विकास के लिए इस जमीन की आवश्यकता है, इसलिए राष्ट्र यह जमीन किसानों से लेकर कृषि-अनुसन्धानशाला और ट्रैक्टर फैक्टरी की स्थापना करना चाहता है।"

दोनों नेताओं ने आश्चर्य से गंगादेवी को देखा। इन लोगों को पहले कभी गंगादेवी के दर्शन करने का सौभाग्य नहीं प्राप्त हुआ था और न उन्हें इस बात का पता था कि गंगादेवी ऑल इंडिया वीमेंस कॉन्फरेंस की उपाध्यक्षा हैं तथा इंग्लैंड और अमेरिका में प्रभावशाली व्याख्यान दे आई हैं। सकपकाकर कामरेड रवीन्द्र ने कहा, "आपकी बात ठीक हो सकती है। भूमि पर अधिकार व्यक्ति का नहीं राष्ट्र का होता है।"

और श्री मार्तंड ने बड़े उत्साह के साथ कहा, "हमारे महान नेता आचार्य नरेन्द्रदेव ने इस भूमिधारी-प्रथा का विरोध किया था। उनका कहना था कि भूमि का राष्ट्रीयकरण होना चाहिए।"

गंगादेवी ने बात आगे नहीं बढ़ाई। तीर निशाने पर बैठा है, उन्होंने इतना ताड़ लिया था। दोनों नेता अब इतमीनान के साथ स्काच व्हिस्की का मजा ले रहे थे। एकाएक कामरेड रवीन्द्र पूछ बैठे, "देवी जी, यह ट्रैक्टर फैक्टरी सरकार खोल रही है या सेठ राधेश्याम खोल रहे हैं?"

"यह ट्रैक्टर फैक्टरी देश के हित में हम लोग खोल रहे हैं, और सरकार का हमें पूरा सहयोग है।"

"बिलकुल ठीक! इस बात का पता हम लोगों को है। अब सवाल यह है कि हमें ट्रैक्टर फैक्टरी में कुछ मुनाफा तो होगा ही। तो मुनाफा किसको मिलेगा? सरकार को या आप लोगों को?"

गंगादेवी को पूँजीवादी अर्थ-व्यवस्था का अच्छा-खासा ज्ञान था। उन्होंने कहा, "इसका मुनाफा—पहले तो मजदूरों और कार्यकर्ताओं को मिलेगा बोनस के रूप में, फिर सरकार को मिलेगा विभिन्न करों तथा इन्कम-टैक्स के रूप में, इस सबसे जो कुछ बचेगा वह हम लोगों को मिलेगा।"

मार्तंड जी को इस बातचीत में मजा आ रहा था। कामरेड रवीन्द्र एम.ए. पास

थे, मार्क्सवादी अर्थव्यवस्था के वह पंडित समझे जाते थे। और इंटरमीडिएट फेल मार्तंड को वह विद्वत्ता तथा पांडित्य के क्षेत्र में बड़ी हिराकत की नजर से देखते थे। कामरेड रवीन्द्र और गंगादेवी के इस कथन का खंडन करने के लिए वह कुछ सोचने लगे और मौका देखकर श्री मार्तंड बोल उठे, "श्रीमती जी, वह तो ठीक है, लेकिन इसमें उन किसानों को क्या मिलेगा जिनकी जमीन पर कब्जा किया जा रहा है? यह किसान भूमिहीन और बिना घरबारवाले हो जाएँगे। एक बार उखड़कर फिर जमना कितना मुश्किल है आज के युग में, यह सब लोग जानते हैं।"

गंगादेवी ने देखा कि इन दोनों के गिलास खाली हो चुके हैं, बेयरा को बुलाकर उन्होंने फिर से इन दोनों के गिलास भरवाए। अब कामरेड रवीन्द्र ने कहा, "देवी जी, आप कुछ नहीं ले रहीं, न हो तो शेरी या पोर्ट ही ले लीजिए। अकेले पीते हुए अच्छा नहीं मालूम हो रहा।"

गंगादेवी ने बेयरा से एक गिलास पाइन एपिल जूस मँगाते हुए कहा, "हम लोग वैष्णव-परम्परा में पैदा हुए हैं और शुद्ध शाकाहारी हैं। साहेब तो कभी-कभी मेहमानों का साथ देने के लिए पी भी लेते हैं, लेकिन मैंने कभी इसे छुआ नहीं। इंग्लैंड, अमेरिका, फ्रांस—सभी जगह इसे बचाया है।" और गंगादेवी खिलखिलाकर हँस पड़ीं।

इसी समय राधेश्याम ने कमरे में प्रवेश किया।

राधेश्याम ने आते ही इन दोनों से विलम्ब के लिए क्षमा माँगते हुए कहा, "क्या बतलाऊँ, वाशिंगटन से ट्रंक मिला था, लाइन मिलने में देर हो गई।" और बैठते हुए उन्होंने कहा, "काफी दिलचस्प बातें हो रही हैं।"

गंगादेवी ने मार्तंड जी से कहा, "आपने जो कुछ कहा वह इनसे कहिए। आपकी बात में तथ्य तो है।"

मार्तंड का चेहरा खिल गया, उन्होंने राधेश्याम से कहा, "सेठ जी! मैं कह रहा था कि यह किसान भूमिहीन और बेघर-बार हो जाएँगे। एक बार उखड़कर फिर से जमना कितना मुश्किल है इस युग में, यह सब लोग जानते हैं।"

बेयरा ने गिलास राधेश्याम के सामने रख दिया, राधेश्याम ने आधा पेग डाला, फिर सोडा मिलाकर अपने होंठों से लगाया, "आप लोगों की शुभ कामना के लिए।" और एक घूँट पीकर गिलास मेज पर रखते हुए कहा, "बात आपने महत्त्वपूर्ण

कही है मार्तंड जी, लेकिन सत्य यह है कि आज के युग में दुनिया में हर जगह एक जगह से उखड़कर दूसरी जगह बस रहे हैं। इस हिन्दुस्तान और पाकिस्तान के बँटवारे के समय यह सब बड़े पैमाने में इस देश में हुआ है। अरब और इजराइल में यह हो रहा है, जर्मनी के दोनों भागों में यह हो रहा है। और आप तो जानते हैं कि पूर्वी पाकिस्तान के विस्थापितों की समस्या हमारी सरकार बड़ी खूबी के साथ हल कर रही है। फिर आप लोग तो हैं, इन मजदूरों और किसानों के कर्मठ नेता! उन्हें फिर से बसाने की जिम्मेदारी आप लोग अपने ऊपर लें, इसमें आप लोगों को हमारा और सरकार का पूरा सहयोग प्राप्त होगा।"

कामरेड रवीन्द्र ने मार्तंड जी को देखा और मार्तंड जी ने कामरेड रवीन्द्र को देखा, फिर दोनों मुस्कराए। फिर श्री मार्तंड ने गला साफ करते हुए कहा, "हम लोग तो साधनहीन, उत्पीड़ित और शोषित वर्ग के आदमी हैं। सहायता करने के साधन हम लोगों के पास हैं कहाँ? और यह सरकार पूँजीवादी सरकार है, आप स्वयं पूँजीपति हैं। तो इस सरकार का और आपका भरोसा कैसे किया जा सकता है? नहीं सेठ जी, इन किसानों को उचित मुआविजा मिलना चाहिए। वित्तमंत्री जी स्वयं मुआविजे के सिद्धान्तों की घोषणा कर चुके हैं। उचित मुआविजा मिलने पर उन किसानों को हम लोगों की सहायता की कोई आवश्यकता ही नहीं रह जाएगी।"

राधेश्याम ने तैश में आकर कहा, "आप लोग असम्भव शर्तें पेश कर रहे हैं। और मैं कहता हूँ कि उन किसानों को कितना भी रुपया मिले, वह बिना सरकार या नेताओं की सहायता के फिर से स्थापित नहीं हो सकते।"

थोड़ी देर तक मौन छाया रहा, गंगादेवी उठकर भीतर चली गईं। राधेश्याम ने उस मौन को तोड़ा, "कामरेड रवीन्द्र, यह मेरे हितों का इतना नहीं जितना इस प्रदेश के हितों का सवाल है। इतनी महँगी भूमि लेकर न तो हम कृषि-अनुसन्धानशाला चला सकेंगे और न ट्रैक्टर फैक्टरी खोल सकेंगे। तो यह दोनों चीजें उत्तर प्रदेश के बाहर कहीं खुलेंगी, आप लोग यह क्यों नहीं सोचते? पूँजी और उत्पादन तथा मुनाफे का एक अनुपात होता है! आप तो अर्थशास्त्र के पंडित हैं कामरेड!"

मार्तंड बोल उठा, "सेठ जी, आप और हमारे यह कामरेड—दोनों पढ़े-

लिखे आदमी हैं, लेकिन मैं सीधा-सादा जनता का सेवक हूँ, और जनता सीधी-सादी बात समझती है, वह इस विद्वता के चक्कर में नहीं पड़ती। आप चाहते क्या हैं?"

राधेश्याम बोले, "मैं चाहता हूँ आप लोगों का सहयोग, आप लोगों का विरोध हमारी बाधा न बने। आप लोगों के सहयोग के बदले में मेरा पूरा सहयोग आप लोगों को मिलेगा हर तरह से। दुनिया तो आदान-प्रदान की है। अब देखिए कि सात-आठ महीने बाद ही नये चुनाव होनेवाले हैं। आप-जैसे कर्मठ कार्यकर्ताओं को एसेम्बली में होना चाहिए, तो मेरी सलाह है कि आप दोनों चुनाव लड़ें। मेरा पूरा सहयोग आप लोगों को प्राप्त होगा। और राधेश्याम ने इन दोनों के गिलास इस बार अपने हाथों से भरे, "साफ-साफ बात कहूँ, कोई किसी की सेवा नहीं करता। सब अपनी सेवा करते हैं मार्तंड जी! हम सब अपने चेहरों पर तरह-तरह के मुखौटे लगाए हुए हैं। लेकिन असलियत से हम मुँह नहीं मोड़ सकते, और असलियत यह है कि यहाँ ट्रैक्टर फैक्टरी खुल रही है। यहाँ कृषि-अनुसन्धानशाला खुल रही है, और हमें इसके लिए भूमि चाहिए। और मुझे आपसे प्रार्थना करनी है कि आप इसमें बाधा न डालिए, यह आपका हमारे साथ सबसे बड़ा सहयोग होगा।"

इस समय गंगादेवी ने फिर कमरे में प्रवेश किया। वह राधेश्याम की बगल में बैठ गईं। उनके हाथ में दो लिफाफे थे, राधेश्याम ने दोनों लिफाफे ले लिए। एक-एक लिफाफा इन दोनों की ओर बढ़ाते हुए उन्होंने कहा, "यह दो-दो हजार रुपये हैं, पत्र-पुष्प के रूप में आप लोगों को मेरी भेंट। फैक्टरी और कृषि अनुसन्धानशाला के उद्घाटन के दिन आप लोगों को भेंट की तौर से तीन-तीन हजार रुपया और पहुँच जाएगा। और आप लोग—अगला चुनाव लड़ डालिए। जितनी भी मदद मुझसे हो सकेगी, मैं दूँगा।"

कामरेड रवीन्द्र ने मार्तंड जी को देखा और मार्तंड जी ने कामरेड रवीन्द्र को देखा। दोनों कुछ देर तक चुपचाप एक-दूसरे को देखते रहे, फिर एक साथ दोनों के मुखों पर मुस्कराहट आई। लिफाफे दोनों ने एक साथ लेकर अपनी जेबों में रख लिए, और फिर अन्तर्राष्ट्रीय समस्याओं पर विचार-विमर्श होने लगा।

दूसरे दिन दोपहर के समय राधेश्याम जबरसिंह के घर पर पहुँचा। जबरसिंह

ने राधेश्याम को बैठाते हुए कहा, "तो कल तुम कानपुर से आ गए!"

"हाँ, और उन नेताओं से भी आपके आदेशानुसार कल रात बात कर चुका हूँ जिन्होंने कौंसिल हाउस के सामने प्रदर्शन कराया था। उन लोगों की ओर से अब कोई बाधा नहीं पहुँचेगी।"

जबरसिंह हँस पड़े, "बड़े कर्मठ आदमी हो सेठ राधेश्याम! तो क्या कार्यक्रम है तुम्हारा?"

"कार्यक्रम अब लखनऊ में ही रहने का है। भूमि पर कब्जा लेकर सब कामकाज अपनी ही देख-रेख में करना है, इसलिए सपरिवार आया हूँ इस बार। बीच-बीच में कानपुर चला जाया करूँगा।"

"यह ठीक किया। तो कब्जा किस दिन लेना है?"

"आज पन्द्रह तारीख है, उन्नीस तारीख को कब्जा लेना है। वह कब्जा आसानी से मिल जाएगा—मैंने इन्तजाम कर रखा है। कब्जा लेने के लिए कृषि-अनुसन्धानशाला की ओर से हिम्मतसिंह जाएँगे और ट्रैक्टर फैक्टरी की ओर से कुन्दनलाल जाएगा। रेवेन्यू डिपार्टमेंट के आदमी कब्जा दिलाएँगे—उनसे बातें हो गई हैं। आप चिन्ता न कीजिए।"

लेकिन कहीं अन्दर-ही-अन्दर जबरसिंह में एक दुश्चिन्ता बढ़ती जा रही थी। उन्होंने चुप रहकर कहा, "मैं सोच रहा था इस भूमि पर कब्जे के मामले में पुलिस का इन्तजाम करा दूँ, लेकिन वित्तमंत्री कहते हैं कि उन्हें पुलिस की आवश्यकता नहीं है। इन छोटी-छोटी बातों में पुलिस के प्रदर्शन से सरकार की बदनामी होगी।"

"पुलिस का इन्तजाम हो जाता तो अनुचित न होता!" राधेश्याम ने कहा, "खैर कोई बात नहीं, शहर से मिला हुआ मामला है, नीची जातिवाले किसान हैं और राजनीतिक पार्टियों के नेता होंगे नहीं वहाँ।"

जबरसिंह ने हिम्मतसिंह को अन्दर से बुलाया। हिम्मतसिंह ने राधेश्याम को अभिवादन करके बैठते हुए कहा, "सेठ जी, कल सुबह मुझसे कुन्दनलाल ने बतलाया था कि आप आनेवाले हैं। कल सुबह हम लोग तहसीलदार के दफ्तर में गए थे, जमीन पर कब्जा लेने की कार्रवाई के सिलसिले में। वहाँ पता चला कि भटखेड़ा में काफी उत्तेजना है, शहर से मजदूर और किसान नेता पहुँच

गए थे उन्हें भड़काने के लिए। दादा से बतलाया तो उन्होंने वित्तमंत्री से बात की, वित्तमंत्री जी पुलिस की मदद लेने को तैयार नहीं। समझ में नहीं आता कि क्या किया जाए?"

राधेश्याम बोले, "मजदूर और किसान नेताओं से मैंने कल रात ही बात कर ली है, उनकी तरफ से किसी तरह का फिसाद नहीं खड़ा होगा। और फिर भला हिम्मतसिंह के रहते किसकी हिम्मत कि फिसाद करे।" राधेश्याम के मुख पर हल्की मुस्कराहट आ गई।

हिम्मतसिंह ने भी तनकर कहा, "और सरकार के खिलाफ बगावत करने की हिम्मत किसमें है!"

कहने को तो हिम्मतसिंह यह कह गया, लेकिन उसका जी धुकर-पुकर कर रहा था। राधेश्याम के जाने के बाद दिन-भर तो वह कुछ खोया-खोया-सा रहा, शाम के समय वह रामलोचन के यहाँ पहुँचा। रामलोचन ने हिम्मतसिंह को बिठाकर शर्बत मँगाया। फिर उसने कहा, "बहुत घबराए हुए हो! क्या बात है?"

हिम्मतसिंह ने पूरे ब्यौरे के साथ रामलोचन को सारी परिस्थिति बतलाई। रामलोचन ने सब कुछ सुनकर कहा, "लेकिन इतना घबराने की क्या बात है? पॉलिटिकल पार्टियों की शै से ही सब दंगे-फिसाद होते हैं, तो सेठ राधेश्याम ने इन नेताओं को तै कर ही लिया है।"

कमजोर स्वर में हिम्मतसिंह ने कहा, "रामलोचन! तुम इन किसानों को जानते नहीं। इनकी जमीन ही तो इनकी रोजी है—इनका प्राण है। तो हमें लगता है कि ये किसान बिना खून-खराबा के अपनी जमीन न देंगे। सरकार पुलिस भेज नहीं रही, यह साले रेवेन्यू डिपार्टमेंटवाले जाएँगे निहत्थे!"

रामलोचन मुस्कराया, "तो तुम अपनी पिस्तौल साथ लेते जाना। कुन्दनलाल से कह देना कि वह भी अपनी पिस्तौल साथ ले ले। आत्मरक्षा में हथियारों का प्रयोग कानूनन मान्य है।"

हिम्मतसिंह ने सिर हिलाया, "सो तो ठीक है, लेकिन किसानों के खिलाफ हमारी पिस्तौल उठेगी नहीं। बात यह है कि रामलोचन हम भी किसान हैं और हम जमीन के मोह को अच्छी तरह जानते हैं। सो हम भी समझते हैं कि किसानों के साथ सरासर अन्याय हो रहा है!"

रामलोचन चक्कर में पड़ गया, कुछ सोचकर उसने पूछा, "तो फिर तुम इस फार्म के मैनेजर क्यों बन गए?"

"क्या बतावें! जबर दादा की जबरदस्ती—हमें खींच लाए यहाँ। हम तो महेसुर में रहकर खेती-बाड़ी करना चाहते थे।"

रामलोचन ने हिम्मतसिंह को ढाँढ़स बँधाया, "अरे, आजकल फार्मिंग में लोगों को घाटा हो रहा है, अच्छा किया जो यहाँ चले आए। सो अपना सारा भरम निकाल डालो। यहाँ लखनऊ की जिन्दगी—मौज से रहना।"

उदास स्वर में हिम्मतसिंह ने कहा, "नहीं पांडे, ऐसा सीधा-सादा मामला नहीं है जैसा तुम समझ रहे हो।" फिर कुछ चुप रहकर उसने कहा, "देखो रामलोचन! तुम भी चलो हमारे साथ—दस-पाँच सिपाही साथ ले लो!"

"यह कैसे हो सकता है? वह हमारा हलका है नहीं, फिर सरकार का भी कोई हुक्म नहीं है। तुम ज़रा भी चिन्ता न करो, सब कुछ ठीक हो जाएगा।"

हिम्मतसिंह के मुख पर निराशा और करुणा के भाव वैसे ही कायम रहे, वह गुम-सुम बैठा रहा। रामलोचन बोला, "अच्छा, मैं तुम्हारे साथ सादे कपड़ों में चलूँगा, व्यक्तिगत हैसियत से! अब तो खुश!"

हिम्मतसिंह ने उठकर रामलोचन से हाथ मिलाया, "हाँ, अब हमारे जी में जी आया।"

उन्नीस अप्रैल के दिन सुबह के समय जब रामलोचन जबरसिंह के घर पहुँचा, हिम्मतसिंह की धजा देखकर उसे हँसी आ गई। खाकी ब्रीचेज पर खाकी हंटिगकोट, पिस्तौल का परतला कन्धे से लटक रहा था—सिर पर साफा और पैरों में फुल बूट। रामलोचन ने कहा, "वाह हिम्मतसिंह! अब किसी की हिम्मत नहीं पड़ सकती तुमसे भिड़ने की।"

थोड़ी देर में कुन्दनलाल कार लेकर आ गया, हिम्मतसिंह और रामलोचन कार पर बैठ गए। पीछे-पीछे जीप—जीप पर रेवेन्यू डिपार्टमेंट के नायब तहसीलदार, ओवरसियर और चपरासी थे। करीब साढ़े आठ बजे सब लोग भटखेड़ा पहुँचे। इन लोगों के साथ एक ट्रक पर तार लगाने का सामान, राज और मजदूर थे।

गाँव वीरान-सा पड़ा था और धूप में अब तेजी आ गई थी। सब लोग सवारियों से उतरे। हिम्मतसिंह मन-ही-मन आश्वस्त हुआ। कुन्दनलाल ने कहा, "हमने कहा

था न कि जीजा ने सब कुछ ठीक कर रखा है, किसी तरह का विरोध नहीं होगा। देखो, सब कुछ शान्त है!"

और हिम्मतसिंह ने हलके मन से कहा, "भगवान को धन्यवाद!"

और तभी दूर से उठता हुआ कुछ शोर सुनाई पड़ा। ओवरसियरों और चपरासियों के हाथ में जरीबें थीं, पटवारी अपना खाता खोले बतलाता जाता था। नायब तहसीलदार, कुन्दनलाल और हिम्मतसिंह के साथ-साथ जमीन का मुआइना कर रहे थे। रामलोचन कार में ही बैठा रहा। सभी लोगों ने उस ओर देखा जिधर शोर हो रहा था, और उन्होंने देखा आठ-दस नेता दिखनेवाले युवकों के पीछे-पीछे करीब पचास-साठ किसानों का एक दल लाठियों, काँतों और बल्लमों से लैस बढ़ा आ रहा है।

नायब तहसीलदार ने कुन्दनलाल से कहा, "यहाँ तो मामला संगीन दिखता है।" और तभी दूर से ललकार सुनाई पड़ी, "खबरदार जो जमीन की नाप-जोख शुरू की—जमीन का कब्जा नहीं मिलेगा—हम एक-एक की जान ले लेंगे।"

ओवरसियर, पटवारी और चपरासी काम छोड़कर जीप के पास आ गए, और यह भीड़ इनके काफी पास आ गई। एक आदमी चिल्लाया, "मारो सालों को—जाने न पावें।" और लाठियाँ तन गईं।

छोटे कर्मचारी इस मुद्रा में जीप के पास खड़े हो गए थे कि मौका आते ही भाग खड़े हों। हिम्मतसिंह, कुन्दनलाल और नायब तहसीलदार अकेले रह गए। इन लोगों को उन किसानों और उनके नेताओं ने घेर लिया। रामलोचन दूर कार पर बैठा यह देख रहा था। ये नेतागण—सब-के-सब नये चेहरे दिख रहे थे। नायब तहसीलदार ने डाँटकर कहा, "तुम लोग सरकारी आदमियों के काम में दखल-अन्दाजी कर रहे हो—इसका नतीजा अच्छा नहीं होगा।"

रामलोचन तो हिंसक भीड़ को देखने का आदी था, और वह जानता था कि जोशीले नौजवानों के भड़काने से ये शान्तिप्रिय किसान काफी हिंसक बन गए हैं। वह तेजी से कार से उतरकर इन लोगों की ओर बढ़ा।

तब एक नौजवान ने आवाज लगाई, "देख क्या रहे हो? धरो एक हाथ इस पर—बहुत शान बघार रहा है।" और उसने बढ़कर नायब तहसीलदार के एक चाँटा मारा।

ओवरसियर, पटवारी तथा चपरासी जीप पर चढ़कर भाग खड़े हुए। रामलोचन ने देखा कि हिम्मतसिंह के पसीना निकल रहा है और वह थर-थर काँप रहा है। कुन्दनलाल भागने का रास्ता देख रहा था। तब तक एक-दूसरे युवक ने हिम्मतसिंह की ओर इशारा करते हुए कहा, "छीन लो इस मुछाड़िए की पिस्तौल—और इन लोगों को यहीं खत्म कर दो।" और वह हिम्मतसिंह की ओर बढ़ा।

इस समय तक रामलोचन दौड़ता हुआ इन लोगों के पास पहुँच गया था। उसने उस बढ़ते हुए युवक को एक घूँसा मारा और वह युवक जमीन पर गिर पड़ा। हिम्मतसिंह के पास पहुँचकर उसने हिम्मतसिंह की पिस्तौल हाथ में लेकर एक हवाई फायर किया। बढ़ती हुई भीड़ एकाएक रुक गई।

रामलोचन ने हिम्मतसिंह, कुन्दनलाल और नायब तहसीलदार से कहा, आप लोग कार पर बैठिए चलकर, मैं इन्हें रोके हुए पीछे-पीछे आ रहा हूँ।" और उसने पिस्तौल की नली भीड़ की ओर कर दी।

सब लोग कार पर बैठ गए—रामलोचन भी कार पर बैठ गया और कार शहर की ओर रवाना हो गई।

7

भटखेड़ा कांड को लेकर मंत्रिमंडल में एक विवाद उठ खड़ा हुआ। विभिन्न पत्रों में जो तरह-तरह की रिपोर्टें निकली थीं तथा इस कांड को लेकर जनता में जो उत्तेजना फैल गई थी, उसके कारण मुख्यमंत्री की सलाह से वित्तमंत्री ने भूमि-अवाप्ति की कार्रवाई को कुछ दिनों के लिए स्थगित कर दिया। जबरसिंह का कहना था कि यह अनुचित हुआ लेकिन पंडित जटाशंकर बाजपेयी का कहना था कि पहले भूमि के मुआविजे की रकम तै कर दी जाए तब भूमि पर कब्जा किया जाए। एक हफ्ते तक जटाशंकर बाजपेयी तथा जबरसिंह और राधेश्याम के बीच यह कशमकश चलती रही, और हारकर यह मसला कैबिनेट मीटिंग के सामने रखा गया।

कैबिनेट मीटिंग में इस मसले को प्रस्तुत किया जबरसिंह ने, "माननीय मुख्यमंत्री

जी, कुछ दिन पहले भटखेड़ा में जो कुछ हुआ तथा उस सम्बन्ध में जनता में जो आन्दोलन उठ खड़ा हुआ, वह बड़ा दुर्भाग्यपूर्ण विषय है। इससे सरकार की सारी प्रतिष्ठा नष्ट हो गई—उसकी सब इज्जत खाक में मिल गई। जनता गुंडों के भड़काने में खुलेआम हिंसा पर उतर आई—और उस हिंसा पर हम आत्म-समर्पण कर दें, इससे अधिक शर्मनाक बात और क्या हो सकती है? और मैं कहता हूँ कि इस सबकी जिम्मेदारी हमारे वित्तमंत्री पर है!"

"व्यवस्था की जिम्मेदारी तो गृहमंत्री पर होती है न कि वित्तमंत्री पर!" त्यागमूर्ति ने आँख मूँदकर अपनी व्यवस्था दी, "गृहमंत्री के अधीन पुलिस है। पुलिस का काम है अपराध रोकना, अपराधियों को पकड़कर उन्हें दंड देना।"

"मैं यह स्वीकार करता हूँ!" जबरसिंह बोले, "इस कांड में पुलिस ने ग्यारह आदमी गिरफ्तार किये हैं, लेकिन उनके खिलाफ अपराध नहीं साबित हो सकता। किसी तरह की हिंसा हुई है वहाँ, इसका सबूत ही नहीं मिलता। वित्त-विभाग के अधिकारी भाग खड़े हुए थे। वैसे मैंने दफा 107 में इन लोगों पर मुकदमा दायर करवा दिया है। मेरा कहना तो यह है कि अगर वित्तमंत्री ने जमीन पर कब्जा लेने के लिए पुलिस की सहायता लेने से इनकार न कर दिया होता तो यह शर्मनाक घटना घटती ही नहीं। मैं मुख्यमंत्री जी से निवेदन करना चाहता हूँ कि प्रदेश के विकास के हित में इस महान अभियान में बाधा उपस्थित करके हमारे वित्तमंत्री हमारी सरकार और मंत्रिमंडल को बदनाम करना चाहते हैं।!"

त्यागमूर्ति जी ने अब कुछ सजग और सतर्क होकर पूछा, "बाजपेयी जी! क्या कहना है आपको?"

"इस तरह के अभद्र, अनर्गल और बेवकूफी से भरे आरोप पर सफाई देना मैं अपनी प्रतिष्ठा के प्रतिकूल समझता हूँ। हमें यह न भूलना चाहिए कि हमारी सरकार जनता की है, विशेष रूप से इन किसानों की है। तभी तो कांग्रेस का चुनाव-चिह्न है दो बैलों की जोड़ी। इन दो बैलों को हटाकर लाइए ट्रैक्टर, सरकार के पैर उखड़ जाएँगे। तो इन किसानों की सरकार पुलिस की सहायता ले किसानों को दबाने के लिए, इससे अधिक लज्जास्पद बात क्या हो सकती है?" जटाशंकर बाजपेयी ने उत्तर दिया।

जटाशंकर बाजपेयी की बात से त्यागमूर्ति झम्मनलाल सत्याग्रही पुलकित हो

उठे, अपनी लम्बी मूँछों को ठीक तरह से सँवारकर बोले, "वाह बाजपेयी जी—क्या बात कह दी तुमने! हमारा चुनाव-चिह्न है दो बैलों की जोड़ी, और ट्रैक्टरों से बैलों को क्षति होगी, अर्थात् यह ट्रैक्टर बैल-हत्या का प्रतीक है। तो इस धर्मनिरपेक्ष राज्य में हम लोग गोहत्या का खुलकर विरोध भले ही न करे, लेकिन राजनीतिक क्षेत्र में कृषि-प्रधान देश के नागरिक की हैसियत से हम लोगों को बैल-हत्या का जोरदार विरोध करना चाहिए जबरसिंह!"

कैबिनेट के सदस्यों में हँसी का फव्वारा फूट पड़ा। हँसी जबरसिंह को भी आई, लेकिन उन्होंने अपनी हँसी दबाई। इस हँसी के दौर के समाप्त होने पर जबरसिंह बोले, "त्यागमूर्ति जी, बात तो आपने बड़ी युक्तिसंगत कह डाली। लेकिन हम लोगों को देश में अनाज की पैदावार बढ़ानी है। विदेशों से अनाज का आयात रोकने के लिए, और अनाज के उत्पादन में अब साधारण हल-बैल सहायक नहीं हो रहे, हमारे प्रधानमंत्री का यह मत है, विश्व के कृषि-पंडितों का ऐसा मत है। तो अगर आप बैल-हत्या को रोकना चाहें तो बसों, ट्रकों और रेलगाड़ियों को बन्द करके बैलगाड़ियों के प्रचलन पर जोर दीजिए, कम-से-कम अपने प्रदेश में। अगर आप कहिए तो आज हम लोग इस तरह का प्रस्ताव पास कर दें।

त्यागमूर्ति सकपकाए, "नहीं, नहीं, यह तो मेरा व्यक्तिगत मत है जिसे मैंने भावावेश में व्यक्त कर दिया। यह सरकारी नीति नहीं बन सकती। हमें ट्रैक्टर चाहिए, बहुत बड़ी संख्या में, हलों और बैलों से खेती की प्राचीन परम्परा का अन्त करना चाहिए। तो जबरसिंह यह ट्रैक्टर फैक्टरी अपने प्रदेश में—यानी यहीं लखनऊ नगर में खुलकर रहेगी। और नये ढंग की खेती पर अनुसन्धान भी यहाँ करने पड़ेंगे। और इस काम के लिए किसानों से जमीन भी लेनी पड़ेगी। लेकिन देखो, उस मामले में जोर-जबरदस्ती, दंगा और खून-खराबा नहीं होना चाहिए। तो मेरा मत है कि तुम और बाजपेयी मिलकर इस मामले को तै कर लो।"

जबरसिंह ने आवेश में आकर कहा, "मैं क्या, इस मंत्रिमंडल का कोई भी सदस्य जटाशंकर बाजपेयी के साथ मिलकर काम नहीं कर सकता—बाजपेयी इस मंत्रिमंडल के विध्वंसक तत्त्व हैं।"

जटाशंकर बाजपेयी ने तमककर कहा, "तो आपका मतलब है मैं इस्तीफा दे दूँ—वह मैं नहीं देने का।"

जबरसिंह ने भी उत्तेजित होकर कहा, "आपको इस मंत्रिमंडल से बर्खास्त तो किया जा सकता है।"

एकाएक जटाशंकर भड़क उठे, उन्होंने अपनी आस्तीनें चढ़ाते हुए कहा, "देखूँ तो कौन साला बर्खास्त करता है मुझे!"

मंत्रिमंडल के सदस्यों में एक युवामंत्री ने भी अपनी आस्तीनें चढ़ाईं, "गाली देते हो, मुँह तोड़ देंगे।"

और त्यागमूर्ति ने घंटी-पर-घंटी बजाकर अपने सहयोगियों को शान्त किया। उन्होंने कहा, "यह गाली आप लोगों को नहीं दी गई है, यह गाली मुझे दी गई है क्योंक मैं ही इन्हें बर्खास्त कर सकता हूँ। अपने सहयोगी के पाप के प्रक्षालन के लिए मुझे एक दिन का अनशन करना होगा कल। तो कैबिनेट मीटिंग अब समाप्त की जाती है।" और त्यागमूर्ति जी उठ खड़े हुए।

जटाशंकर बाजपेयी का चेहरा उतर गया। उन्होंने कहा, "त्यागमूर्ति जी, मैं अपने शब्द वापस लेता हूँ, आप मेरे कारण अनशन मत कीजिए। अगर आप चाहें तो मैं मंत्रिमंडल से इस्तीफा दे दूँ।"

त्यागमूर्ति के मुख पर एक हलकी मुस्कराहट आई, "नहीं बाजपेयी, शब्द ब्रह्म है, वह अनन्त में गूँजने लगता है, उसे वापस नहीं लिया जा सकता। और तुम्हारे इस्तीफे की तो मैं कल्पना ही नहीं कर सकता।

बाजपेयी ने बड़े करुण स्वर में कहा, "लेकिन आप अनशन मत कीजिए, मैं हाथ जोड़कर आपसे क्षमा-याचना करता हूँ। वैसे मैं आपके चरण भी छू लेता, लेकिन मैं ब्राह्मण हूँ और आप बनिए हैं।"

"मैं मनुष्य हूँ बाजपेयी, और अपने चरण धुलाना मुझे अच्छा नहीं लगता। लेकिन लोगों की श्रद्धा और उनकी भक्ति का मैं अनादर नहीं कर पाता और लोग मेरे चरण छू लेते हैं। तो अब अपने चरण छुआने की इस परम्परा के प्रायश्चित्त के रूप में मुझे एक दिन का अनशन और करना पड़ गया। तो मेरा अनशन दो दिन का होगा।"

उस युवामंत्री ने जिसने बाजपेयी के खिलाफ अपनी आस्तीनें तानी थीं, कहा,

"यह क्या कह रहे हैं आप त्यागमूर्ति जी, आप मनुष्य नहीं देवता हैं—देवता! हम सब-के-सब अधम और पामर हैं, इसीलिए आपकी पूजा करते हैं।"

कैबिनेट मीटिंग के बिना कोई निर्णय लिए स्थगित होने से जबरसिंह काफी अप्रसन्न थे। उन्होंने उस युवामंत्री से बिगड़कर कहा, "क्या उल्लूपन की बात करते हो तुम—अधम-पापी तुम होगे! तुम्हें छोड़कर इस मंत्रिमंडल का कोई भी सदस्य अधम या पापी नहीं है। सोच समझकर बात किया करो।"

"इस कलह और विग्रह के लिए मुझे एक दिन का अनशन और करना पड़ेगा—यानी अब मेरा अनशन तीन दिन का होगा। आप लोग शान्त रहिए, मेरे अनशन तोड़ने के बाद अब कैबिनेट मीटिंग होगी।"

चीफ सेक्रेटरी ने त्यागमूर्ति को रोका—"श्रीमान्! आज कुछ बहुत महत्त्वपूर्ण निर्णय लेने हैं, आप कैबिनेट मीटिंग स्थगित मत कीजिए। अनशन तो आप कल से आरम्भ करेंगे।"

त्यागमूर्ति ने अब एक ठंडी साँस ली, "अच्छी बात है। जल्दी-जल्दी सब प्रश्न निपटा दो।"

"सबसे महत्त्वपूर्ण प्रश्न तो भूमि अवाप्ति के सिलसिले में हुई गिरफ्तारियों का है। इन लोगों पर मुकदमा चलाया जाए या न चलाया जाए? नगर में ही नहीं, सारे प्रदेश में बड़ा असन्तोष फैला हुआ है।"

त्यागमूर्ति ने अपने सहयोगी मंत्रियों से पूछा, "आप लोगों का क्या मत है?"

एक मंत्री ने कहा, "हम समझते हैं कि यह मामला गृहमंत्री और वित्तमंत्री के बीच का है, यह दोनों मिलकर जो निर्णय लें वह हम लोगों का निर्णय समझा जाए—इस पूरी समस्या पर।"

जबरसिंह ने जटाशंकर बाजपेयी को देखा और जटाशंकर बाजपेयी ने जबरसिंह को। फिर जटाशंकर बाजपेयी ने कहा, "हम दोनों मिलकर इसी शर्त पर विचार—विमर्श कर सकते हैं कि त्यागमूर्ति जी अपना अनशन करने का इरादा छोड़ दें।"

कुछ आनाकानी के बाद त्यागमूर्ति ने अनशन पर अपना निर्णय रद्द करते हुए अनशन की सार्थकता पर लम्बा-चौड़ा भाषण दे डाला। इसके बाद उन्होंने अन्य आवश्यक विषय ले लिए।

कैबिनेट मीटिंग समाप्त होने पर जबरसिंह ने जटाशंकर बाजपेयी से कहा,

"बाजपेयी जी, चलिए मेरे कमरे में। वहाँ हम लोग इसी समय इस भूमि-अवाप्ति के मसले को हल कर डालें। एक सिर-दर्द खड़ा हो गया है।"

"चलिए।" जटाशंकर बाजपेयी ने कहा, "मुझे लगता है कि कुछ गलती तो हो ही गई है मुझसे। वह कामरेड रवीन्द्र और मार्तंड, उन दोनों की बातों में मैं आ गया, और वह दोनों मुझे फँसाकर खुद गायब हो गए। लेकिन मुझे इस बात का सन्तोष है कि किसान और मजदूर अब स्वयं अपने हित-अहित को समझने लगे हैं।"

जबरसिंह के कमरे में दोनों बैठ गए। जबरसिंह ने बात आरम्भ की, "पहला सवाल है उन लोगों का जो गिरफ्तार किये गए हैं। उन पर आरोप है कि उन्होंने सरकारी कर्मचारियों को अपना काम करने से रोका, और उन्होंने हिंसा का प्रदर्शन किया।"

"अपनी भूमि पर उन्होंने कब्जा नहीं होने दिया।" जटाशंकर बाजपेयी ने कहा, "यह कोई अपराध नहीं है। मैं बैरिस्टर हूँ! इस बात पर अदालत उन्हें सजा नहीं देगी।"

"लेकिन उन्होंने नायब तहसीलदार को चाँटा जो मारा।" जबरसिंह बोले।

"चाँटा तो एक आदमी ने मारा—ग्यारह ने नहीं। और सबसे बड़ी बात यह कि नायब तहसीलदार चाँटा खाने की बात को स्वीकार नहीं करता, उसकी बदनामी होगी। हाँ, उन लोगों के हिम्मतसिंह पर हमला करने की बात चल सकती है क्योंकि हिम्मतसिंह ने आत्मरक्षा के लिए अपनी पिस्तौल से हवाई फायर किया था।"

"नहीं, हिम्मतसिंह आत्मरक्षा में गोली चलाने की बात नहीं स्वीकार करेगा।"

"तो फिर इन लोगों को छोड़ ही दिया जाए। मुकदमा चलाने से यह छूट जाएँगे और हमारी बदनामी होगी।" जटाशंकर बोले।

"मैं भी ऐसा ही समझता हूँ। अब आती है भूमि अवाप्ति की बात।" जबरसिंह बोले।

"इस समस्या को लेकर जो आन्दोलन आरम्भ हो रहा है उसे देखते हुए हम इस मामले को वहीं-का-वहीं रहने दें। वैसे जहाँ तक मेरा सवाल है मैं इस भूमि-अवाप्ति में किसी तरह की बाधा नहीं उत्पन्न करूँगा, अगर आप पुलिस की सहायता से कब्जा दिलाना चाहते हैं तो दिला दीजिए। मुआविजे के सम्बन्ध में भी

मुझे कुछ नहीं कहना, जो रकम आप ठीक समझें वह तै कर दीजिए, मैं उस पर अपनी अनुमति दे दूँगा।" और बाजपेयी जी ने अपनी एक आँख दबाई, "प्रदेश के मुख्यमंत्री तो आप हैं, आपने इस उल्लू के पट्ठे त्यागमूर्ति को खिलौने की तरह स्थापित कर रक्खा है।"

जबरसिंह ने बड़े तपाक के साथ जटाशंकर बाजपेयी का हाथ पकड़कर कहा, "बाजपेयी जी, हम दोनों के बीच किसी तरह का मतभेद नहीं होना चाहिए—दुर्भावना और मनोमालिन्य दूर हो—मेरी आपसे यह प्रार्थना है। आपकी योग्यता और कार्यकुशलता का मैं कायल हूँ।"

थोड़ी देर तक दोनों चुप बैठे रहे फिर जबरसिंह ने कहा, "यह जमीन इन किसानों को दसगुना लगान देकर मिली है तो सौ रुपया से लेकर दो सौ रुपया प्रति एकड़ तक आता है। जिस काम के लिए यह भूमि एक्वायर की जा रही है वह प्रदेश के हित का काम है। मैंने सोचा था कि पाँच सौ रुपया प्रति एकड़ का मुआविजा ठीक रहेगा, लेकिन अब सोचता हूँ कि छै सौ रुपया प्रति एकड़ कर दिया जाए।"

इस समय तक पंडित जटाशंकर बाजपेयी काफी ऊब गए थे। उन्होंने कहा, "आप जो उचित समझें वह तै कर दीजिए। लेकिन इतना याद रखिए कि सात-आठ महीने बाद ही नये चुनाव होनेवाले हैं। तो अगर कुछ दिनों के लिए यह सब टाला जा सके तो अच्छा है। अगर राधेश्याम गैर सरकारी ढंग से यह जमीन ले लें तो यह हमारे हित में होगा। इस जमीन का वर्तमान मार्केट-रेट—जहाँ तक मुझे पता है करीब पन्द्रह सौ रुपया प्रति एकड़ है। लेकिन जोर-दबाव से किसान यह जमीन बारह-साढ़े बारह सौ रुपये प्रति एकड़ के हिसाब से बेच देंगे। मैं आपसे यह बात जो कह रहा हूँ वह व्यक्तिगत रूप से, वैसे मैं संयुक्त-रिपोर्ट में लिखे देता हूँ कि मुआविजे की रकम हम लोगों ने मिलकर छै सौ रुपया प्रति एकड़ निर्धारित की है।"

और जटाशंकर ने संयुक्त-रिपोर्ट का मसविदा बना दिया। उसी समय यह रिपोर्ट टाइप हुई और दोनों मंत्रियों ने हस्ताक्षर कर दिये।

पंडित जटाशंकर बाजपेयी ने जिस शराफत का परिचय दिया उससे जबरसिंह आश्चर्यचकित हो गए। लेकिन स्वयं उनका मन अब भारी हो गया था। अगला

चुनाव सिर पर आ रहा था। इस भूमि-अवाप्ति के सम्बन्ध में जो कुछ हो रहा था उसकी जिम्मेदारी व्यक्तिगत रूप से उन पर लाद दी गई थी। जब वह घर लौटे, उनका मूड काफी बिगड़ा हुआ था।

घर लौटने पर कपड़े बदलकर वह बाहरी लॉन पर बैठे ही थे कि हिम्मतसिंह ने उनसे कहा, "जबर दादा कुछ देर पहले सेठ राधेश्याम का टेलीफोन आया था कि जैसे ही आप कैबिनेट मीटिंग से आ जाएँ, मैं उन्हें खबर कर दूँ, वह आ जाएँगे। मिलेंगे आप उनसे?"

थके हुए स्वर में जबरसिंह ने कहा, "बुला ही लो उन्हें—फैसला हो जाए।"

आधे घंटे बाद ही राधेश्याम की कार ने जबरसिंह के बँगले में प्रवेश किया। उस समय तक जबरसिंह काफी स्वस्थ तथा सुचित्त हो गए थे। राधेश्याम ने आते ही कहा, "कैबिनेट मीटिंग में आपको काफी देर हो गई। मालूम होता है कुछ झमेला उठ खड़ा हुआ। कहिए, क्या हुआ?"

जबरसिंह ने हिम्मतसिंह से फाइल मँगाकर कहा, "होता क्या, सब कुछ तै हो गया। जटाशंकर बाजपेयी ने मेरी बात मान ली—हम लोगों ने छै सौ रुपया प्रति एकड़ मुआविजा तै कर दिया है। और हम लोगों ने उन किसानों को भी रिहा करने का आदेश दे दिया है जो गिरफ्तार किये गए हैं।"

जबरसिंह ने वह निर्णय-पत्र जो उन्होंने और जटाशंकर बाजपेयी ने संयुक्तरूप से तैयार किया था राधेश्याम को पढ़ने के लिए पकड़ा दिया। उस निर्णय को पढ़कर राधेश्याम ने कहा, "उन किसानों को नहीं छोड़ना चाहिए था। इससे तो उनकी हिम्मत और भी बढ़ जाएगी।"

"लेकिन उन्हें बन्द रखकर मुकदमा चलाने में हमें अगले चुनाव में बाधा जो पड़ेगी—उस पर भी तो सोचना है हमें।"

इस तर्क के आगे राधेश्याम निरुत्तर हो गए। कुछ चुप रहकर उन्होंने पूछा, "तो फिर भूमि पर कब्जा कब मिलेगा हम लोगों को? हमें इसमें तो जल्दी होनी चाहिए।"

जबरसिंह मुस्कराए, "जल्दी का काम तो शैतान का। ज़रा ढंग से हमें अपने कदम उठाने हैं। पहले इस आन्दोलन की सरगर्मी खत्म हो जाए तब इस पर विचार किया जाएगा।"

राधेश्याम चौंक उठे, "लेकिन हमें तो अपना काम आरम्भ कर देना है। बिना जमीन पर कब्जा लिए हम काम कैसे आरम्भ कर सकते हैं—इस जमीन पर कब्जा इस हफ्ते में हो ही जाना चाहिए।"

जबरसिंह बिगड़ गए, "सेठ जी, हथेली पर सरसों नहीं जमा करती—यह राजकाज है। अगर आपको इतनी जल्दी है तो आप किसानों से सीधे उनकी जमीन खरीद लीजिए। पंडित जटाशंकर बाजपेयी ने कहा कि वह अपने प्रभाव से किसानों से यह जमीन बारह-साढ़े बारह सौ रुपया प्रति एकड़ पर दिला देंगे। इसमें सरकार भी बदनामी से बच जाएगी और आपका काम भी जल्दी से जल्दी हो जाएगा।" और उन्होंने हिम्मतसिंह से कहा, "हिम्मतसिंह! अब खाना लगवाओ, मैं बहुत थक गया हूँ। सेठ जी भी यहीं भोजन करेंगे—क्यों सेठ जी?"

जबरसिंह के इस रुख से सेठ राधेश्याम सन्नाटे में आ गए। उन्होंने कहा, "मैंने तो आपसे हर तरह की सहायता की आशा की थी जबरसिंह जी, किसानों से सीधे खरीदारी में तीन-चार लाख रुपये अधिक देने पड़ेंगे।"

जबरसिंह ने सिर हिलाया, "तो फिर कुछ दिनों तक इन्तजार करना पड़ेगा सेठ जी! जहाँ तक सहायता का प्रश्न है मैंने ट्रैक्टर फैक्टरी में उत्तरप्रदेश सरकार से एक करोड़ के शेयर खरीदने का निर्णय कर लिया है। और मैंने यह भी तै करवा दिया है कि यह कृषि-अनुसन्धानशाला उत्तरप्रदेश सरकार की देख-देख में न चलकर एक अटानोमस बाडी बन जाए जिसके चेयरमैन आप हों। इतना कम है क्या?"

राधेश्याम ने समझ लिया कि जबरसिंह का मूड अच्छा नहीं है, उसने कहा, "आपकी हमेशा से मुझ पर बड़ी कृपा रही है ठाकुर साहेब, और सेवाभाव में हमारी भी कोई कमी नहीं रही है। अच्छा, अब आप मुझे आज्ञा दीजिए, घर में कुछ मेहमान आ गए हैं—भोजन के लिए वह लोग मेरी प्रतीक्षा कर रहे होंगे। आप भी बहुत थक गए हैं!" और राधेश्याम उठ खड़ा हुआ।

जबरसिंह ने भी उठते हुए कहा, "हाँ, थक तो बुरी तरह गया हूँ, खाना खाकर सोऊँगा। कल सुबह कार से फैजाबाद जाना है, वहाँ से जौनपुर फिर वाराणसी। लम्बा दौरा है। तो मेरी सलाह यही है कि आप या तो सीधे किसानों से यह जमीन खरीद लीजिए, या फिर तीन-चार महीने ठहर जाइए। वैसे निर्णय तो हम लोगों ने

कर ही दिया है और कल मुख्यमंत्री के हस्ताक्षर के लिए पहुँच जाएगा, लेकिन इस निर्णय को कार्यान्वित करने का यह उचित समय नहीं है—बाजपेयी जी का ऐसा मत है, और मुझे लगता है कि उनका मत ठीक है!"

8

एक तरह से कड़वाहट भर गई थी राधेश्याम ने मन में, जबरसिंह की बात उनकी समझ में तनिक भी नहीं आई।

जटाशंकर बाजपेयी छै सौ रुपया प्रति एकड़ के हिसाब से मुआविजा दिलाने को राजी हो गए थे, अब बाधा जटाशंकर बाजपेयी की ओर से नहीं थी, बाधा थी जबरसिंह की ओर से। मई का महीना था, भूमि की अवाप्ति जून के तीसरे सप्ताह तक हो जानी चाहिए थी; बरसात आरम्भ होते ही जमीन जोत ली जाती है, और फिर फसल के कटने तक यह भूमि नहीं मिल सकेगी उन्हें—इसका उन्हें पता था। फसल कटने पर चुनाव की सरगर्मियाँ आरम्भ हो जाएँगी, और इसके बाद ऊँट किस करवट बैठेगा, इसका पता किसी को नहीं था। फिर अमेरिका की पार्टियाँ इतने दिनों तक इन्तजार से ऊब सकती थीं। यह जमीन तो एक महीने के अन्दर हर हालत में मिल ही जानी चाहिए।

जिस समय राधेश्याम घर पहुँचा, गंगादेवी लॉन पर बैठी हुई कुन्दनलाल के साथ गप लड़ा रही थीं और राधेश्याम की प्रतीक्षा कर रही थीं। राधेश्याम कुछ झल्लाया हुआ-सा इन दोनों के साथ बैठ गया। गंगादेवी ने पूछा, "क्यों क्या बात है जो मूड इतना बिगड़ा हुआ है। मैंने तो पहले ही कहा था कि इस जटाशंकर को सँभाले रहो, यह पंडित बाधा पैदा करेगा।"

एक फीकी मुस्कराहट के साथ राधेश्याम ने उत्तर दिया, "अरे, वह पंडित तो निहायत पोंगा आदमी है। बाधा उसकी तरफ से नहीं, जबरसिंह की तरफ से पड़ रही है इस दफे।"

गंगादेवी चौंक उठीं, "जबरसिंह से तो तुम्हारा दाँत-काटी रोटी का रिश्ता है!"

राधेश्याम उबल पड़े, "कोई साला किसी का नहीं होगा। डेढ़-दो लाख रुपये

खर्च कर चुका हूँ इस पर। आगरा में जो इसकी कोठी बनी है उसका आधे से ज्यादा सामान मैंने भिजवाया है, सीमेंट, लोहा, लकड़ी, फिटिंग्स, फर्नीचर।"

"तो फिर बाधा किसलिए?" गंगादेवी ने पूछा, "क्या कहते हैं वह?"

राधेश्याम ने जबरसिंह के साथ जो बातें हुई थीं और जो वर्तमान परिस्थिति थी वह विस्तार के साथ गंगादेवी को बतला दी। गंगादेवी कुछ देर तक सोचती रहीं फिर उनके मुख पर एक मुस्कान आई, "चलो, खाना खा लो चलकर! तुम्हारे मिनिस्टर साहेब को और अधिक पूजा चाहिए—मैं समझ गई।"

"नहीं, उनका जो मूड था, उससे तो लगता है कि अगर हमारी तरफ से इस तरह की कोई हरकत हुई तो मामला और भी बिगड़ जाएगा। हरेक आदमी धोखे में रहना चाहता है, जबरसिंह को मेरे आत्मीय होने का धोखा है। इस आत्मीयता के भाव से ही इन्होंने मुझसे सब कुछ स्वीकार किया है, रिश्वत के भाव से नहीं!" राधेश्याम ने सिर हिलाया, "नहीं, यहीं सारी मुसीबत है, इससे काम नहीं चलेगा।"

दूसरे दिन सुबह जब राधेश्याम नाश्ता कर रहे थे उनके चहरे पर से विषाद और चिन्ता की छाया दूर हो गई थी। गंगादेवी समझ गईं कि राधेश्याम ने कुछ हल ढूँढ़ निकाला है। गंगादेवी कुछ बोलीं नहीं, वह जानती थीं, कि राधेश्याम इस हल के सम्बन्ध में उनसे परामर्श करेंगे। उनका अनुमान गलत न था। नाश्ता करने के बाद राधेश्याम ने गंगादेवी से पूछा, "क्यों गंगा, तुम ठकुराइन से कितने दिनों से नहीं मिली हो?"

"कौन ठकुराइन? जबरसिंह की घरवाली?"

"हाँ, उन्हीं से मतलब था।"

"सालभर से ऊपर हो गया है उनसे मिले हुए। अजीब सनकी-सी औरत है। किसी बात का शौक नहीं, सभा-सोसाइटियों में जहाँ तक हो, जाती नहीं, दिन-रात पूजा-पाठ किया करती है। लेकिन बातचीत में, हाव-भाव में, दूसरों से बर्ताव में अजीब ठसक और रोब! मुझे तो फूटी आँखों नहीं अच्छी लगती।"

राधेश्याम हँस पड़े, "ताल्लुकदार खानदान की लड़की है। इसके पिता राजा गम्भीरसिंह का एक जमाने में बोलबाला था। अगर जबरसिंह को कोई झुका सकता है तो वह है ठकुराइन धनवन्तकुँवर। अच्छा, तो तुम्हारा फर्ज है कि तुम उन्हें दावत दे डालो, उन्हें बुलाकर उनका आतिथ्य-सत्कार करो। इस ठकुराइन

के जरिये से ही अब काम बन सकता है। आत्मीयता का धोखा तो कायम रखना ही होगा।"

"मैं तुम्हारा मतलब नहीं समझी।"

"अरे इस आतिथ्य-सत्कार के सिलसिले में तुम ठकुराइन को कोई तगड़ा सा प्रेजेंट दे डालो। इन साले किसानों से सीधे जमीन खरीदने में तीन-साढ़े तीन लाख ज्यादा देने पड़ जाएँगे तो अगर सत्तर-पिचहत्तर हजार का एक हीरे का सेट तुम ठकुराइन को प्रेजेंट कर दो तो जबरसिंह के साथ हमारी आत्मीयता भी कुछ और बढ़ेगी और काम भी बन जाएगा।"

गंगादेवी कुछ देर तक सोचती रहीं, फिर उन्होंने कहा, "उस सनकी औरत से कभी-कभी मुझे डर लगने लगता है। बड़ी ठसक है उसमें।"

"डरने की कोई बात नहीं, इतना समझ लो कि राधेश्याम का कोई वार खाली नहीं पड़ता। एक से एक पारसा और चरित्रवान लोगों को खरीदा है मैंने, रुपये की ताकत बड़ी जबरदस्त होती है। आखिर ठकुराइन ताल्लुकदार खानदान की हैं, हीरे-जवाहरात से औरतों के मोह को मैं अच्छी तरह जानता हूँ।"

बात गंगादेवी की समझ में आ गई, "हाँ, यह जुगत तो सफल हो सकती है। लेकिन वह हीरे का सेट है कहाँ? यहाँ लखनऊ-कानपुर में तो इतना कीमती हीरे का सेट मिलेगा नहीं।"

"कल मैं तीन दिन के लिए बम्बई जा रहा हूँ, वहाँ से ले आऊँगा।"

राधेश्याम बम्बई से जो हीरे का सेट लाए थे, उसे देखकर गंगादेवी के मुँह में पानी भर आया, "हाय राम! इतना प्यारा सेट! कितनी कीमत होगी इसकी?"

"कहता तो था पिचासी हजार, लेकिन मैंने अस्सी हजार में तै किया है। जाकड़ पर लाया हूँ।"

गंगादेवी ने ठकुराइन धनवन्तकुँवर को निमंत्रण भिजवा दिया कुन्दनलाल से। ठुकराइन धनवन्तकुँवर को भी गंगादेवी से कोई लगाव नहीं था, लेकिन राधेश्याम के अभिन्न मित्र की पत्नी गंगादेवी का निमंत्रण वह अस्वीकार नहीं कर सकीं। दूसरे दिन रविवार था, दोपहर का भोजन करना था उन्हें गंगादेवी के यहाँ। जबरसिंह लम्बे दौरे पर थे, हिम्मतसिंह अपनी पत्नी के साथ एक सप्ताह के लिए महेसुर चला गया था, केहरसिंह की बीमारी की खबर पाकर। घर पर धनवन्तकुँवर अकेली

थीं। करीब ग्यारह बजे सुबह वह गंगादेवी के यहाँ के लिए रवाना हुई।

धनवन्तकुँवर के ड्राइवर ने जब राधेश्याम की कोठी के फाटक में कार मोड़ी, धनवन्तकुँवर ने कहा, "यह कहाँ लिए चलते हो, सेठ राधेश्याम के यहाँ चलना है!"

"सेठ राधेश्याम की कोठी यही है मालकिन!" ड्राइवर ने शान्तभाव से उत्तर दिया।

धनवन्तकुँवर की आँखें विस्मय में फैल गईं। दो साल पहले वह इस बँगले में आई थीं, उजड़ा हुआ-सा था वह। और अब उनके सामने एक शानदार कोठी खड़ी थी। कोठी के सामने एक बड़ा-सा लॉन, तरह-तरह के फूलों के वृक्ष, फौवारे और न जाने क्या-क्या! बात यह हुई कि पिछले वर्ष राधेश्याम ने उस बँगले का कायाकल्प कराया था करीब आठ लाख रुपया खर्च करके। बम्बई से आर्कीटेक्ट आया था इस काम के लिए। और यह कोठी अब लखनऊ की सर्वश्रेष्ठ कोठी समझी जाती थी। उसका हरेक कमरा वातानुकूलित था। सेठानी गंगादेवी ने पोर्टिको में आकर ठकुराइन धनवन्तकुँवर का स्वागत किया। ड्राइंगरूम में पहुँचकर गंगादेवी बड़े प्रेम से ठकुराइन धनवन्तकुँवर से गले मिलीं।

गंगादेवी असली और भारी जरतारी की बनारसी साड़ी पहने थीं और हीरे तथा मोतियों के आभूषणों से लदी हुई थीं। उनके हरेक अंग से, हरेक अदा से, हरेक बात से, हरेक चितवन से, हरेक मुस्कान से ऐश्वर्य फूटा पड़ता था। और धनवन्तकुँवर दुग्धधवल सूती खद्दर की साड़ी पहने हुई थीं, उनके हाथों में चार-चार सोने की चूड़ियाँ थीं तथा गले में सोने की ही माला थी। जब से जबरसिंह मिनिस्टर बने थे, धनवन्तकुँवर ने सादी वेश-भूषा अपना ली थी; और अपने उस निर्णय की सार्थकता उन्होंने उस दिन अनुभव की।

बाहरवाली दोपहर की जलती हुई गर्मी न जाने कहाँ गायब हो गई थी, कमरे में असीम सुख और शान्ति थी। धनवन्तकुँवर ने मुस्कराते हुए कहा, "बहिन! तुम्हारे इस कमरे में तो पहाड़ का सुख है।"

और गंगादेवी ने अपने हीरों को चमकाते हुए कहा, "बहिन पहाड़ तो बहुत दूर हैं, फिर वहाँ जाने में सुविधा-असुविधा का ध्यान रखना पड़ता है। तो हमने तै किया कि पहाड़ यहाँ अपनी इस कोठी में ही बुलवा लिया जाए।"

"हाँ बहिन! रुपया बहुत कुछ कर सकता है!" धनवन्तकुँवर बोलीं, "लेकिन

जो सुख प्रकृति में है भला वह कृत्रिमता में कहाँ है। उन्होंने हमसे बहुत कहा कि अपना कमरा एयरकंडीशंड कर लो—सारे प्रदेश की दौलत तो उनके पैरों पर है, लेकिन मैंने कहा कि भगवान ने जो प्रकृति की रचना की है वह अकारण नहीं की है, उसका भी अपना एक सुख है।"

गंगादेवी सावधान हो गईं, उन्होंने बात का रुख बदला, "हाँ बहिन! सारे प्रदेश के राजा हैं मिनिस्टर साहेब, किसी भी आदमी का भाग्य बना सकते हैं या बिगाड़ सकते हैं। वह तो हम लोगों के पूज्य हैं। और उनकी अर्धांगिनी होने के नाते बहिन तुम धन्य हो। हम लोग भला तुम्हारी बराबरी कैसे कर सकते हैं? तुम्हारे पास प्रताप है, तेज है।"

गंगादेवी की इस बात से धनवन्तकुँवर प्रसन्न हुईं, "नहीं बहिन! तुम्हारे साहेब का भी बड़ा महत्त्वपूर्ण स्थान है समाज में, भगवान की उन पर कृपा है। वह इस प्रदेश की सम्पन्नता और उन्नति के प्रतीक हैं। वह समाज में आदर के पात्र हैं।"

गंगादेवी ने आश्चर्य से धनवन्तकुँवर को देखा। गंगादेवी को पता नहीं था कि धनवन्तकुँवर संस्कृत में पारंगत है और प्राइवेटली ट्यूटर से पढ़ने के कारण उनका अंग्रेजी का ज्ञान भी अच्छा है। वह धनवन्तकुँवर को ताल्लुकेदार घर की बेपढ़ी स्त्री समझती थीं। लेकिन धनवन्तकुँवर के साथ सद्भाव स्थापित होने की उन्हें प्रसन्नता थी। उन्होंने अब पैंतरा बदला, "बहिन, तुमसे मिलने की कितनी इच्छा थी। एकाध दफा तुम्हारे देवर हिम्मतसिंह से कहा भी कि मुझे मेरी बहिन के यहाँ ले चलो, लेकिन फिर सुयोग हाथ नहीं लगा। तुम्हारा देवर तो बड़ा भोला और सीधा आदमी है। मुझे आश्चर्य हो रहा था कि मिनिस्टर साहेब का छोटा भाई इतना सीधा और भोला आदमी कैसे हो गया।"

धनवन्तकुँवर की समझ में नहीं आया कि सेठानी हिम्मतसिंह की तारीफ कर रही हैं या निन्दा, उन्होंने भी कुछ अस्पष्ट-सी ही बात कही, "भगवान की कृपा है हिम्मत पर। छल-प्रपंच उसे छू नहीं गया है। सुबह-शाम भगवान की पूजा करता है।

"हाँ, तभी उसके मुख पर इतना तेज है। सुना है कृषि-विशेषज्ञ हैं तुम्हारे देवर।"

"हाँ, कानपुर में पढ़ा है। महेसुर में अपना फार्म खोल रखा था कि इन्होंने लखनऊ बुला लिया। हम लोगों को भी कोई सहारा चाहिए।"

गंगादेवी बोलीं, "हमारे साहेब ने कृषि-अनुसन्धानशाला का काम तभी तो

सौंप दिया है, तुम्हारे देवर को। लेकिन क्या कहा जाए इन राजनीतिक नेताओं को, अभी तक जमीन ही न मिल सकी। तो बिचारा काम भी शुरू करे तो कैसे—बड़ा उदास है आजकल।"

"अरे इसमें उदास होने की क्या बात? जमीन तो मिल ही जाएगी, आज नहीं तो कल।"

नौकरानी ने आकर खबर दी कि खाना लग गया है। धनवन्तकुंवर को लेकर गंगादेवी डायनिंगरूम में पहुँचीं।

चाँदी के थाल, चाँदी की अनगिनती कटोरियाँ और अनगिनती तरह के व्यंजन। लेकिन धनवन्तकुंवर को जैसे सब कुछ बेस्वाद लग रहा था। धनवन्तकुँवर ने ऐसा राजसी वैभव न अपने पिता के कुल में देखा था, न अपने मामा के कुल में देखा था। लेकिन इस सबमें दिखावे का फूहड़पन नजर आया धनवन्तकुँवर को। वह मन-ही-मन मुस्कराईं, 'अहा कितना स्वादिष्ट भोजन है! मेरे लिए इतना सब प्रबन्ध करने की क्या आवश्यकता थी?"

"यह सब तो रोज ही बनता है। साहेब को न जाने क्या खाने की इच्छा हो जाए और माँग बैठें। तो रसोइए को हुक्म है कि हरेक तरह की दाल और सब्जी बनें।"

खाना खाकर दोनों ड्राइंगरूम में आ गईं। उस समय दोपहर का एक बजा था। धनवन्तकुंवर ने कहा, "अब चलूँ, ड्राइवर से कहला दो कि कार ले आवे।"

"अरे वाह इतनी धूप-लू में कहाँ जाओगी बहिन? न हो तो थोड़ा-सा आराम कर लो। शाम के चार-पाँच बजे जब धूप लच जाए तब चली जाना। मेरे ऐसे भाग्य कहाँ जो रोज-रोज मिलना-जुलना हो।"

बाहर लू चल रही थी और धनवन्तकुंवर को नींद आ रही थी। धनवन्तकुँवर ने गंगादेवी की बात मान ली।

करीब साढ़े चार बजे धनवन्तकुंवर की नींद खुली और जैसे एक तरह का हलकापन अनुभव कर रही थीं वह। गंगादेवी मानो धनवन्तकुँवर के जागने की प्रतीक्षा कर रही थीं, वह धनवन्तकुंवर का हाथ पकड़कर ड्राइंगरूम में ले आईं। नौकरानी ने शाम की चाय इन दोनों के सामने रख दी। गंगादेवी ने चाय बनाते हुए कहा, "दौरे से मिनिस्टर साहेब कब लौटेंगे बहिन?"

"परसों सुबह लौटने का प्रोग्राम है। उसके बाद एक हफ्ता रहकर नैनीताल चले जाएँगे एक मीटिंग में।"

अपना स्वर कुछ दयनीय बनाते हुए गंगादेवी ने कहा, "अगर मिनिस्टर साहेब के नैनीताल जाने के पहले ही यह भूमि अवाप्ति की कार्रवाई हो जाए तो हिम्मतसिंह को भी मौका मिल जाए कि बरसात आरम्भ होने के पहले इस फार्म की रूपरेखा तैयार कर ले और अपना काम शुरू कर ले।"

"हिम्मत भी यह चाहता है। मुझसे कहता था कि मैं उनसे कहूँ लेकिन राजकाज की बातों में मैं दखल नहीं देती। असल बात तो यह है बहिन, कि राजकाज की बातें मेरी समझ में आती ही नहीं।"

"व्यौपार की बातें मेरी समझ में नहीं आती, लेकिन स्त्री तो पुरुष की अर्धांगिनी होती है, तो इनके कामों में मुझे रुचि लेनी ही पड़ती है। और कभी-कभी बिना जाने-बूझे ही मैं इन्हें ऐसी सलाह दे देती हूँ कि यह मान जाते हैं मुझे। तो बहिन, मिनिस्टर साहेब की अर्धांगिनी की हैसियत से तुम भी कभी-कभी उन्हें सलाह दे दिया करो तो अनुचित न होगा।"

धनवन्तकुँवर ने एक 'हूँ' भर कर दी, गंगादेवी की बात का उन्होंने कोई उत्तर नहीं दिया।

चाय समाप्त हो गई थी और धनवन्तकुँवर की कार पोर्टिको में लग गई थी। धनवन्तकुँवर चलने को तैयार हुईं कि गंगादेवी ने कहा, "अभी आई बहिन!" और वह अपने कमरे में चली गईं। उन्होंने अपने सेफ से एक सुन्दर मखमली केस में रखा हुआ हीरे का सेट निकाला और उसे एक बड़े रेशमी रूमाल पर रखकर ड्राइंगरूम में ले आईं। धनवन्तकुँवर से उन्होंने कहा, "बहिन आज तुमने हमारे घर को पवित्र किया, मैं तो कृतार्थ हो गई। तो पुजारी की यह तुच्छ भेंट स्वीकार करो!" और उन्होंने हीरे का वह सेट धनवन्तकुँवर को दे दिया।

धनवन्तकुँवर का कौतूहल जाग उठा, उन्होंने वहीं उस केस को खोला। और उनकी आँखें चकाचौंध हो गईं। डायमंड का नेकलेस, डायमंड के झुमके और डायमंड के कंगन। धनवन्तकुँवर को रतनों की पहचान थी। ताल्लुकदार खानदान की धनवन्तकुँवर ने हीरे के गहने देखे थे, और यह डायमंड का सेट उन्हें बेजोड़ लगा। तभी एकाएक उनकी भौंहें सिकुड़ गईं, एक रूखापन

आ गया उनके स्वर में, "बहिन इतना सुन्दर हीरे का सेट बहुत दिनों बाद देख रही हूँ।"

गंगादेवी मुस्कराईं, "साहेब कहते थे कि बम्बई के एक जौहरी ने यह सेट जबरदस्ती उन्हें अस्सी हजार में दे दिया। तो हमने तो उनसे कहा कि इतने कीमती गहने तो रानियों-महारानियों को शोभा देते हैं, मैं तो इसे पहनूँगी नहीं। तो तुम बन गईं आज से मेरी सबसे बड़ी सहेली। यह सेट तुम्हें ही शोभा देगा। अपनी सहेली का यह उपहार स्वीकार करो।"

ठकुराइन धनवन्तकुँवर के चेहरे का तनाव कुछ और बढ़ा, उनका स्वर कुछ और कठोर हुआ, "तो इसके बदले में हमें क्या करना होगा बहिन?"

"अरे कुछ बदला पाने के लिए थोड़े ही यह भेंट दे रही हूँ तुम्हें बहिन, यह तो हम दोनों की सद्भावना का प्रतीक है।"

अपने को कुछ थोड़ा-सा दबाते हुए धनवन्तकुँवर ने शान्त भाव से कहा, "हम राजवंशवालों में यह प्रथा थी कि कुछ भेंट हम लोग स्वीकार करते थे और उसके बदले में उससे अधिक मूल्यवान चीज हम विदाई में देते थे, कुछ भेंटें जिनसे अधिक मूल्यवान चीज देना हमारी सामर्थ्य के बाहर होता था, उन्हें हम छूकर वापस कर देते थे। तो बहिन इस भेंट को छूकर मैं तुम्हें वापस कर रही हूँ।" और धनवन्तकुँवर ने वह सेट मेज पर रख दिया।

गंगादेवी ने सेट को मेज पर से उठाते हुए कहा, "नहीं बहिन, इसके बदले में हमें कुछ भी नहीं चाहिए!" और उन्होंने जबरर्दस्ती वह सेट धनवन्तकुँवर को पकड़ाने का प्रयत्न किया।

धनवन्तकुँवर ने सेट के केस को झटक दिया, "बहिन मैं जानती हूँ तुम्हें क्या चाहिए। हिम्मत के आग्रह से मैं खुद उनसे बात करने की सोच रही थी, लेकिन यह तुम्हारी भेंट देखकर मुझे लग रहा है कि जो काम करवाना चाहती हो, वह गलत है। तभी तो मुझे रिश्वत दे रही हो। लोगों का कहना है कि तुम लोग दूसरों को खरीदने में बड़े पटु हो।" और धनवन्तकुँवर हँस पड़ीं, एक विद्रूप हँसी।

गंगादेवी ने एक प्रयत्न और किया, "बहिन तुम मुझे गलत मत समझो। मैंने कहा न कि मुझे तुमसे कुछ नहीं चाहिए, यह तो मेरी व्यक्तिगत भेंट है। तुम यदि इसे स्वीकार कर लोगी तो मैं अपने को बड़ी भाग्यशाली समझूँगी!"

"और इसे स्वीकार करके मैं बड़ी अभागी बन जाऊँगी। ठकुराइन धनवन्तकुँवर को कोई खरीद नहीं सकता।" और धनवन्तकुँवर उठकर खड़ी हो गईं।

एकाएक गंगादेवी का भी पारा चढ़ गया। अपने जीवन में वह लगातार दूसरे लोगों को खरीदती ही आई थीं। बड़े-बड़े राजनीतिज्ञ, अफसर, साधु, संत—कोई नहीं बचा था। उनके मुख से निकल पड़ा, "इतना घमंड न करो बहिन! तुम्हारे साहेब की मिनिस्टरी आज है, कल न भी रहे। सत्ता हाथ से निकल जाने के बाद इन राजनीतिज्ञों के भाग्य में दर-दर की ठोकरें खाना ही बदा है। हमारे साहेब मिनिस्टर साहेब की हमेशा आर्थिक सहायता करते रहे हैं। तो यह भेंट ले लो, इसमें बुरा मानने की कोई बात नहीं है।"

धनवन्तकुँवर को लगा कि उनका सिर फट जाएगा, इतनी असह्य वेदना जाग उठी थी उनके अन्दर। उन्होंने जलती नजरों से गंगादेवी को देखा फिर बिना उनकी बात का उत्तर दिये तीर-सी ड्राइंगरूम के बाहर निकलीं ओर अपनी कार पर बैठ गईं। ड्राइवर से उन्होंने कहा, "विश्राम जल्दी-से-जल्दी घर ले चलो।" और धीमे स्वर में वह अपने से ही बोलीं, "असली नरक आज देखा है।"

9

जबरसिंह की अनुपस्थिति में रोज शाम को साढ़े छै या सात बजे उनके बँगले पर जाकर ठकुराइन धनवन्तकुँवर का हालचाल लेना और उनकी कुशलक्षेम पूछना रामलोचन का नित्य का कार्यक्रम था। और धनवन्तकुँवर रामलोचन को भोजन करा के वापस भेजती थीं। उस दिन जब रामलोचन जबरसिंह के बँगले पहुँचा, उसने देखा कि ठाकुराइन धनवन्तकुँवर भीतरी लॉन पर सिर पकड़े बेहोश-सी बैठी हैं। नौकरानी पीछे खड़ी थी और रसोइया उनके सामने जमीन पर बैठा हुआ कह रहा था, "डॉक्टर को बुला लावें, हम विश्राम ड्राइवर से कहे देते हैं।"

और धनवन्तकुँवर ने डाँट कर कहा, "डॉक्टर की कोई जरूरत नहीं है, हमें अकेले छोड़ो।"

रामलोचन के पहुँचते ही जैसे नौकरानी जगदेई और रसोइए की जान में जान

आई। रसोइए ने उठकर कहा, 'बड़े अच्छे आ गए भइया। मालकिन जब से सेठ राधेश्याम के यहाँ से लौटी हैं तब से ऐसी ही चुपचाप बैठी हैं—न बोलती हैं, न बात करती हैं। बीच-बीच में रोने लगती हैं। भगवान जाने कौन-सी बीमारी लग गई है। जगदेई ने पानी दिया तो गिलास पटक दिया, हमने पूछा कि क्या खाना बनावें तो बोलीं कि अपना सिर।"

रामलोचन ने देखा कि धनवन्तकुँवर उसी तरह गुमसुम बैठी हैं, उन्होंने उसकी ओर देखा तक नहीं। रामलोचन का भी माथा ठनका, मामला गम्भीर है। उसने कहा, "मालूम होता है सेठ राधेश्याम के यहाँ से लौटते हुए कुछ ताव खा गई हैं, बुआ जी, आज लू भी तो चल रही थी। दाई, तुम पलँग बिछाकर बुआ जी को लिटा दो, मैं अभी डॉक्टर बुलाए लाता हूँ।"

धनवन्तकुँवर ने अब रामलोचन को देखा, कमजोर आवाज में उन्होंने कहा, "हम बीमार नहीं हैं बचवा—डॉक्टर की कोई जरूरत नहीं है, बैठो।" और महाराज से उन्होंने कहा, "जाओ, तुम अपने और नौकर-चाकरों के लिए खाना बना लो, हम खाना नहीं खाएँगी।"

महाराज चला गया, रामलोचन धनवन्तकुँवर के सामने कुर्सी पर बैठ गया और जगदेवी धनवन्तकुँवर के पैरों पर बैठकर उनका पैर दबाने लगी।

रामलोचन ने पूछा, "क्या हुआ है बुआजी जो आप इतनी उदास हैं?"

धनवन्तकुँवर ने इस प्रश्न का कोई उत्तर दिया नहीं, लेकिन अब एकाएक उनके अन्दरवाला बाँध टूट गया। आँखों से टपाटप आँसू गिरने लगे जिन्हें रोकने का वह प्रयत्न भी नहीं कर रही थीं, यद्यपि अपनी सिसकियों को वह बड़े प्रयत्न से दबाए हुए थीं।

रामलोचन ने पूछा, "आपके घर में तो कुशल है? आपके सुसर की तबीयत तो ठीक है? क्या महेसुर से हिम्मतसिंह का कोई पत्र आया है?"

एक हिचकी लेकर धनवन्तकुँवर ने कहा, "नहीं सब लोग ठीक हैं।"

"फूफाजी तो अच्छी तरह हैं, उनकी कोई खबर आई है क्या?" रामलोचन ने पूछा।

"ठीक ही होंगे, उनका नाम मत लो।" दूसरी हिचकी क्रोध के कारण दब गई थी, हाँ, आँसुओं का प्रवाह बदस्तूर जारी था। अब रामलोचन चक्कर में

पड़ गया। उसने उड़ती हुई खबर सुनी थी कि राधेश्याम और कुन्दनलाल के लखनऊ वाले रोलिंग मिल में कोयले के बैगनों में कोयले के नीचे दबी हुई लोहे की चादरें ब्लैक के लिए आ रही थीं और सी.आई.डी. ने साइडिंग पर ही यह बैगन पकड़ लिए थे। लेकिन न तो सरकारी तौर से इस खबर की पुष्टि हुई थी, और न अखबारों में इसकी कोई खबर छपी थी। उसने पूछा, "सेठ राधेश्याम तो कुशल से हैं?"

धनवन्तकुँवर की आवाज एकाएक तेज हो गई और उनकी हिचकी एकदम गायब हो गई, "उस हरामजादे की अकुशल तो भगवान ने ही नहीं लिखी है!" और इस आवेग की प्रतिक्रिया के रूप में हिचकियों का एक लम्बा दौर आरम्भ हो गया और आँसुओं ने अब वर्षा का रूप धारण कर लिया।

रामलोचन की समझ में परिस्थिति कुछ-कुछ आने लगी। बुआजी को सेठ राधेश्याम के यहाँ कोई गहरा आघात लगा है और वह राधेश्याम से बेहद नाराज हैं। उसने पूछा, "आखिर बात क्या हुई, कुछ बतलाइए न!"

"क्या बतलावें बचवा!" और उन्होंने आसमान की ओर हाथ जोड़कर कहा, "हे भगवान! अब हमें बुला लो।"

रामलोचन की समझ में इतना ही आया कि मामला संगीन है। उसने कहा, "मैं इस साले राधेश्याम को कल ही गिरफ्तार कराता हूँ।"

धनवन्तकुँवर ने सिर हिलाया, "नहीं बचवा, उसका कोई कसूर नहीं है, हमारा ही भाग खोटा है!"

इतनी बातचीत के बाद भी अपनी बुआजी की इस हालत का स्पष्ट कारण अभी तक रामलोचन को नहीं मालूम हो सका। उसने कुछ झुँझलाकर कहा, "बुआजी, आप क्षत्राणी हैं, राजकुल की हैं, आप होममिनिस्टर की पत्नी हैं, आप रामलोचन की बुआ हैं। इतनी कायरता आपको शोभा नहीं देती। साफ-साफ बताइए न कि क्या हुआ जो आप इतनी दुखी हैं?"

इस चुनौती की उपेक्षा धनवन्तकुँवर नहीं कर सकीं, अब उन्हें बोलना ही पड़ा। उन्होंने अपनी नाक की जड़ पर ऊपर से नीचे तक हाथ फेरते हुए कहा, "बचवा, उस हरामजादी सेठानी ने हमारी नाक यहाँ से लेकर यहाँ तक पोंछ ली।" और यह कह लेने के बाद आँसुओं और हिचकियों का एक जबरदस्त दौर जो

धनवन्तकुँवर पर आया उसे शान्त होने के लिए रामलोचन को पाँच मिनट तक प्रतीक्षा करनी पड़ी।

इस बीच में रामलोचन ने दो गिलास ठंडा पानी जगदेई से मँगवा लिए। उसने धनवन्तकुँवर से कहा, "बुआजी, पहले आप एक गिलास ठंडा पानी पीकर जी हलका कर लीजिए, फिर बताइए कि राधेश्याम के यहाँ क्या हुआ।"

कुछ आनाकानी के बाद धनवन्तकुँवर ने पानी का गिलास ले लिया। एक गिलास पानी पीकर उन्होंने दूसरा गिलास भी लिया। पानी पीकर उन्हें लगा मन वास्तव में कुछ हलका हुआ है। अब उन्होंने विस्तार के साथ उनमें और सेठानी में जो बातचीत हुई थी वह बताई।

रामलोचन ने कहा, "उस हरामजादी की यह मजाल! आपको खरीद रही थी!"

धनवन्तकुँवर बोलीं, "बचवा उसका कोई कुसूर नहीं। कहावत है जब अपना ही माल खोट, परखनेवाले का क्या दोष? तो हम क्या बतावें, इन्होंने राधेश्याम से बराबर मदद ली है। जब आगरा की कोठी बनी तो सीमेंट के बैगन इसकी फैक्टरी से मुफ्त आए, इसकी मिलों से लोहा मुफ्त आया, सागौन के दरवाजे मुफ्त आए—बिजली का सामान मुफ्त। तो यही बिके हैं उस राधेश्याम के हाथ। भगवान जाने यह असली खानदान के हैं भी कि नहीं, कहाँ बाँध दिया बापू ने हमें! जिन्दगी हराम हो गई है, पग-पग पर निरादर, अपमान!

कितनी भयानक कटुता, कितना उग्र क्रोध—रामलोचन को आश्चर्य हुआ। उसने धनवन्तकुँवर को शान्त करते हुए कहा, "बुआजी, आप यह सब मत सोचिए! मैं फूफा जी को अच्छी तरह जानता हूँ, जैसा नाम वैसा गुण। बड़े जबरदस्त आदमी हैं। उन्हें जब आपके अपमान का पता चलेगा तो वह जड़ खोद के रख देंगे इस राधेश्याम की।"

"अरे राम कहो बचवा! सिर से पैर तक डूबे हुए हैं इस बेईमानी और भ्रष्टाचार में। उस बेचारे हिम्मत को भी घसीट रहे हैं इस सब में। तभी तो उस हरामजादी सेठनिया को हिम्मत पड़ी हमारा अपमान करने की। हम उनसे कहेंगी तो हमीं को दोष देंगे कि वह हीरे का सेट ले क्यों नहीं लिया।" और धनवन्तकुँवर पर आँसुओं का फिर से एक नया दौर आ गया।

रामलोचन इस बात के आगे निरुत्तर हो गया। वह जानता था कि जबरसिंह

के सिद्धान्तों के अनुसार वास्तव में ठकुराइन धरवन्तकुँवर ने एक बड़ी गलती कर दी थी हीरे का सेट न लेकर। एक ठंडी साँस भरकर रामलोचन ने कहा, "ठीक कहती हो बुआजी, क्या कहें, फूफाजी में यही एक कमजोरी है। लेकिन इसी सबसे तो वह आज प्रदेश-भर में सबसे सशक्त और प्रभावशाली आदमी हैं।"

धनवन्तकुँवर बोल उठीं, "और उनकी पत्नी को दुतकारा जाता है, उसका अपमान किया जाता है। आग लगे इस सब पर। ऐसे आदमी की पत्नी बनने से जो अच्छा होता कि हम कुँवारी ही रह जातीं।"

रामलोचन ने अनुभव किया कि उसके बैठने से धरवन्तकुँवर बराबर रोती रहेंगी, लिहाजा वह उठ खड़ा हुआ, "बुआजी अब आप शान्त हो जाइए, और इस सबको भूल जाने की कोशिश कीजिए। देखिए, जो कुछ कोई करता है उसे उसका फल भोगना ही पड़ता है, कभी-न-कभी! तो अब मैं चलूँगा।"

"अरे खाना तो खाए जाओ बचवा! हमारे गले से तो कौर उतरेगा नहीं, लेकिन तुम तो खाना खा लो।" और उन्होंने जगदेई से कहा, "जा महाराज से कह दे कि बचवा के लिए पूड़ी निकाल लें।"

"नहीं बुआजी, आज मेरे दोस्त जैकृष्ण के यहाँ मेरी दावत है, उसकी सालगिरह है। कल जब आऊँगा तो खाना खाऊँगा।" और रामलोचन चल दिया।

जैकृष्ण ने पार्टी का समय साढ़े सात बजे रखा था और रामलोचन ने वादा किया था कि वह पौने आठ बजे के पहले ही आने की कोशिश करेगा। कुछ विशिष्ट मित्र बुलाए थे जैकृष्ण ने। रामलोचन जब जबरसिंह के बँगले से चला, उसका मन काफी भारी था। मन-ही-मन वह राधेश्याम और उसकी सेठानी को पचासों गालियाँ दे रहा था, साथ ही एकाध गाली जबरसिंह के लिए भी आ जाती थी। दो चौराहों पर तो उसने बिना सिगनल की परवाह किये अपनी मोटर-साइकिल बढ़ा दी। ट्रैफिक पुलिस ने केवल सलाम करके उसकी हरकत पर कोई ध्यान नहीं किया।

जिस समय रामलोचन जैकृष्ण के यहाँ पहुँचा, आठ बजे चुके थे। जैकृष्ण के अतिथिगण आ गए थे, चार पत्रकार, प्रोफेसर यादव और कवि झंझावात। जैकृष्ण को मिलाकर सात आदमी बैठे हुए पी रहे थे, सबसे अच्छी देशी व्हिस्की की एक बोतल खाली-सी रखी थी। उस बोतल की बगल में एक स्काच की सीलबन्द बोतल भी रखी हुई थी। कमरे में रामलोचन के प्रवेश के साथ ही जैकृष्ण ने कहा,

"बड़ी देर लगा दी तुमने! लेकिन मैंने इन लोगों से साफ-साफ कह दिया था कि यह स्काच की बोतल तो तुम्हारे आने पर ही खुलेगी।"

रामलोचन के मुख पर उदासी और थकावट के भाव थे, वह कुछ बोला नहीं, चुपचाप कुर्सी पर बैठ गया। जैकृष्ण ने स्काच की बोतल उठाई, और तभी रामलोचन को लगा कि उसे कुछ बोलना चाहिए। एक फीकी मुस्कान जबरदस्ती अपने मुख पर लाते हुए उसने कहा, "क्यों, कहाँ से यह हराम का रुपया मिल गया जो स्काच पर हाथ साफ कर रहे हो जैकृष्ण?"

झंझावात ने इस बात का उत्तर दिया, "माई डियर सिटी डी.एस.पी., यह बोतल दो घंटा पहले कुन्दनलाल दे गया है, जन्मदिन की शुभकामना के रूप में। लेकिन कहा आपने ठीक ही, सेठ राधेश्याम की हराम की कमाई से खरीदी गई है यह व्हिस्की!"

रामलोचन चीख-सा पड़ा, "नहीं, मुझे उस हरामजादे पूँजीपति की व्हिस्की नहीं चाहिए—बिलकुल नहीं चाहिए!"

सब लोगों ने आश्चर्य से रामलोचन को देखा। इतना जिन्दादिल और मनमौजी आदमी भावना के अतिरेक में कैसे बहा जा रहा है? झंझावात बोला, "हियर-हियर, माई डियर रामलोचन! तुम भी लेफ्टिस्ट बन गए, मेरी बधाई!" और उसने उठकर सब लोगों को सम्बोधित करते हुए कहा, "साथियो! मैं आज अपने जिगरी दोस्त जैकृष्ण की सालगिरह की दावत में रूस का मशहूर तोहफा—वोडका की बोतल लाया हूँ।" यह कहकर उसने मेंटलपीस पर रखे हुए अपने झोले से वोडका की एक बोतल निकाली, "मार्च में इस्कस का जो आम जलसा हुआ था उसमें रूसी प्रतिनिधिगण वोडका की बोतलें लाए थे, तो एक बोतल मैंने मार दी। और आज मैं इसे लाया था। लेकिन स्काच के सामने इसे खोलने की हिम्मत नहीं पड़ रही थी मुझे।"

एक पत्रकार ने पूछा, "झंझावात—यह खबर है कि आप इस्कम के कलचरल डेलीगेशन में रूस जा रहे हैं!"

गर्व से छाती फुलाकर झंझावात ने कहा, "हाँ, यहाँ से ताजिकिस्तान—वहाँ से मास्को। जुलाई के अन्त में यह डेलीगेशन जा रहा है। प्रोफेसर यादव और मैं, लखनऊ से यह दो लोग चुने गए हैं।"

सब लोगों ने प्रोफेसर यादव और झंझावात को मुबारकबाद देते हुए तालियाँ बजाईं। रामलोचन ने वोडका की बोतल लेकर सब लोगों के गिलास भरे, और एक पेग पीने के बाद आग की एक लहर-सी उसके अन्दर दौड़ गई। रामलोचन के अन्दरवाला भारीपन अब करीब-करीब आधा रह गया था। उसने झंझावात से कहा, "आज सुबह दिल्ली के 'डेलीमेल' में जब तुम्हारा फोटो देखा तो विश्वास नहीं हुआ। यह जैकृष्ण तो उस तरह के स्टंट दिया ही करता है। तो तुम वाकई रूस जा रहे हो?"

झंझावात का स्वर इस बार कुछ कमजोर पड़ा, "करीब-करीब तै है, लेकिन शत-प्रतिशत नहीं। इन इस्कस वालों का कहना है कि दिल्ली से ताशकन्द तक का हवाई जहाज का किराया मुझे देना पड़ेगा। और यह साला किराया भी एक हजार के आसपास बैठता है। प्रोफेसर यादव ने पाँच सौ रुपया देने का वादा कर लिया है, इनके लिए जोर मैंने ही लगाया था, बाकी पाँच सौ का इन्तजाम नहीं हो पा रहा है।"

लोगों ने प्रोफेसर यादव की ओर देखा, और उन्होंने कहा, "यह झंझावात जब पी जाता है तब ऊटपटाँग बकने लगता है। इसकी क्या बिसात जो मेरी सिफारिश करता!"

और झंझावात हँस पड़ा, "ही-ही यादव जी, मैं तो कह रहा था कि प्रोफेसर यादव ने मेरी सिफारिश की थी और मुझे पाँच सौ रुपये देने का वादा भी किया है। पीने पर जबान कभी-कभी उलट जाती है।"

सब लोग हँस पड़े। प्रोफेसर यादव ने कहा, "हाँ, पाँच सौ रुपये तो मैं इसे किसी तरह दे दूँगा, बाकी का इन्तजाम इसे खुद करना पड़ेगा।"

"वही तो नहीं हो पा रहा है।" झंझावात बोला, "मेरे जितने दोस्त हैं सब साले ऐसे ही फटेहाल हैं जैसा मैं हूँ—सिर्फ आप लोगों को छोड़कर। लेकिन आप लोगों में मेरा जिगरी दोस्त कोई नहीं। हाँ, जैकृष्ण जरूर बन रहे हैं जिन्होंने मेरी फोटो और मेरी खबर छपाई है।"

फिर वही खरीद-फरोख्त, फिर वही रुपया का आधिपत्य और विवशता की घुटन! रामलोचन को लगा कि उसका हृदय फिर से बैठ रहा है। और उसने वोडका का दूसरा पेग ढाला। तभी उसे जैकृष्ण की आवाज सुनाई दी, "तुम भी

क्या कहोगे झंझावात! पाँच सौ का इन्तजाम मैं करा दूँगा—मेरी जिम्मेदारी, अब अपनी मनहूसियत दूर करो।"

झंझावात उछल पड़ा, उसने खड़े-ही-खड़े नाचने की मुद्रा में एक चक्कर लगाया और फिर बोला, "थ्री चियर्स मेरे सबसे जिगरी दोस्त जैकृष्ण! लेकिन यह सब करोगे कैसे?"

"अरे यह साले कुन्दनलाल और दामोदरदास—ये हैं किस मर्ज की दवा! उड़ती-उड़ती खबर मिली है कि किसी स्मगलिंग केस में फँसे हैं, मामले को रफा-दफा कराने की जी-तोड़ कोशिश कर रहे हैं। तो अखबारों में कहीं यह खबर न छप जाए, इसकी इन्हें चिन्ता होगी ही। कल सुबह आ जाना, रुपयों का इन्तजाम हो जाएगा, यह जिम्मेदारी मेरी!"

वोडका के दूसरे पेग ने अब रामलोचन में करुणा और निराशा के स्थान पर क्रोध और हिंसा का भाव पेश कर दिया था। उसने चिल्लाकर कहा, "राधेश्याम ऐसे पापी और बेईमान आदमियों की हराम की कमाई के पैसों से दूर ही रहना चाहिए—वह किसी को नहीं पचेगा।"

जैकृष्ण ने गौर से रामलोचन को देखा, "बहुत नाराज दिख रहे हो इस राधेश्याम से?"

"पूरा स्काउंड्रेल है। ऐसे आदमियों को जेल के सींखचों के अन्दर बन्द होना चाहिए!" यह कहकर उसने वोडका का तीसरा पेग लेने के लिए बोतल उठाई। जैकृष्ण ने उसी वक्त बोतल उसके हाथ से छीन ली, "नहीं, इस साले ठर्रे ने तुम्हारा मिजाज बिगाड़ दिया है। मैं अब यह स्काच की बोतल खोलता हूँ।"

रामलोचन ने कहा, "मैं इस राधेश्याम के पैसों की व्हिस्की पीना हराम समझता हूँ!"

"अमा, कैसे चुगदपन की बात कर रहे हो? यह पैसे राधेश्याम के कहाँ हैं? यह पैसे तो जनता-जनार्दन के हैं जिन्हें राधेश्याम ने लूटा है। मैं जो इस झंझावात को रुपये दिलवा रहा हूँ वह भी तो जनता-जनार्दन के ही हैं। और इस जनता-जनार्दन की ओर से हम लोगों का परम कर्तव्य है कि इन सालों की रकम ऐंठकर जनता-जनार्दन की जै-जैकार करें। रामलोचन, मेरी सलाह तो यह है कि जी खोलकर इस

राधेश्याम के पैसों की व्हिस्की पियो, और जब मौका मिले जनता-जनार्दन की जै बोलकर इस साले को धाँध दो।"

रामलोचन ने कुछ देर तक जैकृष्ण को बड़े ध्यान से देखा, फिर उसने जैकृष्ण के कंधे पर हाथ रखकर कहा, "यार जैकृष्ण! बात तो तुम पते की कह रहे हो! तो फिर खोलो यह व्हिस्की। इस साले झंझावात ने यह रूसी ठर्रा पिलाकर जबान का जायका ही नहीं, मेरा सारा मूड खराब कर दिया है। तो साले राधेश्याम के पैसों की व्हिस्की पियो, और मौका पाते ही जनता-जनार्दन की जय बोलकर धाँध दो—धाँध दो!" और रामलोचन जोर से हँस पड़ा।

वातावरण अब काफी धमाचौकड़ीवाला बन गया था। जैकृष्ण ने रामलोचन से पूछा, "क्यों रामलोचन! तुमने बताया नहीं कि इस सेठ राधेश्याम से तुम इतना नाराज क्यों थे? आखिर कहाँ मुठभेड़ हुई इससे?"

"इस साले ब्लैक मार्केटियर और स्मगलर की क्या हिम्मत कि मुझसे मुठभेड़ करे! मैं हूँ रामलोचन पांडे, असली ताल्लुकदार खानदान का पंक्तिपावन ब्राह्मण! न उस साले को एक दिन बन्द कर दिया हवालात में तो मैं ब्राह्मण नहीं चमार हूँ। समझ क्या रखा है मुझे?" और रामलोचन ने व्हिस्की का आधा गिलास एक घूँट में खाली कर दिया।

झंझावात बोल उठा, "माई डियर सिटी डी.एस.पी., मेरे रूस जाने के पहले मत गिरफ्तार करना उसे—पाँच सौ रुपया नहीं मिल पाएगा। उसे तब गिरफ्तार करना जब मैं रूस से लौट आऊँ। मजे रहेंगे, असली तमाशा रहेगा।"

"लेकिन रामलोचन! इस साले कुन्दनलाल पर हाथ मत लगाना, बड़ा प्यारा आदमी है—मेरा जिगरी दोस्त।" जैकृष्ण ने हँसते हुए कहा, "मेरे जन्मदिन के उपलक्ष्य में इस कुन्दनलाल ने आज क्वालिटी में डिनर दिया है—हम सब लोगों को। साढ़े नौ बजे का वक्त दिया था उसने, वहाँ इन्तजार कर रहा होगा। अरे झंझावात, मैं तो भूल ही गया था, चलो वहीं इन सबके सामने तुम्हारा मसला तै कराए देता हूँ, तुम भी क्या कहोगे!"

झंझावात ने हवा में हाथ हिलाते हुए कहा, "थ्री चियर्स फार कुन्दनलाल—जो मेरी समस्या हल कर देगा और मैं छाती फुलाकर इस इस्कस के डेलीगेशन में जा सकूँगा।"

और रामलोचन ने भी चौथा पेग भरकर पीते हुए कहा, "और थ्री चियर्स फार सेठ राधेश्याम, जिसे मैं एक दिन हवालात में बन्द करके जनता-जनार्दन की जय बोलूँगा।"

जैकृष्ण ने रामलोचन से कहा, "यार क्यों मजाक कर रहे हो?"

रामलोचन ने कमीज के कालर से बाहर अपना जनेऊ निकालते हुए कहा, "मजाक करनेवाले की ऐसी-तैसी—मैं पंक्तिपावन ब्राह्मण पांडे रामलोचन इस जनेऊ की कसम खाकर कहता हूँ कि बिना उसे गिरफ्तार किये मुझे चैन नहीं मिलेगा।"

10

राधेश्याम को जब यह पता चला कि ठकुराइन धनवन्तकुँवर ने हीरे का सेट लेने से इनकार कर दिया और वह बिगड़कर वापस चली गईं, तो वह काफी चिन्तित हो गया। गंगादेवी ने यह तो नहीं बतलाया कि उन्होंने भी धनवन्तकुँवर का अपमान कर दिया, लेकिन अनुभवी राधेश्याम अपनी पत्नी के स्वभाव को अच्छी तरह जानते थे। और उन्हें यह समझते देर नहीं लगी कि इस सब में कुछ अप्रिय बात अवश्य हुई होगी, और गंगादेवी ने भी तुर्की-बतुर्की जवाब दिया होगा।

तीसरे दिन जब जबरसिंह दौरे से लौटे, ठकुराइन धनवन्तकुँवर उस समय तक काफी सुव्यवस्थित हो चुकी थीं। उन्होंने राधेश्याम के यहाँ अपने जाने की कोई बात जबरसिंह को नहीं बतलाई, उदासीनता के भाव से वह घर का सब कामकाज देखती रहीं। चाय और नाश्ते के बाद जबरसिंह ड्राइंगरूम में चले गए, और ठकुराइन धनवन्तकुँवर ने पूजा-पाठ में मन लगाया।

जबरसिंह के बरामदे में और उनके कमरे में भीड़ इकट्ठी थी—उनसे मिलने वालों का ताँता बँधा था। जबरसिंह के लौटते ही राजसी चहल-पहल मच गई थी।

राधेश्याम को इस बात का पता था कि बारह बजे दोपहर तक जबरसिंह व्यस्त रहेंगे। जबरसिंह के पी.ए. ने भीड़ देखकर फोन पर उन्हें बता दिया था।

ठीक बारह बजे उसकी कार ने जबरसिंह के बरामदे में प्रवेश किया था। दोपहर की भयानक गर्मी के कारण भीड़ काफी छँट गई थी, बचे-खुचे लोगों को जबरसिंह ने जल्दी-जल्दी निपटाया, फिर वह राधेश्याम के साथ अपने भीतरी कमरे में बैठ गए जिसमें कूलर लगा था।

"कहो राधेश्याम! तुम अभी लखनऊ में हो—इधर कहीं गए नहीं?" जबरसिंह ने मुस्कराते हुए पूछा।

"अब तो जब तक ट्रैक्टर फैक्टरी और कृषि-अनुसन्धानशाला की व्यवव्था न हो जाए तब तक तो मुझे लखनऊ में ही रहना होगा। इसीलिए तो गंगादेवी को भी अपने साथ लेता आया था। और जबरसिंह जी, गंगादेवी को लखनऊ पसन्द आ गया है। हमें सलाह दे रही थीं कि हम अपना हेडक्वार्टर लखनऊ में ही बना लें। भला उन्हें क्या पता कि इसमें क्या-क्या बाधाएँ हैं। तो हमने समझाया कि कामकाज कानपुर में—यहाँ कैसे हेडक्वार्टर बन सकता है! लेकिन वह भी गजब की औरत है, बोली कि यह ट्रैक्टर फैक्टरी और कृषि-अनुसन्धानशाला तो लखनऊ में आरम्भ हो रहे हैं। तो अब यह तै कर लिया है कि कुछ दिनों के लिए रोज सुबह कानपुर जाकर दोपहर के बाद लखनऊ लौट आया करूँगा।"

"बड़ा सद्विचार है! तो अब क्या कार्यक्रम है तुम्हारा?" जबरसिंह ने पूछा।

"वित्तमंत्री जी से मिलकर सब कुछ तै कर लिया है मैंने। बड़ी सहायता की उन्होंने। बारह सौ रुपया फी एकड़ के हिसाब से उन्होंने सौदा तै कर दिया है कल ही, अगले हफ्ते रजिस्ट्री हो जाएगी और इसके बाद ये किसान खुद हमें भूमि पर कब्जा दे देंगे। अब हिम्मतसिंह को अपना काम शुरू कर देना है। वह तो शायद महेसुर गए हैं, आपके पिता जी कुछ बीमार हैं।"

"अरे वृद्धावस्था की बीमारी—हलका-सा ताव खा गए थे, अब बिलकुल ठीक हैं। उसे आज ही लिखे देता हूँ और वह चार-पाँच दिन के अन्दर आ जाएगा। तो यह काम ढंग का कर डाला तुमने, हम भी परेशानी से बच गए।"

राधेश्याम बोला, "आज अट्ठाईस मई है, जून के पहले हफ्ते में जमीन हमारे कब्जे में आ जाएगी। सोच रहा हूँ कि सितम्बर के मध्य में कृषि-अनुसन्धानशाला का उद्‌घाटन समारोह हो जाए। यू.एन.ओ. के प्रतिनिधिगण आएँगे—जरा शानदार फंक्शन हो। इस अनुसन्धानशाला का उद्‌घाटन आपको करना है। उसी

अवसर पर ट्रैक्टर फैक्टरी की नींव भी रख दी जाए और नींव मुख्यमंत्री जी से रखा दी जाए।"

जबरसिंह को इन दिनों कुछ अनुभव हो रहा था कि उसका नाम जनता की नजर में धीरे-धीरे राधेश्याम के नाम के साथ जुड़ता जा रहा है। उन्होंने कुछ सोचकर कहा, "राधेश्याम, कृषि-अनुसन्धानशाला का सम्बन्ध कृषि-विभाग से है, तो में समझता हूँ कि उसका उद्घाटन तुम कृषिमंत्री श्री यादव से करा लो, और अगर उनसे नहीं कराना चाहते तो मुख्यमंत्री त्यागमूर्ति से करा डालो। मेरा उद्घाटन करना लोगों को अजीब-सा लगेगा। और ट्रैक्टर फैक्टरी का शिलान्यास तुम भारत के प्रधानमंत्री या केन्द्र के उद्योगमंत्री से करा डालो। उनसे तिथियाँ ले लो—उनके हिसाब से यहाँ की तिथि तै कर लेना।"

"हाँ, आपका सुझाव अच्छा है, मैं उद्योगमंत्री से बात कर लूँगा। सुना है आप नैनीताल जा रहे हैं।"

"हाँ, आठ जून को सपरिवार जा रहा हूँ, वैसे ठकुराइन जाने को राजी नहीं हो रही थीं, लेकिन मैं जिद पकड़ गया। जून के अन्त तक वहीं रहूँगा, तब तक पानी बरस जाएगा। तीन-चार मीटिंगें रख ली हैं वहाँ पर। न हो तो तुम भी चले आना!"

"ऐसे भाग्य कहाँ हैं हमारे?" राधेश्याम मुस्कराया, "यह नया काम जमाने के लिए मुझे तो यहाँ इस भयानक लू और धूप में तपना पड़ेगा।" और राधेश्याम ने अब ज़रा धीमी आवाज में कहा, "आप जब दौरे पर थे तब मेरी घरवाली में और ठकुराइन साहेबा में कुछ गलतफहमी हो गई!"

"कैसी गलतफहमी? ठकुराइन ने तो कुछ बताया नहीं!" जबरसिंह बोले।

"बात यह हुई कि मेरी घरवाली ने सोचा कि लखनऊ में ही रहना है तो ठकुराइन साहेबा से मेल-जोल स्थापित कर लिया जाए, और उन्होंने ठकुराइन साहेबा को दावत दे डाली। मेरी घरवाली बड़े हौसलेवाली है, तो उसने बहिनापा का रिश्ता कायम करने के लिए ठकुराइन साहेबा को एक डायमंड का सेट भेंट कर दिया। दुर्भाग्यवश इसके पहले इन दोनों में हिम्मतसिंह की विवशता पर कुछ बातचीत हुई थी, भूमि पर कब्जा न मिलने के मामले को लेकर। तो ठकुराइन साहेबा ने कुछ गलत समझ लिया कि भूमि पर कब्जा पाने के लिए आप पर दबाव डलवाने की गरज से यह भेंट दी जा रही है। भूमि तो मैंने खरीद ही ली

है। लेकिन ठकुराइन साहेबा तो नाराज हुईं तो हो ही गईं। आखिर राजकुल की हैं, मिजाज की तेज!"

"अरे छोड़ो भी...औरतों की बातों में हम लोगों को नहीं पड़ना चाहिए। वैसे ठकुराइन का मिजाज तेज है, यह तो सबको मालूम है, मैं खुद भी परेशान हूँ उनके इस तेज मिजाज से। लेकिन दिल की अच्छी हैं। तभी तो उन्होंने मुझसे इस बात का कोई जिक्र नहीं किया।"

राधेश्याम आश्वस्त हुए। उन्होंने अपना ब्रीफकेस खोलकर उसमें से हीरे का वह सेट निकाला, "देखिए जबरसिंह जी, यह भेंट तो ठकुराइन साहेबा को दी जा चुकी है। मेरी घरवाली बड़ी उदास है। उसने मुझसे कहा कि इसे बेचकर जो रुपये मिले मैं वह दान कर दूँ। एक दफा भेंट में दी गई चीज अब उनकी नहीं रही—वह उनके मन को अशान्त ही रखेगी। तो मैं इसे अपने साथ ही लेता आया हूँ। चार साल पहले मैंने इसे अस्सी हजार का खरीदा था, अब तो इसकी कीमत एक लाख से ऊपर हो गई होगी।" और यह कहकर राधेश्याम ने वह डायमंड का सेठ खोलकर जबरसिंह को दिखाया।

जबरसिंह ने एक उड़ती नजर से उस सेट को देखा, फिर बोले, "अरे सेठानी को समझाओ कि इसे रख लें।"

"समझाने में कोई कसर नहीं उठा रखी है मैंने।" राधेश्याम ने कहा, "लेकिन क्या बतलाऊँ सेठानी बड़ी धर्म-भीरु हैं। न तो वह इसे रखेंगी और न इसकी कीमत मुझे छूने देंगी। तो मैं उसे आपके पास लेता आया हूँ। यह सेट तो ठकुराइन का हो चुका है, आप उन्हें दे दीजिए। और अगर वह इसे न लेने की जिद पर अड़ी हुई हैं, तो इसे बिकवाकर इसका रुपया दान कर दीजिए।"

जबरसिंह ने अब उस सेट को उलट-पुलटकर देखा। उन्हें रत्नों की पहचान नहीं के बराबर थी, लेकिन वह सेट उन्हें सुन्दर अवश्य लग रहा था, "अच्छा, इसे छोड़ते जाओ। मैं ठकुराइन से बात करके सोचूँगा कि क्या किया जाए।"

राधेश्याम ने कहा, "और मेरी घरवाली की ओर से ठकुराइन साहेबा से क्षमा माँग लीजिएगा। उन्हें यह बतला दीजिएगा कि उनकी धारणा निर्मूल थी, वह जमीन तो हमने किसानों से ही खरीद ली है, उस काम के लिए उन्हें यह भेंट नहीं दी गई थी। अगर वह कहें तो मेरी घरवाली खुद यहाँ आकर उनसे क्षमा माँग ले।"

राधेश्याम के जाते ही जबरसिंह ने जौहरी छगनलाल को फोन मिलाया "अरे छगनलाल जी—मैं होममिनिस्टर बोल रहा हूँ। क्या आप इस समय मेरे घर पर आ सकते हैं, आपकी कार न हो तो मैं अपनी कार भेज दूँ। नहीं—नहीं—कुछ व्यक्तिगत बात करनी है—हाँ—हाँ, मैं यहीं हूँ, सीधे चले आइए।"

बीस मिनट के अन्दर ही जौहरी छगनलाल की कार बँगले में दाखिल हुई। जबरसिंह ने छगनलाल को अपने कमरे में ही बुलवा लिया। छगनलाल के सामने वह हीरे का सेट रखते हुए जबरसिंह ने कहा, "छगनलाल जी, मेरे एक रिश्तेदार यह हीरे का सेट बेचना चाहते हैं, कितना दाम लगेगा यहाँ?"

छगनलाल ने केस खोलकर वह सेट निकाला, बड़े ध्यान से उसे उलट-पुलट कर उन्होंने परखा, फिर बड़े विनय के स्वर में वह बोले, "मिनिस्टर साहेब, क्या कहना इस सेट का, असली नीले हीरे का सेट है। तो यहाँ लखनऊ में तो इसका कोई खरीदार मिलेगा नहीं बम्बई या कलकत्ता में ही बिक सकता है। हम लोग इतने कीमती गहनों पर हाथ नहीं लगाते।"

"ज़रा अन्दाज से बताइए तो कि कितने का होगा यह सेट?" जबरसिंह ने पूछा।

"क्या बताऊँ मिनिस्टर साहेब—यह तो जवाहरात का सौदा है, कोई नम्बरी या बाजारू माल तो है नहीं। अगर खरीदा जाए तो जौहरी इसके लाख-सवा लाख रुपये तक माँग सकता है। अगर बेचा जाए तो साठ-सत्तर हजार का बिकेगा।"

जबरसिंह के मुख पर सन्तोष का भाव आया—राधेश्याम ने गलत नहीं कहा था। उन्होंने कहा, "छगनलाल जी, आपको जो इतना कष्ट दिया इसके लिए क्षमा प्रार्थी हूँ—बस इतना ही काम था।"

छगनलाल ने उठते हुए कहा, "हम लोग तो आपके सेवक हैं मिनिस्टर साहेब! आप अगर इसे बिकवाना चाहते हैं तो हम अपना आदमी बम्बई भेजकर इसे बिकवा दें—हमें इसके दस-पाँच हजार ज्यादा मिल जाएँगे।"

"नहीं, मैं अपने उन रिश्तेदार को सलाह दूँगा कि इसे न बेचें। हीरे-जवाहरात के दाम तो बढ़ते ही जा रहे हैं, अभी कुछ दिन इसे और रोके रहें।"

"इसमें क्या शक है, कुछ दिन और ठहर जाएँ तो अस्सी हजार या एक लाख का बिक जाएगा। बेतहाशा दाम बढ़ रहे हैं हीरे-जवाहरात के।" और जबरसिंह को अभिवादन करके छगनलाल चले गए।

जबरसिंह की आँखें चमक उठीं। इतना कीमती था यह डायमंड का सेट, और यह मूर्ख औरत धनवन्तकुँवर इसे अस्वीकार करके चली आई थी। जब वह घर के अन्दर पहुँचे, हीरे का सेट उनके हाथ में था। उन्होंने अपनी पत्नी से कहा, "यह हीरे का सेट देख रही हो?"

धनवन्तकुँवर चौंक उठीं, उनकी भौंहें एकाएक तन गईं, "यह तुम्हारे पास कैसे आया?"

"सेठ राधेश्याम अभी आए थे। कह रहे थे कि यह सेट तुम्हें भेंट किया जा चुका है, तो वह इसे अपने पास नहीं रखेंगे—और मुझे दे गए हैं कि तुम्हें दे दूँ। एक लाख रुपये का है यह और तुम इसे ठुकराकर चली आईं। अजीब औरत हो—भला इतनी भी तुनुकमिजाजी क्या कि ज़रा-ज़रा सी बात पर नाराज हो जाओ।"

धनवन्तकुँवर बोलीं, "यह रिश्वत का माल तुम्हें ही मुबारक हो। इसके पीछे कितना अपमान है, कितनी जलालत है, उसे देखनेवाली तुम्हारी आँखें फूट चुकी हैं। सैकड़ों किसानों का गला काटकर तुम्हारे भाग्य में नरक जाना ही बदा है।"

जबरसिंह ने कड़े स्वर में कहा, "कौन साला कहता है कि मैंने किसानों का गला काटा है? राधेश्याम ने यह जमीन खुद किसानों से उसकी उचित कीमत देकर खरीद ली है, मैंने तो इसमें कुछ करने से इनकार कर दिया था!" फिर अपना स्वर कुछ मुलायम बनाते हुए उन्होंने कहा, "सेठानी ने तुमसे बहुत-बहुत माफी माँगी है। उन्हें तुम कुछ गलत समझ गईं। तो यह सेट ले लो!"

"मैं यह पाप की सौगात नहीं लूँगी, किसी हालत में नहीं लूँगी। उस हरामजादी ने मेरा इतना अपमान किया है!"

जबरसिंह ने रुखाई के साथ कहा, "आती हुई लक्ष्मी को ठुकरानेवाला अभिशप्त होता है—तुम पर भी अभिशाप है।"

ठकुराइन धनवन्तकुँवर गरज उठीं, "खबरदार जो अब एक बात भी जबान से निकली। तुम स्वाभिमानी ठाकुर नहीं, चमार हो। इन हरामजादों से मुझे कुछ नहीं लेना-देना।"

जबरसिंह अपनी पत्नी के स्वभाव को अच्छी तरह जानते थे, "इतना नाराज मत हो, मैं इसे राधेश्याम को वापस कर दूँगा। अब तो खुश!"

"तुम क्या वापस करोगे इसे—अपने सेफ में रख लोगे! हे भगवान! किस पापी के गले बँध गई हूँ।" और एकाएक धनवन्तकुँवर फूट पड़ीं, तेजी के साथ रोती हुईं वह जबरसिंह के सामने से चली गईं।

धनवन्तकुँवर ने गलत नहीं कहा था। जबरसिंह ने वह हीरे का सेट अपने सेफ में बन्द कर लिया। आती हुई लक्ष्मी का निरादर करना उन्होंने सीखा ही न था।

घर पहुँचकर राधेश्याम ने गंगादेवी को बतलाया कि वह सेट उन्होंने जबरसिंह को दे दिया है, और जबरसिंह ने उसे रख लिया है। अब आगे चलकर उन्हें जबरसिंह से मुक्तभाव से हरेक सहायता मिलेगी। गंगादेवी का मन हलका हुआ तो उन्होंने कहा, "कुन्दन अभी तक नहीं लौटा है, इतना वक्त हो गया है। चलो तुम खाना खा लो!"

"थोड़ी देर और इन्तजार कर लें उसका, आता ही होगा, स्टेशन के माल बाबू और उस सी.आई.डी. इंस्पेक्टर से ही तो मिलना था उसे। फँस ही गया इस दफे!"

बैगन तो दामोदर के नाम आए थे—इसमें कुन्दन किस तरह फँस सकता है!" गंगादेवी बोलीं।

"अरे चले तो हमारी मेवा कोलियरी से थे, और कोयला आ रहा था कुन्दन रोलिंग मिल के लिए दामोदरदास के मार्फत! तो अगर इन बैगनों में दो परत कोयले के नीचे लोहे की चादरें थीं तो इसमें मेवा कोलियरी, कुन्दन रोलिंग मिल और दामोदरदास—सभी फँसते हैं। वैसे दामोदरदास लोहे का व्यापारी है और आम शिकायत है कि इसके यहाँ से गहरा ब्लैक होता है। तो पहले वह फँसेगा हम लोग तो छूट ही जाएँगे। लेकिन इस सबकी नौबत ही क्यों आए—खरीद लो इन साले पुलिसवालों को—रेलवालों को।"

और तभी कुन्दन की मोटर बँगले में आई। राधेश्याम ने कहा, "लो कुन्दन भी आ गया है!"

कुन्दनलाल ने जब कमरे में प्रवेश किया, उसका मुँह बेतरह उतरा हुआ था। राधेश्याम ने पूछा, "क्या हुआ?"

कुन्दनलाल ने कुछ रुआँसे स्वर में कहा, "वह इंस्पेक्टर कहता था कि फाइल उत्तर प्रदेश सरकार के पास चली गई। बहरहाल जब मुकदमा चलेगा तक वह

जैसा हम लोग कहेंगे वैसा बयान दे देगा।"

राधेश्याम का मुख चमक उठा, "अगर उत्तर प्रदेश सरकार के पास फाइल आई है तो मुकदमा चलेगा ही नहीं, तुम निश्चिन्त हो जाओ कुन्दन, हम लोगों का कोई साला कुछ नहीं बिगाड़ सकता। हाँ, आगे से बहुत सावधान रहना होगा, और यह पता लगाना पड़ेगा कि यह मुखबिरी किसने की है!"

राधेश्याम का अनुमान कुछ ठीक था और कुछ गलत था। दूसरे ही दिन सुबह के समय खुफिया विभाग के डी.आई.जी. श्री प्रकाशमोहन जबरसिंह के यहाँ पहुँचे। उनके हाथ में एक फाइल थी। उन्होंने जबरसिंह से कहा, "सेंट्रल सी.आई.डी. ने कोयले के दो बैगनों में कोयले से दबी हुई लोहे की चादरें बरामद की हैं। यह बैगन सेठ राधेश्याम की मेवा कोलियरी से चली थीं और लखनऊ में कुन्दन रोलिंग मिल के नाम मार्फत कोल-एजेंट दामोदरदास के पास आ रही थीं।" और सारा केस जबरसिंह को समझाते हुए उन्होंने कहा, "इस केस में सेठ राधेश्याम के साले और दामोदरदास तो निश्चित रूप से फँसे हुए हैं, वैसे सेठ राधेश्याम भी इस लपेट में आ सकते हैं। सेंट्रल सी.आई.डी. ने यह मामला हम लोगों के पास भेज दिया है, कार्रवाई के लिए। तो मैं श्रीमान से पूछने आया हूँ कि इस पर क्या कार्रवाई की जाए!"

जबरसिंह ने कुछ सोचकर कहा, "इस सम्बन्ध में हमारी सरकार को भी कुछ इन्क्वाइरी कर लेनी चाहिए। तो यह इन्क्वाइरी कराने के लिए फाइल सिटी डी.एस.पी. के यहाँ भेज दो। इस बीच मैं सेठ राधेश्याम से पूछताछ कर लूँगा—प्रदेश के सबसे बड़े उद्योगपति की इज्जत का सवाल है। इस फाइल के लौटने पर इसे दबा देना—जब मैं नैनीताल से लौटूँ तब सोचा जाएगा कि क्या कार्रवाई की जाए!"

"जैसी आपकी आज्ञा!" और प्रकाशमोहन सलाम करके चले गए।

उनके जाते ही जबरसिंह ने रामलोचन को फोन मिलाया, "रामलोचन! तुम शाम के वक्त मुझसे मिल लेना। कुछ जरूरी काम है, हाँ, ज़रा सेठ राधेश्याम की बाबत! आने पर बतलाऊँगा!" जबरसिंह के स्वर में स्पष्ट रूप से चिन्ता थी।

रामलोचन को ऐसा लगा कि धनवन्तकुँवर ने अपने अपमान की बात जबरसिंह

से कह दी है। वह मन-ही-मन सोच रहा था कि अब उसे राधेश्याम और गंगादेवी से बदला लेने का मौका मिलेगा। दिनभर वह काफी प्रसन्न रहा।

लेकिन शाम के समय जब वह जबरसिंह के यहाँ पहुँचा, उसकी सारी प्रसन्नता जाती रही।

जबरसिंह ने रामलोचन से कहा, "रामलोचन! रेलवे यार्ड में दो बैगन कोयले के पकड़े गए हैं जिनमें बिना लाइसेंसवाली लोहे की चादरें लदी थीं। बैगन चले हैं मेवा कोलियरी आसनसोल से कुन्दन रोलिंग मिल के नाम। तो कुन्दनलाल और दामोदरदास पर स्मगलिंग ब्लैक मार्केटियरिंग के आरोप हैं। यह केस सेंट्रल सी.आई.डी. ने पकड़ा है, और उन्होंने वह केस यू.पी.सी.आई.डी. के पास भेज दिया है कि उत्तर प्रदेश सरकार उस पर कार्रवाई करे!"

"यस सर! उड़ती-उड़ती खबर मैंने भी सुनी है। इस ग्रुप के खिलाफ लखनऊ, कानपुर, इलाहबाद, वाराणसी और दूसरे बड़े शहरों से ब्लैक मार्केटिंग की सैकड़ों शिकायतें आ रही हैं।"

जबरसिंह ने सिर हिलाकर कहा, "हाँ, मुझे पता है कि इन लोगों को बदनाम करने की लगातार कोशिशें हो रही हैं। मुझे जो खबर है उसके अनुसार ब्लैक मार्केटियर्स का कोई छिपा हुआ बड़ा गिरोह काम कर रहा है और उसे अभी तक पकड़ा नहीं जा सका है। मुमकिन है कुन्दनलाल इन लोगों के फन्दे में फँस गया हो। तुम तो जानते ही हो कि सेठ राधेश्याम हिन्दुस्तान के प्रमुख उद्योगपतियों में हैं, इतना घटिया और टुच्चा काम वह नहीं करेंगे!"

रामलोचन का दिल बैठ-सा गया। इस बात को सुनकर उसने कहा, "यस सर! यह काम कुन्दनलाल और दामोदरदास का होगा—यह दोनों बड़े छँटे हुए हैं।"

जबरसिंह ने गम्भीरतापूर्वक कहा, "लेकिन रामलोचन, कानूनन कुन्दनलाल और राधेश्याम में तो कोई फर्क नहीं पड़ता। इन दो अनाड़ी लौंडों की छोटी-सी गलती से सेठ राधेश्याम फँस सकते हैं, उनकी इज्जत मिट्टी में मिल सकती है। सेठ राधेश्याम कितना बड़ा उद्योग लगा रहे हैं इस लखनऊ में। उनकी बदनामी से उन्हें बहुत नुकसान हो सकता है।"

"यस सर! आप ठीक कहते हैं!" रामलोचन बोला।

"तो मैंने डी.आई.जी.सी.आई.डी. से कह दिया है कि वह फाइल तुम्हारे पास

भेज दें इन्क्वाइरी के लिए। तो तुम थोड़ी-बहुत तफतीश करके कुन्दनलाल और राधेश्याम को बरी करते हुए उन पर कुछ अस्पष्ट से कमेंट कर दो। फिर फाइल आगे नहीं बढ़ेगी।"

रामलोचन के मन में आया कि वह इस काम से इनकार कर दे, लेकिन कुछ सोचकर उसने कहा, "सर, जैसा आप कहते हैं, वैसा ही होगा।"

जबरसिंह से बात समाप्त करके रामलोचन अपनी बुआ से मिलने के लिए अन्दर चला गया। धनवन्तकुँवर पिछले दिन की दोपहरी से ही उद्विग्न थीं जब जबरसिंह से उनकी उस हीरे के सेट को लेकर कुछ कड़ी बातचीत हो गई थी। रामलोचन को देखते ही वह बोलीं, "अच्छे आ गए बचवा! हम कल से घुट रही हैं। कोई ऐसा नहीं है जिससे हम अपने मन की व्यथा कहें!" और धनवन्तकुँवर ने गमलोचन को चाय और नाश्ता कराते हुए बतला दिया कि वह हीरे का सेट जबरसिंह के पास आ गया है। "हमने कहा था न बचवा कि जब यही बेईमान हैं तब हमारी मान-मर्यादा की रक्षा कौन कर सकता है? जी में आता है कि गले में फाँसी लगाकर हम अपने प्राण दे दें।"

"बुआजी, भगवान पर भरोसा रखिए। आपका जो अपमान हुआ है उसकी सजा उन लोगों को किसी-न-किसी दिन मिलेगी!"

"उस दिन हम महावीर जी को पाँच सेर का परसाद चढ़ावेंगी!" धनवन्तकुँवर बोलीं। उनका मन अब हलका हो गया था। उनके मुख पर हलकी-सी मुस्कराहट आई, "बचवा! यह जो सरकार है, पुलिस, कचहरी—यह सब किसलिए हैं? चारों तरफ बेईमानी और उठाईगिरीपन खुलेआम चल रहा है और वह अपराधी सजा भुगतने की जगह पनप रहे हैं। लानत है ऐसी सरकार पर।"

धनवन्तकुँवर की बात सुनकर रामलोचन सन्न-सा रह गया। उसके अन्दर एक तरह की उथल-पुथल-सी मच गई। उसने अब धनवन्तकुँवर को गौर से देखा, सौम्य और आभायुक्त मुखमंडल, एक तरह की सात्विकता से दीप्त! और तभी उसकी नजरों के आगे जबरसिंह की मुखाकृति उभर आई, स्वार्थ, छल-कपट, उखाड़-पछाड़ से विकृत उनका समस्त व्यक्तित्व!

अपने अन्दरवाली उथल-पुथल से मानो वह घबरा गया। उसने उठते हुए कहा, "बुआ जी, सब कुछ भगवान की लीला है। आदमी कुछ नहीं करता, भगवान

उससे कराते हैं। अच्छाई और बुराई का संघर्ष चल रहा है, लेकिन अन्त में जीत अच्छाई की ही होती है!"

धनवन्तकुँवर बोलीं, "कौन जाने बचवा क्या जीतेगा भविष्य में। आदमी तो वर्तमान में जी रहा है और उसे भोग रहा है। और वर्तमान को देखकर बड़ी निराशा होती है।" और एकाएक धनवन्तकुँवर का स्वर कुछ अजीब तरह से करुण और स्नेहसिक्त हो गया, "बचवा! हम तो निपूती ही रह गईं। भगवान ने अच्छा ही किया। अगर इनकी सन्तान होती तो कौन जाने इनसे अधिक दुख देती हमें। तो हमें सन्तोष है। तुम्हें हम अपने पुत्र की तरह मानती हैं। तो बचवा तुम नेक और ईमानदार रहना, इस सब बेईमानी और जालफरेब में तुम न पड़ना। हमें इससे बड़ा सन्तोष होगा। भगवान तुम्हारा मंगल करें।"

और इस भावातिरेक से बच सकना रामलोचन के लिए असम्भव था। उसने झुककर ठकुराइन धनवन्तकुँवर के चरण छू लिए, "बुआजी आपकी ममता और स्नेह पाकर मैं धन्य हूँ।" और बिना धनवन्तकुँवर के उत्तर की प्रतीक्षा किये हुए वह चल दिया।

11

लोहे की चादरों के मामले में रामलोचन ने अपनी तहकीकात की रिपोर्ट डी.आई. जी.सी.आई.डी. के पास भेजी उससे डी.आई.जी.सी.आई.डी. श्री प्रकाशमोहन चक्कर में पड़ गए। उस रिपोर्ट के अनुसार इस सब स्मगलिंग और ब्लैकमार्केटिंग की जिम्मेदारी राधेश्याम पर थी।

रामलोचन ने दामोदरदास को डरा-धमकाकर उससे एक बयान ले लिया था जिसमें दामोदरदास ने अपनी जान बचाने के लिए इस मामले में विशुद्ध रूप से राधेश्याम को फँसाया था और उसने मुक्त-कंठ से यह स्वीकार किया था कि यह ब्लैकमार्केटिंग और स्मगलिंग का धन्धा उसने राधेश्याम की प्रेरणा से तीन-चार साल पहले शुरू किया था, और इस धन्धे में जो मुनाफा होता था उसका बड़ा भाग राधेश्याम को मिलता था। रामलोचन ने दामोदरदास को यह आश्वासन

दे दिया था कि इस मामले में वह दामोदरदास के खिलाफ कोई कार्रवाई न करेगा, बशर्ते कि अपने इस बयान का जिक्र वह किसी से न करे, स्वयं अपने पिता से भी नहीं।

असल में हुआ यह कि रामलोचन ने सबसे पहले कुन्दनलाल और कुन्दन रोलिंग मिल के मैनेजर से बयान ले लिए थे। उन बयानों में स्वभावत: उन दोनों ने इस मामले की जिम्मेदारी अनजाने लोगों पर डाल दी थी, और उन अनजाने लोगों में दामोदरदास भी हो सकता है, यह उन्होंने स्वीकार कर लिया था। रामलोचन ने इन लोगों का बयान दामोदरदास को दिखाकर कहा था, "दामोदरदास, बुरी तरह से फन्दा कस रहा है तुम पर। हमारे यहाँ तुम्हारी ब्लैकमार्केटिंग की रिपोर्टें दर्ज हैं, कुन्दनलाल और मैनेजर स्मगलिंग करने से साफ इनकार करते हैं—तुम्हीं फँसोगे। यह दूसरे अनजाने लोग तुम्हारे निजी गिरोह के आदमी होंगे। तो अगर बचना चाहते हो तो सही-सही अपना बयान दे दो, मैं तुमसे वादा करता हूँ कि मैं तुम्हें बचाने की भरपूर कोशिश करूँगा।"

"लेकिन मेरे इस बयान का पता तो कुन्दनलाल और सेठ राधेश्याम को लग ही जाएगा जब ये दोनों फँसेंगे।" दामोदरदास ने कहा।

"अरे इन लोगों को फँसानेवाला कौन है—फँसोगे तो तुम! तो तुम तो अपनी जान बचाओ यह बयान देकर, और अगर हो सके तो साल-छै महीने के लिए विदेश-यात्रा पर निकल जाओ। रुपया तो तुम्हारे पास बेतहाशा है ही, यह ब्लैक की कमाई—मौज-मजा कर लो। जान है तो जहान है!"

रामलोचन की यह बात दामोदरदास की समझ में आ गई—और उसने सेठ राधेश्याम और कुन्दनलाल को फँसाते हुए अपना बयान देकर उस पर अपने हस्ताक्षर कर दिये थे।

प्रकाशमोहन पूरी फाइल पढ़कर कुछ देर तक सोचते रहे। होममिनिस्टर का कहना था कि यह फाइल दबा दी जाए, और सिटी डी.एस.पी. की रिपोर्ट स्पष्ट रूप से सेठ राधेश्याम के लिए घातक थी। हारकर उन्होंने आई.जी. पुलिस श्री ज्ञानेन्द्रनाथ मिश्र से सलाह ली।

जब प्रकाशमोहन फाइल लेकर ज्ञानेन्द्रनाथ मिश्र के यहाँ पहुँचे, मिश्र जी कुछ फुरसत में थे। उन्होंने यह फाइल आदि से अन्त तक देख डाली, फिर उन्होंने

एस.एस.पी. मिस्टर चौधरी को फोन मिलाया, "क्यों चौधरी, यह रामलोचन पांडे अभी भी सिटी डी.एस.पी. की तौर से ऑफीशिएट कर रहा है। मुश्ताकहुसैन अभी नहीं लौटे?"

"वह छुट्टी-पर-छुट्टी लेते जा रहे हैं, कल ही उनकी तीन महीने की और छुट्टी की दरखास्त आई है बम्बई से। वह कैंसर के मरीज हैं, बचना गैर-मुमकिन है। इस जगह के लिए पर्मानेन्ट इन्तजाम करना होगा। वैसे आप जो हुक्म दें।"

"अभी इसी रामलोचन को चलने दो। इसे प्रमोशन देकर पर्मानेन्ट एपॉइंटमेंट देना है, बड़ा सफल आदमी है। कुछ इस तरह की रिपोर्ट तैयार कर दो।" और उन्होंने फोन रखकर कहा, "आदमी बड़ा एफीशिएंट है, लेकिन अजीब उलझन में डाल दिया है उसकी रिपोर्ट ने! तो कुछ सोचा है कि क्या करना चाहिए?"

"यही तो मेरी समझ में नहीं आ रहा है!" प्रकाशमोहन ने कहा, गृहमंत्री जी कह गए हैं कि जब तक वह नैनीताल से लौटकर न आ जाए, तब तक इस सम्बन्ध में कोई कार्रवाई न की जाए। उनका तो यहाँ तक संकेत था कि यह फाइल दबा दी जाए, इसीलिए उन्होंने खुद यह फाइल सिटी डी.एस.पी. के पास भिजवा दी थी। कहा जाता है कि रामलोचन उनका आदमी है। लेकिन सिटी डी.एस.पी. की जो रिपोर्ट है, वह काफी सीरियस है।"

ज्ञानेन्द्रनाथ मिश्र रामलोचन को अच्छी तरह जान गए थे, वह मन-ही-मन मुस्कराए। लेकिन ऊपर से गम्भीर होकर उन्होंने कहा, "मामला तो बड़ा पेचीदा है। तुमने भी तो कुछ सोचा होगा इस सम्बन्ध में?"

"सोचा तो यही है कि यह फाइल आपके पास भेज दूँ। इस तरह के गम्भीर मामले में या तो आप निर्णय ले सकते हैं या मिनिस्टर साहेब ले सकते हैं। ऑफेंस कागनेजेबिल है, सेन्ट्रल सी.आई.डी. ने पकड़ा है। पुलिस से यह अपेक्षा की जाती है कि वह तत्काल कार्रवाई करेगी। तो मैं इसे आपको रेफर कर रहा हूँ।"

"वह तो देख रहा हूँ।" ज्ञानेन्द्रनाथ मिश्र ने कहा, "लेकिन इस मामले में जब तक होममिनिस्टर अपना निर्णय न दें तब तक मैं किसी कार्रवाई की सलाह नहीं दूँगा। मेरे ख्याल से इसे सिटी डी.एस.पी. के पास फार फर्दर इन्क्वाइरी के लिए भेज दिया जाए। जब तक होम मिनिस्टर न आ जाएँ तब तक उसी के पास रहने दो!"

"यस सर! यही ठीक होगा।" प्रकाशमोहन ने कहा। और ज्ञानेन्द्रनाथ मिश्र ने

उस पर औपचारिक रूप से 'फार फर्दर इन्क्वाइरी ऐंड नेसेसरी एक्शन' लिखकर अपने दस्तखत कर दिये।

प्रकाशमोहन के चले जाने के बाद ज्ञानेन्द्रनाथ मिश्र ने रामलोचन को खबर कराई कि वह दूसरे दिन सुबह उनके बँगले में आ जाए।

दूसरे दिन सुबह रामलोचन मिश्र जी के बँगले पर पहुँचा। ज्ञानेन्द्रनाथ मिश्र मानो रामलोचन की प्रतीक्षा ही कर रहे थे। सामनेवाली कुरसी पर रामलोचन को बैठने का इशारा करते हुए उन्होंने पूछा, "तो अभी तक सिटी डी.एस.पी. की हैसियत से तुम कायम हो?"

रामलोचन ने सैल्यूट मारते हुए कहा, "यस सर! आपकी कृपा है?"

"लेकिन मेरी कृपा होममिनिस्टर की कृपा पर निर्भर है—इस बात का तुम्हें पता है?"

"यस सर!" रामलोचन के मुख पर कुछ थोड़ी-सी घबराहट आई, "गृहमंत्री जी को तो मैंने नाराजगी का कोई मौका नहीं दिया है, क्या कुछ गलती हो गई है मुझसे?"

बड़ी गम्भीरतापूर्वक ज्ञानेन्द्रनाथ मिश्र ने कहा, "तुम लोहे की चादरों की इन्क्वाइरी में क्या अनाप-शनाप लिख गए हो, खासतौर से सेठ राधेश्याम के खिलाफ! जानते हो कि होममिनिस्टर सेठ राधेश्याम के बहुत बड़े दोस्त हैं।"

"लेकिन सर—यह राधेश्याम, यह तो क्रिमिनल है। मेरी इक्वाइरी बिलकुल जिनुइन है, आप उसे मँगाकर खुद देख सकते हैं। इस राधेश्याम को भी सजा मिलनी चाहिए। हम पुलिसवालों का धर्म है कानून की रक्षा करना।"

"वह तो ठीक है, लेकिन कानून के अलावा राजनीतिक और व्यक्तिगत सवाल भी तो उठ खड़े होते हैं।" मिश्र जी ने कुछ चुप रहकर कहा, "मैंने वह फाइल देख ली है, और उसे तुम्हारे पास भिजवा दी है। मैं तुमसे गैरकानूनी काम करने को जोर नहीं दे रहा, मैं सिर्फ तुम्हें मौका दे रहा हूँ कि सोच-समझकर काम करो। यह समझ लो कि हम लोग अपने ऊपर किसी बात की जिम्मेदारी नहीं ले सकते, खासतौर से इस मामले में जो भी जिम्मेदारी होगी वह तुम्हारी होगी। समझे!" और लाख दबाने पर भी ज्ञानेन्द्रनाथ मिश्र के मुख पर एक मुस्कराहट आ ही गई।

रामलोचन को मिश्र जी की मुस्कान से पता चल गया कि वह रामलोचन से

अप्रसन्न नहीं हैं। उसने सैल्यूट मारते हुए कहा, "यस सर! सारी जिम्मेदारी मेरी! लेकिन एक्शन तो मैं नहीं ले सकता!"

"वह फाइल देख लेना। इन्क्वाइरी, एक्शन—सभी कुछ तुम्हारी जिम्मेदारी है—हम लोग सारी जिम्मेदारी से मुक्त हैं। जो भी करना है वह बहुत सोच-समझकर करना, जल्दी में कोई गलत-सलत काम मत कर डालना। बस तुमसे इतना ही कहना था मुझे। हाँ, एक बात और! मुश्ताकहुसैन ने तीन महीने की छुट्टी और ले ली है—तो अब शायद तुम्हारा प्रमोशन पर्मानेन्ट डी.एस.पी. की हैसियत से हो जाए—बधाई! अब तुम जा सकते हो!"

"थैंक यू सर!" रामलोचन ने उठकर एक लम्बा सैल्यूट मारा, फिर राइट एबाउट टर्न करके चल दिया।

जून का अन्तिम सप्ताह चल रहा था, लेकिन पानी अभी तक नहीं बरसा था, हाँ तीन-चार दिन से पुरवाई हवा चलने लगी थी जिसके अर्थ थे कि पूरब में पास ही पानी बरस रहा था और लखनऊ में किसी दिन मानसून आ सकता है। शाम के समय जब सब काम निपटाकर रामलोचन घर जाकर स्नान करने की सोच रहा था, हिम्मतसिंह आ गया। रामलोचन ने हिम्मतसिंह का स्वागत करते हुए कहा, "अरे हिम्मतसिंह! तुम्हारे तो अब दर्शन ही दुर्लभ हो गए हैं! लगता है बड़ी जोरों के साथ तुम्हारा काम-काज चल रहा है।"

हिम्मतसिंह ने मुस्कराते हुए कहा, "हिम्मतसिंह जब काम करता है तब भूत की तरह जुटकर काम करता है! फार्म की जमीन में फेंसिंग हो गई है, काँटेदार तारों की। कृषि-अनुसन्धानशाला के दो कमरे चटपट बना डाले हैं, आफिस वहीं कायम हो गया है। पन्द्रह सितम्बर को इस कृषि-अनुसन्धानशाला का उद्घाटन होना है न! ढाई महीने में कायापलट कर दूँगा इस जमीन की।"

"और वह ट्रैक्टर फैक्टरी?" रामलोचन ने पूछा।

"उस ट्रैक्टर फैक्टरी से तो ऊपरी ढंग से हमारा कोई मतलब नहीं है, लेकिन उसका काम भी हमीं को देखना पड़ता है। तो उसका नक्शा अभी तक नहीं बना है। बात यह है कि उसका नक्शा तैयार करने के लिए अमेरिका से एक एक्सपर्ट आ रहा है। अगस्त में वह हिन्दुस्तान पहुँच जाएगा। नक्शा-वक्शा पास हो जाने के बाद पन्द्रह सितम्बर को ट्रैक्टर फैक्टरी की इमारत का शिलान्यास हो जाएगा।

"बड़े ठाठ हैं!" रामलोचन ने हँसते हुए कहा, "तो अब तुम सेठ राधेश्याम संस्थान के विशिष्ट व्यक्ति बनते जा रहे हो।"

"ऐसी ही समझो!" हिम्मतसिंह का स्वर इस बार कुछ गिरा हुआ था, "बात यह है रामलोचन कि है तो सब कुछ, लेकिन कुछ भी नहीं है!"

हिम्मतसिंह के इस गिरे हुए स्वर से रामलोचन को आश्चर्य हुआ, "सब कुछ है और कुछ नहीं है—इसका क्या मतलब? तुम तो पहेली बुझा रहे हो साफ-साफ कहो न कि क्या बात है!"

हिम्मतसिंह का स्वर अब कुछ और करुण हुआ, "क्या बतावें, यह सेठ की गाली देने की आदत, यह हमें बिलकुल पसन्द नहीं। हमें तो खैर उन्होंने अभी तक गाली नहीं दी है, लेकिन उनके मातहत जितने भी ऊँचे आदमी हैं, उनसे जैसे वह बिना गाली बात ही नहीं करते। कुन्दनलाल तक को बेतहाशा गाली देते हैं। तो कौन जाने किस दिन हमको भी गाली दे बैठें। अभी कल ही हमने उनसे कहा कि कृषि-अनुसन्धानशाला उत्तरप्रदेश सरकार के मातहत है, तो उसकी इमारत का नक्शा उत्तरप्रदेश सरकार को दिखा दिया जाए। भला हमने कौन गलत बात कही थी?"

"तुमने ठीक कहा था। तो उन्होंने क्या कहा?" रामलोचन ने पूछा।

"वह बोले—क्या गधेपन की बात करते हो--इस संस्था की सारी जिम्मेदारी हमारी! तो हमें उत्तरप्रदेश सरकार को टाँग अड़ाने का मौका ही नहीं देना चाहिए।"

"बात तो सेठ ने ठीक ही कही थी, इसमें तुम्हें बुरा मानने की क्या बात है?" रामलोचन ने पूछा।

"अरे तुम इतना भी नहीं समझे। कल तो उन्होंने मेरी बात को गधेपन की बात कही, कल वह मुझको गधा कहेंगे। देखो रामलोचन, हम हैं हिम्मतसिंह राठौर! कहीं हमें क्रोध आ गया तो हम दबोच के धर देंगे उस सेठ को।"

रामलोचन जोर से हँस पड़ा, "तो अबकी दफे तुम्हें गाली-वाली दे तो दो-चार हाथ रसीद कर देना उसे, अक्ल दुरुस्त हो जाएगी उसकी—फिर गाली नहीं देगा!"

हिम्मतसिंह का स्वर इस बार दयनीय हो उठा, "रामलोचन! हम इस सेठ की नौकरी करते हैं, इसका रुपया खाते हैं, तो भला हमसे यह कैसे होगा?"

एकाएक रामलोचन को क्रोध आ गया, "तो लो साले से तरक्की, और रगड़ो साले के आगे नाक। इस पैसे ने मर्दानगी और स्वाभिमान का गला घोंटकर रख

दिया है। इतने लहीम-शहीम आदमी होकर कीड़े-मकोड़ों की जिन्दगी बिताने में तुम्हें शर्म नहीं आती? धिक्कार है तुम पर!"

हिम्मतसिंह की आँखों में आँसू आ गए, "ठीक कहते हो रामलोचन! लेकिन करें तो क्या करें? गाँव की जमीन पर जालिम दादा जमकर बैठ गए हैं, जबर दादा ने दन्द-फन्द करके अपनी अच्छी नौकरी दिला दी है, कहते हैं कि पाँच साल बाद ही पाँच हजार रुपया महीना मिलने लगेंगे। तो अब तो जो भगवान कराएगा, वही करेंगे। उसके विधान के आगे भला किसी का कोई बस चलता है?"

रामलोचन के मन में आया कि वह हिम्मतसिंह को भद्दी-सी गाली दे, लेकिन हिम्मतसिंह के मुख पर कायरता और विवशता की घुटन को देखकर उसने अपने को रोका। और अब हिम्मतसिंह पर क्रोध के स्थान पर उसके अन्दर एक दया जाग पड़ी। उसने उठते हुए कहा, "घर चलकर ज़रा स्नान कर लूँ, फिर हम दोनों साथ-साथ कोई पिक्चर देखेंगे। खाना भी किसी होटल में खाएँगे—कितने दिनों बाद मिले हो!"

मेट्रो में एक अन्तर्राष्ट्रीय पुरस्कार पानेवाली अंग्रेजी पिक्चर लगी थी और दर्शकों की भीड़ उमड़ी पड़ रही थी। यह दोनों बालकनी में पहुँचे और जैसे ही इन दोनों ने अपने स्थान ग्रहण किये इन्हें सुनाई पड़ा, "अरे आप लोग भी आए हैं! खूब मिलना हुआ।"

दो कतार पीछे कुन्दनलाल और दामोदर बैठे थे। वह दोनों उठकर इन लोगों की बगल में आ गए।

पिक्चर समाप्त होने के बाद कुन्दनलाल ने रामलोचन से कहा, "रामलोचन जी, अगर आप लोगों को आपत्ति न हो तो आप लोग क्वालिटी में साथ ही डिनर लें। हम लोगों का जब पिक्चर का प्रोग्राम बनता है तब डिनर उसमें शामिल होता है।"

रामलोचन बोला, "हम दोनों भी यह तै करके चले थे कि आज बाजार-घाट उतरेंगे। क्यों हिम्मतसिंह?"

"ठीक है!" हिम्मतसिंह बोला, "फार्म में तो कोई नौकर टिकता ही नहीं। आज दोपहर नौकर छुट्टी ले के चला गया, तो कार्यक्रम था यहीं रह जाऊँगा। जीप की भी सर्विसिंग करानी थी—तो वह आते ही गैराज में छोड़ दी!"

डिनर समाप्त हो जाने के बाद कुन्दनलाल ने हिम्मतसिंह से कहा, "हिम्मतसिंह

जी, बड़े भाग्य से आप मिल गए। कल सुबह एग्रीकल्चर डाइरेक्टर फार्म में आनेवाले हैं। जीजा जी तो कानपुर चले गए हैं, और आप यहाँ हैं। तो वहाँ तो किसी को होना चाहिए। वह कल सुबह आठ-नौ बजे पहुँचेंगे। तो आप अगर इसी वक्त चले जाएँ तो अच्छा हो, उनके स्वागत के लिए तैयारी-वैयारी भी तो करनी होगी।"

इसके पहले कि हिम्मतसिंह कुछ कहता, रामलोचन बोल उठा, "भला इतनी रात में इन्हें कोई सवारी मिलेगी वहाँ के लिए? अगर इन्हें फार्म में पहुँचना ही है तो तुम पहुँचा दो इन्हें वहाँ। इनकी जीप तो कल दोपहर के पहले मिलेगी नहीं गैराज से।"

रामलोचन का प्रस्ताव कुन्दनलाल को अच्छा तो नहीं लगा, लेकिन मजबूरी थी। उसने कहा, "मैं ड्राइवर साथ नहीं लाया हूँ, हिम्मतसिंह जी। घर चलिए, वहाँ से मैं आपको भिजवा दूँगा।"

रामलोचन मुस्कराया, "कुन्दनलाल, जितनी देर में तुम घर पहुँचकर ड्राइवर को ढूँढ़ोगे, उसे बुलाओगे, उतनी देर में तुम इन्हें पहुँचाकर लौट भी आओगे! इन्हें सुबह जल्दी उठकर सब इन्तजाम करना है तो इन्हें जल्दी से जाना भी चाहिए।"

कुन्दनलाल निरुत्तर रह गया। हिम्मतसिंह को अपनी कार पर बैठाते हुए उसने दामोदरदास से कहा, "अच्छी बात है! कल सुबह मेरे यहाँ आ जाना, सब कुछ तै हो जाएगा।"

कुन्दनलाल की कार के जाने के बाद दामोदरदास ने रामलोचन से कहा, "चलिए, मैं आपको घर पर छोड़ दूँ।"

"थैंक यू!" कहकर रामलोचन दामोदरदास की कार पर उसकी बगल में बैठ गया, "कहो दामोदरदास, तुम यूरोप-अमेरिका के टूर पर कब जा रहे हो?"

"उसी का जुगाड़ लगा रहा हूँ।" दामोदरदास बोला, "पिता जी से पूरी बात बताने की हिम्मत नहीं हुई, न जाने क्या बवाल पैदा कर दें वह। तो जाने का रुपया तो मेरे पास है, सिर्फ जाने का बहाना नहीं मिल रहा था मुझे। तो भगवान की दया से बहाना भी हाथ आ रहा है!"

"तो कब तक जाने की सम्भावना है?" रामलोचन ने अफसरी ढंग से रुखाई के साथ पूछा।

कुछ हिचकिचाते हुए दामोदरदास ने कहा, "बात यह है कि पन्द्रह सितम्बर

को जो सेठ राधेश्याम की ट्रैक्टर फैक्टरी का शिलान्यास हो रहा है उसमें वह अमेरिका से मैंजीज ट्रैक्टर्स के मालिक मिस्टर मैंजीज को आमंत्रित कर रहे हैं!"

"तो इससे तुम्हारा क्या सम्बन्ध है?" रामलोचन ने पूछा।

"वही कह रहा हूँ। मिस्टर मैंजीज बिना व्यक्तिगत निमंत्रण के तो आने से रहे। तो किसी आदमी को अमेरिका जाकर यह निमंत्रण देना होगा। तो सेठ राधेश्याम ने इस काम के लिए कुन्दनलाल को चुना है। कुन्दनलाल अगस्त के तीसरे सप्ताह में जाना चाहता है। तो मैंने कुन्दनलाल से कहा कि एक से दो भले—मैं भी उसके साथ अमेरिका घूम आऊँ। लेकिन यह कुन्दनलाल भी एक ही हरामजादा आदमी निकला, बोला कि एक शर्त पर मुझे ले चलेगा कि अपना आने-जाने का खर्च मैं बर्दाश्त करूँ। मैं इस पर तैयार हो गया तो बोला कि अमेरिका में उसके ठहरने और घूमने-फिरने का खर्च भी मुझे बर्दाश्त करना होगा। हद कर दी है इसने, लाखों रुपया कमाया है इन लोगों ने मेरे जरिये से।"

रामलोचन को हँसी आ गई, वह बोला, "चोर-चोर मौसेरे भाई! बहरहाल यह तुम लोगों के बीच का आपसी मामला है। मुझे तुमसे जो कुछ कहना था वह मैं पहले ही कह चुका हूँ। यह स्मगलिंग और ब्लैकमार्केटिंग का मामला बड़ा सीरियस है। मैं व्यक्तिगत रूप से समझता हूँ कि तुम्हारा अपराध इसमें सबसे कम है, लेकिन मैं यह भी जानता हूँ कि यह साले तुम्हें फँसाकर खुद साफ बच जाएँगे। और तुम फँसे हुए हो, तुम्हारे खिलाफ ब्लैकमार्केटिंग की रिपोर्टें तो हैं ही, सबूत मिलते देर नहीं लगती। तो अदालत तुम्हें स्मगलर भी समझेगी! समझ रहे हो न!"

रुआँसे स्वर में दामोदरदास बोला, "हाँ समझ रहा हूँ। अब तो आ ही गया हूँ शिकंजे में। एक आपका सहारा है! आपने मुझे वचन दिया है!"

"तो मैं अपना वचन पालन करूँगा दामोदरदास! मैंने तुमसे कहा न कि सेठ राधेश्याम के ऊपर मुकदमा चलेगा ही नहीं। लेकिन अगर तुम यहाँ मौजूद रहे तो खानापूरी होने के लिए तुम्हें फँसना ही पड़ेगा। लिहाजा तुम्हारा यहाँ से टल जाना ही बेहतर होगा। चार-छै महीने में फाइल दाखिल दफ्तर में हो जाएगी। तब तुम वापस लौट आओ और मजे में घूमो! कोई तुम्हारा बाल बाँका न कर सकेगा।"

कार इस समय तक रामलोचन के मकान पर पहुँच गई थी। रामलोचन ने कार से उतरते हुए कहा, "जुलाई के अन्तिम सप्ताह तक तुम्हें चले ही जाना चाहिए। और देखो तुम कुन्दनलाल या मिस्टर मैंजीज के साथ मत वापस लौटना। पासपोर्ट तुम सारी दुनिया का बनवा लो। तो अमेरिका से तुम दक्षिण अमेरिका या अफ्रीका के किसी देश के लिए रवाना हो जाना जहाँ इन सालों को तुम्हारा पता ही न चले।"

दामोदरदास ने बड़ी आत्मीयता के साथ रामलोचन से हाथ मिलाया, "पांडे जी! मैं आपका बहुत-बहुत आभारी हूँ। मैं अगले साल मार्च के पहले लौटूँगा ही नहीं। लेकिन आप मुझे वचन दीजिए कि आप मेरे खिलाफ कोई कार्रवाई न कीजिएगा।"

रामलोचन अब विमुक्त भाव से हँसा, "दामोदरदास! मैं तुम्हें वचन देता हूँ।"

जैसे ही रामलोचन ने अपने काटेज के कम्पाउंड में प्रवेश किया, पानी की एक बूँद उसके ऊपर गिरी, एक बूँद के बाद दूसरी और दूसरी के बाद तीसरी। मानसून आ गया था। उसने अपना बिस्तर बरामदे में डलवा लिया।

सुबह जब रामलोचन की नींद खुली, हल्की-हल्की वर्षा हो रही थी और उसका मन काफी प्रसन्न था। नहा-धोकर और तैयार होकर वह ऑफिस में बैठा और पिछले दिन शाम के समय आए हुए कागजात उसके सामने पेश किये गए। पहले उसने अपने नाम का सरकारी लिफाफा उठाया, और उसे पढ़ते ही उसके मुख पर एक चमक दौड़ गई। रामलोचन को अनिश्चित काल के लिए एक्सटेंशन मिल गया था।

और फिर रामलोचन की नजर एक फाइल पर पड़ी जिस पर 'कॉनफेडेंशियल' लिखा था। उसने वह फाइल खोली—आइरन शीट्स की फाइल आई.जी. के पास से 'फरदर इन्क्वाइरी एंड नेसेसरी एक्शन' के वास्ते लौट आई थी। इस फाइल को देखते ही उसके मुख पर कठोरता और संकल्प की भावना आ गई। फाइल उसने अपनी अलमारी में रखकर उस पर ताला लगा दिया। इसके बाद वह उस दिन के अन्य कागजों को देखने में व्यस्त हो गया।

अपना काम समाप्त करके वह उठ ही रहा था कि फोन की घंटी बजी। उसने फोन स्वयं उठाया, और उसे फोन पर दामोदरदास की आवाज सुनाई दी,

"अभी-अभी कुन्दनलाल से बात पक्की हो गई, अगस्त के तीसरे हफ्ते में मेरा अमेरिका जाना तै हो गया है। आज या कल पासपोर्ट के लिए एप्लाई कर रहा हूँ—उसमें बाधा न पड़ने पाए!"

और रामलोचन ने दामोदरदास को आश्वासन दे दिया कि उसका काम हो जाएगा।

12

चौदह सितम्बर की शाम कुन्दनलाल मिस्टर मैंजीज को साथ लेकर हवाई जहाज से लखनऊ पहुँच गया। मिस्टर मैंजीज की अगवानी के लिए सेठ राधेश्याम स्वयं एयरोड्रोम पहुँचे थे। दिल्ली से कुन्दनलाल ने राधेश्याम को फोन जो कर दिया था। राधेश्याम ने मिस्टर मैंजीज को हिन्दुस्तान आने के लिए कष्ट उठाने पर बहुत-बहुत धन्यवाद दिया और अपना आभार प्रकट किया, और वह मिस्टर मैंजीज को अपने घर ले गए। मिस्टर मैंजीज के ठहरने की व्यवस्था राधेश्याम ने अपने बँगले में ही की थी, स्वयं गंगादेवी की देख-रेख में; अतिथि-कक्ष को दिल्ली से विख्यात आर्कीटेक्ट और डिकोरेटर बुलाकर पिछले हफ्ते ही बिलकुल आधुनिक ढंग से सजाया गया था। मिस्टर मैंजीज से फुरसत पाकर राधेश्याम ने कुन्दनलाल से कहा, "क्यों कुन्दन! वह दामोदर नहीं लौटा तुम्हारे साथ, कहाँ रह गया? होटल दुष्यन्त में जो यू.एन. के प्रतिनिधि ठहरे हैं उनकी देखभाल कौन करेगा?"

"मैं कर लूँगा—और आपके साथ भी रह लूँगा।" कुन्दनलाल बोला, "वह दामोदर तो वहाँ से ऐसा गायब हुआ कि उसका पता ही नहीं चला, खैर, आप चिन्ता मत करिए—मिस्टर मैंजीज कल फैक्टरी का शिलान्यास करके शाम के पाँच बजे के प्लेन से दिल्ली चले जाएँगे, कल रात वह अमेरिका के लिए रवाना हो जाएँगे—उन्होंने अमेरिका से ही अपना वापसी पैसेज बुक करा लिया है।"

"इतनी जल्दी! मिस्टर मैंजीज से कुछ जरूरी बातें भी तो करनी थीं," राधेश्याम बोले।

कुन्दनलाल मुस्कराया, "जीजाजी, सब बातें मैंने कर ली हैं। मुझ पर सब कुछ छोड़ दिया है उन्होंने—अपने आफिस में उन्होंने आर्डर कर दिया है कि जैसा-जैसा मैं कहूँ वैसा-वैसा होता जाए।

सन्तोष की साँस लेकर राधेश्याम ने कहा, "अच्छी बात है। वह साला कृषिमंत्री भी अब अड़ंगा लगाने लगा है। कहता था कि यू.एन. वालों के स्वागत-सत्कार का भार कृषि-मंत्रालय पर है, उसने डाइरेक्टोरेट ऑफ एग्रीकल्चर के लिए इस स्वागत-सत्कार के लिए आर्डर भी निकलवा दिया। खैरियत यह है कि हमारा प्रतिनिधि हिम्मतसिंह है—होम मिनिस्टर का सगा भाई, नहीं तो मामला तूल पकड़ जाता। तो जबरसिंह ने डाइरेक्टर ऑफ एग्रीकल्चर को व्यक्तिगत रूप में यह आदेश दे दिया है कि वह हिम्मतसिंह के निर्देशन में काम करे। यह मामला निपट जाए तो उस कृषिमंत्री से निपटना होगा।"

कृषि-अनुसन्धानशाला के उद्घाटन का यह उत्सव वास्तव में महान उत्सव कहा जा सकता था। अमेरिका से यू.एन. के पाँच प्रतिनिधि आए थे इस समारोह में भाग लेने के लिए। कलकत्ता, बम्बई, दिल्ली और मद्रास तथा अन्य स्थानों के विशिष्ट पत्रकार आमंत्रित थे, केन्द्रीय सरकार के कृषि एवं खाद्य मंत्रालय के उच्च अधिकारी आए थे और उत्तरप्रदेश सरकार के मुख्य अधिकारियों के अलावा आधे से अधिक मंत्री वहाँ उपस्थित थे।

भटखेड़ा में कृषि-अनुसन्धानशाला के फार्म में एक विशाल शामियाना लगाया गया था—और उसके नीचे इन विशिष्ट अतिथियों की भीड़ एकत्रित थी। मुख्यमंत्री के आदेश से उस दिन सचिवालय में छुट्टी कर दी गई थी। नगर से उस कृषि-अनुसन्धानशाला के लिए दर्शकों को मुफ्त ले जाने तथा वापस लाने के लिए रोडवेज की बीस बसों की व्यवस्था की गई थी।

जिस समय यह समारोह आरम्भ हुआ, करीब दो हजार आदमियों की भीड़ इकट्ठी हो गई थी। मंच पर पन्द्रह कुर्सियाँ थीं—बीचवाली कुर्सी में मुख्यमंत्री और उनके दाहिनी ओर की कुर्सियों पर सेठ राधेश्याम, मिस्टर मैंजीज तथा यू.एन. के पाँच अधिकारियों के बैठने की व्यवस्था थी—बाईं ओर गृहमंत्री, कृषिमंत्री, खाद्यमंत्री और वित्तमंत्री तथा दो सचिव और उत्तरप्रदेश के मुख्य सचिव के बैठने की व्यवस्था थी।

राधेश्याम के विशिष्ट अतिथि सचिवालय से मोटरों पर भटखेड़ा फार्म के लिए साथ-साथ रवाना हुए, एक बारात के रूप में। मुख्य सड़क से भटखेड़ा जानेवाली तीन मील लम्बी सड़क पर बेतहाशा बन्दनवार लगे थे, और फार्म के फाटक पर हिम्मतसिंह के साथ डाइरेक्टर ऑफ एग्रीकल्चर अतिथियों का स्वागत करने के लिए तैयार खड़े थे। फार्म के मुख्य फाटक से करीब ढाई फर्लांग की दूरी पर शामियाना लगा था। फाटक पर पी.ए.सी. एवं पुलिस के बैंड तैयार खड़े थे। इस काफिले के पहुँचते ही हिम्मतसिंह ने बैंडवालों को इशारा किया, और दोनों बैंड बजना आरम्भ हो गए। इस बैंड के साथ यह काफिला बाराती शान-शौकत के साथ शामियाने तक पहुँचा।

इतना शानदार आयोजन, इतना शानदार प्रबन्ध और इतने शानदार अतिथि! त्यागमूर्ति झम्मनलाल सत्याग्रही यह सब देखकर गद्गद हो उठे। उन्होंने अपना स्थान ग्रहण किया, और उनके साथ ही अन्य अतिथिगण अपने-अपने स्थान पर बैठ गए। 'वन्दे मातरम्' के गान के साथ सभा आरम्भ हुई और इस गान के साथ सेठ राधेश्याम ने अपने अतिथियों के स्वागत में उनका परिचय देते हुए एक सारगर्भित भाषण दे डाला। इस भाषण में उन्होंने इस बात का उल्लेख किया कि भारतवर्ष की प्रगति की ओर दुनियावालों की आँखें लगी हुई हैं और इस ओर विश्व के अन्य उन्नत राष्ट्र, विशेष रूप से अमेरिका, किस प्रकार निःस्वार्थ भाव से सहयोग दे रहे हैं। और हिन्दुस्तान के हरेक नागरिक को देश की प्रगति में निःस्वार्थ भाव से लगन के साथ अपना सहयोग देना होगा। अपने भाषण में उन्होंने त्यागमूर्ति झम्मनलाल सत्याग्रही को अपना आदर्श पथ-प्रदर्शक मानकर देश के लिए अपना जीवन अर्पित करने की घोषणा भी कर दी थी और उस पर त्यागमूर्ति ने जो ताली बजाई उसके फलस्वरूप सारा वातावरण तालियों की गड़गड़ाहट से गूँज उठा।

सेठ राधेश्याम के भाषण के बाद ही प्रदेश के कृषिमंत्री यादव जी एकाएक खड़े हो गए, यद्यपि उस कार्यक्रम में उनके भाषण की कोई व्यवस्था नहीं थी। कृषिमंत्री के भाषण में कुछ ऐसे संकेत थे जो कुछ हो रहा है वह बहुत उत्तम काम हो रहा है। उत्तरप्रदेश में कृषि-अनुसन्धानशाला की जिम्मेदारी प्रदेश के कृषि-मंत्रालय की है, लेकिन त्यागमूर्ति जी ने प्रदेश के हितों की तथा सेठ

राधेश्याम की निःस्वार्थ सेवाओं को ध्यान में रखकर उनकी अध्यक्षता में इस कृषि-अनुसन्धानशाला की एक अटानोमस प्रबन्ध समिति की व्यवस्था कर दी है, और इस प्रबन्ध समिति को कृषि-मंत्रालय की देख-रेख में काम करने की जो व्यवस्था दे दी है उससे कृषि-मंत्रालय को कोई आपत्ति नहीं हो सकती। उन्होंने यू.एन. के अधिकारियों को यह विश्वास दिलाया कि इस काम में कृषि-मंत्रालय की पूरी देख-रेख रहेगी और किसी प्रकार की गड़बड़ी नहीं होने पाएगी। अगर कभी जरूरत पड़ेगी तो कृषि-मंत्रालय इस संस्था को स्वयं सँभाल लेगा, और यह अनुसन्धानशाला बन्द न होने पाएगी।

कृषिमंत्री के इस भाषण से अतिथिगण शंकित-सी नजरों से इधर-उधर देखने लगे। उन्हें ऐसा लगा कि कहीं कुछ गड़बड़ी है आन्तरिक मतभेद है। यह भाषण राधेश्याम को तो बेतरह अखर गया, और उन्होंने जबरसिंह की ओर प्रश्नवाचक ढंग से देखा। जबरसिंह स्वयं इस भाषण से अप्रसन्न थे, वह समझते थे कि मंत्रिमंडल के अन्दरूनी मतभेदों को इस तरह अतिथियों के सामने और विशेष रूप से विदेशी अतिथियों के सामने रखने का कृषिमंत्री को कोई अधिकार नहीं है। लेकिन राधेश्याम और जबरसिंह के इस नजर की अदलाबदली को त्यागमूर्ति जी ने ताड़ लिया, और इसके पहले कि गृहमंत्री जबरसिंह कृषिमंत्री की बातों का खंडन करने के लिए खड़े हों, कृषिमंत्री के स्थान ग्रहण करते ही मुख्यमंत्री अपना उद्घाटन भाषण देने को खड़े हो गए।

त्यागमूर्ति का छपा हुआ उद्घाटन भाषण वहाँ उपस्थित अतिथियों को आनन-फानन बाँट दिया गया—और त्यागमूर्ति ने अपना वह लिखित भाषण मेज पर रख दिया, और अलिखित भाषण पर उतर आए।

"प्यारे भाइयो! मेरा उद्घाटन भाषण आप सब लोगों के पास पहुँच ही गया—उसे आप लोग फुरसत के समय इतमीनान के साथ पढ़ लीजिएगा। इस समय तो मैं भावना के अतिरेक में बह रहा हूँ। इतनी बड़ी भीड़, इतने विशिष्ट अतिथिगण, इतना महान यज्ञ! यह सत्य और अहिंसा की विजय है, आज बापू का सपना साकार हो रहा है—समय और परिस्थिति के बदले हुए रूप में! सेठ राधेश्याम ने जो अपने को देश के विकास-कार्य में अर्पित कर दिया है, उससे वह मेरी नजर में महान हो गए हैं, वह राकफेलर और फोर्ड की कोटि में बैठ गए हैं। सेठ राधेश्याम का

समाज के विकास में योगदान स्तुत्य है! सेठ राधेश्याम के अथक परिश्रम और अनोखी सूझ-बूझ के कारण इतना महान आयोजन सम्भव हो सका है।

"और प्यारे भाइयो! हमारे प्रदेश के कृषिमंत्री श्री यादव की सेवाओं को कौन नहीं जानता? वह उतने ही महान हैं जितने सेठ राधेश्याम हैं। उनके निर्देशन में ही इस कृषि-प्रधान प्रदेश के करोड़ों किसान उन्नति के पथ पर बढ़ते जा रहे हैं। नि:स्वार्थ सेवा—सच्ची लगन की प्रतिमूर्ति हैं हमारे कृषिमंत्री यादव जी! तो प्यारे भाइयो! विचार सब लोगों में होते हैं। सेठ राधेश्याम में हैं, यादव जी में हैं, हमारे मंत्रिमंडल के हरेक सदस्य में हैं, हमारे हरेक अधिकारी में हैं। हमारे नगरवासियों में हैं, हमारे कोटि-कोटि ग्रामवासियों में हैं। कहने का मतलब यह है कि हम सब विचारवान प्राणी हैं—और जहाँ विचार होंगे वहाँ उन विचारों में टकराहट भी होगी। विचारों में मतभेद होना एक स्वस्थ समाज का लक्षण है। तो मुझे कृषिमंत्री का आश्वासन बड़ा अच्छा लगा। यह कृषि—अनुसन्धानशाला एक अमरबेल की तरह हमारे इस प्रदेश में स्थापित हो रही है। इस कृषि-अनुसन्धानशाला को हमारी सरकार मरने नहीं देगी—कितना सात्विक संकल्प है हमारे कृषिमंत्री यादव जी का! मुझे उनसे यही आशा थी!

"तो प्यारे भाइयो, सेठ राधेश्याम और उनके उत्तराधिकारी इस कृषि—अनुसन्धानशाला को अपने रक्त तक से सींचने में कृत-संकल्प हैं। बापू के हृदय—परिवर्तन, त्याग और बलिदान का सपना साकार करने के लिए राधेश्याम अवतरित हुए हैं। ऐसी हालत में हमारी सरकार को इस कृषि-अनुसन्धानशाला में हस्तक्षेप करने की आवश्यकता नहीं पड़ेगी—इसका मैं सबको विश्वास दिलाता हूँ। लेकिन प्यारे भाइयो, हमें न भूलना चाहिए कि मनुष्य नश्वर है, समाज अमर है। नश्वर होने के नाते ही हमारे बापू हमारे बीच से चले गए, अमर होने के नाते उनका यह अहिंसक समाज दिन-प्रतिदिन उन्नति कर रहा है। तो मनुष्य नश्वर है, वह निर्वंश हो सकता है, लेकिन समाज और देश नश्वर नहीं हो सकते, निर्वंश नहीं हो सकते। जब तक देश और समाज है तब तक सरकारें रहेंगी, और जब तक सरकारें रहेंगी तब तक कृषिमंत्री और कृषिमंत्रालय रहेंगे। तो कृषिमंत्री ने जो आश्वासन यू.एन. के अधिकारियों को दिया है वह मेरी सरकार का आश्वासन समझा जाए। और मैं सेठ राधेश्याम को भी यह आश्वासन देता हूँ कि अगर कभी

यह हुआ—यानी वह अपने उद्योगों के विश्वव्यापी प्रसार में सार्वभौमिक नागरिक बन गए और इस छोटे-से प्रदेश की कृषि-अनुसन्धानशाला की ओर ध्यान देने का समय उन्हें नहीं मिला तो उनकी एक कांस्य-प्रतिमा इस प्रयोगशाला के उद्यान में स्थापित कर दी जाएगी। इन शब्दों के साथ मैं इस कृषि-अनुसन्धानशाला का उद्घाटन करता हूँ। जै हिन्द!"

और तालियों की गड़गड़ाहट काफी समय तक होती रही!

अगर रामलोचन इस आयोजन में सम्मिलित होता और उसने त्यागमूर्ति जी का यह सारगर्भित भाषण सुना होता, तो शायद वह अपना कदम उठाने के पहले कुछ सोचता-समझता। लेकिन उस समय तो रामलोचन कोतवाली में था और उसके सामने लोहे की चादरों के स्मगलिंग की फाइल थी। ठीक साढ़े दस बजे वह फाइल लेकर उसे सिटी मैजिस्ट्रेट चंगेजी की अदालत में पहुँचना था!

मिस्टर चंगेजी का विश्वास था कि वह चंगेज खाँ के वंशज हैं, तभी तो उनके खानदानवाले पीढ़ी-दर-पीढ़ी से अपने नाम के आगे 'चंगेजी' उपनाम जोड़ते आए हैं। गोरे-चिट्टे, लम्बे-से आदमी, बाल खिचड़ी, हिटलरकट आधी मूँछें, हमेशा सूट में—मिस्टर चंगेजी के व्यक्तित्व से रोब फूटा पड़ता था। सन् 1946 में जब भारत स्वतंत्र नहीं हुआ था वह कांपीटीटिव परीक्षा में पी.सी.एस. में आए थे। स्वतंत्रता-प्राप्ति के बाद जो देश का बँटवारा हुआ उस समय उनके पिता ने पाकिस्तान जाने से इनकार कर दिया था, क्योंकि उनकी शाहजहाँपुर जिले में अच्छी-खासी जमींदारी थी। बरेली शहर में उनके पाँच किता मकान थे जो किराए पर उठे थे। मिस्टर चंगेजी अपने पिता की एकमात्र सन्तान थे और पढ़ने-लिखने में ही नहीं, मिजाज के भी काफी तेज थे। ऊँचे अफसरों से लड़ जाना उनके बाएँ हाथ का खेल था। तो इसी लड़ने-झगड़ने में उनके दिन बीतने लगे। वह लोगों से परेशान थे। और लोग उनसे परेशान थे। उनकी जिन्दगी तबादलों में बीतने लगी। वैसे जमींदारी एबालिशन के समय उनके पिता ने जो तराई में एक हजार एकड़ का फार्म बनवाया था, उसकी देख-रेख करने के लिए नौकरी से इस्तीफा देने के अपने पिता के आग्रह पर उन्होंने ध्यान ही नहीं दिया। फार्म में बन्द हो जाने से लड़ें-झगड़ेंगे किससे? तो कहीं किसी जगह वह साल-डेढ़ साल से अधिक नहीं टिकने पाए। और अपने इन तबादलों से मिस्टर चंगेजी को भी कोई सन्तोष नहीं

था—नई जगहें, नये आदमी, नये ढंग के झगड़े, नये ढंग के पैंतरे—उनकी जिन्दगी अच्छी-खासी कट रही थी।

इधर पाँच साल पहले केन्द्रीय गृहमंत्रालय ने मिस्टर चंगेजी को बावजूद उनके खिलाफ अनगिनती शिकायतों के आई.ए.एस. में चुन लिया। लेकिन सचिवालय में उनसे सब कोई नाराज—लिहाजा वह लखनऊ में सिटी मैजिस्ट्रेट बना दिये गए, क्योंकि बिना किसी के नियंत्रण के कोई जिम्मेदारी का काम उनके हाथ में सौंपना खतरे से खाली नहीं था और यहाँ डिप्टी कमिश्नर ही नहीं, होम सेक्रेटरी, चीफ सेक्रेटरी यहाँ तक कि मिनिस्टरों का नियंत्रण उनके ऊपर चौबीस घंटों का था।

रामलोचन ने आइरन शीट्स की स्मगलिंग के जुर्म का चार्जशीट और गिरफ्तारी के वारंट का फार्म मय अपनी फाइल के मिस्टर चंगेजी के सामने पेश किया। मिस्टर चंगेजी ने फाइल के कुछ पन्ने उलटे-पुलटे, कुछ पढ़े, फिर उन्होंने रामलोचन को गौर से देखा, "यह सेठ राधेश्याम वही शख्स है जो आज भटखेड़ा के फार्म में कोई बड़ा जलसा कर रहा है?"

"यस योर ऑनर!" रामलोचन ने उत्तर दिया।

मिस्टर चंगेजी ने कुछ सोचा, "तुम्हें यकीन है कि यह आदमी क्रिमिनेल है? सरकार पर इसका जोर है!"

"फाइल और चार्जशीट तो आपके सामने है योर ऑनर—ए क्रिमिनेल इज ए क्रिमिनेल। कानून हरेक आदमी के लिए बराबर है।"

मिस्टर चंगेजी रामलोचन के उत्तर से प्रसन्न हुए, "यस, ए क्रिमिनेल इज ए क्रिमिनेल, एंड लॉ इज लॉ!" और उन्होंने वारंट पर अपने दस्तखत करके फाइल पेशकार को पकड़ा दी। इसके बाद यह दूसरे काम-काज देखने में व्यस्त हो गए। उस समय दोपहर के बारह बज रहे थे। वारंट लेकर रामलोचन कोतवाली आया, वहाँ से वह अपनी जीप पर चार कांस्टेबलों को साथ लेकर होटल दुष्यंत की ओर रवाना हो गया।

मिस्टर चंगेजी के पेशकार मुंशी शिवसहाय बड़े गौर से इस सारी कार्यवाही को देख रहे थे। उधर रामलोचन वारंट लेकर अदालत के कमरे से बाहर निकला और इधर मुंशी शिवसहाय को जोर का खाँसी का दौरा आया। मुँह पर रूमाल लगाकर

खाँसी के दौरे को शान्त करने के लिए वह अदालत के कमरे के बाहर निकले, बुद्धू चपरासी से उन्होंने पानी माँगा और बुद्धू के पास आते ही उन्होंने उसके कान में कहा, "जल्दी से साइकिल पर दौड़। सेठ राधेश्याम ने आज अपने होटल में एक बड़ी दावत दे रखी है—यह कोतवाल वहीं सबके सामने उसे गिरफ्तार करेगा। तो उन्हें खबर कर देना कि वारंट निकल गया है—अपने को बचाएँ।" और मुंशी शिवसहाय लौटकर अपनी कुर्सी पर बैठ गए।

रामलोचन को हिम्मतसिंह द्वारा उस उत्सव के कार्यक्रमों का पता चल गया था। कृषि-अनुसन्धानशाला के उद्घाटन के बाद राधेश्याम ने एक बजे दोपहर के समय होटल दुष्यंत में एक बहुत बड़ा लंच दिया था जिसमें लखनऊ के बाहर से आनेवाले पत्रकार, अतिथि तथा राज्य सरकार के विशिष्ट अफसर एवं नगर के प्रमुख नागरिक आमंत्रित थे। उत्तरप्रदेश के मंत्रीगण नहीं आमंत्रित थे, क्योंकि ये सब गांधीवादी परम्परा के थे जबकि लंच में मद्य-मांस दोनों की व्यवस्था थी—विदेशी अतिथियों के कारण। प्राय: दो सौ अतिथि थे इस लंच में। बारह बजे से ही लोगों का आना आरम्भ हो गया था, लंच के पहले लोग आपस में मिल-जुल रहे थे, बियर और जिन के दौर चल रहे थे। राधेश्याम का एक बहुत बड़ा कार्यक्रम सफल हुआ था।

भारतीय स्वतंत्रता के पहले होटल दुष्यंत का नाम होटल डेस्मंड था। कंटोनमेंट और नगर के बीच स्थित इस होटल को देश के स्वतंत्र हो जाने के बाद दुर्दिन देखने पड़े। इसके मालिक मिस्टर डेस्मंड इसे होमी कबाड़ीवाला नाम के एक पारसी सज्जन के हाथ बेचकर विलायत चले गए, और होमी कबाड़ीवाला ने होटल को एक लॉज और बार के रूप में चलाना आरम्भ कर दिया। दो साल पहले होमी कबाड़ीवाला की मृत्यु हो गई और सेठ राधेश्याम ने वह बँगला मय चार एकड़ जमीन के कौड़ियों के मोल पर खरीद लिया। लेकिन लॉज में रहनेवाले किराएदारों ने यह बँगला खाली करने से इनकार कर दिया। मामला अदालत में पहुँचा। वहाँ रेंट-कंट्रोल एक्ट की धारा के हिसाब से राधेश्याम को जीतने की कोई उम्मीद नहीं दिखी।

एकाएक राधेश्याम को एक उपाय सूझा। उन्होंने होटल डेस्मंड का नाम बदलकर होटल दुष्यंत रखा और पीछे की ओर एक दर्जन फ्लैट्स बनाकर लॉज

में रहनेवालों को दे दिये। पुराना बँगला तुड़वाकर उन्होंने एक शानदार होटल बनवा दिया। सेठ राधेश्याम का अनुमान था कि उत्तरप्रदेश की राजधानी होने के नाते लखनऊ नगर का विस्तार होगा और धीरे-धीरे होटल दुष्यंत की गणना देश के श्रेष्ठ होटलों में होने लगेगी।

मिस्टर मैंजीज तथा अन्य अतिथिगण अपने आतिथ्य-सत्कार से बेतहाशा प्रभावित थे। सेठ राधेश्याम लाउंज का चक्कर लगाकर व्यक्तिगत रूप से अपने अतिथियों से मिल-जुल रहे थे। तभी बुद्धूलाल चपरासी ने लाउंज में प्रवेश किया। बुद्धूलाल को देखते ही राधेश्याम का पारा चढ़ गया था, वह बुद्धू के निकल जाने का हुक्म देने ही वाले थे कि तभी कुन्दनलाल को हाथ से खींचता हुआ बुद्धूलाल बाहर चला गया। और दो मिनट में ही कुन्दनलाल बेतरह घबराया हुआ राधेश्याम के पास आया। "जीजाजी! बहुत जरूरी काम है—ज़रा मेरे साथ पीछे आइए।" और पीछेवाले सहन में पहुँचकर उसने राधेश्याम को खबर दी कि शहर कोतवाल कुछ देर पहले सिटी मैजिस्ट्रेट की अदालत से राधेश्याम की गिरफ्तारी का वारंट लेकर चला है—वह यहीं आ रहा होगा।

तेजी के साथ राधेश्याम अपनी कार की ओर बढ़े—दूर उन्हें पुलिस की जीप आती हुई दिखी। कार पर बैठकर राधेश्याम ने कहा, "सब लोगों से कह देना कि मेरी तबीयत खराब हो गई है!" और राधेश्याम ने अपनी कार पीछेवाले फाटक की ओर मोड़ दी।

कुन्दनलाल ने हॉल के अन्दर आकर कहा, "मान्य अतिथिगण! सेठ राधेश्याम की तबीयत एकाएक खराब हो गई है दिल धड़कने का साधारण-सा दौरा था जो उन्हें अकसर हो जाया करता है। आप लोगों के आतिथ्य-सत्कार का भार वह मुझ पर छोड़ गए हैं।"

उधर रामलोचन की जीप होटल दुष्यंत के सामने रुकी।

कुन्दनलाल के साथ-साथ हिम्मतसिंह भी निकल आया था। उसे पता तो किसी बात का था नहीं, लेकिन इस सब पर उसे आश्चर्य अवश्य था। रामलोचन की जीप रुकते ही वह उसके पास आया, "अरे रामलोचन! तुम कैसे?"

"सेठ राधेश्याम से कुछ जरूरी काम है। कहाँ हैं वह?"

"अभी-अभी कार लेकर पीछे के फाटक से कहीं चले गए। बस बीस-तीस

सेकंड पहले। क्यों, क्या बात है?"

"भाग गया!" रामलोचन ने जीप पर बैठे-ही-बैठे झुँझलाहट के स्वर में कहा, "वारंट लाया हूँ उसको गिरफ्तार करने के लिए। कहाँ गया है कुछ जानते हो?"

हिम्मतसिंह की समझ में सारी परिस्थिति आ गई, "वह अदालत का चपरासी आया था—अब समझ में आया! जबरदादा के यहाँ गए होंगे—और जाएँगे कहाँ!" हिम्मतसिंह हँस पड़ा।

रामलोचन ने अपनी जीप तत्काल बाहर की ओर मोड़ दी। पीछे के रास्ते से जबरसिंह के मकान का फासला करीब दो फर्लांग अधिक था। जीप जबरसिंह के बँगले की ओर चल पड़ी पूरी तेजी के साथ।

और राधेश्याम अपने प्राणों की बाजी लगाकर तेजी के साथ कार चला रहा था।

जिस समय रामलोचन की जीप ने बँगले में प्रवेश किया, राधेश्याम अपनी कार से उतरकर बँगले के अन्दर प्रवेश कर रहा था। जबरसिंह के चपरासी ने उसे बतलाया कि जबरसिंह अपने कमरे में राधेश्याम से बैठे बातें कर रहे हैं। रामलोचन ने जीप कोतवाली भेज दी, स्वयं धनवन्तकुँवर से मिलने अन्दर चला गया।

राधेश्याम ने जबरसिंह के पास पहुँचकर बड़े घबराए स्वर में सारी परिस्थिति बतलाई। जबरसिंह का चेहरा एकाएक तमतमा उठा, "उस लौंडे की यह हिम्मत—तुम्हारी गिरफ्तारी का वारंट निकल गया और मुझे पता तक नहीं।" और यह कहकर उन्होंने डिप्टी कमिश्नर को फोन मिलाकर आदेश दिया, "देखो सहाय, आज सिटी मैजिस्ट्रेट की अदालत से सेठ राधेश्याम के खिलाफ वारंट निकला है—आज उसे लेकर सिटी डी.एस.पी. होटल दुष्यंत में राधेश्याम को गिरफ्तार करने गया था—हाँ—हाँ उस लंच के दौरान, वह तो राधेश्याम को वारंट का पता किसी तरह लग गया—मेरे पास बैठे हैं—बाल-बाल बचे! हाँ, पुलिस ने ही मुकदमा फाइल किया होगा—गवर्नमेंट मुकदमा उठा ले और वारंट रद्द कर दिया जाए। सारी पोजीशन मुझे एक घंटे के अन्दर बतलाओ!"

फोन रखकर जबरसिंह ने राधेश्याम से कहा, "तो तुम खाना भी नहीं खा पाए! बड़ा बदमाश निकला यह रामलोचन। मैंने इसे ऐसा नहीं समझा था। मैं कल ही इसके खिलाफ कार्रवाई करता हूँ।"

करुण स्वर में राधेश्याम ने कहा, "उसके खिलाफ तो जब चाहें कीजिए, इस

समय तो मेरे पक्ष में कार्रवाई करनी होगी। शाम के वक्त मिस्टर मैंजीज को ट्रैक्टर फैक्टरी की नींव रखनी है—उस वक्त मेरा वहाँ रहना आवश्यक है। इस वारंट के रहते तो मैं आपके बँगले से नहीं निकल सकता। आखिर यह आदमी इस तरह मेरे पीछे क्यों पड़ा है, मैं तो इससे सिर्फ एकाध बार ही मिला हूँ।"

"मेरी समझ में भी नहीं आता!" जबरसिंह बोले, "वैसे आदमी बड़ा सीधा और ईमानदार समझा था मैंने। इसे अपना ही आदमी मानता रहा हूँ। देखो, उसे यहीं बुलाता हूँ। पूछूँगा कि यह क्या बदतमीजी है।"

जबरसिंह ने कोतवाली फोन मिलाकर आदेश दिया कि रामलोचन के वापस आते ही उसे यहाँ भेज दिया जाए—उन्हें रामलोचन से जरूरी काम है।

जबरसिंह को यह पता न था कि रामलोचन उस समय उनके बँगले में ही अन्दर बैठा है और ठकुराइन धनवन्तकुँवर से कह रहा है, "बुआजी, बस बाल-बाल बच के निकल गया, नहीं तो उसे बन्द ही कर दिया था मैंने! यह वारंट लिए हूँ। दो सौ आदमियों के सामने मैं गिरफ्तार करता उसे—वह अमरीकी, वह दिल्ली के सेक्रेटरी—वह देशभर के बड़े-बड़े पत्रकार! बस मजा आ जाता।"

धनवन्तकुँवर ने वारंट देखा और उनका मुख खिल गया, "वाह बचवा! बहुत किया! अब अगर उसे गिरफ्तार करके हवालात में बन्द कर दो तब बात बने।"

"बात कैसे बने बुआजी—यहाँ फूफाजी के पास आकर दुबक गया है। यहाँ तो मैं गिरफ्तार कर नहीं सकता उसे—होममिनिस्टर होता है राजा!" और रामलोचन कुछ सोचने लगा।

धनवन्तकुँवर बोलीं, "कुछ खाया-पिया है बचवा? हम लोग तो खा-पी चुके हैं। देखें, रसोई में कुछ हो।"

"नहीं बुआजी, फूफाजी को खबर न लगने पाए कि मैं यहाँ आया हूँ। यह साला राधेश्याम यहाँ से तब तक न लौटेगा जब तक इस पर से केस न उठ जाए और वारंट कैंसिल न हो जाए। बस थोड़ी-सी चूक हो गई! मुझे अदालत से जाना चाहिए था उसके होटल!" और रामलोचन उठ खड़ा हुआ, "अच्छा बुआजी, अब मैं जा रहा हूँ। रास्ते में कहीं खाना खा लूँगा। लेकिन अब अगर भगवान ने चाहा तो छूटेगा नहीं!" और बिना धनवन्तकुँवर के उत्तर की प्रतीक्षा किये हुए वह चल दिया।

एक घंटे बाद जबरसिंह के पास डिप्टी कमिश्नर मिस्टर सहाय के यहाँ से फोन आया, "यस सर! सिटी मैजिस्ट्रेट की अदालत से मुकदमा वापस ले लिया गया है और वारंट कैंसिल हो गया है। कैंसिलेशन आर्डर मैंने कोतवाली में भिजवा दिया है।"

फोन का रिसीवर रखकर जबरसिंह ने राधेश्याम से कहा, "अब जाओ राधेश्याम—दो बज चुके हैं, साढ़े चार बजे शिलान्यास है तुम्हारा। इतमीनान के साथ अपना काम पूरा करो—मैं कल ही इस रामलोचन को समझूँगा।"

13

रामलोचन ने इतमीनान के साथ एक होटल में खाना खाया, फिर वहाँ से वह जैकृष्ण के घर पहुँचा।

होटल दुष्यंत के लंच से लौटकर जैकृष्ण लेट गया था और उसे नींद आ रही थी। रामलोचन के उस समय आ जाने से उसे प्रसन्नता तो नहीं हुई, कुछ गिरे हुए स्वर में उसने कहा, "यही वक्त था तुम्हें यहाँ आने का! अच्छी-खासी नींद आ रही थी—बियर की तीन बोतलें पी लीं। और फिर है ट्रैक्टर फैक्टरी के शिलान्यास में साढ़े चार बजे—खैर बैठो।"

रामलोचन बैठ गया, "तो बड़ा शानदार लंच था। कोई खास बात हुई वहाँ?"

"खास बात क्या होती—मिनिस्टर कोई था नहीं जो ऊटपटाँग बकता या लड़ता—झगड़ता। हाँ, सेठ राधेश्याम को जरूर पार्टी के बीच में ही दिल-धड़का हो गया और वह चला गया।"

रामलोचन ने मुस्कराते हुए वारंट अपनी जेब से निकाला, "उसका दिल-धड़का यह रहा मेरे पास! बाल-बाल बच गया।" और रामलोचन ने जैकृष्ण को सारी बात बताई।

जैकृष्ण की खुमारी तत्काल जाती रही, वह उठकर बैठ गया, "यह क्या गजब कर डाला तुमने? अब तुम्हारी खैर नहीं है समझो।"

"वह तो समझे ही हुए हूँ। हम दोनों काफी देर तक होम मिनिस्टर के घर

पर रहे, वह रहा होम मिनिस्टर के पास और मैं बुआजी के पास। तो मैं तो वापस चला आया। मेरा ऐसा ख्याल है उसने मुकदमा वापस करा लिया होगा और वारंट भी कैंसिल करा लिया होगा।" और रामलोचन के होंठों पर एक विद्रूपात्मक हँसी आई, "लेकिन मैं उस वक्त से थाने पर पहुँचा नहीं, और न अभी वहाँ पहुँचने का इरादा है। यह वारंट तो मेरे पास सही-सलामत मौजूद है—इसका कैंसीलेशन आर्डर अभी तक मुझे मिला ही नहीं है।"

जैकृष्ण के माथे पर बल पड़ गए, "तो क्या तुम उसे गिरफ्तार करने पर तुले हुए हो?"

रामलोचन ने गले के बाहर अपना जनेऊ निकाला, "इस जनेऊ की कसम खाई थी मैंने तुम्हारे यहाँ! गोकि उस दिन मैं पिए हुए था। लेकिन मैं ब्राह्मण हूँ असली पंक्तिपावन सरवरिया ब्राह्मण! अगर सपने में भी जनेऊ की कसम खाई होती तो उसे भी मैं पूरी करता।"

जैकृष्ण बोला, "रामलोचन—वह दो-एक दिन तो तुम्हारी गिरफ्त में आएगा नहीं, और कल-परसों तक तुम्हारा बुरिया-बसना यहाँ से उठा समझो!"

रामलोचन मुस्कराया, "मैं भी इस साली पुलिस की नौकरी से आजिज आ गया हूँ—खासतौर से उस लखनऊवाली नौकरी से। अजीब गुलामी करनी पड़ रही है। तो इसकी फिक्र मत करो। अच्छा यह बतलाओ उस शामवाले शिलान्यास-समारोह में तुम जा रहे हो?"

"जाना तो चाहिए था, लेकिन वहाँ न जाने से भी कोई हर्ज नहीं होगा। तुम्हारा मतलब क्या है?"

"मतलब यह है कि अपनी कार निकालो, और कुछ देर के लिए मेरे ड्राइवर बन जाओ। तुम्हें कुछ नहीं करना, करना-धरना तो मुझे है। हाँ, अपना कैमरा साथ लेते चलो। ठीक साढ़े चार बजे चल देना है यहाँ से!"

जैकृष्ण ने रामलोचन का कार्यक्रम जानने का कितना ही प्रयत्न किया, लेकिन रामलोचन ने बार-बार यही कहा, "बस देखते चलो—बड़े-बड़े तमाशे देखे होंगे—एक तमाशा और!"

ठीक साढ़े चार बजे जैकृष्ण की कार पर दोनों रवाना हुए। "ज़रा कोतवाली होते हुए चलना है।" रामलोचन ने कार कोतवाली की तरफ मुड़वा दी। कोतवाली

के फाटक पर कार रुकी और दो कान्स्टेबिल दौड़ते हुए कार के पास आए, एक ने कहा, "हजूर डिप्टी कमिश्नर साहेब के यहाँ से एक परवाना आपके नाम आया है—नायब साहेब से मिल लीजिए।"

"अभी थोड़ी देर में लौटकर आता हूँ। तुम मेरे साथ चलो मंजूर अहमद और गंगासिंह तुम भी मेरे साथ आ जाओ।"

कोतवाल साहेब का हुक्म नहीं टाला जा सकता था, दोनों कार की पीछेवाली सीट पर बैठ गए। रामलोचन ने जैकृष्ण से कहा, "आलमबाग और अमौसी के बीच में जो वह नहर पड़ती है उसके आगे चुंगी की रोक है। वहीं चलो।"

चुंगी की रोक के पास रामलोचन ने अपनी कार रुकवाई, पाँच बजने में पाँच मिनट बाकी थे। मंजूरअहमद और गंगासिंह को रोक के इधर-उधर खड़े रहने का आदेश दिया, स्वयं वह चुंगी के उस आदमी के पास खड़ा हो गया जो डंडा गिराता था। जैकृष्ण अकेला कुछ दूर पर कार में बैठा रहा।

ठीक साढ़े चार बजे ट्रैक्टर फैक्टरी का शिलान्यास करके मिस्टर मैंजीज राधेश्याम और कुन्दनलाल के साथ अमौसी एयरोड्रोम के लिए रवना हो गए। भटखेड़ा से अमौसी एयरोड्रोम तीन मील था। ठीक पाँच बजे मिस्टर मैंजीज का हवाई जहाज रवाना हो गया, और राधेश्याम कुन्दनलाल के साथ शहर की ओर वापस लौटे। जैसे ही राधेश्याम की कार चुंगी की रोक के एक फर्लांग के फासले पर आई, रामलोचन ने रोक का डंडा गिरा दिया। ड्राइवर ने रोक के डंडे के पास कार खड़ी कर दी। तभी रामलोचन ने कार के पास आकर दरवाजा खोला, "सेठ राधेश्याम! तुम्हारे खिलाफ यह वारंट है; तुम गिरफ्तार किये जा रहे हो!"

राधेश्याम का दिल एकाएक काँप उठा, फिर भी उन्होंने साहस किया, "मुकदमा दोपहर के वक्त ही वापस ले लिया गया है, और वारंट कैंसिल हो गया है।"

"इसकी कोई जानकारी मुझे नहीं मिली है। मेरे पास तो यह वारंट है—और मुझे अपनी फर्जअदाई करनी है!" रामलोचन ने उत्तर दिया। दोनों पुलिस के सिपाही अब रामलोचन के पास आ गए थे।

कुन्दनलाल ने कुछ गिड़गिड़ाते हुए कहा, "रामलोचन जी, आखिर आप हम लोगों से क्यों नाराज हैं? मैं आपको विश्वास दिलाता हूँ कि होम मिनिस्टर साहेब ने केस वापस ले लिया है।"

रामलोचन ने कुन्दनलाल को डाँटा, "चुप रहो, नहीं तो सरकारी काम में अड़ंगा लगाने के जुर्म से तुम्हें बन्द कर दूँगा।" और उसने राधेश्याम से कहा, "सीधे-सीधे कार से उतर आओ और हमारे साथ चलो, नहीं तो इन पुलिसमैनों की मदद लेनी पड़ेगी मुझे! इस वक्त भाग नहीं सकते।"

राधेश्याम को स्थिति की गम्भीरता का पता चल गया था, उनका सारा शरीर पसीने से भीग गया था। कार से उतरकर उन्होंने रामलोचन से कहा, "जरा अकेले में तुमसे कुछ बात करना चाहता हूँ—इन पुलिसवालों को कुछ दूर भेज दो।"

रामलोचन मुस्कराया, "अकेले में जो बात करना चाहते हो वह में जानता हूँ, लेकिन सेठ राधेश्याम, दुनिया का हरेक आदमी खरीदा नहीं जा सकता। यह बिना जमानतवाला वारंट है, जमानत ए.डी.एम. या उनसे ऊँचे अफसर ही मंजूर कर सकते हैं। तो आज रात को हवालात में ही आराम करना होगा तुम्हें। वह मेरी कार खड़ी है—उसी में चलना है तुम्हें!"

एक बार राधेश्याम ने साहस किया, "मेरे खिलाफ कोई वारंट नहीं है, तुम मुझे गिरफ्तार नहीं कर सकते।" और वह अपनी कार की ओर बढ़ा।

रामलोचन ने राधेश्याम का हाथ पकड़ लिया, "सीधे चलते हो कि इन पुलिसवालों से हथकड़ी लगवानी होगी? इस कुन्दन को भेजो अपने मिनिस्टर के यहाँ, वही तुम्हें छुड़वा सकेंगे।"

राधेश्याम ने कुन्दनलाल से कहा, "कुन्दन! कार पर सीधे होम मिनिस्टर के यहाँ जाओ।" और किटकिटाते हुए उसने रामलोचन से कहा, "इसका नतीजा भुगतना होगा तुम्हें!"

बैरियर का डंडा उठा दिया गया। कुन्दनलाल ने कार पर बैठकर ड्राइवर से कहा, "तेजी से चलो।"

जैकृष्ण दूर खड़ा तमाशा देख रहा था। दोनों कान्स्टेबिल राधेश्याम के इधर-उधर थे और रामलोचन इन लोगों को लेकर उसकी कार की ओर बढ़ रहा था। जैकृष्ण ने इन लोगों का एक स्नैप ले लिया। इसके बाद वह एक पेड़ के पीछे छिप गया। रामलोचन ने कार के पीछे की सीट पर दोनों पुलिसवालों के साथ उसे बैठाया। जैकृष्ण पेड़ के पीछे से निकलकर कार के पीछे आ गया, धीमी आवाज में उसने कहा, "यार, मुझे क्यों फँसा रहे हो?"

और रामलोचन ने भी धीमी आवाज में उत्तर दिया, "रिक्शा लेकर चारबाग स्टेशन चलो, मैं आधा घंटे में आ रहा हूँ—वहाँ मेरा इन्तजार करना।"

रामलोचन स्टियरिंग ह्वील पर बैठ गया, कार चल पड़ी।

जिस समय कार मुख्य सड़क से जेल के रास्ते की ओर मुड़ी, राधेश्याम बोल उठा, "यह कहाँ जा रहे हो?"

"जेल की तरफ। जेल की हवालात कोतवाली की हवालात से ज्यादा आरामदेह है। जेल में दाखिल कराने के कागज़ात भी मैंने बनवा लिए हैं।"

राधेश्याम ने फिर एक बार प्रयत्न किया, "रामलोचन! तुम चाहते क्या हो?"

"न्याय और अपराधी को दंड! दुनिया में कोई तो ऐसा हो जिसके अन्दर न्याय के प्रति आदर हो जो अपराधी को दंड दे सके!"

और सहसा राधेश्याम तीखे स्वर में बोल उठा, "तुम जो अपराध कर रहे हो उसका दंड तुम्हें भोगना पड़ेगा यह याद रखना।"

रामलोचन ने राधेश्याम की बात का कोई उत्तर नहीं दिया। जेल बन्द होने में पन्द्रह मिनट बाकी थे। पन्द्रह मिनट के अन्दर ही अगर राधेश्याम जेल के अन्दर दाखिल हो गया तो ठीक, नहीं तो कोतवाली की हवालात में ले जाना होगा उसे, और वहाँ मामला बिगड़ जाएगा। उसने कार की रफ्तार तेज कर दी। जिस समय उसने जेल के फाटक पर कार रोकी, जेल बन्द होने में दस मिनट बाकी थे।

डिप्टी जेलर सरदार बंटासिंह ने इन लोगों का स्वागत किया, कागज देखकर उसने राधेश्याम को हवालात के अन्दर भिजवा दिया, फिर हँसकर रामलोचन से बोला, "बड़े तगड़े आसामी को गिरफ्तार किया है मेरे यार! आज रात इतने बड़े मेहमान को रखना पड़ेगा। सुपरिंटेंडेंट साहब गए हैं एक जगह दावत खाने—कहो तो उन्हें फोन कर दूँ कि इतने आला मेहमान के लिए एक थाल परसवा लावें।" और वह जोर से हँस पड़ा।

रामलोचन पुलिस के सिपाहियों को लेकर चारबाग स्टेशन पहुँचा। जैकृष्ण फर्स्टक्लास के पोर्टिको में खड़ा इन लोगों का इन्तजार कर रहा था। रामलोचन ने दोनों कान्स्टेबिलों को कार से उतारा, दोनों को पाँच-पाँच रुपये के नोट देते हुए उसने कहा, "जो कुछ हुआ वह तुम्हीं तक, यानी कि तुम्हें ज़रा भी पता नहीं कि क्या हुआ। जब तक मैं न आ जाऊँ तब तक यह मत बतलाना कि इसकी गिरफ्तारी

में तुम लोग मेरे साथ थे। कोतवाली में अपनी गैरहाजिरी का कोई बहाना बता देना। तो कोतवाली जाकर तुम लोग अपनी ड्यूटी पर लग जाओ। और खबरदार किसी को तुमसे पता न लगने पाए कि राधेश्याम जेल की हवालात में है!"

पुलिसवालों को विदा करके रामलोचन बोला, "बुरी तरह से थक गया हूँ, सुबह से वर्दी कसी है तो अब कहीं जाकर काम पूरा हुआ। लेकिन अभी न घर जाऊँगा, न कोतवाली। तुम्हारे यहाँ चलता हूँ, कुछ पीने को है?"

"चलो, थोड़ी-सी रम पड़ी होगी। तुम पीना तब तक मैं इस महत्त्वपूर्ण गिरफ्तारी की खबर डिस्पैच करता हूँ। कल सुबह के पेपर में ही निकलनी है, यह खबर।"

"और पुलिसवालों के साथ उसकी फोटो?" रामलोचन ने पूछा, "बात तो तब जब उसकी फोटो भी छपे पुलिस की हिरासत में—सनद रहे और वक्त-जरूरत काम आए।"

जैकृष्ण ने कुछ सोचा, "यह फोटो दिल्ली के अखबार में तो कल निकलेगी नहीं, परसों बासी हो जाएगी" और एकाएक वह उछल पड़ा, "और 'मार्निंग स्टार' के शर्मा को बुलाता हूँ, उसमें कल निकल जाएगी। तगड़ा स्कूप मिलेगा उसे—छोड़ो रम अब उससे ह्विस्की की बोतल वसूल करता हूँ।"

रामलोचन को अच्छी तरह मालूम था कि वह जो कुछ कर रहा है उसका परिणाम उसके लिए अच्छा नहीं होगा, लेकिन अब वह परिणाम की चिन्ता छोड़ चुका था। न जाने कितने वर्षों से उसके अन्दर कोई खतरनाक काम करने की इच्छा दबी हुई थी। उसने एक-से-एक डाकू का मुकाबिला किया, अपराधियों से उसे रोज ही साबिका पड़ता था, लेकिन इस सबसे उसे कोई सन्तोष नहीं हुआ। अब मौका मिला था, और वह मन-ही-मन बेहद प्रसन्न था। वह कल्पना कर रहा था उस राधेश्याम की जो जेल की हवालात में दाँत पीस रहा होगा और उससे बदला लेने के मंसूबे बाँध रहा होगा। वह कल्पना कर रहा था उस कुन्दनलाल की जो जबरसिंह के पास पहुँचकर राधेश्याम को छुड़ाने के सभी प्रयत्न कर रहा होगा।

और वास्तव में कुन्दनलाल जबरसिंह के घर पर बैठा हुआ जबरसिंह के लौटने की प्रतीक्षा कर रहा था। जिस समय कुन्दनलाल जबरसिंह के ऑफिस में पहुँचा, उनके पी.ए. ने बतलाया कि जबरसिंह कैबिनेट में चले गए हैं, पता नहीं

कब लौटेंगे। कुन्दनलाल ने एक कागज की चिट पर लिखा कि राधेश्याम को रामलोचन ने गिरफ्तार कर लिया है जबरदस्ती—और उसने यह पर्चा जबरसिंह के चपरासी के हाथ जबरसिंह के पास भिजवा दिया। जबरसिंह ने उस पर्चे पर लिख दिया, "मेरे घर पर बैठो चलकर, मैं जल्दी ही आ रहा हूँ।"

कुन्दनलाल जबरसिंह के बँगले पर जाकर बैठ गया और जबरसिंह की प्रतीक्षा करने लगा, मिनट उसे घंटों की तरह लग रहे थे। और जिस समय जबरसिंह अपने बँगले में पहुँचे, कुन्दनलाल ने घड़ी में देखा—सात बज चुके थे।

कुन्दनलाल ने जबरसिंह को सारी बात बतलाई, और जबरसिंह की भौंहें तन गईं, "इतनी मजाल उस रामलोचन की—वारंट कैंसिल होने के बाद भी उसने राधेश्याम को गिरफ्तार किया—उसे नौकरी से हाथ धोना पड़ेगा।" और जबरसिंह ने एस.एस.पी. मिस्टर चौधरी को फोन मिलाया। मिस्टर चौधरी घर पर ही थे। जबरसिंह ने कहा, "मिस्टर चौधरी, सिटी डी.एस.पी. रामलोचन ने सेठ राधेश्याम को गिरफ्तार कर लिया है गोकि उसका वारंट दोपहर को ही कैंसिल हो गया था—हाँ, यह रांगफुल कनफाइनमेंट का सीरियस केस है। तो तुम कोतवाली चले जाओ, वहाँ रामलोचन को इसी वक्त सस्पेंड कर देना और राधेश्याम को रिलीज करके मेरे यहाँ भिजवा दो। हाँ, खुद ही जाना ठीक होगा, और राधेश्याम से मेरी तरफ से माफी माँगकर उन्हें मेरे यहाँ लेते आना। तकलीफ तो होगी।"

जबरसिंह का आर्डर पाकर मिस्टर चौधरी कोतवाली के लिए रवाना हो गए। लेकिन कोतवाली में उन्हें न रामलोचन मिला और न हवालात में राधेश्याम मिले। नायब ने बतलाया कि उसे कोई खबर नहीं है, कोतवाल साहेब सुबह से वापस ही नहीं लौटे हैं, पुलिस की जीप और पुलिस के सिपाहियों को उन्होंने दोपहर के वक्त ही वापस कर दिया था।

मिस्टर चौधरी वहाँ से जबरसिंह के बँगले पर पहुँचे। उन्हें अकेले देखकर जबरसिंह ने पूछा, "क्या बात है—अकेले कैसे?"

मिस्टर चौधरी ने कहा, "माननीय मंत्री जी—रामलोचन तो सुबह का निकला हुआ वहाँ पहुँचा ही नहीं—जीप मय सिपाहियों के उसने दोपहर को ही भिजवा दी थी। राधेश्याम की गिरफ्तारी की कोई खबर कोतवालीवालों को नहीं है।"

कुन्दनलाल बोल उठा, "मेरे सामने कोतवाल साहेब ने जीजा जी को गिरफ्तार

किया था—पुलिस के दो सिपाही उनके साथ थे। मैंने कुछ कहा तो मुझे भी गिरफ्तार करने की धमकी दी थी।"

"सुन रहे हैं मिस्टर चौधरी—वह अकेला नहीं, दो सिपाहियों के साथ था।"

कोतवाली में तो मिस्टर चौधरी को खबर मिली थी कि कोई सिपाही रामलोचन के साथ नहीं था! उन्होंने कुन्दनलाल से पूछा, "उन सिपाहियों को पहचान सकते हो?"

"नहीं, उस वक्त झुटपुटा था और हम लोग बेतरह घबराए हुए थे। इतना याद है कि एक के दाढ़ी थी, एक बिना दाढ़ी के था—इससे ज्यादा मैं नहीं बतला सकता।"

मिस्टर चौधरी बोले, "यह तो कोई पहचान नहीं हुई। अधिकांश मुसलमान सिपाहियों के दाढ़ियाँ हैं—हिन्दू सिपाही बिना दाढ़ी के हैं।" और मिस्टर चौधरी ने फिर कोतवाली को फोन मिलाया। वहाँ से उन्हें उत्तर मिला कि कोतवाली का कोई भी सिपाही रामलोचन के साथ नहीं गया, सभी वहाँ मौजूद हैं, या ड्यूटी पर गए हैं।"

सब लोग चक्कर में पड़ गए, आखिर रामलोचन राधेश्याम को लेकर गया कहाँ? मिस्टर चौधरी ने फोन से शहर के हरेक थाने में पूछताछ की लेकिन कहीं भी रामलोचन का पता नहीं चल सका। इस सब में साढ़े आठ बज गए। जबरसिंह बोले, "कुछ समझ में नहीं आता। मिस्टर चौधरी, इस रामलोचन का दिमाग तो ठीक है? इसके पागलपन के दौरे की तो कोई शिकायत नहीं मिली है तुम्हें?"

"नो सर! तेज मिजाज तो है लेकिन पागल नहीं है।"

तब तक फोन की घंटी बजी और जबरसिंह ने फोन उठाया। यह फोन गंगादेवी का था—"हाय राम, मिनिस्टर साहेब, अभी-अभी जेल से फोन आया है कि सेठ जी वहाँ हवालात में बन्द हैं। यह अंधेर मिनिस्टर साहेब—आपके होते हुए! आपके राज में किसी की इज्जत-आबरू नहीं बच सकती..."

जबरसिंह ने बीच में ही गंगादेवी की बात काटी, "फोन रख दो—अभी थोड़ी देर में छूटे जाते हैं।" और फोन रखकर उन्होंने मिस्टर चौधरी से कहा, "ओह! हम लोगों को यह खयाल ही नहीं आया। वह बदमाश सेठ जी को जेल की हवालात में बन्द करके गायब हो गया है। सरासर हरमजदगी है उसकी।"

"यस सर!" मिस्टर चौधरी ने स्वीकार किया, "वेरी क्लेवर ऑफ हिम। अब सेठ राधेश्याम को जेल की हवालात से छुड़ाने के लिए डिप्टी कमिश्नर की मदद

लेनी होगी—उनके आर्डर पर ही इस वक्त छूट सकेंगे।"

डिप्टी कमिश्नर मिस्टर सहाय के बँगले पर फोन मिलाया गया, वहाँ से पता चला कि वह अपने मेहमानों के साथ रोसेटी पिक्चर हाउस में पिक्चर देख रहे हैं—साढ़े नौ या दस बजे तक वापस लौटेंगे। जबरसिंह ने कुन्दनलाल से कहा, "कुन्दनलाल! तुम रोसेटी पिक्चर हाउस चले जाओ अपनी कार लेकर—डिप्टी कमिश्नर से कहना कि एक जरूरी काम से मैंने उन्हें इसी समय बुलाया है—अपनी कार पर ही उन्हें लेते आना।" और कुन्दनलाल को भेजकर उन्होंने मिस्टर चौधरी से कहा, "तुम जाकर किसी इंसपेक्टर को यहाँ भिजवा देना—डिप्टी कमिश्नर से रिलीज आर्डर लेकर जेल ले जाने के लिए! और कल सुबह रामलोचन को उसका सस्पेंशन आर्डर मिल जाना चाहिए, आज ही वह तैयार हो जाए!"

मिस्टर चौधरी ने उठते हुए कहा, "यस सर!" और अपनी मुस्कान दबाते हुए वह वहाँ से चल दिये।

करीब साढ़े नौ बजे डिप्टी कमिश्नर को साथ लेकर कुन्दनलाल आया। उसी समय डिप्टी कमिश्नर ने रिहाई का आर्डर तैयार करवाया। तब तक मिस्टर चौधरी ने सर्किल इंसपेक्टर जैपालसिंह को भेज दिया था—उन्हें स्थानापन्न सिटी डी.एस.पी. बनाते हुए; और जैपालसिंह तथा कुन्दनलाल के हाथ यह रिलीज आर्डर जेल के लिए चला करीब साढ़े दस बजे।

राधेश्याम जब जेल से छूटकर घर पहुँचे, साढ़े ग्यारह बज गए थे—पूरे पाँच घंटे उन्हें जेल की हवालात में रहना पड़ा था। एक अजीब हिंसा, क्रोध और घुटन की भावना भरी हुई थी उनके अन्दर, उन्हें रात में अच्छी तरह नींद भी नहीं आई। और दूसरे दिन जब उन्होंने 'मार्निंग स्टार' देखा तो वह पागल-से हो उठे। मुखपृष्ठ पर चार कॉलम की हेडलाइन के साथ उनकी गिरफ्तारी की खबर थी—साथ में पुलिसमैनों की हिरासत में उनका फोटो था। भटखेड़ा फार्म के उद्घाटन और ट्रैक्टर फैक्टरी के शिलान्यास की खबरें भी गिरफ्तारी की खबर के साथ बिना किसी हेडलाइन के छपी थीं। हेडलाइन थी—"देश का प्रमुख उद्योगपति स्मगलिंग के जुर्म में गिरफ्तार!"

यह खबर मुख्यमंत्री ने पढ़ी, सब मिनिस्टरों ने पढ़ी। यू.एन. के प्रतिनिधियों ने पढ़ी, नगर के हरेक निवासी ने पढ़ी, और इसके सबूत के रूप में हरेक आदमी

ने राधेश्याम की फोटो देखी। सारे शहर में तहलका मच गया, राधेश्याम के यहाँ फोन-पर-फोन आने लगे—उनकी गिरफ्तारी का पता लगाने के लिए।

और करीब साढ़े सात बजे 'मार्निंग स्टार' की एक प्रति लिए हुए मंजूर अहमद और गंगासिंह ने रामलोचन को जगाया। रामलोचन करीब एक बजे जैकृष्ण के यहाँ से अपने घर लौटा था—उसे यह खबर लग गई थी कि साढ़े ग्यारह बजे राधेश्याम छूटे हैं। और घर आते ही वह गहरी नींद में सो गया था।

गंगासिंह बोला, "कोतवाल साहब, यह देखिए आज का अखबार! हम लोगों की फोटो भी इस सेठ के साथ छप गई है, जवाब-तलब हुआ है हम दोनों से!"

अखबार हाथ में लेकर आदि से अन्त तक राधेश्याम की गिरफ्तारी की खबर वह पढ़ गया, फिर उसने कहा, "हूँ, खबर तो बड़ी शानदार छपी है, और तुम दोनों के फोटो भी बड़े शानदार आए हैं। लेकिन जवाब किसने तलब किया है?"

"नये कोतवाल साहेब ने—कल रात ही वह आ गए थे—वह जैपालसिंह। हमसे उन्होंने कहा है कि हम आपको एस.एस.पी. के बँगले में जाने को कह दें, उन्होंने आपको तलब किया है। आपके साथ-साथ हमारी भी तलबी हुई है वहाँ।" और मंजूर अहमद का स्वर अब कुछ रुआँसा हो गया, "हजूर! हम लोगों ने आपके हुक्म की तामील की थी—हमें बचा दीजिएगा। कच्ची गृहस्थी है।"

रामलोचन मुस्कराया, "फिक्र मत करो, तुम लोग बचे हुए हो, निपटने के लिए तो मैं हूँ।" और रामलोचन ने तैयार होकर वर्दी पहनी, फिर दोनों सिपाहियों को लेकर एस.एस.पी. के बँगले में पहुँचा।

मिस्टर चौधरी रामलोचन का इन्तजार कर रहे थे। उसके आने पर उन्होंने रामलोचन को डाँटा, "रामलोचन! तुमने कल रात हम लोगों को बहुत परेशान किया, मुझे, होम मिनिस्टर को, डिप्टी कमिश्नर को! हम तुम्हें और राधेश्याम को ढूँढ़ते रहे शहर के तमाम थानों की हवालातों में—करीब साढ़े आठ बजे रात को पता चला कि तुमने राधेश्याम को जेल की हवालात में बन्द किया है।"

रामलोचन ने मिस्टर चौधरी को सैल्यूट किया, "सर, मुझे बड़ा अफसोस है। लेकिन मैंने सेठ राधेश्याम को कोतवाली की हवालात में रखना ठीक नहीं समझा। वहाँ उनके दर्शन करने के लिए शहर-भर की भीड़ इकट्ठी होती।"

"एक्सप्लेनेशन तो निहायत शानदार है, लेकिन कैंसिल्ड वारंट पर तुमने सेठ राधेश्याम को गिरफ्तार किया है, रांगफुल कनफाइनमेंट का केस है। मुझे बड़ा अफसोस है कि तुम सस्पेंड किये जा रहे हो, यह तुम्हारा सस्पेंशन आर्डर है।"

सस्पेंशन आर्डर हाथ में लेकर रामलोचन ने फिर सैल्यूट मारा, "सर! इन दो कांस्टेबिलों का कोई कसूर नहीं है। इन्होंने जो कुछ किया, वह मेरे आर्डर से किया, सारी जिम्मेदारी मुझ पर है।"

मिस्टर चौधरी का स्वर कुछ कोमल हुआ, "मेरे मन में तुम्हारे प्रति आदर और सद्भाव है रामलोचन! केस तुम पर स्टैंड नहीं करता, दो-एक दिन में आई.जी. से मिल लेना।" और उन दोनों पुलिसवालों से उन्होंने कहा, "तुम दोनों जाओ और अपना—अपना काम करो, तुम्हारे खिलाफ कोई चार्ज नहीं है।"

मिस्टर चौधरी के यहाँ से रामलोचन घर लौटा, और उसने देखा कि हिम्मतसिंह बैठा हुआ उसका इन्तजार कर रहा है। रामलोचन को देखते ही हिम्मतसिंह बोल पड़ा, "वाह रामलोचन, बड़े छँटे हुए निकले। यह सब क्या कर डाला तुमने! आज सुबह-सुबह जबर दादा और भौजी में महाभारत छिड़ गया। तो जबर दादा तो परास्त होकर भाग खड़े हुए—मोटर लेकर कहीं दौरे पर चले गए हैं, भौजी ने तुम्हें बुलाया है। क्या बात है? सेठ राधेश्याम अपने कमरे में बन्द बैठे हैं, न किसी से मिलते हैं, न बात करते हैं। टेलीफोन पर टेलीफोन आ रहे हैं, कुन्दनलाल ने रिसीवर उतारकर रख दिया है। सुना है, जबर दादा ने तुम्हें मुअत्तल करा दिया है। तो क्या तुम वाकई मुअत्तल हो गए हो?"

"हाँ, यह मुअत्तली का आर्डर है।" रामलोचन बोला, "मेरी जगह जैपालसिंह आ गए हैं। तो चलो बुआजी से मिल लूँ।" और रामलोचन हिम्मतसिंह के साथ चल दिया।

ठकुराइन धनवन्तकुँवर के सामने 'मार्निंग स्टार' रखा था और वह बेर-बेर पुलिस की हिरासत में सेठ राधेश्याम की तस्वीर देख रही थीं और मुस्करा रही थीं। रामलोचन के आते ही उन्होंने उठकर कहा, "आओ बचवा! जी जुड़ गया। बड़े बहादुर हो, अपनी बुआ की पत रख ली तुमने! बैठो!"

रामलोचन ने बैठते हुए बड़े उत्साह के साथ कहा, "बुआजी, भगवान ने

अवसर दिया है तो ले लिया तुम्हारा बदला। छै घंटे जेल की हवालात में बन्द रहा है, दुनिया उसके नाम पर थूक रही है। सिट्टी-पिट्टी गुम हो गई उसकी।" और तभी शायद रामलोचन को अपने मुअत्तल होने की याद हो आई और उसका उत्साह कुछ हलका पड़ा, "लेकिन बुआजी, इसमें मेरी नौकरी जाती रही। फूफाजी छोड़ेंगे नहीं, हम जानते हैं उन्हें!"

"कोई चिन्ता की बात नहीं है बचवा! भगवान ऊपर है, न्याय की रक्षा उनके हाथ में है। तो बचवा, हम सच कह रही हैं, आज जी जुड़ा गया यह तस्वीर देख के और अखबार पढ़ के। तो आज सुबह-सुबह उनसे ठन गई हमारी। तुम्हें मुअत्तल करवा दिया है उन्होंने—तो हमने कहा कि शर्म नहीं आई, न्याय का गला घोंटते हुए। तुम ठाकुर नहीं हो, चमार हो! तो वह बोले—निकल जाओ घर से—तो हमने तड़ाक से जवाब दिया कि निकालो हमें—हम हैं असली क्षत्राणी, नींव खोद के रख देंगी तुम्हारे खानदान की। बस भागे यहाँ से, कार लेकर कहीं चले गए। तो हमने हिम्मत से बुला भेजा तुम्हें, अपने बचवा का मुँह मीठा करा दें।" और धनवन्तकुँवर ने मिठाई से भरी एक प्लेट रामलोचन के सामने रख दी।

सुबह के दस बजे थे और रामलोचन ने अभी तक नाश्ता नहीं किया था। इन अच्छी-से-अच्छी मिठाइयों को देखकर वह अपने को न रोक सका, उसने मलाई की एक गिलौरी मुँह में रखकर करुण स्वर में कहा, "लेकिन बुआजी, यह कोतवालगीरी गई।"

और धनवन्तकुँवर हँसकर बोलीं, "जी न छोटा करो बचवा, तुम्हें हमने अपने बेटे की तरह मान लिया है, तो किसी दिन तुम राजा बनोगे, यह हमारा आशीर्वाद!"

14

उस दिन रामलोचन की नींद तब खुली जब झंझावात ने उसे झकझोरा। झकझोरे जाने पर उसने अपनी आदत के अनुसार जगानेवाले को झापड़ मारने के लिए हाथ उठाया ही था कि उसने झंझावात को पहचान लिया। हाथ रुक गया, उठते

हुए उसने कहा, "अरे तुम! भगवान को धन्यवाद दो कि मैंने तुम्हें पहचान लिया, वरना..." और उसके मुख पर मुस्कराहट आ गई, "यह अलस्सुबह तुम कहाँ से आ टपके?"

"अलस्सुबह! नौ बज रहे हैं और तुम्हारे लिए अभी अलस्सुबह है। तुम्हारा नौकर एक घंटे से चाय-नाश्ता लगाए बैठा है। मैंने कहा कि जगा दो तो बोला कि आप ही जगा लें।"

रामलोचन जोर से हँस पड़ा, "बड़ा हरामजादा है साला, न जाने कितनों को मेरे हाथ पिटवा चुका है, आज साले ने तुम्हें पिटवाने में कसर नहीं उठा रखी। बात यह है कि अगर मैं जबरदस्ती जगाया जाता हूँ तो जगानेवाले को मार बैठता हूँ।" और उसने नौकर से कहा, "खिलावन, चाय लाओ।"

झंझावात बोला, "रामलोचन जी, मैं परसों रात लखनऊ वापस लौटा तो यहाँ पता चला कि तुमने वाकई सेठ राधेश्याम को जेल में बन्द कर दिया, और अब सस्पेंडेड घूम रहे हो।"

"सस्पेंडेंड क्या, लम्बी छुट्टी मना रहा हूँ इन दिनों सरकार के खर्च पर। एक हफ्ता पहले मैं आई.जी. से मिला था, उन्होंने कहा कि मेरे खिलाफ कोई केस नहीं बन रहा है, तो यहाँ से मेरा तबादला करके प्रमोशन पर भेजना चाहते हैं। लेकिन इसमें कुछ समय लग जाएगा, कहा था कि एक हफ्ते बाद फिर मिल लेना। अफसोस सिर्फ इतना है कि लखनऊ छूट जाएगा।"

"जो कुछ भी हो, काम तुमने शानदार कर डाला। मुझे अफसोस इस बात का रह गया कि मेरी मौजूदगी में यह गिरफ्तारी नहीं हुई।"

"तुम तो रूस से सितम्बर के दूसरे हफ्ते में ही लौटकर आए थे और यह है नवम्बर का पहला हफ्ता। कहाँ रहे इतने दिन?"

छाती फुलाकर झंझावात बोला, "अरे, अब मैं महत्त्वपूर्ण आदमी बन गया हूँ। दिल्ली में मैं दो हफ्ता रहा, दे पार्टियाँ, दे भाषण! और दिल्ली से मेरे चाचा मुझे जबरदस्ती आगरा घसीट ले गए। इन्हीं चचाजान ने तीन साल पहले मुझे घर से निकाल बाहर किया था। और अब वह मुझे साथ लिए हुए मेरा गुण गाते हुए शहर में घूम रहे थे। तो रामलोचन जी तब मुझे पता चला कि मैं एकाएक बहुत बड़ा आदमी बन गया हूँ।"

खिलावन इन दोनों के सामने चाय रख गया था। रामलोचन ने चाय बनाई, फिर बड़े उदास स्वर में बोला, "यार झंझावात, तुम बड़े भाग्यशाली आदमी निकले। मेरी किस्मत में तो इस साली गुलामी में पिसना ही लिखा है।"

झंझावात ने चाय पीते हुए कहा, "माई डियर रामलोचन—निराश मत हो। यह सितारों का खेल है—कोई नहीं जानता। हरेक आदमी का समय आया करता है, कौन जाने कब तुम्हारा, भाग्य चमक उठे।" और फिर कुछ रुककर उसने कहा, "मुझे ही लो। मेरा असली नाम मैकूलाल—बाप का नाम था उजियारीलाल, बाप का पेशा दर्जीगीरी। मेरी शक्ल-सूरत तो देख ही रहे हो। लेकिन मेरे बाप अच्छे कारीगर थे, रियल आर्टिस्ट! तो दुकान अच्छी चलती थी। उन्होंने मुझे बी.ए. तक पढ़ाया। फाइनल में पहुँचा ही था कि वह स्वर्ग सिधार गए और चूँकि मैं भी आर्टिस्ट था तो चचा से मेरी बनी नहीं और उन्होंने मुझे घर से निकाल दिया। लेकिन मुझे था साहित्य का शौक, तो माँ से मैंने तीन सौ रुपये लिए और मैं राजधानी लखनऊ की तरफ रवाना हो गया। और आज मैं इस्कस के इंटरनेशनल फोरम में हिन्दुस्तान की शाखा की कार्यकारिणी में आ गया हूँ।" और एकाएक वह जोर से हँस पड़ा, "थ्री चियर्स फार झंझावात!"

रामलोचन के मन में अब झंझावात के प्रति आदर का भाव जाग उठा। टोस्ट पर बटर लगाकर झंझावात की ओर बढ़ाते हुए उसने पूछा, "तो क्या तुम कम्यूनिस्ट पार्टी के मेम्बर हो गए हो?"

"अरे राम कहो! कम्यूनिस्ट पार्टी का मेम्बर बनने के बाद आदमी की हैसियत दो कौड़ी की हो जाती है। यानी पार्टी की गुलामी, पार्टी का अनुशासन! हुक्म आते हैं उन्हें बजाओ। नहीं माई डियर रामलोचन, झंझावात इतना बड़ा बेवकूफ नहीं है जो कम्यूनिस्ट पार्टी का मेम्बर बनकर गुलामी का तौक पहन ले।"

रामलोचन चुप ही रहा। वह आश्चर्य से झंझावात को देख रहा था। और झंझावात मानो उस दिन अपनी बात कहने के मूड में था, "सच तो यह है कि इधर पिछले दो-तीन महीने मुझे बेतहाशा बातें करनी पड़ी हैं। लोग मेरी बातों से बहुत प्रभावित हुए। लेकिन मेरी वह सब बातें बनावटी थीं। शायद आज की दुनिया ही बनावटी बातों की है। सच बात तुम कह नहीं सकते क्योंकि सत्य हमेशा टकराता है। घुलने-मिलने की चीज तो बनावट है। तो माई डियर रामलोचन

बनावट ही जिन्दगी है, सत्य तो मौत है। अब मुझको ही लो, मेरा सारा लेफ्टिज़्म बनावटी है। सत्य है बी.ए. परीक्षा में न बैठ सकनेवाला मैकूलाल, उजियारीलाल दर्जी का लड़का, आगरा के मशहूर टेलर बनवारीलाल का भतीजा जिसे चचा ने आवारा करार देकर घर से निकाल दिया था। और इस मैकूलाल ने बनावट की शरण ली। यह कवि झंझावात बना, फिर यह उग्र लेफ्टिस्ट बना। यह इस्कस में घुसा, फिर यह रूस गया। दिल्ली और आगरा में इसके स्वागत हुए। तो बनावट—हर तरफ बनावट! और बनावट में जो चीज सबसे सफल होती है वह है धौंस। पार्टी का मेम्बर बनकर गुलाम बन जाना पड़ता है, और गुलामी में धौंस नहीं चलती।"

रामलोचन को लगा कि जो कुछ झंझावात कह रहा है उसमें सत्य है, यद्यपि उस समय को स्वीकार करने की इच्छा उसे नहीं हो रही थी। उसने केवल इतना कहा, "तुम्हारी सफलता पर तुम्हें बधाई झंझावात, और मेरे यहाँ आने पर तुम्हें धन्यवाद। जैकृष्ण को छोड़कर और कोई साला इस मुअत्तल रामलोचन की खोज-खबर तक नहीं लेता। रिइन्स्टेट हो जाने दो तब समझूँगा एक-एक को!"

झंझावात बोला, "माई डियर रामलोचन! तुम दुनिया को गलत मत समझो। असल में तुम्हारे जितने संगी-साथी थे वह अपने स्वार्थ के लिए तुमसे मिलते-जुलते थे। निःस्वार्थ समय गँवाने का समय किसके पास है? तो इस कटुता से काम नहीं चलेगा। हाँ, आज शाम को एक सभा हो रही है उसमें मैं तुम्हें आमंत्रित करने आया हूँ।" यह कहकर उसने अपने पोर्टफोलियो से एक निमंत्रण-पत्र निकालकर रामलोचन के सामने रख दिया।

रामलोचन ने वह निमंत्रण-पत्र पढ़ा। लखनऊ के संयुक्त वामपन्थी मोर्चे की ओर से यह निमंत्रण था, हाथ से बने कीमती कार्ड पर छपा हुआ—समय छै बजे शाम और स्थान डीलक्स रेस्तराँ जहाँ चाय की भी व्यवस्था थी। इस सभा में झंझावात का स्वागत होना था।

आश्चर्य से रामलोचन ने झंझावात को देखा, "कितने आदमी बुलाए गए हैं? इस रेस्तोराँ में एक आदमी की चाय का चार्ज ढाई रुपया पड़ता है।"

झंझावात मुस्कराया, "माई डियर—सौ आदमी बुलाए हैं, इन्तजाम अस्सी आदमियों का किया है—यानी दो सौ रुपये। तो यह सब भी बनावट है। जनवरी

में नये चुनाव हो रहे हैं। तो लेफ्टिस्ट पार्टियों की ओर से मेरे जरिये इस चुनाव का श्रीगणेश समझो। कम्युनिस्टों ने, एस.एस.पी. वालों ने, पी.एस.पी. वालों ने और रिपब्लिकन पार्टीवालों ने चालीस-चालीस रुपये दिये हैं, चालीस रुपये मुझे देने पड़े हैं, क्योंकि मेरे आनर में यह पार्टी दी जा रही है। कार्ड छपवा दिये हैं जैकृष्ण ने क्योंकि मेरे घनिष्ठ मित्र होने के नाते वह इस पार्टी के संयोजक हैं।"

रामलोचन बोल उठा, "तो यह उस साले जैकृष्ण के दिमाग की खुराफात है।"

"ही-ही-ही—उन्होंने ही मुझे भेजा है तुम्हारे पास। बोले कि लेफ्टिज़्म के सबसे बड़े हीरो को तो आना ही चाहिए।"

"मैं लेफ्टिज़्म का हीरो कहाँ से हुआ? यह क्या बकवास है?" रामलोचन बोला।

"बनावट! माई डियर रामलोचन, तुम्हें हीरो बनना ही पड़ेगा, क्योंकि भगवान ने सेठ राधेश्याम को तुम्हारे हाथों गिरफ्तार करा के तुम्हें बना दिया है। उस पार्टी में चलना ही पड़ेगा। तुम्हें डर किस बात का? तुम मुअत्तल तो हो ही, और क्या कोई साला बिगाड़ लेगा तुम्हारा?"

रामलोचन भड़क उठा, "डरना तो रामलोचन पांडे ने जाना ही नहीं झंझावात! मैं आऊँगा, जरूर आऊँगा।"

झंझावात के जाने के बाद रामलोचन ने तैयार होकर कपड़े पहने। उस दिन उसे आई.जी. पुलिस ज्ञानेन्द्रनाथ मिश्र के यहाँ जाना था—ग्यारह बजे का समय दिया था उन्होंने। ठीक ग्यारह बजे वह वहाँ पहुँचा और उसी समय ज्ञानेन्द्रनाथ मिश्र ने उसे बुला लिया। कुछ इधर-उधर की बातें करने के बाद मिश्र जी ने रामलोचन से कहा, "रामलोचन! होम मिनिस्टर तुमसे बेहद नाराज हैं, वह तुम्हें तुम्हारी पुरानी पोस्ट पर डिग्रेड करने पर तुले हुए हैं क्योंकि तुम्हारे खिलाफ कमजोर केस होने के कारण और कोई कार्रवाई नहीं की जा सकती। उन्होंने मुझसे कहा है कि मैं तुम्हें उनके पास भेज दूँ। वैसे मेरा ख्याल है कि नये चुनावों के बाद स्थिति कुछ बदल सकती है, तब तक मैं तुम्हें अनर्ड लीव दे सकता हूँ, लेकिन इस बार शायद वह चीफ मिनिस्टर बनकर लौटें। तो मेरी सलाह यह है कि तुम उनसे मिलकर माफी माँग लो। उन्होंने तुम्हें एपाइंट किया था, तुम उनके निजी आदमी समझे जाते रहे हो, तो उनसे माफी माँगने में तम्हें संकोच नहीं होना चाहिए। गुरुजनों का आदर करना हमारी संस्कृति की परम्परा है।"

रामलोचन ने कुछ सोचकर कहा, "अच्छी बात है सर! आप भी मेरे गुरुजन हैं, आपका आदेश पालन करूँगा।"

ज्ञानेन्द्रनाथ मिश्र ने उठकर रामलोचन से हाथ मिलाया, "बेटे मेरी समस्त शुभकामनाएँ! तुम बहुत ऊँचे उठोगे।"

वहाँ से रामलोचन सीधा जबरसिंह के बँगले पर पहुँचा। जबरसिंह उस समय भोजन करके कमरे में आराम कर रहे थे। उन्होंने रामलोचन को वहीं बुला लिया। रामलोचन ने आदत के अनुसार उन्हें सैल्यूट किया।

बिना उस सैल्यूट को स्वीकार किये लेटे-लेटे ही जबरसिंह ने रूखे स्वर में पूछा, "कहो, कैसे आए?"

"आपसे सविनय क्षमा-याचना करने आया हूँ, मुझसे अपराध हो गया है। क्षमा बड़न को चाहिए, छोटन को अपराध!"

एकाएक जबरसिंह गरज उठे, "मेरा गला घोंटकर मुझसे क्षमा माँगने आए हो—शरम नहीं आती। मैंने तुम्हें पाला-पोसा, आस्तीन पर साँप की तरह, और तुम इतने हरामखोर निकले। हट जाओ मेरी नजर से।"

जबरसिंह की इस नाराजी के लिए रामलोचन पहले से ही तैयार था, उसने हाथ जोड़कर कहा, "आप तो मेरे पूज्य हैं, आपने ही मुझे बनाया है। तो मैं आपका अहित करने की कल्पना ही नहीं कर सकता। मैं नमकहरामी करूँगा तो मुझे नरक मिलेगा।"

"बातें बनाने आए हो, हरामखोर कहीं के!" जबरसिंह ने कहा, "तुमने राधेश्याम को गिरफ्तार नहीं किया—मुझे गिरफ्तार किया है।"

जबरसिंह कुछ इस कदर जोर से बोल रहे थे कि धनवन्तकुँवर जो बगल वाले कमरे में लेटी हुई थीं, वह उठकर जबरसिंह के कमरे के दरवाजे पर देहरी के बाहर खड़ी हो गईं। रामलोचन ने कहा, "आप तो न्याय और अधिकार की साक्षात् मूर्ति हैं। मुझे अगर यह पता होता कि किन कारणों से आप राधेश्याम को बचाना चाहते हैं तो मैं कभी भी यह न करता।"

जबरसिंह दमक उठे, "मैं सब जानता हूँ। इस मेरी हरामजादी घरवाली ने भड़काया है तुम्हें। यह औरत तो तबाही की जड़ होती है। मुझे रत्ती-रत्ती पता है। लेकिन जो तुमने इस चुड़ैल के कहने से मेरा अपमान किया है, बिना उसका

बदला लिए मैं नहीं रहूँगा। समझ रखना—मैं ठाकुर हूँ।"

एकाएक धनवन्तकुँवर ने देहरी पर पैर रख के कहा, "ठाकुर नहीं—चमार हो—चमार! राधेश्याम के गुलाम कहीं के!"

जबरसिंह हड़बड़ाकर उठ बैठे और तभी रामलोचन ने स्थिति की गम्भीरता अनुभव कर ली। उसने बढ़कर धनवन्तकुँवर के पैर छूकर कहा, "आप अन्दर जाइए बुआजी, आपको इस सब झगड़े में पड़ना शोभा नहीं देता। मैं कहता हूँ आप जाइए!"

ठकुराइन धनवन्तकुँवर ने अपनी आँखें पोंछते हुए कहा, "हे राम—किसके साथ बाँध दिया है तुमने हमें!" और अन्दर चली गईं।

मर्माहत-से जबरसिंह फिर लेट गए और उन्होंने अपनी आँखें बन्द कर लीं। दो मिनट तक वह इसी तरह लेटे रहे, फिर उन्होंने कुछ बुझे हुए स्वर में कहा, "रामलोचन! मैं तुम्हें सिर्फ एक शर्त पर क्षमा कर सकता हूँ, वह यह कि तुम राधेश्याम के यहाँ जाकर उनसे माफी माँगो। यह मेरा अन्तिम फैसला है, अब जाओ!" और करवट बदलकर उन्होंने रामलोचन की तरफ अपनी पीठ कर ली।

अधिक बात करना बेकार था, रामलोचन कमरे से बाहर निकला। दरवाजे पर ठकुराइन धनवन्तकुँवर खड़ी थीं, उन्होंने इशारे से रामलोचन को अन्दर बुलाया, "बचवा! तुम राधेश्याम से माफी माँगोगे क्या?"

"अरे नहीं बुआजी—उससे भला रामलोचन माफी माँगेगा? आप निश्चिन्त रहिए!"

धनवन्तकुँवर ने रामलोचन के सिर पर हाथ रखकर आशीर्वाद दिया, "बचवा, भगवान तुम्हें बड़ा बनावे! फूलो-फलो!"

झंझावात के स्वागत में संयुक्त वामपन्थी मोर्चे द्वारा आयोजित मीटिंग में सम्मिलित होने के लिए जिस समय रामलोचन डीलक्स रेस्तोराँ में पहुँचा, छह बजके पाँच मिनट हो गए थे। रेस्तोराँ के सामने झंझावात बड़ी व्यग्रता के साथ टहल रहा था, उसने बढ़कर रामलोचन का स्वागत किया, "देर कर दी आपने रामलोचन जी, छह बजके पाँच मिनट हो गए हैं। सब अतिथि आ गए हैं, केवल आपकी ही प्रतीक्षा है।"

रामलोचन ने आश्चर्य के साथ कहा, "मेरे इन्तजार की क्या आवश्यकता थी? मीटिंग शुरू कर देते!"

झंझावात ने रामलोचन का हाथ पकड़कर कहा, "अन्दर चलिएगा तब मालूम होगा।"

मेजें बिछी हुई थीं दो कतारों में और उन मेजों के सिरे पर सात आदमियों के बैठने की मेज थी—इन कतारों से अलग। इस मेज पर चार आदमी बैठे हुए थे। बीच की तीन कुर्सियाँ खाली थीं। जैकृष्ण मेज के पास खड़ा था। रामलोचन और झंझावात के आते ही जैकृष्ण ने एक खाली कुर्सी के सामने खड़े होते हुए कहा, "साथियो! श्री रामलोचन जी आ गए हैं और अब हमारी कार्रवाई आरम्भ होती है। तो मैं प्रस्ताव करता हूँ कि इस मीटिंग का सभापतित्व रामलोचन जी करें।

लपककर झंझावात ने इस प्रस्ताव का समर्थन किया। और जब तक रामलोचन सम्हले और सोचे-समझे वह जबरदस्ती बीचवाली कुर्सी पर बैठा दिया गया।

उसी मीटिंग में रामलोचन को पता चला कि वह महत्त्वपूर्ण आदमी बन चुका है। उस मीटिंग में बोलनेवाले हरेक आदमी ने झंझावात की प्रशंसा करते हुए रामलोचन के साहस की प्रशंसा की और यह आशा प्रकट की कि रामलोचन ऐसे साहसी और निस्पृह तथा ईमानदार आदमियों के योगदान से ही देश में समाजवाद की स्थापना सम्भव है।

रामलोचन को इस मीटिंग में कोई खास मजा नहीं आया, लेकिन अब वह फँस ही गया था और उसे अपना धर्म निबाहना था। झंझावात ने सुबह के समय जो कहा था कि हमारी सारी जिन्दगी बनावटी है, इस कथन के सत्य को उसने उस समय अनुभव किया। झंझावात ने समाजवादी रूस की जो तारीफें कीं तथा वहाँ के जो रोचक संस्मरण सुनाए वह भी उसे बनावटी ही लगे और उसे स्वयं अपना भाषण भी बनावटी लगा जिसमें उसने त्याग, साहस और चरित्र के गुण गाए थे और जिसमें उसने समाज और देश की सेवा में अपना जीवन अर्पित करने की प्रतिज्ञा की थी। रामलोचन के भाषण का वहाँ पर उपस्थित लोगों पर बहुत गहरा असर पड़ा, उसे यह अनुभव हुआ, और उसे यह भी अनुभव हुआ कि दुनिया में बनावटीपन सफलता की कुंजी है।

कुल मिलाकर बड़ी शानदार पार्टी थी वह, और चाय भी कम शानदार नहीं थी। मीटिंग के बाद लोगों ने रामलोचन को घेर लिया। तरह-तरह के प्रश्न उससे किये गए और उन प्रश्नों के उत्तर वह तड़ातड़ देता गया।

और रामलोचन को उस दिन एक बात और मालूम हुई—तीन महीने बाद आम चुनाव होनेवाले हैं और इन चुनावों की तैयारियाँ होने लगी हैं। सब लोगों के चले जाने के बाद रामलोचन ने जैकृष्ण को डाँटा, "यह क्या तमाशा बना रहे हो तुम मेरा? मेरा राजनीति से कोई वास्ता नहीं है।"

जैकृष्ण ने तत्काल पूछा, "तो क्या तुम रिइंस्टेट हो रहे हो?"

इस प्रश्न से रामलोचन सकपका गया। लड़खड़ाते स्वर में उसने कहा, "नहीं, चक्कर पड़ रहा है कुछ।"

जैकृष्ण हँस पड़ा, "मैं जानता था। यह जबरसिंह, नम्बरी हरामजादा है। नाक रगड़वाएगा तुमसे जब तक यह तुम्हारी ऊँची नाक आधी न रह जाए। अच्छा मेरे साथ घर चलो। रात का खाना मेरे यहाँ ही खाना। यह झंझावात दिल्ली से एक शैम्पेन की बोतल उड़ा लाया है तो आज अपने स्वागत की खुशी में वह बोतल खोलेगा। तुम भी इन दिनों काफी परेशान रहे हो! तो हम-तुम और झंझावात! इसकी लमतरानियाँ सुनेंगे।"

तीनों जैकृष्ण के घर पर पहुँचे। जैकृष्ण तो उस दिन की खबर बनाने और भेजने में व्यस्त हो गया, रामलोचन और झंझावात ड्राइंगरूम में बैठ गए। और तब झंझावात बोला, "माई डियर रामलोचन! मुझे यह पता नहीं था कि तुम इतना सुन्दर व्याख्यान भी दे सकते हो—मैं तो दंग रह गया।"

"व्याख्यान तो क्या, गालियाँ जरूर बेतहाशा दे सकता हूँ। पुलिस की नौकरी में यही तो सीखा है!" रामलोचन मुस्कराया।

"वही तो मैं भी कह रहा हूँ। कोई साला तब तक सफल व्याख्यान नहीं दे सकता जब तक बेतहाशा गालियाँ न दे सके। हमारा जितना लेफ्टिज़्म है वह सब गालियों की बौछार पर पनप रहा है। तुम लेबर लीडर्स के व्याख्यान सुनो, तुम ट्रेड यूनियनिस्टों के व्याख्यान सुनो, तुम कम्युनिस्टों के व्याख्यान सुनो, तुम सोशलिस्टों के व्याख्यान सुनो सब जगह बेतहाशा गालियाँ। मैं गलत तो नहीं कह रहा?"

रामलोचन ने कुछ सोचकर कहा, "यार बात तो तुम ठीक कहते हो। लेकिन यह बताओ कि यह साले राइटिस्ट गाली क्यों नहीं देते?"

"ही-ही-ही—यह राइटिस्ट अपने व्याख्यानों में गाली इसलिए नहीं देते कि यह भरे-पूरे हैं। वैसे गालियाँ दो किस्म की होती हैं, बदमिजाजी की और अभाव

की। बदमिजाजी व्यक्तिगत गुण है और ज्यादातर अमीर किस्म के लोग बदमिजाज मिलेंगे। तो इन लोगों के आश्रितों और मुलाजिमों को ही इनकी चुनी हुई गालियाँ खाने का सौभाग्य प्राप्त होता है। और अभाववाली गाली राजनीतिक रूप धारण करके पब्लिक में आती है।"

जैकृष्ण इस समय तक अपना काम खत्म कर चुका था। उसने इन दोनों के पास आकर रामलोचन से पूछा, "क्यों रामलोचन, यह झंझावात तुम्हें क्या पढ़ा रहा है?"

उत्तर झंझावात ने दिया, "मैं पढ़ा नहीं रहा था, कुछ व्याख्या कर रहा था। वैसे मैं सोच रहा था कि रामलोचन को कामरेड रामलोचन बनकर राजनीति में आ जाना चाहिए। सेठ राधेश्याम ऐसी सोने के अंडे देनेवाली मुर्गी को हवालात में धाँध देनेवाला आदमी सफल पुलिस अधिकारी बन ही नहीं सकता।"

"अरे हाँ रामलोचन! आज तुम्हें आई.जी. से मिलना था न! क्या बात हुई उनसे?"

"यार, आई.जी. कहता है कि मिनिस्टर बहुत नाराज हैं। केस-वेस तो बनता नहीं है मेरे खिलाफ, लेकिन मुझे पुराने ग्रेड पर वापस करने पर तुले हैं। तो उन्होंने मुझे मिनिस्टर से माफी माँगने को कहा, लिहाजा मैंने मिनिस्टर से माफी माँगी। लेकिन जानते हो मिनिस्टर साहब किस हालत में मुझे माफ करेंगे? मैं सेठ राधेश्याम से माफी माँगूं। तो उस साले से तो मैं माफी माँगूगा नहीं, चाहे नौकरी भले ही जाती रहे।"

जैकृष्ण ने शैम्पेन के गिलास निकाले, फ्रिज से बरफ निकाली, फिर उसने शैम्पेन की बोतल खोली, "उस साले राधेश्याम की लानत की तौर से।" और यह कहकर उसने तीनों गिलास भरे।

"उस साले राधेश्याम की लानत के रूप में।" दोनों आदमियों ने यह कहते हुए अपने गिलास उठाए।

जैकृष्ण ने झंझावात से पूछा, "झंझावात! चुनाव आ रहे हैं, तुम भी लड़ जाओ न, कहो तो एस.एस.पी. पार्टीवालों से कहूँ, वह कुछ चुने हुए और छँटे हुए शोहदों की तलाश में हैं।"

झंझावात बड़ी जोर से हँसा, "मैं चुनाव लड़ँईगा और वह भी एस.एस.पी. की तरफ से? मेरी हड्डी-पसली सही-साबित रहने दोगे कि नहीं? गाली तो मैं बेतहाशा

दे सकता हूँ, लेकिन हाथापाई में मैं अधमरा हो जाऊँगा। नहीं बाबा बख्शो! इसके लिए यह रामलोचन ठीक रहेंगे। गाली तगड़ी और धाराप्रवाह दे सकते हैं और मारपीट में तगड़े-से-तगड़े सोशलिस्ट नेता से इक्कीस ही पड़ेंगे।"

जैकृष्ण ने प्रसन्नता के आवेश में कहा, "वाह-वाह क्या बात कह दी है प्यारे! मुँह चूम लेता तुम्हारा अगर तुम इतने खूसट न होते। रामलोचन ठीक रहेंगे—बिलकुल ठीक रहेंगे चुनाव लड़ने के लिए। झंझावात! तुम्हारे मुँह में घी-शक्कर!"

हलका-सा सरूर अनुभव कर रहा था रामलोचन, दिनभर की थकावट दूर हो रही थी, हल्की-सी रंगीनी आँखों के आगे उभर रही थी। उसने जैकृष्ण से पूछा, "तो तुम्हारा मतलब—यानी तुम समझते हो कि मैं चुनाव लड़ूँ?"

झंझावात की आँखों के आगे रंगीनी के साथ-साथ कुछ उल्लास भी तैरने लगा था, उसने कहा, "यही तो मैं शाम से अनुभव कर रहा हूँ, डीलक्स रेस्तोराँ में सभापति की हैसियत से जो भाषण इन्होंने दिया था उसे सुनकर। बड़ी चुनी हुई गालियाँ यह दे सकते हैं—पूरा फिचकुरवाद यह उतार सकते हैं।"

जैकृष्ण चौंका, "यह फिचकुरवाद कौन-सा नया वाद ईजाद हुआ है इस साहित्य में?"

झंझावात मुस्कराया, "ईजाद तो इसकी लेफ्टिज़्म द्वारा हुई है, लेकिन साहित्य में इसने वाद का रूप धारण कर लिया है। यानी इस कदर गालियाँ दो कि मुँह से फिचकुर निकलने लगे! यह फिचकुरवाद असल में सक्रिय राजनीति का भाग है!"

जैकृष्ण ने ताली बजाकर कहा, "लांग लिव फिचकुरवाद! लेकिन झंझावात, इस रामलोचन की गाली देने के साथ हाथ छोड़ने की भी आदत हो गई है!"

तीनों के गिलास खाली हो गए थे। झंझावात ने इस बार तीनों गिलास भरे, "जनाब यह हाथ छोड़ना, यानी धौल-धप्पा, जूता-लात, यह तो आज राजनीति का लेटेस्ट फेज बन रहा है, तो इसी से मैं कतराता हूँ, वरना मैं भी इस दफे चुनाव लड़ जाता। रामलोचन इन सबमें खरे उतरेंगे।"

कुछ देर तक तीनों चुपचाप शैम्पेन का मजा लेते रहे, फिर जैकृष्ण ने रामलोचन से पूछा, "तो रामलोचन! क्या इरादा है तुम्हारा? माँगोगे माफी इस राधेश्याम से?"

"किसी हालत में नहीं, मैं रिजाइन कर दूँगा लेकिन माफी नहीं माँगूँगा।"

"तो फिर कर दो रिज़ाइन और लड़ डालो चुनाव इस जबरसिंह के ही खिलाफ।" जैकृष्ण ने रामलोचन के कन्धे पर हाथ रखकर कहा।

रामलोचन ने कुछ देर तक गौर से जैकृष्ण को देखा, फिर वह बोला, "जबरसिंह के खिलाफ चुनाव लड़ूँ? लेकिन वह तो आगरा से खड़े होंगे। तो आगरा में मुझे कौन जानता है?"

जैकृष्ण बोला, "तुम्हें लोग नहीं जानते लेकिन जबरसिंह को तो लोग अच्छी तरह जानते हैं। और जाने कितने आदमी जबरसिंह के खिलाफ वोट डालने को उत्सुक हैं। लिहाजा उनके खिलाफ जितने भी वोट होंगे वह तुम्हें ही मिलेंगे बशर्ते कि और कोई इन वोटों को बँटानेवाला न खड़ा हो जाए।"

झंझावात बोला, "यह जिम्मेदारी मेरी माई डियर रामलोचन—संयुक्त बामपन्थी मोर्चे के तुम एकमात्र उम्मीदवार होगे। लड़ जाओ निर्दलीय बनकर—सभी बामपन्थी पार्टियों की सपोर्ट मिलेगी। मैं चलूँगा तुम्हारे साथ—मेरे चाचा टेलरमास्टर बनवारीलाल तुम्हें सपोर्ट करेंगे—बस लड़ जाओ।"

रामलोचन ने अपना गिलास खाली करते हुए कहा, "लड़ तो जाऊँ, लेकिन चुनाव में खर्चा पड़ेगा!"

जैकृष्ण बोला, "अरे उसकी चिन्ता मत करो—चन्दे पर तुम्हारा चुनाव लड़ा जाएगा।" और जैकृष्ण ने अपनी जेब से दस रुपये का एक नोट निकाला, फिर वह एक खाली रजिस्टर ढूँढ़ लाया, "लो, तुम्हारे चुनाव का चन्दा आरम्भ! यह रहे मेरे दस रुपये, और मैं बना तुम्हारा खजाँची!"

झंझावात ने अपनी जेबें टटोलीं, एक रुपये का फटा-सा नोट और कुछ रेजगारी। एक रुपये का नोट उसने जैकृष्ण को देते हुए कहा, "यह एक रुपया मेरा चन्दा! ग्यारह रुपये की रकम बड़ी शुभ होती है।"

उसी समय रामलोचन ने अपना इस्तीफा लिखा और जैकृष्ण ने उसे टाइप कर दिया। रात के नौ बजे थे, लेकिन रामलोचन ने उसी समय आई.जी. पुलिस को फोन मिलाया, "सर! मैं रामलोचन बोल रहा हूँ—अगर आप खाली हों तो पाँच मिनट के लिए आ जाऊँ?"

"इस वक्त?" उधर से उत्तर मिला, "अच्छी बात है, चले आओ।"

जैकृष्ण ने रसोइए से कहा, "हम लोग अभी आध घंटे में आते हैं—खाना

लगा रखना।" और तीनों उसकी कार पर आई.जी. के बँगले पर पहुँचे। ज्ञानेन्द्रनाथ ने तीनों को देखकर हँसते हुए कहा, "क्या बात है—यह तीन-तीन आदमी?"

रामलोचन बोला, "सर! आपके कहने के मुताबिक मैंने मिनिस्टर साहेब से माफी माँगी। तो उन्होंने कहा कि मैं राधेश्याम से माफी माँगूँ! भला मैं उस क्रिमिनल से माफी माँगूँ?"

"बड़ी गलत बात कही—खैर छोड़ो भी, मैं सोचूँगा क्या किया जाए।"

"सर, आपने मेरे ऊपर अभी तक बड़ी कृपा की है, अब आप कष्ट न कीजिए। तो हम लोगों ने तै किया है कि मैं मिनिस्टर के खिलाफ ही चुनाव लड़ डालूँ। यह जैकृष्ण हैं और यह कवि झंझावात है—इन्हें तो आप जानते ही होंगे? यह मेरा इस्तीफा है!"

"हाँ, जानता हूँ। लेकिन चुनाव लड़ने के लिए रुपये कहाँ से लाओगे?"

जैकृष्ण ने रजिस्टर निकाला, "चन्दे से लड़ेंगे! आज से ही काम आरम्भ हो चुका है—दस रुपये मैंने दिये हैं, एक रुपया झंझावात ने दिया है!"

मिश्र जी की आँखें चमक उठीं, अन्दर जाकर वह सौ रुपये का नोट निकाल लाए, "तो यह सौ रुपये मेरे लिख लो—एनानिमस—समझे! मेरा नाम मत लिखना!" और रामलोचन का इस्तीफा उन्होंने अपने पास रख लिया।

15

रामलोचन को लेकर जिस समय झंझावात अपने चाचा टेलरमास्टर बनवारीलाल के साथ चौधरी हरभजन के यहाँ पहुँचा, चौधरी हरभजन अपने खेतों का चक्कर लगाकर घर लौटे थे और हुक्का पी रहे थे। चौधरी हरभजन की अवस्था प्राय: पैंसठ साल की थी और आगरा जिले के जाटों में वह सबसे अधिक सम्मानित व्यक्ति समझे जाते थे। तगड़े-से आदमी, घने सन की तरह सफेद गलमुच्छे, चेहरे पर रोब! इन लोगों के पहुँचते ही वह अन्दर से तीन-चार मोढ़े निकाल लाए, फिर बनवारीलाल से उन्होंने कहा, "कहो मास्टर बनवारीलाल, आज सबेरे-सबेरे शहर से कैसे?"

बनवारीलाल ने झंझावात की ओर इशारा करते हुए कहा, "चौधरी साहेब, इस मेरे भतीजे मैकूलाल को तो आप जानते ही होंगे, अब इसने अपना नाम झंझावात रख लिया है और कवि बन गया है।"

"मारो साले के दस पनही, बाप-दादों का दिया नाम बदल दिया है इसने, कपूत कहीं का। इसी को तुमने घर से निकाल दिया था न, जो तुम्हारी भौजी रोई थीं हमारे पास आकर—लेकिन तुमने ठीक ही किया था!" चौधरी हरभजन ने हुक्के का एक कश लिया, "यह साले जितने अवि-कवि होते हैं यह सब साले उचक्के बन जाते हैं। तो क्या फँस गया है किसी जुर्म में? हमारे मंत्री जबरसिंह को तो कांग्रेस के चुनाव-बोर्डों से ही फुरसत नहीं मिलती, लेकिन चले चलेंगे लखनऊ! अब घर पर आए हो उसे साथ लेकर तो इसे बचाना ही होगा।"

रामलोचन ने बड़ी मुश्किल से अपनी हँसी दबाई। बनवारीलाल बोला, "नहीं चौधरी साहेब, हम आपके पास इसलिए नहीं आए हैं। यह मैकू तो झंझावात बनकर बड़ा नेता बन गया है। रूस घूम आया है, दिल्ली में इसने न जाने कितने लेक्चर दे डाले, अखबारों में इसकी तस्वीरें निकली हैं।"

चौधरी हरभजन ने इस बार झंझावात को ध्यान से देखा और उनका स्वर एकाएक बदल गया, "अरे इसकी तसवीर तो अपने 'आगरा गजट' में छपी थी कुछ दिन पहले—यही तो है! तो मैंने सोचा कि इस लौंडे को पहचानता हूँ, कहाँ देखा, याद नहीं आ रहा था।" और उन्होंने मोढ़े की ओर इशारा करते हुए कहा, "बैठो न चिरंजीव! बड़े आदमी बन गए हो तो चौधरी हरभजन को धन्य करने चले आए हो। अरे सुखवीर—ले तो आ एक-एक गिलास ताजा दूध! भैंसें दुह गई होंगी। साथ में बूरा भी लेते आना।"

सुखवीर हरभजन का भतीजा था और पैर फैलाए लेटा था। वह उठा। हरभजन से कुछ निकलता हुआ कद, गठा बदन। हँसमुख चेहरे पर एक ताजगी। उसने कहा, "अरे कक्कू! एक-एक गिलास भैंस का ताजा दूध पीकर यह टेलरमास्टर और झंझावात—दोनों पोंकने लगेंगे। हाँ, इनके साथी भले ही हजम कर जाएँ।"

झंझावात बोला, "नहीं चौधरी साहेब—हम लोग चाय-नाश्ता करके आगरा से चले हैं। हम अपने साथी पंडित रामलोचन पांडे को आपसे मिलाने लाए हैं।

लखनऊ में शहर कोतवाल थे, लेकिन इन्होंने इस्तीफा दे दिया है!"

चौधरी हरभजन अब रामलोचन की ओर मुखातिब हुए, "कैसा गबरू जवान है। ऐसे ही आदमी को शहर कोतवाल होना चाहिए था। तो इन्होंने इस्तीफा दे दिया है और वह भी लखनऊ ऐसे शहर की कोतवालगीरी से!" और चौधरी हरभजन ने अपना सिर हिलाया, "तो तुम इन्हें आगरा ले गए हो, अच्छा किया। लेकिन पागलखानेवाला वह अपना बंसीलाल डागदर—सुसरे की बदली हो गई है। और किसी को हम जानते नहीं। चौधरी पलटूराम जरूर म्यूनिसिपेलिटी के मिंबर हो गए हैं, तो उनके यहाँ हम इन्हें लिए चलते हैं, वह कह देंगे तो ठीक तरह से इनका इलाज हो जाएगा।"

झंझावात अपनी हँसी नहीं दबा सका, उसने कहा, "नहीं चौधरी साहेब—यह पागल नहीं हैं, सिर्फ सरकार से झगड़ गए थे यह। इन्होंने सेठ राधेश्याम को हवालात में बन्द कर दिया था।"

चौधरी हरभजन एकाएक उछलकर खड़े हो गए, "अरे ये वही रामलोचन पांडे हैं जिन्होंने सेठ राधेश्याम को बन्द कर दिया था। अखबार भर गए थे उस खबर से! क्या बताएँ सुसरी याददाश्त को! उमर भी तो अब सत्तर की तरफ बढ़ रही है। अरे सुखवीर, ले आ वह मथुरा के पेड़े! पंडित जी का मुँह तो मीठा करवाऊँगा ही! इस दफा इनकार नहीं कर सकते। बड़े जीवट के आदमी हो पंडित! वह साला राधेश्याम अपने जबरसिंह की नाक का बाल है—तो उसे बन्द कर दिया!" और चौधरी हरभजन काफी देर तक हँसते रहे। इसकी बीच सुखवीर अन्दर से एक छोटी-सी थाली में करीब आधा सेर पेड़े ले आया।

रामलोचन इनकार ही करता रहा लेकिन चौधरी साहेब ने उसे पाव-भर पेड़े खिलाकर ही दम लिया। और सुखवीर ने एक अधसेरा गिलास भैंस के दूध का रामलोचन को जबरदस्ती पिला दिया।

चौधरी हरभजन ने अब परम आत्मीय भाव से पूछा, "तो पंडित जी, क्या सेवा करें हम आपकी?"

झंझावात बोला, "बात यह है चौधरी साहेब कि यह रामलोचन पांडे ठाकुर जबरसिंह के खिलाफ चुनाव में खड़े हो रहे हैं इस दफे यहाँ से। तो आपके पास आए हैं कि आप इनकी मदद करें। जबरसिंह ने इन्हें मुअत्तल कर दिया था उस

हमराजादे सेठ का पक्ष लेकर। तो इन्होंने इस्तीफा दे दिया। यह तै करके कि अब की जबरसिंह से ही निपटा जाए।"

चौधरी हरभजन का मुँह एकाएक उतर गया, कुछ चुप रहकर उन्होंने कहा, "अरे पंडित जी, कहाँ फँस रहे हो तुम! जबरसिंह की सींक खड़ी है इस इलाके में, तो उनके खिलाफ कोई जीत नहीं सकता। हम तुम्हारे साथ लखनऊ चलते हैं। हम जबर को लानत-मलामत करेंगे, तुम्हें कप्तानी दिला देंगे। लेकिन जबरसिंह के खिलाफ खड़े होने में हम तुम्हारा साथ नहीं देंगे। क्यों पत्थर से टकरा रहे हो?"

रामलोचन ने अब कहा, "चौधरी साहेब! पत्थर को इस्पात काटता है, तो समझ लीजिए कि मैं इस्पात हूँ। मैं आपसे न्याय का समर्थन चाहता हूँ।"

चौधरी हरभजन का चेहरा तमतमा उठा, "देखो पांडे जी, घर आए हो, नहीं तो हम तुम्हारा इस्पातीपन देख लेते। जबरसिंह ऐसा-वैसा पत्थर नहीं, हीरा है—हीरा! जानते हो हीरा वज्र होता है। हम चौधरी हरभजन बीस साल से जबरसिंह की पैरोकारी कर रहे हैं, तो हमसे तुम कोई उम्मीद मत रखो। वैसे तुम्हारे लिए हमारे मन में बड़ा आदर है, तुम जीवट के आदमी हो। लेकिन जबरसिंह के मुकाबिले तुम नहीं जीत सकते।"

तब तक सुखवीर ने बढ़कर कहा, "कक्कू! अब तुम बुढ़ा गए हो! शैतान का साथ छोड़कर भगवान का भजन करो। पांडे जी, हम सुखवीर आपके साथ हैं, कक्कू का कहा-सुना माफ करो!"

चौधरी हरभजन अगर किसी से दबते थे तो सुखवीर से। सुखवीर के पिता शिवभजन की मृत्यु के बाद हरभजन ने उसे अपने पुत्र रनधीर की ही भाँति पाला था। रनधीर फौज में चला गया और कश्मीर की लड़ाई में मारा गया तो उनका सगा भतीजा सुखवीर ही उनके वंश का चिराग़ था। सुखवीर भी काफी उद्धत स्वभाव का था। उन्होंने झुँझलाकर सुखवीर को गाली देते हुए कहा, "जा, जैसा तेरे मन में आवे कर। लेकिन मैं तो जबरसिंह का साथ दूँगा। बीस साल से पैरोकार रहा हूँ!" और यह कहकर वह हुक्का गुड़गुड़ाने लगे।

सुखवीर कपड़े-वपड़े पहनकर रामलोचन के साथ हो लिया।

चार दिन बाद चौधरी हरभजन ने उड़ती-उड़ती यह खबर सुनी कि इलाके

के जितने जाट, अहीर और गूजर हैं उनका नवयुवक वर्ग जबरसिंह के खिलाफ रामलोचन की पैरवी में लग गया है।

दिसम्बर का अन्तिम सप्ताह समाप्त हो रहा था। तो उस दिन चौधरी हरभजन ने अपनी घरवाली से पूछा, "सुखवीर कहाँ है?"

"सुबह निकल गया है। कह गया है शाम को लौटेगा।"

"मैं आज रात की गाड़ी से लखनऊ जा रहा हूँ। सुखवीर को न बताना, कह देना मथुरा गए हैं—दो-चार दिन बाद लौटेंगे।" और चौधरी हरभजन रात की गाड़ी से लखनऊ के लिए रवाना हो गए।

जिस समय चौधरी हरभजन के रिक्शा ने जबरसिंह के बँगले में प्रवेश किया, जबरसिंह कांग्रेस पार्लमेंटरी बोर्ड की मीटिंग में जाने के लिए कार पर बैठ रहे थे। उस दिन कांग्रेस टिकट माँगनेवालों की सूची पर अन्तिम निर्णय होनेवाला था और शाम के समय ही कांग्रेस के प्रत्याशियों के नाम की घोषणा होनेवाली थी। जबरसिंह ने चौधरी हरभजन से कहा, "अरे चौधरी हरभजन! अभी आ रहे हो क्या? मैं तो पार्लमेंटरी बोर्ड की मीटिंग में जा रहा हूँ, दिन-भर लग जाएगा वहाँ। दोपहर को भी शायद आना न हो! तो असबाब रखके नहाओ-धोओ, घर में खबर करा दो। रात में बात होगी।" और जबरसिंह कार पर बैठने लगे।

हरभजन ने जबरसिंह का हाथ पकड़कर घसीटा, "अरे जबर! तेरे ही घर में आग लग रही है तो तुझे बताने आया हूँ। दस-बीस मिनट बाद चले जाना, पहले मेरी बात सुन ले।" और कमरे में जबरसिंह को ले जाकर चौधरी हरभजन ने उन्हें उनके चुनाव क्षेत्र में क्या-क्या हो रहा है, विस्तार के साथ बताया।

जबरसिंह के मत्थे पर बल पड़ गए, उन्होंने उसी समय आई.जी. पुलिस को फोन मिलाया, "मिश्र जी! मैं तो रामलोचन की बाबत भूल ही गया था। क्या हुआ उसके केस में?"

"एक महीना हुआ उसने इस्तीफा दे दिया है! और उसका इस्तीफा मंजूर हो गया है सर!"

जबरसिंह ने झल्लाकर पूछा, "तुमने मुझे क्यों नहीं बताया?"

"मैंने उसका इस्तीफा होम डिपार्टमेंट में भेज दिया था औपचारिक रूप से। तबसे आपसे बात करने का कोई मौका ही नहीं आया।"

जबरसिंह ने रिसीवर रख दिया, फिर उन्होंने राधेश्याम को फोन मिलाया, "राधेश्याम! वह रामलोचन नौकरी से अलग हो गया है, लेकिन अब वह मेरे ही खिलाफ उठ खड़ा हुआ है। वह मेरे खिलाफ चुनाव में खड़ा हो रहा है और मेरी कान्स्टीटुएंसी में आजकल अपनी कैनवेसिंग करता घूम रहा है। मुझे अभी-अभी यह खबर मिली है। तो रात को नौ बजे तुम मुझसे मिल लेना।" और रिसीवर रखकर उन्होंने हरभजन से दाँत पीसकर कहा, "वह मुझसे ही टकराने चला है—हरामजादा कहीं का! तबाह करके रख दूँगा उसे! अच्छा अब मैं चलूँ रात में बात होगी।"

दोपहर के समय ठकुराइन धनवन्तकुँवर ने चौधरी हरभजन को अन्दर बुलाकर भोजन कराया, और चौधरी हरभजन ने भोजन करते हुए रामलोचन को सैकड़ों गालियाँ देकर उन्हें आगरा की सारी परिस्थिति बतलाई। फिर उन्होंने धनवन्तकुँवर को आश्वासन दिया, "चिन्ता न करो बेटी—सब कुछ ठीक हो जाएगा। सिर्फ सावधान रहना पड़ेगा।"

"हाँ, सब कुछ ठीक हो जाएगा चौधरी! भगवान तो ऊपर है।" धनवन्तकुँवर ने आसमान की ओर देखते हुए चौधरी के शब्द दुहराए।

चौधरी हरभजन हँसे, "बिटिया, भगवान की जरूरत नहीं पड़ेगी, रुपये की मार सबसे जबरदस्त होती है। सुना है इस रामलोचन के पास रुपिया-वुपिया कुछ नहीं है—सुसरा चुनाव की कैनवेसिंग भी करे है और चन्दा भी उगाहे है। तो लोग रुपया लेके वोट देते हैं, रुपया देके वोट देनेवाला कोई माई का लाल नहीं दिखा। तो वह पंडित हारेगा, लाख में हारेगा।"

"जीतेगा—लाख में जीतेगा!" ठकुराइन धनवन्तकुँवर के होंठों पर यह शब्द आते-आते रुक गए।

चौधरी हरभजन भोजन करके चले गए और धनवन्तकुँवर के मन में उथल-पुथल मच गई। तो रामलोचन ने माफी नहीं माँगी, इस्तीफा देकर वह जबरसिंह के खिलाफ चुनाव लड़ने के लिए आगरा चला गया। उनका हृदय गर्व से फूल गया। उन्होंने उसी समय पूजा-गृह में जाकर भगवान से प्रार्थना की कि रामलोचन उस चुनाव में जीत जाए, और तब जाकर उन्होंने भोजन किया।

रात के समय राधेश्याम आए। कांग्रेस पार्लामेंटरी बोर्ड ने प्रत्याशियों की लिस्ट प्रकाशित कर दी थी—पाँच दिन बाद नॉमीनेशन फाइल करने की अन्तिम

तिथि थी। जबरसिंह घर लौटते ही राधेश्याम और हरभजन के साथ बैठ गए। सब बातें सुनकर राधेश्याम ने कहा, "रुपिए की चिन्ता मत करो चौधरी—लाख, दो लाख जितना भी खर्च होगा वह मैं दूँगा। कल सुबह पच्चीस हजार रुपया भेज दूँगा कुन्दनलाल के हाथ। जबरसिंह जी, आप कल ही आगरा के लिए रवाना हो जाइए! यह रामलोचन पूरा शैतान है—मुझे उससे बड़ा डर लगता है!"

अपने चुनाव-क्षेत्र में पहुँचकर जबरसिंह को स्थिति की गम्भीरता का पता चला। रामलोचन अनायास ही हीरो बन जाएगा और उन्हीं से टक्कर लेगा, इसकी उन्होंने कभी कल्पना नहीं की थी। लेकिन जबरसिंह जानते थे कि रुपये में बड़ी ताकत होती है, समस्त भावना का स्वामी होता है यह रुपया! उनको पता चल गया था कि रामलोचन के पास रुपया नहीं है, यह अनुभवहीन रामलोचन केवल जनता की भावना के बल पर हीरो नहीं बन पाएगा।

जबरसिंह का अनुमान गलत नहीं था! रामलोचन के लिए झंझावात और जैकृष्ण मिलकर कुल पाँच हजार रुपयों का चन्दा वसूल कर पाए थे। और यह चन्दा भी अधिकांश में रामलोचन के पुलिस अधिकारीवर्ग के मित्रों से ही मिला था। रामलोचन भी अपनी मोटर साइकिल बेचकर तथा घरवालों से अनुनय-विनय करके कुल पाँच हजार रुपये ला पाया था।

चुनाव के दस दिन पहले जब रामलोचन और जैकृष्ण ने बैठकर हिसाब लगाया तो पता चला कि उनके पास अब कुल ढाई हजार रुपये बाकी हैं। उसके कार्यकर्ता उसे छोड़-छोड़कर जाने लगे हैं। उसके चुनाव का सारा भार जैकृष्ण ने ले रखा था। शाम के समय उसने रामलोचन से कहा, "यार रामलोचन! मामला बनकर बिगड़ता नजर आता है! मैंने हिसाब लगाया है अभी आठ-दस हजार रुपया और चाहिए।"

रामलोचन चौंक उठा, "आठ-दस हजार! यहाँ तो कुल ढाई हजार रुपये हैं। अब क्या होगा?"

जैकृष्ण ने सिर खुजाते हुए कहा, "यार क्या बताऊँ, डेली मेलवालों से पाँच हजार का लोन माँगा था तो बोले कि अपनी मोटर कार पर वाले लोन में चार इन्स्टालमेंट पीछे हूँ, नया लोन नहीं मिल सकता। और यह साली कार भी रेहन है उन लोगों के पास, बिक नहीं सकती।"

रामलोचन के पैरों के नीचे से जमीन खिसक रही थी, उसने बुझे हुए स्वर में पूछा, "किसी तरह ढाई-तीन हजार में काम नहीं चल सकता?"

"किसी तरह नहीं! सत्तर पोलिंग बूथ हैं, एक-एक पर करीब सौ रुपयों का खर्च है। तो सात हजार तो यह हुए। फिर वर्कर्स की तनख्वाहें देनी हैं, कुछ पुराना भी चढ़ा है!"

दोनों चुपचाप सोचने लगे। इतने में सुखवीर जग्गू पासी के साथ आया, "पंडित जी—इन पासियों और चमारों के वोट भी तै कर लिए हैं—यह जग्गू है—आठ सौ वोट तो अकेले इसके पास हैं। यह सब हम लोगों को मिल जाएँगे। सिर्फ पचास रुपये का खर्च है कच्ची भट्ठी लगाने के लिए शराब की। दरोगा जमील अहमद रामलोचन साहेब के मातहत रहे हैं तो उन्होंने इजाजत दे दी है।"

रामलोचन ने तैश में आकर कहा, "यह नहीं होगा—किसी हालत में नहीं होगा।"

जैकृष्ण ने सुखवीर से कहा, "इनका मिजाज बिगड़ा हुआ है, कल दोपहर को आना, सब इन्तजाम हो जाएगा।"

इन दोनों के जाने के बाद रामलोचन बोला, "जैकृष्ण! मैं इस एलेक्शन से बाज आया। मेरे पास जो ढाई हजार रुपये हैं, वह इस सुखवीर को देकर मैं तो चला। पुराना लेना-देना सँभाले, आगे मेरे बस का नहीं।"

"अरे यार आज तो आराम से सोओ, कल सोचेंगे कि क्या किया जाए। नहीं उपाय सूझा तो चलते बनेंगे हम लोग, कोई जबरदस्ती तो एलेक्शन लड़वा नहीं सकता हम लोगों से।" यह कहकर जैकृष्ण ने अन्दर से कमरे का दरवाजा बन्द करके अलमारी से रम का अद्धा निकाला। शीशे के दो गिलासों में एक-एक पेग डालते हुए उसने कहा, "आज रात कितनी सर्दी है। तो मैं लेता आया था यह रम! बस राम जी को याद करो, वही पार लगाएँगे। और पीकर सो जाओ।"

रामलोचन ने उदास भाव से गिलास उठाया, "हे राम जी, अब तुम्हारा ही सहारा है।"

और वास्तव में राम जी का सहारा मिल चुका था रामलोचन को!

चार दिन पहले गंगादेवी ने हिम्मतसिंह को बुलाकर कहा था, "हिम्मत! साहेब के पास कल रात बम्बई से ट्रंककाल आया था, तो वह आज सुबह बम्बई चले गए हैं। मुझे पचास हजार रुपये दे गए हैं कि तुम्हारे हाथ मिनिस्टर साहेब के पास

आगरा भिजवा दूँ।" और फिर मुस्कराते हुए वह बोली, "अपनी भौजी को यह बता देना। उन्हें पता तो चल जाए कि मंत्री जी का चुनाव हमीं लोग लड़वा रहे हैं।"

गंगादेवी की इस व्यंगात्मक मुस्कान से हिम्मतसिंह के शरीर में आग लग गई, लेकिन अपनी भावना दबाने का अब उसे अच्छा-खासा अभ्यास हो गया। उसने शान्त भाव से पूछा, "कब जाना है आगरा?"

"आज रात को! सुना है बड़ा कड़ा मुकाबिला है। सिर्फ रुपया ही बचा सकता है मिनिस्टर साहेब को!"

सौ-सौ रुपयों के नोटों की गड्डियों से भरी एक छोटी-सी एटेची गंगादेवी ने हिम्मतसिंह के सामने रख दी और वह ऐंठती हुई हिम्मतसिंह के सामने से चली गई। हिम्मतसिंह के मन में आया कि वह एटेचीकेस उठाकर सेठानी के सिर पर पटक दे, लेकिन सोचने और करने में फर्क हुआ करता है। एटेचीकेस उठाकर वह कार पर बैठ गया और सीधे अपने घर आया।

ठकुराइन धनवन्तकुँवर ने हिम्मतसिंह का उतरा हुआ चेहरा देखा, "क्यों हिम्मत लाला, बहुत उदास हो। क्या बात है?"

"क्या बताएँ भौजी, आज रात आगरा जाना है। सेठानी ने जबर दादा के चुनाव के खर्च के लिए पचास हजार रुपये दिये हैं, वह ले जाना है।"

"अरे हाँ, हिम्मत लाला! रामलोचन बचवा इनके खिलाफ चुनाव लड़ रहा है। कौन जीतेगा?"

"जीतेंगे तो जबर दादा! पानी की तरह रुपया खर्च हो रहा है उनकी तरफ से। रामलोचन के पास भला रुपया कहाँ से आया! वैसे सुना है कि जोर रामलोचन का बहुत है, लेकिन जब पास में पैसा न हो तो न पैरोकार न साथी। तो चिन्ता न करो, जीतेंगे जबर दादा। लेकिन यह हरामजादे सेठ-सेठानी! समझ में नहीं आता!" और हिम्मतसिंह आगरा जाने की तैयारी करने के लिए अपने कमरे में चला गया।

धनवन्तकुँवर चुपचाप बैठ गईं और सोचने लगीं। उनकी समझ में एक बात आई कि रामलोचन हार जाएगा क्योंकि उसके पास पैसा नहीं है। जबकि जबरसिंह की तरफ से बेतहाशा रुपया खर्च हो रहा है। तभी अपने विवाह के पहले अपने पिता राजा गम्भीरसिंह और जबरसिंह के चुनाव की बात उन्हें याद हो आई। उसमें राजा गम्भीरसिंह बेतहाशा खर्च करके जबरसिंह से हार गए थे। और ठकुराइन

धनवन्तकुँवर का मन कुछ हलका हुआ।

तभी न जाने उन्हें क्या सूझा कि उन्होंने अपनी अलमारी खोली और अपनी जमा-जथा निकाली। उनके पास सात हजार दो सौ रुपये थे। दो सौ रुपये अलमारी में रखकर सात हजार रुपये निकाल लिए। फिर एक कागज पर उन्होंने लिखा—"बचवा रामलोचन को बुआ के आशीर्वाद के साथ यह सात हजार रुपया चुनाव खर्च के लिए—धनवन्तकुँवर!"

इस कागज को नोटों की गड्डियों के साथ उन्होंने एक कपड़े में सीकर एक पार्सल बना डाला।

रात के समय जब हिम्मतसिंह आगरा की गाड़ी पकड़ने के लिए स्टेशन चलने लगा, धनवन्तकुँवर ने यह पार्सल हिम्मतसिंह के हाथ में पकड़ाते हुए कहा, "हिम्मत लाला! तुम आगरा जा रहे हो तो रामलोचन को ढूँढ़कर यह पार्सल दे देना। और देखो किसी को यह न मालूम होने पाए कि तुम रामलोचन से मिले और यह पार्सल हमने भेजा है! अपने दादा को भी नहीं।"

हिम्मतसिंह ने भेदभरी दृष्टि से अपनी भौजी को देखा, फिर उसने पार्सल ले लिया, "भौजी—यह पार्सल खुद दूँगा रामलोचन को ढूँढ़ के, और किसी को यह खबर न होने पाएगी। लेकिन तुम जबर दादा से कभी गुस्से में यह न कह देना कि यह पार्सल तुमने हमारे हाथ भिजवाया था। हमारी कसम खाओ पहले!"

धनवन्तकुँवर बोली, "हम तुम्हारी कसम खाती हैं हिम्मत लाला, हमारे मुँह से एक शब्द भी न निकलेगा।"

और इस तरह जब दूसरे दिन रामलोचन और जैकृष्ण चुनाव-क्षेत्र से भाग खड़े होने की स्कीम बना रहे थे, राम जी का सहारा उन्हें मिल गया। उन दोनों ने सुबह के समय अपना सामान पैक कर लिया था—सुखवीर तथा अन्य पैरोकारों से मिलकर चल देने का कार्यक्रम था इनका। तभी उनके कमरे का दरवाजा किसी ने खटखटाया। जैकृष्ण ने कहा, "इन सालों को एक बजे बुलाया था, अभी आ पहुँचे।"

रामलोचन ने उठकर दरवाजा खोला और वह चौंक उठा, "अरे हिम्मतसिंह तुम!" जैकृष्ण भी दरवाजे पर आ गया, "अन्दर आओ।"

लेकिन हिम्मतसिंह बेतहाशा चौकन्ना था और इधर-उधर देख रहा था। उसने बड़ी धीमी आवाज में कहा, "बड़ी मुश्किल से आया हूँ तुम्हारे यहाँ, सब लोगों

से छिपकर। यहाँ से सीधा जाऊँगा स्टेशन—वहाँ से लखनऊ। तीन दिन हुए आया था—तो आज स्टेशन जाते समय मौका मिला।" और यह कहकर उसने धनवन्तकुँवरवाला पार्सल रामलोचन के हाथ में देते हुए कहा, "भौजी ने भिजवाया है, तो सँभालो। लेकिन किसी को मालूम न होने पाए कि तुम्हारे पास यह पार्सल आया था और मैं इसे लाया हूँ।" यह कहकर हिम्मतसिंह ने राइट एबाउटर्न किया, और यह लोग लाख प्रयत्न करते रहे, लेकिन हिम्मतसिंह जो न रुका सो न रुका।

कमरे में आकर रामलोचन ने जल्दी-जल्दी उस पार्सल को काटा, पार्सल के खुलते ही जैकृष्ण के मुँह से निकल पड़ा, "वह मारा! रामलोचन, तुम जीते, लाख में जीते।"

रामलोचन ने धनवन्तकुँवर का पुर्जा पढ़ा, उसने उस पुर्जे को अपने मत्थे से लगाया और अपनी आँखों में उमड़ते हुए आँसुओं को छिपाने के लिए वह वहाँ से हट गया। जैकृष्ण ने रुपये गिने, और चिल्लाया, अब पूरे सात हजार! सात हजार नहीं सात लाख! खोलो अपना सामान रामलोचन!"

दोनों के कलेजे हाथ-हाथ भर के हो गए। दोपहर को दो सौ कार्यकर्त्ताओं के साथ सुखवीर आ गया। चुनाव की पूरी व्यवस्था पेशगी खर्च के साथ हो गई।

चुनाव हो गए। ऊपर से लगता था कि जबरसिंह जीत जाएँगे।

जिस दिन वोटों की गणना हुई, उस दिन जबरसिंह लखनऊ में कांग्रेस कमेटी के आफिस में बैठे पार्टी की स्थिति का लेखा-जोखा कर रहे थे। त्यागमूर्ति के राजनीति से संन्यास लेने के कारण जबरसिंह का पार्टी का नेता बनना निश्चित-सा था, और कांग्रेस पार्टी शानदार ढंग से जीत रही थी। तभी आगरा से जबरसिंह के चुनाव-क्षेत्र का नतीजा आया। एकाएक जबरसिंह दिल थामकर बैठ गए, जबरसिंह हार गए थे, बारह सौ नौ वोटों से रामलोचन जीत गया था।

16

कहानी पूरी हो गई, लेकिन खत्म नहीं हुई है। अनादिकाल से यह कहानी किसी-न-किसी रूप में चलती आई है अनन्तकाल तक किसी-न-किसी रूप में चलती रहेगी।

रामलोचन विरोध-पक्ष का महत्त्वपूर्ण सदस्य है। सब विधायक उसका आदर करते हैं, सब अफसर उसका आदर करते हैं। साथ ही उससे लोग डरते भी हैं क्योंकि गाली-गलौज और मारपीट में वह किसी से कमजोर नहीं पड़ता, जोकि इसका अवसर कभी-कभी ही विशेष परिस्थितियों में आने पाता है। हर रविवार की रात वह जैकृष्ण और झंझावात के साथ बैठकर अपनी इस विजय को सेलीब्रेट करता है, और जहाँ तक सम्भव होता है, हरेक दिन वह धनवन्तकुँवर के चरण छू आता है। उसके घरवाले आग्रह करते हैं कि वह विवाह करके अपने जीवन को संयत कर ले, लेकिन वह विवाह के बन्धन में पड़ने को तैयार नहीं, न जाने किस दिन उसकी जिन्दगी पलटा खा जाए।

जबरसिंह कौंसिल के मेम्बर बना दिये गए हैं, क्योंकि पार्टी में अब भी वह प्रमुख हैं। पंडित जटाशंकर उन्हें होम का पोर्टफोलियो देने को तैयार थे, पंडित जटाशंकर मुख्यमंत्री उनके समर्थन से ही बने थे, लेकिन उन्होंने वह पोर्टफोलियो लेने से इनकार कर दिया, उन्होंने स्वयं अपनी तरफ से समाज और हरिजन कल्याण का पोर्टफोलियो माँग लिया था और उस पोर्टफोलियो के मिलने के बाद उन्होंने दाँत किटकिटाकर कहा था, "इन साले हरिजनों ने हराया था मुझे, अब उन्हें समझूँगा।" रामलोचन उनके मंत्री बनने पर उन्हें बधाई देने गया था तब रामलोचन को उन्होंने गले लगा लिया था, और उसके जाते ही उन्होंने कहा था, "अगले चुनाव में इस साले को देख लूँगा।" ठकुराइन धनवन्तकुँवर न सुखी हैं, न दुखी हैं।

सेठ राधेश्याम के हाथ से कृषि-अनुसन्धानशाला निकल रही है गोकि निकली नहीं है। वह मुख्यमंत्री जटाशंकर बाजपेयी की हाजिरी देने लगे हैं। बाजपेयी जी मौका ढूँढ़ रहे हैं कि किसी तरह कृषि-अनुसन्धानशाला वह उनके हाथ से छीन लें, लेकिन राधेश्याम उन्हें यह मौका देते ही नहीं हैं। उधर वह दिल्ली की केन्द्रीय सरकार के मंत्रियों से मेल-जोल बढ़ा रहे हैं। ट्रैक्टर फैक्टरी को मिस्टर मैंजीज ने उलझा रखा है, लेकिन राधेश्याम आसानी से मिस्टर मैंजीज को छोड़नेवाले नहीं हैं। दामोदरदास से उन्होंने लोहे की एजेंसी छीनकर एक दूसरे आदमी को दे दी है और ब्लैकमार्केटिंग का धन्धा दूसरे लोगों पर छोड़ दिया है। गंगादेवी को उन्होंने सख्त ताईद कर दी है कि वह उनके मामले में न पड़ा करें।

पढ़ा था—'सबहिं नचावत राम गोसाईं।' तो यह सब चरित्र रामगोसाईं के इंगित पर नाच रहे हैं।

यह चरित्र ही नहीं, यह दुनिया रामगोसाईं के इंगित पर नाच रही है, यानी मैंने भी रामगोसाईं के इंगित पर नाचते हुए यह कहानी लिख डाली है।